I0634566

G. S. JENNSEN

Sternenglanz

Aurora Erwacht Band 1

First edition

ISBN: 978-1-957352-37-4

This book was professionally typeset on Reedsy.
Find out more at reedsy.com

Für Andy
ohne den dies für immer
nur ein Flüstern in meinen Träumen geblieben wäre

DRAMATIS PERSONAE

HAUPTFIGUREN

Alexis 'Alex' Solovy
Raumschiffpilotin, Späher und Weltraumforscherin; Tochter von Miriam und David Solovy.
Fraktion: *Erdallianz*

Caleb Marano
Agent für Spezialoperationen, Senecan Föderation, Abteilung für Nachrichtendienste.
Fraktion: *Senecan Föderation*

Miriam Solovy
Leiterin der EASK-Operationen; Mutter von Alex Solovy, Witwe von David Solovy.
Fraktion: *Erdallianz*

Richard Navick
Verbindungsoffizier der EASK-Marine-Nachrichtendienste; Familienfreund der Solovys.
Fraktion: *Erdallianz*

Kennedy Rossi
Leiterin Design/Prototypenbau, IS Design; Freundin von Alex Solovy.
Fraktion: *Erdallianz*

Liam O'Connell
Südwestlicher Regional-Militärkommandeur der Erdallianz.
Fraktion: *Erdallianz*

Marcus Aguirre
Generalstaatsanwalt der Erdallianz.
Fraktion: *Erdallianz*

Olivia Montegreu
Anführerin des Zelones-Verbrechersyndikats.
Fraktion: *Unabhängig*

Michael Volosk
Direktor für Spezialoperationen, Senecan Föderation, Abteilung für Nachrichtendienste.
Fraktion: *Senecan Föderation*

Graham Delavasi
Direktor, Senecan Föderation, Abteilung für Nachrichtendienste.
Fraktion: *Senecan Föderation*

Jaron Nythal
Stellvertretender Direktor, Senecan Föderation, Abteilung für Handel.
Fraktion: *Senecan Föderation*

Noah Terrage
Technikhändler und Schmuggler auf Pandora; Kontakt von Caleb Marano.
Fraktion: *Unabhängig*

Mia Requelme
Unternehmerin/Geschäftsfrau auf Romane.
Fraktion: *Unabhängig*

COLONIZED WORLDS

•••••• SENECAN FEDERATION TERRITORY
○ INDEPENDENT WORLDS

WORLDS VISITED IN
STARSHINE:

EARTH ALLIANCE	SENECAN FEDERATION	INDEPENDENTS
EARTH	SENECA	ATLANTIS
ARCADIA	KRYSK	COSENTI
DESNA	PALLUDA	GAIAE
DEUCALI		NEW BABEL
ERISEN	--------------	PANDORA
ORELLAN	METIS NEBULA	ROMANE
SCYTHIA		

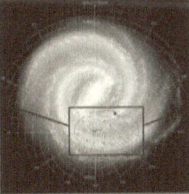

MILKY WAY GALAXY

PROLOG

Das Ende der Welt begann mit einer Bibliotheksrecherche.

...oder vielleicht war es die Raumsonde. Der Außerirdische verhielt sich in dieser Angelegenheit ärgerlich verschlossen, dachte der Mann, während er sein Smokinghemd im Spiegel glatt strich.

»Sie ist kaum die erste Person, die Interesse an dieser Raumregion geäußert hat. Warum machst du dir wegen ihr Sorgen, wenn die anderen dich nicht beunruhigt haben?«

Die anderen haben uns sehr wohl beunruhigt, aber sie ließen sich mit geringer Schwierigkeit ablenken. Diese Frau jedoch hat ein bemerkenswertes Talent dafür gezeigt, zu entdecken, was andere nicht können. Daher würden wir es vorziehen, wenn sie niemals hinschaut.

Der Mann glättete eine Falte in einem der Ärmel und befestigte dann die antiken Perlmanschettenknöpfe, ein Erbstück, das ihm von einem Großvater weitergegeben worden war, den es nie gegeben hatte. »Willst du, dass ich sie töten lasse?«

Nicht, es sei denn, alternative Methoden sind erfolglos. Ihr Tod könnte den gegenteiligen Effekt haben und weitere unerwünschte Aufmerksamkeit auf sich ziehen.

Der Mann nickte oberflächlich und trat aus dem Waschraum, durchquerte sein geräumiges Büro zu den Fenstern, die die gegenüberliegende Wand säumten. »Sehr gut. Ich werde dafür sorgen, dass sie von diesem Vorhaben abgelenkt wird. Was ist mit den Senecans?«

Sie sind ein problematischeres Problem, da sie bereits entdeckt haben, dass eine Anomalie existiert. Sie werden andere schicken, um zu untersuchen.

Vom obersten Stockwerk des Erdallianz Headquarters-Gebäudes konnte der Mann sehen, wie Gäste begannen, in den Gärten unten anzukommen. Noch zehn Minuten und es wäre angemessen für ihn, sich zu ihnen zu gesellen. Er runzelte die Stirn, bürstete ein Stück Fussel von seinem Revers, bevor er sich von den Fenstern abwandte, um dorthin zu blicken, wo der Außerirdische hätte stehen können, wäre er tatsächlich hier gewesen. »Du weißt, dass ich im Moment wenig gegen sie unternehmen kann.«

Du brauchst dich nicht um die Angelegenheit zu sorgen. Andere Ressourcen stehen uns zur Verfügung.

»Ich bin sicher. Und denk daran, du musst sie nur für kurze Zeit aufhalten. Bald wird jeder abgelenkt sein, und die Menschheit wird für eine ganze Weile nach innen gerichtet sein.«

Führe deinen Plan aus. Wir hoffen, du erreichst deine Ziele. Nichtsdestotrotz konvergieren die Ereignisse schnell und sie sind nicht alle unter deiner Kontrolle. Eine Eskalation könnte unvermeidlich sein.

Der Mann schickte seiner Frau eine Nachricht, um ihr mitzuteilen, dass er sie bald in der Lobby treffen würde. »Gib mir wenigstens die Gelegenheit, unseren Kurs zu ändern, bevor du handelst. Es wird nicht mehr lange dauern.«

Gewiss. Wisse jedoch, dass der Abgrund vor dir liegt; er könnte bereits überschritten worden sein. Die Vorbereitungen haben begonnen.

TEIL I: DOMINOSTEINE

"There are two kinds of light –
the glow that illuminates, and the glare that obscures.«

— James Thurber

(»Es gibt zwei Arten von Licht –
das Leuchten, das erhellt, und das Blenden, das verbirgt.«)

1

ERDE

SEATTLE

»Alex, ich bin bereit, wenn du soweit bist.«

»Noch eine Sekunde... okay, Charlie, leg los.« Die gedämpfte Antwort kam aus dem Inneren des Rumpfes.

Der junge Mechaniker webte die kristalline Faser einer Leitung in das Energiekontrollgitter. Es dauerte nur Sekunden. Er kniff die Augen zusammen und blickte durch die Vergrößerungsüberlagerung, um die Kontaktpunkte zu überprüfen. »Alles klar.«

»Jetzt oder nie.«

Oberst Richard Navick beobachtete vom Eingang der Hangarhalle aus, wie ein Schimmer über die glatte, mitternachtsschwarze Außenhaut des Schiffes huschte.

Selbst entstellt durch die Andockklammern war die *Siyane* schlank und anmutig, mit schwungvollen Kurven, die in scharfe Kanten mündeten. Technische Instrumente und Sensoren waren diskret unter dem flügelartigen Mittelteil versteckt, während der sLume-Antrieb ein schwer fassbarer Schatten unter dem sich verjüngenden Heck war. Die eleganten Linien verschleierten ihre Größe. Mit vollen zweiundvierzig Metern von Bug zu Heck war sie gewaltig – zumindest für ein persönliches Aufklärungsschiff.

Er räusperte sich, um seine Anwesenheit anzukündigen, und trat in die Halle. »Alex, bist du da irgendwo drin?«

Ein Kopf tauchte aus dem Bauch des Schiffes auf. Er hing kopfüber und war von den kreisenden Bildschirmen einer holographischen Benutzeroberfläche umgeben. »Richard, bist du das?«

»Schuldig im Sinne der Anklage.«

Als nächstes erschien ein Paar langer Beine, als sie sich aus dem freiliegenden Technikschacht schwang und einen Meter hinunterfiel, um geschickt auf dem Hallenboden zu landen. Die Benutzeroberfläche blinkte aus der Existenz.

Er war getroffen – wie immer, wenn er sie eine Weile nicht gesehen hatte – davon, wie sehr sie ihrem Vater ähnelte. Groß und schlank, mit hohen, markanten Wangenknochen und strahlend silbergrauen Augen, war sie fast so eine dramatische Erscheinung, wie David Solovy es einst gewesen war. Tatsächlich war das einzige bemerkenswerte Merkmal, das sie von ihrer Mutter geerbt hatte, die dichte, dunkle Haarmähne. Während Davids staubblond gewesen war, hatte ihre die Farbe von edlem, gereiftem Bordeaux.

Sie war außerdem gerade zu einem unordentlichen Knoten hochgedreht, wobei lose Strähnen entwichen und ihre Züge weicher machten. Sie wischte Streifen eines zähflüssigen Gels von ihren Händen und auf ihre eng anliegende schwarze Arbeitshose, während sie herüberjoggten.

Als sie ihn erreichte, umarmte sie ihn in einer schnellen Umarmung, geboren aus Jahren der Vertrautheit. »Es ist zu lange her, Richard.«

»Wenn du in diesem Sektor länger als eine Woche am Stück bleiben würdest, könnte ich dich vielleicht mal zu Gesicht bekommen.«

Ihre Augen rollten ein wenig, als sie sich auf ihr hinteres Bein verlagerte. »Ach, geht leider nicht, fürchte ich. Der ganze Spaß ist da draußen.« Ein Mundwinkel zuckte zu einem neckischen Grinsen hoch. Er glaubte ihr.

»So höre ich. Das ganze Geld anscheinend auch.« Er neigte den Kopf in Richtung des glänzenden Rumpfes.

Ihr Gesicht leuchtete sofort auf; das tat es oft, wenn sie über ihr Schiff sprach. »Ich habe gerade ein neues f-Graphen-Legierungsgitter aufgetragen. Es wird den Luftwiderstand um weitere zwölf Prozent reduzieren, was schnelleres Reisen bei weniger Treibstoffverbrauch bedeutet.«

»Schön…« Die Reduzierung von pico- auf femto-Legierungen war erst vor neun Monaten kommerziell verfügbar geworden; er schauderte bei dem Gedanken an die Credits, die sie für das neue Gitter hingeblättert haben musste. »Wir sollten das Budget haben, um die in etwa einem Jahrzehnt für die Flotte einzuführen.«

Sie zuckte mit den Schultern, als wollte sie sagen 'euer Verlust', und begegnete seinem Blick. Für die meisten Menschen wäre es eine unangenehme Erfahrung gewesen. »Also ist das ein gesellschaftlicher Besuch? So gern ich dich auch sehe – und das tue ich wirklich –, ich bin gerade dabei, ein Stealth-System-Upgrade zu installieren. Wir könnten vielleicht heute Abend zusammen essen, wenn du möchtest?«

Er wappnete sich mental für die Reaktion, von der er wusste, dass sie kommen würde. »Du hast mich erwischt. Es ist nicht ganz ein gesellschaftlicher Besuch. Deine Mutter möchte, dass du heute Nachmittag im Büro vorbeikommst, wenn du Zeit hast.«

Ihre Pupillen verengten sich, das winzige Aufblitzen eines Augenimplantats ein Hinweis darauf, dass sie ihre Nachrichten überprüfte. Sie fokussierten sich schnell wieder auf ihn und trugen deutlich weniger Wärme. »Ich habe keine Nachricht von ihr.«

»Ich weiß. Sie dachte, die Wahrscheinlichkeit, dass du antwortest, würde sich erheblich erhöhen, wenn ich persönlich komme.«

Eine Augenbraue hob sich. »Lässt sie dich jetzt ihre Botengänge für sie erledigen? Ist das nicht etwas unter deiner Gehaltsklasse?«

»Nein. Ich habe mich freiwillig gemeldet, weil ich dich sehen wollte.«

Sie lächelte mit dem, was er als Freundlichkeit erkannte, aber es war flüchtig zu ihrem Blick über die Schulter auf das Schiff, das die Halle dominierte. »Tut mir leid, aber ich kann nicht. Ich muss Diagnosen am neuen Dämpfungsfeld durchführen und die Energiesystemverhältnisse neu kalibrieren. Angenommen, alles testet okay, dann muss ich die Faserleitung am Rumpf befestigen und abschirmen.«

Sein Blick huschte vielsagend zu dem jungen Mann, der in einem Gurt nahe dem Heck des Schiffes schwang. »Kann dein Mechaniker nicht einige dieser Dinge für dich machen?«... Bei ihrem sich vertiefenden Stirnrunzeln furchte sich seine Stirn flehentlich. »Bitte? Für mich? Es dauert nur ein oder zwei Stunden, und es...« er wusste, dass zu sagen, es würde ihre Mutter glücklich machen, kontraproduktiv wäre »...würde mein Leben ziemlich erleichtern.«

Ihre Augen verengten sich; ihre Arme versteiften sich vor ihrer Brust, um den Eindruck standhafter Entschlossenheit zu vervollständigen. Aber das war nicht das erste Mal, dass er ihrem trotzigen Starren gegenüberstand. Er entspannte seine Haltung, milderte seinen Ausdruck und begegnete ihrem finsteren Blick mit einem angenehmen Lächeln.

Nach mehreren Sekunden atmete sie zu beeindruckendem Effekt aus, alle Anspannung verließ ihren Körper mit dem übertriebenen Atemzug. Für nur einen Moment erinnerte sie ihn an das schelmische kleine Mädchen, das sie einst gewesen war.

»In Ordnung. Für dich. Ich werde es aber bereuen.«

* * *

Alex starrte aus dem Fenster des Skycars, während sie über Puget Sound dahinflogen, bevor sie nordwestlich über die Meerenge in Richtung Vancouver Island schwenkten. Die ununterbrochene Linie der Wolkenkratzer zur Rechten glänzte in der späten Morgensonne von Horizont zu Horizont, alles polierte Silber- und Weißtöne, gesprenkelt von tiefem Grün, wo die sorgfältig gepflegten Bäume und zahlreichen Parks durchschimmerten.

Es war und war schon immer eine schöne Aussicht gewesen... aber sie war eine schlechte Begleiterin. Sie gab es auf, sich für das zu wappnen, was sicher der neueste in einer langen Reihe unangenehmer Besuche bei ihrer Mutter sein würde, und wandte sich vom Fenster ab, um Richard anzusehen.

Der älteste und engste Freund ihrer Eltern, sie kannte ihn, solange sie sich erinnern konnte, was etwa fünfunddreißig Jahre bedeutete. Er war einer der sehr wenigen Menschen, die sie durchweg für das akzeptiert hatten, was sie war – wollte nicht mehr von ihr, schlug nicht hilfreich vor, wie ihr Leben aussehen sollte, schnalzte nicht missbilligend bei selbst ihren unorthodoxesten Aktivitäten.

»Also was gibt's Neues bei dir? Arbeit okay? Wie geht's William?«

Er entspannte sich in seinem Sitz und ließ das Auto die überfüllten Luftstraßen automatisch navigieren. »William geht es gut, aber er ist beschäftigt. Er war den letzten Monat auf Shi Shen und hat den Bau des neuen Suiren-Hauptquartiers überwacht und ist endlich vorgestern nach Hause gekommen. Ich werde ihm ausrichten, dass du hallo gesagt hast.«

Die Muskeln in seinem Kiefer spannten sich kurz an, was im

Allgemeinen das Ausmaß seiner äußeren Signale für Missfallen war. »Die Arbeit ist ziemlich angespannt, mit dem Handelsgipfel, der ansteht.«

Sie sah ihn verständnislos an. »Was ist ein Handelsgipfel und warum steht er an? Hilf mir mal...«

»Richtig, du verbringst nicht viel Zeit damit, über die ach so faszinierenden Machenschaften der galaktischen Politik zu grübeln. Der Handelsminister und sein Gefolge werden an einer Konferenz mit dem Senecan-Handelsdirektor teilnehmen – an einem sorgfältig ausgewählten neutralen Ort natürlich, auf Atlantis.« Er seufzte, sein Blick driftete nach oben, um den Himmel anzustarren. »Es ist angeblich ein Olivenzweig, der die Beziehungen zur Föderation etwas auftauen soll, aber ich fürchte, in Wirklichkeit wird es kaum mehr als ein Medienzirkus sein.«

»Und deine Leute werden die Senecan-Delegation ausspionieren, ihre Datenströme hacken, wann immer sie können, während sie dasselbe von deren Agenten abwehren.« Ihr neckendes Grinsen diente dazu, den Punkt zu unterstreichen.

Sein Mund arbeitete daran, ein Grinsen zu unterdrücken, scheiterte aber größtenteils. »Ich kann solche Vermutungen weder bestätigen noch dementieren, da es die Sicherheit der Erdallianz verletzen würde.«

»Natürlich...« Das Auto sank durch eine dünne Nebelschicht, die noch nicht verbrannt war, und schwebte über die unruhigen Wellen, als der weitläufige Erdallianz Strategisches Kommando-Komplex in Sicht kam.

Sich über drei Quadratkilometer über die südlichste Spitze der Insel erstreckend, fächerte sich ein Netzwerk aus mittelhohen Gebäuden, Plätzen und Hangars von der turmartigen Struktur aus, die das Hauptquartier für das darstellte, was als Gruppe die mächtigsten Männer und Frauen der besiedelten Milchstraße waren. Zum

Guten oder Schlechten schloss das die EASK-Operationsdirektorin ein.

Sie konnte spüren, wie sich ihr Gesichtsausdruck mit jedem Meter ihres Abstiegs auf die offene Plattform anspannte, die ein Drittel des Weges das Hauptquartiergebäude hinauf herausragte. »Also wie geht es der Admiral in letzter Zeit? So fröhlich wie immer?«

Er schüttelte ironisch den Kopf, stellte den Motor ab und stieg aus dem Auto. »Sie ist wie gewöhnlich, beschäftigt damit, die gesamte Organisation zu überwachen, während sie schon wieder eine neue Sekretärin einarbeitet.«

»Reizend.« Sie passte ihren Schritt seinem zum gläsernen Aufzug an, ohne sich die Mühe zu machen, das Geländer zu ergreifen, als er sie einen Viertelkilometer hinauf zu den Kommandostabsbüros wirbelte, die die obersten zehn Stockwerke umfassten. Nachdem sie die Sicherheitsscanner passiert hatten und drinnen waren, wandte sie sich ihm zu.

Obwohl ihre Stimmung bereits unter dem Schatten der drohenden Begegnung dunkler wurde, zwang sie sich zu einem Lächeln mit echter Wärme. »Du solltest besser verschwinden, bevor ich anfange, dir die Schuld dafür zu geben, dass du meinen Tag ruinierst, besonders wo es schön war, dich zu sehen.«... Er lachte und klopfte ihr auf die Schulter, dann ging er in Richtung seines Büros den gegenüberliegenden Flur hinunter. »Versuch nicht zu sehr ein Fremder zu sein, okay?«

Sie winkte ihm ab, als sie das übermäßig helle Atrium durchquerte und durch die breite Türöffnung in die EASK-Operations-Suite trat.

* * *

Der Mann hinter dem Schreibtisch blickte auf, als sie sich näherte. Nach einem Blinzeln weiteten sich seine Augen beträchtlich. »Sie sind sie, nicht wahr? Ms – ich meine Captain – Solovy. Ma'am.«

Sie lehnte einen Arm auf die hohe Theke. »Es ist kein militärischer Titel. 'Ms.' ist in Ordnung. Würden Sie bitte meiner Mutter mitteilen, dass ich ihrer Vorladung Folge geleistet habe und gespannt darauf warte, die Gunst einer Audienz gewährt zu bekommen?«

Der Mann – ein Leutnant zweiter Klasse nach den Balken auf seiner Uniform – starrte sie entsetzt an, die Stirn runzelnd und wieder glättend in wachsender Panik. »Äh, wollen Sie, dass ich das speziell sage, Ma'am? Ich bin nicht sicher, ob die Admiral…«

»Sagen Sie ihr einfach, dass ihre Tochter hier ist.«

»Absolut. Sofort.«

Sie wanderte hinüber, um die neueste Ergänzung zu den Kunstwerken zu inspizieren, die die Lobby schmückten. Dieser Sekretär würde wahrscheinlich nicht länger durchhalten als der letzte. Selbst der härteste Soldat welkte angesichts des missbilligenden Starrens ihrer Mutter.

Sie grübelte darüber, wie viele Credits das Militär für die spektakulär schlechte Picasso-Nachahmung verschwendet haben musste, als der Sekretär ihr mitteilte, sie könne jetzt hineingehen. Sie ging in das große, aber spartanische Büro, um ohne Überraschung zu beobachten, dass sich nichts daran geändert hatte in dem knappen Jahr, seit sie zuletzt zu Besuch gewesen war.

Admiral Miriam Solovy wandte ihre Aufmerksamkeit nicht sofort von dem Anzeigefeld in ihrer Hand ab. Ihr Haar war zu einem strengen Knoten zurückgezogen; ihre Uniform war knackig, ihre Knöpfe spiegelblank poliert. Als ihr Blick sich hob, um Alex' Anwesenheit zur Kenntnis zu nehmen, huschte ein angespanntes, dünnes Abbild eines Lächelns für die minimal erforderliche Zeit über ihr Gesicht. »Du siehst aus wie ein Wrack.«

Ach, so freundlich und liebevoll wie immer. Sie zuckte mit den Schultern. »Ich habe gearbeitet.«

»Ich verstehe. Möchtest du etwas Tee?«

»Wasser ist in Ordnung«, was sie dann zum Schrank ging und sich selbst holte.

»Wie geht es dir, Liebes?«

Alex nahm einen langen Schluck aus dem marmorierten Glasbecher und lehnte sich in bewusster Lässigkeit neben das Teakholz-Bücherregal, das mit antiken Texten über Militär- und Politikgeschichte gefüllt war. »Gut. Beschäftigt. Du?«

Die winzige Ader in ihrer Mutters linker Schläfe pulsierte. Sie tauschte den Bildschirm gegen eine Teetasse. »So gut, wie man erwarten kann. Die Fionava-Provinz war in letzter Zeit ein Ärgernis. Ich würde die Details mit dir teilen, aber natürlich hat der Parkplatzwächter eine höhere Sicherheitsfreigabe als du.«

Der Tonfall, mit dem die Aussage geliefert wurde, schien zu implizieren, es sei irgendwie ein Versagen ihrerseits. »Leider.«

Miriam nahm einen langsamen, gemessenen Schluck ihres Tees und starrte dann nachdenklich in die zierliche Tasse, als würde sie ihr magisch ein geeignetes Thema für Smalltalk liefern. »Ich bin letzte Woche bei der Cascades Memorial Charity Auction auf Malcolm getroffen. Und habe seine neue Frau kennengelernt.«

Sie brauchte eine weisere Teetasse. Alex hob eine studiert unbeeindruckte Augenbraue. »Ich bin sicher, sie war reizend.«

»Nicht so reizend wie du, muss ich sagen, aber attraktiv genug. Er hat nach dir gefragt.«

Ihre Augen flackerten zum Fenster hinüber… Scheiße. Sie biss einen Zusammenzuck zurück bei dieser Schwächedemonstration, wollte den Fehler nicht noch verstärken. »Und was hast du ihm gesagt?«

»Die Wahrheit – dass du immer noch durch die Galaxis vagabundierst, Millionen einstreichst und alles wieder in dieses verdammte Schiff von dir hineinsteckst.« Sie hielt inne, zweifellos für dramatischen Effekt. »Ich glaube, er sah etwas schwermütig aus bei dem Gedanken.«

Alex stöhnte und plumpste in den harten, absichtlich unbequemen Stuhl gegenüber dem Schreibtisch. Sie zog ein Knie hoch, um es gegen ihre Brust zu umarmen. »Ich werde dir den Vorteil des Zweifels geben und annehmen, dass du mich nicht hierher gebeten hast, um mir gescheiterte Liebesaffären ins Gesicht zu werfen. Es ist eine lange Liste und ich habe nicht die Zeit. Was willst du?«

Miriam stellte die Teetasse auf die Anrichte hinter sich und setzte sich ebenfalls, das kerzengerade Rückgrat berührte nicht die Rückenlehne des vergleichsweise luxuriösen Stuhls. »Kann ich nicht einfach Zeit mit meinem einzigen Kind verbringen wollen?«

»Kannst du – aber tust du nicht.«

Ihre Mutters Schultern strafften sich mit militärischer Präzision, ein Zeichen, dass sie den Punkt nicht bestreiten würde. »Sehr gut. Ich habe dich hierher gebeten, um eine wunderbare Gelegenheit für dich zu teilen. Der Minister für Extra-Solare Entwicklung hat mich gestern kontaktiert. Er sieht sich mit einer Vakanz in seinem Ministerium konfrontiert. Anscheinend tritt der Direktor für Tiefraumerkundung zurück, um 'andere Unternehmungen zu verfolgen', und der Minister möchte dir den Posten anbieten.«

Ein blinkender Lichtpunkt in der Ecke von Alex' eVi signalisierte die Lieferung der Diagnosen, die sie vor dem Verlassen des Hangars hatte laufen lassen. Ihre rechte Pupille verengte sich, um die Ergebnisse auf ihrem Whisper scrollen zu lassen. »Prestigeträchtiger Posten.«… Wenn ihre Mutter die etwas unfokussierte Natur ihres Blicks bemerkte, verbarg sie es gut. »Es ist kein Nepotismus. Während dir Führungserfahrung fehlt, bist du ansonsten mehr als qualifiziert.«

»Qualifizierter als der Parkplatzwächter zumindest.« Der Whisper verschwamm aus dem Fokus und pausierte automatisch, als sie einen geschärften Blick auf die Frau auf der anderen Seite des Schreibtisches richtete. Ihre Mutter konnte sich nicht entscheiden, ob sie die Stirn runzeln oder lachen sollte; das Ergebnis war ein ungewöhnlich lebhafter Ausdruck. »Aber was genau von allem, was du über mich weißt, sagt 'Regierungsschreibtischjob'?«

»Es ist kein Schreibtischjob. Du wirst mehrmals im Jahr reisen müssen, um neue Entdeckungen zu bewerten, da bin ich mir ganz sicher.«

»Mehrmals im Ja—« ihre Nase rümpfte sich angewidert »—weißt du was, vergiss es.«

»Also wirst du es in Betracht ziehen.«

Der Whisper schnappte zurück in den Fokus... sie runzelte die Stirn bei den angezeigten Prozentsätzen. Ein Blinzeln und ein kleines aural materialisierte sich, und die Diagnosedaten begannen in größerer Präzision und Detail zwölf Zentimeter jenseits ihres rechten Auges zu fließen. »Nein.«

Ihre Mutters Kiefer klappte bei der Antwort zu. Oder wegen des aurals. Möglicherweise beides. »Ich sagte nicht, es bedingungslos anzunehmen, nur es in Betracht zu ziehen.«

Verdammt, da musste irgendwo entlang der Faser ein Energieleck sein. Sie funkte Charlie an, den Bot hineinzuschicken, um die Leitung zu inspizieren. Der Dämpfer musste mindestens achtundzwanzig Prozent effektiver sein, oder er war die Diamant-Pikokristalle nicht wert, die ihn erzeugten. Ihr letzter Fund war fast unter ihr weggeschnappt worden, weil Terrence Macolly, zu faul, um seine eigene Arbeit zu machen, ihre Emissionssignatur verfolgt und ihr in den Asteroidenring gefolgt war, der Delta Lacertae umkreiste. Sie hatte nicht vor, eine Wiederholung des Eindringens zu riskieren. »Nein.«

»Alexis—«

Ihr Mund zuckte, obwohl sich ihr Fokus diesmal nicht von den Daten verschob. »Du weißt, dass ich es hasse, wenn du mich so nennst.«

»Ich habe jedes Recht, dich bei deinem Geburtsnamen zu nennen. Ich bin schließlich diejenige, die ihn dir gegeben hat.«

Alex sparte einen kurzen, vernichtenden Blick. Ihre Mutters Augen waren nach unten abgewandt, angeblich die Schaummuster in ihrem Tee studierend, vielleicht auf der Suche nach mehr miesen Ideen. Als sie wieder sprach, war ihr Ton weicher und nicht länger ganz die Stimme der Admiral.

»Dein Vater war der erste, der dich 'Alex' genannt hat.«

Sie schaltete das aural frustriert aus. »Denkst du nicht, dass ich das weiß?«

»Ja, nun.« Miriams Kinn hob sich nach oben. »Ich denke, du solltest das Angebot des Ministers überdenken. Es ist eine Position von einigem Ansehen und wird ein Maß an Stabilität bieten, von dem du profitieren könntest.«

Sie schnaubte. »Mir ist klar, dass du es gewohnt bist, hier den Leuten ihr Leben zu diktieren, aber du kannst nicht meine Entscheidungen für mich treffen. Das tust du schon sehr, sehr lange nicht mehr.«

Miriam nickte mit gemessener Anmut und schien für den Moment anzuerkennen, dass Alex die Oberhand hatte. »Vielleicht war es… rücksichtslos von mir, darauf zu bestehen, dass du hierher kommst.«

»Richard zu befehlen, deine Vorladung zu überbringen und mich vor dich zu zerren, meinst du?«

Sie hob eine Hand in mildem Protest. »Richard wollte die Gelegenheit, dich zu sehen. Ich hoffe, du machst ihm keine

Vorwürfe für irgendwelche Unannehmlichkeiten.«

»Oh, tue ich nicht. Ich mache dir Vorwürfe.«

Zu ihrer Ehre war ihre Mutter fast unmöglich zu provozieren. Wenn überhaupt, milderte sich ihr Ausdruck als Antwort auf den Stachel. »Ich diktiere dir nicht dein Leben. Aber du bist allein da draußen im tiefen Raum – und das Schiff ist zu mächtig für eine Person.«

Doch selbst in ihrem Versuch der Freundlichkeit oder zumindest Höflichkeit schaffte sie es, genau das Falsche zu sagen.

Tief drinnen wusste Alex, dass es wahrscheinlich nicht absichtlich war. Aber da war zu viel – zu viele hasserfüllte Worte und gehässige Reaktionen darauf, zu viel Wasser unter einer zerbrochenen Brücke – und sie hatte keine Lust, nach einem dünnen Faden zu greifen, nur um ihn ausfransen und sich auflösen zu sehen wie all die anderen.

»Die letzten acht Jahre würden dir widersprechen. Bei allem Respekt, du hast keine Ahnung, wie viel ich bewältigen kann.« Sie stand abrupt auf. »Gibt es noch etwas?«

»Nein. Nicht wenn du nicht auf Vernunft hören willst.«

Sie ging nicht auf den Köder ein. Sie wollte einfach nur weg sein. »Wenn du möchtest, werde ich eine höflich formulierte Antwort an den Minister senden, in der ich ihm für die Ehre danke, mich in Betracht gezogen zu haben, aber bedauernd ablehne aufgrund anderer Verpflichtungen.«

»Das wird nicht nötig sein. Ich werde es ihm mitteilen.«… »Wie du willst.« Sie drehte sich um und ging zur Tür.

»Alexis?«

Sie hielt mitten im Schritt inne – eine angeborene Reaktion auf die Bitte einer Mutter – aber blickte nicht zurück.

»Sei wenigstens vorsichtig da draußen.«

Ein angespanntes Nicken und sie war verschwunden.

* * *

Es war weit nach 23 Uhr, als Alex nach Hause kam. Der Bot hatte zwei Mikro-Unperfektion in der Faser gefunden, die neu gewebt werden mussten. Dann mussten die Diagnosen erneut durchgeführt, die Software neu modifiziert und die Energiesystem verhältnisse wieder neu kalibriert werden, bevor sie das Schiff für die Nacht verschloss. Die Befestigung der Leitung am Rumpf und ihre Abschirmung würde bis zum Morgen warten müssen.

Sie öffnete eine Flasche Swiss Cabernet und ließ ihn atmen, während sie durch die Dusche ging, dann kämmte sie ihr Haar aus und schlüpfte in einen Seidenmorgenmantel, um wieder nach unten zu gehen.

Ein Glas des Cabernets in der Hand trat sie auf den Balkon hinaus. Die glitzernden Nachtlichter der Stadt breiteten sich unter ihr aus, das Licht spiegelte sich vom Vollmond wider, der in Puget Sound dahinter gespiegelt wurde.

Sie steckte nicht alle ihre Gewinne in ihr Schiff. Das Loft achtzig Stockwerke über der Innenstadt hatte mehr als ein paar Credits gekostet; die maßgeschneiderte Technik, die darin installiert war, fast genauso viel wieder. Obwohl sie nur vielleicht drei Monate in einem gegebenen Jahr hier war, war sie nicht abgeneigt, zumindest einige der feineren Dinge zu genießen, die ihr Einkommen ihr jetzt ermöglichte.

Als das Glas ihre Lippen berührte, wanderten ihre Gedanken zu Malcolm. Sie hatte das eine Weile nicht getan, aber nach der Erwähnung von ihm heute waren ziemlich viele Erinnerungen an die Oberfläche ihres Bewusstseins gekrochen. Die meisten von ihnen waren gut… sie hatte ihn schließlich geliebt.

Aber laut ihm liebte sie ihr Schiff mehr, und das war etwas, was er nicht akzeptieren konnte. Und da er größtenteils recht hatte,

hatte sie nicht gegen ihn gekämpft, als er ging.

Sie hatte ihn eine Weile vermisst, sein warmes Lächeln und seine zärtliche, aber sachkundige Berührung vermisst. Aber sie hatte auch die Abwesenheit der unsichtbaren Leine begrüßt, die sie öfter zur Erde zurückgezogen hatte, als ihr lieb war, die von Pflichten gegenüber einem anderen geflüstert und Erklärungen und Rechtfertigungen für jede Exkursion verlangt hatte. Und schließlich waren selbst die guten Erinnerungen in den Hintergrund getreten, ersetzt durch den Nervenkitzel neuer Unternehmungen.

Ihre Gedanken verweilten weiter bei der Vergangenheit, als sie hineinging und ihr Blick auf die ferne Wand des offenen Raums fiel, der die Gesamtheit des Lofts ausmachte, abgesehen von der Küche und dem erhöhten Schlafbereich mit Blick auf das Hauptgeschoss.

Sie war mit Bildern geschmückt, die sie auf ihren Reisen durch die Galaxis aufgenommen hatte. Sie enthielten eine Supernova in heller, ewiger Explosion, einen Kometen bei einem Vorbeiflug an einem Halbmond, das langsame Pulsieren eines geisterhaften blauen und lavendelfarbenen Nebels und den Gamma-Blitz eines Neutronensterns.

Diese und andere rahmten das Herzstück der Wand ein: ein panoramisches Seitenbild der Milchstraße, aufgenommen weit entfernt von der Lichtverschmutzung jeder Sonnen oder dem Dunst jeder Nebel. Billionen von Sternen leuchteten und funkelten, um auf die Brillanz des galaktischen Kerns zu konvergieren.

Malcolm war nicht ganz richtig gewesen. Ja, sie liebte ihr Schiff mehr, als sie ihn geliebt hatte. Aber was sie noch mehr liebte, war das, was es ihr gab: Freiheit und den Schlüssel zu den Wundern des Raums. Es gab ihr die Sterne, und sie bezweifelte, dass sie jemals etwas oder jemanden mehr lieben könnte, als sie die Sterne liebte.

Apropos… sie füllte ihr Glas nach und ließ sich auf das Sofa nieder. Sie sandte einen Passcode an die Kontrollschnittstelle und die gegenüberliegende Wand löste sich in ein dreidimensionales Holo des nächsten Quadranten der Galaxis auf. Eine leichte Handbewegung und es zoomte in den Metis-Nebel und seine Umgebung.

Nahe, aber definitiv außerhalb des von der Föderation kontrollierten Territoriums und am äußeren Rand des erforschten Raums, würde es sie fünf Tage dauern, die Peripherie zu erreichen – weit weniger Zeit als die meisten, aber immer noch eine Reise. Es war ein angeblich uninteressanter, gewöhnlicher Plerion, eingehüllt in einen uralten, gasreichen Supernova-Überrest, der sich hartnäckig geweigert hatte, sich in das interstellare Medium aufzulösen.

Aber sie hatte ein kleines Vermögen gemacht, indem sie sah, was andere nicht sahen. Die 'Experten' hatten gesagt, der Lacertae-Asteroidenring sei nichts als tote Felsen, bis sie die ultra-seltenen Schwermetalle in den Kernen der größten gefunden hatte. Jetzt nutzte Astral Materials ihn, um Rahmen für Raumstationen zu entwickeln, von denen sie behaupteten, sie seien stark genug, um einer Typ-Ia-Supernova-Schockwelle zu widerstehen.

Das golden-blaue Glühen von Metis hatte vor mehreren Exkursionen ihre Aufmerksamkeit erregt und hatte seitdem am Rand ihres Bewusstseins getanzt und gesummt. Jetzt reich durch die beträchtlichen Erlöse des Lacertae-Funds und der daraus resultierenden Schiffs-Upgrades dachte sie, sie könne es sich leisten, einer Ahnung für einen Monat oder so zu frönen.

Ihre Augen weiteten sich bewusst, Pupillen erweitert und Augenimplantat blitzend, als sie gleichzeitig die Daten durchging, die sie in ihrer Bibliotheksabfrage der wissenschaftlichen Archive gezogen hatte – die erbärmlich spärlich waren –, die auf ihrem eVi hochscrollten, das rotierende Vollspektrum-Bild des Nebels und ihre eigenen Daten, die danebenflossen.

»Nun, du lieblicher, mysteriöser Metis… welche Geheimnisse

hast du mir zu zeigen?«

2

SENECA

CAVARE, HAUPTSTADT DER SENECAN FÖDERATION

Die kinetische Klinge glitt in die Kehle des Mannes wie ein Messer durch Butter. Caleb hielt ihn sicher von hinten fest, während das Blut zu fließen begann und der Mann zuckte und krampfte.

Er bevorzugte im Allgemeinen saubere, schmerzlose Tode. Aber er wollte diesen Mann sterben sehen, und langsam sterben.

Als der Mann alle motorischen Funktionen verloren hatte, warf Caleb ihn auf den Schreibtisch und drehte ihn um. Augen, weit vor Angst, Verwirrung und Empörung, begegneten seinen. Die Lippen des Mannes verzerrten sich zu einer Karikatur des Sprechens, obwohl keine Worte herauskamen.

Er hatte eine gute Vorstellung von der beabsichtigten Äußerung. Warum. Es war eine Frage, die leicht zu beantworten war. Vergeltung.

»Gerechtigkeit.«

Als sich die Blutlache über den Schreibtisch ausbreitete und Wasserfälle zum Boden darunter bildeten, glasierten die Augen des Anführers der

Humans Against Artificials-Terrororganisation über. Der letzte Funke Leben in ihnen dämmerte, dann erlosch.

Einer erledigt.

* * *

Caleb Marano trat aus dem Raumhafen in das cyan-getönte Glühen einer spätnachmittäglichen Sonne, die sich von den polierten Marmorplatten des Platzes reflektierte. Die kühle Brise, die seine Haut liebkoste, fühlte sich wie ein Willkommen zu Hause an. Cavare war immer kühl und oft kalt; Krysk war im Vergleich ein wahrer Ofen gewesen.

Er stieg die erste Treppe hinab und bog zur Ecke ab, um sich von der geschäftigen Durchgangsstraße zu befreien, dann entspannte er sich neben der Brüstung, um auf seine Begleiter zu warten.

Isabela verließ einen Moment später den Raumhafen. Sie hielt eine Tasche in einem Arm und ein zappelndes Bündel aus Armen, Beinen und langen, dunklen Locken im anderen. Sie sah beunruhigend 'mütterlich' aus, als sie sich abmühte, Marlees verworrenes Haar zu bürsten—aber er konnte sich erinnern, als sie dieses kleine Mädchen mit langen, dunklen Locken gewesen war... und es war nicht so lange her.

Mit einem Stöhnen gab sie das vergebliche Unterfangen auf und erlaubte ihrer Tochter, ihrem Griff zu entkommen und schnurstracks auf Caleb zuzusteuern.

Er hockte sich hin, um Marlee auf Augenhöhe zu begegnen. Sie prallte mit fast genug Kraft gegen ihn, um ihn rückwärts umzustoßen. Er hätte gelacht, wäre da nicht der verlassene Blick in ihren blassen türkisfarbenen Augen gewesen.

»Musst du jetzt weggehen, Onkel Caleb?«

Er zerzauste ihre Locken zu weiterer Unordnung. »Ja, ich fürchte,

ich muss zurück zur Arbeit. Aber es war großartig, meinen Urlaub
mit dir zu verbringen. Ich habe viel gelernt.«

Sie trug ihr bestes ernstes Gesicht, als sie weise nickte. »Du
hattest viel zu lernen.«

Er grinste und lehnte sich vor, um seiner Mitverschwörerin
zuzuflüstern. »Du erinnerst dich an alles, worüber wir geredet
haben, oder?«

Ihre Augen waren weit und ehrlich. »Uh-huh.«

»Gut. Willst du noch eine Fahrt, bevor ich gehe?«

Ihr Kopf wippte mit Begeisterung auf und ab, sofort wieder der
eines sorglosen Kindes.

»Okay.« Er hob sie in seine Arme und stand auf, vergewisserte
sich, dass er ihre winzige Taille fest im Griff hatte, und begann sich
mit beschleunigender Geschwindigkeit zu drehen. Ihre Arme und
Beine baumelten frei, um durch die Luft zu schwingen, während
sie vor Vergnügen kicherte.

Nach ein paar weiteren Drehungen verlangsamte er—er hatte
ihre Grenzen während der letzten Wochen kennengelernt—und
ließ ihre Gliedmaßen gegen ihn fallen, bevor er zum Stillstand kam.
Er drückte sie ein letztes Mal und setzte sie sanft auf den Boden,
als ihre Mutter sie erreichte.

Isabela trug einen halb amüsierten, halb erschöpften Ausdruck,
als Marlee anfing, schwindlige Kreise um ihre Beine zu laufen.
»Entschuldige die Verzögerung. Sie ließen uns zurück in den
Transport und wir fanden Mr. Freckles unter dem Sitz.« Sie klopfte
bestätigend auf ihre Tasche, wo das Stofftier nun sicher verstaut
war. »Bist du sicher, dass du nicht schnell mit uns essen willst?«

Er antwortete mit einem zweifelnden Grinsen. »Du kannst
höflich sein, wenn du willst, aber die Wahrheit ist, du hast mich
satt und zählst die Minuten, bis du mich endlich los bist.«

»Nun, ja. Aber ich weiß nie, wann ich dich wiedersehen werde...«

Das Funkeln verschwand aus ihren Augen, ersetzt durch etwas Dunkleres und Schwereres.

Sie wusste, dass er nicht für eine Shuttle-Herstellungsfirma arbeitete, und er wusste, dass sie es wusste. Aber sie sprachen nie, niemals darüber. Teilweise zu ihrer und seiner Sicherheit, aber teilweise, weil er es vorzog, in ihrem Kopf weiterhin der starke, standhaft ältere Bruder mit dem entspannten Auftreten und dem boshaften Sinn für Humor zu sein, ohne moralische Grautöne in die Beziehungsdynamik einzuführen.

Denn er wollte nie, dass sie ihn mit Vorsicht, Desillusionierung… oder schlimmstenfalls Angst ansah.

Er nickte nur als Antwort. »Ich werde bald wieder zu Besuch kommen. Versprochen.«

Sie beugte sich hinunter, um den Wirbelsturm an ihren Beinen anzuhalten. »Ich werde dich beim Wort nehmen. Ich werde Marlee zu Mama bringen, dann fahren wir nach Hause.«

Er beugte sich über den kämpfenden Wirbelsturm, um sie zu umarmen. »Danke für die ausgedehnte Gastfreundschaft. Ich bin froh, dass ich so viel Zeit mit euch verbringen konnte.«

»Jederzeit, ich meine es ernst,« flüsterte sie in sein Ohr. »Bleib sicher.«

Er hielt sein Achselzucken mild, als er zurücktrat. »Natürlich.« Nicht wahrscheinlich.

Zwei eindringliche und tränenreiche Umarmungen von Marlee später trennten sich ihre Wege. Er sah zu, wie sie in der Menge der Reisenden verschwanden, dann ging er in Richtung des Parkhauskomplexes.

* * *

Caleb betrat die angrenzende Toilette und wusch das Blut von seinen

Händen und Unterarmen. Dann kehrte er ins Büro zurück, griff unter die Ecke des Schreibtisches und löste das 'Alarm'-Paniksignal aus— das, das er dem toten Mann nie hatte erreichen lassen. Es gab eine Überwachungskamera, die in der Decke versteckt war, und er blickte zu ihr auf und lächelte. Er hatte eine Reihe von Lächeln in seinem Repertoire; dies war nicht eines der angenehmeren.

Das Getümmel begann, als er das Gebäude verließ. Er beschleunigte seinen Schritt zu seinem Bike, sprang auf und startete den Motor. Drei Männer stürmten aus der Tür, zwei Daemons und ein TSG schwenkten in seine Richtung.

Es würde nicht gut sein, erschossen zu werden. Ein Daumenschnippen und das Bike schoss aus dem Parkplatz. Er legte es hin, als Laserfeuer knapp einen Meter über seinem Kopf durchschnitt, sein Bein schwebte Zentimeter über dem Boden, während er um die Ecke und auf die Querstraße rutschte.

Er hörte sie fast sofort die Verfolgung aufnehmen. So spät in der Nacht war der Straßen- und Luftverkehr spärlich, was ein Grund war, warum er die Operation zu diesem Zeitpunkt begonnen hatte. Es reduzierte die Chancen, dass seine Verfolger unschuldige Zuschauer erwischten—und gab ihnen freie Sicht auf ihn. Er wollte sicherstellen, dass sie wussten, wohin er ging, bevor er sie abhängte.

Ihre Bodenfahrzeuge hatten keine Chance, mit seiner Geschwindigkeit mitzuhalten, und es würde verdächtig aussehen, wenn er verlangsamte... aber wie erwartet hatten sie sich einen Skycar geschnappt. Er behielt ihn über die Rückkamera im Auge und stellte sicher, dass er ihm durch zwei größere Richtungsänderungen folgen konnte.

Zufrieden schaltete er das Bike in seinen tatsächlich höchsten Gang und beschleunigte rechts dann links, schlängelte sich in schneller Folge um zwei Straßenecken. Er aktivierte den Tarnschild. Er machte ihn oder das Bike nicht unsichtbar, aber er ließ sie mit der Umgebung verschmelzen und machte sie praktisch unmöglich, nachts aus der Luft zu verfolgen.

Dann raste er zum Bahia Mar-Raumhafen. Schließlich musste er vor ihnen dort ankommen.

* * *

Winzige Lichtflecken funkelten in den nachtdunklen Wassern des Fuori River, als Caleb auf dem kleinen Oberflächenparkplatz anhielt. Er war fast leer, da die meisten Leute die Levtrams zum Vergnügungsviertel nahmen und keine Parkplätze brauchten.

Nachdem der Motor in die Stille geschnurrt war, schwang er ein Bein vom Bike und blickte auf. Ein Lächeln huschte über sein Gesicht bei den Dutzenden von Meteoren, die gegen die Silhouette des riesigen Mondes strichen, der Senecas Himmel dominierte.

Er notierte die Zeit. Er hatte ein paar Minuten, um ein wenig Sterne zu beobachten, obwohl die Bedingungen hier im Herzen der Innenstadt alles andere als ideal waren. Eine Exanet-Abfrage bestätigte, dass der Meteorschauer elf Tage andauerte. Vielleicht hätte er eine Chance, in die Berge zu fahren, bevor er endete.

Diesem Plan verpflichtet, sicherte er das Bike in seinem Stellplatz. Ein letzter Blick zum Himmel und er überquerte die Straße und nahm die breiten Stufen zum Riverwalk-Park.

Die Atmosphäre auf der breiten Promenade schwebte im optimalen Gleichgewicht zwischen verlassen und von Menschenmassen überrannt. Da es ein Wochenendabend war, würde das Gleichgewicht nicht lange halten, aber im Moment pulsierte es vor Energie, während es noch genügend Raum bot, sich zu bewegen und den eigenen persönlichen Raum zu beanspruchen. Er bemerkte mit Interesse die Freiluftbar zur Rechten, komplett mit Live-Synth-Band und erhöhter Tanzplattform. Noch nicht. Geschäfte zuerst.

Er schlüpfte zwischen die umherwandelnden Gäste, bis er einen

24

Abschnitt des Geländers am Rand der Promenade südöstlich der Bar erreichte. Hier hatte sich die Menge zu ein paar wandelnden Paaren gelichtet und die Musik dröhnte sanft im Hintergrund.

Das Licht von den Wolkenkratzern übertönte nun das Licht der Meteore, aber er konnte sich nicht über die Aussicht beschweren.

Eine durch und durch moderne Stadt bis ins Mark, Menschen hatten vor weniger als einem Jahrhundert zum ersten Mal ihren Boden betreten, glitzerte und strahlte Cavare wie eine neu enthüllte Skulptur. Der reflektierte Heiligenschein des Mondes schimmerte im ruhigen Wasser, als der Fluss entlang der Mauer unter ihm plätscherte und sich durch das Herz der Stadt auf seinem Weg zum Lake Fuori wand. Weit zu seiner Linken konnte er den Glanz des ersten Bogens sehen, der den dramatischen Eingang zum See und den Luxus, den er barg, markierte.

Es war eine inspirierende und dennoch tröstliche Aussicht, und eine, die er fast vierzig Jahre lang dabei beobachtet hatte, wie sie sich entwickelte, reifte und zunehmend glänzender wurde. Er begnügte sich damit, sie zu genießen, während er auf die Ankunft seines Termins wartete.

Die Nachricht war mitten beim Abendessen in seinem Lieblings-Chinasian-Restaurant gekommen. Er hatte nicht einmal die Chance gehabt, nach Hause zu gehen; die Gesamtheit der Habseligkeiten, mit denen er gereist war, waren im hinteren Fach seines Bikes verstaut. Aber in Wahrheit wartete nicht viel von Bedeutung in der Wohnung auf ihn, denn sie war nur im technischsten Sinne des Wortes ein Zuhause.

Hab niemals etwas, von dem du nicht weggehen kannst. Ein Juwel von Ratschlag, der ihm früh in seiner Laufbahn von einem Freund und Mentor vermittelt worden war, und etwas, das er bemerkenswert leicht angenommen hatte.

* * *

Er verstaute das Bike in einem nahegelegenen Stellplatz, den er unter noch einem anderen angenommenen Namen gemietet hatte, und eilte zu Bucht F-18. Er machte einen kurzen Durchgang durch das Schiff, um sicherzustellen, dass die Kontaktpunkte der Ladungen fest saßen, dann setzte er sich in den Pilotenstuhl, legte die Füße aufs Armaturenbrett und verschränkte die Hände hinter dem Kopf, um zu warten.

Sie waren genauso Hacker wie Terroristen. Es würde nicht lange dauern, bis sie die Verschlüsselung zur Bucht knackten. Die Verschlüsselung der Schiffsschleuse war stärker—denn sie würden erwarten, dass sie es war—aber nicht so schwierig, dass sie sie nicht knacken konnten.

Genügend Ladungen im Hauptquartier zu platzieren, um es auszuschalten, hätte ein erhebliches Entdeckungsrisiko und letztendliches Scheitern bedeutet. Aber hier kontrollierte er jeden Schritt und jede Handlung.

Die Hangarbuchttür platzte auf. Drei... sechs... acht zunächst. Er hoffte inständig, dass mehr auftauchten, bevor sie ins Schiff gelangten.

Sein Wunsch wurde erfüllt, als drei Minuten später sieben weitere Mitglieder der Gruppe hereinrauschten. Die Oberflächenverfolgung, vermutete er. Die ersten Ankömmlinge hackten immer noch das Schiffsschloss. Er gab ihnen weitere zwei Minuten.

Mit einem letzten Blick umher zog er die Füße vom Armaturenbrett und stand auf. Er ging durch das Hauptabteil und nach unten zur mittleren Ebene, öffnete die Luke zum Technikschacht und positionierte sich in der schattigen Ecke nahe der Treppe.

Sie würden nicht alle auf einmal hereinkommen, damit sie nicht am Ende aufeinander schossen in der Verwirrung. Drei, vielleicht vier zu Beginn, plus zwei, um die Schleuse zu bewachen. Sie würden sich auffächern, um ihn schnell zur Strecke zu bringen.

Der erste Mann stieg die Treppe hinab. Als sein linker Fuß das Deck *berührte, packte Caleb ihn von hinten und brach ihm mit einem wilden Ruck das Genick. Er achtete darauf, den Körper gegen das Treppenhaus zu werfen, sodass das laute Klirren durch das ganze Schiff hallte.*

Zwei erledigt.

* * *

Caleb blickte über die Schulter, um Michael Volosk die Stufen zu ihm herabschreiten zu sehen. Pünktlich. Alles an der äußeren Haltung des Mannes projizierte ein Bild vollendeter Professionalität, von dem einfachen, aber perfekt geschneiderten Anzug über das kurz geschnittene Haar bis hin zum zielstrebigen Schritt.

Er streckte die Hand zur Begrüßung aus, als sich der Direktor für Spezialoperationen der Senecan Föderation Division of Intelligence näherte. Ein Zungenbrecher, würdig der höchsten Einbildung der Regierung; aber für alle, die dort arbeiteten, war es einfach »Division.«

Volosk ergriff seine Hand in einem festen Händedruck und nahm eine Position entlang des Geländers neben ihm ein. »Danke, dass du zugestimmt hast, mich hier zu treffen. Ich habe in zwanzig Minuten ein Syncrosse-Freizeitligaspiel die Straße runter, und wenn ich noch ein Spiel verpasse, werden sie mich aus dem Team werfen.« Er trug eine leichte Grimasse, die andeuten sollte, wie viele Verantwortlichkeiten ein hochrangiger verdeckter Geheimdienstbeamter jonglieren musste… dann erkannte er vermutlich den Eindruck, den es tatsächlich vermittelte, denn er wechselte zu einem Achselzucken. »Es ist die einzige Gelegenheit, die ich habe, Dampf abzulassen.«

Caleb lächelte mit studiertem, lässigem Charme. »Es ist kein Problem. Ich bin gerade erst angekommen. Und wenn die Umgebung zufällig neugierige Blicke abschreckt, nun, ich schätze den Wert der Diskretion.«

Volosk machte sich nicht die Mühe, den zusätzlichen Grund für die Wahl des Treffpunkts zu leugnen. »Es würde nicht schaden, wenn deine Kollegen nicht wüssten, dass du schon wieder im Dienst bist—und das ist ein Grund, warum ich dich gewählt habe. Dein Ruf ist beeindruckend.«

Er lachte leicht und fuhr sich mit einer Hand durch das zerzauste Haar, das der Wind wild gemacht hatte. »Vielleicht bin ich dann nicht diskret genug.«

»Sei versichert, es ist auf einer Need-to-know-Basis. Mir ist klar, dass wir noch nicht viele Gelegenheiten hatten, zusammen-zuarbeiten, aber Samuel sprach immer in den höchsten Tönen von dir.«

Er beherrschte seinen Ausdruck, um die Emotionen zu verbergen, die die Aussage hervorrief. »Ich bin geehrt, Sir. Er war ein guter Mann.«

»Das war er.« Volosks Schultern strafften sich mit seiner Haltung—ein Signal, dass er direkt zu den Geschäften überging, als ob es keine Rolle spielte, wie guter Mann Samuel gewesen war. »Was weißt du über den Metis-Nebel?«

Calebs Stirn runzelte sich überrascht. Was auch immer er erwartet hatte, das war es nicht. Okay. Sicher.

»Nun, hauptsächlich, dass wir nicht viel darüber wissen. Er liegt außerhalb des Föderation-Raums, aber wir haben versucht, ihn ein paar Mal zu untersuchen—rein wissenschaftliche Forschung natür-lich. Wir wissen, dass ein Pulsar in seinem Zentrum ist, aber Scans geben ein verschwommenes Durcheinander über das gesamte Spek-trum zurück. Sonden, die hineingeschickt wurden, finden nichts als ionisierte Gase und Weltraumstaub. Wissenschaftler haben ihn als nicht würdig weiterer Studien abgeschrieben. Warum?«

»Du bist sehr gut informiert, Agent Marano. Liest du viel

wissenschaftliche Literatur in deiner Freizeit?«

»So etwas in der Art.«

»Da bin ich mir sicher. Die Informationen, die ich dir sende, sind Level IV Klassifiziert. Weniger als ein Dutzend Leute innerhalb und außerhalb der Regierung sind sich dessen bewusst.«

Er überflog die Datei. Im Hintergrund wechselte die Synth-Band zu einer langsamen, rhythmischen Nummer, durchzogen von einer tiefen, pochenden Basslinie. »Das ist... seltsam.«

»Durchaus. Das Astrophysik-Institut schickte eine hochmoderne, prototypische Tiefraum-Sonde hinein—die empfindlichste, die je gebaut wurde, glauben wir. Ehrlich gesagt, war es nur zu Testzwecken. Die Forscher dachten, Metis' flaches Profil böte eine günstige Arena, um die Sonde durch ihre Schritte zu führen. Stattdessen fing sie das auf, was du dort siehst.

»Offensichtlich müssen wir verstehen, was das ist. Es kam auf meinen Schreibtisch, weil es eine feindliche Bedrohung darstellen könnte. Wir haben ein Moratorium auf alle wissenschaftlichen Expeditionen verhängt, bis wir die Natur der Anomalie herausfinden. Wenn es feindlich ist, je früher wir es wissen, desto besser können wir uns vorbereiten. Wenn es andererseits eine Gelegenheit ist—vielleicht eine neue Art ausbeutbarer Energieressource— wollen wir es unter unsere Kontrolle bringen, bevor die Allianz oder irgendwelche unabhängigen Unternehmensinteressen davon erfahren.«

Caleb runzelte die Stirn zu seinem Begleiter. »Ich verstehe. Aber um ehrlich zu sein, meine Missionen sind normalerweise etwas mehr... körperlicher Natur? Direkter zumindest, und typischerweise mit einem greifbaren Ziel.«

»Mir ist das bewusst. Aber deine Erfahrung macht dich zu einer der wenigen Personen in Division, die sowohl qualifiziert sind, diese Angelegenheit zu untersuchen, als auch eine Sicherheitsfreigabe hoch genug tragen, um es dir zu erlauben.«

Es war keine ungenaue Aussage. Und wenn er ehrlich zu sich selbst war, wäre es wahrscheinlich das Beste, wenn er eine Weile ohne mehr Blut an seinen Händen auskäme.

* * *

Er schob das versteckte Abteil in der Wand auf und kletterte in den schmalen Gang, drückte den Zugang mit seinem Fuß zu und kroch entlang des geneigten Tunnels. Als er zum Ende kam, aktivierte er seinen persönlichen Tarnschild—der ihn sehr nahe unsichtbar machte—und mit einer geschickten Drehung löste er die kleine Luke.

Er rollte, als er den Boden berührte, um das Geräusch zu dämpfen. Die Beleuchtung in der Bucht war absichtlich gedimmt, und er landete tief im Schatten des Rumpfes.

Wie erwartet gab es einen Ring von Männern, die das Äußere des Schiffes bewachten. Er wartete, bis der nächste Mann ihm den Rücken zukehrte, dann schlüpfte er hinaus und bewegte sich zur Ecke der Bucht, um sich hinter den Lagerkisten zu verstecken, die er früher am Tag hatte liefern lassen.

Er wurde belohnt durch die Ankunft in diesem Moment von weiteren sechs—nein, sieben—Verfolgern. Eine erhebliche Mehrheit der aktiven Mitglieder war nun in der Hangarbucht. Gut genug.

Sie bewegten sich, um sich ihren Brüdern anzuschließen, die das Schiff umkreisten—und er sandte das Signal.

Die Wände wogten und bäumten sich von der Kraft der Explosion. Weißglühende Hitze explodierte durch seinen Schild. Die Schockwelle warf ihn auf die Knie, während der Boden unter ihm erzitterte. Splitterstücke bohrten sich in die Wand über ihm und zu seiner Rechten. Ein großer Abschnitt des Rumpfes schoss aus der offenen Seite der Bucht und krachte auf die Straße darunter.

*Ein Blick auf das völlige Wrack seines ehemaligen Schiffes bestätigte,
dass sie alle tot waren. Er kletterte auf die Füße und ging zur Tür,
den brennenden Trümmern und verbrannten, zerstückelten Gliedmaßen
ausweichend. Die Rettungskräfte waren Sekunden nach seinem Verschwinden im Korridor zu hören.*

*Er enttarnte sich nicht, bis er das Bike erreichte. Er startete es ruhig,
fuhr aus dem Stellplatz und beschleunigte zum Ausgang.*

Mission verdammt noch mal erfüllt.

* * *

Caleb nickte zustimmend. »Ich brauche ein neues Schiff. Mein
letztes wurde, äh, in die Luft gesprengt.«

»Soweit ich verstehe, liegt das daran, dass du es in die Luft
gesprengt hast.« Der Ausdruck im Gesicht des Direktors ähnelte
milder sardonischer Belustigung.

Er biss sich auf die Unterlippe in gespielter Reue und offenbarte,
was er für den angemessenen Hauch von Demut hielt. »Technisch
gesprochen.«

Volosk sandte ihm eine weitere Datei. »Wie auch immer, es ist
erledigt worden. Hier ist die Dateinummer und alle Standardinfor
mationen, einschließlich der Hangarbucht deines neuen Schiffes.«

Er ignorierte den milden Seitenhieb und untersuchte diese Daten
mit größerer Sorgfalt, aber es schien, als wäre tatsächlich alles
erledigt worden. »Verstanden. Das sieht alles gut aus.«

»Gut... da ist noch eine Sache. Es ist kein Geheimnis, dass
mit Samuels Tod ein Führungsvakuum im strategischen Arm der
Spezialoperationen herrscht. Er glaubte, du wärst durchaus fähig,
eine größere Rolle zu übernehmen. Basierend auf deiner Akte—ein
paar isolierte Exzesse beiseite—und dem, was ich von dir weiß,
bin ich geneigt zuzustimmen. Also während du da draußen in der

Leere bist, würde ich dich ermutigen, darüber nachzudenken, was du wirklich von diesem Job willst. Wir können weiter reden, wenn du zurückkehrst.«

Caleb sorgte dafür, dass sein Ausdruck nur echte Wertschätzung zeigte und verbarg sorgfältig jede Ambivalenz oder Unruhe. »Danke für das Vertrauen, Sir. Das werde ich tun.«

»Freut mich, das zu hören. Nun, wenn du mich entschuldigst, muss ich gehen und mir von zehn anderen Männern und einem frechen, VI-verstärkten Metallball den Hintern versohlen lassen, wonach ich ins Büro zurückkehren und die Trade Summit-Akte zum siebzehnten Mal diese Woche durchgehen darf.«

Er verzog das Gesicht mitfühlend. Es war unmöglich, dem wachsenden Medienrummel um die Konferenz zu entkommen, selbst mit über einer Woche Vorsprung.

Zweiundzwanzig Jahre waren seit dem Ende des Crux War vergangen; er war vorbei und erledigt gewesen, bevor er alt genug zum Kämpfen war. Die Einstellung der Feindseligkeiten nach drei Jahren wurde offiziell ein 'Waffenstillstand' genannt, aber Seneca und vierzehn verbündete Welten hatten—nach dem einzigen Maßstab, der zählte—gewonnen. Sie hatten ihre Unabhängigkeit von der mächtigen Erdallianz.

Nun hatte irgendein Politiker irgendwo entschieden, dass es endlich Zeit war, dass sie anfingen, nett miteinander zu spielen. Er wünschte ihnen Glück, aber… »Wenn es dasselbe ist, würde ich lieber nicht zu dem da zugeteilt werden, Sir. Es wird ein Clusterfain epischen Ausmaßes werden.«

Volosk atmete mit einer Müdigkeit aus, die Caleb vermutete, realer als gespielt war. »Keine Sorge, du bist aus dem Schneider— wollte deine Arbeit nicht gefährden, indem ich dein Gesicht vor so viele Würdenträger bringe. Ich jedoch werde keine anständige Nachtruhe bekommen, bis das verdammte Ding vorbei ist.«

Caleb seufzte mitfühlend und spielte mit dem oberflächlichen Bindungsmoment mit. Es schien, als hätten die Oberen entschieden, dass er es wert war, gepflegt zu werden, zumindest genug, um sicherzustellen, dass er in der Herde blieb. Bürokraten. Sie hatten keine Ahnung, wie man Menschen führt; wenn sie es täten, würden sie erkennen, dass er die letzte Person war, die Führung brauchte.

»Nun, es tut mir leid, dass ich dir dort nicht helfen kann, Sir. Aber ich werde zu dieser Mission aufbrechen, sobald ich zusammengetragen habe, was ich brauche. Es sollten höchstens ein paar Tage sein.«

Volosk nickte und ging geschmeidig zum Abschlussteil des Treffens über. »Bitte melde dich, sobald du etwas Relevantes entdeckst. Wir müssen verstehen, womit wir es zu tun haben, und zwar schnell.«

Er antwortete mit einem geübten Lächeln, eines, das Beruhigung und Trost vermitteln sollte. »Keine Sorge, ich werde mich darum kümmern. Das ist es, was ich tue.« Er entschied, dass es am besten war, *wenn ich nicht drei Millionen Credit-Schiffe und zwei Dutzend Terroristen mit ihnen in die Luft sprenge* ungesagt zu lassen.

Schließlich hatte er die volle Absicht zu versuchen, dieses Schiff in einem Stück zurückzubringen.

* * *

Nachdem Volosk gegangen war, blieb Caleb eine Weile am Fluss. Seine äußere Haltung war entspannt, abgesehen vom schnellen Klopfen der Fingerspitzen auf dem Geländer.

Er war seit dem Abschluss der Post-Op-Debriefings für die vorherige Mission im Urlaub gewesen. Ob der Urlaub eine Belohnung oder eine Bestrafung gewesen war, war er sich nicht ganz sicher, trotz Volosks vagem Hinweis auf eine Beförderung.

Es war ihm auch nicht besonders wichtig. Er hatte erreicht, was er sich vorgenommen hatte, Gerechtigkeit war gedient worden— wenn auch mit einer würzigen Prise Vergeltung—und die Bösen waren alle tot. Aber es schien, als wäre es Zeit, wieder an die Arbeit zu gehen.

Die Gelassenheit der kühlen Nachtbrise und der flussgereinigten Luft, kontrastiert mit dem pulsierenden Dröhnen der Musik und dem anschwellenden Summen der Menge, bildete eine angemessene Kulisse. Zeit, sich neu zu stimmen.

Er hatte es genossen, Zeit mit Isabela und ihrer Familie zu verbringen, besonders den bösen Onkel zu spielen und Marlees Kopf mit rebellischen und widerspenstigen Ideen zu füllen, die ihre Mutter sicher monatelang verrückt machen würden. Das kleine Mädchen hatte Mumm; es war seine Pflicht, ihn zu ermutigen.

Es war eine willkommene Erholung gewesen. Aber es war nicht sein Leben.

Er stieß sich vom Geländer ab und schlenderte die Promenade zur Bar hinunter. Das Pochen des Basses vibrierte angenehm auf seiner Haut, als er sich näherte. Er bestellte ein lokales Bier und fand einen kleinen Stehtisch, der zugunsten der Tanzfläche verlassen worden war. Er stützte die Ellbogen darauf, nippte an seinem Bier und musterte die Menge.

Es war amüsant und gelegentlich herzzerreißend zu sehen, wie Menschen hartnäckig ihren Weg durch Begegnungen fummelten. Alle Kybernetik der Welt konnte echte, menschliche Verbindung nicht ersetzen, was wahrscheinlich der Grund war, warum körperlicher Sex immer noch der beliebteste Zeitvertreib in der Galaxis war, trotz der leichten Verfügbarkeit von objektiv besser-als-echtem *passione illusoire*. Menschen waren soziale Tiere und sehnten sich nach—

»Was trinkst du?«

Er blickte zu der Frau, die sich neben ihn geschlichen hatte. Langes, rasiermesserscharfes weißblondes Haar rahmte ein Gesicht ein, das zu einer Perfektion geformt war, die über das hinausging, was Gentechnik allein erreichen konnte. Ein weißer schillernder Slip bedeckte minimal tiefgoldene Haut. Silberne glyphs wanden sich entlang beider Arme und die Seiten ihres Halses hinauf, um unter der Haarlinie zu verschwinden.

Er lächelte kühl. »Mir geht's gut, danke.«

Sie ließ eine Hand auf den Tisch fallen und posierte sich dagegen. »Ja, das bist du. Möchtest du tanzen?«

Er unterdrückte ein Lachen über den plumpen Anmachversuch. »Danke, aber...« ein Mundwinkel krümmte sich nach oben »...du bist nicht wirklich mein Typ.«

Ihre Augen strahlten vor poliertem Selbstvertrauen. Sie glaubte, sie hätte die Kontrolle. Wie süß.

»Ich kann jeder Typ sein, den du willst.« Die glyphs leuchteten kurz auf, als ihr Haar zu Schwarz morphte, ihr Make-up sich milderte und ihr Hautton blasser wurde.

Also dafür waren die glyphs da. Eine Verschwendung von Credits, geboren aus einem verzweifelten Bedürfnis, gewollt zu werden. Er zuckte mit den Schultern und schüttelte den Kopf. »Nein, danke.«

Sie runzelte frustriert die Stirn; es entstellte die perfekten Züge zu Hässlichkeit. »Warum nicht? Was zum Teufel ist denn dein Typ?«

Er nahm einen letzten Schluck seines Biers und ließ die leere Flasche auf den Tisch fallen. »Echt.«

Er ging weg, ohne zurückzublicken.

3

ERISEN

ERDALLIANZ-KOLONIE

Zwölf Bildschirme schwebten in einem Gittermuster über Kennedy Rossis Schreibtisch.

Sie betrachtete sie mit kritischem Blick. Ihr Kopf neigte sich nach links, dann nach rechts, für den Fall, dass die Änderung des Winkels eine neue Perspektive offenbaren könnte. Nach weiterer Überlegung trat sie zurück, um sich an das Fenster zu lehnen. Die Entfernung erlaubte es ihr, die Gesamtwirkung besser zu analysieren. Zumindest theoretisch.

Der Schreibtisch war aus nahezu transparentem polykristallinem Aluminiumoxidglas gefertigt. Er zeigte alle an ihn übertragenen Informationen – in ihrem Fall typischerweise Schiffsarchitekturen und Schaltpläne – mit mikroskopischer Genauigkeit und Detailgenauigkeit an. Er fungierte auch als ziemlich schöne Ergänzung zur hellen, eleganten Einrichtung des Büros.

Dieses Projekt war jedoch noch nicht so weit fortgeschritten, dass es die besonderen Fähigkeiten des Schreibtisches erfordern würde. Noch nicht. Die in den schwebenden Bildschirmen enthaltene

Präsentation konzentrierte sich auf das große Ganze. Ihr Zweck war es, eine Geschichte zu weben, die die weniger technisch versierten (sie war großzügig) Direktoren verstehen und, was noch wichtiger war, genug daran glauben könnten, um erhebliche Mittel in das Projekt zu investieren.

Sie blickte aus dem Fenster. Große, federartige Schneeflocken tanzten wieder einmal in der Luft. Vielleicht sollte sie dieses Wochenende Ski fahren gehen...

Erisen war die nächstgelegene bewohnbare Welt zur Erde und war eine der ersten extrasolaren Siedlungen gewesen. Bei einem heftigen Sturm stellte sie gelegentlich den 'bewohnbaren' Teil in Frage, aber die Kolonisten hatten die kühle Umgebung gut genutzt. Aufgrund der geringen Bahnneigung gab es keine nennenswerten Jahreszeiten, und obwohl es oft schneite, führte die niedrige Luftfeuchtigkeit zu einem trockenen Pulverschnee. Diese Eigenschaften bedeuteten, dass zusätzlich zur Schaffung eines Skiparadieses auch Quantenmaßstab- und andere Fertigungen, die supergekühlte Bedingungen erforderten, hier kostengünstig ohne die Notwendigkeit orbitaler Anlagen hergestellt werden konnten.

Die Kolonie hatte keine Zeit verschwendet, die Vorteile in einen wirtschaftlichen Segen zu verwandeln, und einen Fertigungssektor aufgebaut, der nur zu gerne Materialien für die rasche galaktische Expansion des späten 22nd Jahrhunderts lieferte. Mehr als hundertfünfzig Jahre später war Erisen unter den wohlhabendsten Allianz-Welten und ein Zentrum für Elektronik, Orbitale und Raumschiffdesign und -konstruktion.

Deshalb war sie hier, trotz der Realität, dass die sozialen und kulturellen Angebote immer noch im Vergleich zu denen der Heimat verblassten. Aber die Erde war nur drei Stunden entfernt, und es war einfach genug, einen Transport zu nehmen, wenn etwas Interessantes ihre Aufmerksamkeit erregte.

Mit einem fast wehmütigen Seufzer wandte sie sich von den Schneeflocken ab und zurück zur Präsentation. Eine Handfläche kam hoch, um unter ihrem Kinn zu ruhen.

Da bordeigene CUs zunehmend mächtiger wurden und größere Reichweite erlangten, stellte Fernhacking von Schiffssystemen ein wachsendes Verbrechen dar. Das Diagramm, das zu ihrer Linken schwebte, zeigte an, dass die Rate der Zunahme solcher Angriffe exponentiell zu werden drohte.

Ein stark kybernetisiertes Söldnerschiff konnte sich im Schatten eines Mondes verstecken und aus der Ferne die Kontrolle über ein Unternehmens-, Privat- oder möglicherweise sogar Militärschiff auf halbem Weg durch ein Sternensystem übernehmen. Söldner konnten es dann für Enterung und Plünderung außer Gefecht setzen, seine Waffen gegen seine Freunde richten oder es in den nächsten Planeten krachen lassen.

Das Problem hatte noch nicht das Radar der Öffentlichkeit erreicht, aber es würde das bald genug tun. Wenn es nach ihr ginge, würde IS Design in den Startlöchern warten, um die feinste EM-Rückschirmung gegen die Bedrohung anzubieten – für den richtigen Preis, natürlich.

Sie hatte bereits grobe Schaltpläne dafür entworfen, wie die Schirmung in die Standard-Schiffsinfrastruktur integriert werden würde, die geschätzten Energie- und Materialanforderungen bestimmt und eine Gitterformulierung entwickelt, um ihre Leistung am besten zu verbessern. Wirklich, alles was sie jetzt tun musste, war ein paar blumige Worte und ein paar Diagramme hinzuzufügen, die unverschämte Gewinnprozentsätze projizierten, und sie wäre bereit, dem Vorstand zu präsentieren.

Sie griff hinüber und drehte die Trendstatistiken und Marktanalyse-Bildschir—

—ein blinkendes Licht in ihrem eVi signalisierte eine eingehende

Holocomm-Anfrage. Sie verstaute die Bildschirme und erlaubte dem Holo, ihren Platz einzunehmen.

»Kennedy Rossi am Apparat. Ich sehe den Hinterkopf und einen Knoten aus dunkelrotem… Alex?«

»Das steht direkt da auf deinem Bildschirm, Ken.«

»Oh, das überprüfe ich nie. Ich lasse mich lieber überraschen.«

Alex kicherte und blickte endlich auf. Sie saß im Schneidersitz in der Mitte des Technikschachts der *Siyane*, ein offenes Panel, das den Technikerkern neben ihr freilegte. Sie blies eine Haarsträhne aus ihrem Gesicht. »Entschuldigung, letzte Diagnoseprüfung. Ich habe eine Frage.«

»Und ich habe eine Antwort – oder wenn ich keine habe, habe ich eine unterhaltsame aber relevante Anekdote.«

»Uh-huh. Ist es sicher, den Energieausfluss zum Dämpfungsfeld um etwa fünfzehn Prozent herunterzustimmen und es dann durch einen mHEMT-Verstärker zu leiten? Ich will mein Schiff nicht in die Luft jagen.«

»Hmm… gib mir eine Sekunde und lass mich die Feldtestdaten überprüfen.« Sie schnippte mit dem Zeigefinger gegen den Rand des Schreibtisches, um die Produktdateien anzuzeigen, und scrollte durch eine Reihe von Tabellen und Diagrammen, hielt ein paar Mal an, um eines zu studieren. »Nicht ganz, aber du kannst – hast du einen Silizium-Saphir-Matrix-Filter an Bord?«

»Jep.«

»Okay, wenn du die Leitung nach dem Verstärker hindurch-leitest, solltest du in Ordnung sein. Der Dämpfer mag keine Energiespitzen.« Sie hob ein Diagramm aus den Dateien. »Hier, ich schicke dir den Schaltplan. Ich bin sicher, der CEO wird es nicht stören, wenn ich ein bisschen proprietäre Informationen herumwerfe.«

»Großartig, danke.« Alex lehnte sich entspannt auf ihre Hände zurück, während die Datei übertragen und geladen wurde. »Wie ist das Leben auf Erisen? Haben die Dinnerpartys deinen IQ bereits drastisch gesenkt – oder wären es die Vorstandssitzungen? Ich kann nie sagen, was schlimmer ist.«

Sie rollte dramatisch mit den Augen und ließ sich in ihren Stuhl fallen. »Schrecklich langweilig. Gestern musste ich drei besuchende Investoren höflich darüber aufklären, wie wir nicht zu dem trendigen neuen Wolfram-Metamat für unsere Raumschiffrümpfe wechseln würden, da es in wärmeren Planetenatmosphären schmilzt. Sie ließen sich ständig davon ablenken, meine Beine anzustarren und – nun, ich werde dich nicht mit den ermüdenden Details dessen einschläfern, was folgte.

»Obwohl ich später am Abend auf einer Cocktailparty einen köstlichen Öko-Entwicklungsmanager kennengelernt habe, also war der Tag nicht völlig verloren. Wir haben morgen Abend ein Dinner. Ich habe große Hoffnungen.« Ihre Augen funkelten mit absichtlicher Verspieltheit. »Apropos groß, dunkel und gutaussehend, hast du Ethans neueste Musik gehört?«

»Habe ich. Sie war überraschend sanft. Er wird selbstgefällig in seinem Reichtum und Ruhm.«

»Angst und Wut sind für die Jungen und Armen, richtig? Weißt du, du solltest total vorbeischauen und ihn für einen schnellen Fick besuchen, bevor du wieder ins All fliegst.«

Alex zum Aufhören mit der Arbeit für fünf Minuten zu bewegen und, Gott bewahre, sich dem Spaß hinzugeben, war seit der Universität ein laufendes Projekt von ihr gewesen, wo das Erfinden der cleversten und effizientesten technischen Designs um Aufmerksamkeit mit Verbindungspartys und Strandfeuern konkurriert hatte.

Natürlich hatte Alex nie zu den Verbindungspartys gehen wollen, sie bevorzugte ihre Männer grüblerisch und intellektuell; den

Strandfeuern gegenüber war sie nur wenig zugänglicher gewesen. Aber Kennedy war nichts, wenn nicht hartnäckig, und sie hatte gelegentlich nachgegeben, auch wenn sie normalerweise damit geendet hatte, mit den Jungs herumzualbern, anstatt tatsächlich einen von ihnen zu ficken.

Alex kaute an ihrer Unterlippe, während sie eine hervorragende Darstellung davon gab, den eingehenden Schaltplan gewissenhaft zu studieren. »Ken, es sind elf Jahre vergangen. Ich werde nicht 'für einen schnellen Fick vorbeischauen'.«

»Du vergisst die Zeit, als du für einen nicht-so-schnellen Fick vorbeigeschaut hast, nachdem Malcolm mit dir Schluss gemacht hat. Wann war das, vor zwei Jahren?«

»Vor zweieinhalb Jahren und ich habe es nicht vergessen. Es zählt nicht, weil ich betrunken war... unter anderem.«

Sie wirbelte eine lange Haarlocke um einen Finger. »Das ganze Wochenende?«

Alexs Augen verengten sich; es verstärkte die Wirkung der gewölbten Augenbrauen darüber. »*Soglasen – past' zakroi.*«

Kennedy lachte, aber hob die Hände in gespielter Kapitulation. »Okay, okay, ich lasse es gut sein – aber mein Punkt steht immer noch. Ich bin sicher, er wäre begeistert, dich wieder zu verwöhnen. Er hatte schon immer eine Schwäche für dich.« Sie sah definitiv ein kurzes Aufblitzen von Belustigung über Alexs Gesichtsausdruck huschen, bevor sie es unterdrückte.

»Und du warst schon immer viel zu neugierig, was mein Sexleben angeht. Jetzt zu den Energieanforderungen des Feldes. Du sagtest, es mag keine Spitzen. Wie viel Schwankung kann es wirklich tolerieren?«

* * *

SIYANE

SEATTLE, ERDE

Alex trat ein paar Schritte zurück und ließ ihren Blick über die Länge des Schiffes wandern.

Sie hatte mehr als drei Stunden am vorigen Abend damit verbracht, die Silizium-Saphir-Matrix in das Kontrollgitter einzuarbeiten und den Energieausfluss neu zu kalibrieren, dann das gesamte System zu testen und erneut zu testen – aber die Ergebnisse waren es wert. Während selbst umfangreiche Tests die Bedingungen des realen Raums nicht replizieren konnten, zeigten die Simulationen im Durchschnitt eine 39,2%ige Verringerung der Emissionsleckage mit dem neuen aktivierten Dämpfungsfeld.

Bereits ein extrem leises Schiff, das ein schlankes, subtiles Profil präsentierte, das Suchpings wie Wasser an einem geneigten Dach abschüttelte, könnte ihr Stealth-Level jetzt unübertroffen sein. Sie war nicht völlig unsichtbar für Sensoren. Aber sie würde verdammt nah dran sein.

Ein selbstzufriedenes Lächeln wuchs auf ihren Lippen. Ein Teil ihres Geistes tickte durch die Liste in ihrem Kopf, um sicherzustellen, dass alles so war, wie es sein sollte, alle Probleme behoben waren und sie bereit zum Fliegen war. Der andere Teil kicherte still vor Vergnügen über die schöne Kreatur, die vor ihr hing. Die neue f-Graphen-Legierung dämpfte die reflektierenden Eigenschaften des Rumpfes und gab der *Siyane* ein gefährliches, finsteres Aussehen. Das passte ihr gut.

Ihre Träumerei wurde von Charlie unterbrochen, der um das Heck des Rumpfes herumkam, um neben ihr zu stehen. »Alles überprüft. Ich glaube, du wusstest, dass es so sein würde, aber danke, dass du mich so getan hast, als würde ich ein bisschen arbeiten.«

Sie grinste und stieß ihn leicht in die Seite. Er hatte natürlich recht. Sie verstand die intimen Details jedes Subsystems weit besser als er. Aber sein Job war es, sicherzustellen, dass Raumschiffe korrekt funktionierten; er hatte Checklisten für jedes Subsystem und methodische Prozesse, um ihre ordnungsgemäße Funktion zu bestätigen. Es war einfach gute Praxis für das Schiff, regelmäßig eine gründliche Betriebsüberprüfung zu durchlaufen – besonders nach der Installation wesentlicher Upgrades, was sie ganz sicher getan hatte.

»Ein Vergnügen, wie immer mit dir Geschäfte zu machen. Keine Ahnung, wann ich zurück sein werde, aber ich lasse es dich wissen, wenn ich es weiß.«

»Ja, Ma'am. Sichere Reise.«

Sobald er gegangen war, joggten sie die ausgefahrene Rampe zur offenen Luftschleusenluke hinauf und ging direkt zum Cockpit. Sie hatte früher die Lieferung der Lebensmittelvorräte bestätigt und ihre Kleidung und persönlichen Gegenstände unten verstaut. Nichts mehr zu tun, als zu gehen.

Sie ließ sich in den geschmeidigen Ledersessel des Cockpits nieder, und mit einem Gedanken erwachte das HUD zum Leben. Der Evanec-Bildschirm zeigte die formelle Kommunikation mit der VI-Schnittstelle des Raumhafens.

EACV-7A492X an Olympic Regional Spaceport Control: Abflugsequenz-Initiierung angefordert Bucht L-19

ORSC an EACV-7A492X: Abflugsequenz initiiert Bucht L-19

Die Andockplattform, deren Klammern das Schiff hielten, glitt zum Inneren des Raumhafens. Sie wurde dann zu einem Aufzug und stieg zusammen mit Dutzenden anderen Aufzügen in den gestapelten Ringen der Anlage zum Dach auf. Alle Abflüge erfolgten über der Decke der Skycar-Luftstraßen, aus offensichtlichen

Gründen.

Die Plattform rastete in Position auf dem Dachbereich ein. Sie ließ den Motor im Leerlauf und wartete darauf, dass sich die Klammern lösten.

ORSC an EACV-7A492X: Abflugfreigabefenster 12 Sekunden Kurs N 346.48° W

EACV-7A492X an ORSC: Abflugfreigabefenster akzeptiert

Die Plattform drehte sich zum angegebenen Kurs und die Klammern zogen sich zurück. Die *Siyane* schwebte 1,4 Sekunden, bevor der Pulsdetonationsmotor eingriff und sie über Whidbey Island flog. Achtzehn Sekunden später passierte sie die Strait of Georgia und war jenseits der Zuständigkeit der ORS Control.

Außerhalb des Luftraums eines Raumhafens und über zwei Kilometer Höhe wurde der Luftverkehr von einer CU unter dem Deckmantel des Erde Low Atmosphere Traffic Control Systems verwaltet. Ihre Hauptaufgabe bestand darin, sicherzustellen, dass Raumschiffe und Planetentransporter nicht miteinander kollidierten. Es war eine Aufgabe, die einzigartig für die rohe Verarbeitungsleistung eines zentralisierten synthetischen Konstrukts geeignet war, und die CU führte sie fehlerfrei aus.

Sie schwenkte nach Westen. Die Küste wich zurück und verschwand dann vom hinteren visuellen Bildschirm, und der Pazifische Ozean erstreckte sich unter ihr. Sie überholte die Sonne bei weitem, und wie eine Uhr, die rückwärts läuft, wurde die Dämmerung bald zur Nacht.

»Alex, möchtest du sie fliegen?«

Das Lächeln, das über ihr Gesicht brach, verwandelte sich auf halbem Weg in ein Stirnrunzeln. Das Sichtfenster zeigte nur die Sterne oben und Mondlicht, das sich im Wasser unten spiegelte. Sie hatten den San Pacifica Regional Spaceport nach dem Frühstück verlassen, aber so weit draußen über dem Pazifik war die Sonne noch nicht aufgegangen. »Aber Papa, ich kann nichts sehen. Es ist zu dunkel.«

»Du wirst es, moya milaya. Komm, setz dich auf meinen Schoß und ich zeige es dir.«

Sie kletterte in einem Blitz aus dem Beifahrersitz und auf seinen Oberschenkel, zappelte ein bisschen, um sich zurechtzufinden. Obwohl sie groß für ihr Alter war, reichten ihre Füße nicht ganz zum Boden; stattdessen tanzten sie einen aufgeregten Rhythmus in der Luft.

»Bist du bereit?«

Sie strich geistesabwesend minimal gebürstetes Haar hinter ihr Ohr und nickte. »Ich bin bereit.«

»Okay. Ich werde dir den Zugangscode für das HUD des Schiffes senden. Du wirst es aber nicht sofort kontrollieren können. Ich möchte dir zuerst erklären, was jeder der Bildschirme bedeutet.«

Ein winziges Licht in der Ecke ihres Blickfelds signalisierte eine neue Nachricht. Sie vergrößerte sie, und eine Frage schwebte im virtuellen Raum vor ihr. 'Zugang zu Schiffsflugdisplays?'

Sie dachte und rief gleichzeitig »Ja!« Ihr Vater kicherte leise an ihrem Ohr.

Die Welt leuchtete um sie herum auf. Eine Wand halbtransparenter Bildschirme überlagerte das Sichtfenster. Sie malten eine Leinwand aeronautischer Pracht in strahlendem weißem Licht.

Luftgeschwindigkeit. Höhe. Kurs. Neigungswinkel. Lufttemperatur. Atmosphärendruck und Luftdichte. Radar. Motorlast. Andere Ablesungen, deren Zweck ein Geheimnis war. Die relative Fokussierung und Deckkraft der Bildschirme reagierte auf jede Verschiebung ihres Blicks, dann auf ihre bewussten Gedanken. Sicher in ihres Vaters Schoß grinste sie vor Freude.

Ihr Leben würde nie wieder dasselbe sein.

Auf sieben Kilometer Höhe begann sie, in Richtung des Northeast

1 Pacific Atmosphere Corridor zu manövrieren. Technisch zwei Korridore – einer für Ankünfte und einer für Abflüge, um böse Kollisionen zu vermeiden – war es einer von zweiundzwanzig solchen Durchgängen auf dem Planeten, im Abstand von 4-5.000 Kilometern bei 55° N, 0° und 55° S Breitengraden.

Nahezu alle Raumschiffe besaßen die Antriebsenergie, Rumpfstärke und Schilde, die notwendig waren, um durch jede Planetenatmosphäre zu passieren, die einen Fluchtgeschwindigkeitswert innerhalb von fünfzig Prozent größer oder kleiner als die bewohnbare Zone hatte. Die Ausnahmen waren Dreadnoughts und Großkampfschiffe, die im Weltraum gebaut wurden und für immer dort blieben. Aber das bedeutete nicht, dass es eine besonders spaßige oder komfortable Erfahrung war, und der Verschleiß durch häufige Atmosphärendurchquerungen richtete Verwüstung an der Struktur und Mechanik eines Schiffes an.

Die Lösung waren die Korridore: Rückschilde, die die Mehrheit der atmosphärischen Phänomene von einem zylindrischen Bereich fernhielten. Eine Reihe von Ringen aus einem Nickellegierungs-Metamaterial-Absorber erzeugte ein Plasmafeld zwischen jedem Ring, um die Korridore zu schaffen.

Auf der Erde maßen die Ringe einen halben Kilometer im Durchmesser und erstreckten sich von einer Höhe von zehn bis zweihundertsechzig Kilometern, weit in die Thermosphäre hinein. Die Details variierten auf anderen Welten, aber jeder Planet mit einer Bevölkerung von mehr als etwa zwanzigtausend hatte mindestens einen gepaarten Korridor.

Es war Vormittag zurück an der Küste und der Verkehr war lebhaft. Sie verlangsamte und reihte sich in die Schlange der Schiffe ein, die die Erde verließen.

Für grundlegende Sicherheits- oder Aufzeichnungszwecke oder vielleicht nur um ein paar Bürokraten etwas zu tun zu geben,

zeichnete ein Überwachungsgerät die Seriennummernbezeichn
ung jedes Schiffes auf, das den Korridor betrat. Wenn eines aus
verschiedenen Gründen markiert war – aber meistens aufgrund
eines Haftbefehls – fing ein Eindämmungsfeld es am zweiten Ring
ab und immobilisierte es, bis die Behörden eintrafen.

Sie hatte es ein- oder zweimal gesehen und fand es eine absurde
Belästigung. Das System war lächerlich porös; wenn jemand
einer Gefangennahme entgehen wollte, nahm er oder sie einfach
nicht den Korridor (außer den hirnlosen Idioten, die es offenbar
doch taten). Aber glücklicherweise schienen an diesem Morgen
keine hirnlosen Idioten in der Nähe zu sein, und in Minuten
beschleunigte sie in die Ringe.

Ohne die puffernden Kräfte der Atmosphäre, die gegen sie
kämpften, war es eine kurze vierminütige Reise. Ein Wischen ihrer
Hand brachte die technischen Kontrollen hervor und sie initiierte
den Übergang zum WM-Impulsmotor. Dann rollte sie ihre Beine
unter sich zusammen und betrachtete die Aussicht.

Die äußere Atmosphäre der Erde bildete ein kaum organisiertes
Chaos aus kommerziellen und Wohnraumstationen, Null-G-
Fertigungsanlagen, Satelliten und militärischen Verteidigungsplatt
formen. Das Füllhorn der Strukturen raste entlang einem Dutzend
progressiv größerer konzentrischer Umlaufbahnen. Aus der Nähe
bot es eine außerordentlich schöne Aussicht: Sonnenstrahlen,
die sich von glänzenden, glatten Metallen spiegelten, gestreift
im leuchtenden Schein der Lichter darin. Ein Zeugnis für den
Triumph menschlichen Einfallsreichtums.

Als ihre Entfernung von der Erde wuchs, begann es jedoch
mehr einer Schar von Ameisen zu ähneln, die sich von den
weggeworfenen Resten einer Mahlzeit nährten, eine Dichotomie,
die sie immer amüsiert hatte. Die Beschleunigung des Schiffes
nahm zu, als der Motor volle Leistung erreichte, und die Ameisen

verblassten bald in den Heiligenschein der Sonne.

Sie stand auf und streckte sich. Es würden vier Stunden vergehen, bevor sie den Mars-Jupiter Main Asteroid Belt erreichte und 'erlaubt' war, den sLume-Antrieb einzuschalten.

Ursprünglich Alcubierre Oscillating Bubble Superluminal Propulsion Antrieb genannt, als der erste funktionsfähige Prototyp vor fast zweihundert Jahren entwickelt worden war, hatte ein cleverer Marketing-Manager schnell den weit verbraucherfreundli cheren Begriff 'sLume-Antrieb' geprägt.

Der Mechanismus, der ihr Schiff über die Sterne trieb, trug wenig Ähnlichkeit mit dem ursprünglichen Prototyp. Der Ring, der die Warp-Blase offen hielt, wurde jetzt dynamisch erzeugt und bestand aus exotischen Partikeln, die zu klein waren, um selbst en masse sichtbar zu sein. Die Energieanforderungen wurden vollständig vom He3 LEN-Fusionsreaktor dank des Schubs in negativer Masse erfüllt, der als Nebenprodukt des Impulsmotors bereitgestellt wurde.

Und während der erste Prototyp nur siebzig Mal die Lichtgeschwindigkeit erreicht hatte, war ihr Antrieb um einen Faktor von Tausenden schneller. Zugegeben, es war ein sehr hochwertiges Modell.

Die Partikel, die durch die Beendigung der Blase freigesetzt wurden, wurden in Mikro-Singularitäten geleitet, um nicht alles in einem 0,2 AU-Umkreis zu zerstören. Dennoch war der Raumverkehr in der Erde-Lunar-Mars-Konjunktion ziemlich schwer, da die Region mehr als fünfzehn Prozent der galaktischen Bevölkerung beherbergte. Obwohl Bände von Forschung darauf hinwiesen, dass es völlig sicher war, bestanden Allianz-Bürokraten auf Sorge über die Idee von Milliarden von Mikro-Singularitäten, die jeden Tag in einem so überfüllten Sektor geschaffen wurden – irgendeine Vorstellung über die Destabilisierung des Raum-Zeit-

Manifolds.

So war der Überlichtgeschwindigkeits-Antriebsbetrieb durch private Raumfahrzeuge innerhalb des Main Asteroid Belt verboten; Militärschiffe und kommerzielle Transporter bekamen natürlich einen Passierschein. Und sie verschwendete einen halben Tag auf 0,1% ihrer Reise.

Ihr natürlicher Instinkt wäre normalerweise gewesen, einen Fall von gerechter Empörung über die eklatante Kapitulation vor Angst statt Wissenschaft aufzubauen, aber sie konnte einfach nicht die nötige Empörung aufbringen.

Schließlich war sie zu Hause.

4

ERDE

VANCOUVER, EASK-HAUPTQUARTIER

Die Mitglieder des Erdallianz Strategisches Kommando Vorstand positionierten sich um den ovalen Tisch. Fünf von ihnen waren leibhaftig anwesend, die vier Regionalkommandeure über volldimensionale Holos.

Der Tisch war ein wahres Antiquariat, gefertigt für das Hauptquartier des Politbüro-Ständigen Ausschusses in Zhongnanhai in den schwindenden Jahren der CCP-Herrschaft. Aus natürlichem birmanischem Teakholz konstruiert und in der alten chinesischen Tradition lackiert, lag die Oberfläche nun unter mehreren Schichten AgInide-Sicherheitsleitglas begraben.

Der Tisch war natürlich beeindruckend groß—weit größer als für nur neun Personen erforderlich—aber ein praktischerer Tisch wäre weniger großartig gewesen und der Wichtigkeit derer, die ihn nutzten, nicht angemessen.

Eine spätnachmittägliche Sonne schien durch die raumhohen Fenster, die den Penthouse-Konferenzraum säumten. Abschirmungen filterten das Sonnenlicht, um die Blendung zu reduzieren, ohne die Aussicht auf den Pacific zu beeinträchtigen, da der Raum speziell wegen seiner herrlichen Aussicht an der Westseite des Gebäudes platziert worden war.

General Price Alamatto wartete, bis sich die Tür hinter den sich entfernenden Adjutanten geschlossen hatte, bevor er sich wieder den versammelten Board-Mitgliedern zuwandte. »Wie ich vor der Unterbrechung sagte, können wir mit einer geringfügigen Anpassung des Sol-System-Konstruktionsbudgets die Mittel aufbringen, um zusätzliche sechs Hochorbit-Arrays zu montieren und sie in die Provinzen Fionava und Deucali zu entsenden.«

Miriam Solovy lehnte sich in ihrem Stuhl vor, während sie ihre Schultern fest gerade hielt. Es war eine durchsetzungsfähige Haltung, die sie oft mit überzeugender Wirkung einsetzte. »Und wenn wir sie Fionava und Deucali liefern, dann werden New Cornwall und Messium sie auch wollen, und wahrscheinlich auch Karelia und Nyssus—alles wegen einer mythischen Bedrohung durch nicht existierende Aliens, die ewig am Rande der Grenze stehen. Und ihnen nachzugeben wird das Sol-System-Konstruktionsbudget auslöschen.«

Sie schüttelte den Kopf in einer knappen, aber entschiedenen Bewegung. »Nein. Wenn diese Mittel wirklich verfügbar sind, nutzen wir sie besser, um Erdes äußeres Verteidigungsnetz mit einem redundanten Backup-Stromnetz zu verstärken und die neuen Langstrecken-Emissionssignatursensoren zu installieren. Zusätzliche Redundanz wird die Sicherheit erhöhen und die Sensoren werden uns erheblich frühere Warnung geben, sollten unerwünschte Besucher Erde ins Visier nehmen.«

General Liam O'Connell hob eine übermäßig buschige Augenbraue in ihre Richtung. »Vorsicht, Admiral, damit niemand andeutet, Sie würden eine ‚Erde First'-Agenda vertreten.«

O'Connell war der Südwest-Regionalkommandeur und schien

51

zu glauben, die Überwachung der größten Region in Kiloparsec gäbe ihm das Recht, ein arroganter Arsch zu sein. Er lag falsch, was ihn aber nicht davon abhielt.

Sie betrachtete ihn kühl. »Es ist mir ziemlich egal, was jemand über mich andeutet, General. Ich tue nichts dergleichen, außer der unwiderlegbaren Tatsache, dass sowohl das Wissen als auch die Fähigkeiten der Erdallianz hier auf Erde konzentriert sind, und wir sollten das anerkennen und entsprechend handeln.«

Alamatto räusperte sich vom Kopfende des Tisches. »Sie machen einen lobenswerten und gültigen Punkt, Admiral. Dennoch dürfen wir nicht den Anschein erwecken, Erde-zentrisch in unserer Entscheidungsfindung zu sein. Erde hat genug eigene Ressourcen. Wir müssen uns der Realität bewusst sein, dass den Kolonien oft unsere inhärenten Mittel fehlen und sie unseren Schutz benötigen.«

Eine starke Erde war eine starke Allianz; sie würde nie verstehen, warum mehr Leute das nicht sahen. Sie arbeitete daran, die besten Interessen der gesamten Erdallianz zu schützen, Kolonien eingeschlossen.

Ihr Blick war Stahl über den Tisch hinweg. »Welchen Schutz wir nicht bieten können werden, wenn unser Verteidigungsnetz ausfällt und wir unter Angriff geraten.«

O'Connell schnaubte aus der Sicherheit seines Holos. »Wer, glaubst du, wird Erde angreifen, Miriam? Seneca? Die würden es nicht wagen. Räuber von New Babel, oder vielleicht ein paar Verrückte von Pandora? Sei realistisch. Erde ist bei weitem die am stärksten befestigte, schwer verteidigte Welt im besiedelten Raum. Niemand kommt wegen Erde.«

Innerlich seufzte sie, obwohl sie darauf achtete, es nicht zu zeigen. An diesem Punkt drohte das Vorstand völlig von den Regionalkommandeuren dominiert zu werden. Alamatto war ein zu schwacher Anführer, um sie in Schach zu halten, und es gab keine andere Fraktion, um sie auszubalancieren. Die anderen drei Erde-basierten Mitglieder waren zu sehr verschiedenen politischen Gönnern verpflichtet, um mit ihr oder Alamatto gemeinsam zu handeln.

Sie kämpfte einen aussichtslosen Kampf und sie wusste es. Aber solange sie eine Position mit irgendeiner Macht innehatte, würde sie nicht aufgeben. Sie senkte ihr Kinn und blickte leicht nach oben und seitlich zu O'Connell, eine Augenbraue gewölbt; der geschaffene Eindruck war der eines Meisters, enttäuscht von der Unwissenheit des Schülers.

»Wenn ich die Natur des Gegners vorhersagen könnte, seien Sie versichert, wir würden der Bedrohung bereits begegnen. Sie glauben, wir haben an alles gedacht. Aber die wahre Gefahr ist, wie sie es seit Anbeginn der Geschichte war, der Feind, den wir nicht vorhersagen können. Das ist es, wogegen ich immer zu verteidigen suche.«

Alamatto legte beide Handflächen auf den Tisch und drückte hinein, um zu versuchen, die Kontrolle über das Meeting zurückzugewinnen. »Sie beide bringen gültige Bedenken vor, die wir neben anderen Überlegungen abwägen müssen.«

Er hielt inne, um den Tisch mit einem glatten Lächeln zu bedenken; die gelassene, selbstbewusste, aber nicht bedrohliche Miene rangierte als einer seiner stärksten Vorzüge.

»Meiner Ansicht nach ist das Verteidigungsnetz vorerst ausreichend stark, aber meine ist nicht die einzige Meinung, die zählt. Gibt es weitere Beobachtungen, oder sollen wir über die Initiative abstimmen?«

* * *

DEUCALI

ERDALLIANZ SW-REGIONALKOMMANDO

General Liam O'Connell stürmte den Flur vom QEC-Raum zu seinem Büro hinunter. Seine Nicken zu den Junioroffizieren, an denen er vorbeiging, waren, wenn sie überhaupt auftraten, knapp. Das Hauptquartier der Basis summte vor Aktivität, selbst an diesem typischsten aller Tage; dennoch wich die Menge unfehlbar zurück, um seiner großen, stämmigen Gestalt ungehinderten Durchgang zu gewähren.

Das Board-Meeting war gut gelaufen, dachte er. Persönlich war er nicht so sehr über die Notwendigkeit zusätzlicher Hochorbit-Verteidigungsarrays aufgebracht, aber als Machtspiel musste er zugeben, dass es ein geschickter Schachzug war.

Fionava schien wirklich besorgt über potenzielle Gefahren von den Grenzen des Raums jenseits seiner Grenzen zu sein. Diese Welt war solchen Sorgen nicht in so großem Maße unterworfen, aber er war mehr als glücklich, sich ihrer Sache anzuschließen, wenn es bedeutete, dass größere Ressourcen und erhöhter Einfluss seinen Weg finden würden.

Deucali war eine der größten ‚Zweite Welle'-Kolonien, und ihre Bevölkerung wuchs weiter. Mit jedem vergehenden Jahr übte sie größere Kontrolle über die kleineren Siedlungen in der Provinz aus. Der Stern der Kolonie war im Aufstieg, keine Frage. Ohne zu verlangsamen bellte er einem vorbeigehenden Leutnant einen Befehl bezüglich der unvollendeten Upgrades zum QEC-Raum zu.

Alamatto war ein schwachsinniger Schwächling. Seine gesamte Laufbahn hatte auf nichts anderem basiert als dem Respekt des militärischen Establishments für seinen Vater—aber wäre er am Leben, wäre der ältere Alamatto entsetzt über seine Entschuldigung für einen Sohn. Solovy konnte ein königlicher Schmerz im Arsch sein, aber sie war wenig mehr als eine Bleistiftdrückerin; wenn sie jemals Live-Kampf gesehen hatte, war es in der Bronzezeit gewesen. Was den Rest des Boards anging, waren sie es nicht wert, Energie über sie zu verschwenden.

An einer Kreuzung hielt er abrupt an und drehte sich um, um dem jungen Mann gegenüberzutreten, der den gegenüberliegenden Flur durchquerte. »Gefreiter, hat Ihr Babysitter Ihnen beigebracht, Ihr Hemd so hineinzustecken? Schärfen Sie diese Falten, bevor ich Sie wieder zu Gesicht bekomme, Sohn.«

»J-jawohl, Herr!«

Er hatte sich umgedreht und war weitergegangen, bevor der Gefreite es schaffte, die Antwort herauszustottern.

Nun, das war nicht ganz wahr. Der Nordost-Regionalkommandeur, Rychen, war ein Hindernis, das darauf wartete zu passieren. Er überwachte die Region, die Senecan-Raum am nächsten lag, was ihn allein zu einem bedeutenden Spieler machte. Zugegeben, er hatte auch zahlreiche Medaillen im Crux War gewonnen, wurde von seinen Kollegen respektiert und war allen Berichten nach ein strahlender Leuchtturm der Ehre und Integrität. Der Mann war ohne Zweifel gefährlich. Aber im Moment waren ihre Interessen ausgerichtet, also spielte Liam nett.

Er winkte ein paar Offiziere ab, die um seine Aufmerksamkeit buhlten, schritt in sein Büro und schloss die Tür hinter sich. In früheren Zeiten hätte sie zugeschlagen, aber Türen taten solche Dinge nicht mehr. Schade, wirklich.

Nach einem schnellen Schluck Wasser verlagerte er seinen Fokus auf die Serie blinkender Dateien auf seinem Schreibtisch-Overlay. Er bewertete, wies zu und versendete sie mit brutaler Effizienz, hielt nur inne, um das Status-Update zum Bau des neuen Sim-Trainingskomplexes finster anzublicken. Er persönlich bevorzugte altmodische Live-Fire-Übungen—Sim-Training produzierte schwachsinnige Soldaten wie Alamatto—aber die Entscheidung kam direkt von den Politikern. Keine tatsächliche Handlung erforderlich, er schickte es weiter.

Sein finsterer Blick verschwand beim nächsten Punkt; in der Privatsphäre seines Büros verwandelte er sich in ein selbstgefälliges Lächeln. Die Jährliche Gründungstagsparade war nächste Woche. Die gesamte 1st Deucali-Brigade würde in ihren Paradeuniformen draußen sein und stolz zeigen, was es bedeutete, ein Erdallianz Marine zu sein. Es versäumte nie, ihm eine Träne ins Auge zu treiben, an der Spitze seiner Männer durch die Straßen zu marschieren. Obwohl der Public Relations Staff Commander für die Vorbereitungen verantwortlich war, hatte er eine aktive Aufsichtsrolle übernommen. Er terminierte ein Meeting für 0700 am nächsten Morgen, um den Bereitschaftszustand zu überprüfen.

Die Stimme seiner Sekretärin unterbrach seinen Gedankengang. »Herr, Commander Bradlen ist für Ihr Meeting angekommen.«

Mit einem Grimassen schloss er die verschiedenen Bildschirme und richtete seine Jacke. »Schicken Sie ihn herein.«

Ein aufstrebender Bursche, Bradlen war schnell in den Rängen aufgestiegen aufgrund eines Übermaßes an Kompetenz. Er erwiderte den Gruß des jungen Commanders. »Rührt euch.«

»Jawohl, Herr.« Bradlen setzte sich gegenüber dem Schreibtisch und öffnete eine Serie von Bildschirmen zwischen ihnen. »Ich habe die neuesten Versorgungsberichte und Inventare sowie den Lieferplan für die nächsten drei Monate hochgeladen.«

Er hielt inne, während O'Connell auf die Dateien zugriff. »Wie Sie sehen können, erhalten wir nächste Woche eine neue Lieferung Testdrohnen, zusammen mit der neuen Ware für das bestehende Hochorbit-Verteidigungsarray. Ich hörte ein Gerücht, wir bekommen bald ein weiteres Array, Herr. Irgendeine Chance, dass es wahr ist?«

Liam lächelte dünn, die Krümmung seiner Lippen beeinflusste seinen Ausdruck ansonsten nicht. »Ich fürchte, das ist vorerst klassifiziert.«

»Mein Fehler. Äh, wegen der Ware für das Array… Erde sagt, sie ist bereit für den Einsatz, aber ich nehme an, Sie wollen sie zuerst gründlich getestet haben, Herr?«

»Sie nehmen richtig an, Commander.«

»Verstanden. Ich werde dafür sorgen, dass sie durch Konfiguration/Test geleitet wird, bevor Implementation Services sie in die Finger bekommt.« Er räusperte sich und schien in Unsicherheit zu zögern.

»Spucken Sie es aus, Sohn, ich habe nicht den ganzen Tag hier.«

»Richtig. Herr, ich fühle, ich sollte Ihre Aufmerksamkeit auf eine Diskrepanz in den Inventaren für unsere VI-Kurzstreckenraketen lenken. Es gibt einen Bericht darüber in den Dateien. Die Diskrepanz trat mitten im Übergang zum neuen Inventarsystem auf, also ist es wahrscheinlich nur ein Glitch, aber…«

Liam schnaubte in klarem Ekel. »Verdammte Warenuts. Jedes Mal, wenn sie etwas ,Besseres' herausbringen, macht es die Dinge nur schlimmer.«

»Ich… jawohl, Herr. Ich kann Support einige Diagnosen laufen lassen, sehen, ob sie das Problem finden können—«

Liam schüttelte den Kopf in einer Weise, die keinen Widerspruch duldete. »Wird nicht nötig sein. Ich werde großes Vergnügen daran haben, Logistics Command zu informieren, dass sie ihre krumme Ware reparieren müssen.«

»Natürlich, Herr. Wenn sonst nichts ist?«

Er hatte begonnen, andere Berichte aufzurufen; sein Kopf ruckte in Richtung der Tür. »Weggetreten.«

Nachdem Bradlen gegangen war, ließ er die Illusion der Aktivität

fallen. Er saß schweigend da, während eine Ewigkeit verging...
dann öffnete er den Inventar-Diskrepanz-Bericht wieder. Sekunden tickten vorbei, während er ihn einfach anstarrte, als könnte die
Autorität seines Blicks ihn wegschmelzen.

Er wusste nicht, warum er zögerte. Die Entscheidung war bereits
getroffen; die Tat bereits getan. In vielerlei Hinsicht war die
Entscheidung vor vierundzwanzig Jahren getroffen worden, als er
über dem Grab seiner Mutter stand und einen Schwur leistete, auch
wenn es bis vor zwei Monaten gedauert hatte, bis die Gelegenheit
für ihn, seinen Schwur zu erfüllen, endlich an seine Tür klopfte.

Er hatte erwartet, dass die Diskrepanz entdeckt würde. In dieser
hyper-cyberisierten, immer verbundenen Welt, in der sie lebten,
wäre es unmöglich gewesen, sie zu verstecken—also hatte er es nicht
versucht. Stattdessen hatte er sichergestellt, dass die Materialien
während des hektischen, verwirrten Inventarsystem-Übergangs
verschwanden und dadurch eine bereite Erklärung für ihr ‚Fehlen'
lieferten.

Deucali Military HQ beherbergte zehntausende von Rüstungen.
Jeder, der ein paar Dutzend Raketen als unberücksichtigt bemerkte,
würde einfach zustimmend nicken, wie ärgerlich die ‚verdammten
Ware-Bugs' waren und mit seinem Leben weitermachen.

Er schluckte schwer, verärgert über die plötzliche Trockenheit
in seinem Hals. Kein Grund, jetzt ganz emotional zu werden. Er
hatte bereits seine Seele für eine Chance auf Rache verkauft, und
es gab kein Zurück.

Er löschte den Bericht aus dem System.

5

SENECA

CAVARE

Caleb ließ den Pilotenstuhl träge hin und her schwingen, während er ein letztes Mal die Vorflugcheckliste durchging und mental jeden Punkt überprüfte, der abgehakt war und es auch verdiente. Er hatte noch einen Gegenstand zu besorgen, aber der würde auf keiner offiziellen Checkliste stehen.

Zufrieden, dass die Systeme bereit waren, die Lebensmittelvorräte aufgestockt, die Triebwerke vorbereitet und die Waffen funktionsfähig waren, schaltete er die Energie ab und ging die Rampe hinunter. Am Fuß wandte er sich um, um ihr einen letzten prüfenden Blick zu schenken.

Er musste der Division Anerkennung zollen; sie sparten nicht bei Schiffen und Ausrüstung. Nur einen Schritt von einem Jäger entfernt war das Aufklärungsschiff nicht luxuriös oder geräumig, aber sie war schlank und schnell. Die Waffentuben waren in den unteren Rumpf eingelassen, um den Luftwiderstand nicht zu erhöhen. Die maßgefertigten EM-Sensoren waren am Tag zuvor unter der Nase montiert worden.

Ja, sie würde es schaffen.

Er warf sich den Rucksack über die Schulter und ging hinaus zum Oberflächenparkplatz des Regierungsraumhafens. Doch als er sein Bike erreichte, zögerte er.

Verkehr rauschte über ihm in den Luftstraßen des Abendhimmels und neben ihm auf den Straßen vorbei. Die Hauptverkehrszeit schien in vollem Gange zu sein, was bedeutete, dass er verdammt Schwierigkeiten haben würde, durch die Stadt zu Moms Haus zu kommen—was wiederum bedeutete, dass er zu spät zu seinem Treffen kommen würde.

Der Teufel auf seiner Schulter flüsterte in verlockenden, sanften Tönen, dass er den Besuch zu Hause überspringen und direkt zur Bar gehen sollte. Es ging ihr gut. Und es war nicht so, als würde er sie versetzen. Solange er nicht vor der Haustür auftauchte, würde sie nie erfahren, dass er durch Cavare gekommen war.

Aber sie war allein. Mit Isabela auf Krysk für das Jahr, um eine Gastprofessur zu machen, konnte sie nicht so oft wie gewöhnlich nach ihrer Mutter sehen. Mom könnte einen Unfall gehabt haben, oder vergessen haben, Lebensmittel einzukaufen, oder…

Aber Isabela war vor ein paar Tagen vorbeigewesen.

Und würde erst in einem Monat wieder zurück sein.

Er stöhnte laut auf, als ein schlechtes Gewissen den Teufel beiseite schob und seine Vorherrschaft wieder behauptete. »Scheiße.«

Mehr als ein wenig angewidert von sich selbst schwang er ein Bein über das Bike, gab Gas und raste aus dem Parkplatz. Er schwenkte in eine Servicegasse. Das Mindeste, was er tun konnte, war eine verdammte Abkürzung zu nehmen.

* * *

»Oh, Caleb Liebling, wie nett von dir, mich zu besuchen.«

Ja, genau das war er. Nett. Er umarmte sie und versuchte, nicht in der verzweifelten Umarmung zu ersticken. »Hi, Mom. Ich habe nicht lange Zeit, aber ich wollte vorbeikommen und sicherstellen, dass es dir gut geht.«

»Ja, mir geht es nur...« Sie wanderte in die Küche, Strähnen stumpfbraunen Haars fielen aus einem unordentlichen Knoten und auf ihre Schultern. Sie schob halbfertige Skizzen vom Tisch auf den Boden und deutete ihm an, sich zu setzen. Er gehorchte, dann beobachtete er sie, wie sie in den Schränken nach Tee zum Aufbrühen suchte.

Er erinnerte sich, als sie eine lebendige, kluge, lustige Frau gewesen war. Seine ganze Kindheit über war diese Frau seine Mutter gewesen. Jetzt war sie nur noch... erbärmlich. Er wusste das—er hatte es schon lange gewusst—aber der direkten Konfrontation mit der harten Realität gegenüberzustehen, brachte ihn immer noch aus der Fassung. Alte Erinnerungen sterben nie.

»Es ist okay, Mom. Mir geht es gut. Komm, setz dich ein paar Minuten zu mir.«

Sie hielt mitten im Raum inne, ihr unfokussierter Blick wanderte über die Küche. Es war, als hätte sie völlig vergessen, wo sie war. Sekunden vergingen. Schließlich zuckte sie zusammen, eine flüchtige, unregelmäßige Bewegung, bevor ihre Haltung zu ihrem früheren teilnahmslosen, leeren Zustand zurückkehrte. Sie setzte sich vorsichtig ihm gegenüber. »Wie läuft die Arbeit, Liebling? Läuft das Werk gut?«

»Absolut. Wir bringen eine neue Linie von Sechspersonen-Skycars auf den Markt, die auf Familien ausgerichtet sind. Tatsächlich fliege ich morgen nach Elathan, um die Hochfahrung der Produktionslinie zu überwachen.« Nach Jahren der Übung rollten die Lügen leichter von seiner Zunge als die Wahrheit.

»Wie schön.« Sie nickte. Es war eine ungleichmäßige, planlose

Bewegung. Ihre Augen schafften es nicht ganz, seine zu treffen, was genauso gut war. »Ich habe mit Föderation Athletics über ein Design für ihr neues Regionalbüro gesprochen, also... wir werden sehen, vielleicht...«

»Das ist wunderbar zu hören.« Es kostete ihn all sein beträchtliches Geschick, eine Note der Begeisterung in seine Stimme zu legen. Trotzdem schaffte er nur die mildeste Fröhlichkeit. Sie hatte seit mindestens fünfzehn Jahren kein architektonisches Design mehr abgeschlossen. Dieses würde nicht anders sein—und es hätte keinen Wert, wenn er es ihr sagte. »Also, du kommst zurecht? Du hast alles, was du brauchst?«

»Oh, ja.« Sie schenkte ihm ein leeres Lächeln. »Glados und Meriva von der Nachbarschaftsvereinigung kommen einmal die Woche vorbei, wir gehen einkaufen und so.« Das Lächeln schwankte. »Ich dachte, ich hätte deinen Vater neulich gesehen, als wir auf dem syn-org-Markt waren...« drei Sekunden vergingen, bis sie blinzelte »...jedenfalls ist alles in Ordnung. Du kümmerst dich um deine Shuttles und machst dir keine Sorgen um deine Mutter.« Sie tätschelte seine Hand, um den Punkt zu betonen.

Harte, frustrierte Worte drängten hervor; er würgte sie in seiner Kehle ab. »Okay, Mom. Ich muss gehen, ich habe ein Treffen— wegen des Werks. Ich versuche, wieder vorbeizukommen, wenn ich kann.«

Er bereitete sein liebevollstes Nachahmer-Lächeln vor—aber sie war bereits abgedriftet und streichelte träumerisch die unvollständige Skizze eines erdnahen bio-freundlichen Campus, die am Rand des Tisches geklebt hatte.

Er nickte sich selbst zu und stand auf, verließ das Haus, ohne auf die Wand der Visuals im Flur zu blicken, die ein verliebtes Paar und eine glückliche Familie beim Spielen zeigten. Er blickte definitiv nicht auf das größte Visual, das den Eingangsbereich

dominierte. Es zeigte einen distinguiert aussehenden Mann mit
kurz geschnittenem schwarzem Haar in einem perfekt gebügelten
Anzug, aufgenommen zwei Monate bevor sein Vater eine Tasche
gepackt, zur Tür hinausgegangen und nicht zurückgekommen
war...

* * *

Als er auf den Parkplatz hinter der Crux Happy Nights Cantina fuhr,
entschied Caleb, dass er außerordentlich bereit für einen Drink
war—so sehr, dass er nicht einmal bei dem schrecklichen Namen
zusammenzuckte. Zugegeben, er lachte auch nicht.

Aber das Bier stellte sich als ziemlich kalt und überraschend
knackig heraus. Er begrüßte die Hilfe, die es dabei leistete, die
Dunkelheit zu vertreiben, die ihn nach einem Besuch zu Hause
nie verfehlte zu verfolgen. Der Düsternis zu entkommen war
eine erworbene Fähigkeit, und er hatte seine Form größtenteils
wiedererlangt, als Noah Terrage auf den Hocker neben ihm glitt.

Er warf lange Ponyfransen aus seinem Gesicht und ließ seine
Unterarme auf die Chrombar fallen. »Caleb, Freund, wie läuft's
denn so?«

Die erste Regel der Undercover-Arbeit, Spionage und Black Ops
im Allgemeinen—okay, wahrscheinlich die dritte oder vierte oder
vielleicht sogar fünfte Regel, aber sie stand sicher auf der Liste—
war, dass jeder, der sich die Mühe machte, dich ‚Freund' zu nennen,
es nicht war.

Trotzdem war Noah ein guter Kerl, und er fühlte sich geneigt,
ihm einen Freifahrtschein zu geben. Trotz der rebellischen Haltung,
die als fast unvermeidliche Folge der Erziehung des Mannes
kam, vermutete Caleb, dass irgendwo unter der Prahlerei und
den zwielichtigen Geschäften und wilden Stunts eine ehrenhafte

Seele residierte. Zum einen sprach es zu seinen Gunsten, dass er es geschafft hatte, die ziemlich erhebliche Behinderung zu überwinden, ein ‚Vanity Baby' zu sein.

Das Klonen blieb auf den meisten Welten mit der ausdrücklichen Zustimmung des Geklonten legal—nur Neugeburten allerdings; alle Versuche, einen voll entwickelten erwachsenen Körper aus vorhandener DNA zu züchten, hatten sich bisher als grauenhaft katastrophal erwiesen. Klonklauseln in Testamenten waren, obwohl nicht üblich, aus verständlichen Gründen immer beliebter geworden. Vanity Babies jedoch wurden in den meisten Kreisen verpönt und funktionierten selten gut für beide Parteien. Dennoch schien es immer einen weiteren milliardenschweren Narzissten zu geben, der überzeugt war, dass er oder sie eines verdiente.

Ein Klon seines Vaters, eines wohlhabenden Geschäftsmagnaten auf Aquila, war Noah wie die meisten Vanity Babies vor allem ins Leben gebracht worden, um das Ego der Quelle zu nähren. Von früher Kindheit an war von ihm erwartet worden, sich genau so zu verhalten, wie sein Vater sich selbst sah, zu seinen Füßen zu sitzen und zu lernen und aufzuwachsen, um der ergebene Protégé seines Vaters im Geschäft zu werden.

Also war Noah natürlich mit fünfzehn von zu Hause weggelaufen. Hatte einen Transport nach Pandora erwischt und nie zurückgeblickt.

Er war natürlich ein Krimineller. Ein ‚Händler' in höflicher Gesellschaft und ein Schmuggler überall sonst. Und während der Kerl wie der Kumpel rüberkam, mit dem man am Wochenende das Spiel schaute und zu viele Biere trank, besaß er eine Fähigkeit, die an Magie grenzte: er konnte alles finden. Wenn es im besiedelten Raum existierte, konnte er es innerhalb einer Woche in deinem Rucksack erscheinen lassen—wie bei allen Dingen, für ausreichende Credits.

In diesem Fall hatte er weit weniger als eine Woche, aber der Gegenstand war nicht besonders selten und die Entschädigung großzügig.

Caleb beugte sich hinüber, um ihm die Hand zu schütteln. »Du weißt schon, das Übliche—Wein, Weiber und Gesang.«

Noah lachte und nahm einen Schluck aus dem Krug, den Caleb sichergestellt hatte, dass er auf ihn warten würde. »Das weiß ich, Mann.« Seine Stimme senkte sich, als er sich hineinlehnte und beiläufig den kleinen, unscheinbar aussehenden, aber sehr fortschrittlichen Kommunikations-Scrambler herüberreichte. Caleb ließ ihn in seinen Rucksack fallen und kehrte genauso beiläufig zu seinem Bier zurück.

Es war nicht so, dass er vorhatte, sich an etwas offen Kriminellem zu beteiligen, geschweige denn an etwas Verräterischem gegenüber der Föderation. Tatsächlich glaubte er, dass Volosk und wahrscheinlich der Divisionsdirektor von solchen Dingen wussten und sie erwarteten. Black Ops waren aus einem Grund ‚schwarz‘, fielen aber auch unter Regierungsaufsicht und -überwachung. Ein schwieriges Dilemma.

Die meisten Dinge, die er tat, die meiste Zeit, qualifizierten sich als legale Handlungen unter Divisions Mandat, wenn auch nicht immer unter Zivilrecht. Aber ab und zu verlangte eine Mission nach Handlungen, die... es nicht waren. In solchen Umständen zwinkerten und nickten seine Vorgesetzten und ignorierten die lästigen Details, vorausgesetzt, sie waren ausreichend verschleiert. Daher der hochmoderne Kommunikations-Scrambler— ein notwendiges Werkzeug für jene Momente, wenn selbst Special Operations keine Aufzeichnung dessen wollten, was gesagt wurde oder zu wem.

Noahs Stimme blieb leise und gesprächig, kaum hörbar inmitten des Lärms ausgelassener Gäste und generischer Pub-

Hintergrundmusik. »Ich nehme an, du hast den letzten verlegt, was?«

Caleb zuckte mit den Schultern und nippte an seinem Bier. Es war wirklich ziemlich gut. »Äh, er ist explodiert.«

»Was? Verdammt, ich werde ein Gespräch mit meinem—«

»Nicht der Scrambler—das Schiff, in dem er war.«

Noahs Kopf neigte sich zur Seite. »Oh. Ja, das passiert.«

Er hatte Noah vor neun Jahren kennengelernt. Ein Zustrom von Chimerals hatte begonnen, die Straßen auf mehreren der kleineren Föderationswelten zu überfluten; er verfolgte die Quelle zu einem Drogenring auf Pandora. Noah war damals kaum mehr als ein freiberuflicher Straßenhändler gewesen, der Schwarzma rkt-Überwachungsausrüstung, Hacking-Tools und modifizierte Energieklingen verkaufte. Illegal, aber nichts Hartes. Die modifizierte Ausrüstung war praktisch gewesen, ebenso wie die Insider-Informationen, die als Bonus geliefert wurden.

Nach ein paar Jahren verdiente Noah genug Credits, um seine Operation von der Straße zu verlegen und begann, einer anspruchsvolleren Klientel und ihren einzigartigeren Bedürfnissen zu dienen. Caleb hatte ihn über die Jahre gelegentlich in Anspruch genommen, und jetzt... nun, sie waren keine Freunde. Aber in einem anderen Leben hätten sie es sein können.

»Also, wie geht es Pandora in letzter Zeit? Als ich das letzte Mal zu Besuch war, verkauften Holo-Babes im Raumhafen-Terminal Head-Trips, die dich glauben lassen würden, du hättest drei Schwänze und doppelt so viele Frauen, um sie zu füllen, räkelten sich in deinem Bett. Oh, und das Bett schwebte auf einer goldenen Nebula in den Sternen. Gott weiß, was sie auf den Märkten verkauften.«

Noah lachte in trockenem Entsetzen, während er dem Barkeeper für eine Nachfüllung winkte. »Vertrau mir, Caleb, du willst nicht wissen, was sie auf den Märkten verkaufen. Ich mache nicht mit solchem Wahnsinn, nichts als Ärger.«

»Im Gegensatz zu dem Ärger, in den du sowieso gerätst?«

Er zuckte mit den Schultern. »Ja? Trotzdem ist alles gut. Das Geschäft läuft gut. Das Leben ist gut. Niemand hat versucht, mich seit mindestens einem Monat umzubringen.«

Caleb kicherte trotz sich selbst. »Ich schätze, das ist alles, worum man bitten kann, oder?«

Noah seufzte wehmütig. »Nein... du kannst um eine schöne, witzige, intelligente aber verschmitzte Frau in deinen Armen jede Nacht bitten, eine Villa auf einem Hügel—oder besser noch in den Himmel—und die besten Leibwächter, um dich zu beschützen, wenn jemand unweigerlich versucht, dich umzubringen. Für den Anfang.«

Caleb hob seinen Krug, um gegen Noahs zu klingen. »Darauf trinke ich.«

6

ERDE

VANCOUVER, EASK-HAUPTQUARTIER

Miriam saß an ihrem Schreibtisch und versuchte, sich darauf zu konzentrieren, den Terminplan für die nächste Woche durchzugehen. Für einen Moment gelang es ihr nicht.

Sie war stolz auf ihre überlegenen Fähigkeiten zur Abschottung… doch Stunden nach der Vorstandssitzung schien sie ein anhaltendes Unbehagen nicht abschütteln zu können. Enttäuschung. Ärger.

Überstimmt zu werden bereitete ihr kein Vergnügen, besonders wenn die Fakten auf ihrer Seite waren. Egos gepaart mit narzisstischer Unsicherheit hatten wieder einmal über Logik und Vernunft gesiegt. Hoffentlich würden sie diese Entscheidung nicht bereuen, oder die Dutzende davor.

Mit einem privaten Stöhnen richtete sie sich gerader auf und kehrte zu ihrem Kalender zurück. Terminplan.

Die Taufzeremonie für den neuen Kreuzer *EAS Thatcher* war am Montag, gefolgt von einer Statusbesprechung für Project ANNIE. Am Dienstag hatte sie verschiedene Mitarbeiterbesprechungen , dann am Abend eine Phase-II-Testüberprüfung neuer Biosynthetika für Spezialeinheiten. Mittwoch reiste sie zur TacRecon-Konferenz nach St. Petersburg ab.

Ihr Mund zuckte unwillkürlich. Sie hatte versucht, Richard dazu zu bringen, an ihrer Stelle zu gehen – es war sowieso eher sein Fachgebiet –, aber er steckte bis zum Hals im verdammten Handelsgipfel.

Sie wollte nicht nach St. Petersburg, wo Erinnerungen an David an jeder Ecke und auf jeder Straße lauerten. Selbst die Orte, die sie nie besucht hatten, trugen Schatten der Geschichten, die er aus seiner Kindheit erzählt hatte.

Sie würde ihren Schwiegervater besuchen müssen, während sie dort war. David hatte dafür gesorgt, dass sein Vater die neuesten Stammzell-Verjüngungsbehandlungen erhielt, obwohl der ältere Solovy wenig andere finanzielle Unterstützung akzeptiert hatte. Infolgedessen war er mit hundertsechzehn Jahren wie ein Boxer gebaut und arbeitete zehn Stunden täglich im Tiefbau.

Es würde unangenehm und melancholisch werden. Er würde nach Alexis fragen, sagen: »Ich habe dieses kleine Mädchen schon immer geliebt«, wobei er die Andeutung unausgesprochen ließ: »im Gegensatz zu dem, was ich für dich empfinde«. Ihre prominente Stellung bedeutete ihm nichts. Auf seine eigene verdrehte Art würde er ihr für immer Davids Tod vorwerfen und dabei ignorieren, dass David sechs Jahre vor ihrem Kennenlernen zum Militär gegangen war. Er würde sich erkundigen, mit welchem Mann sie inzwischen weitergezogen sein müsse, ahnungslos gegenüber der Realität, dass sie in dreiundzwanzig Jahren nicht weitergezogen war; dass sie nie die Absicht hatte, jemals weiterzuziehen.

Nach zwei elenden Stunden würde sie sich entschuldigen und in ihr Fünf-Sterne-Hotelzimmer zurückkehren, ihren 250-Credit-Zimmerservice bestellen, sich ein Glas Sherry gönnen und ihren Geist mit lebenswichtigen Angelegenheiten der galaktischen

Sicherheit beschäftigen, bis sie zu müde war, um nicht zu schlafen.

Sie wollte nicht fahren. Aber sie würde es trotzdem tun, weil es ihr Job war und weil sie niemandem außer Richard die Verantwortung anvertraute. Wenigstens rotierte der Konferenzort nächstes Jahr irgendwo anders hin – überall anders als Russland.

Sie blinzelte, um die gefährlich sentimentalen Gedanken beiseitezuschieben, öffnete das ANNIE-Briefing und begann, sich in Aufschlüsselungen von Rekurrenz-Quantifizierungsanalysen, Zeitreihenvorhersagen, stochastischen Kontrollen und vor allem dynamischen Sicherheits-Feedback-Schleifen zu vertiefen.

Fast zweihundertfünfzig Jahre nach dem Hong Kong-»Zwischenfall« waren synthetische Intelligenzen aller Art auf jeder Welt noch immer gesperrt und eingeschränkt, aber nirgendwo mehr als beim Militär. Die Allianz behinderte nicht den Fortschritt nichtkybernetischer synthetischer Technologie; sie hielten sie nur in Sicherheitszäunen eingesperrt, sozusagen.

ANNIE (Artificial Neural Net Integration and Expansion) stellte das fortschrittlichste von der Allianz sanktionierte synthetische neuronale Netz bis dato dar. Es versprach auch, das sicherste, sicherste Artificial zu sein, das je konstruiert wurde, denn sie hatten Jahrhunderte gehabt, um jede Kontrolle und Sicherung zu perfektionieren.

Doch genau zu glauben, dass dies wahr sei, hatte überhaupt erst zum Hong Kong-Zwischenfall geführt. Also beabsichtigte sie, die dynamischen Sicherheits-Feedback-Schleifenprotokolle doppelt und wenn nötig dreifach zu überprüfen.

Sie hatte es durch ein ganzes Drittel der Datei geschafft, als ihre Sekretärin ihr eVi anpingte, um ihr mitzuteilen, dass der Minister für Extra-Solar Development in der Lobby war und sie zu sprechen wünschte.

Sie runzelte ärgerlich die Stirn und war etwas überrascht. Sie mochte es nicht, wenn Leute ohne Termin vorbeikamen, aber der Mann war einflussreich genug, dass sie es sich nicht leisten konnte, ihn abzuweisen. »Geben Sie mir zwei Minuten, bevor Sie ihn hereinschicken.«

Die Bildschirmebenen verschwanden; sie ging zum Schrank, um eine Tasse Tee zu machen. Als der Minister hereinkam, war sie in perfekter Form und lächelte mit gelassener Anmut.

»Minister Karolyn, so schön, Sie wiederzusehen.«

»Und Sie, Admiral.« Er verbeugte sich halb von der Taille. Sie neigte das Kinn und deutete ihm zum Stuhl gegenüber ihrem Schreibtisch.

Es gab nur einen denkbaren Grund für den Besuch – aber sie machte nie Annahmen, wo Politiker betroffen waren. »Was kann ich für Sie tun?«

Er nickte und richtete sich unbeholfen im Stuhl zurecht. »Ich entschuldige mich für den unangekündigten Besuch. Ich war heute Nachmittag in der Gegend und dachte, ich könnte vorbeischauen.« Ihre linke Augenbraue hob sich ganz leicht. »Ich wollte die Gelegenheit nutzen, Ihnen persönlich zu verdeutlichen, wie sehr wir Alexis in der Direktion für Tiefraumerkundung sehen möchten. Sie ist eine hervorragende Kandidatin, die neue Energie und Initiative in die Abteilung bringen kann.«

Ihre Lippen spitzten sich kurz. »Sie würde das zweifellos tun, und ich bedaure, dass sie Ihr großzügiges Angebot nicht annehmen konnte. Aber wenn ich ehrlich sein darf? Das scheint ziemlich viel Aufwand für eine Position zu sein, die, obwohl prestigeträchtig, nicht eine ist, die ich als weltverändernd betrachte. Ich nehme an, Sie haben andere qualifizierte Kandidaten.«

»Ja, offensichtlich.« Er zappelte wieder, obwohl es diesmal nicht mit dem Komfortniveau des Stuhls zusammenzuhängen schien. »Wenn ich auch ehrlich sein darf, Admiral, ich bekomme ziemlich viel Druck, sicherzustellen, dass Ihre Tochter für diesen Posten ernannt wird, und zwar bald.«

Sie unterdrückte ein Stirnrunzeln, aber nur knapp. Es beunruhigte sie, wenn politische Kräfte Interesse an Alexis genommen hatten, ohne ihr Wissen. »Druck? Von wo denn? Alexis ist kaum politisch vernetzt.«

»Das ist das Problem mit politischem Druck, Ma'am. Man kann selten sehen, woher er wirklich stammt. Alles was ich sagen kann ist, dass jemand höher als ich sehr möchte, dass Ihre Tochter diesen Job bekommt. Also wenn Sie sie nochmals kontaktieren und das Ausmaß des Interesses betonen könnten, wäre ich sehr dankbar.«

Sie nippte an ihrem Tee, sowohl um sich einen Moment zu verschaffen als auch um ihre Gedanken zu zentrieren. Sie war nicht erpicht darauf, den erbärmlichen Zustand ihrer Beziehung zu ihrer Tochter einem Fremden preiszugeben, geschweige denn einem Politiker. Aber wenn es irgendeine Chance gab, dass Alexis die Position akzeptierte, wollte sie helfen, es zu ermöglichen. Es wäre gut für sie… schließlich könnte es gut für sie beide sein. »Minister, haben Sie Kinder?«

»Ich bin Junggeselle, also nicht soweit ich weiß.« Er lächelte.

Sie nicht. »Verstehe. Sie werden das also nicht selbst erlebt haben, aber wie viele Kinder entwickelte meine Tochter ihren eigenen Kopf, bevor sie zwei Jahre alt war, und hat ihn nie verloren. Sie hörte auf, meinen Rat anzunehmen etwa zu der Zeit… « Ein Schatten huschte über ihr Gesicht, den sie nicht vollständig verbergen konnte.

Das Sicherheitsbüro auf Le Grande Retraite war so hell und sauber wie der Rest des orbitalen Luxusresorts. Ein junger Leutnant in einer makellosen Uniform begrüßte sie am Eingang mit einem Salut.

»Commodore Solovy. Es ist mir eine Ehre, Sie kennenzulernen.«

Sie richtete einen abweisenden Blick auf ihn. »*Das ist kein gesellschaftlicher Besuch, Leutnant. Bringen Sie mich zu meiner Tochter.*«

Seine Haltung sank zusammen, als er eine Antwort stammelte. »*J-ja, Ma'am. Wir haben sie in einen der Verhörräume gebracht. Ich, äh, habe ihr einen Saft gegeben. Und etwas Popcorn.*«

Sie ging neben ihm her. »*Und der junge Mann?*«

»*Äh, er war volljährig und es waren keine Gesetze gebrochen worden, also konnten wir ihn nicht festhalten.*« *Er hielt vor einer Tür an und blickte sie an, dann öffnete er hastig die Tür und trat zurück.*

Alexis warf ein Popcornkorn in die Luft und fing es mit dem Mund auf. Ihre Füße steckten in geflochtenen Flip-Flops und waren auf den Schreibtisch gelegt, die Beine an den Knöcheln gekreuzt. Sie war ganz Ellbogen und Knie, halb Kind und halb Frau. Ihr Haar war in langen Zöpfen gebunden, die über ihre Schultern und ihre Brust hingen – seltsam, sie ließen sie irgendwie älter aussehen, nicht jünger. Vielleicht lag es an dem scharfen, lebhaften Feuer in ihren Augen. Davids Augen.

»*Mom. Hier, um mich in den Arrest zu werfen?*«

»*Ich bin hier, um dich nach Hause zu bringen.*«

Alexis seufzte melodramatisch, rollte die Augen in übertriebener Verärgerung und nahm ihre Füße vom Schreibtisch. »*Schön, was auch immer.*«

Sie wandte sich an den Leutnant. »*Danke, dass Sie sich um meine Tochter gekümmert haben, Leutnant. Ich entschuldige mich für alle Unannehmlichkeiten, die sie Ihnen bereitet haben könnte.*«

»*Sie war kein Problem, Ma'am.*« *Er sprang zusammen, als Alexis ihm die Popcorntüte zuwarf, als sie vorbeiging.*

»*Danke für den Snack, mes'ye.*«

Miriam sagte kein Wort, bis sie das Schiff erreichten. Sie stellte den Autopiloten ein und drehte sich dann im Sitz um. »*Was hast du dir dabei gedacht? Du bist vierzehn Jahre alt und hattest nichts dabei zu suchen, ohne Aufsicht vom Planeten zu fliegen.«*

»Es war ja nicht weit vom Planeten weg...« Ihre Hand zuckte zum Sichtfenster, das von Erdes Profil dominiert wurde.

»Wie hast du Zugang zum Schiff bekommen? Die Sicherheit hätte dich daran hindern sollen, es zu fliegen.«

Alexis schnaubte. »Bitte. Ich habe vor Wochen vollen Zugang dazu gehackt. Es erkennt mich jetzt tatsächlich als seinen Hauptbesitzer an, weißt du.«

»Nicht mehr lange. Du wirst—«

»Wusstest du überhaupt, dass ich weg war, bis sie dich anriefen? Hast du nicht, oder? Du hast wieder eine Nacht im Büro verbracht und getan, was auch immer zur Hölle du da machst.«

Sie spürte, wie sich ihr Kiefer anspannte, aber sorgte dafür, dass ihre Stimme gleichmäßig blieb. »Ich vertraute darauf, dass du reif genug warst, sodass ich dich nicht ständig kontrollieren musste, vertraute darauf, dass du deine Ausgangssperre respektieren und nicht zum Beispiel das Familienschiff stehlen und mit einem Jungen davonlaufen würdest, der vier Jahre älter ist als du.«

»Nick? Er ist ein tupitsa und viel zu leicht zu beeindrucken. Ich hatte mich gelangweilt mit ihm, bevor wir zur Station kamen.«

»Das ist nicht der Punkt. Der Punkt ist, ich habe mich geirrt. Du bist mein Vertrauen nicht wert.«

»Bullshit. Der Punkt ist—«

»Sprich nicht so mit mir—«

»Der Punkt ist, du wirst alles in deiner Macht Stehende tun, um nicht Zeit mit mir verbringen zu müssen. Ich bin nichts als ein Ärgernis im Weg deiner verdammten Karriere – aber hey, ist schon okay. Sag das Wort und ich bin für immer aus deinen Haaren. Ich habe sowieso Dinge zu tun.«

Sie öffnete den Mund, um zu erwidern... dann schloss sie ihn.

Wie konnte sie ihrer Tochter sagen, dass es jedes einzelne Mal ein

Messerstich ins Herz war, wenn sie sie ansah? Dass sie David im Licht ihrer Augen sah, in der Art wie sie ging, ihrer Stimme, ihrem Lächeln und sogar ihrem Stirnrunzeln? Dass sie es kaum ertragen konnte, in dem Haus zu sein, wo er ein Geist in jedem Schatten und ein Flüstern in jeder Ecke war, es aber nicht ertragen konnte, es aus demselben Grund loszulassen? Dass sie Zuflucht in der Arbeit suchte, weil es der einzige Ort war, wo sie so tun konnte, als gäbe es kein Loch in der Welt? Wo sie wenigstens versuchen konnte sicherzustellen, dass er nicht umsonst gestorben war?

Sie konnte es natürlich nicht.

»*Sei nicht absurd. Du bist meine Tochter, und ich sorge mich um dich. Aber mit der Umsetzung des Waffenstillstands gibt es eine enorme Menge Arbeit zu tun. Viele Veränderungen stehen bevor. Jemand muss sicherstellen, dass die Angelegenheiten ordnungsgemäß gehandhabt werden.*«

»*Chto za khuynya! Ich verstehe nicht, warum du dem Waffenstillstand überhaupt zugestimmt hast. Wir hätten Seneca zu Weltraumstaub sprengen sollen.*«

»*Alexis, bitte achte auf deine Sprache. Fluchen auf Russisch ist immer noch Fluchen.*«

»*Das hoffe ich doch. Und mein Name ist Alex.*«

Sie knirschte frustriert mit den Zähnen und atmete tief ein, um ihre erste Antwort hinunterzuschlucken. »*'Ich' habe dem Waffenstillstand nicht zugestimmt – du weißt es besser. Der Premierminister und die Versammlung taten es, weil die einfache Tatsache ist, dass wir zu viele Verluste erlitten. Es war gegen die Interessen der Allianz, in einen langen und chaotischen Sumpf zu geraten.*«

»*Einen 'Sumpf'? Ist das, was du es nennst, dass sie Dad ermordet haben? Das ist kalt, Mom, selbst für dich.*«

»*Wage es nicht, so etwas zu sagen. Dein Vater starb als Held.*«

»*So sagt mir jeder. Weißt du was? Er ist trotzdem tot. Sie sollten es auch sein.«*

Ja, das sollten sie. Aber David würde es nicht wollen – hätte es nicht gewollt. »Ich fürchte, ihr Schicksal liegt nicht bei mir. Aber eine Sache, die bei mir liegt, ist deine Bestrafung. Du stehst unter Hausarrest, bis ich das Gefühl habe, dass du gelernt hast, verantwortlich zu sein. Du kannst zur Schule und zu Aktivitäten gehen, die ich vorher genehmigt habe. Ansonsten wird das Sicherheitssystem dir nicht erlauben zu gehen. Wenn du in der Schule Ärger bekommst, wirst du deine Studien für absehbare Zeit per Holo machen.«

»Ich hacke es einfach.«

»Junge Dame, ich habe Leute, die für mich arbeiten, die viel bessere Hacker sind als du. Du wirst nicht.«

Alexis zuckte mit den Schultern, legte ihre Füße aufs Armaturenbrett und verschränkte die Arme vor der Brust. »Richtig. Absolut. Du hast mich.«

Natürlich hatte sie das Sicherheitssystem innerhalb der Woche gehackt; die härtere Verschlüsselung, die anschließend hinzugefügt wurde, zwei Wochen später. Und danach...

Sie gab dem Minister einen knappen, formellen Ausdruck. »Nun, sie hat meinen Rat schon seit geraumer Zeit nicht mehr angenommen. Jedenfalls, wenn Sie legitim möchten, dass sie die Position akzeptiert, fürchte ich, mich zu bitten, die Angelegenheit zu drängen, ist nicht der Weg, den Sie einschlagen wollen. Ich denke, es ist am besten, wenn Sie sie direkt kontaktieren.«

Er atmete in einem Anflug müder Akzeptanz aus und stand auf. Sie stand mit ihm auf und nahm seine ausgestreckte Hand entgegen.

»Danke für Ihre Zeit, Admiral, und Ihre Offenheit. Ich werde das wahrscheinlich tun.«

»Gewiss, Minister. Meine Tür steht immer offen.« Es war eine dreiste Lüge, aber eine, die sie bei unzähligen Dinnerpartys und

Konferenzen geäußert hatte, und sie brachte sie so glatt vor wie jede Begrüßung.

Nachdem er gegangen war, driftete sie zum Fenster. Der Herbst kam hier früh, und die Sonne hatte bereits ihren Abstieg in die Gewässer begonnen.

Vielleicht war ihr Vorschlag an den Minister doch keine so gute Idee gewesen. Bitte, Alexis, sag dem Mann nicht, er soll sich verpissen.

Sie dachte eine Minute darüber nach, dann drehte sie sich auf dem Absatz um und ging den Flur hinunter zu Richards Büro.

Ein Schachbrettmuster von Bildschirmen schmückte seine Schreibtischoberfläche und ein Aural schwebte vor seinem rechten Auge. Als sie hereinkam, schaltete er das Aural aus und lächelte, obwohl es ein schwacher Versuch war. »Was gibt's?«

Sie antwortete nicht sofort, sondern ging stattdessen halb durch den Raum, die Hände hinter dem Rücken verschränkt, bevor sie anhielt, um ihn anzusehen. »Du hast Alexis neulich zum Raumhafen zurückgebracht, richtig?«

»Ja, ich habe sie auf dem Weg nach draußen erwischt. Warum?«

»Hat sie zufällig etwas über das Tiefraumerkundungsangebot gesagt?«

Er stieß ein kurzes Lachen aus. »Nichts, was du hören willst.«

Ihre Augen schlossen sich zu einem Grimassen. »Ausgezeichnet. Der Minister hat gerade mein Büro verlassen. Er ist ziemlich begierig – tatsächlich beunruhigend so – darauf, dass sie den Posten akzeptiert. Ich sagte ihm, er solle sie kontaktieren, aber jetzt bin ich nicht überzeugt, dass es das Richtige war.«

Er gab ihr ein verständnisvolles Lächeln, diesmal ein echtes. »Nun, ich bin nicht sicher, ob es wirklich wichtig ist. Sie hat Erde gestern Morgen verlassen.«

Sie seufzte leise. »Natürlich hat sie das. Hör zu, da ist noch etwas anderes. Karolyn sagte, er erhielte politischen Druck, Alexis für den Posten zu ernennen. Ich nehme an, du hast kein Gerede darüber gehört?«

»Miriam, ich bin schockiert, dass du andeutest, wir spionieren innenpolitische Angelegenheiten aus.«

»Nein, bist du nicht.«

»Ha… nein, bin ich nicht. Um deine Frage zu beantworten, kein Pieps.«

»Verdammt. Ich weiß, du steckst gerade bis zum Hals im Gipfel, aber wenn du ein paar Minuten Zeit bekommst, könntest du ein wenig herumgraben? Es stört mich, dass Politiker sich in ihre Angelegenheiten einmischen, ohne mein—«

»Einverständnis?«

»Wissen.«

Seine Hände hoben sich zur Kapitulation. »Okay, ich werde nachforschen. Es könnte ein paar Tage dauern.«

»Danke, Richard. Ich lasse dich wieder an die Arbeit gehen. Versuche aber etwas Ruhe zu bekommen – du weißt, nächste Woche wird schlimmer.«

* * *

Trotz Miriams Rat war es fast zweiundzwanzig Uhr, als Richard die Tür zu seinem Haus in den Ausläufern über Lake Sammamish öffnete.

Geheimdienst-Agenten waren jetzt in die offizielle Allianz-Delegation zum Gipfel integriert, das Personal des Konferenzzentrums, eingeladene Gäste und die ziemlich umfangreiche Presse, die das Ereignis abdeckte. Bis Montagmorgen auf Atlantis (was zur zusätzlichen Freude etwa drei Uhr morgens in Seattle war) würden alle seine Mittel an Ort und Stelle sein, und alles, was sie sahen, berührten und womit sie interagierten, wurde über ein instantanes Quantenverschränkungs-Kommunikationsnetzwerk an sein Büro übertragen.

Er wurde an der Tür mit einem Kuss und einem Tumbler Whiskey empfangen.

Er nahm den Kuss gerne entgegen, aber sah den Whiskey schief an. »William, ich muss in sieben Stunden wieder im Büro sein.«

»Und deshalb musst du dich auf die effizienteste Art entspannen und abschalten.« William stupste ihn in Richtung Wohnzimmer, während er immer noch das Glas hinhielt. Er seufzte, spürte, wie ein kleiner Prozentsatz des Stresses mit dem Atemzug entwich, und gab sowohl dem Stupser als auch dem Glas nach.

Er sank ins Sofa, dankbar – nicht zum ersten Mal – für ein Zuhause, das wirklich eine Zuflucht vor dem Wahnsinn war. Das Glas an den Lippen, nahm er einen langen Schluck und genoss das glatte Feuer des Whiskys, als es seine Kehle hinunterbrannte. »Weißt du, ich könnte mich an diese 'Diener, der sich um all meine Bedürfnisse kümmert'-Routine gewöhnen.«

»Nun, tu das nicht.« William lachte, während er die Lichter dimmte und durch den Raum ging, um sich neben ihn aufs Sofa zu setzen. »Mein nächstes Projekt beginnt in drei Wochen, obwohl es wenigstens etwas näher ist, auf Demeter. Ein Zentrum für darstellende Künste bauen, wenn du es glauben kannst. Aber du kannst den Traum bis dahin leben, wenn du möchtest.«

»Das möchte ich...« Er bemühte sich zu lächeln und Williams Schulter zu reiben, aber sein Kopf fiel gegen das Kissen zurück und das Lächeln wich einem Stöhnen. Der Gipfel hatte noch nicht einmal begonnen und er war bereits bereit, sich die Haare zu raufen. Obwohl, um fair zu sein, viel vom Stress des Tages resultierte aus dem lächerlichen Ausmaß an Bürokratie, das darin bestand, Agenten in die offizielle Delegation zu platzieren. Eine der besten Sachen an Geheimdienstarbeit war der Mangel an Bürokratie – aber diesmal nicht. Es verblasste nur im Vergleich zu der schieren Politik, die darin bestand, Agenten in die Presseeinheit zu platzieren.

Er versuchte wieder, die Probleme in den Hintergrund seines Geistes zu drängen. Zuflucht. »Ich glaube dir absolut. Demeter hält sich für das nächste Romane, eine Art Mekka des Reichtums und raffinierten Luxus oder so. Aber hey, es ist nah genug, dass du die meisten Wochenenden nach Hause kommen kannst, richtig?«

»Die meisten, hoffentlich.« William rieb sich mit den Fingerspitzen das Kinn, was normalerweise bedeutete, dass ihn etwas störte.

Richard richtete sich etwas auf. »Es tut mir leid, dass die Arbeit gerade in dem Moment scheiße ist, wo du zu Hause bist und tatsächlich freie Zeit hast. Wenn ich etwas tun könnte, um es zu ändern, würde ich es.«

William schüttelte den Kopf. »Nein, ich weiß. Ich meine, ich verstehe. Das ist das Leben, und wir haben alles davon, um zusammen zu sein. Es ist... hör zu, warum gehst du nicht einfach nach Atlantis? Es wäre einfacher, als zu versuchen, den Zirkus achtzehn Stunden am Tag von deinem Büro aus zu kontrollieren, und hey, wenigstens würdest du etwas Sonne bekommen.«

Er starrte aus den Fenstern, die die gegenüberliegende Wand säumten, getröstet von dem Wissen, dass da draußen in der Dunkelheit eine schöne Aussicht war. »Weil, wenn der EASK Naval Intelligence Liaison beim Gipfel auftaucht, dann könnte jemand denken, wir würden verdeckte Spionageaktivitäten betreiben – und das wollen wir nicht.«

»Ja, und ansonsten werden sie nie so etwas vermuten.«

»Oh, gewiss nicht.« Er seufzte und nahm einen weiteren Schluck Whiskey. William hatte recht gehabt; es half. »Es ist das Spiel, das wir mit unserem Gegner spielen. Beide Seiten tun so, als wären sie aufrecht, aufrichtig und ernsthaft. Beide Seiten versuchen heimlich, den anderen bei jeder Gelegenheit zu untergraben. Der Status quo setzt sich fort.«

»Oder ihr könntet einfach sagen 'zur Hölle mit dem ganzen verdammten Ding' und zusammen einen trinken gehen.« Bei Richards ungläubigem Blick zuckte er mit den Schultern. »Schau. Erde kontrolliert siebenundsechzig Welten, bereits mehr als sie bewältigen können. Die Senecan Föderation wollte Unabhängigkeit und sie haben sie bekommen. Sie gedeihen und sind erfolgreich und haben viel zu bieten. Ich für meinen Teil würde bei der Chance springen, an mehreren der Projekte zu arbeiten, die sie verfolgen. Aber ich kann nicht, weil ich von Erde bin—«

»—und weil du mit mir verheiratet bist.«

»Was ein Preis ist, den ich gerne jeden Tag für den Rest meines Lebens zahlen werde.« Er drückte Richards Hand, um den Punkt zu betonen, dann lehnte sich vor, um seine Unterarme auf die Knie zu stützen. »Ich sage nur, wir müssen nicht weiter all diese Feindseligkeit mit uns herumtragen. Der Krieg endete vor zweiundzwanzig Jahren.«

»Zweiundzwanzig Jahre sind ein Wimpernschlag für die beteiligten Menschen. Manche Wunden heilen nicht so schnell.«

»Du redest über Miriam und Alex.«

Er richtete seinen Blick zur Decke. »Ohne Zweifel. Und Tausende, zur Hölle, Millionen andere… Ich weiß nicht, vielleicht rede ich auch über mich. Ich meine, ich habe meinen besten Freund verloren und mehrere verdammt gute. Ich betrachte mich nicht als jemanden, der mit einem Groll herumläuft, aber wenn ich vor die Wahl gestellt würde, bin ich nicht sicher, ob ich bereit bin, mit den Senecans befreundet zu sein.«

Williams Nicken trug Überzeugung. »Ich verstehe das, wirklich.

Mein Onkel starb im Krieg. Er war ein guter Mann, und meine Tante ist nie darüber hinweggekommen. Und ich hasse es, dass ich nie die Chance hatte, David kennenzulernen.« Er hielt inne, das verräterische Zucken seines Mundes ein Hinweis darauf, dass er überlegte, ob er fortfahren sollte. »Aber ich denke trotzdem, dass jeder davon profitieren könnte, wenn wir einen Weg fänden, die Vergangenheit beiseite zu legen und weiterzumachen.«

Richard schloss die Augen, aber da war ein Lächeln auf seinen Lippen. William wäre ein noch besserer Diplomat gewesen, als er ein Bauprojektmanager war… aber es war nur ein Zeichen dafür, wie sehr er sich sorgte. Er lachte und leerte das Glas Whiskey. »Außer mir – ich wäre arbeitslos.«

William lehnte sich näher. »Das ist in Ordnung. Ich werde dich unterstützen, und du kannst mein Diener sein.«

7

SCYTHIA

ERDALLIANZ-KOLONIE

Alex verließ die Levtram und überquerte die erhöhte Terrasse in eiligem, knappem Tempo. Sie unternahm einen flüchtigen Versuch, sich daran zu erinnern, dass sie technisch gesehen nicht an einen Zeitplan gebunden war, gab die Bemühung aber bald auf. Dieser Stopp auf Scythia stellte einen Umweg dar, zeitlich wenn nicht so sehr örtlich, und sie beabsichtigte, ihn als solchen zu behandeln.

Die Bitte um ein persönliches Treffen hatte auf sie gewartet, als sie heute Morgen aufgewacht war. Sie hätte es fast abgelehnt, aber ehrlich gesagt war sie genau hier. Ihre geplante Route führte sie weniger als hundert Parsec nördlich von Scythias System. Es bedeutete immer noch eine Verzögerung von mehreren Stunden beim Erreichen ihres endgültigen Ziels, aber Astral Materials hatte sich als lukrativer Kunde erwiesen. Es wäre töricht, sie vor den Kopf zu stoßen.

Ihr Blick verweilte auf den glitzernden türkisfarbenen Gewässern, die sich jenseits der Terrasse erstreckten, als sie sich den Astral-Büros näherte. Die sanften, aber dramatischen Gezeiten drangen bei Flut bis zu achthundert Meter ins Landesinnere vor. Das hatte die Siedler dazu veranlasst, die Küstenstadt größtenteils auf einer Reihe erhöhter Plattformen zu errichten, wodurch sie die malerische und fruchtbare Umgebung frei von ständigen Wasserschäden und deren heimtückischen, korrosiven Auswirkungen genießen konnten. Die Plattformen trafen schließlich auf die abfallende Küstenebene, und die Stadt breitete sich weiter über trockeneres Land aus; die erstklassigen Immobilien befanden sich jedoch über dem Meer.

Die Glastüren des mittelhohen Gebäudes öffneten sich bei ihrer Annäherung. Es war nicht ihr erster Besuch, und sie ging direkt hinauf zur Astral Materials-Führungsebene im 5th Stock.

Isas Onishi begrüßte sie, als sie eintrat, vermutlich nachdem er über ihre Ankunft benachrichtigt worden war. »Ms. Solovy, es ist wie immer ein Vergnügen. Sollen wir in mein Büro gehen?«

Ein Vergnügen, solange sie ihm weiterhin Geld einbrachte, jedenfalls. Sie schüttelte seine Hand brüsk und ermutigte die Bewegung in Richtung seines Büros. »Ja, bitte. Ich fürchte, ich habe nicht lange Zeit.«

»Ich verstehe. Sie sind eine vielbeschäftigte Frau, wie ich ein vielbeschäftigter Mann bin.«

Sie wartete nicht auf eine Einladung, sich in einen der Stühle vor seinem Schreibtisch fallen zu lassen. Vom Boden bis zur Decke reichende Fenster, die sich über zwei der vier Wände erstreckten, boten einen atemberaubenden Blick auf den Ozean und erweckten das Gefühl des Schwebens. Onishi ging es sehr gut.

»Ihre Lacertae-Entdeckung beeindruckt weiterhin, Ms. Solovy. Sie wird uns dabei helfen, die sichersten, langlebigsten Raumstationen der Galaxis zu bauen.«

»Freut mich, von Nutzen zu sein.« *Die Einnahmen haben mir eine neue Gitterschicht für die* Siyane *gekauft, drei erstklassige Scanner und*

84

einen Vorrat an Langstreckensonden, also durchaus erfreut. »Was kann ich für Sie tun?«

Er ließ sich in seinem Stuhl ihr gegenüber nieder. »Ich biete Ihnen Vorkaufsrechte für einen neuen Vertrag an. Spektrumu ntersuchungen von M11 haben einen interessanten L-Roten Zwerg identifiziert, der vier Planetoide beherbergt. Das System zeigt starke Spektrallinien eines Magnesium/Chrom-Isotops, das paramagnetisch sein sollte. Wir brauchen jemanden, der die Befunde bestätigt und feststellt, ob, wie wir hoffen, die Planetoide abbaubare Konzentrationen des Metalls enthalten.«

»Interessant. Wie ist der Zeitplan?«

»Deshalb war ich froh zu erfahren, dass Sie in der Gegend sind – Sie müssten in den nächsten paar Tagen dorthin. Wir sind nicht die einzigen im Besitz der Untersuchungsdaten, und sowohl Palaimo Metallurgy als auch Surno Materials planen zweifellos ihre eigenen Expeditionen, während wir sprechen. Wenn wir Entdeckungsrechte wollen, müssen wir schnell handeln.«

Alex stöhnte innerlich. M11 lag in der anderen Richtung von Metis, weit nordwestlich jenseits von Arcadia. »Honorar?«

»Vierzigtausend Credits im Voraus und unabhängig von Ihren Befunden, zwanzigtausend bei Nachweis abbaubaren Materials und weitere vierzigtausend, wenn wir erfolgreich das System beanspruchen.«

Ihr Geist sprang zu dem, was die Erlöse bedeuten könnten: einen effizienteren Energieverteilungsoptimierer für die *Siyane* und zwei neue Ware-Anpassungen für ihr eVi, die sie erforscht hatte, für den Anfang, mit etwa vierzigtausend übrig für Ersparnisse und Launen. Kennedy erwähnte ständig, dass sie Urlaub in irgendeinem neuen Resort auf Atlantis machen sollten…

Aber sie hatte ihre eigenen Pläne. Der ganze Sinn, eine freiberufliche Aufklärerin zu sein, und eine ungewöhnlich erfolgreiche dazu, war die Freiheit, ihren eigenen Zeitplan zu bestimmen. Dorthin zu gehen, wo sie wollte, wann sie wollte. Keinem Chef zu dienen und keine Verpflichtungen außerhalb ausgehandelter Verträge zu schulden.

Und sie wollte nach Metis. Sie wollte ein neues Rätsel zum Entschlüsseln.

Sie schaffte es, bedauernd auszusehen. »Es tut mir leid, Mr. Onishi. Ich bin für den nächsten Monat ausgebucht.«

Er betrachtete sie von der anderen Seite des Schreibtisches, während seine Fingerspitzen auf dessen Oberfläche trommelten. Fünf Sekunden verstrichen... er senkte das Kinn. »Und wenn ich zusätzliche zwanzig Prozent zum Honorar hinzufüge?«

Ihre Lippen spitzten sich und verschafften ihr einen Atemzug zum Überdenken. »Das ist sehr großzügig von Ihnen, und ich schätze das Vertrauen. Leider gibt es einfach keine Möglichkeit für mich, meinen Zeitplan umzustellen.«

Onishi warf die Arme in die Luft und schob seinen Stuhl zurück. »Ich sollte nicht überrascht sein, dass Sie ausgebucht sind. Ich nehme an, ich muss dann jemand anderen engagieren, da Zeit wirklich entscheidend ist. Terrence Macolly vielleicht. Er hat bei mehreren kürzlichen Verträgen konkurrenzfähige Angebote abgegeben.«

Sie grinste, als sie aufstand. »Wenn Sie bereit sind, eine schlampige Untersuchung und unzuverlässige Daten zu akzeptieren, nur zu. Wenn Sie es professionell erledigt haben wollen, stellen Sie stattdessen Santino Dominguez ein.«

»Er ist sogar teurer als Sie.«

»Stimmt, aber er liefert Ergebnisse.« Sie schenkte Onishi ein halbes Lächeln. »Sagen Sie ihm aber nicht, dass ich das gesagt habe.«

»Meine Lippen sind versiegelt.« Er begleitete sie zur Tür der

Suite, immer noch höflich trotz ihrer Ablehnung.

Sie nahm seine ausgestreckte Hand erneut entgegen; kein Grund, einen gut zahlenden Kunden zu verärgern. »Bitte lassen Sie mich wissen, wenn sich eine andere Gelegenheit ergibt. Hoffentlich wird mein Zeitplan in Zukunft entgegenkommender sein.«

»Das werde ich tun, Ms. Solovy. Sichere Reise.«

* * *

Alex starrte auf die Werbetafel, die über den Glastüren schwebte.

Sie war mit zielstrebigem Vorsatz zum Ausgang unterwegs gewesen, als das farbenfrohe Holo sie zu einem abrupten Halt brachte und ihre ungeteilte Aufmerksamkeit forderte. Es vollbrachte diese Leistung, indem es Werbung für eine »spezielle akustische Aufführung« von Ethan Tollis im Seaspray Amphitheatre auf der angrenzenden Plattform herausblastete.

Heute Abend.

Verdammt sei Kennedy dafür, dass sie neulich ihr Unterbewusstsein mit Gedanken an Ethan geimpft hatte. Sie runzelte die Stirn bei der Werbung, Augen zusammengekniffen, bis sie zur nächsten Anzeige wechselte, und tat so, als würde sie nicht die Ortszeit überprüfen.

Sieben Stunden von jetzt an. Natürlich, wenn sie für die Show bleiben würde, wäre es weit länger als sieben Stunden, bevor sie wieder unterwegs wäre. Eher morgen… Nachmittag.

Es war, als würden die Götter selbst sich verschwören, um sie von Metis wegzulocken. Erst das Deep Space Exploration-Jobangebot, dann der Astral Materials-Vertrag und jetzt das. Ein ziemlich lebhaftes Bild dessen, was das Bleiben zu bringen versprach, flammte in ihrem Geist auf – eine finale, köstlich schlüpfrige Versuchung.

Aber sie würde sich nicht abbringen lassen. Sie straffte die Schultern in einer Trotzgeste, atmete aus… und wandte sich von der Werbetafel ab. Als sie die Terrasse erreichte, hatte sie ihr eiliges, knappes Tempo wieder aufgenommen. Sie hatte einen Nebel zu erkunden.

* * *

SENECA

CAVARE

Caleb war bis zum Flur zu seinem Apartment gekommen, als die Warnung in seinem eVi aufblitzte. Sobald er die Kopfzeile sah, öffnete er die Datei.

Cavare Polizei
 Belästigungsbericht: 1628 - 02.09.2322
 Beschwerdeführerin: Dr. Jesse Valente
 Verdächtiger: Mr. Francis Gerod
 Zusammenfassung: Beschwerdeführerin gab an, dass Mr. Gerod, ein Kollege bei Hemiska Research, sie heute Abend körperlich angegriffen habe, als sie die Arbeit verließ.

 Laut ihrer Aussage hatten sie und Mr. Gerod eine hitzige Meinungsverschiedenheit während einer Besprechung. Er folgte ihr aus dem Gebäude, und als sie sich weigerte, mit ihm zu sprechen, packte er grob ihren Arm. Sie entkam seinem Griff, aber er verfolgte sie zu ihrem Fahrzeug und knallte die Fahrzeugtür zu, bevor sie einsteigen konnte, wobei er fast ihre Hand zerquetschte. Sie holte einen Betäuber aus ihrer Tasche und richtete ihn auf ihn, bis er zurückwich, woraufhin sie abreiste.

Beschwerdeführerin zeigt Blutergüsse am linken Unterarm (Bilder angehängt), die mit einem Handabdruck übereinstimmen. Sie gab an, dass sie den Vorfall zunächst nicht gemeldet habe, weil sie es »vorzieht, Probleme selbst zu regeln«. Sie überdachte es, nachdem sie erkannte, dass Mr. Gerod, falls er zu ihrem Zuhause käme, eine Bedrohung für ihre vierjährigen Zwillinge darstellte.

Beschwerdeführerin möchte derzeit keine Anklage erheben, wollte aber sicherstellen, dass es eine offizielle Aufzeichnung des Vorfalls gibt.

Status: *Beamte befragten Francis Gerod heute um 18:40 Uhr. Er gab zu, eine »unangenehme Begegnung« mit der Beschwerdeführerin gehabt zu haben, bestritt aber, dass er beabsichtigt habe, ihr körperlich zu schaden. Er behauptete, er sei wegen Problemen bei der Arbeit verärgert gewesen, aber nachdem er sich beruhigt hatte, erkannte er, dass er überreagiert hatte.*

Mr. Gerod erhielt eine Verwarnung und wurde informiert, dass ein zweiter Vorfall zu Verhaftung und formellen Anklagen führen würde.

Die Warnung war aufgrund einer Markierung gesendet worden, die Caleb im Senecan-Sicherheitsnetzwerk unterhielt. Es war eine von vielen, die er in den letzten fünfzehn Jahren platziert hatte. Einige betrafen Personen, die er in der Vergangenheit untersucht hatte, Individuen, die er verdächtigte, korrupt zu sein, aber die noch nicht genug Fehler gemacht hatten, um erwischt zu werden. Diese Markierungen waren darauf ausgelegt, ihn zu warnen, wenn dieser Fehler auftrat. Andere betrafen Personen, die ihm wichtig waren – oder einst wichtig gewesen waren, wie in diesem Fall – und waren darauf ausgelegt, ihn zu warnen, falls sie in Schwierigkeiten geraten könnten.

Jesse würde nicht wollen, dass er sie beschützte. Wie sie in der Polizeiaussage zugegeben hatte, kümmerte sie sich um ihre eigenen Probleme. Aber er hatte sie nicht um Erlaubnis gefragt.

Caleb ging lange genug in sein Apartment, um eine Nanobot-Injektion zu holen, die den Alkoholabbau in seinem Blutkreislauf beschleunigte. Der Abend in der Bar mit Noah war unterhaltsam gewesen, aber er musste nüchtern sein, wenn er Francis Gerod erreichte.

* * *

Gerod lebte in einem Reihenhaus am Rand des Tellica University-Campus. Die Akte des Mannes zeigte, dass seine Frau und zwei kleine Kinder ebenfalls dort lebten. Aus Rücksicht auf die Kinder beabsichtigte Caleb nicht, die Tür einzutreten... es sei denn, es wurde notwendig.

Zwanzig Minuten nachdem er angekommen war und die Überwachung auf der anderen Straßenseite aufgebaut hatte, verließ Gerod sein Reihenhaus und ging zum Gemeinschaftsparkplatz hinter dem Gebäude. Er war allein.

Caleb folgte.

Obwohl die Nacht vollständig hereingebrochen war, war es nicht übermäßig spät. Dennoch waren die Straßen spärlich bevölkert, ein Symptom des familienfreundlichen Charakters der Nachbarschaft. Er schlüpfte unbemerkt auf den Parkplatz und näherte sich Gerod, als dieser sich seinem Fahrzeug näherte.

Er hatte den Mann in einem Armhebel gefangen und gegen den Fahrzeugrahmen geschoben, bevor der Mann wusste, dass er da war.

»Was—«

Caleb nutzte seinen Körper, um Gerod gegen den Rahmen gepinnt zu halten, während er eine Hand über den Mund des Mannes legte. »Du wirst nicht schreien wollen, oder der Arm, der dann gebrochen sein wird, wird das geringste deiner Sorgen sein. Sind wir uns einig?«

Gerod nickte hastig. Caleb konnte die Augen des Mannes nicht sehen, aber er konnte den Terror in seinen zitternden Gliedern spüren. Er wartete zwei Sekunden, dann zog er seine Hand leicht zurück.

»Was-was willst du? Ich habe keine Wertsachen bei mir!«

»Ich bin nicht hier, um dich zu berauben. Ich bin hier, um dich zu töten. Es sei denn—« seine Handfläche klatschte zurück auf den Mund des Mannes, um den Schrei zu ersticken »—es sei denn, du gibst mir ein Versprechen und hältst es für den Rest deines Lebens.« Er hielt inne, um die Information sacken zu lassen. »Bist du bereit zu hören, was das Versprechen ist?«

Ein weiteres wildes Nicken.

Seine Lippen schwebten am Ohr des Mannes. »Du wirst niemals wieder einen Finger an Jesse Valente legen. Du wirst sie niemals bedrohen oder ihr oder ihrer Familie in irgendeiner Weise Schaden zufügen. Du wirst jederzeit höflich und respektvoll zu ihr sein. Wenn du sie das nächste Mal siehst, wirst du dich für dein unhöfliches Verhalten entschuldigen und ihr versichern, dass du keine bösen Gefühle ihr gegenüber hegst.«

Gerod wand sich unruhig. Er hatte keine Chance zu entkommen, aber er schien in irgendeiner Weise zu protestieren.

Caleb lockerte seine Hand, entfernte sie aber nicht vollständig. »Ich hoffe aufrichtig, dass du nicht planst, dieses Versprechen zu verweigern.«

Speichel landete auf seiner Handfläche, als Gerod eine Antwort herausstotterte. »N-nein. Ich verspreche – ich schwöre. Es ist nur, ich weiß nicht, ob ich sie wiedersehen werde, damit ich mich entschuldigen kann. Siehst du, ich habe heute Abend ein neues Jobangebot bekommen. Ich habe meine Kündigung an Hemiska vor ein paar Minuten geschickt. Also hat sich alles geregelt! Ich bin nicht mal mehr sauer auf sie.« Seine Worte liefen zunehmend in einem fiebrigen Ausbruch zusammen. »I-ich bin dankbar, wirklich. Diese Sache im Büro zwang mich endlich dazu, die Entscheidung zu treffen, es hinter mir zu lassen. Aber ich würde ihr niemals wehtun. Ich war wütend und hatte Angst, gefeuert zu werden. Aber sie ist eine nette Frau. Ein wenig einschüchternd, ehrlich gesagt – aber ich respektiere sie.« Er sog einen zerfaserten Atemzug ein. »Bitte töte mich nicht.«

Unsichtbar von seiner Position hinter Gerod verdrehte Caleb die Augen zum Himmel, sorgte aber dafür, dass seine Stimme angemessen bedrohlich blieb. »Ich habe dir gesagt, was du tun musst, um zu leben.«

»Aber ich—«

»Wenn du sie nicht wiedersehen wirst, wirst du ihr bis Ende morgen eine nette, ausführliche, kriechende Entschuldigung schicken. Wenn du es nicht tust, werde ich es wissen.« Es würde etwas Hacken seinerseits erfordern, aber die aktive Polizeiermittlung sollte es einfacher machen. »Die Polizei beobachtet dich, und jetzt beobachte ich dich. Vergiss das niemals.«

»Werde ich nicht.« Gerod versuchte sich umzudrehen, aber Caleb verstärkte seinen Griff und hielt ihn fest. Der Mann brauchte keinen Blick auf sein Gesicht zu werfen. »Ich verspreche es.«

»Ich werde dich daran halten.« Er löste den Mann aus dem Griff und trat zurück.

Gerod stolperte herum und spähte in die Dunkelheit, aber Caleb war bereits verschwunden.

* * *

Jesse Valente lachte, als ihr Ehemann ihre Schultern massierte und ihr etwas ins Ohr murmelte. Der zärtliche Moment wurde bald von einem Bewegungsschwall unterbrochen, als zwei kreischende Wischmoppe aus blondem Haar in sie hineinrasten und dann aus dem Raum wirbelten.

Gegen einen Baum auf der anderen Straßenseite gelehnt, lächelte Caleb, aufrichtig froh, sie glücklich zu sehen. Er hakte mental die Punkte auf seiner Liste ab und bestätigte, dass er alles überprüft hatte. Dr. und Dr. Valente hatten ein robustes Sicherheitssystem auf dem Grundstück und in ihrem Zuhause installiert – so robust, dass er fast einen der Näherungssensoren während seiner Umkreisungsuntersuchung ausgelöst hätte.

Zufrieden verließ er zum zweiten Mal an diesem Abend sein Apartment.

Er hatte eine Schwachstelle im Sicherheitssystem gefunden, eine Lücke in den Sensoren im linken hinteren Bereich des Grundstücks. Mehrere Bäume waren dort breit genug gewachsen, dass ein Eindringling hinaufklettern und vernünftigerweise auf das Dach springen könnte, ohne Alarme auszulösen. Wenn er nach Hause kam, würde er auf die Polizeidatenbank zugreifen und eine Anweisung hinzufügen, dass ein Sicherheitsberater zu der Residenz geschickt werden sollte, einschließlich einer Notiz, besondere Aufmerksamkeit auf den linken hinteren Bereich zu richten. Während er im Netzwerk war, würde er auch eine neue Markierung für Francis Gerod hinzufügen.

Dann würde er etwas schlafen, denn mit dem jetzt erworbenen Comm-Scrambler würde er morgen nach Metis aufbrechen.

8

NEW BABEL

UNABHÄNGIGE KOLONIE

Olivia Montegreu erwachte bei der Empfindung schwieliger Fingerspitzen, die über ihre Hüfte tanzten.

Sie streckte sich und drehte sich um, nur um vom lächelnden Gesicht von… sie hatte nie nach seinem Namen gefragt, begrüßt zu werden. Nicht als ob es eine Rolle spielte. Er war gutaussehend und gut gebaut und enthusiastisch und konnte nicht älter als fünfundzwanzig sein.

Er beugte sich vor, um sie zu küssen, aber sie wand eine Hand in sein Haar und drängte ihn stattdessen tiefer. »Sei ein braver Junge und beende, was du angefangen hast.«

Er grinste, als er ihren schlanken, glatten Bauch hinunterküsste und wenig Zeit damit verschwendete, sein Ziel zu erreichen.

Sie schloss die Augen und ließ ihren Kopf auf das Kissen fallen. Was für eine fabelhafte Art, den Tag zu beginnen…

Als sie fertig war, stieß sie ihn mit den Zehen vom Bett. »Das war herrlich. Du wirst deine Kleidung gewaschen und gefaltet im Eingangsbereich finden. Die Empfangsdame in der Lobby wird dir ein Taxi rufen, wenn du eins brauchst.«

Er stand auf und wischte sich nonchalant die überschüssige Feuchtigkeit von den Lippen. »Kann ich dich wiedersehen?«

Sie war bereits auf dem Weg zur Dusche und machte sich nicht die Mühe, sich umzudrehen. »Oh, ich bezweifle es.«

Vierzig Minuten später saß sie an ihrem Schreibtisch, die Beine elegant unter der brüniert-kupfernen Oberfläche gekreuzt. Ein schwarzer Seidensarong kontrastierte mit ihrem blassen blonden Haar, das glatt gekämmt war, um über ihren Rücken zu fallen. Alles war akribisch gestaltet, um das gewünschte Bild zu projizieren.

Sie betrachtete den unscheinbaren Mann, der ihr gegenüber am Schreibtisch stand, mit der leisesten Neigung ihres Kopfes.

»Töte sie.«

Er nickte, unüberrascht. »Ja, Ma'am. Soll ich die Schuld auf jemand Bestimmtes schieben? Vielleicht Trentons Gruppe?«

»Nein. Ich möchte, dass jeder weiß, dass diese von mir kam.«

»Verstanden, Ma'am. Ich werde Sie informieren, sobald es erledigt ist.«

»Nicht nötig; ich nehme an, du bist fähig genug. Tu es einfach.«

Der Mann schluckte, seine Fassung schwankte. »Natürlich, Ms. Montegreu. Gibt es sonst noch etwas?«

»Ich hoffe nicht. Geh.« Sie schnippte mit einer perfekt manikürten Hand in Richtung des Ausgangs. Er drehte sich auf dem Absatz um und eilte zur Tür.

Sie verdrehte die Augen in Verärgerung, aber es war nur Show. Gesson war ein kompetenter Vollstrecker, ein gerissener Aufseher und vor allem nicht übermäßig ehrgeizig. Als er Beweise entdeckt hatte, dass die Frau, die für die Verwaltung der neuen Chimeral-Verteilung zuständig war, von oben abschöpfte, hatte er zuerst die Beweise bestätigt und sie dann direkt an sie gemeldet. Sie war zuversichtlich, dass er die Beseitigung der Unterschlagerin mit ähnlicher Effizienz handhaben würde.

Nachdem er gegangen war, trug sie ihren heißen Tee zu den Fenstern, um den Morgen zu inspizieren.

New Babels Morgen sahen verdächtig wie seine Nächte aus, aufgrund seiner entfernten blauen Zwergsonne und der schweren Wolke aus Staub und Gasen des umgebenden Nebels. Es war kaum der gastfreundlichste Planet, aber er hatte zwei Dinge für sich: eine Fülle schwerer Metalle, die industrielle Konstruktion billig und schnell machte, und eine natürliche Barriere durch den Nebel gegen sowohl elektronische Überwachung als auch Kriegsführung.

Als solcher war er zu einer Heimatbasis für eine breite Palette krimineller Organisationen und Schwarzmarkthändler geworden. Es gab keine nennenswerte Regierung und noch weniger Regulierung; die stärksten Organisationen bauten, was sie brauchten, wann und wo sie es brauchten.

Das Ergebnis war eine chaotische Architektur aus Hochhäusern, Slums, Fabriken, Märkten und Rotlichtvierteln... nun, vieles von dem, was auf den Straßen von New Babel geschah, würde auf anderen Welten als 'Rotlicht' qualifiziert werden. Hier nahm es eine ganz neue Bedeutung an.

Ihr Büro stand in starkem Kontrast zu der dunklen, schmutzigen, überfüllten Stadt unter ihm – ganz bewusst so. Die gesamte Penthouse-Suite war geräumig, minimal geschmückt und makellos. Ein Dekor aus natürlichen Marmorböden, weißen Mahagoni-Möbeln und Kupfer- und Glasergänzungen diente als Erklärung für alle, die eintraten, dass sie über und getrennt von den Massen unten existierte. Wie ihre Kleidung, ihr Aussehen und ihre Haltung projizierte es nur und ausschließlich das, was sie vermitteln wollte: Raffinesse, Prestige, Außergewöhnlichkeit. Aber vor allem Macht.

Ein sanftes Läuten in ihrem Ohr erinnerte sie daran, dass es Zeit für den Anruf war. Sie trat in den dreifach abgeschirmten, schalldichten QEC-Raum, der hinter der visuell nahtlosen rechten Wand ihres Büros versteckt war. Zehn Sekunden später schimmerte ein Holo vor ihr ins Dasein.

Es offenbarte einen Mann unbestimmten Alters, gutaussehend und gepflegt, aber in jeder Hinsicht durchschnittlich – mittlerer Hautton, mittelbraunes Haar, mittlere Größe, mittlere Statur.

Das heißt, bis er aufblickte und ihrem Blick begegnete. Durchdringende, meergrüne Augen deuteten auf Intelligenz und Gerissenheit hin, zusammen mit einem undefinierbaren Funken, der auf etwas ganz anderes hindeutete. Der Gesamteffekt war, einen gewöhnlichen Mann in einen zu verwandeln, der Dynamik, Charisma und Autorität ausstrahlte.

Sie lächelte dunkel. »Marcus, es ist schön, dich wiederzusehen.«

Er hob eine Augenbraue in gespielter Wertschätzung. »Und dich, Olivia. Darf ich sagen, du bist noch schöner als beim letzten Mal, als wir sprachen.«

»Du darfst es sagen, aber du musst etwas an deiner Aufrichtigkeit arbeiten.«

Er zuckte mit den Schultern. »Es ist eine endliche Ressource, und ich muss sie für die Wähler aufsparen. Wie ist der Status?«

»Wir haben die Materialien vorgestern erhalten. Sie sind an einem sicheren Ort gelagert, bis es Zeit ist, sie einzusetzen. Das Team wurde ausgewählt, jedes Mitglied von mir überprüft, und verlässt morgen das Training auf Cosenti. Der Leiter erwartet, die finalen Details bis Ende nächster Woche ausgearbeitet zu haben.«

»Rückverfolgbarkeit?«

»Ah, Marcus, immer zuerst und vor allem darum besorgt, deinen eigenen Arsch zu decken – ich weiß, ich weiß, dein Arsch muss für spätere Phasen gedeckt sein. Ich verstehe es. Zu dir? Keine. Zu mir? Praktisch keine. Die einzige denkbare Verbindung ist der Leiter, und seine Tarnung ist so tief, dass es Senecan Intel

Monate dauern wird, die Schichten abzuschälen, in dem höchst unwahrscheinlichen Fall, dass er identifiziert wird.«

»Wird er unter Zwang brechen?«

»Das wird kein Problem sein.«

Die Muskeln in seinem Kiefer spannten sich an. »Oh, wirklich?«

»Oh, wirklich. Ich habe es im Griff. Außerdem wissen er und der Rest des Teams nichts von dir. Niemand außer mir weiß etwas von dir. Das war die Vereinbarung, und ich halte meine Vereinbarungen.«

»Wahr…« eine Hand erhob sich, um an seinem Kinn zu kneten »…du bist die einzige Verbindung zu mir.«

Sie tadelte ihn vorwurfsvoll. »Wenn du versuchst, mich zu töten, wirst du keinen Erfolg haben.«

»Oh, da bin ich sicher. Und ich werde es nicht versuchen müssen, weil du nichts anderes bist als machtgierig, und dieses kleine Projekt von uns wird dir mehr Macht bringen, als du je geträumt hast.«

»Ich kann von vielem träumen.«

»Und du sollst alles haben – solange du sicherstellst, dass Palluda sauber untergeht.«

Sie verdrehte die Augen in Verärgerung, und diesmal meinte sie es. »Marcus, wer ist der gefährlichste, effektivste, machiavellischste kriminelle Magnat im besiedelten Raum?«

»Das wärst du, meine Liebe.«

»Richtig. Stelle meine Methoden nicht in Frage, stelle mein Urteil nicht in Frage – und vor allem stelle meine Kompetenz nicht in Frage – und wir werden weiterhin gut auskommen.«

Sein Kinn senkte sich in Einverständnis. »Ich bin ordentlich zurechtgewiesen worden. Wir sprechen wieder nach Atlantis.«

* * *

ATLANTIS

UNABHÄNGIGE KOLONIE

Jaron Nythal trat auf die Landeplattform auf dem Dach hinaus und spürte, wie ein Lächeln auf seinen Lippen wuchs. Eine warme Brise, salzige Luft und helle gelbe Sonne begrüßten ihn wie die Arme einer schönen Frau. Er würde diese Reise genießen.

Er zog seine Jacke aus, drapierte sie über eine Schulter und schlenderte über die Plattform zum Geländer am Rand des Dachs, während der Rest der Senecan-Delegation ausstieg und sich um das Gepäck und die Fracht kümmerte. Bis der Direktor am Sonntagabend ankam, war er für die Delegation verantwortlich, was bedeutete, dass jemand anderes sein Gepäck in sein Zimmer bringen würde.

Er rollte seine Schultern, um die Verspannungen herauszuarbeiten. Der Transport war schnell und sicher, aber es war immer noch ein Regierungsschiff und neunzehn Stunden waren eine lange Zeit.

Sein Lächeln wurde nur breiter, als er den Rand erreichte und die Pracht von Atlantis sich unter ihm ausbreitete. Ein winziger Planet, völlig von Wasser bedeckt, hätte er unbemerkt und unentwickelt liegen sollen. Aber die angenehmen Temperaturen und das ruhige Wetter seiner äquatorialen Region hatten das Auge und die Vorstellungskraft eines Entwicklungsmagnaten eingefangen, der sich nach vielen erfolgreichen Unternehmungen untätig fand und Geld zu verbrennen hatte.

Das Ergebnis war ein Fantasie-Rückzugsort wie kein anderer im besiedelten Raum. Gewundene Pfade, nur zwei Meter über dem kristallblauen Wasser schwebend, verbanden Inseln aus Eigentumswohnungen, Gärten, Golfplätzen und Stränden. Nur kleine

Shuttles und Privatfahrzeuge waren im Luftraum erlaubt, der sich vierhundert Meter über den Gewässern erstreckte, um eine Vielzahl von Freizeitaktivitäten zu ermöglichen, vom Himmelgleiten bis zu Paracruises und Wellenskimming.

Casinos, Lusthäuser und Ferienresorts konkurrierten mit – oder war es ergänzten? – hochmodernen Konferenz- und Kongressei nrichtungen. Unter Ausnutzung seines unabhängigen Status und seiner günstigen Lage, fast gleich weit von Erde und Seneca entfernt, war Atlantis innerhalb von zehn Jahren nach der Eröffnung des ersten Hotels zum beliebtesten Ziel in der Galaxis für sowohl Unternehmens- als auch Regierungskonferenzen geworden.

Die Brise begann, den Schmutz der Reise wegzuwaschen; er rollte seine Ärmel über die Ellbogen, um den Effekt zu beschleunigen. Er beabsichtigte, alle Anstrengungen zu unternehmen, um reichlich Zeit um die Vorbereitungen und sogar den Gipfel selbst herum zu finden, um die feineren Vergnügungen zu genießen, die Atlantis zu bieten hatte. Er hatte bereits eine Reihe hochkarätiger Escorts für das Zimmer in der Nacht aufgereiht – mehr als eine in mehreren Nächten – aber nicht alle Angebote von Atlantis konnten aus einem Hotelzimmer heraus genossen werden.

Der rote Blitz in seinem peripheren Sichtfeld verbannte den Gedankengang und brachte ein dunkles Stirnrunzeln auf sein Gesicht. Und dann war da noch das.

Er lieferte den Entschlüsselungscode, scannte die Nachricht und löschte sie fast so schnell, wie sie angekommen war. Sie enthielt angemessen kryptische Formulierungen, aber der Punkt kam klar genug rüber.

Die Zahlung war eingegangen. Letzte Vorbereitungen waren im Gange. Der Auftrag würde zu der Zeit und auf die Weise abgeschlossen werden, die die andere Partei für am effizientesten hielt. Wenn alles gut ging, würde Jaron nie wissen, dass der Mann (oder die Frau) jemals beim Gipfel gewesen war. Das heißt, außer den unwiderlegbaren Beweisen dafür, die sie in ihrem Kielwasser hinterlassen würden.

Er würde als reicherer Mann nach Seneca zurückkehren, obwohl die neuen Mittel im Vergleich zu dem Reichtum, den er bald zu folgen erwartete, verblassten. Yessiree… er sollte in der Lage sein, seine Frau und Kinder in einem der schicken neuen Stadthäuser in der Pinciana-Nachbarschaft unterzubringen, mit genug übrig für einen privaten Eigentumswohnungsrückzugsort für sich selbst in der Innenstadt. Es war ein weiter Weg von der winzigen Wohnung seiner Eltern hinter ihrem 'Kräuter'-Laden in Rufweite der *kasō shakai*, den Unterwelt-Slums, die der Rest von Cavare vorgab, nicht zu existieren. Ein weiter Weg in der Tat.

Natürlich, wenn nicht alles gut ging, würde er im besten Fall vierzig Jahre bis lebenslänglich im Gefängnis verbringen, im schlimmsten Fall dauerhaft in dem schwarzen Loch einer verdeckten Geheimdiensteinrichtung verschwinden. Es war nicht das erste hochriskante Wagnis, das er in seinem Leben eingegangen war… aber es trug sicherlich die größten Konsequenzen, ob Gewinn oder Verlust.

Das Stirnrunzeln verweilte, als er seine Sonnenbrille abriss und nach seiner Sekretärin suchte. Sie trampelte außerhalb des Transportladeraums herum, fuchtelte mit den Armen, um auf Ausrüstungskisten zu zeigen, während sie dem Personal Befehle erteilte.

Er warf seine Jacke in ihre Brust und ging zum Aufzug. »Ich werde bis zum Abendessen im Vorbereitungsraum sein. Sei so lieb und bring mir einen Drink, einen von diesen starken tropischen Cocktails.« Er hielt mitten im Schritt inne, überlegte die Nachricht erneut und blickte über die Schulter.

»Andererseits, mach ihn lieber doppelt.«

* * *

Matei Uttara verließ den kommerziellen Transport inmitten einer Menge von Passagieren. Es war nicht schwierig, sich unter die vielfältige Auswahl von Touristen und Geschäftsleuten und -frauen zu mischen. Einige waren hier zum Netzwerken, andere zur Entspannung, wieder andere für verschiedene Vergnügungen einer gewagten, aber nicht wirklich gefährlichen Art. Er stellte sich vor, dass einige für alle drei hier waren.

Seine Kleidung war unscheinbar, sein Haar bis zum Kinn geschnitten und unter einer Sommermütze, die auf der Resortwelt üblich war, zu einem schmutzigen Braun gedämpft. Seine Bewegungen waren lässig, seine Haltung entspannt, als er sich von der Menge der Reisenden mittragen ließ. Sein Tempo und Gang variierten in zufälligen Intervallen, so dass selbst die beste Mustererkennung nichts Anomales entdecken konnte.

Er passierte kichernde Kinder, die ihre Eltern zu den Familien-resorts begleiteten, und junge Leute, die bereits von Hormonen und synthetischem Alkohol berauscht waren. Er umgab sich mit anderen Besuchern, als er sich zu den Levtrams begab und nonchalant den letzten Platz einer vollen Tram in die richtige Richtung ergattern konnte.

Als er die Tram verließ, stieß eine attraktive, aber berauschte Frau in ihn hinein. Sie stolperte, klammerte sich an seinen Arm und lächelte schief zu ihm hoch. Er erwiderte das Lächeln, während er unter ihren Haaransatz griff und einen Nerv hinter ihrem Ohr drückte. Als ihre Glieder sich entspannten, stieß er sie an, um ihren Schwung zurück zu ihren Begleitern zu lenken. Er verschwand in der Menge, als einer von ihnen sich beschwerte, er werde sie nicht den ganzen Weg zur Eigentumswohnung tragen.

Das Hotel war geschäftig, aber nicht so voller Menschen wie

die Transportstation. Er wählte eine fünfköpfige Familie und folgte ihnen durch die Lobby zur Rezeption, wo er sich unter einer erfundenen Identität mit einem nicht nachverfolgbaren Kreditkonto anmeldete.

Sein Zimmer war eine bescheidene Angelegenheit auf einer mittleren Ebene des Hotels neben dem Konferenzzentrum, das den Handelsgipfel beherbergte. Das Konferenzzentrum hatte bereits seine Sicherheit verschärft, und die Sicherheit im Hotel würde sicher bald straffer werden, als es ihm gefiel. Aber indem er hier blieb, konnte er Transportkomplikationen vermeiden, die weniger talentierte Männer als ihn vereitelt hatten; außerdem bot es ihm bereitwilligen Zugang zu Personalkorridoren und Wartungsschächten, sollte die Notwendigkeit entstehen.

Er ließ sich mit einem anständigen Steak-Dinner vom Zimmerservice nieder, setzte sich dann im Schneidersitz auf das Bett und breitete die Baupläne des Konferenzzentrums und Hotels in der Luft um sich aus. Sie rotierten in einem langsamen Kreis, während er sie studierte.

Periodisch griff er hoch und hielt den Fluss an, um einen genauer zu studieren. Er beabsichtigte, die Lage jedes einzelnen der Personalkorridore und Wartungsschächte im gesamten Komplex zu kennen.

Er plante, am Morgen ein greifbares Gefühl für das Layout zu bekommen, wenn das Gebiet noch von Touristen statt von Gipfelteilnehmern dominiert würde. Die ersten beiden Tage des Gipfels würde er als akkreditierter Reporter teilnehmen, der das kleine, aber wachsende Handelsexazine *Celestial Industrials Weekly* vertrat, einer von Dutzenden von Geiern, die am Rande der Verhandlungen schwebten und durch die Hallen pirschten. Er würde schmeicheln und verweilen und mit Leuten sprechen, aber nicht mit einer Person so lange, dass er einen Eindruck hinterließ.

Am Ende des zweiten Tages wechselten seine Identität und Taktiken. Am dritten und letzten Tag des Gipfels würde er den Auftrag abschließen, für den er engagiert worden war, wieder in der Menge verschwinden und sich in Luft auflösen.

9

SIYANE

WELTRAUM, NORDOST-QUADRANT

Alex öffnete ihre Augen zu der besten Überraschung.

Das brillante rote und rosa Leuchten des Carina-Nebels füllte das breite Sichtfenster über ihrem Bett. Die lebhaften Farben strahlten mit einer blendenden Pracht, die nur die Natur erschaffen konnte. Sie verschränkte ihre Hände hinter dem Kopf und ließ sich zurück auf das Kissen sinken, um den Anblick in sich aufzunehmen.

Es war eine gute Praxis, mindestens einmal täglich für ein paar Minuten aus der superluminalen Geschwindigkeit herauszufallen, um die Partikelansammlung zu zerstreuen. Sie verwöhnte sich selbst, indem sie es so arrangierte, dass die Verlangsamung kurz bevor sie routinemäßig aufwachte stattfand, und wurde oft mit herrlichen Ausblicken belohnt—aber wenige so spektakulär wie dieser.

Es gab keine kolonisierten Welten in der Nähe aufgrund der bevorstehenden (jederzeit in den nächsten fünfhundert Jahren oder so) Supernova von Eta Carinae. Daher hatte man selten Anlass, so nah bei Carina zu verweilen. Was sie als über eine Million Sterne wusste, ballten sich zu mehreren offenen Sternhaufen zusammen, um scharf und hell durch die Nebelwolke zu glitzern. Sie grinste, gefesselt, und schaute zu, bis der sLume-Antrieb wieder eingriff und die Sterne jenseits der Blasenwand verschwommen weghuschten.

Mit einem zufriedenen Seufzer kroch sie aus dem Bett und spritzte sich Wasser ins Gesicht. Sie schlüpfte in ein Sport-Tanktop und Shorts, drehte ihr Haar unterwegs zu einem Knoten hoch, während sie die kreisförmige Treppe zum Hauptdeck hinaufstieg. Nach einer kurzen Überprüfung des Cockpits, um sicherzustellen, dass über Nacht nichts Ungewöhnliches passiert war und sie auf Kurs blieb, schnappte sie sich Wasser, legte Brahms' *Akademische Festouvertüre* auf und ging auf das Laufband.

In Form zu bleiben, während sie die meisten ihrer Tage auf einem Schiff mit unter zweihundert Quadratmetern Wohnfläche verbrachte, war nicht einfach. Pränatale genetische Abstimmung für körperliche Widerstandsfähigkeit und Beweglichkeit—ein Geschenk ihrer Eltern über die Allianz Armed Forces—machte es sicher leichter, aber selbst die besten genetischen Verbesserungen ersetzten nicht einfache körperliche Aktivität.

Fast ein Viertel der Backbordwand wurde von einem Laufband, einer Klimmzugstange, einer seilzugbasierten Kraftmaschine und einer Pilates-Matte eingenommen. Es waren keine Bergwanderungen oder barfüßige Strandläufe, aber es erfüllte größtenteils seinen Zweck.

Dann aktivierte sie eine vollsensorische Überlagerung des Discovery Parks bei Sonnenuntergang, und es wurde effektiv zu einem barfüßigen Strandlauf. Fast.

Ein dicker Schweißfilm bedeckte ihre Haut, als sie das Laufband zum Stillstand verlangsamte, die Musik auf ein angenehmes Hintergrundniveau senkte und nach unten zum Duschen ging.

Man konnte einen vernünftigen Fall für den Nutzen jedes

Gegenstands auf dem Hauptdeck machen. Aber es gab einfach kein Leugnen der Wahrheit, dass das untere Deck reine persönliche Extravaganz darstellte. Sie empfand nicht das geringste bisschen Reue darüber; es war ihr Geld und ihr Schiff.

Trotzdem musste sie gelegentlich vor boshafter Freude kichern über die vollständige Wasserfall-Dusche, die übergroße Gartenbadewanne, den gemütlichen Liegestuhl und das Queen-Size-Bett mit Blick auf die Sterne. Ihr eigener persönlicher Rückzugsort, eingebettet in die Leere des Weltraums.

* * *

Sie saß am Küchentisch und knabberte an einer Banane und Erdnussbutter-Toast, während sie ihre nächtlichen Nachrichten überprüfte.

Zuerst kam eine kühle Notiz von ihrer Mutter, die sie wissen ließ, dass sie in ein paar Tagen nach St. Petersburg fahren würde, um an einer Konferenz teilzunehmen, und ihrem Großvater 'hallo' von ihr ausrichten würde.

Sie ignorierte den Ton der Nachricht und lächelte vor sich hin. Sie hatte ihren Großvater schon immer ziemlich gemocht. Er war einfach und bodenständig auf eine Art, wie es heutzutage wenige Menschen waren. Mürrisch wie die Hölle, aber auf eine liebenswerte Weise. Ein kurzer Stich der Schuld traf sie, als ihr klar wurde, dass es mehr als vier Jahre her war, seit sie ihn gesehen hatte. Sie sollte wirklich versuchen, das Versäumnis zu beheben, sobald sie zur Erde zurückkehrte.

Sie war dabei, die Nachricht zu löschen, als sie bemerkte, dass sie einen Anhang enthielt. Verwirrt öffnete sie ihn, nur um eine sterile Auflistung von Allianz-Kommandoposten für den vergangenen Monat zu finden. Ein Stirnrunzeln zog ihren Mund nach unten, während sie sie durchscannte und sich fragte, ob ihre Mutter ihn aus Versehen angehängt hatte—außer dass das eine absurde Vorstellung war, weil ihre Mutter keine Fehler machte.

Der Name sprang von der Liste ab, als wäre er in meterhohen fluoreszierenden Neonfarben geschrieben.

EAS Juno: Lieutenant Colonel Malcolm Jenner

Sie sank in den Stuhl zurück und kicherte ein wenig über die Ironie. Er hatte sie verlassen, weil sie zu viel Zeit im Weltraum verbrachte, und jetzt diente er im Weltraum. Gott, er musste elend sein. Er hatte nie begreifen können, warum sie es so sehr liebte, egal wie oft sie versucht hatte, es ihm zu erklären, hatte versucht, ihm zu zeigen, was für ein Wunder die Sterne waren.

Vielleicht sollte sie ihm eine kurze Nachricht schicken und ihm Glück wünschen... aber manche Wunden ließ man am besten unberührt, damit sie besser verblassen konnten. In Wahrheit hatte er sie nicht verlassen, weil sie zu viel Zeit im Weltraum verbrachte— er hatte sie verlassen, weil er glaubte, sie liebte ihn nicht genug, um weniger Zeit im Weltraum und weg von ihm zu verbringen. So hatte sie die Sache nicht betrachtet, aber indem er das erklärte, hatte er sie erkennen lassen, dass es nicht viel ausmachte, weil die Beziehung zum Scheitern verurteilt war. Er würde es nie verstehen.

Sie wusste nicht, was ihre Mutter sich vorstellte, mit dem Senden des Anhangs zu erreichen. Was auch immer. Sie knabberte einen Moment an ihrem Toast, ihre Gedanken trieben in Erinnerungen, bevor sie sich aufrichtete und sich zwang, sich wieder auf die anstehende Aufgabe zu konzentrieren.

Ihre Stirn kräuselte sich verwirrt bei der nächsten Nachricht. Sie enthielt eine persönliche Notiz vom Minister für Extra-Solare Entwicklung, der sie bat, die Position der Tiefraumerkundung zu überdenken, das angebotene Gehalt um zwanzig Prozent zu erhöhen und anbot, sich diese Woche mit ihr zu treffen, um ihre

Bedürfnisse zu besprechen.

Okay, im Ernst?

Ein etwas ungläubiges Lachen entwich ihren Lippen. Sie leugnete nicht, dass sie sich geschmeichelt fühlte von der besonderen Aufmerksamkeit; sie hatte großes Vertrauen in ihre Fähigkeiten, und ihre Bilanz sprach für sich, aber verdammt.

Sie kaute auf ihrer Unterlippe und grübelte darüber, was zum Teufel der Grund hinter der verschwenderischen Verehrung sein könnte. Sie mochte keine Geheimnisse. Nun, es wäre genauer zu sagen, sie mochte keine Geheimnisse, die sie nicht lösen konnte… aber vielleicht konnte dieses Geheimnis einfach durch die Anwendung des universellen Gesetzes gelöst werden, dass Politiker *svilochnaya peshka* waren. Beruhigt von dem Gedanken zuckte sie mit den Schultern und schickte eine anmutige Ablehnung zurück.

Die einzige andere wertvolle Nachricht kam von Kennedy. Sie schilderte ihr bezauberndes Abendessen mit dem Öko-Entwicklungsmanager und verkündete, sie sei absolut, positiv bis über beide Ohren verliebt. Dieser Typ war der Eine. Kein Zweifel daran.

»Was ist das, die dritte ʻwahre Liebeʼ dieses Jahr?« Die Frau ging durch Männer wie die meisten Leute durch Blumenarrangements. Sie antwortete entsprechend, räumte dann ihren Teller weg und ging zum Datenzentrum hinüber.

Das Herz des Hauptdecks bestand aus einem langen Tisch, rechteckig bis auf abgerundete Kanten. Entlang der Steuerbordwand befanden sich eingebettete Bildschirme, ein kleiner Schreibtisch und eine Werkbank. Ein hüfthoher Holo-Bedienfeld, verbunden sowohl mit den Bildschirmen als auch dem Tisch, überspannte die Lücke am cockpit-zugewandten Ende. Ein einfacher Zylinder von zwanzig Zentimetern Durchmesser hing von der Decke herab und schwebte anderthalb Meter über der Länge des Tisches.

Sowohl der Zylinder als auch die Oberfläche des Tisches bestanden aus einer platin-germanium-basierten n-Legierung. Das inerte, nicht-reaktive Platin bot ein ideales Tableau, auf dem die Daten angezeigt werden konnten, die fehlerfrei durch das nulldispersive, halbleitende und hochbrechende Germanium übertragen wurden.

Eine Reihe von Befehlen, die in das Bedienfeld eingegeben wurden, erzeugten ein vollspektrales Bild von Metis über der Mitte des Tisches. Die EM-Bänder glänzten in den traditionellen Regenbogenfarbtönen, erstreckten sich aber weit über den Bereich des sichtbaren Lichts hinaus, um das Spektrum abzudecken.

Sie griff in die Anzeige hinein. Eines nach dem anderen zog sie jedes Band heraus und schnippte es zur Seite, bis acht diskrete Bilder das mittlere umrandeten. Sie konnte nicht anders als zu lächeln; die Bilder ähnelten nun nichts so sehr wie einer altmodischen Malerpalette. Passend, denn für sie war es reine Kunst.

Sie lehnte sich gegen die Werkbank hinter sich und ließ ihre Augen über die Palette wandern. Es war Zeit, diese Expedition ernst zu nehmen.

10

ATLANTIS

UNABHÄNGIGE KOLONIE

Matei Uttara bewegte sich mit bewusster Ziellosigkeit durch die sich drängenden Gäste im Foyer des Ballsaals. Gedämpfte Beleuchtung, Standardprotokoll für Dinnerpartys über Jahrtausende hinweg, gab ihm ein gewisses Maß an Bewegungsfreiheit. Er hütete sich davor, das Privileg zu missbrauchen.

Die aktuellen Bedingungen—hier, jetzt, für die nächsten sieben bis elf Minuten—ahmten am ehesten die Umgebung nach, die er am folgenden Abend anzutreffen erwartete. Politiker, Geschäftsleute und Presse beteiligten sich an höflichem, formellem Geplauder, alle außer den Geheimdienstagenten ausschließlich besorgt um den Eindruck, den sie erzeugten.

Jenseits der Schwelle waren achtzehn Dinnerische mit sorgfältiger Präzision angeordnet, getrennt durch einen breiten Gang, der durch die Mitte schnitt. Der Gang diente als klare Abgrenzung der anwesenden Fraktionen: Allianz links, Föderation rechts. Sogar die Firmenvertreter und Medien mussten ihre Loyalität für alle sichtbar erklären.

Der Weg zum Frieden hatte noch einige Schritte zu bewältigen. Doch Risse in der symbolischen Mauer manifestierten sich, dank mehrerer mutiger Seelen unter den Anwesenden.

Politische Grenzen leckten wie ein Sieb, wenn es um Populärkultur ging, aber sichtbare Unterschiede existierten noch zwischen Allianz- und Föderation-Bürgern. Die Bewohner der Erde und der First Wave-Kolonien bevorzugten ziemlich barocke Kleidung als aktuelle Mode; Ensembles tendierten dazu, mehrere Farbtöne oder ein lebendiges, oft grelles Akzentstück zu enthalten. Diejenigen, die aus Senecan-Welten stammten, bevorzugten dunkle, gedämpftere Kleidung oder einen einzigen dominanten Farbton. Sie sahen es als passend für ihre selbstproklamierte sachliche, pragmatische Natur.

Die Unterschiede verblassten natürlich, je höher man die politische Leiter hinaufstieg, denn die politische Kultur blieb überall traditionalistisch. Dennoch konnte man es in den Details sehen, wenn man wusste, wie man schauen musste. Zum Beispiel gehörte zu den mutigen Seelen, die an der Mauer meißelten, Thomas Kalnin, der Allianz-Vizeminister für Textilien, dessen leuchtend fuchsiafarbenes Revers-Einstecktuch in einem ansonsten konservativen Anzug mit dem gedämpften sepiafarbenen Hosenanzug seiner Gesprächspartnerin Sara Triesti kontrastierte, Leiterin der Senecan Trade Biomedics Subdivision.

Die Menge lichtete sich etwas, als diejenigen am Rand begannen, zu ihren Plätzen zu wandern. Er trat einen halben Schritt zurück in die Schatten, um den Raum zu überblicken.

Die breiten Türen im Foyer bildeten die primäre Methode des Ein- und Ausgangs zum Ballsaal. Auf halber Höhe der linken Wand befanden sich zwei Türen, die vom Servicepersonal genutzt wurden; eine führte zur Küche, die andere zu Versorgungsstationen und dann zu einem Wartungsgang. Der Bereich wimmelte von Aktivität, als Kellner eilig ein und aus gingen und letzte Vorbereitungen trafen.

Weit weniger offensichtlich war eine unmarkierte Tür in der rechten Wand, direkt vor dem Podium, das sich über die Breite des Raums erstreckte. Sie führte zu einem Technikzentrum für die verschiedenen Bildschirme, Beleuchtung und unsichtbaren akustischen Verbesserungen. Ein einzelner Techniker besetzte es während Veranstaltungen. Dahinter lag ein weiterer Wartungsgang—aber dieser öffnete sich in ein Labyrinth von Gängen, die sich durch das Kongresszentrum ausbreiteten. Er erwartete, dass dies sein Ausgang sein würde.

Director Kouris trat neben seinem Gegner-zum-Partner-gewordenen Minister Santiagar ein. Sie würden nicht unter den Gästen verweilen. Nicht an diesem Abend. Er konnte die subtile Veränderung in der Atmosphäre spüren, den ungreifbaren Druck auf die Gäste, sich zu zerstreuen, ihre Plätze als aufmerksame Beobachter der kommenden Vorstellung einzunehmen.

Er beobachtete, wie Kouris und Santiagar sich durch den Ballsaal zu den Ehrenplätzen bewegten, Assistenten folgten ihnen in parallelen Gruppen. Die 'Assistenten' schlossen drei Allianz- und zwei Senecan-Geheimdienstagenten ein, die am Tag zuvor identifiziert worden waren, zusammen mit einem Dutzend ihrer Brüder anderswo in den Delegationen.

Es war gefährlich, bis zum finalen Event der finalen Nacht zu warten, um zu handeln. Er würde keine zweite Gelegenheit erhalten. Dennoch lauteten seine Anweisungen, den Gipfel ablaufen zu lassen, dieses sehr öffentliche Spektakel der Diplomatie seinen sehr öffentlichen Verlauf nehmen zu lassen.

Der Grund für die Anweisungen war nicht mitgeteilt worden, aber es war nicht sein Anliegen. Er kannte seine Rolle sehr gut. Er sollte die Läufereröffnung in einem galaktischen Schachspiel sein.

Sein weißer Bauer hielt an, um sich an der Bar einen Drink zu holen, bevor er zu einem der Tische ging. Mr. Nythal hatte sich als angemessen erwiesen, notwendigen Zugang und Informationen bezüglich bestimmter Codes und Verfahren zu liefern, war aber von geringem zusätzlichem Nutzen. Noch eine weitere Angelegenheit, die nicht sein Anliegen war.

Sein Anliegen erreichte den Haupttisch, und der Druck auf die Menge, sich niederzulassen, wurde erstickend. Er glitt diskret in die Schar von Reportern, die zu den Medientischen strömten.

* * *

»Willkommen alle, zu unserem Bankett heute Abend. Freunde, Gäste, Presse, wir laden euch ein, etwas von der berühmten Atlantis-Gastfreundschaft zu genießen. Liebe Gipfelteilnehmer, ihr habt alle in den letzten zwei Tagen extrem hart gearbeitet—es ist Zeit, sich für ein paar Stunden bei einem feinen Essen und feinerem Wein zu entspannen.«

Jaron entspannte sich bereits mit etwas erheblich Stärkerem als Wein. Er nahm einen langen Schluck des Polaris Burst-Cocktails, während er nach rechts rückte, damit der Kellner einen Spinatsalat vor ihn stellen konnte. Der erste von—waren es fünf Gänge oder sechs? Er konnte sich nicht die Mühe machen, sich zu erinnern.

Die dynamische Stimme verlangte, dass er seine Aufmerksamkeit zur Bühne zurückkehrte. Er hoffte wirklich, der Mann beabsichtigte nicht, durch jeden der wie vielen Gänge auch immer zu reden. Der Allianz-Minister war nervig charismatisch und zeigte ein ernsthaftes Auftreten, das vor Aufrichtigkeit und Optimismus triefte. Director Kouris hatte beim Dinner der Eröffnungsnacht gesprochen. Es war eine direkte und geschäftsmäßige Rede gewesen, wie seine Art—überaus kompetent und völlig uninspirierend.

Der Minister trat hinter dem korallgeäderten Marmorpodium

hervor. Es diente keinem wirklichen Zweck außer einem übergroßen Halter für ein Glas Wasser, aber Podien waren eine Tradition, die aus irgendeinem Grund nie zu verblassen schien. Falls der
Mann die Krücke von Redenotizen brauchte, befanden sie sich auf
seinem whisper. Seine lockeren, natürlichen Manierismen machten
es jedoch unwahrscheinlich.

»Wir werden uns nicht vor der Wahrheit der schwierigen Vergangenheit von Erde und Seneca verstecken. Sie zu ignorieren
würde bedeuten, die Opfer derer zu entwerten, die ihr Leben in
einem Krieg verloren haben, den beide Seiten für gerecht hielten.
Aber wir können die Vergangenheit nicht ändern. Wir können nur
vorwärtsgehen.«

Santiagar hielt inne, um an seinem Wasser zu nippen, und Jaron
lehnte sich vor, um über die Pointe eines Witzes zu kichern, der
von seinen Tischgenossen geteilt wurde. Er hatte den Aufbau nicht
mitbekommen, aber das war kaum von Bedeutung.

Mittlere Mitglieder der Senecan-Delegation umgaben ihn am
weißgedeckten Tisch. Während der Gipfel nach den meisten
Berichten gut lief, waren wenige auf beiden Seiten bereit, sich noch
gesellschaftlich zu vermischen. Aus hierarchischer Sicht vermutete
er, dass dies der 'Hilfstisch' war—besetzt von denen am Rande der
wirklichen Macht.

Er schluckte ein Stirnrunzeln in dem feurigen Brennen des
Cocktails hinunter. Von Rechts wegen sollte er neben dem Director
sitzen, aber er war zugunsten des Vorsitzenden von Elathan
Pharmaceuticals verdrängt worden, mit der Ermahnung, dass dies
schließlich ein Handelsgipfel sei.

»Denn obwohl wir unsere Unterschiede haben, sind wir alle
Mitglieder der menschlichen Rasse. Wir teilen Tausende von Jahren
Geschichte. Wir teilen ein Erbe, denn Erde ist das Mutterland für
jeden von uns.«

Jaron verschluckte sich fast an einem Bissen Ciabatta und bedeckte schnell seinen Mund mit einer Serviette. Die Augen des Ministers strahlten mit dem Eifer eines wahren Gläubigen. Es war widerlich.

»Wir sind diese Woche hier, um unsere ersten Schritte auf einem neuen Weg zu gehen. Ein Weg, der größeren Wohlstand für die Bürger unserer Galaxis bringen wird, egal welcher Zugehörigkeit die Welt ist, die sie Heimat nennen. Director Kouris teilt mein Engagement, diesen neuen Weg zu schmieden, und ich spreche ihm meine tiefste Wertschätzung und meinen Dank aus.«

Die Ankunft der Suppensch üssel bot ihm eine Gelegenheit, verstohlen zu den Pressevertretern hinüberzublicken. Er wusste nicht, was er zu sehen erwartete—einen Ninja in einer Maske mit einem Säbel auf dem Rücken geschnallt? Er hatte nicht die geringste Ahnung, wie der Mann aussah, oder ob es überhaupt ein Mann war. Vielleicht könnte er zumindest einen stählernen Blick oder eine undefinierbare Aura um eine gefährliche Person erkennen. Aber er konnte nichts ausmachen. Kein Zeichen oder Hinweis darauf, wer unter den zwei Dutzend Reportern der Wolf in der Herde war.

Er bemerkte jedoch die Vision in Rot, die den Raum durchquerte auf dem Weg zu einem Firmentisch nahe der Ecke. Silbernes Haar kaskadierte über geformte Schultern hinab, um einen tiefen Ausschnitt und reichliches Dekolleté zu umrahmen.

Santiagar hatte das Podium verlassen, um entlang der Vorderseite des Podiums zu schreiten. Seine Hände belebten die Energie seiner Worte. »Ich glaube, wie der Director glaubt, dass der Handel zwischen privaten Unternehmen und individuellen Unternehmern nicht durch politische Grenzen eingeschränkt werden sollte. Sowohl die Allianz als auch die Föderation vertreten die Prinzipien des freien Unternehmertums und der wirtschaftlichen Freiheit. Die Zeit ist gekommen, zu praktizieren, was wir predigen.«

Jaron winkte einem der jüngeren Attachés zu, der an einem geringeren Tisch saß, herüberzukommen. Als der junge Mann—Cande-irgendwas—seine Seite erreichte, lehnte er sich vor, um ihm ins Ohr zu murmeln. »Tu mir einen Gefallen und sorge dafür, dass eine Velvet Fantasy der reizenden Dame in Rot da drüben geliefert wird. Und sorge verdammt noch mal dafür, dass sie weiß, dass es von mir ist.«

»Ja, Sir. Ich kümmere mich darum.« Der Mann—Chris Candela war sein Name, dachte er—nickte und eilte davon. Jaron entspannte sich zurück in den Stuhl und tat so, als würde er mit Interesse auf das blicken, was gnädigerweise der Abschluss der Rede zu sein schien.

»Morgen werden wir eine Reihe von echten, konkreten Initiativen präsentieren, die Handelsbeschränkungen für eine Anzahl von Konsumgütern lockern und neue Märkte für Allianz- und Senecan-Unternehmen gleichermaßen öffnen werden. Zusätzlich freue ich mich, ankündigen zu können, dass Director Kouris und ich vereinbart haben, uns nächstes Jahr wieder zu treffen in dem, was wir hoffen, eine regelmäßige Konferenz zur Erweiterung des galaktischen Handels werden wird.«

Der Minister hielt in der perfekten Mitte der Bühne an und lächelte mit überzeugter Gewissheit das Publikum an. »Auf neue Anfänge.«

Als Santiagar die Stufen hinabstieg, um Kouris die Hand zu schütteln, blickte Jaron über die Schulter, um den Blick der Dame in Rot zu fangen. Sie hob ihr Glas zu ihm mit einem kleinen Neigen des Kinns und einem verführerischen Lächeln.

* * *

Diffuse Lichter verwandelten die Gewässer in ein glühendes Türkis unter dem durchscheinenden Gehweg. Winzige Kräuselungen tanzten in der milden Brise, die die Luft nach einem warmen, sonnigen Tag kühlte. Der Schein der vielen Hotels, Restaurants und Clubs formte eine unheimliche blaugefilterte Aurora am Nachthimmel.

Das Gipfelbankett war drei Stunden zuvor beendet worden. Danach hatten die Teilnehmer sich praktisch gegenseitig niedergetrampelt in ihrer Eile, sich über die Ferienkolonie zu zerstreuen und an ihrer Sünde der Wahl teilzuhaben.

Der Ruf des Mannes, dem Matei folgte, war nicht der eines Sünders. Diejenigen, die ihn kannten, betrachteten ihn als quietschsauber bis zum Fehler, was erklären würde, warum er allein ging, anstatt sich einer der umherziehenden Gruppen seiner Kollegen anzuschließen. Es würde auch erklären, warum der Mann sich in Richtung des weniger gut beleuchteten Bereichs des Unterhaltungsviertels begab, wo sein fleischlicher Ausrutscher unwahrscheinlich von denselben Kollegen bezeugt werden würde.

Matei folgte seinem Ziel in eine beträchtliche Menge, die aus einem großen Theater herausquoll. Die Fassade war mit grellen Flamingos, fröhlichen Delphinen und einem seltsamen gelborangenen fliegenden Geschöpf geschmückt, alles verflochten mit neonmagentafarbenen Kristallen. Das Schild warb für eine vollsensorische interaktive Zirkusvorstellung.

Hinter dem Theater zerstreute sich die Menge etwas, und mit einer Rechtskurve begannen Schatten über den beleuchteten Gehweg zu fallen. Progressiv zwielichtigere Bars konkurrierten mit Körperkunst-Salons, Sinneskabinen und 'Freizeit'-Clubs. Er beschleunigte seinen Schritt.

Als sie am Eingang zu einem der populäreren Clubs vorbeigingen und der Fußgängerverkehr kurz zunahm, stieß er gegen sein Ziel.

»Entschuldigung, verzeihung.« Ein ungeschicktes Greifen eines fleischigen Oberarms maskierte den Nadelstich der Mikronadel.

Der Mann blickte ihn nicht einmal an. »Ist schon gut.«

Matei verschmolz zurück in die Passanten, um drei Meter dahinter weiterzuverfolgen. Zwanzig Schritte später wurde der Gang des Mannes unregelmäßig, dann verlangsamte er sich zu unsicherem Schwanken.

Er glitt neben sein Ziel und legte einen Arm um die Taille des Mannes zur Unterstützung. »Ruhig. Ich denke, du hast etwas zu viel getrunken.«

Unfokussierte Augen blickten benommen herüber. »Was... du...« Die Augen drifteten zu, als der Mann in seine Arme sackte.

Er hielt die zusammensinkende Gestalt aufrecht und führte ihn zu einer Seitengasse, dann zwei weitere Gassen hinunter, bis die dissonanten Geräusche des Viertels zu einem leisen Summen verblassten. Sie bewegten sich um die Ecke des hintersten Gebäudes, und er ließ den Mann gegen die Wand zusammensinken. Ein paar unzusammenhängende Murmelgeräusche entwichen, aber zu diesem Zeitpunkt hatte jede motorische Funktionskontrolle aufgehört.

Matei hockte sich hin und legte eine Hand unter das Kinn des Mannes, um seinen Kopf hochzuhalten. »Okay, lächle für die Kamera.« Sein Augenimplantat scannte die Gesichtszüge und Frisur; er musste ein Augenlid öffnen, um einen Netzhautabdruck zu bekommen. Der Mann sank zu Boden, während er eine Handfläche umdrehte und die Fingerabdrücke scannte. Zuletzt riss er ein einzelnes dunkelbraunes Haar von der Kopfhaut und drückte es zwischen die glyphs an seinen Zeigefingern, um die DNA-Sequenz zu extrahieren.

Zufrieden griff er in seinen Rucksack und zog einen Ball heraus. Er war nur vier Zentimeter im Durchmesser, aus einer ultradichten

Legierung und an einem Stück feinen geflochtenen Seils befestigt. Er wickelte das Ende des Seils um den Knöchel des Mannes und knotete es sicher fest.

Der Mann war in einen völlig katatonischen Zustand gefallen. Matei hob ihn genug an, um ihn zum Rand des schmalen Gehwegs zu verschieben. Nachdem er dem Mann eine weitere Nadel in den Hals injiziert hatte, richtete er sich auf und stieß den Körper und den Ball über die Kante ins Wasser.

Hier in den tiefen Nischen des Unterhaltungsviertels gab es keine Lichter in den Gehwegen oder Neonlichter, die die Gebäude schmückten. Innerhalb von Sekunden verschwand der Körper unter der tintenartigen Schwärze.

Das Seil war aus einer speziellen wasserlöslichen metamat-Faser konstruiert. Es war mit einem Harz beschichtet, das sich über drei Tage auflösen sollte, danach würde sich das Seil zersetzen und der aufgeblähte Körper an die Oberfläche steigen. Die injizierte Lösung wirkte, um die Kernorgane minimal funktionsfähig zu halten, lange nachdem der Mann ertrunken war, wodurch die scheinbare Todeszeit verzögert wurde.

Im hellen Tageslicht und kristallklaren Gewässern war die Leiche sicher zu entdecken. Für die Welt würde es aussehen, als hätte der Mann Selbstmord begangen, kurz nachdem er die abscheuliche Tat begangen hatte, die er am folgenden Abend zu vollbringen beabsichtigte.

Er nahm den Rucksack und verfolgte seinen Weg durch die Gassen zurück, wo er sich wieder den Feiernden anschloss. Er schlängelte sich zurück in Richtung Hotel, wo er den Rest der Nacht damit verbringen würde, sich in Chris Candela zu verwandeln, Juniorattaché der Senecan-Handelsdelegation.

11

GRENZE DES SENECAN FÖDERATION-RAUMS

Caleb saß auf dem Boden im offenen Bereich des Hauptdecks und bastelte an einer Ersatz-Schaltplatine herum. Es war ein Trick, den er als Teenager gelernt hatte, als er einen Sommer damit verbracht hatte, Überwachungsstationen für den Parkdienst in den Bergen außerhalb von Cavare zu platzieren. Die Hände mit einer detaillierten Aufgabe zu beschäftigen wurde zu einer Form der Meditation und erlaubte dem Geist, Sorgen im Hintergrund zu durchdenken.

Seine Hände arbeiteten daran, die Hauptdeck- und Unterdeck -Temperaturkontrollschaltkreise zu trennen; sein Geist grübelte über Volosks verschleierte Andeutung nach, dass er, wenn er wollte, Samuels Platz in der Division einnehmen könnte.

Es war keine Frage, ob er dachte, dass er den Job machen könnte. Es war eine Frage, ob er den Job machen wollte. Samuel war in seinen letzten Jahren nicht an einen Schreibtisch gefesselt gewesen, aber er hatte sicherlich weniger Zeit im Feld verbracht. Caleb mochte die Art, wie die Dinge jetzt waren. Er mochte die Jagd, die

Intrige... die Einfachheit. Es gab keine Politik, um die man sich sorgen musste, und keine bürokratischen Verstrickungen; es gab nur die Mission. Er hatte nicht—

—Alarme begannen in der Kabine zu heulen, die hohen Töne prallten von den schmalen Wänden ab und kollidierten in einem dissonanten Getöse.

Er sprang auf die Füße und stürzte zum Cockpit—in der kleinen Kabine war es keine große Entfernung—und ließ sich in den Sitz fallen, während er die Warnungen in den Vordergrund des HUD brachte.

Der Hauptalarm warnte ihn vor der Tatsache, dass ein Partikel-strahl das Schiff um achtunddreißig Meter verfehlt hatte, aus der Bahn geworfen durch die passive Verteidigungsabschirmung. Waffenfeuer, das den Rumpf streifte, war die erste Warnung vor anderen Schiffen in der Nähe?

Sie mussten hardcore Stealth haben, und da sie unprovoziert auf ihn feuerten, waren sie definitiv Söldner. Zehn verdammte Minuten aus dem Überlichtgeschwindigkeitsflug aussteigen und schon wird auf ihn geschossen...

»VI, identifiziere Feinde und mache Waffen bereit.«

Die mittelhohe weibliche Stimme antwortete in ihrem angenehmen, ewig-ruhigen Ton. »*Verfolge Feinde.*«

Die VI repräsentierte die oberste Schnittstellenebene für die bordeigene CU, die die verschiedenen Schiffssysteme überwachte und manipulierte. In 1,7 Sekunden nutzte die CU die Flugbahn des Strahls, um die Position des Angreifers zu extrapolieren und analysierte die Energiewerte in der Region, um die einzigartige Signatur des Schiffes zu identifizieren.

Ein roter Punkt erschien auf der regionalen Karte des HUD.

Nachdem sie die Informationen genutzt hatte, um ähnliche Energiesignaturen in der Gegend zu finden, gesellten sich schnell zwei weitere Punkte zum ersten. Die drei Punkte flogen in Formation und näherten sich schnell.

»Los geht's, ihr Bastarde. VI, Autopilot aus.«

»*Du hast die Navigation.*«

Er aktivierte das Sicherheitsgeschirr, dann aktivierte er die manuell geführten Kontrollen und riss das Schiff nach oben in einen scharfen Bogen. Er segelte über die Verfolger hinweg, zielte und feuerte auf den führenden Angreifer.

Partikelstrahlwaffen waren Standardausrüstung auf Söldnerschiffen, weil sie vergleichsweise billig, standardisiert und massenproduzierten waren. Allerdings waren sie nicht besonders wendig, mit begrenzter spontaner Anpassbarkeit und einer nicht vernachlässigbaren Aufladezeit.

Er hatte früher bemerkt, wie die Division nicht bei der Hardware des Schiffes gespart hatte, und war nie dankbarer dafür als in diesem Moment. Die dualen Neodym-Kristall-Pulslaser-Waffen, die sein Schiff führte, zeigten weit größere Reaktionsfähigkeit als Partikelstrahlen. Sie richteten jeden Puls neu aus, um die Bewegung des Ziels zu berücksichtigen, und waren fähig, kontinuierlich für über zwanzig Sekunden zu feuern, bevor sie aufladen mussten. Zugegeben, jeder Puls trug etwas weniger Kraft als ein Partikelstrahlschuss—aber in der Praxis machte das kontinuierliche Feuer den Unterschied mehr als wett.

Zwanzig Sekunden Feuer reichten aus, um durch die primäre und sekundäre Abschirmung der meisten Schiffe zu reißen, genau wie es gerade… ungefähr… jetzt tat.

Das führende Schiff riss in gezackte Metallsplitter auseinander, gefolgt kurz darauf von der strahlend weißen, nova-ähnlichen Implosions-Explosion des sLume-Antriebs. Sein Schiff erzitterte in seinen Händen, als die Schockwelle darüber hinwegfegte.

Er konzentrierte sich wieder auf das HUD und die zwei verbliebenen Angreifer. Der Adrenalinrausch in seinen Adern fokussierte seine Gedanken und erzeugte die Illusion, dass sich die Zeit dehnte. Intellektuell wusste er, dass Nanobot-Regulatoren in seinem Blutkreislauf das Adrenalin verfeinerten und lenkten, um den Effekt zu verstärken. Physisch wusste er nur, dass sein Sehvermögen schärfer wurde, seine Reflexe schneller und seine Entscheidungsfindung klarer.

Er hatte einen Vorteil mit dem ersten Schuss ausgenutzt; sie hatten nicht gewusst, dass er sie verfolgen konnte. Jetzt wussten sie es. Vorhersagbar begannen die beiden Schiffe zu zickzacken, während sie versuchten, seinen eigenen unregelmäßigen Pfad zu verfolgen.

Er manövrierte, um hinter sie zu gleiten, drehte das Schiff um und stellte die Waffen darauf ein, eines von ihnen zu verfolgen, bis es eine zuverlässige Zielerfassung erlangte, dann automatisch zu feuern. Unglücklicherweise, während er das tat, bekam der andere Angreifer eine Zielerfassung auf ihn. Das Schiff ruckte in einem heftigen Ruck durch den augenblicklichen Aufprall des Partikelstrahls. Die Abschirmung hielt, stand aber nach zwei Treffern jetzt bei siebenunddreißig Prozent Leistung.

Er versuchte, seine Bewegung so unvorhersagbar wie möglich zu machen. Es war einer der Gründe, warum Menschen bessere Piloten blieben als CUs. Selbst scheinbar zufällige Variationen einer CU konnten von einer anderen CU mit angemessener Wahrscheinlichkeit vorhergesagt werden; ein Artificial könnte eine andere Sache sein, aber ein synthetisches neuronales Netz in ein Schiff zu bauen blieb unpraktisch, ganz zu schweigen von höchst illegal. Die Entscheidungen eines Menschen, der auf Instinkt unter Kampfdruck handelte, konnten jedoch niemals mit irgendeinem Grad an Genauigkeit vorhergesagt werden. Oder so sagten die Wissenschaftler... Natürlich bedeutete das, dass er ihre

Bewegungen auch nicht vorhersagen konnte. Die Waffen würden innerhalb einer Pikosekunde nach Erreichen einer Zielerfassung feuern—und jeder pausierte eine Pikosekunde oder zwei an den Kontrollen. Er fegte unter und achtern der Angreifer, als seine Waffen zielten und das zweite Schiff dem ersten ins Jenseits folgte.

Er traf eine spontane Entscheidung und drückte die Geschwindigkeit des Schiffes auf einhundertfünf Prozent Maximum. Die Söldner—ein Söldner jetzt—waren schnell, aber nicht so schnell.

Er war mit fünfundsiebzig Prozent maximaler Unterlichtgesc hwindigkeit gereist, als der Angriff erfolgte, und sie hatten ihn eingeholt. Dennoch, unter der Annahme, dass der Pilot des letzten Schiffes mindestens ein paar Sekunden damit verbringen würde, sich von der nahen Explosion und der Tatsache zu erholen, dass alle seine Gefährten jetzt tot waren, rechnete er sich anständige Chancen aus, in diesen kritischen paar Sekunden zu entkommen. Angesichts des erschöpften Zustands seiner Abschirmung, bessere Chancen als einen weiteren Treffer zu überleben.

»VI, leite nicht-kritische Energie zum Impulsantrieb um.«

»Achtzig Prozent der Umwelt- und Versorgungsenergie umgeleitet.«

Er erhöhte die Geschwindigkeit um weitere zwölf Prozent. Es wäre nicht lange aufrechtzuerhalten, ohne den Motor zu sprengen—vielleicht zehn Minuten—aber es sollte lang genug sein, um den Söldner zu verlieren und zu Überlichtgeschwindigkeit überzugehen.

»VI, leite Kommunikationsenergie zum Dmpfungsfeld um.«

»*Kommunikation ist als kritisches System klassifiziert.*«

»Mir ist bewusst. Leite Kommunikationsenergie zum Dmpfungsfeld um.«

Eine kleine Pause. »*Dmpfungsfeld bei 97,2 Prozent Strke.*«

Er raste 'nord-nordwestlich' in Richtung einer Region dichterer interstellarer Gase und Staub. Konzepte wie "Norden« hatten im Weltraum keine wirkliche Bedeutung, das stimmte. Dennoch hatte das intrinsische menschliche Bedürfnis nach Richtungsorientierung in den frühen Tagen der extrasolaren Raumfahrt zur Entwicklung eines Kurssystems geführt, das auf der Position der Erde relativ zum Zentrum der Galaxis basierte.

Acht Minuten später verringerte er seine Geschwindigkeit auf achtundneunzig Prozent Maximum, schickte den umgeleiteten Energiefluss zum Dmpfungsfeld und begann, seine Route zu ändern. Er würde ein paar Stunden herumkurven und sich Metis aus einem anderen Winkel nähern als seine vorherige Flugbahn. Als Vorsichtsmaßnahme.

Die Luft in der Kabine wurde unangenehm kalt. Er ertrug es weitere fünfzehn Minuten und drückte seine Arme gegen seine Brust, um die Körperwärme zu halten. Als sein Kiefer so heftig zitterte, dass er versehentlich auf seine Zunge biss, entschied er, dass der Erfolg oder Misserfolg seiner Flucht zu diesem Zeitpunkt sicherlich entschieden war.

»VI, stelle normale Energieverteilung wieder her.«

»*Standard-Energieflüsse wiederhergestellt. Primäre Systeme nominal. Zwei Wärmedecken befinden sich im hinteren Versorgungsschrank, falls Sie sie benötigen.*«

»Danke, VI. Mir geht's gut.« Der Atem, den er metaphorisch seit dem Angriff angehalten hatte, entwich in einer sehr realen Ausstoßung aller Luft aus seinen Lungen, als er tiefer in den Stuhl sank. Nicht länger gefordert, sich auf Flucht, Ausweichen oder Warmhalten zu konzentrieren, löste sich das letzte Adrenalin auf. Ihm blieb wenig zu tun, als dort zu sitzen und zu versuchen, zu begreifen, was gerade passiert war.

Wie hatten sie ihn verfolgt? Für alle praktischen Zwecke konnten Schiffe nicht verfolgt werden, während sie überlichtschnell waren.

Theoretisch konnte die Warp-Blase entdeckt werden, aber um sie zu verfolgen, müsste man mit derselben präzisen Geschwindigkeit auf einer identischen Flugbahn reisen. Selbst dann machten die minimale Manövrierfähigkeit gepaart mit den riesigen zurückgelegten Entfernungen es praktisch unmöglich, einem Schiff in Überlichtgeschwindigkeit durch eine winzige Kursänderung zu folgen.

Bei Unterlichtgeschwindigkeiten war sein Schiff praktisch unsichtbar von mehr als 0,1 AU; die Chancen, dass eine Söldnerbande ihn zufällig in so großer Nähe im tiefen Weltraum antraf, waren so gering, dass sie nicht existent waren. Sicherlich lauerten Söldnerbanden ständig im Weltraum und warteten auf Ziele; aber sie taten das in bevölkerten Gebieten mit hohem Verkehr und machten Jagd auf weit größere, weniger heimliche Schiffe.

Lycaon war fast 0,6 kpcs hinter ihm, Gaiae mehr als 0,7 kpcs südöstlich—und keine dieser Welten waren gerade Zentren der Aktivität. Es gab im Wesentlichen nichts zwischen hier und den Grenzen des erforschten Raums außer dem Metis-Nebel.

»VI, initiiere eine Analyse aller Systeme und einen Nanoskalencan des Innen- und Außenbereichs des Schiffes.«

»*Wonach soll ich suchen?*«

»Ein Verfolgungsgerät oder einen Gegenstand, der ein Signal senden kann, aber ich wäre schon mit allem zufrieden, was nicht hierher gehört. Führe auch Diagnosen am Dmpfungsfeld durch und lass mich wissen, ob es Fehler gibt.«

»*Verstanden. Ein Scan auf solch einem Präzisionsniveau wird 3,62 Stunden dauern.*«

»Verstanden. Informiere mich über alle Anomalien, sobald du sie findest.«

Er erwartete nicht, dass die VI etwas Bedenkliches finden würde. Die Sicherheit im Divisions-Flügel des Raumhafens war so streng wie die des Hauptquartiers; eine Manipulation des Schiffes wäre ziemlich schwierig gewesen, obwohl er zugeben musste, nicht unmöglich.

Für den Moment hatte er keine andere Wahl, als unter der Annahme zu operieren, dass das Schiff sauber war...

Also wie zum Teufel hatten sie ihn gefunden? Und relevanter, warum waren sie so erpicht darauf gewesen, ihn auf Sicht zu verdampfen?

12

ATLANTIS

UNABHÄNGIGE KOLONIE

Matei trat durch die breiten Türen und in das Foyer des Ballsaals.

Seine Position war zwei Drittel des Weges die Empfangslinie für die Würdenträger hinunter, ein Vorspiel zur finalen Versammlung des Handelsgipfels. Es war die angemessene Station für ein jüngeres Mitglied der Senecan-Delegation—nach den Diplomaten und CEOs, vor dem Verwaltungspersonal.

Die Verkleidung war nicht perfekt. Es gab Grenzen für das, was selbst geglyphte Kybernetik bewirken konnte, die bedeutendste war, dass sie die Knochenstruktur nicht verändern konnten. Das war jedoch einer der Faktoren bei der Auswahl des Opfers gewesen, also war es kein größeres Problem. Silica-Zellulose-Injektionen fügten ausreichend Tiefe zu seinen Wangenknochen und Prominenz zu seinem Kinn hinzu; Blockabsatz-Schuhe fügten die zusätzlichen vier Zentimeter hinzu.

Seine Haut hatte sich um zwei Nuancen verdunkelt, Augen zu hellgrün getönt und Haar zu einem Schokoladenbraun gefärbt und geschnitten, um Candelas Stil zu entsprechen. Schaumstoffpolster ung unter der geliehenen Kleidung lieferte die zusätzlichen dreißig Pfund zu seinem schlanken Körperbau.

Ein Freund oder Familienmitglied von Mr. Candela wäre nicht getäuscht worden—aber der Mann hatte keine Freunde unter seinen Arbeitskollegen, und seine Familie war Kiloparsecs entfernt.

Matei hatte über den Verlauf des Tages nur bei Bedarf öffentliche Auftritte gemacht, während derer er ruhig unsichtbar unter den Gipfelteilnehmern blieb. Hier hatte er sich in der Schlange zwischen zwei Allianz-Beamten positioniert; von ihm würde nicht erwartet werden, mit ihnen zu sprechen.

Als die Schlange ihre langsame Prozession nach vorn fortsetzte, begannen die höflichen Begrüßungen und repetitiven Small Talks über das leise Gemurmel derer zu steigen, die auf die Empfangslinie verzichteten. Die Schlange war eine seltsame, anachronistische Formalität, eine Tradition, die seiner Meinung nach irgendwo auf dem Weg vielleicht missgebildet worden war. Dennoch war sie diese Nacht zu seinem Vorteil, denn der Mann, den er verkörperte, wäre sonst nicht erlaubt gewesen, so nah heranzukommen, und er hätte möglicherweise zu einer riskanteren Strategie gezwungen werden müssen.

Die Frau vor ihm machte einen weiteren Schritt, und er betrat die kritische Zone. Er blickte nicht umher—nicht nach Sicherheit oder Agenten, noch nach Kameras oder Sensoren. Er wusste, wo sie waren, und hatte sie in den Plan einkalkuliert.

Im nächsten Schritt löste er die Freisetzung von Nanobots in seinen Blutkreislauf aus, die eine speziell formulierte Epinephrin-Verbindung absonderten. Es verstärkte seine Sinne um zweiundzwanzig Prozent und beschleunigte seine körperlichen Reaktionszeiten um sechsunddreißig Prozent über bereits genetisch und biosynthetisch verbesserte Fähigkeiten hinaus.

Er entdeckte Mr. Nythal an einem Tisch zur Rechten sitzend,

seine Augen etwas weit, als sie die Empfangslinie auf und ab scannten, mit einem Drink in der Hand für leichten Zugang. Wenn der Mann die Sicherheit mit seinem vage panischen Ausdruck aufschreckte, würden sie…Worte wechseln.

Der nächste Vorstoß brachte ihn zur Atlantis-Gouverneurin. Er lächelte höflich und schüttelte der Frau die Hand. Seine Stimme, obwohl nicht laut, war klar und scharf, um leicht überhört und später von denen in der Nähe erinnert zu werden.

»Ein Vergnügen, Sie kennenzulernen, Ma'am. Chris Candela, Seneca Trade Division.«

Sie lächelte, wie alle Politiker es tun, möglicherweise mit etwas größerer Wärme als die meisten, da sie eine Urlaubswelt überwachte. »Ich hoffe, Sie haben Ihren Aufenthalt hier genossen, Mr. Candela.«

»Sehr, danke.«

Der Senecan-Handelsdirektor war damit beschäftigt, die Trophäenfrau eines Senecan-Würdenträgers zu umwerben, und warf ihm nicht einmal einen Blick zu, als sie sich die Hände schüttelten. Umso besser.

Ohne seine Gangart oder sein Verhalten zu ändern, trat er Angesicht zu Angesicht mit Allianz-Handelsminister Santiagar und streckte eine Hand zur Begrüßung aus.

»Chris Candela, Seneca Trade Division. Es ist eine Ehre, Sir.«

Sein eVi aktivierte den Virus, der die letzte Woche in seinem Datencache unter Quarantäne gestellt worden war, und leitete ihn durch seine Kybernetik in seine Hand. Als er Santiagars Hand schüttelte, veränderte er seinen Griff, sodass sein Zeigefinger beim Loslassen Kontakt mit dem Zeigefinger des Ministers machte.

Wie jede Person in der Gesellschaft über dem Armutsniveau enthielt der Zeigefinger des Ministers die leitfähigen Fasern, die für die Interaktion mit einer Vielzahl von Bildschirmen, Paneelen und den Millionen anderer elektronischer Geräte notwendig waren, die die Welt um sie herum durchdrangen. Die Fasern verbanden sich mindestens mit dem eVi des Mannes, das sich mindestens mit seinem Gehirn verband.

In Santiagars Fall zeigten die Akten an, dass sein Körper eine angemessene Menge zusätzlicher kybernetischer Verbesserungen enthielt. Das Minimum hätte genügt, aber die Verbesserungen beseitigten jede Chance.

Es gab nicht einmal eine Vibration oder ein Kribbeln, als ihre leitfähigen Fasern Kontakt machten und der Virus von seiner Fingerspitze in die Kybernetik des Ministers überging. Er lächelte, senkte sein Kinn in Anerkennung und ging weiter.

Er legte Wert darauf, sein Tempo ziellos erscheinen zu lassen, während er sich zwischen den umherwandelnden Gästen zur schlichten Tür in der rechten Wand schlängelte.

Die ersten Keuchen des Entsetzens und der Panik begannen hinter ihm zu widerhallen, als er durch die Tür schlüpfte.

* * *

METIS-NEBEL

ÄUßERE BÄNDER

Caleb runzelte wieder die Stirn über den Evanec-Bildschirm.

Statik war etwas, dem man im vierundzwanzigsten Jahrhundert nicht häufig begegnete. Doch Statik war genau das, was er betrachtete.

Beim Eintritt in die goldenblauen Schleier von Metis an diesem Morgen hatten die Kommunikationen begonnen sich zu verschlechtern. Zuerst hatte der exanet-Feed für ein paar Minuten gestottert, dann war er gestorben. Von der endlosen Lawine des Medienpopulismus und Klatschs über Prominente und Pseudopolitischen Intrigen abgeschnitten zu sein, war größtenteils eine willkommene Atempause, aber es nagte an ihm, dass er, falls etwas von tatsächlicher Bedeutung geschehen sollte, eine Zeit lang unwissend darüber bleiben würde.

Als nächstes hatte der Evanec begonnen zu flackern, und nach einer Stunde konnte das Schiff keine Verbindung zu Senecan-Sicherheitskanälen oder anderswo herstellen. Es sollte kein Problem sein, da er nicht erwartete, in Schiff-zu-irgendetwas-Kommunikation tief in der Leere des Raums zu sein…obwohl die Statik etwas beunruhigend war.

Schließlich verstummte das Kommunikationssystem seines eVi. Lokal gespeicherte Nachrichten blieben, aber jeder Versuch, eine Nachricht zu senden oder zu empfangen oder das Netzwerk zu pingen, resultierte in einer erschreckenden Antwort:

Verbindung kann nicht hergestellt werden. System ist nicht mit exanet-Infrastruktur verbunden. Nachrichten werden in die Warteschlange gestellt, bis sie zugestellt werden können.

Nun ja. Sollte die Division das Bedürfnis verspüren, seine Mission zu ändern, würde er das Memo nicht bekommen. Sollten sie ihn für eine dringendere Mission benötigen, würde er auch die nicht bekommen, was ihn etwas mehr störte. Wenn Isabela etwas passierte und er es nicht wüsste…aber er würde nur ein paar Tage hier sein. Es würde schon gehen.

Sein Blick wanderte zum Sichtfenster. Der leuchtende, neblige Dunst des Nebels bildete eine unheimliche, sogar gespenstische Umgebung. Nicht erschreckend als solche; nur Staub, Gase und die geladenen Teilchen des Pulsar-Winds bewohnten den Himmel, und sie besaßen weder Bewusstsein noch Absichtlichkeit. Vielmehr erzeugte es den Eindruck, man sei in eine ätherische, körperlose Existenzebene übergetreten—ein Effekt ohne Zweifel verstärkt durch die beunruhigende Stille einer ehemals allgegenwärtigen und ziemlich lauten Zivilisation.

Er nahm an, dass die besondere Zusammensetzung von Metis' EM-Signatur sowohl mit staatlichen als auch kommerziellen Übertragungsprotokollen interferierte. Da Kommunikationen als »kritisches System klassifiziert« waren, stellte er sich vor, dass die VI etwas besorgt über die Angelegenheit sein könnte.

»VI, kennst du den Grund für die Interferenz in den Kommunikationen?«

»*Obwohl keine einzelne Emission stark genug ist, um mit unseren Systemen zu interferieren, beugt die Gesamt-EM-Zusammensetzung dieser Region dennoch alle externen Signale bis zu dem Punkt, dass ihre Integrität verloren geht.*«

»Wie das?«

Eine Pause, weit länger als normal. »*Ich kann den genauen Mechanismus zu diesem Zeitpunkt nicht bestimmen.*«

Obwohl er wusste, dass es nur aus Qubits bestand, verspürte er einen seltsamen Drang, die VI zu beruhigen. »Es ist in Ordnung, es spielt keine Rolle.«

»*Ich werde das Problem weiter analysieren.*«

Wellenbeugung war ein häufig genug auftretendes Phänomen, wenn auch nicht oft zu so schädlicher Wirkung. Der Raum in seinem natürlichen Zustand kam menschlichen Vorlieben nicht immer entgegen. Bei seiner Rückkehr würde er ein Protokoll der Interferenz einreichen, und innerhalb weniger Monate würden zumindest die Senecan-Sicherheitsprotokolle angepasst werden, um dem entgegenzuwirken. Solange die Region unbewohnt blieb, würden die exanet-Anbieter wahrscheinlich einen Scheiß darauf geben.

Er spielte eine Weile mit den Evanec-Einstellungen herum, aber die Verfeinerung der Bänder schien das Problem nur zu verschlimmern—nicht dass »null« wirklich verschlimmert werden konnte. Resigniert angesichts der Tatsache, dass er nicht die Fähigkeit besaß, die Angelegenheiten zu verbessern, entspannte er sich im Pilotenstuhl und überblickte die Situation.

Was auch immer die Quelle der anomalen Messwerte war, die ihn hierher gesandt hatten, es war einen soliden Tag bis anderthalb Tage entfernt, basierend auf der Zunahmerate der Signalstärke. Die Sonde war mehr als hundert Parsecs weiter in den Nebel hinein gereist als seine aktuelle Position.

Dennoch ging er aus offensichtlichen Gründen langsam vor. Dies war unbekanntes Territorium mit unbekannten Faktoren am Werk und ohne Sicherheitsnetz, sollte etwas schiefgehen. Während er der Erste wäre, der mit gezogenen Waffen hineingeht, wo die Umstände es verlangten, tat diese es nicht. Also bewegte er sich vorsichtig, scannte und zeichnete für zukünftige Analyse durch wissenschaftlich gesinntere Personen als ihn auf.

∗ ∗ ∗

Er stand gerade auf, um sich ein Sandwich zu machen, als der physische Sensor eine Warnung blinkte. Er ließ sich wieder in den Stuhl sinken und vergrößerte den Bildschirm.

Vergraben im Schatten hinterleuchteter Wolken, 0,01 AU entfernt, schwebte ein kleiner Planet. Der erste Scan zeigte moderate Schwerkraft und eine vernünftige Atmosphäre an, wenn auch eine, die aus giftiger Luft und volatilen Wettermustern bestand, was nicht überraschend kam. Zu welchem Stern gehörte er? Dem Pulsar? Es war nicht üblich für Pulsare, Planeten zu haben, obwohl es vorkam. Vielleicht war er ein Vagabund, der in der äonenlangen

Supernova-Explosion aus der Umlaufbahn geschleudert worden war.

Er rief seine Astrowissenschaftsdateien auf, projizierte sie zu einem Aural und scrollte durch sie in einem Versuch, sich zu erinnern—

—ein Flackern...nein, eine Abwesenheit, eine dunkle Lücke in den Nebelwolken, fing seinen Augenwinkel ein. In einem Atemzug wechselte er zu voller Alarmbereitschaft.

Es gab keine logische Erklärung dafür, warum seine Sinne sofort hyperfokussiert waren und Nanobot-unterstütztes Adrenalin bereits durch seine Adern rauschte. Aber übernatürliche Instinkte waren ein Grund, warum die Regierung ihm ein ziemlich großzügiges Gehalt zahlte.

Er schwenkte herum, um das Gebiet in einem breiten Bogen abzusuchen, und kam leer heraus. Die Sensoren detektierten nur das Rauschen, das Metis ausstrahlte. Doch einen Moment später war eine klar definierte Leere deutlich gegen einen dichten Nebel aus Staub silhouettiert, beleuchtet vom blassen goldenen Schein des Metis-Inneren. Er überprüfte die Scans wieder. Nada.

Die Sensoren sagten ihm, die Region sei leer. Seine Augen sagten ihm etwas anderes. Sein Augenimplantat strengte sich an, hineinzuzoomen und sich auf den entfernten Schatten zu fokussieren; er würde später Kopfschmerzen haben. Er spannte sich an, als sich die Silhouette in seiner Sicht zu dem Umriss eines künstlichen Konstrukts verfestigte. Er würde es ein Schiff nennen, aber...

Dann wirbelte es herum und beschleunigte auf ihn zu, und er entschied, dass es definitiv ein Schiff war. Aerodynamisch und in einem tintenschwarzen Farbton getönt, ähnelte es nichts so sehr wie einem Raubvogel, der sich darauf vorbereitete, auf ihn herabzustoßen.

»Verdammter Mist!« Wie zum Teufel hatten diese Söldner ihn hierher verfolgt? Dieses Schiff sollte getarnt sein. Es war getarnt. Die Scans des Schiffes waren blitzsauber herausgekommen. Auf keinen verdammten Fall hätten sie ihn verfolgen können—außer der Tatsache, dass sie es ganz offensichtlich getan hatten.

Er glitt in die schwereren Gaswolken zu seiner Rechten und nutzte die visuelle und EM-Deckung, um seitlich an seinem Gegner vorbeizustreifen.

Basierend auf der Flugbahn und Geschwindigkeit, als das Schiff sichtbar gewesen war, schätzte er die Zeit bis es gleichzog. Mit einem Ruck über die Kontrollen tauchte er aus den Wolken auf und feuerte auf die Stelle, wo es sein sollte.

Seine Instinkte dienten ihm gut; das andere Schiff wich aus, als eine Explosion hell gegen seinen Rumpf loderte—es stürzte ab und schwenkte in einen dichten Staubklumpen—

—der Laser verlor die Verfolgung. Großartig. Es musste einen höllischen Abwehrschild haben.

Keine Zeit, darüber zu grübeln, denn er wurde prompt zum Ziel des Rückschlags eines Pulslasers—silberweiß im Farbton, was auf Ytterbium-Kristall-Konstruktion hindeutete. Kein Teilchenstrahl… und Allianz-produziert? Seltsam.

In einer geschmeidigen Bewegung beschleunigte er in einem Bogen nach oben und über den Angreifer hinweg und betrat eine Wand dicker Nebelgase. Er streifte horizontal, bevor er in die Deckung hinabsank, in der Hoffnung, herumzuschleichen und seinen Gegner von unten zu erwischen.

Er verließ die Wolke, um den Feind geradeaus und wartend auf ihn zu finden.

Das hatte er nicht kommen sehen.

Er riss nach oben in einem fünfzig-Grad-Winkel und weg—

—aber es war zu spät. Das Schiff bebte unter seinen Händen vom

Aufprall des Pulslaser-Feuers aus nächster Nähe.

Er schaffte es, eine Salve von Feuer abzugeben, während er in vollem Rückwärtsgang war, obwohl unklar war, ob etwas davon traf. Die Waffe des Angreifers verlor nicht die Verfolgung. Ein unerbittlicher Pulsstrahl riss durch seine Schilde, dann durch die äußere Hülle. Das Heck des Schiffes stürzte in einen wilden Trudel, als Warnungen über die HUD-Bank aufflammten.

Eine Reihe von Flüchen in einem halben Dutzend Sprachen auslassend, wand er sich aus dem Trudel heraus und setzte eine Flugbahn zum nahen Planeten. Er war offensichtlich hier platziert worden, nur damit er darauf abstürzen konnte.

Er überließ die Kontrollen lange genug der CU, um den Umweltanzug anzuziehen und den Helm zurück zum Stuhl zu tragen. Der Helm ärgerte ihn; er schnitt seine Sinne ab und verengte seine Perspektive, und er würde ihn nicht aufsetzen, bis es erforderlich war, um weiter zu leben und zu atmen.

Bei der Wiederübernahme der Kontrollen arbeitete er daran, sich dem Planeten in einem Winkel zu nähern, der eine marginale Chance hatte, das Schiff und ihn nicht zu flammenden Meteoroiden zu machen. Konzentriert, wie er darauf war, ein Schiff zu fliegen, das den größten Teil seines Heckbereichs verloren zu haben schien, dauerte es ein paar Sekunden, bis er realisierte, dass das eingehende Feuer aufgehört hatte—möglicherweise aufgrund der Tatsache, dass er offensichtlich bereits tot war.

Die Turbulenzen der planetaren Atmosphäre versetzten das Schiff in gewaltsame Konvulsionen. Er warf alles daran, sie stabil zu halten, aber er kämpfte einen aussichtslosen Kampf.

Dann wurde das HUD dunkel.

Dann explodierte der Heckbereich des Schiffes.

Verdammte Nervensägen-Söldner…mit einem Stöhnen zog er den Helm auf und sicherte die Versiegelung zum Anzug, drückte die Evakuierung und tauchte zur Luke.

* * *

Es verstand sich von selbst, dass es keine Atmosphären-Korridore auf den kleinen, kargen Planeten tief in Metis gab.

Alex kämpfte darum, die Kontrolle über die beschädigte *Siyane* in den puffernden atmosphärischen Kräften zu behalten. Visuell war sie blind, denn das Sichtfenster enthüllte nur den Wirbel eines undurchdringlichen karamellfarbenen Staubs. Sie verließ sich auf die Bank von Anzeigen, um Höhe und Abstiegswinkel zu verfolgen und die Topographie nach einem sicheren Landeplatz zu durchsuchen. Sie musste den Schaden inspizieren, und sie war einfach nicht verrückt genug, die Technik-Luke zu öffnen, während sie im Raum war, wenn sie ziemlich sicher war, dass der untere Rumpf weit aufgerissen worden war.

Die feurige Blüte einer Explosion dreißig Grad steuerbord schnitt durch den Staub und Dunst. Ein harscher Atemzug entwich zwischen zusammengebissenen Zähnen. Sie sollte Befriedigung über die Zerstörung des Angreifers empfinden. Der Bastard hatte die Frechheit besessen, auf ihr Schiff zu schießen!

Aber Leben zu löschen war nicht etwas, was sie routinemäßig—oder jemals—tat, und tief drinnen war es nicht ihr Ziel gewesen. Sie hatte lediglich getan, was notwendig war, um sich zu verteidigen. Es war eine von vielen Lektionen, die ihr Vater ihr eingeprägt hatte, sobald sie alt genug war, sie zu begreifen.

Alex, wenn ein Angreifer dir schaden will, kannst du nicht zurückhalten. Der Angreifer wird sich den Vorteil deines Versuchs zunutze machen, ihr Leben zu bewahren. Sie werden deins nehmen.

Die einfache und harte Wahrheit war, dass das andere Schiff zuerst gefeuert hatte, was ihr keine Wahl ließ, als es zu zerstören, bevor es sie zerstörte.

Dennoch hüpfte ihr Herz aus eigenem Antrieb, als ein Nadelstich-Punkt auf den Radio-, Mittel-Infrarot- und elektronischen Sensorbildschirmen erschien. Der Pilot war vor der Zerstörung des Schiffes entkommen und stürzte derzeit zur Planetenoberfläche. Vermutlich trugen sie einen Anzug und einen Fallschirm und würden intakt landen, für all das Gute, was es ihnen bringen würde.

Ihre anfängliche Erleichterung über das Lebenszeichen löste sich in Bestürzung auf. Ohne einen Weg vom Planeten oder irgendeine eingehende Rettung—angenommen, ihre Kommunikationsfähigkeiten waren so nicht vorhanden wie ihre, seit sie den Nebel betreten hatten—ob in zwei Tagen oder zwei Wochen, der Pilot war so gut wie tot.

»*Gavno!*« Diese Person hatte versucht, sie abzuschießen, und hätte sie zweifellos sterben lassen, wenn sie erfolgreich gewesen wären. Wahrscheinlich ein Söldner, sicherlich ein Verbrecher und eindeutig gefährlich; aller Wahrscheinlichkeit nach ein Killer, der es verdiente zu sterben.

Aber nicht durch ihre Hand.

Sie war keine Killerin…obwohl sie es zum vielleicht ersten Mal fast bedauerte.

Vor Verärgerung über ein hartnäckiges Gewissen stöhnend, riss sie das Schiff in eine grobe Flugbahn in Richtung der Stelle, wo der Pilot landen sollte. Es kostete einiges; das Schiff gyratierte wie ein Teenager auf einem chimärischen High auf einer Rave. Wenn die Gelegenheit kam, den Rumpf zu inspizieren, erwartete sie, eine königliche Menge Schaden zu finden.

Aber vorerst hielt die äußere Plasma-Abschirmung weiter. Sie trieb das Schiff gewaltsam nach unten und webte einen Pfad zum projizierten Aufschlagpunkt. Sie musste den Trümmern des feindlichen Schiffes zweimal ausweichen, als sie wild herumtanzten und sich vom Druck der Atmosphäre und dem Zug der Schwerkraft auseinanderrissen.

Schließlich klärte sich die Luft—sozusagen. Sandgesättigte Winde peitschten durch den Himmel, und die physische Sichtbarkeit erhöhte sich nur auf Meter. Sie peilte die schwache elektronische Signatur des Pilotenanzugs an, während sie ein Auge auf den Bodensensor hielt; angesichts des vermuteten Schadens am unteren Rumpf gab es keine Garantie, dass die Kollisionswarnung noch funktionierte.

Sie hatte fast bis zum Stillstand verlangsamt, bevor der vage Umriss eines Tensil-Faser-Fallschirms, der im Wind bauschte, in Sicht kam.

Letzte Chance abzuhauen, Alex. Lande hinter diesem Hügel auf der Topo-Karte dort und stelle sicher, dass du grundlegende Funktionalität hast. Dann humpel nach Gaiae, repariere dein Schiff und mach mit deinem Leben weiter.

Sie rollte die Augen vor Verärgerung und setzte mit einem Maß an Anmut auf. Nachdem sie die Systemmonitore gescannt hatte, um sicherzustellen, dass nichts im Moment kritisch zu werden drohte, stand sie auf und zog ihren Umweltanzug an. Sie griff den Daemon aus dem Schrank und lud ihn, bevor sie die Luke aktivierte. Zwanzig Sekunden später trat sie auf eine ziemlich unhöflich unwirtliche Welt.

Sie kämpfte gegen strafende Winde an, um sich dem Fallschirm und der liegenden Gestalt zu nähern, die sich darin verheddert hatte. Verdammt noch mal, würde sie zurückgehen und eine Klinge holen und den *suky sranuyu* herausschneiden müssen?

In einer Bewegungsflut entwirrte sich der Pilot irgendwie aus dem Fallschirm und kroch auf die Knie. Schätze nicht.

Der Fallschirm erhob sich in die Luft, um vom Wind erfasst und zu Fetzen zerrissen zu werden. Der Pilot stand auf, schwankte eine

Sekunde, richtete sich dann auf und fokussierte sich auf sie.

Eine tiefe männliche Stimme mit einem schwingenden, melodischen Timbre kam über den Nahbereichs-Comm ihres Anzugs. »Hören Sie, wer auch immer Sie sind, ich bin sicher, wir können etwas ausarbeiten—«

Sie stabilisierte die Waffe mit beiden Händen und feuerte.

TEIL II: KAUSALITÄT

"Civilization begins with order, grows with liberty,
and dies with chaos.«

— *Will Durant*

(»*Die Zivilisation beginnt mit Ordnung, wächst mit Freiheit
und stirbt in Chaos.*«)

13

ERDE

VANCOUVER, EASK-HAUPTQUARTIER

Miriam überprüfte ein letztes Mal den Dateiindex. Sie wollte ihre Notizen während des Fluges für die Sitzung durchgehen können, die sie auf der TacRecon-Konferenz über die wirtschaftliche Machbarkeit kontinuierlicher passiver planetenweiter hyperspektraler Abtastung leiten würde. Sie waren heute Morgen zur Referenzbestätigung geschickt worden und mussten bereit sein, bis sie am Raumhafen ankam.

Mit etwas Glück würden die Notizen sie für den gesamten Flug beschäftigen, und sie hätte keine Gelegenheit, über das Ziel zu grübeln. Sie ließ einen leisen Seufzer entweichen, als sie nach ihrer Jacke griff.

Das Geräusch der sich öffnenden Tür überraschte sie. Sie konnte an einer Hand abzählen, wie viele Leute es wagten, unangekündigt ihr Büro zu betreten. Wenn der Eindringling nicht auf der Liste stand…

Richards Augen waren selbst von der anderen Seite des Raumes her deutlich blutunterlaufen. Er hatte offensichtlich die letzten

Nächte nicht viel Schlaf bekommen. »Schalte den Nachrichtenfeed ein.«

»Ich war gerade auf dem Weg nach St. Petersburg.«

»Du gehst nicht.«

Sie hob eine Augenbraue. Sie wollte natürlich nicht gehen, aber er hatte sehr wenig Mitspracherecht in dieser Angelegenheit.

Ein Aural materialisierte vor ihm; er lehnte sich gegen die Vorderseite des Schreibtisches und schob es heraus, damit sie es auch sehen konnte. »Der Datenstrom vom QEC nach Atlantis. Jetzt bitte, schalte den Nachrichtenfeed ein.«

»Sehr wohl.« Ein Fingerdruck auf den Rand ihres Schreibtisches und ein großes Panel, das in die ferne Wand eingebettet war, erwachte zum Leben.

»—Atlantis-Sicherheit und Allianz-Beamte weigern sich, Informationen bezüglich des Vorfalls zu liefern. Jedoch—«

Ihre Augen flogen zu dem Aural, das Richard erzeugt hatte.

Handelsminister Santiagar bestätigt, einen katastrophalen Überlastung der Kybernetik erlitten zu haben, die zu Schlaganfall und Gehirnblutung führte

»Was?« Sie eilte um den Schreibtisch herum und positionierte sich neben ihm für eine klarere Sicht. »Bist du sicher?«

»—Gäste beim Dinner berichten, nichts Ungewöhnliches gesehen zu haben, als der Minister sich dem senecanischen Handelsdirektor und dem Atlantis-Gouverneur beim Begrüßen der Teilnehmer anschloss, und sagen, er begann abrupt heftig zu zittern und brach dann zusammen—«

Ferneinspritzung eines sich selbst replizierenden Virus vermutet, Bestätigung innerhalb von sieben Minuten erwartet

Er fuhr sich rau mit der Hand durch die Haare. »Ich fürchte ja.«

»—der Ballsaal wurde geräumt und alle Anwesenden werden festgehalten, obwohl Beamte uns versichern, es sei nur eine

Vorsichtsmaßnahme—«

Überwachungsscans identifizieren eine Person, die den Raum durch eine Servicetür 1,8 Sekunden nach der ersten Manifestation der Symptome verlässt

»—wir wissen, dass mehrere andere Netzwerke berichten, dass Minister Santiagar gestorben ist. Wir wollen nicht voreilig etwas berichten, was sich als ungenau herausstellt—«

»Ist er tot?«

Er nickte nur.

Person wurde in Wartungskorridore verfolgt, verschwand aber während des Ebenenwechsels 26,4 Sekunden nach dem Vorfall von den Überwachungskameras

»—Reaktionen sowohl der Erdallianz als auch der Vertreter der Senecan Föderation sind verworren und widersprüchlich, was es schwierig macht—«

Überprüfung der Aufnahmen bestätigt, dass die Person 7,8 Sekunden vor dem Vorfall physisch mit dem Minister interagierte

Er stieß einen scharfen Atemzug aus. »Das bedeutet, es war ein offizieller Gast. Es wird eine Aufzeichnung geben.«

»Einer der Senecaner?«

»Oder einer von uns.«

»—noch einmal, wir berichten über einen Vorfall bei der Abschlussveranstaltung des Handelsgipfels, der Allianz-Minister—«

»Sei nicht lächerlich.«

»Miriam, es ist mein Job, misstrauisch zu sein.«

82,6% Sicherheit, dass die Person Christopher Candela ist, gelistet als Junior-Attaché für die Seneca-Handelsabteilung

Ihr Kiefer verkrampfte sich und verursachte einen schmerzhaften Stoß, als ihre Zähne aufeinander klackten. »Ich habe es dir gesagt.«

»—wir können jetzt bestätigen, dass Erdallianz-Handelsminister

Mangele Santiagar gestorben ist. Die Todesursache ist noch unbestimmt—«

Ihr eVi begann eine kaskadierende Lawine von Alarmen und eingehenden Daten zu signalisieren. Ein roter Alarm wurde zwangsgeladen auf ihr Whisper.

Vorstandssitzung in zwanzig Minuten. Stufe V Priorität.

Richard stieß sich vom Rand des Schreibtisches ab und tötete das Aural.»Ich habe es auch bekommen. Wenn du mich entschuldigst, ich habe neunzehn Minuten, um alles, was wir haben, in eine Art kohärente Form zu bringen.«

Sie überquerte bereits wieder ihren Schreibtisch und winkte zerstreut hinter ihm her. Sie setzte sich, holte tief Luft und begann Befehle zu erteilen.

* * *

Kaum kontrolliertes Chaos herrschte im Konferenzraum, als sie hineinging. Eine Gruppe von Beratern umgab General Alamatto am Kopf des Tisches, und mehrere Militärbeamte drängten sich bei den Fenstern und gestikulierten in animierten Flüstertönen. Die Holos der entfernten Mitglieder ruckelten und flackerten, während sie Unterbrechungen bewältigten und sich beeilten, sich vorzubereiten. Assistenten eilten in einem Gewusel von Aktivität umher, das stark an sinnlose Kreise erinnerte.

Miriam überquerte einfach den Raum und nahm Platz. Ihre Schultern sperrten sich gerade, als sie drei kleine Bildschirme öffnete und begann, deren Inhalte zu studieren.

Richard eilte herein, beide Hände mit zwei separaten Aurals interagierend und erst verspätet daran denkend, sicherzustellen, dass sein Uniformhemd ordentlich eingesteckt war. Sie schenkte ihm ein winziges, mitfühllendes Lächeln, erkannte aber sonst seine

Anwesenheit nicht an.

Alamatto räusperte sich laut; es registrierte kaum über dem Lärm. Wieder, ohne Erfolg. Frustriert schlug er mit der Handfläche auf den Tisch.

»Wenn wir diese Sitzung zur Ordnung bringen können...« er hielt inne, als die Anwesenden in eine Art Ordnung eilten »... danke. Zunächst möchte ich anmerken, dass zusätzlich zu den regulären Vorstandsmitgliedern heute Abend Major Lange vom Sicherheitsbüro und Colonel Navick von der Militäraufklärung persönlich anwesend sind sowie Verteidigungsminister Mori und stellvertretender Außenminister Basak per Holo.«

Er wartete, bis sich die letzte Person auf einen Standort festgelegt hatte. »Wie ihr alle inzwischen wisst, brach vor etwa dreißig Minuten Handelsminister Santiagar zusammen und starb, während er am Handelsgipfel auf Atlantis teilnahm. Ich möchte keine der Fakten falsch darstellen, also lasse ich die dem Geschehen am nächsten Stehenden uns auf den neuesten Stand bringen. Major Lange?«

Lange war ein großer, drahtiger Blonder mit blassen blauen Augen, die seine starke skandinavische Abstammung andeuteten. Miriam hatte gelegentlich mit ihm gearbeitet und fand ihn professionell, wenn auch kalt, und höchst kompetent.

Er nickte brüsk dem General zu. »Danke, Sir. Der Vorfall ereignete sich, während Minister Santiagar und andere hochrangige Beamte Gäste in einer offiziellen Empfangslinie vor dem Abschlussbankett begrüßten. Einschließlich Personal befanden sich neunundsiebzig Personen zum Zeitpunkt im Ballsaal sowie weitere fünfundsechzig im Eingangsbereich und Hallenbereich.« Er schnippte mit dem Handgelenk und ein dreidimensionales Schema des Ballsaals und der unmittelbaren Umgebung materialisierte über dem Tisch.

»Der Ballsaal wurde sechs Sekunden nach dem Zusammenbruch des Ministers abgeriegelt, der Flügel des Kongresszentrums, der den Ballsaal enthält, zwölf Sekunden später. Alle Ausgänge aus dem Kongresszentrum wurden innerhalb von zwei Minuten besetzt und überwacht.« Das Schema zoomte heraus, um das gesamte Gebäude zu umfassen, und die Ausgänge leuchteten rot auf.

»Alle Raumhafen-Abflüge werden gehalten und durchsucht, beginnend fünf Minuten nach dem Vorfall. Die Atlantis-Sicherheit war extrem kooperativ. Trotz der frivolen Natur der Kolonie sind sie eine gut ausgebildete und professionelle Abteilung, und ich habe volles Vertrauen in ihre Fähigkeit, unsere Untersuchung zu unterstützen.«

Er nahm einen Schluck Wasser aus dem Glas, das ein Assistent auf den Tisch gestellt hatte. »Allianz-Ärzte behandelten den Minister vor Ort. Er zeigte keine Vitalzeichen bei ihrer Ankunft und wurde nach sechs Minuten für tot erklärt. Die erste Analyse deutet darauf hin, dass er eine Kybernetik-Fehlfunktion erlitt, die einen neuralen Schlaganfall und eine Gehirnblutung auslöste. Keine anderen Teilnehmer haben Gesundheitsprobleme erfahren. Dennoch untersuchen Beamte vor Ort jede Möglichkeit, einschließlich biologischer und chemischer Waffenverteilung, Lebensmittelverfälschung und ferngesteuerter Cyberbomben-Lieferung.«

Er blickte um den langen Tisch und zu denen, die entlang der Wände standen. »Irgendwelche Fragen?«

Admiral Rychen, der Nordöstliche Regionalkommandeur mit Sitz auf Messium, meldete sich zu Wort. »Was ist mit den Gästen? Viele Leute waren im Raum. Könnte sich jemand eingeschlichen haben?«

»Wir befragen offensichtlich noch die Teilnehmer, aber wir haben bestätigt, dass jeder Anwesende auf der offiziellen Gästeliste oder als genehmigtes Personal stand. Mindestens eine anwesende Person verließ den Ort, bevor die Abriegelung vollständig war, aber ich lasse den Colonel zu dieser Angelegenheit sprechen.« Er nickte Richard zu, der vortrat, als Lange zurückwich.

Richard hustete etwas unbeholfen. Sie wusste, dass er es nicht mochte, vor großen Gruppen zu sprechen, und es vorzog, im Hintergrund zu arbeiten, wenn nicht im Schatten. Aber die Umstände waren, wie sie waren.

»Ja. Obwohl vorläufig, deutet die Untersuchung des Körpers des Ministers darauf hin, dass seine Kybernetik durch einen sich selbst replizierenden Virus sabotiert wurde, was zu einer erzwungenen Überlastung führte, die darauf ausgelegt war, das Gehirn zu schädigen.«

»Also wurde er ermordet?«

Er blickte zum Verteidigungsminister. »Ja, Sir. Es scheint so. Wir verfolgen jede Spur, aber der Hauptverdächtige im Moment ist Christopher Candela, ein Junior-Mitarbeiter in der senecanischen Delegation.« Er zeigte ein Bild eines unscheinbar aussehenden Mannes mit dunkelbraunen Haaren. Aussehen konnte heutzutage oft täuschen, aber der Mann schien Ende zwanzig zu sein.

»Mr. Candela wurde dabei gesehen, wie er Santiagar in der Empfangslinie mehrere Sekunden vor dem Zusammenbruch des Ministers begrüßte. Er verließ den Raum über eine Servicetür unmittelbar danach. EAMI-Agenten nahmen die Verfolgung auf und verfolgten ihn durch mehrere Korridore, bevor er von den Überwachungskameras verschwand, wahrscheinlich aufgrund eines Tarnschirms. Zu diesem Zeitpunkt war die Abriegelung abgeschlossen...« Richard war zu höflich, um zu Lange hinüberzublicken »...und die an den Ausgängen platzierten Felder werden Tarntechnik stören, daher ist es unwahrscheinlich, dass er dem Netz entkommen kann. Eine erschöpfende Durchsuchung des Kongresszentrums ist im Gange.«

»Verdammte Senecaner! Ich wusste, dieser Gipfel war eine Falle.«

Alamatto verzog das Gesicht bei dem Holo von General O'Connell. »General, wir wissen noch nichts mit Sicherheit. Bitte, Colonel, fahren Sie fort.«

»Ja, Sir. Neun Personen, die am Gipfel teilnahmen, nahmen nicht am Dinner teil: drei Reporter, fünf Unternehmensführungskräfte und ein Mitglied unseres niedrigrangigen Personals. Wir haben bestätigt, dass sie Atlantis nicht vor dem Dinner verließen und sind dabei, sie aufzuspüren.«

O'Connell meldete sich wieder zu Wort, obwohl er einen marginalen Versuch der Zurückhaltung zu unternehmen schien. »Wie ist ein Attentäter an Ihren Hintergrundprüfungen vorbeigekommen, Colonel? Ich war unter dem Eindruck, EAMI hätte ihre Spione überall bei diesem verdammten Gipfel.«

Miriam lächelte in sich hinein. Wie viele Leute nahm der General an, Richard sei ein Schwächling aufgrund seines milden, nicht bedrohlichen Auftretens. Er lag falsch.

Richard fokussierte sich auf O'Connell. »Das sind wir, und keiner ist vorbeigekommen. Während wir begrenzte Möglichkeiten haben, senecanisches Regierungspersonal auf die schwarze Liste zu setzen, haben wir umfangreiche Akten über jeden von ihnen. Christopher Candela ist so sauber, wie sie nur kommen. Familienvater, fleißiger Arbeiter, aufrechtes Mitglied der Gesellschaft. Ein wenig ruhig und hält sich zurück, aber null Geschichte von Problemen. Nie verhaftet, nie mit extremistischen Gruppen verbunden oder anti-Allianz-Gefühle geäußert. Ehrlich gesagt wäre ich weniger überrascht, wenn Sie meinen hundertvierundsechzig Jahre alten Großvater, der in Bonn lebt, beschuldigen würden, ein Attentäter zu sein.«

O'Connell schnaubte. »Das bedeutet einfach, dass seine Regierung ihn dazu angestiftet hat. Wenn Sie mich fragen, war das ein Kriegsakt.«

Die stellvertretende Außenministerin blickte ihre lange, spitze Nase auf ihn herab. »Das bleibt abzuwarten... General, nicht wahr? Wir werden natürlich Antworten von der senecanischen Regierung fordern. Dieser Mann könnte allein gehandelt haben oder als Agent einer Terrororganisation. Es ist viel zu früh, um Kriegserklärungen herumzuwerfen.«

»Nun, Ma'am, wie wäre es, wenn Sie mir einfach Bescheid geben, wann es Zeit ist, in Ordnung?«

Der eisige Blick, der als Antwort kam, hätte den Raum bereift, wäre die Frau persönlich anwesend gewesen. Der Verteidigungs minister trat in das Tête-à-tête ein, um das Gespräch umzulenken. »Haben wir bereits zusätzliche Sicherheitsmaßnahmen implementiert?«

Miriam erkannte den Minister mit einem winzigen Nicken an. »Absolut. Die Sicherheit in Allianz-Gebäuden galaxieweit wurde auf Stufe IV erhöht, Militärbasen auf Stufe III. Als Vorsichtsmaßnahme wurde aller Militärurlaub gestrichen und Personal zurückgerufen. Erhöhte Sicherheit ist für den Premierminister und den Versammlungssprecher sowie ihre Familien und Häuser eingerichtet. Schutzdetails werden derzeit zu hochrangigen Verwaltungsbeamten und Versammlungsmitgliedern entsandt.«

Sie schenkte ein seltenes, trockenes Lächeln. »Und während wir sprechen, wird der Staub von den strategischen Plänen für eine Reihe von Militärszenarien abgebürstet.« Sie sollte es wissen, sie erwartete, die nächsten zwölf Stunden damit zu verbringen, Empfehlungsbriefs dafür vorzubereiten.

Alamatto gab dem Raum ein formelles Nicken. »Wenn es keine weiteren Fragen gibt, vertagen wir uns für jetzt. Alle Updates sollten an mich weitergeleitet werden. Ich werde kurz nach Washington fliegen, um das Kabinett zu briefen. Es sei denn, es gibt bedeutende neue Entwicklungen, das Vorstand trifft sich wieder um 0800. Aufgelöst.«

14

SIYANE

METIS-NEBEL, UNBEKANNTER PLANET

Alex zerrte die bewusstlose Gestalt zum Sprungsitz, setzte sie unsanft ab und aktivierte das Sicherheitsgeschirr.

Netzgurte tauchten aus der Wand auf und schlängelten sich herum, um ihn aufrecht im Stuhl zu ziehen, die Hände eng an seinen Seiten. Sie aktivierte ein Netz, das normalerweise zur Sicherung von Fracht verwendet wurde; das subtile silberne Schimmern registrierte kaum gegen den waffengrauen Stoff seines Umweltanzugs. Sie verriegelte das Netz mit einem Code.

Erst dann löste sie die Versiegelung des Anzugs und entfernte den Helm von ihrem Gefangenen. Ein Schopf weicher, locker gelockter schwarzer Haare fiel über seine Stirn und entlang seines Halses. Sie ignorierte es, um den Herstelleraufdruck im Inneren des Helms zu scannen.

~ 2321, Seneca SpaceEX, Ltd. ~

Der Akzent, natürlich. »Na das ist ja verdammt… großartig.«

Sie trug den Helm zu einem Schrank an der gegenüberliegenden Wand und ließ ihn in eine Schublade fallen, streifte ihren eigenen Umweltanzug ab und verstaute ihn, dann setzte sie sich in den Cockpitstuhl. Ihre Zehen trieben den Stuhl in aufgeregten Kreisen an, während ihre Finger einen Stakkato-Rhythmus auf die Armlehne trommelten.

Das passte nicht in ihren Zeitplan. Weder die Reparatur eines klaffenden Risses im Rumpf noch das Babysitten eines Gefangenen. Warum musste sie so ehrenhaft werden und ihn retten? Sie hätte einfach weitermachen können und alles wäre in Ordnung gewesen...

Zugegeben, da wäre immer noch die kleine Angelegenheit des Lochs in ihrem Schiff gewesen. Und er wäre tot.

Sie drehte den Stuhl um, um ihm gegenüberzustehen. Der Daemon ruhte auf ihrem Oberschenkel, aber ihre Hand behielt einen lockeren Griff am Abzug. Mit einem Daumenschnippen löste sich das Nervensystem-Unterdrückungsfeld, das ihn bewusstlos hielt, auf.

Es dauerte nur wenige Sekunden, bis die Augenlider des Mannes zu flattern begannen, lange schwarze Wimpern schlugen gegen gebräunte olivfarbene Haut. Eine weitere Sekunde verstrich.

Sein Kopf schnellte hoch. Leuchtend indigofarbene Augen trafen ihre, verblüffend klar und aufmerksam. Sie zwang sich, nicht zusammenzuzucken und seinem Blick kühl zu begegnen.

»Du bist Senecanerin.«

Er starrte sie mit dem an, was sie für arrogante Verachtung hielt, fast als hätte er nicht bemerkt, dass er ziemlich umfassend gefesselt war. »Bist du wahnsinnig? Warum zum Teufel hast du mich erschossen? Ich hatte nicht einmal eine Waffe!«

Sie antwortete nicht sofort, sondern musterte ihn abschätzend. Fortschrittlicher, wenn auch zweckmäßiger Umweltanzug. Unter dem Anzug Andeutungen einer schlanken, aber athletischen Statur. Eine gespannte Haltung, die den Eindruck eines Panthers erweckte, der zum Sprung bereit war, Fesseln hin oder her. Gut definierte, aber nicht kantige Gesichtszüge, dominiert von lebendigen, durchdringenden Iris.

Zusammengefasst strömte jede Pore seines Wesens eine Sache aus…

…okay, schön. Jede Pore strömte zwei Sachen aus. Die erste war irrelevant.

Die zweite war gefährlich. Sie hob eine nachdrückliche Augenbraue. »Irgendwie glaube ich nicht, dass du eine Waffe brauchst, um mich zu töten.«

Er widersprach dem Punkt nicht. »Und warum sollte ich dich töten wollen?«

»Ich weiß es nicht, sag du es mir. Du warst derjenige, der das Feuer eröffnet hat.«

»Söldner-Räuber haben mich auf dem Weg hierher angegriffen. Ich dachte, du wärst einer von ihnen. Bist du das?«

»Nein.«

»Nun, ich würde 'Entschuldigung' sagen, aber da du mein Schiff abgeschossen und dann mich erschossen hast, fühle ich mich im Moment nicht besonders großzügig.«

Sie zuckte mit beabsichtigter Milde die Achseln, ein Kontrapunkt zur Intensität seines Blicks. »Selbstverteidigung. Was machst du hier?«

»Ich studiere den Pulsar. Was machst du hier?«

»Schaue mir nur die Sehenswürdigkeiten an. Du lügst.«

»Du auch.«

»Vielleicht. Ich bin auch diejenige, die die Waffe und den Schlüssel zu diesen Fesseln hält.«

»Guter Punkt.« Er hielt inne, als ein seltsamer Schatten über seine

Augen huschte… dann kicherte er mit überraschender Leichtigkeit. »Es tut mir leid, aber ich kann dir nicht sagen, was ich hier mache.«

Sie nickte bedächtig, als würde sie eine philosophische Behauptung überdenken, und beschloss, eine Ahnung zu spielen. Sein liliendes und sehr charakteristisches Akzent war verschwunden, ersetzt durch die generische Intonation, die auf den größten unabhängigen Welten zu hören war. Solch ein Talent war ungewöhnlich und typischerweise in einem sehr spezifischen Fähigkeitssatz zu finden.

Sie schlug ein Bein über das andere und entspannte sich etwas im Stuhl, obwohl der Daemon auf ihrem Oberschenkel blieb. »Hmm. Nun, ich nehme an, das bedeutet, du bist wahrscheinlich entweder Militär, Geheimdienst… oder ein Krimineller.«

Ihre Augen verengten sich in spitzer Anklage. »Ich wette, du bist ein Krimineller. Ein menschlicher Sklavenhändler, oder vielleicht ein Waffenschmuggler, der die gewalttätigen Bandenkriege auf den Unabhängigen bewaffnet? Oder bist du ein Drogenhändler… ja, ich wette, das ist es. Ich wette, du verkaufst harte Chimerals an Kinder, damit sie ihre Gehirne ausbrennen können, aber nicht bevor sie—«

Er knurrte in spürbarer Frustration. »Das würde ich nicht tun. Niemals.«

Sie grinste selbstgefällig. Und sie war ziemlich stolz auf sich.

»Also Militär oder Geheimdienst.«

Ihr Blick lief wieder die Länge seines Körpers hinauf und hinunter, diesmal für dramatischen Effekt. »Und ich bezweifle stark, dass das Militär dir erlauben würde, diesen chaotischen Haarschnitt zu behalten, also ist es der Geheimdienst.«

Seine Stirn runzelte sich zu einem engen Knoten an der Nasenwurzel; die Muskeln seines Kiefers kontrahierten unter Wangen, die vom Hauch von Stoppeln beschattet waren. Er sah sie an, als würde sie irgendeiner Art von außerirdischem Geschöpf ähneln, vielleicht mit schleimigen Tentakeln, die um ihren Kopf wirbelten, blieb aber stumm.

Sie nahm das Schweigen als Bestätigung. »Warum interessiert sich der Senecan-Geheimdienst für den Metis-Nebel?«

Er blinzelte, und mit der Handlung verwandelte sich sein Ausdruck von Bestürzung zu vorsichtiger Distanziertheit. »Das ist nicht beanspruchter Raum. Ich habe genauso viel Recht, hier zu sein wie du.«

»War nicht das, was ich gefragt habe. Warum interessiert sich der Senecan-Geheimdienst für den Metis-Nebel?«

»Ich kann es dir immer noch nicht sagen, besonders nicht, wenn du Allianz bist. Was machst du hier?«

Ihr Mund zuckte, bevor sie es unterdrücken konnte. »Was bringt dich auf die Idee, dass ich Allianz bin? Das ist ein Zivilschiff.«

»Oh, du bist nicht militärisch—obwohl du nicht weit davon entfernt bist—aber du bist definitiv Allianz.«

»Warum?«

»Die Art, wie du 'Senecan' gesagt hast. Als wäre es ein Fluch.«

Sie begegnete seinem durchdringenden Blick mit ihrem eigenen kühlen. »Das ist es.«

»Reizend.« Die linke Ecke seines Mundes kräuselte sich zu einem dreisten Grinsen. Sie mochte es sofort nicht. »Tatsächlich würde ich Credits darauf setzen, dass du von der Erde kommst.«

»Es gibt siebenundsechzig Allianz-Welten. Warum sollte ich von der Erde sein?«

»Erdler strahlen diese Arroganz aus, diese Anmaßung—als wären sie auch jetzt, fast dreihundert Jahre nach Beginn der Kolonisation, immer noch die einzigen Menschen, die wirklich zählen.«

»Das ist nicht wahr.« Ihre Zehen schwenkten den Stuhl wieder. Ihr Blick driftete von seinem weg, um die Decke anzustarren. Sekunden verstrichen in Stille; sie spürte, wie er sie beobachtete.

Schließlich verdrehte sie die Augen in widerwilliger Verärgerung. »Okay, es ist völlig wahr—aber nicht ich. Ich fühle nicht so.«

Sein selbstzufriedenes Lächeln bemerkte, dass er genauso gut austeilen konnte, wie er einstecken konnte, und wusste es. »Also kommst du von der Erde.«

Verdammt. »Das ist irrelevant. Wie heißt du?«

»Samuel.«

»Sicher bin ich mir. Nun, Samuel, mach es dir bequem. Ich bin in einer Weile zurück.«

Sein Ausdruck wurde flehend. »Kann ich wenigstens etwas Wasser bekommen?«

»Wenn ich zurückkomme.« Sie richtete einen unbeeindruckten Blick in seine Richtung, machte ihm aber einen weiten Bogen, als sie an ihm vorbeiging und die kreisförmige Treppe hinunterging.

* * *

Zuerst das Wichtigste. Sie überprüfte doppelt den Status des Plasmaschilds, um sicherzustellen, dass er hielt. Hinausgesaugt zu werden auf einen unwirtlichen Planeten mit nicht atembarer Luft und begrenzter Atmosphäre passte absolut nicht in ihren Zeitplan. Zufrieden mit den Messwerten hob sie die Luke zum Technikschacht und stieg die Leiter hinab.

Das dumpfe Fahlgelb der Planetenoberfläche war durch einen etwa drei Meter langen Riss im Rumpf zu sehen. Das beruhigende Plasmaschimmern hielt das Innere frei von dem wirbelnden Sand und harten Wind.

Ein kleinerer Riss wand sich diagonal vom Mittelpunkt des Risses bis zur Basis der rechten inneren Rumpfwand. Die Wand war aufgerissen worden, um das Gehäuse für die Fülle von Leitungen, Filtern und Kabeln freizulegen, die das Schiff mit Strom versorgten.

Der äußere Rumpf, teilweise hinter dem Durcheinander sichtbar, wies lediglich einen haarfeinen Riss auf.

Aus einer Perspektive waren das ziemlich gute Nachrichten—mehr strukturelle Integrität, weniger Rumpf zu reparieren. Andererseits bedeutete es, dass der Laser wahrscheinlich in der Lücke herumgetanzt und Verwüstung angerichtet hatte, bis er sich auflöste. Auch ohne nähere Inspektion bemerkte sie, dass mehrere der photalen Fasergewebe an mehreren Stellen zerfetzt waren. Grauen sammelte sich in ihrem Bauch bei dem Gedanken daran, zu welchen Systemen sie gehören könnten.

Mit einem Seufzer manövrierte sie um den Riss im Boden zur offenen Lücke. Sie hockte sich hin und spähte in die Öffnung, wiegte sich gedankenverloren auf den Fußballen. Sobald sie da reinging, würden es Stunden sein, nur um den Schaden zu katalogisieren. Vielleicht sollte sie ihrem Gefangenen zuerst ein wenig Wasser geben...

Was wollte der Senecan-Geheimdienst überhaupt in Metis?

Sie hatte einige ziemlich ungewöhnliche Spektrummessungen bei den Langstrecken-Scans aufgefangen, bevor sie so unhöflich durch Laserfeuer unterbrochen wurde. Hatte jemand anderes bereits dasselbe gefunden—oder mehr?

»Puzzle es später aus, Alex. Priorisiere: Wasser, Schadensbewertung, Reparaturen.« Sie stand auf und kletterte aus dem Technikschacht, ging nach oben und kramte in der Küchenaufbewahrung nach einem Feldwasserpaket.

'Samuel'—sie bezweifelte, dass es sein richtiger Name war—betrachtete sie, als sie sich näherte. Sein scharfer Blick machte sie seltsam unbehaglich, aber sie gab ihr Bestes, es nicht zu zeigen. Sie warf ihm einen irritierten Blick zu und schob ihm das Wasserpaket ins Gesicht.

»Stimmt etwas nicht?«, erkundigte er sich, als er den Strohhalm annahm.

»Ja, etwas stimmt nicht. Du hast das Fahrwerk völlig zerstört. Gott weiß, was es mit Strom und Navigation gemacht hat. Wir werden tagelang am Boden festsitzen dank deines Machwerks.«

Er saugte träge am Strohhalm, die Augen funkelten in unverhohlener Belustigung. Verärgert riss sie ihn weg und trat zurück, um die Arme steif vor der Brust zu verschränken. »Ich werde die nächsten Stunden unten sein und den Schaden katalogisieren.«

Sie drehte sich um und ging, bevor er antworten konnte.

* * *

Der Schaden war noch schlimmer, als er auf den ersten Blick erschienen war.

Sie lag auf dem schmalen Bodenstreifen, der nicht aufgerissen war, und starrte auf das zerstörte Gewirr von Leitungen und Kabeln. Die Explosion hatte zwanzig Zentimeter einer der drei Leitungen zum Impulsantrieb zerfetzt. Mit dem um ein Drittel reduzierten Zufluss war es fraglich, ob der Antrieb die Kraft hatte, der Atmosphäre zu entkommen.

Noch schlimmer, die Hälfte der Leitungen, die den Plasmaschild speisten, waren beschädigt—was bedeutete, dass die Wahrscheinlichkeit, dass er im Vakuum des Weltraums versagte, ... hoch war.

Sie hätte es nie nach Gaiae geschafft.

Ein halbes Dutzend anderer etwas weniger kritischer Probleme waren sofort offensichtlich, dank des Risses, der entlang einem der primären Kabelpfade auftrat. Die hinteren Navigationskont rollen hatten messbaren Schaden erlitten. Splitter des mHEMT-Verstärkers für das Dämpfungsfeld dekorierten den Boden.

Und all das ignorierte die offensichtliche, unwiderlegbare Tatsache, dass das Fahrwerk ihres Schiffs in Fetzen gerissen worden war.

Sie hoffte nur, dass der Pulslaser nicht zu viel des Rumpfmaterials verdampft hatte, und sobald die zackigen Scherben wieder glatt herausgearbeitet waren, würde der Rumpf wieder versiegelt werden können. Sie hielt Reservekomponenten für die interne Elektronik und zusätzliche Leitungsspulen bereit; Ersatzplatten aus verstärktem Kohlenstoff-Metamaterial? Nicht so sehr.

Sie öffnete eine Arbeitsliste in ihrem eVi und begann. Das Ende des Risses, das der Leiter am nächsten war, schien so gut wie jeder andere Ort zu sein. Sie rutschte entlang der Kante der offenen Wand, kroch gelegentlich halb in die freiliegende Öffnung für eine nähere Inspektion. Verdammt, es war ein Durcheinander.

Als sie endlich fertig war mit der Katalogisierung der beschädigten Komponenten zusammen mit Schweregrad und Kritikalität, begann sie, die effizienteste Reparaturreihenfolge zu konstruieren. Wenigstens befanden sich die internen Systeme weiter innen und waren nicht beschädigt worden—Elektronik, Mechanik, Temperaturkontrolle und Wasserrecycling waren alle in Ordnung. So auch der entscheidende LEN-Reaktor, der sie antrieb.

Als sie aus der Öffnung kroch, fand sie einen unbeschädigten Abschnitt der Wand, lehnte sich dagegen und zog ihre Knie zur Brust. Nach einem tiefen Atemzug projizierte sie die Arbeitsliste auf ein Aural und erweiterte sie, bis sie kein Scrollen mehr erforderte. Das Ergebnis erstreckte sich über mehr als einen halben Meter.

Sie machte ein paar Notizen und passte die Reihenfolge an. Bemerkte, dass sie einen Fehler gemacht hatte. Korrigierte ihn. Korrigierte ihn wieder.

Sie war müde. Zu müde, um heute Abend sicher mit Reparaturen zu beginnen.

Dann war da noch die Angelegenheit ihres Gefangenen. Seine

Fesseln sicherten ihn vorerst, aber langfristig stellte er ein erhebliches Problem dar. Ein verdammter Senecan-Geheimdienstagent. Gefährlich, clever und mit einem arroganten Grinsen, das sie sehr schnell nerven würde.

Sie wünschte, er wäre nur ein Söldner gewesen. Sogar die klugen Söldner waren einfach und geradlinig, mit leicht erkennbaren Motiven, die normalerweise Credits betrafen. Dieser Typ stellte viel mehr ein Rätsel dar, was ihn noch gefährlicher machte, als sein Beruf bereits tat. Und während sie unter anderen Umständen einfach ihren Weg gegangen wäre, stand die Option derzeit nicht zur Verfügung.

Ein Stöhnen entwich aus ihrem Hals, als sie ihren Kopf gegen die Wand schlug. Überall sonst und sie könnte ihren Gefangenen den Behörden übergeben, einen Aufpreis für Materialien zahlen und ihr Schiff in ein oder zwei Tagen maximal wieder in nahezu neuwertigem Zustand haben. Aber hier auf diesem unwirtlichen Planeten mitten im Nirgendwo gab es keine Kommunikation, keine Vorräte und keine Behörden.

Sie war auf sich allein gestellt.

* * *

Mehrere Stunden vergingen tatsächlich, bevor sie aus den Tiefen des Schiffs wieder auftauchte.

Caleb verbrachte die Zeit nicht damit, über die unglückliche Realität zu grübeln, dass er 'gefangen genommen' worden war, sozusagen. Es war bedauerlich, aber er war nicht gerade in Bestform gewesen, da er achtzehn Kilometer durch eine gewalttätige, strafende Atmosphäre gestürzt war mit einem Zentimeter Stoff und einer Nanopoly-Gesichtsplatte, die ihn schützten, dann auf ein karges, unerbittliches Ödland gestürzt war.

Stattdessen studierte er sorgfältig seine Umgebung.

Als sie zurückkehrte, hatte er die Funktionen der Kontrollen in Sichtweite identifiziert, mehrere entscheidende Verbindungspunkte und potenziell nützliche Bildschirme bemerkt und—tatsächlich zuerst—die Art der Verschlüsselung des Fesselnetzes bestimmt. Das Cockpit erschien leer und schmucklos bis auf einen einzigen Stuhl, was bedeutete, dass es der fortschrittlichste Bereich des Schiffs war. Virtuell und undurchdringlich.

Das Gesamtdesign des Innenraums vermittelte ein Gefühl von unaufdringlicher, eleganter Funktionalität, mit ebenso viel Aufmerksamkeit für Komfort wie für Nutzen. Definitiv kein Militärschiff. Nein, dieses Schiff war privaten Ursprungs und sehr, sehr teuer. Vielleicht Konzern, obwohl es sich nicht nach Konzern anfühlte. Es fühlte sich persönlich an.

Nachdem er das visuelle Inventar abgeschlossen hatte, verlagerten sich seine Gedanken zur Formulierung eines Fluchtplans. Nun, nicht so sehr 'Flucht' als Freiheit; es wäre kontraproduktiv, das einzige brauchbare Mittel vom Planeten zu verlassen.

Aber er musste zugeben, dass er beeindruckt und mehr als ein wenig neugierig war. Nicht darüber, warum das fortschrittlichste Aufklärungsschiff, das er je gesehen hatte, in Metis herumfuhr. Offensichtlich hatten Allianz-Interessen dieselbe Anomalie wie seine Regierung entdeckt und einen Ermittler entsandt.

Nein, hauptsächlich war er neugierig darauf, was diese Frau— mechanisch versiert und mit unbestreitbaren Flugfähigkeiten, beißend scharf, schlecht gelaunt, ätzend… und ziemlich umwerfend auf eine ungewöhnliche, verwirrende Art—dabei machte, es zu pilotieren, geschweige denn wer sie sein könnte. Wenigstens würde er die letztere Frage bald genug beantworten können.

Die Frau holte ein neues Wasserpaket aus dem Küchenbereich im

Heck des Decks und näherte sich ihm wieder. Ihre Arme glänzten von einem dünnen Schweißfilm, während Fett und Flüssigkeiten ihre Hose und ihr Hemd streiften. Verworrene Strähnen sehr dunklen roten Haars waren aus einem gedrehten Knoten gerutscht, um ihre Wangen und ihren Kiefer zu kitzeln.

Sie machte eine tapfere Anstrengung, kalt, distanziert und sogar bedrohlich zu wirken. Aber er las die Erschöpfung in der steifen Art, wie ihre Füße bei jedem Schritt auf den Boden trafen, und die angespannte Verspannung der Muskeln in ihrem langen, schlanken Hals.

Sie streckte den Paketstrohhalm zu seinem Mund aus. Die Bewegung war weniger unhöflich als zuvor; er belohnte das gute Verhalten, indem er ihr ein schnelles Lächeln schenkte, als er das Getränk annahm. Nach einem Moment nickte er, und sie trat zurück.

Ihr Ausdruck war flach vor Müdigkeit. »Ich werde etwas schlafen.«

Er blickte sie ernsthaft an und sah so hoffnungsvoll aus, wie er es schaffen konnte. »Kein Essen?«

»Du wirst nicht verhungern vor dem Morgen.«

Wahr genug. »Was ist, wenn ich, äh, die Einrichtungen benutzen muss?«

»Pozhaluysta, ya zhe ne tupïtsa. Dein Anzug hat Vorkehrungen dafür.«

Sein eVi identifizierte die unbekannten Wörter als einen erdbasierten russischen Dialekt. Er speicherte Russisch mit Priorität in den Übersetzer zwischen und zuckte dann innerhalb der Grenzen der Fesseln die Achseln, ein trockenes Kichern auf seinen Lippen. »Nein, natürlich bist du keine Idiotin, aber ich musste es versuchen.«

Sie schaffte es, höchst unbeeindruckt auszusehen, als sie sich abwandte. »Wenn du meinst. Schlaf gut.«

»Wie stehen die Chancen?«

Auf halbem Weg die Treppe hinunter hielt sie inne und deutete auf einen Bildschirm, der in die Wand eingelassen war. Die Lichter dämpften sich zu einem schwachen Glühen.

Er rief ihr nach. »Danke…« Aber sie war bereits verschwunden.

Er wartete weitere zehn Sekunden, seine Haltung entspannt und nonchalant im unbequemen Sprungsitz. Langsam drifteten seine Augen nach unten.

Selbst im schwachen Licht erkannte er die Strähne ihres Haars, die auf seinen Oberschenkel gefallen war. Er atmete tief ein und knackte mit dem Hals.

Es würde eine lange Nacht werden.

15

SENECA

CAVARE, HAUPTQUARTIER DER GEHEIMDIENSTABTEILUNG

»Ich nehme nicht an, dass Sie mir sagen können, was zum Teufel hier vor sich geht?«

Michael Volosk nickte mit dargebotener Überzeugung, obwohl seine inneren Gedanken entschieden weniger zuversichtlich waren.

Das war sein schlimmster Albtraum, wenn nicht nur seiner. Ein prominenter Allianz-Diplomat war tot, und alle Zeichen deuteten darauf hin, dass ein offizielles Mitglied der Senecan-Delegation dafür verantwortlich war. Er musste kein Politiker sein, um das Clusterfain von Ärger zu erkennen, das es bedeutete.

Geheimdienstdirektor Graham Delavasi ließ seine Ellbogen auf den Schreibtisch fallen und wartete erwartungsvoll auf Antworten, die er nicht hatte.

Das buschige salzpfeffergraue Haar des Mannes war auf die wilde Seite geraten, ein Hinweis darauf, dass auch er mitten in der Nacht geweckt worden war. Er trug verblasste Jeans und ein zerknittertes Polo und hielt eine riesige Thermoskanne Kaffee in Reichweite. Es gab keine aurals um ihn herum und keine aktiven Bildschirme auf dem Schreibtisch, was seine Art war. Wenn er sich mit jemandem traf, schenkte er ihm seine volle und ungeteilte Aufmerksamkeit, im Guten wie im Schlechten.

Delavasi war schon immer etwas ein Rebell gewesen, der ein stumpfes Auftreten an den Tag legte, das im Geheimdienstgeschäft ungewöhnlich war und unter den politischen Rängen, denen er nun technisch angehörte, noch ungewöhnlicher. Er war zu einer Machtposition aufgestiegen, hauptsächlich aufgrund eines scharfen Intellekts, eines scharfen Blicks für Bullshit und unantastbarer Integrität. Michael bewunderte den Mann; mochte ihn nicht immer, aber bewunderte ihn.

Er begegnete dem Blick des Direktors. »Der Allianz-Handelsminister war das Ziel dessen, was wie ein Attentat während des Abschlussdinner des Gipfels aussieht. Der Tatort bleibt in einem Zustand des Wandels, aber die Beweise deuten darauf hin, dass das Attentat aller Wahrscheinlichkeit nach von einem Mitglied unseres Handelsstabs durchgeführt wurde.«

»Haben wir den Hurensohn schon hingerichtet? Denn das könnte das Einzige sein, was zwischen uns und der vollen Macht des Allianz-Militärs steht, das vor unserer Haustür auftaucht.«

Der Datenstrom von seinen Agenten auf Atlantis scrollte weiter auf seinem Whisper; er überprüfte ihn ein letztes Mal, um sicherzustellen, dass er keine bessere Antwort enthielt. »Nein, Sir. Weder meine Agenten, noch das Senecan-Sicherheitsdetail, die Atlantis-Polizei oder die Allianz-Sicherheit konnten bisher Mr. Candela ausfindig machen.«

Er zuckte zusammen bei Delavasis ungläubigem Starren und beeilte sich, den Mann zu beruhigen. »Es ist einfach eine Frage der Zeit. Atlantis ist hart abgeriegelt. Er wird nicht entkommen.« Seine Hand kam an seinem Kinn zur Ruhe; es war ein Tick und bedeutete normalerweise, dass ihn etwas störte… was der Fall war. »Ich erkenne die unbestreitbare Schwere der Situation an, aber das Militär zu schicken wäre eine ziemlich unverhältnismäßige Reaktion, nicht wahr?«

»Die Ermordung eines Regierungsbeamten ist eine explizite Verletzung des Waffenstillstands. Das mag nicht jedem wichtig sein, aber ich garantiere, es wird jemandem mit mehr Autorität als gesundem Menschenverstand wichtig sein.« Delavasi nahm einen langen Schluck aus der Thermoskanne. »Wer ist dieser Typ überhaupt?«

»Er ist niemand. Ein niedrigrangiger Angestellter in Direktor Kouris' Büro. Er arbeitet seit drei Jahren in der Handelsabteilung, davor diente er als Praktikant für das Handelskomitee des Parlaments. Abschluss mit drittem Rang von Tellica mit einem Abschluss in Wirtschaftswissenschaften. Hat eine Frau und ein neues Baby. Seine Akte ist makellos, und er hat einen Ruf als kompetenter, wenn auch unexzeptioneller Angestellter. Es gibt keine Geschichte von politischem Aktivismus oder Randaktivitäten. Er hat nicht einmal bei der letzten Wahl gewählt.«

»Feinde? Was ist mit seiner Familie, der Familie seiner Frau? Irgendein Potenzial für Erpressung oder Zwang dort?«

»Wir schauen uns das an.« ‚Wir' hatten um ein Uhr morgens angefangen, sich das anzuschauen, als er von einer Flut von Alarmen geweckt worden war und Shera schlafend in ihrem Bett zurückgelassen hatte, und es würde wahrscheinlich Tage dauern, bevor ‚wir' etwas Sicheres wussten. Der Direktor erkannte das zweifellos.

Delavasi seufzte und sank in den hohen Ledersessel zurück. »Verdammte Scheiße, Michael, das ist eine Katastrophe. Niemand will einen offenen Konflikt mit der Allianz. Nun, vielleicht ein paar feuerspeiende Hinterbänkler im Parlament und einige Verrückte auf Caelum, die einen Vorwand wollen, über die Grenze zu schießen. Aber niemand, der wichtig ist, will einen weiteren Krieg— und der Vorsitzende will definitiv keinen. Er hat viel politisches Wohlwollen aufs Spiel gesetzt, als er für diesen Gipfel eintrat.«

Michael runzelte die Stirn. »Könnte es darum gehen? Vielleicht geht es eigentlich gar nicht um die Allianz, sondern um einen Versuch, die derzeitige Regierung zu diskreditieren und die Regierung zu destabilisieren.«

»Verdammt, wenn ich das weiß. Was ein Problem ist, da ich der Geheimdienstdirektor bin und daher erwartet wird, dass ich die Rechtfertigungen von Verrückten und Teufeln kenne. Aber ich weiß, dass hier etwas nicht stimmt. Das stinkt von oben bis unten und ich brauche Antworten. Du wirst alle Männer haben, die du brauchst. Finde heraus, was vor sich geht.«

»Absolut, Sir. Die offizielle Delegation sollte in den nächsten Stunden die Erlaubnis erhalten, Atlantis zu verlassen. Meine Männer vor Ort haben bereits private Verhöre begonnen und werden sie während des Flugs nach Hause fortsetzen. Agenten sind jetzt bei Mr. Candelas Zuhause und auf dem Weg zu Standorten der erweiterten Familie. Meine besten Analysten durchkämmen jeden Aspekt seiner Vergangenheit nach Hinweisen darauf, was zu dieser Handlung geführt haben könnte.«

Er hielt inne, um einen Schluck seines eigenen Kaffees zu nehmen. »Sobald die Delegation ankommt, werden wir alle erforderlichen erweiterten Verhöre im Hauptquartier beginnen. Ich beabsichtige, den stellvertretenden Handelsdirektor als Erstes persönlich zu befragen, da er für die Planung und Personalbesetzung verantwortlich war.«

Delavasis Augen verengten sich, nach innen gezogen von der Furche in seiner Stirn. »Das ist immer noch Jaron Nythal?«

»Ich glaube schon.«

»Sei vorsichtig mit ihm. Er ist ein schlüpfriger Bastard.«

»...möchten Sie das näher erläutern?«

Delavasi stieß seinen Stuhl vom Schreibtisch weg und drehte ihn langsam herum. »Vor ein paar Jahren—damals, als ich deinen Job hatte—haben wir ein Spionagenetzwerk ausgehoben, das in mehreren hochkarätigen Unternehmen operierte. Sie verkauften Geheimnisse, die sie über ihren ‚besonderen' Zugang zu bestimmten Regierungsbehörden erworben hatten, an das Zelones-Kartell. Nythal war damals Unternehmensverbindungsmann im Handel und befand sich am Rande des Skandals. Ich konnte keine Anschuldigungen gegen ihn erhärten, aber er war viel zu glatt für meinen Geschmack.«

Michael wählte seine Worte sorgfältig. »Er müsste ziemlich glatt sein, um mit den Unternehmensgrößen zu verhandeln, nicht wahr?«

»Ohne Zweifel. Trotzdem war der Mann... falsch. Ich sage nur, sei auf der Hut, wenn du mit ihm sprichst, und nimm nicht an, dass du die ganze Geschichte bekommst, nur weil er auf unserer Seite steht.«

»Verstanden.«

Delavasi stand auf und griff nach einem grauen Trenchcoat, der zerknittert auf der Fensterbank lag. »Jetzt habe ich das Glück, dem Vorsitzenden zu sagen, dass ja, es scheint, einer unserer Leute hat den verdammten Allianz-Handelsminister ermordet, und nein, ich habe keine Beweise, die er der Allianz-Regierung präsentieren kann, um zu zeigen, dass es eine isolierte Handlung eines einzelnen Verrückten war.«

Er schenkte Michael ein leicht abgenutztes Lächeln, als er den Mantel über seine Schultern zog. »Mach dir keine Sorgen, ich werfe dich nicht den Wölfen vor. Ich weiß, dass du alles im Griff hast, und es wird etwas Zeit brauchen, um Antworten zu bekommen—ein

Gefühl, das ich auch dem Vorsitzenden vermitteln werde.«

»Ich schätze die Unterstützung, Sir.«

Die ersten stahlgrauen Sonnenstrahlen brachen über den Horizont jenseits des Bürofensters, als er aufstand und dem Direktor die Hand schüttelte. Es würde ein langer Tag werden, und wahrscheinlich nicht der letzte.

16

SIYANE

METIS-NEBEL, UNBEKANNTER PLANET

Frisch geduscht. Haare zu einem Pferdeschwanz zurückgebunden und hochgesteckt, damit sie nicht im Weg waren. Saubere Arbeitshosen, Taschen leer und einsatzbereit. Ein eng anliegendes Shirt, das sich nicht an scharfen Kanten verfangen würde. Rutschfeste Schlupfschuhe für leichte Bewegung in den engen Räumen des Maschinenraums.

Ihre Kampfrüstung. Für die Reparatur ihres Schiffs unten—und die Konfrontation mit dem Unbekannten oben.

Alex stieß einen langen Atemzug aus und verzog das Gesicht vor dem Spiegel. Sie hoffte nur, dass ihre mentale Vorbereitung der körperlichen entsprach. Sie nickte ihrem Spiegelbild scharf zu und ging die Treppe zum Hauptdeck hinauf.

Ihr Gefangener sah aus wie... nun ja, wie jemand, der auf einem kargen Planeten notgelandet war und dann die Nacht gefesselt in einem Hilfssitz verbracht hatte. Der Anflug von Bartstoppeln war zu einem vollständigen Schatten gereift, die zerzausten Locken zu einem wilden Schock aus Locken. Aber seine Augen waren beunruhigend hell und wachsam, als er sie durch die Kabine gehen sah.

Sie ließ sich in den Cockpitstuhl fallen, Daemon wieder in der Hand, und betrachtete ihn mit kritischem Blick. »Also. Was soll ich mit dir anfangen?«

Er war bereit für sie. »Darüber habe ich nachgedacht. Lass mich dir versichern, dass ich keine Bedrohung für dich bin. Es ist klar, dass du mein einziges Ticket von dieser ziemlich unwirtlichen Welt bist, und als solches liegt es gegen meine Interessen, dir zu schaden. Du kannst also die Fesseln entfernen, fürs Erste.«

Eine Augenbraue hob sich. »Damit du mich töten, meinen Körper entsorgen und mein Schiff stehlen kannst?«

Ein Mundwinkel kräuselte sich nach oben; verdammt, das würde nervig werden. »Ich bin mir ziemlich sicher, dass dein Schiff nicht vom Boden abhebt, es sei denn, du pilotierst es. Jede Kontrolle hier ist gesperrt und auf dich programmiert. Außerdem stelle ich mir vor, dass das Navigationssystem regelmäßige Interaktion mit deinem eVi benötigt, um zu funktionieren.«

»Stimmt schon. Aber du könntest mich als Geisel nehmen und mich zwingen, dich zu fliegen, wohin auch immer du willst.«

Er zuckte innerhalb der Fesseln mit den Schultern. »Wenigstens wärst du nicht tot.«

»Sehr witzig. Bis wir da wären, wo wir hinwollten.«

Sein Kiefer spannte sich zu einer starren Linie. Vorher war er nicht besonders 'eckig' erschienen. Jetzt aber dachte sie, sie könnte wahrscheinlich ein Steak mit den Kanten schneiden.

Das Flackern in seinen Augen deutete an, dass er nicht beabsichtigt hatte, Frustration so sichtbar zu zeigen. Sie beobachtete, wie er seinen Kiefer willentlich entspannte. »Warum sollte ich dich töten wollen?«

»Weil ich weiß, dass die Senecan Intelligence etwas im Metis-

Nebel sucht. Weil ich weiß, wie du aussiehst und was du tust, und das ist eine Bedrohung für dich. Weil du dann ein glänzendes neues Schiff als Beute hättest.«

Sein Mund öffnete sich, vermutlich mit einer schnippischen Antwort. Anstatt die Antwort zu liefern, schloss er sich jedoch schweigend, dann nach einer Pause öffnete er sich wieder. »Okay, das sind… ziemlich anständige Gründe.« Er sah sie mit etwas an, was in zivilisierter Gesellschaft für Ehrlichkeit gehalten werden könnte. »Aber ich werde dir nicht wehtun, besonders nicht, wenn du die Tochter eines Allianz-Admirals bist. Ich habe keine Lust, einen weiteren Krieg zu beginnen.«

Was? Er konnte unmöglich…

Natürlich. Er hätte Zugang zu den umfangreichen Akten, die die Senecan-Regierung zweifellos über ihren Gegner führte. Verdammt, er behielt die Akten wahrscheinlich in seinem internen Datencache und hatte die Technik in seinem Augenimplantat, um einen Netzhautscan aus mindestens einem Meter Entfernung durchzuführen. Sie musste eine Fußnote verdient haben:

Alexis Mallory Solovy: Geboren 17. Oktober 2286, San Francisco, Erde. Vater: Toter Märtyrer. Mutter: Gusseiserne Zicke.

Sie schnaubte in gespielter Anerkennung. »Netter Trick, den du da hast. Immer noch nicht gut genug.«

Er atmete leise aus. Etwas wie Enttäuschung huschte über sein Gesicht.

»Okay.«

Mit einem Schnalzen seines Handgelenks verschwanden die Fesseln. Er hatte den Sicherheitsgurt gelöst und stand, bevor sie geblinzelt hatte.

Sie und die Waffe waren beide im nächsten Augenblick oben, ihre Hände fest um den Griff geklammert. »Wie hast du—?«

Seine Hände waren in der Luft, Handflächen offen, und er machte keine Anstalten, sich ihr zu nähern. Der Ton seiner Stimme blieb peinlich gleichmäßig. »Das Netzfeld war DNA-codiert auf dich, offensichtlich. Du hast letzte Nacht eine Haarsträhne zurückgelassen. Ich habe sie benutzt, um einen Hack zu erstellen und das Netz zu entsperren.« Seine Schultern hoben sich in einem übertriebenen Achselzucken; befreit von den Fesseln wurde es zu einer weitaus ausdrucksvolleren Bewegung. »Intelligence? Das ist es, was ich tue. Falls es hilft, ich habe nicht viel Schlaf bekommen.«

Ihre Antwort bestand aus einem eisigen Blick.

Er seufzte. »Hör zu, der Punkt ist, ich hätte dich im Schlaf töten können, aber ich habe es nicht getan.«

Ihr Finger spannte sich nur am Abzug der Waffe. Ihr Daumen schwebte über dem Betäubungsschalter. »Weil du mich brauchst, um die Reparaturen zu machen und, wie du bemerkt hast, das Schiff zu fliegen.«

»Stimmt. Aber du bekommst mich nicht zurück in diese Fesseln.«

»Ach wirklich? Ich könnte dich einfach wieder erschießen.«

Er blickte in der Kabine umher. »Hier drin? Das glaube ich nicht. Du würdest die Hälfte deiner Systeme überlasten.«

»Du hast keine Ahnung, welche Art von—«

Im Bruchteil eines Atemzugs hatte er die Distanz zwischen ihnen überbrückt und sie in einen Schraubstockgriff von hinten gedreht. Irgendwie war die Waffe aus ihrer Hand und in seiner. Er klemmte ihre Arme zwischen sie und hob die Waffe an ihre Schläfe.

Sie war gründlich angewidert von sich selbst. Erstens, weil sie zu nah gestanden hatte, um reagieren zu können, auch wenn er sich lächerlich schnell bewegt hatte. Zweitens, weil sie unerwartet hart arbeiten musste, um sich auf die Waffe zu konzentrieren, die an ihre Schläfe gedrückt war, anstatt auf den Körper, der gegen ihren Rücken gedrückt war. *Reiß dich zusammen, hier geht es um Leben und Tod!*

Seine Stimme hallte tief und gefährlich an ihrem Ohr. »Nur damit wir uns ganz klar sind. Wenn ich dich töten will, kann ich dich töten.«

Sie knurrte durch zusammengebissene Zähne als Antwort; sie würde keine Schwäche zeigen. »Verdammter Senecan-Drecksack.«

»Ich bin geschmeichelt. Jetzt werde ich—« Sein Griff lockerte sich, als er sich zu entfernen begann.

Sie riss einen Ellbogen hoch und schlug ihn gegen seinen Unterarm. Sein Arm zuckte zurück, und ihr Ellbogen fuhr weiter nach oben, um seine Augenhöhle zu treffen. Ihr linkes Bein schwang herum, um seine Füße wegzuschlagen—

—er wich dem Schwung um einen Zentimeter aus und rollte sich außer Reichweite, kam drei Meter entfernt auf die Füße mit erhobener Waffe.

Er lächelte sie an und schien fast amüsiert. »Ich bin beeindruckt. Das war knapp.«

Ihr Ausdruck war ein schwarzes Loch, aus dem sich kein Vergnügen zu entkommen traute. »Was jetzt? Du fesselst mich?«

Er biss sich auf die Unterlippe, und ein dunkles Aufflackern glimmte in seinen Augen. »Verführ mich nicht.«

Ihr Gesicht verzog sich ungläubig. Er machte eine sexuelle Anspielung, während er sie mit einer Waffe bedrohte? Wofür hielt er das hier?

Als er jedoch da stand—eine Waffe auf sie gerichtet—wurde sein Ausdruck ernst. Wenn man sie gefragt hätte, hätte sie gesagt, es war aufrichtig, sogar... nun, es spielte keine Rolle, wie es aussah.

Seine Stimme kehrte zu einem gleichmäßigen und kontrollierten Tenor zurück. »Ich brauche dich, um mir sehr aufmerksam zuzuhören. Ich brauche dich, um zu hören, was ich sage. Wenn du versuchst, mir wehzutun, werde ich entsprechend antworten. Ansonsten werde. ich. dir. nicht. wehtun. Nicht jetzt, nicht später, nicht wenn wir dahin kommen, wo auch immer wir hingehen. Du hast mein Wort.«

Er hielt inne, um Wirkung zu erzielen, dann hockte er sich langsam hin, sein Blick verließ nie ihren, und legte die Waffe auf den Boden. Er stand auf, Handflächen offen in Unterwerfung, und kickte die Waffe zu ihr hinüber.

Ihr Blick wich auch nicht von seinem, während sie die Waffe aufhob und an ihrem Gürtel befestigte. Dann starrte sie ihn einfach an. Sie wusste nicht genau, was sie zu finden hoffte. Irgendein Zeichen, jedes Zeichen von Betrug oder Kunstgriff vielleicht, oder...

Er wartete geduldig.

Es wäre kontraproduktiv, den ganzen Morgen auf dem Deck zu stehen und einander anzustarren, wenn es einen klaffenden Riss im Rumpf gab, der repariert werden musste. Sie traf eine spontane Entscheidung.

Für den Moment würde sie ihn für das nehmen, was er zu sein schien: ein kluger Mann, der eine realistische Perspektive auf die Dinge und einen gesunden Selbsterhaltungsinstinkt demonstrierte. Für den Moment reduzierte es die Bedrohung, die er darstellte, auf ein handhabbares Niveau.

»Wenn du etwas anfasst, töte ich dich.«

Er nickte in bereitwilliger Akzeptanz des Edikts.

Sie atmete übertrieben aus, rollte mit den Augen und schlenderte an ihm vorbei. »Willst du Frühstück?«

* * *

Sie betrachtete ihn über einem gebutterten Croissant. Nachdem er den Umweltanzug abgelegt hatte, trug er ein verblasstes schiefer-farbenes Henley, weiche schwarze Arbeitshosen und eine Aura ruhiger Selbstsicherheit. Er knabberte lässig an einer Grapefruit-Scheibe, nachdem er nur einen einzigen Bissen von seinem eigenen Croissant genommen hatte.

Verwirrt—von mehr als einer Sache, die ihn betraf, aber gerade von seinem Mangel an Appetit—runzelte sie die Stirn. »Ich hätte erwartet, dass du hungriger bist, da du letzte Nacht nichts gegessen hast.«

Seine Lippen zuckten nach oben. »Ich, äh, habe irgendwie doch letzte Nacht gegessen.«

Ihre Augen weiteten sich empört, als ihr die Erkenntnis dämmerte. »Das hast du nicht.«

»Verzeih mir, ich war wirklich hungrig. Nachdem ich endlich die Verschlüsselung der Fesseln geknackt hatte, habe ich vielleicht ein paar der Küchenschränke geöffnet, bis ich die Energieriegel gefunden habe. Und mir ein paar davon genommen.«

Die Vorstellung, dass er mitten in der Nacht auf ihrem Schiff herumwanderte, sich an allem bediente, was ihm gefiel, und wahrscheinlich dabei sein verdammtes Grinsen zur Schau stellte… *Ugh*, sie wollte ihn erwürgen, und nur die Wahrscheinlichkeit, dass er sie dafür umbringen würde, hielt sie davon ab. *Es ist nur die Küche, Alex.* Aber es musste nicht nur die Küche sein. Und das war nicht der Punkt.

Sein Ausdruck und Verhalten strahlten eine umgängliche, nicht bedrohliche Persönlichkeit aus. Seine Handlungen vor wenigen Minuten erzählten eine andere Geschichte. Ihr Gehirn kämpfte darum, die widersprüchlichen Informationen zu verarbeiten, das zu vereinbaren, was sie als wahr wusste, mit dem Mann, der ihr gegenüber am Tisch saß.

»Ich schwöre, ich hätte dich einfach wieder erschießen sollen.«

»Ich weiß, ich habe etwas angefasst. Aber es war vor deiner Warnung, also kannst du es mir nicht gerechterweise vorwerfen.«

Er zuckte mit den Schultern und tauschte die Grapefruit gegen das Croissant. »Du warst körperlich gefesselt. Ich hätte gedacht, meine Wünsche wären klar gewesen.« Sie kniff die Nasenwurzel vor Irritation zusammen. »Schön. Was auch immer. Also hier ist der Deal. Ich muss ein Auge auf dich haben, aber ich muss auch unten Reparaturen machen. Deshalb—«

»Welchen Schaden könnte ich hier oben anrichten? Du weißt, dass ich auf keine der Kontrollen zugreifen kann.«

Ihre Antwort war ein hartes Lachen. »Wenn es dir egal ist, nach deinem Zaubertrick mit den Fesseln—und der Tatsache, dass du letzte Nacht wild über mein ganzes Schiff gerannt bist—werde ich auf der Seite der Vorsicht irren. Ich bin sicher, du verstehst. Deshalb wirst du mit mir in den Maschinenraum kommen, dich in die Ecke setzen und mich nicht stören, während ich arbeite.«

»Okay.«

»Okay? Das ist alles, was ich bekomme?«

Er lehnte sich entspannt im Stuhl zurück und begann, überschüssige Butter von seinen Fingern zu lecken. »Du wirst feststellen, dass ich ziemlich umgänglich bin, wenn ich nicht gefesselt bin.«

»Ich werde sicher daran denken—«

Es war alles, was sie tun konnte, um sich nicht eine Hand vor den Mund zu schlagen. Sie war momentan von… Dingen abgelenkt gewesen, und die Worte waren einfach herausgerutscht. Sie stopfte den Rest ihres Croissants in den Mund und studierte die Krümel, die ihren Teller zierten, und versuchte zu ignorieren, wie die Aussage möglicherweise geklungen haben könnte. Und das tat sie wirklich nicht, es sei denn, man dachte daran—nein.

Sekunden vergingen, und der Moment ging gnädigerweise vorüber.

Sie blickte auf und fand ihn dabei, wie er sie… mild betrachtete? Vielleicht leichte Neugier zeigte? Selbst mit einer entspannten

Haltung und freundlichem Ausdruck beunruhigte sie die Intensität seines Blicks. Sie schenkte ihm ein angespanntes Lächeln und beschäftigte sich damit, ihre Teller zu sammeln.

Sie trug die Teller zur Theke und verstaute sie im Sterilisator, dann blickte sie über die Schulter zurück. Ein Spritzer Wasser ins Gesicht und eine Hand durch die Haare hatten sein Aussehen überraschend verbessert, aber nichts getan, um den sich verdunkelnden Bluterguss unter seinem rechten Auge zu beheben.

Mit einem leisen Seufzer ging sie zu einem Schrank in der Steuerbordwand. Unter der medizinischen Station war eine Schublade mit grundlegenden Erste-Hilfe-Vorräten; sie entfernte die Verpackung von einem kleinen Gel-Pad.

»Hier.«

Er blickte gerade noch rechtzeitig auf, um es aufzufangen, bevor es ihm ins Gesicht klatschte. Sie unterdrückte ein Zusammenzucken.

Das Pad zwischen zwei Fingern schwebend, neigte er neugierig den Kopf und hob eine Augenbraue um das Geringste.

»Für dein Auge.«

»Ahh.« Er kicherte. »Du hast mich ziemlich gut erwischt.«

Sie bemühte sich, nicht amüsiert zu erscheinen, obwohl sie es irgendwie war. »Kleb es für fünf Minuten drauf und sei fertig damit. Oder nicht. Macht mir keinen Unterschied.«

17

PANDORA

UNABHÄNGIGE KOLONIE

»Hey Noah, hier drüben, Mann!«

Noah Terrage bahnte sich seinen Weg durch die Menge in Richtung der Stimme. Zweimal musste er an zusammengesunkenen Körpern vorbeinavigieren, Kids, die auf Head Trips abgedriftet und der Welt um sie herum gegenüber völlig gleichgültig waren. Die Menschen, die noch aufrecht standen, kauften ein, oft nach demselben.

»Alter, hast du Skies?«

Er ignorierte den Bettler, außer dass er ihn verstohlen nach links in die Menge stupste.

Der Boulevard war nicht sein Lieblingsort auf Pandora. Für jeden, der ihn zum ersten Mal besuchte, würde der Name als ironischer Scherz aufgefasst werden. Stände und Fabs säumten beide Seiten, mindestens acht tief gestapelt. Der offene Weg verlief nicht mehr durch die Mitte; stattdessen bog er nach links, dann nach rechts ab, in einem scheinbar zufälligen Muster, das einem Pfad eines der Tripper ähnelte, die ihn frequentierten. Multi-sensorische

Schilder und riesige Bildschirme, die schräge, dissonante Rhythmen hinausblökten, verstopften den Luftraum darüber, um Pandoras ziemlich schönen Himmel völlig zu verdecken.

Doch unter dem Chaos existierte tatsächlich ein echter Boulevard, der sich fünfzig Meter in der Breite erstreckte und mit marmoriertem Stein gepflastert war. Zumindest war das das Gerücht. Niemand hatte ihn in dreißig Jahren gesehen.

Also nein, der Boulevard war nicht sein Lieblingsort. Trotzdem erforderte gelegentlich sein Geschäft einen Besuch. Er handelte nicht mit chimerals, aber hier gab es viel mehr zu verkaufen als nur chimerals. Wichtiger noch, es gab hier Dealer, die mit viel mehr handelten als nur chimerals.

Er schlüpfte um die Ladenfront herum zu dem Ort, wo sein Kontakt auf einem Loungehocker ruhte, und lehnte sich nah heran, um über den rauen Lärm hinweg gehört zu werden. »Emilio, mein Freund. Wie läuft das Geschäft?«

Emilio schüttelte den Kopf und ließ lange, glitzernde grüne Zöpfe durch die Luft schwingen. »Wie immer. Willst du ein Bier?«

»Ah, wünschte, ich könnte, aber ich bin knapp mit der Zeit. Muss mich in zwanzig mit einem bedürftigen Kunden auf der Prom treffen. Nächstes Mal?« Es schadete nie, Emilio daran zu erinnern, dass er eine vielfältige und gut zahlende Kundschaft hatte.

»Verstehe ich. Warte kurz, ich hole dein Zeug.« Emilio schlüpfte hinter die schimmernde Barriere, die die ‚Laden'-Front vom Lagerbereich trennte, kehrte aber in Sekunden zurück.

Ein Händedruck und Noah hatte das kleine, harmlos aussehende Gerät in der Handfläche und ließ es in seine Hüfttasche gleiten. Er wies seinen eVi an, die Gelder auf Emilios Konto zu überweisen. Und so war der Deal abgeschlossen.

Er klopfte Emilio auf die Schulter. »Wie immer ein Vergnügen, mit dir Geschäfte zu machen.«

»Ich werde mir von dem Erlös eine erstklassige *illusoire* kaufen, Mann.«

»Dann genieß es!« Er lachte, als er aus dem Stand glitt und zurück in die Menge.

* * *

Die Stadt, die Pandoras bewohnte Region umfasste, bildete einen zweihundert Kilometer breiten Streifen aus glänzendem Metall und hellen Lichtern. Es gab dunkle Bereiche auf Pandora, aber sie lagen sogar unter dem Boulevard.

Die Leute nahmen an, Pandora sei unregiert, außer Kontrolle geratenes Chaos, ein Flickwerk aus Händlern und Clubs und Schwarzmärkten. In Wahrheit war es von einer losen Vereinigung wohlhabender Unterhaltungsmagnaten erbaut worden und wurde weiterhin von ihnen überwacht. Welche Individuen an der Vereinigung teilnahmen, war ein streng gehütetes Geheimnis, vermutlich weil sie wichtige Positionen in der Gesellschaft innehatten.

Sie bauten zusätzliche Infrastruktur aus, wenn sie benötigt wurde, und sorgten dafür, dass das Stromnetz und das Transportsystem weiterhin funktionierten. Sie hielten die Slums in kleinen, klar definierten Bereichen eingepfercht und stellten sicher, dass die kriminellen Kartelle keinen zu mächtigen Fuß im Handel des Planeten fassten. Agenten der Kartelle existierten zweifellos auf Pandora; einige von ihnen hatten sogar bedeutende Geschäftsunternehmungen, aber sie rangierten nicht höher als die erfolgreichen unabhängigen Unternehmer.

Pandora war eine Welt, wo alles ging, wo man alles kaufen und alles verkaufen konnte, wo man seine wildesten Fantasien ausleben oder vierzig Jahre in einem Rausch aus Partys und Alkohol und chimerals und Sex verbringen konnte—oder beides. Und es war eine Illusion.

Oh, man konnte all diese Dinge tun, ganz sicher. Aber die Welt war eine künstliche Schöpfung. Ein planetengroßer Themenpark, wo die Maschinerie der Fahrgeschäfte vor der öffentlichen Sicht verborgen gehalten wurde.

Noah wusste das, weil sein Vater als kleiner Spieler in der Vereinigung agierte, die Pandora kontrollierte. In den Wochen bevor er den großartigen Plan seines Vaters für sein Leben aufgab, hatte er die persönlichen und geschäftlichen Aufzeichnungen seines Vaters gehackt und kopiert. Für die Versicherung, für Erpressung falls nötig, und aus milder Neugier darauf, was er zurücklassen würde.

Er hatte die Informationen nie zu seinem Vorteil genutzt, zumindest nicht offen. Aber einfach das Bewusstsein für die ,Männer hinter dem Vorhang', sozusagen, gab seinem Leben hier eine gewisse unwirkliche Qualität. Als wäre er in einen neunzehn Jahre langen Deep-Dive-Vollsensor-Head Trip eingetaucht worden. Es gab ihm Freiheit und, so könnte man argumentieren, ermutigte ein Maß an Rücksichtslosigkeit und unklugem Verhalten, zu dem er vielleicht nicht geneigt wäre, wenn etwas davon real wäre.

Trotzdem... es war alles gut, dachte er, als er aus der levtram stieg und in The Approach eintrat.

Die meisten Distrikte auf Pandora waren irgendeine Variation einer Durchgangsstraße benannt; es gab auch The Channel, The Promenade, The Avenue, The Passage und so weiter. Ihre Namen gaben jedoch keinen Hinweis auf ihren Charakter oder ihre Qualität. Besucher kamen ahnungslos an, aber unternehmungslustige Straßenkinder lauerten am Raumhafen, bereit, einzuschätzen, was ein Besucher zu finden gekommen war und was er sich leisten konnte, und sie in die richtige Richtung zu schicken—für ein paar Credits natürlich.

Sein Apartment lag in The Approach, was nur bedeutete, dass es in der Region zwischen dem Transportknotenpunkt und dem beliebtesten Unterhaltungsdistrikt lag. Es hatte tatsächlich viel Charakter, bewohnt von einem chaotischen Durcheinander aus Künstlern, Händlern und Ausreißern, die anständige Gelder auf ihrem Konto hatten—was, so vermutete er, auch nach neunzehn Jahren ihn einschloss.

Er schloss die Tür auf und schlüpfte in sein Apartment, dankbar, dass ausnahmsweise niemand im Flur herumtollte, da er an diesem Nachmittag arbeiten musste. Seine vorgebrachte Entschuldigung dafür, nicht mit Emilio abzuhängen, war nicht gelogen gewesen, sozusagen. Er musste sich tatsächlich in zwanzig mit einem Kunden auf der Prom treffen; es waren zufällig zwanzig Stunden, nicht Minuten. Emilio war ein okay Typ, aber seine Kumpane waren es nicht. Und außerdem würde er genauso gern nicht länger auf dem Boulevard herumlungern, als er musste.

Er holte sich ein Wasser aus dem Kühlschrank und trat in sein Arbeitszimmer. Ein bodentiefes Regal säumte die linke Wand, randvoll mit Komponenten, Ersatzteilen und ausstehenden Bestellungen. Die gegenüberliegende Wand enthielt vier Regale mit Ausrüstung und Werkzeugen. Er setzte sich an die Werkbank entlang der rechten Wand, drehte sich um, um die anderen Komponenten aus dem Regal zu holen, setzte sich dann zurück und betrachtete die Teile, die vor ihm auf dem Tisch ausgebreitet waren.

Der Gegenstand, den er von Emilio abgeholt hatte, stellte die finale Komponente für eine Sonderbestellung maßgeschneiderter Ausrüstung dar. Einzeln war jede Komponente harmlos: ein Nackenwrap, ein Kontaktpad, um auf die winzigen Fasern an der Basis des Nackens zuzugreifen, die mit den Cybernetics einer Person verbunden waren, ein Quantendatenübertragungsgerät und ein Datenpuffer. Kombiniert schufen sie ein extrem mächtiges und ziemlich illegales Werkzeug.

Wenn von einer Person getragen, erlaubte der Gegenstand der Person, direkt mit einem entfernten synthetischen neuronalen Netz zu verbinden (‚Artificial' war der etwas abwertende, aber weit verbreitete Begriff). Der Puffer war eine Notwendigkeit, weil selbst ein stark cybernetisch verbessertes menschliches Gehirn nicht ansatzweise die Daten verarbeiten konnte, die in Echtzeit von einem neuronalen Netz strömten; ohne einen riskierte man, seine Cybernetics durch die Datenüberladung zu braten.

Artificials mussten registriert und von Regulierungsbehörden vorab genehmigt werden, die bestätigten, dass die vorgeschriebenen Sicherheitsblöcke vorhanden und ausreichend waren. Selbst auf den freizügigsten unabhängigen Welten wurden sie sorgfältig überwacht. Und sich entfernt mit einem zu verbinden—was dank Quantenübertragung buchstäblich auf halbem Weg durch den besiedelten Raum sein könnte—war streng verboten. Eine Person, die die Straße entlanggeht, oder wahrscheinlicher in einem Firmenvorstandszimmer sitzt, mit geheimem Zugang zu zettaFLOPs mentaler Kraft, ging mehrere Schritte über die unfairen Vorteile hinaus, die von der Gesellschaft toleriert wurden.

Da es wirklich ein gefährliches Werkzeug war, würde er normalerweise nicht damit zufrieden sein, es zu konstruieren oder zu verkaufen. In diesem Fall jedoch kannte er die Kundin persönlich und fühlte sich sicher, dass sie nicht vorhatte, es für galaktische Weltherrschaft zu verwenden. Nein, er vermutete, sie wollte einfach sehen, wie es war, effektiv mit dem Verstand eines Artificial zu verschmelzen… und weil sie es konnte.

18

SIYANE

METIS-NEBEL, UNBEKANNTER PLANET

Caleb saß auf der untersten Sprosse der Leiter, die Arme über die Knie gelegt und die Hände locker ineinander verschränkt.

Sie lag halb unter dem Riss in der Wand verborgen und arbeitete daran, einen langen Streifen geflochtener Verkabelung in dem schmalen Raum zwischen der Innenwand und der Außenhülle wieder zu befestigen. Sie hatte nicht mehr als zwei Worte gesagt, seit sie nach unten gekommen waren, und diese zwei Worte waren 'bleib da' gewesen.

Er hatte bereits analysiert, was er vom Laderaum sehen konnte. Obwohl der ziemlich erhebliche Schaden die Angelegenheit etwas trübte, hatte er den Technikbereich schnell als fortschrittliches, aber größtenteils standardmäßiges Layout für ein Schiff dieser Größe klassifiziert, wenn auch mit mehreren ungewöhnlichen Anpassungen.

Zu diesem Schluss war er in den ersten zwei Minuten gekommen; siebenunddreißig Minuten später gab es nur noch eine Sache im Laderaum für ihn zu analysieren.

»Du bist also eine Schatzjägerin.«

Es war die rationalste Schlussfolgerung. Die Instrumente und Anzeigen auf dem Hauptdeck waren auf Messung und Erkennung von Elementkonzentrationen, Spektrumspitzen und bemerkenswerten astronomischen Phänomenen ausgerichtet. Sie deckten zu breites Spektrum für eine rein wissenschaftliche Expedition ab; und außerdem deutete ein doppelter Master in Maschinenbau und Stellarastronomie, aber keine Promotion darauf hin, dass sie viel zu praktisch veranlagt war, um Wissenschaftlerin zu sein.

Das Schiff zeigte nirgendwo ein völliges Fehlen von Firmenbranding, und der letzte Arbeitgeber in ihrer Akte war von vor acht Jahren. Zusammen mit der ziemlich großen Anzahl persönlicher Extravaganzen bedeutete das, dass sie unabhängig sein musste.

Die gedämpfte Antwort kam aus der Öffnung. »Ich bin eine Entdeckerin.«

»Das ist es, was ich gesagt habe – eine Schatzjägerin.«

Sie stöhnte vor Anstrengung und ein Abschnitt der Verkabelung schnappte fest gegen die Wand. »Und ich sagte, du sollst mich nicht stören.«

Er zuckte übertrieben mit den Schultern, obwohl er bezweifelte, dass sie es sehen konnte. »Richtig, mein Fehler.«

Ein paar Sekunden vergingen. Sie stöhnte und rutschte ins Freie, um ihn in offensichtlicher Verärgerung anzustarren. »Ich finde unentdeckte Planeten, Ressourcen, astronomische Ereignisse, andere Anomalien und verkaufe die Informationen an denjenigen, der sie am besten nutzen kann.«

»An den Meistbietenden.«

»Wenn sie legitim sind und das richtige Profil erfüllen? Normalerweise, ja.«

»Das ist kalt. Sogar rücksichtslos.«

Sie atmete aus. Es war weniger ein Seufzer und mehr ein kraftvolles Ausstoßen von Luft aus den Lungen. Er bemerkte, wie sich die festen Muskeln in ihrem Bauch unter dem dünnen, geschmeidigen Stoff ihres Hemdes ausdehnten und dann zusammenzogen, entschied aber, dass es am besten wäre, das sanfte Heben und Senken ihrer Brust zu ignorieren.

»Nein, ist es nicht. Allen geht es dadurch besser. Ohne meine Arbeit weiß niemand von der Ressource. Mit ihr können andere neue Technologien, neue Materialien, sogar neue Welten entwickeln. Ich verbessere lediglich die Zivilisation.«

Er brach in Gelächter aus. Es war echt und ungeplant, und er konnte einfach nicht anders.

Sie streckte ihre Arme hinter sich und setzte sich auf, um die volle Kraft ihres Blicks auf ihn zu richten. »Was.«

Das weiß-blaue Licht der Bildschirme, die im ansonsten dunklen Laderaum schwebten, verwandelte ihre Iris in flüssiges Silber. Er blinzelte und versuchte, den verblüffenden Effekt zu ignorieren – was etwas schwierig war, wenn er weiterhin ihrem Blick begegnen wollte. Jeden attraktiven Zug von ihr zu ignorieren könnte schwieriger werden als zunächst gedacht.

Aber er war nicht hier, um ins Bett zu gehen; er war hier, um in einem Stück von diesem Planeten wegzukommen. Eine freundschaftliche Beziehung aufzubauen förderte sein Ziel, aber er vermutete, dass ein Annäherungsversuch zu einem weiteren Ellbogen ins Gesicht führen würde. Für den Anfang.

Natürlich sollte er sie wahrscheinlich auch nicht necken. Ach ja, jetzt zu spät. »Du bist nicht hier draußen, auf diesem sehr einzigartigen Schiff, um 'die Zivilisation zu verbessern'.«

Ihre Augen weiteten sich vor Empörung. Aber er betrachtete sie nur mit Belustigung, und die strenge Miene schmolz dahin.

Sie verdrehte die Augen zur niedrigen Decke, aber ihre Schultern schnappten gerade in eine stolze Haltung. »Ich schlafe nachts gut, getröstet von dem Wissen, dass das, was ich tue, hilft statt schadet. Aber... nein, vielleicht ist es nicht mein Hauptzweck.«

Dann runzelte sie die Stirn, und ihm fiel ein, dass sie vielleicht nicht beabsichtigt hatte, so viel zu sagen – was bedeutete, dass sie dachte, sie hätte etwas über sich preisgegeben, was sie nicht gewollt hatte.

Sie ließ sich auf den Boden fallen und rutschte wieder unter die Wand. »Würdest du jetzt bitte die Klappe halten?«

Er brauchte sowieso etwas Zeit, um darüber nachzudenken, was die versehentliche Enthüllung bedeutete. »Sicherlich.«

* * *

Sie musterte ihn über ihr Sandwich hinweg – gebratenes penzine, was sein Datenspeicher ihm mitteilte, ein kleines Geflügel war, das auf Erisen heimisch war, und Schweizer Käse auf dunklem Roggenbrot. »Warum bist du hier draußen?«

Seine Lippen pressten sich zusammen, sein eigenes Sandwich in der Luft schwebend. Verdammt, sie war hartnäckig. »Ich kann es dir immer noch nicht sagen, außer zu sagen, dass es nicht mit Gewalt zu tun haben sollte.«

»Wie tröstlich.«

Er zuckte mit den Schultern, verärgert, dass sie an ihm zweifelte, dann verärgert über sich selbst, dass er verärgert war. Er sollte wirklich mehr Kontrolle über die Situation haben als das. »Was willst du, dass ich sage?«

»Was du hier draußen machst.«

Er ließ die Reste seines Sandwichs frustriert auf den Teller fallen. Sie hob eine Augenbraue als Antwort, was die Sache nur erheblich verschlimmerte. Er blickte in der Kabine umher, begierig darauf, das Gesprächsthema zu wechseln. »Also, darf ich heute Nacht wieder im Stuhl schlafen?«

Sie schüttelte verneinend den Kopf, dann ruckte sie in Richtung der Steuerbordwand. »Da ist eine Gästepritsche, zieht sich aus der Wand heraus. Da ist sogar ein Sichtschutz. Du wirst gemütlich wie ein Käfer im Teppich sein.«

Er kicherte über das seltsame, altmodisch klingende Idiom. »Ein was?«

»Es ist nur etwas, was mein—« Ihre Augen verdunkelten sich und sie sprang praktisch aus dem Stuhl, um ihren Teller zur Spüle zu tragen. »Vergiss es.«

Er runzelte die Stirn, sowohl über ihre abrupte Stimmungsänderung als auch über sein unerwartetes Verlangen, sie zu verbessern. Nein, es war die richtige Reaktion; eine fröhliche Stimmung bedeutete harmonische Interaktion und die Abwesenheit von Waffen und Nahkampf. »Danke, ich bin sicher, es wird in Ordnung sein. Nicht ganz das luxuriöse Nest, das du unten hast, aber—«

Das laute Klirren eines Tellers gegen die Oberfläche der Spüle unterbrach ihn. Seine Stirnfalte vertiefte sich; er sorgte dafür, dass seine Stimme neutral und nicht bedrohlich klang. »Ist alles in Ordnung?«

Sie wirbelte herum, um sich an die Theke zu lehnen, ein undeutbarer Ausdruck auf ihrem Gesicht. »Hör zu, ich bin es nicht gewohnt, jemanden hier draußen bei mir zu haben, in meinem Raum und Fragen zu stellen und – besonders einen verdächtigen und gefährlichen Spion, der versucht hat, mich zu töten.«

»Ich habe nicht versucht, dich zu töten.« Bei ihrem zweifelnden Blick verzog er das Gesicht. »Okay, ich könnte versucht haben, dich abzuschießen. Aber du hast mich abgeschossen, und du siehst nicht, dass ich einen Groll hege. Zweites Schiff in zwei Monaten gesprengt, aber was soll's, es ist in Ordnung, es sind nur Schiffe.«

»Für dich vielleicht.«

Für den kürzesten Moment wurde ihr Ausdruck völlig ungeschützt und offen. Bis zu diesem Augenblick hatte er nicht erkannt, dass die kalte, harte Miene eine Maske war, die sie für ihn oder möglicherweise für alle aufgesetzt hatte. Das hier aber... das war schön.

Er lächelte mit dem, was er hoffte, Aufrichtigkeit vermittelte. »Dein Schiff ist dir wichtig, nehme ich an.«

»Das könnte man sagen.« Der ungeschützte, schöne Ausdruck verweilte noch einen Atemzug, bevor er hinter der Maske verschwand.

Er stand auf, Teller in der Hand, und ging ebenfalls zur Spüle. »Du hast offensichtlich viel Zeit und Geld hineingesteckt.« Er lehnte sich vor, um seinen Teller zu verstauen, gerade als sie hinübergriff, um das Handtuch zu greifen.

Für volle zwei Sekunden erstarrten sie beide an Ort und Stelle, Schultern berührend und Gesichter nur Zentimeter voneinander entfernt, zu nah, um sich überhaupt auf den anderen zu konzentrieren. Er war plötzlich von dem Gedanken besessen, wie verdammt heiß sich die Luft für einen angeblich klimatisierten Raum anfühlte.

Sie riss das Handtuch von seinem Haken und trat zurück, und der Bann brach. Er beschäftigte sich damit, seinen Teller zu verstauen... und einen rasenden Puls zu verlangsamen.

* * *

Als der Nachmittag in den Abend überging, begann sie allmählich zu reden, antwortete auf seine beiläufigen Fragen in einem gesprächigeren Ton und bot sogar von Zeit zu Zeit freiwillig Informationen an. Was sie tat und warum, Details über die Mechanik im Technikschacht und anderen Teilen des Schiffs.

Er antwortete, indem er teilte, wo es angebracht war. Er sprach darüber, was seine Erfahrungen ihn über Schiffe gelehrt hatten und was nicht, einige der interessanteren Designs, die er gesehen hatte, und so weiter. Aufbau einer Beziehung zu seiner Entführerin.

Es war spät am Abend nach Schiffszeit, als sie sich gegen einen unbeschädigten Abschnitt der Wand sinken ließ und ihn ansah. Feuchte Haarsträhnen hatten sich an gerötete Wangen geklebt; Fett hatte sich entlang ihres Halses verschmiert.

»Kannst du kochen?«

Er zuckte in sorgfältiger Nonchalance mit den Schultern. »Mir wurde gesagt, dass ich nicht schlecht darin bin, ja. Warum?«

Sie kletterte auf die Füße und wischte ihre Hände an inzwischen schmutzigen Hosen ab. »Ich werde duschen gehen. Du kannst das Abendessen kochen.«

»Du erkennst, dass ich etwas berühren muss, um zu kochen.«

»Ich gewähre dir eine spezifische, begrenzte Ausnahme.«

»Fair genug. Aber woher weiß ich, wie der Herd funktioniert oder wo das Essen ist?«

Sie warf ihm einen seltsamen Blick zu, als sie an ihm vorbeiging und die Leiter hinaufkletterte. »Du bist ein kluger Kerl, und da du anscheinend bereits mit meiner Küche vertraut bist, nehme ich an, du wirst es herausfinden.«

Und er fand es heraus, weil er ein kluger Kerl war... und bereits mit ihrer Küche vertraut war. Als sie die Treppe hinaufkam, erfüllte das Aroma von dämpfendem Gemüse und röstenden Kartoffeln die Kabine.

Er blickte bei ihrer Ankunft hinüber und ließ fast den Wok mitten im Schwung fallen.

Sie trug winzige graue Shorts und ein schwarzes Tank-Top. Die dünnen Träger entblößten ein geformtes Schlüsselbein und eine zarte Vertiefung an der Basis ihrer Kehle. Sie trocknete ihre Haare mit einem Handtuch ab, die sich als ziemlich lang herausstellten, wenn sie nicht zu einem Pferdeschwanz oder Knoten oder was auch immer sie damit machte, zusammengebunden waren. Burgunderfarbene Locken fielen in sanften Wellen, um diese bemerkenswerten Wangenknochen zu umrahmen, dann entlang ihres Halses hinab, um alabasterfarbene Schultern zu necken, bevor sie sich bis zur Mitte ihres Rückens drapierte. Unter den Shorts schienen schlanke, aber durchtrainierte Beine ewig weiterzugehen.

Er schluckte und gab es prompt auf, irgendwelche und alle attraktiven Eigenschaften von ihr zu ignorieren; es war viel zu viel Arbeit. Es war einige Zeit her, seit eine Frau ihm buchstäblich den Atem geraubt hatte.

»Äh, Pfannengericht okay? Ich war mir nicht sicher…«

Sie lächelte, und für noch einen Moment war ihr Ausdruck echt und ungeschützt und genauso schön wie zuvor. Sie schien sich völlig unbewusst der Wirkung zu sein, die sie auf ihn hatte. »Auf jeden Fall. Es riecht köstlich.«

Er versuchte, den Tenor ihres Lächelns zu erreichen. »Ausgezeichnet.« Der Dampf begann in seinen Augen zu stechen; er wandte seine Aufmerksamkeit wieder dem Herd zu und beeilte sich sicherzustellen, dass die Kartoffeln nicht verbrannten, während er sich mental dafür tadelte, dass er ganz verträumt und durcheinander wurde, als wäre er vierzehn.

* * *

Er streute Pfeffer auf sein Gemüse. Dank der Schockfrostung hatten sie viel von ihrem Geschmack behalten, aber Senecan-Gerichte tendierten zum Würzigen, und er hatte den Geschmack erworben. »Caleb.«

Ihre Gabel hielt an ihren Lippen inne. »Hmm?«

»Mein Name. Es ist Caleb.« Warum erzählte er ihr das?

Die Mundwinkel hoben sich um einen Bruchteil. »Besser.«

Deshalb. Scheiße.

Sie nahm einen Schluck Wasser. »Ich kannte einen Samuel in der Grundschule. Er war ein Tyrann, versuchte meinen Freund zu verprügeln.«

»Was ist passiert?«

»Ich habe ihn stattdessen verprügelt.«

»Natürlich.«

Sie zuckte mit den Schultern. »Es funktionierte. Er ließ uns von da an in Ruhe. Caleb was?«

»Marano.«

Überraschung blitzte über ihr Gesicht. »Du sagst es mir einfach so?«

Anscheinend. »Ich könnte wieder lügen.«

»Stimmt. Aber du tust es nicht.«

Stand es in Neonbuchstaben auf seiner Stirn geschrieben? »Nein, tue ich nicht. Du hältst dich für gut darin, Menschen zu lesen?«

»Zur Hölle, nein. Ich bin schrecklich darin.« Sie aß weiter, aber ihre Bewegungen verlangsamten sich, als ihre Augen unscharf wurden. »Caleb Marano: Geboren am 3. Juni 2283, Cavare, Seneca. Vater: Ingenieur für die Senecan Civil Development Agency. Mutter: freiberufliche Industriearchitektin. Jüngere Schwester Isabela, Alter zweiunddreißig: Professorin für Biochemie. Eltern geschieden 2301. Es heißt, du bist ein Fließbandmanager für Terrestrial Avionics – was natürlich eine Lüge ist.«

Ihr Blick schärfte sich wieder auf ihn. »Und das ist es. Es gibt keine öffentlichen Aufzeichnungen darüber, womit du die letzten zwanzig Jahre verbracht hast. Aber die würde es auch nicht geben, oder?«

»Wie hast du auf die Informationen zugegriffen? Ich nahm an, deine Kommunikation ist ebenfalls ausgefallen.«

»Ist sie. Es gibt ein exanet-Backup im Schiff.«

»Das gesamte exanet?«

»Nein, nicht das gesamte exanet, sei nicht lächerlich. Lediglich einige Repositories, die ich nützlich finde.«

Er nickte und spießte einen Kartoffelkeil auf. »Nun, jetzt weißt du genauso viel über mich wie ich über dich, Alexis Solovy.«

Sie studierte ihr Wasserglas mit verblüffender Intensität. »Es ist Alex.«

Seine Stimme wurde weicher, wie ihre es getan hatte. »Besser.«

Keine Antwort folgte, und als die Stille an Unbehagen grenzte, fuhr er sich mit einer Hand durch die Haare. »Also, wie ist der Stand der Reparaturen?«

Sie verzog das Gesicht ein wenig, ihre Körpersprache veränderte sich subtil. »Volle Energie ist zum Impulsantrieb wiederhergestellt, und ich habe alle bis auf eine der Leitungen zum Plasmaschutzschild ersetzt. Wahrscheinlich noch einen halben Tag für die kleineren Probleme, bevor ich mich der Hülle selbst zuwenden kann. Ich werde versuchen, sie wieder zusammenzuschweißen. Hoffentlich ist genügend Material übrig, plus was auch immer ich zusammenkratzen kann, um sie zu schließen.«

»Ich kann dabei helfen – ich meine, ich bin nicht schlecht mit einem Schweißbrenner und einer metamat-Klinge.«

Sie betrachtete ihn mit einem vorsichtigen Ausdruck. »Wir werden sehen.« Dann stand sie auf, griff nach beiden Tellern und brachte sie zur Spüle. »Das Abendessen war sehr gut, danke.« Sie blickte über die Schulter. »Du kannst duschen, wenn du möchtest. Ich räume auf.«

»Danke. Ich fühle mich an diesem Punkt etwas reif.«

»Nur—«

»Ich weiß.« Er lachte leicht, als er die Treppe hinunterging.

»Nichts anfassen.«

* * *

Sie stand am Datenzentrum, als er zurückkehrte. Eine Anzahl von Bildschirmen schwebte über dem Tisch, hell mit Grafiken und Visualisierungen. Eigentlich, erkannte er, gab es keine Bildschirme, nur die Daten. Der Tisch selbst musste ein leitfähiges Medium sein.

Auf die angezeigten Informationen konzentriert, bemerkte sie ihn nicht. Er nutzte die Gelegenheit und hielt am oberen Ende der Treppe an, um sie zu beobachten.

Ihre rechte Hand griff nach oben und drei Finger glitten fließend über eine der Grafiken. Die Linien veränderten Farbe und Position in ihrem Kielwasser.

Jetzt konnte er sehen. Beginnend an ihren Fingerspitzen und entlang der Innenseite ihres Arms verlaufend, über ihre Schulterblätter und bis zum Nacken, wo sie in ihrem Haaransatz verschwanden, webte sich ein Muster aus kunstvollen, komplizierten Glyphen. Sie pulsierten in einem lebendigen weißen Glühen, wenn sie ein Bild oder einen Datenpunkt berührte, und verblassten, nachdem ihre Finger den Kontakt verloren hatten.

Die meisten Menschen, die umfangreiche Glyphen hatten, trugen sie wie ein Ehrenabzeichen, tätowierten sie in hellen, glitzernden Farben, um das Ausmaß ihrer Kybernetisierung für alle sichtbar zu verkünden. Ihre jedoch verschwanden, wenn sie nicht benutzt wurden; bis jetzt war er sich ihrer Existenz nicht bewusst gewesen, und er war ein ziemlich aufmerksamer Kerl.

Er lächelte, als er sie dabei beobachtete, wie sie eine Wellenform vergrößerte, um den Raum über dem Tisch zu dominieren. Die Glyphen zeigten nicht nur an, dass sie die Daten in ihre Kybernetik absorbierte, sie manipulierte sie wahrscheinlich auch intern und sendete sie zurück an den Tisch. Ihre Bewegungen zeigten eine nahtlose Verbindung zwischen ihr und den Informationen, die sie studierte. Er vermutete, er war Zeuge davon, wie sie in ihrem natürlichen Lebensraum war.

Am besten für sie, ihn nicht beim Zuschauen zu erwischen. Er räusperte sich und stieg die letzte Stufe hinauf. Sie blickte zu ihm, aber räumte die Anzeigen nicht weg.

Er gesellte sich zu ihr, hielt aber respektvollen Abstand, indem er sich an den nahegelegenen Arbeitstisch lehnte. »Danke für die Dusche. Zu sagen, sie war nötig, wäre eine kolossale Untertreibung. Ich, äh, konnte nichts gegen die Kleidung tun. Ich nehme nicht an, du hast welche…?«

Sie schüttelte den Kopf, ein Hauch von Funkeln in ihren Augen. Obwohl es fairerweise auch einfach der reflektierte Schein der Grafiken sein könnte. »Tut mir leid, nein. Hatte in letzter Zeit keine Jungs zum Übernachten.«

»Das ist nun wirklich eine Tragödie.«

Zu seiner Überraschung lachte sie. »Vielleicht, aber alles hat seinen Preis.«

Er wollte fragen, was sie meinte, aber diese Frage lag mehrere Schritte weiter entfernt in ihrer prekär auftauenden Beziehung. Stattdessen deutete er auf den Tisch. »Was hast du da?«

»Vollspektrum-Scans des Metis-Inneren, zumindest so weit meine Instrumente eindringen konnten, bevor… nun, es war nicht so weit, wie ich gerne gehabt hätte. Der Nebelstaub ist wahnsinnig dicht, besonders wenn man bedenkt, wie alt seine Supernova ist. Dennoch habe ich einige ungewöhnliche Messwerte aufgefangen.«

»Inwiefern?«

Sie spreizte ihre Handfläche und eine der Grafiken zoomte heran. Sie zeigte eine einzelne Linie mit mehreren, regelmäßigen Spitzen. »Das ist der Pulsarstrahl. Fest im Gammaspektrum, und mit einer

Rotation von 419 Umdrehungen pro Sekunde ist es eindeutig ein Millisekundenpulsar. Also Frage eins, wo ist sein Begleiter?« Sie kaute an ihrer Unterlippe. »Wenn der Radius des Begleiters klein genug ist, könnte seine Signatur in all diesem Staub versteckt oder auf der anderen Seite des Pulsars sein, aber... jedenfalls, das ist merkwürdig.«

Sie schob die Grafik in die obere rechte Ecke und vergrößerte eine andere Grafik in die Mitte. Sie war voller Daten, mehrere sich überlappende Wellenformen unterschiedlicher Breiten und Farben.

Zwei Finger griffen hinein und kniff die dickste Wellenform zusammen, eine Linie von tiefem Purpur. »Das ist also die Gamma-Synchrotronstrahlung. Sie ist bei weitem der stärkste Messwert.« Sie schnippte sie zur Seite, wo sie zu einem kleinen Quadrat schrumpfte, dann kniff sie eine diffusere, aber dicke Linie in blauer Farbe zusammen. »Der Pulsarwind, Gamma, das in Röntgenstrahlung übergeht.« Es landete über dem purpurnen Quadrat.

Nach ihrer Entfernung dominierte eine birnenförmige Linie die Grafik. Sie warf einen schnellen Blick auf ihn; er studierte die Grafik mit Interesse und erkannte es nicht an. »Ionisierte Teilchen, die von der Supernova übrig geblieben sind. Das ist das Glühen, das wir sehen.« Ein Schnipp und es minimierte sich darunter.

Die Grafik war jetzt praktisch leer. Sie schob zwei dünne Linien von dunklem und hellem Orange weg. »Zufällige Infrarot- und Mikrowellenmessungen von was auch immer.«

Eine einzige, winzige Linie von dunklem Karmesinrot blieb. Dünn und halbtransparent markierte sie einen nahezu horizontalen Pfad über die Grafik. Sie verschränkte die Arme vor der Brust und lehnte sich auf ihr hinteres Bein. »Dann haben wir das hier.«

Er hielt seinen Ton sorgfältig neutral. »Radioemissionen, nehme ich an?«

»Tremendously Low Frequency – TLF – technisch gesehen, aber sie haben nicht einmal einen richtigen Begriff für eine Wellenlänge dieser Länge. Diese Welle breitet sich mit einer Frequenz von 0,04 Hz aus. Nichts emittiert bei so niedriger Frequenz.«

Ein sanfter Atemzug fiel von seinen Lippen, und die Antwort mit ihm. »Nicht 0,04 Hz. 0,0419 Hz.«

Ihre Augen schossen zu ihm und flammten in einem glänzenden silbernen Farbton auf. »Was?«

Er konzentrierte sich auf die Grafik, so schwierig das auch war. »Kannst du den gezeigten Zeitraum erweitern?« Ein Blick in die obere rechte Ecke der Anzeige. »Sagen wir auf zehn Stunden?«

»Okay.« Ihr Starren bohrte sich in ihn, während ihre rechte Hand entlang der Grafik glitt. Die karmesinrote Linie undulierte jetzt in langen, sanften Wellen.

»Jetzt überlagere den Pulsarstrahl auf diese hier.«

»Verdammt noch mal, das kann nicht sein.«

»Wenn du nicht willst, ist es in Ordnung, ich—«

»Ich meine, verdammt noch mal, das kann nicht sein.« Sie zerrte die Pulsarstrahl-Grafik aus der Ecke und ließ sie in der Mitte fallen. Es war keine Überraschung für ihn, und er nahm an, auch nicht mehr für sie, als die Pulsschläge perfekt auf den Kämmen der karmesinroten Linie ausrichteten.

»Deshalb bin ich hier.«

Sie starrte ihn immer noch an statt der Grafik. »Erklär das.«

»Letzten Monat schickten wir eine Prototyp-Sonde der neuesten Technik zum Testen hinein. Unter ein paar anderen Dingen brachte sie diese Kongruenz zurück. Meine Regierung möchte gerne bestimmen, was es ist.«

»Aber du bist kein Wissenschaftler. Warum einen Black-Ops-Agenten hineinschicken?«

»Nun, der Gedanke war, dass das Maß an Präzision stark darauf hindeutet, dass es künstlich ist, und somit könnte es feindlich sein… « Er seufzte. Scheiße. »Ich habe nie gesagt, dass ich ein Black-Ops-Agent bin.«

Sie schenkte ihm ein boshaftes Grinsen. »Bis jetzt nicht.«

Sie hatte es geschafft, ihn zwischen ausgeklügelter Datenanalyse zu manipulieren. Beeindruckend.

Er brachte eine Hand hoch, um sich durch die Haare zu fahren, immer noch feucht von der Dusche. »Gut gespielt. Jedenfalls, angesichts der Sorge, es könnte feindlich sein, zögerten sie, zivile Forscher zu schicken. Und obwohl ich kein Wissenschaftler bin, kenne ich mich mit Spektralanalysen und dergleichen besser aus als der durchschnittliche Black-Ops-Agent.«

Ihr Blick war endlich zu den Grafiken zurückgekehrt, und seiner kehrte zu ihr zurück. »Ist das, wofür du hier bist?«

Ihre Stimme war weich, fast schwermütig. »Vielleicht.«

»Hör zu, du musst es mir nicht sagen, aber es gibt keinen Grund, es zu verbergen.«

Sie lächelte halb. »Nicht was ich meinte. Der Nebel hat meine Aufmerksamkeit erregt. Ich wusste, es würde etwas zu finden geben… ich wusste nicht unbedingt, was es sein würde.«

Ihr Ausdruck veränderte sich sogar im Profil. »Hast du gelernt, was es war? Du weißt schon, bevor du versucht hast, mich abzuschießen.«

»Nein. Ich war erst ein paar Stunden hier, als du mein Schiff aus dem Himmel gesprengt hast.«

»Richtig.« Sie verdrehte die Augen ein wenig. »Es tut mir übrigens leid. Unter denselben Umständen würde ich es wieder tun, aber es tut mir leid.«

Er sah sie schief an. »Äh, danke?«

»Gern geschehen.« Die Grafiken verschwanden abrupt; die

Kabine verdunkelte sich in Abwesenheit der holografischen Bilder. »Ich möchte morgen früh anfangen, also gute Nacht.«

»Gute Nacht...« Er runzelte die Stirn, überrascht von der plötzlichen Veränderung im Ton und dem schnellen Abgang. In wenigen kurzen Sekunden hatte sie die Lichter gedimmt, die Treppe hinuntergestiegen und war verschwunden.

Dann war er allein und ungebunden auf dem Hauptdeck ihres Schiffs.

Er notierte die zuvor identifizierten Stationen, Kontrollen und Verbindungspunkte. Während die Sicherheit an ihnen zweifellos komplexer war als seine Fesseln gewesen waren, vermutete er, dass er zumindest einige von ihnen hacken könnte.

Aber er musste es nicht, und gewann nichts, indem er es tat. Die Reparaturen waren nicht abgeschlossen; wenn er jetzt zu fliehen versuchte, würde er sich und sie nur umbringen. Und angesichts ihrer 'Beziehung' – wenn man es so nennen wollte – verbesserte sich, waren die Chancen anständig, dass sie ihn, sobald die Reparaturen abgeschlossen waren, tatsächlich auf einer unabhängigen Welt absetzen und ihres Weges gehen würde.

Also, anstatt ihr Schiff zu hacken, klappte er die Pritsche aus der Wand, zog den Sichtschutz herüber, zog seine Schuhe aus und legte sich hin. Die Pritsche war nicht zu schlecht; er hatte auf weit Schlimmerem geschlafen.

Er verschränkte die Hände hinter dem Kopf und dachte darüber nach, wie sie es geschafft hatte, ihn dazu zu bringen, ihr seinen Namen, seinen Beruf und seine Mission zu erzählen, alles in weniger als einem Tag.

Es verstieß gegen eines der Mandate seines Jobs: niemals mehr preisgeben, als notwendig ist, um die Mission zu beenden. Andererseits war er in einer kompromittierten Position und darauf angewiesen, dass sie ihn da herausholte. In einer solchen Situation konnten Ausnahmen gemacht werden.

Trotzdem sollte er sich zusammenreißen. Obwohl...

Solange er sie nicht tötete und sie ihn nicht tötete, würde das wahrscheinlich damit enden, dass er es in einem Stück zurück in den besiedelten Raum schaffte. Daher, außer sicherzustellen, dass sie genug Wohlwollen ihm gegenüber empfand, um ihn nicht aus der Luftschleuse zu werfen – was, da sie sich die Mühe gemacht hatte, ihn überhaupt zu retten, vermutete er, eine ziemlich niedrige Schwelle war – musste er sie wirklich nicht ausspielen.

Er war darauf trainiert worden, immer nach einer Öffnung zu suchen, nach einer Schwäche, die er zu seinem Vorteil nutzen konnte, um den Feind zu verkrüppeln und die Mission zu erfüllen. Aber sie war kein Feind. Sie war nicht einmal ein Ziel.

Also entschied er, dass er sich marginal wohl damit fühlte, dass sie ein paar Wahrheiten kannte. Was interessant war, da er sehr wenigen Menschen erlaubte, überhaupt viele Wahrheiten über ihn zu wissen.

Besondere Umstände und so.

* * *

Alex krachte auf ihr Bett und genoss das sinnliche, fast fleischliche Gefühl, wie ihr Kopf in das seidige Kissen sank.

Nach mehreren tiefen, luxuriösen Atemzügen blickte sie nach oben und runzelte prompt die Stirn. Das Sichtfenster über dem Bett offenbarte oft funkelnde Sterne oder gelegentlich einen glühenden Nebel, aber zumindest das verschwommene Schimmern über-lichtschneller Reise. Heute Nacht offenbarte es einen dicken Dunst aus kränklich bernsteinfarbenem Staub und wenig anderes, was als krasse Erinnerung diente, dass sie gestrandet auf einem widerlichen unbekannten Planeten lag mit einem kaputten Schiff und einem verwirrenden... sie wusste nicht einmal, was er jetzt darstellte.

Warum hatte sie ihn die Scans sehen lassen? Schlimmer, warum hatte sie sie ihm erklärt?

Weil er eine sehr überzeugende Vorstellung davon gab, freundlich und nicht bedrohlich zu sein? Natürlich war er überzeugend. Es war sein Job, Menschen davon zu überzeugen, dass man ihm vertrauen konnte, bis er bereit war, sie zu töten oder zu verhaften oder welche Gerechtigkeit auch immer er über sie verhängen wollte.

Weil er ein guter Koch war? Obwohl es eine ziemlich nette Überraschung war, qualifizierte es ihn kaum für den 'Freund'-Status.

Weil er störend gut aussah, mit Haar so schwarz wie die Leere zwischen den Sternen, das ihren Puls flattern ließ, wenn es über seine Stirn fiel? Weil er die blauesten Augen hatte, die sie je gesehen hatte – die Farbe der ungeschliffenen natürlichen Saphire, die sie in geologischen Museen ausstellten – die von tausend Facetten funkelten, wenn er eine neckende Bemerkung machte?

Jep, das war wahrscheinlich der Grund.

Sie stöhnte und rollte sich um, um ihr Gesicht im Kissen zu vergraben. »Ich schwärme poetisch über einen Mann. Bring mich jetzt um...«

In einer Welt billiger genetischer Verbesserung vor und sogar nach der Geburt waren gutaussehende Männer ein Dutzend für einen Penny. Sie hatten sie nie abgelenkt oder viel Besonderes für sie getan, zumindest nicht allein durch das Aussehen.

Auf keinen Fall würde sie sich von einem Paar hübscher blauer Augen in die Irre führen lassen. Besonders nicht, wenn sie einem Senecan gehörten, und einem Senecan Black-Ops-Agenten noch dazu.

Sie besaß genug Selbstwahrnehmung, um zu erkennen, dass

ihre Sicht auf die Welt leicht verbittert und vielleicht zynisch war. Dennoch erkannte sie objektiv, dass auf Seneca geboren zu sein ihn nicht automatisch zu einem bösen Monster machte. Zugegeben, kaum eine galaxienverändernde Offenbarung. Seneca war ein Gegner, dem gegenüber sie tiefsitzende Feindseligkeit aus ihren eigenen persönlichen Gründen hegte. Aber die meisten Menschen, die dort lebten, waren nicht anders als alle anderen, verbrachten ihre Zeit damit, die Dinge zu tun, die die meisten Menschen taten, und folterten keine Welpen oder opferten Jungfrauen.

Und selbst ein Black-Ops-Agent zu sein machte ihn nicht automatisch zu einem bösen Monster, obwohl es ihn gefährlich machte. Ihre Mutter war und ihr Vater war Militär gewesen; Richard, Malcolm und eine Anzahl ihrer Bekannten waren Militär – und somit ausgebildete Killer. Sie hatte kein Recht, ihn dafür zu verurteilen, dass er sich an Aktivitäten beteiligte, die die ihr Nächststehenden tun würden und getan hatten, wenn ihre Regierung sie darum gebeten hätte.

Die Erfahrung des Tages schien die Entscheidung zu stützen, die sie heute Morgen getroffen hatte. Er schien ein kluger, rationaler Kerl zu sein und kein Fanatiker oder Psychopath. Als solcher erkannte er vermutlich, dass Auskommen und ihr keine Schwierigkeiten zu bereiten dazu führen würde, dass er lebend und unverletzt aus dieser Situation herauskam, und alles, was er tat, um tatsächlich zu helfen, würde diese Lösung beschleunigen.

Somit kam sie zu dem Schluss, dass sie ihm zwar definitiv nicht vertrauen konnte, sie ihm aber vielleicht für jetzt ein wenig 'vertrauen' konnte.

Sie ging die Argumentation noch zweimal durch, um sicherzustellen, dass sie solide, logisch war und absolut nichts mit einem Paar hübscher blauer Augen zu tun hatte.

19

DEUCALI

ERDALLIANZ-KOLONIE

Liam betrat die Kneipe so unauffällig wie möglich. Sein großer, stämmiger Körperbau setzte seiner Fähigkeit, unauffällig zu sein, eine untere Grenze, aber er versuchte es.

Die Kneipe befand sich viele Kilometer von der Basis entfernt, in einem gehobenen Mittelklasse-, aber nicht ganz Oberschicht-Viertel. Er hatte sich außer Dienst gekleidet und trug eine marineblaue Hose, ein knackiges weißes Hemd mit Knöpfen und ein marineblaues Sakko. Nun, vielleicht nicht weit außer Dienst. Aber er trug eine schmucklose marineblaue Mütze über seinem markanten ingwerfarbenen Haar, um nicht erkannt zu werden.

Wenn man Regionalkommandant der Erdallianz Armed Forces war, besaß man keine »Gleichgestellten« in der Region—niemanden, mit dem es angemessen war, auf ein paar Bier auszugehen oder das Spiel zu schauen oder am Wochenende zu grillen. Niemanden, mit dem man sich versammeln konnte, um die Gezeiten des Krieges sich sammeln zu sehen.

Vielleicht war es besser so, damit er nicht in einem unvorsichtigen Lachen oder wissenden Nicken in einem entscheidenden Moment etwas preisgab, aber ein Mann wie er hatte keine Freunde. Untergebene, professionelle Kollegen, Rivalen und Feinde. Aber keine Freunde.

Wenn er innehielt, um darüber nachzudenken, hatte es eine Zeit gegeben, in der er Freunde gehabt hatte... Teamkameraden in der Grundschule, ein paar würdige Kameraden im universitären ROTC. Aber das war vorher gewesen. Vor dem Krieg gegen Seneca, bevor seine Mutter in einem flaggenumhüllten Sarg nach Hause zurückgekehrt war und den Geist seines Vaters zerstört hatte. Bevor er seiner Mutter ewiger Seele und dem Gott, der sie hütete, geschworen hatte, dass er Rache haben würde.

Als Einzelkind, seit sein Vater vor sieben Jahren bei einem Bauunfall gestorben war, hatte er auch keine nennenswerte Familie. Er hatte nie geheiratet, unwillig, eine andere Person in seine privaten Angelegenheiten, geschweige denn seine privaten Gefühle einzulassen. Seine Ehefrau war das Allianz-Militär, was alles war, was er je gebraucht hatte. Und es funktionierte zum Besten, da es bedeutete, dass die Chance, Schande über seine Familie zu bringen, keine Überlegung in seiner Entscheidung hatte sein müssen, ob er bei den jüngsten Ereignissen und den bald kommenden Ereignissen kollaborieren sollte.

Er erwarb einen Stuhl an einem hohen Tisch im Barbereich und winkte einem Kellner, wobei er sich in letzter Sekunde daran erinnerte, nicht einen Befehl für sofortigen Service zu bellen. Er bestellte ein Erde Ale; da er außer Dienst war, musste er nicht öffentlich die lokale Wirtschaft unterstützen, und Deucalis magere Versuche beim Hopfenbrauen ließen einiges zu wünschen übrig.

Deucali war auch keine besonders malerische Welt. Seine Landschaft war in Braun- und Gelbtönen gemalt und mit trüben

Gewässern und minimalen Gebirgsketten geschmückt worden. Dennoch war sie reich an natürlichen Ressourcen und rühmte sich eines ruhigen, gemäßigten Klimas, ein Grund, warum sie die erste kolonisierte Welt am Perseus-Arm der Galaxis gewesen war und für eine kurze Zeit die entfernteste existierende Kolonie. Die Allianz hatte hier eine starke Präsenz etabliert und sie jahrzehntelang als Basis genutzt, von der aus sie sich entlang des südlichen Bogens des Arms nach außen ausdehnte.

Nach hundertzehn Jahren war eine blühende, selbstständige Wirtschaft fest etabliert, auch wenn vieles davon weiterhin um militärische Operationen zentriert war. Die Gäste der Kneipe waren Ingenieure, Rüstungsunternehmer und zivile Manager, doch selbst sie behielten eine robuste, bodenständige Ausstrahlung. Man würde keine glitzernden Bälle oder aufwendige sensorische Zirkusse auf Deucali finden, und er dankte Gott fast täglich für ihre Abwesenheit.

Der Kellner lieferte sein Getränk und eine Schüssel mit verkrustetem Brot, dann verschwand er bei seinem Desinteresse an weiteren Käufen. Die Kneipe war geschäftig bis hin zu überfüllt, und er nahm an, der junge Mann hatte andere zu bedienen, die freizügiger mit ihren Credits sein würden.

Er drehte den Verschluss von dem reinen Flaschenbier ab und drehte den Stuhl zum nächsten exanet-Nachrichtenbildschirm , gerade rechtzeitig, um Premierminister Brennon zum Podium gehen zu sehen.

Brennon war ein robuster, solide gebauter Mann mit einem leicht gefurchten Gesicht und leicht ergrauendem Haar, das ein Alter zwischen sechzig und hundertsechzig bedeuten konnte. Er hielt sich wie alle Politiker, Schultern zurück und Kinn eine Stufe hoch.

»Wie Sie zweifellos inzwischen wissen, erlitten wir gestern eine große Tragödie beim Verlust von Handelsminister Mangele Santiagar. Er war

einer unserer hellsten jungen Sterne, ein hingebungsvoller öffentlicher Diener und ein persönlicher Freund. Er meldete sich freiwillig, die Delegation zum Handelsgipfel zu führen, weil er an die Möglichkeit einer friedlichen Zukunft mit der Senecan Föderation und die Vorteile glaubte, die daraus resultieren könnten.«

Der Premierminister hielt inne, um beunruhigt auszusehen. In der Kneipe verlagerten die meisten Gäste ihre Aufmerksamkeit von den verschiedenen Sportereignissen, die auf den anderen Bildschirmen abliefen; der zuvor lebhafte Raum wurde gedämpft. Obwohl sie sich in nahezu der entgegengesetzten Ecke des besiedelten Raums von Seneca befand, bedeutete die starke militärische Präsenz hier, dass selbst Zivilisten auf Deucali eine starke patriotische Ader zeigten.

»Es war ein guter Traum, einer, von dem wir alle hofften, dass er wahr werden würde. Aber er und er wurden von denen verraten, die seine Vorteile hätten ernten können—von den sehr Senecans, denen er in einer Geste des Friedens die Hand reichte. Er wurde brutal von denen ermordet, die in einem Kostüm der Freundschaft hervortraten, aber Dolche unter ihren Mänteln führten.«

Liam nahm einen Schluck seines Ales. Auf Politiker konnte man sich immer verlassen, wenn es darum ging, eine Phrase zu drehen, wenn die Feuer der Empörung angefacht werden mussten. Hyperbel und Metapher waren mächtige Werkzeuge in den richtigen Händen. Er bezweifelte, dass der PM etwas anderes als ein oberflächlicher Politiker in einem leeren Anzug war, aber er wusste sicherlich, wie man eine Vorstellung gab, wenn eine Vorstellung erforderlich war.

»Die Generalversammlung ist in Notfallsitzung zusammengetreten und diskutiert die beste Art der Antwort auf diese schockierende Empörung. Seien Sie versichert, dass unsere Antwort, wenn sie kommt, gemessen, überlegt und dem gegen die Erdallianz begangenen Verbrechen

angemessen sein wird.«

Er hielt wieder inne, seine Stimme wurde weicher im Tonfall. *»Für jetzt sind unsere Herzen und Gebete bei Minister Santigars Frau, seinen Kindern und allen Mitgliedern seiner Familie. Ich trauere mit ihnen, wie wir alle es tun, in ihrer Zeit des Verlustes. Danke.«*

Liam winkte dem Kellner für ein weiteres Getränk. Die Kneipe hatte eine schöne Atmosphäre und sichere Anonymität. Er entschied, dass er eine Weile verweilen könnte.

Der Kellner, der bei der erneuerten Aussicht auf weitere Käufe auflebte, erschien schnell wieder, um sein Getränk zu liefern. Liam nickte sich selbst zu, als er die frische Flasche hob. Er wusste nicht, ob Santiagar ein guter oder schlechter Mann gewesen war, aber es machte keinen Unterschied. Er war ein Opferlamm für die Mission gewesen.

Herr Premierminister, Sie haben noch nichts gesehen...

* * *

COSENTI

UNABHÄNGIGE KOLONIE

Eine kühle Brise wehte von den Flachländern herein, als Thad Yue die Bots anwies, die Kisten die Rampe hinunterzubringen und sie in den unmarkierten Hangar zu bewegen.

Insgesamt acht Kisten wurden aus dem Transport entladen. Jede enthielt vier autonome VI-geführte Kurzstrecken-Erdallianz-Raketen mit hochdichten HHNC-Sprengköpfen. Was Raketen anging, waren sie leicht und kompakt; trotzdem erforderte jede Kiste zwei der industrietauglichen mechanisierten Bot-Heber, um ins Innere bewegt zu werden.

Sobald die letzte die Rampe freigegeben hatte, signalisierte er dem Transport zu gehen. Der Pilot hatte keine Kenntnis vom Inhalt der Kisten und kümmerte sich wahrscheinlich nicht darum, es herauszufinden. Nur eine weitere Routinelieferung von New Babel.

Cosenti war eine winzige Kolonie nicht weit außerhalb des Senecan Föderation-Raums. Nominell unabhängig, unterhielt sie nur die grundlegendste Regierungsinfrastruktur, und in der Praxis führten die kriminellen Kabalen hier die Dinge. Sie diente hauptsächlich als Lager- und Bereitstellungsort für das Schmuggeln illegaler Güter auf Senecan-Welten, was genauso gut war, denn ihr trockener, unfruchtbarer Boden und die flache Landschaft machten sie für wenig anderes geeignet.

Obwohl sie ziemlich beträchtliche Verteidigungsmaßnahmen aufwies, könnten die Senecan-Militärs die Kolonie von der Karte wischen, wenn sie wirklich wollten. Bisher hatten sie sich nicht dafür entschieden, vermutlich weil sie erkannten, dass innerhalb eines Monats irgendwo anders ein Ersatz entstehen würde. Die wahre Quelle des illegalen Handels—Chimerals, Waffen, Ausrüstung und alle Arten von Cyber-Tools und nicht autorisierten Verbesserungen—war New Babel. Und es auszulöschen wäre eine ganz andere Sache.

Das Land außerhalb der kleinen Stadt, die Cosentis einzigen bewohnten Ort darstellte, war von einem Flickwerk aus Lagerhäusern, Flughangars und schlichten Strukturen verborgenen Zwecks bevölkert. Kilometer trennten jeden Gebäudecluster, und Perimeter-Drohnen bewachten jede Region, programmiert, jedes Fahrzeug oder jede Person zu eliminieren, die nicht den korrekten Code besaß. Verschiedene Organisationen kontrollierten die Gebäude, aber keine Markierungen, Schilder oder andere identifizierende Merkmale bezeichneten das Eigentum. Besucher wussten entweder, wohin sie gehen sollten, oder hatten dort nichts zu suchen.

Als Thad in den Hangar ging, packten die anderen bereits die Kisten aus. Er beobachtete, wie mehrere von ihnen die kleineren, präzisionsorientierten Bots dabei anleiteten, die erste Rakete unter einem der Kampfjets zu befestigen, während die anderen die nächste Rakete vorbereiteten.

Die vier Jets, die den offenen Raum des Hangars dominierten, waren vor zwei Tagen angekommen und waren exakte Kopien der aktuellen Generation der Erdallianz Navy-Schiffe. Die Farbe auf den Allianz-Logos und den markanten blauen Streifen glänzte wie neu. Was sie natürlich war, da sie etwa achtzehn Stunden zuvor aufgetragen worden war.

Dieser spezielle Hangar gehörte dem Zelones-Kartell, so benannt nach der Familie, die es fast zwei Jahrhunderte lang gründete und regierte. Ihre Herrschaft war jedoch vor Jahrzehnten mit dem Aufstieg zur Macht von Olivia Montegreu geendet. Früher die Cheflieutenantin von Ryn Zelones, hatte sie nach seinem Tod unter den verdächtigen Umständen, die für das Ableben eines kriminellen Königsstifts typisch sind, schnell die Kontrolle über das Kartell unter ihrer alleinigen und absoluten Autorität gesichert.

Er hatte die Frau bei mehreren Gelegenheiten getroffen und fand, dass sie ihrem Ruf mehr als gerecht wurde—scharf, kalt, schön und völlig, seelenlos rücksichtslos. Es stellte kein Problem für ihn dar. Er war zuversichtlich in seiner Fähigkeit, ihre zugegebenermaßen beträchtlichen Erwartungen zu erfüllen.

Die anderen wussten nicht, für wen sie arbeiteten; aus ihrer Sicht hatte er sie für einen Job angeheuert, Ende der Geschichte. Sie waren alle unabhängige Söldner zum Mieten, alle geschickt genug, um tatsächlich ihre Unabhängigkeit aufrechterhalten zu können, und alle wurden ziemlich gut für die Operation bezahlt.

Dennoch stellte er sich vor, dass ihre Bezahlung en masse nicht an die Kosten der Kampfjets heranreichte. Die meisten waren Ex-Militär, eine Mischung aus Allianz und Föderation, und brachten das erforderliche Wissen und Verständnis militärischer Verfahren mit. Keiner besaß ausreichende Moral, um irgendwelche Bedenken über die Natur der Operation zu hegen.

Er kam ebenfalls aus einem militärischen Hintergrund, nachdem er die Allianz Armed Forces im Zuge eines unglücklichen Vorfalls während Bodenoperationen auf Elathan im Crux War verlassen hatte. Unglücklich in der Tat.

»Hey!« Er schrie die Männer an, die die Raketen andockten. »Ladet nicht zuerst eine Seite, ihr werdet das Schiff umkippen.« Er erhielt knappe Nicken als Antwort. Das Kameradschaftsniveau war im Team nicht besonders hoch, aber es musste auch nicht sein. Sie waren alle Profis.

»Janse, kommst du für ein paar zu mir?«

Der große, schlanke Mann beendete das Aufknacken des Deckels einer Kiste und kam dann zu ihm, wo er nahe der Hangarwand stand.

Janses Haut war so schwarz wie unpolierter Onyx, eine Seltenheit in einer Welt, in der rassische und ethnische Unterscheidungen bis zur virtuellen Bedeutungslosigkeit verschwommen waren. Der Mann behauptete gerne, seine Familie seien Aborigines gewesen, die bis vor zwanzig Jahren im australischen Outback lebten. Es war eine dreiste Lüge—er war ein Hoverflyer-Rennfahrer der dritten Generation gewesen, bevor er Söldner wurde—aber eine, die dazu diente, seinen bereits furchteinflößenden Ruf zu verstärken.

Thad projizierte ein Aural vor ihnen, das das Überflug-Layout von Palludas einziger Stadt anzeigte. »Ich möchte die Ziele und Aufgaben noch einmal durchgehen. Es ist nicht nötig, dass wir auf unseren Flugbahnen ineinander krachen.«

214

»Yue, wenn es eine Sache gibt, die ich weiß, dann ist es, wie man nicht mit anderen Fahrzeugen in unmittelbarer Nähe zusammenstößt.«

»Das mag sein, aber du bist nicht der einzige Pilot und ich will keine Risiken eingehen. Jetzt bin ich ziemlich zufrieden mit den Zielauswahlen, obwohl ich dieses Industriemaschinerie-Gebäude gerne einbeziehen würde, wenn wir können.« Er zeigte auf ein flaches, rechteckiges Gebäude nahe der oberen linken Ecke.

Janse lehnte sich an die Wand und zuckte mit den Schultern. »Zweiunddreißig Raketen, Mann. Nicht mehr, nicht weniger. Es sei denn, du hast herausgefunden, wie man Raketen ihre Ladung explodieren lässt, dann weitermacht, links abbiegt und wieder detoniert, musst du etwas dafür eintauschen.«

Thad erlaubte sich ein kleines Lächeln. »Nun, lass uns einen Durchgang machen und sehen, was wir finden können.«

20

SIYANE

METIS-NEBEL, UNBEKANNTER PLANET

Alex starrte die beiden Glasfaserleitungen verärgert an. Auch mit einer Spur von Ekel.

Sie bestanden darauf, sich jedes Mal ineinander zu verheddern, wenn sie versuchte, sie neben ihren Brüdern an der Rumpfwand zu befestigen. Die hintere Navigationsleitung sollte wirklich nicht so störrisch bei der ganzen Sache sein. Zugegeben, sie hatte sie von ihrem gewohnten Platz entfernt, um den Abschnitt zu reparieren, der fast in zwei Teile geschnitten worden war; das war keine Entschuldigung dafür, dass sie nicht schön dorthin zurückging, wo sie hingehörte.

Die Dämpferfeldleitung hingegen, die eine neue Ergänzung war, integrierte sich von Natur aus gar nicht erst in das Verkabelungslayout der anderen Systeme. In Seattle hatte sie die Zeit und die Werkzeuge gehabt, eine relativ elegante Anordnung zu entwickeln, die sie sicher und geschützt hielt. Nun ja, offensichtlich nicht vor verirrten Pulslasern, aber zumindest vor normalen Gefahren. Hier jedoch verwendete sie Ersatzvorräte und provisorische Reparaturen und…

…sie wollten einfach nicht passen. Egal was sie tat, es endete mit einem wirren Haufen Leitungen vor ihrem Gesicht. Sie stieß einen Atemzug durch zusammengebissene Zähne aus.

»Hey, könntest du mir kurz helfen?«

Keine Antwort.

Vielleicht konnte er sie nicht über die Musik hören. Sie arbeitete besser und schneller, wenn Musik im Hintergrund lief, und die letzten zwei Tage hatten jeden verfügbaren Vorteil gebraucht. Sie gestikulierte zum kleinen eingebauten Panel bei der Leiter, um sie stumm zu schalten.

»Caleb, hast du eine Sekunde?« Sein Name rollte überraschend leicht von ihrer Zunge.

Immer noch nichts. Sie runzelte die Stirn, Verdacht flammte über die schändlichen Taten auf, denen er sich möglicherweise hingab, während er allein auf den oberen Decks ihres Schiffes war. Sie war zwei Sekunden davon entfernt, aus der Öffnung zu kriechen und nach oben zu schleichen, um ihn auf frischer Tat zu ertappen, als er sich in den Laderaum am oberen Ende der Leiter lehnte—

—nur mit einem Handtuch bekleidet, das locker um seine Hüften gewickelt war. Locker und tief um seine Hüften. Sein Kopf neigte sich in die Lukenöffnung. »Was brauchst du?«

Lange, schlanke Muskeln wogten subtil unter gebräunter Haut und bestätigten ihre frühere Einschätzung eines gut gebauten, athletischen, aber nicht übermäßig muskulösen Körperbaus. Es war die Art von Körper, die man durch einen aktiven, körperlichen Lebensstil entwickelte und nicht durch eine Hantelbank. Ein ordentliches Muster dunkler Haare verjüngte sich von seinen Brustmuskeln nach innen und verlief die Mitte seines Bauches hinab, um unter dem Handtuch zu verschwinden. Das griechisch-italienische Erbe der ersten senecanischen Kolonisten machte sich zweifellos bemerkbar, und mehr Brustbehaarung als die aktuelle Mode. Andererseits hatte sie sich nie besonders für den vorpubertären Look begeistert. Und es war nicht so, als würde es ungepflegt oder... aussehen.

Sie hob eine Augenbraue, um ihn mit übertriebener Ungläubigkeit anzustarren.

»Was? Ich wasche meine Kleidung, erinnerst du dich?«

Richtig. Hätte sie nicht vergessen sollen. »Richtig.« Sie schenkte ihm ein angespanntes, geschlossenes Lächeln. »Weißt du was, ist schon okay. Ich schaffe das.«

»Bist du sicher? Denn ich kann—«

»Nein, das ist o-kay. Wirklich. Du konzentrierst dich einfach darauf, dich anzuziehen.«

Er erwiderte ihr Grinsen. »Na gut, aber sag nicht, ich hätte es nicht angeboten.«

Was genau angeboten?

Er verschwand aus dem Blickfeld und ließ sie zurück, um sich zerzaust eine Hand über das Gesicht zu ziehen. »Nun, wo war ich? Ich glaube, ich war dabei... eine Sache... mit einer anderen... Sache... irgendeiner Art zu verbinden...«

Sein Ruf hallte im Laderaum wider. »Redest du mit mir?«

»Nein!« Sie zuckte zusammen und rutschte in die Öffnung, senkte ihre Stimme zu einem Murmeln. »Nein, ganz und gar nicht. Führe nur ein kleines Gespräch mit meiner Libido und befehle ihr freundlich, wieder in den Winterschlaf zu gehen, bevor sie mich in weitaus mehr Schwierigkeiten bringt, als ich brauche...«

Sie starrte die beiden Glasfaserleitungen verärgert an, die frei im offenen Raum hingen. Die Spur von Ekel reservierte sie für sich selbst. Sich nicht vom Weg abbringen lassen, verdammt.

In einem Anfall umgeleiteter Energie schlängelte sie sich tiefer in den Spalt hinein, hängte eine Leitung mit ihren Zehen und dem rechten kleinen Finger aus dem Weg und balancierte die andere mit ihrem linken Knie in Position, während sie sie befestigte. Die letzte Leitung passte dann straff entlang der äußeren Reihe.

Da.

* * *

Diagnostikbildschirme schwebten vor ihr, als er in den Laderaum hinabkletterte—dankenswerterweise vollständig bekleidet, bemerkte sie durch die Durchsichtigkeit.

»Also soll ich wieder hier hinten abhängen, oder was?«

Sie hob einen Finger. »Warte eine Sekunde, bestätige, dass alle Energieflüsse stabil sind.«

»Warte.«

Nach ein paar Sekunden löschte sie die Bildschirme und fand ihn an der gegenüberliegenden Wand gelehnt, einen Knöchel über den anderen gekreuzt, passend zu seinen Armen. Sie betrachtete ihn einen Moment. »Du willst ernsthaft helfen?«

»Ja. Absolut.«

»Okay. Nimm einen Schweißbrenner und eine Metamat-Klinge aus dem Schrank, zieh dich an und geh nach draußen.«

Sein Mund zuckte, während seine Augen das verdammte Funkeln machten. »Darf ich fragen warum?«

»Ich nehme an. Im Moment ist das Plasmaschild etwa zwei Meter über den Schiffskörper hinaus ausgedehnt, um alle zerfetzten Rumpfteile zu umfassen. Ich werde es zum Rand hineinziehen. Du wirst die Scherben erhitzen, die gezackten Kanten abscheren und die Stücke so flach wie möglich gegen den Rumpf biegen, wonach ich das Schild wieder ausdehnen werde und wir versuchen werden, den Rumpf wieder zusammenzufügen.«

»Klingt vernünftig. Und was wirst du tun, während ich den

Elementen trotze?«

»Ich werde dir natürlich sagen, an welchen Stücken du arbeiten sollst, wie viel du abscheren sollst und wann du aufhören sollst. Vom Komfort meines isolierten, beheizten Schiffes aus.«

»Natürlich…« er warf ihr einen geradezu teuflischen Blick zu, als er sich von der Wand abstieß und zum Vorratschrank ging »…ich werde wahrscheinlich ganz verschwitzt werden und meine Kleidung danach wieder waschen müssen.«

Sie schnaubte und griff nach ihrer Wasserflasche. »Glaube ich nicht. Zieh dich einfach aus, bevor du den Anzug anziehst—« sein Kopf hatte bereits begonnen herumzuwirbeln »—privat, bitte.«

»Hmm, hätte ich selbst daran denken sollen.«

Er fuhr mit einem Fingertip entlang der Kontur der Klinge und schob sie dann leicht in eine Kerbe an seiner Hose und überprüfte schnell den Brenner. Die fließenden, effizienten Bewegungen ließen keinen Zweifel an seiner Kompetenz in ihrer Verwendung.

Für ein paar Minuten hatte sie fast vergessen, was er war. Ein Fehler ihrerseits.

»Lass mich wissen, wann du den Anzug anhast, und ich öffne die Luftschleuse. Sobald die innere Luke geschlossen ist, kann die äußere durch Drücken des Panels daneben geöffnet werden, und eine Rampe wird sich zum Boden ausfahren.«

»Verstanden.« Er nickte scharf und stieg die Leiter hinauf.

Sie streckte sich bäuchlings am Rand des Rumpfrisses aus. Ohne Sonne in Sicht, da der Pulsar keinen Tag-Nacht-Zyklus bieten würde, kam das spärliche, aber stets vorhandene Licht ausschließlich vom Glühen des Nebels.

Der Wind hatte sich etwas beruhigt im Vergleich zu den Sturmkräften, die er während ihrer Ankunft gezeigt hatte, und feine Staubpartikel tanzten in der Luft umher. Der Gesamteffekt erinnerte leicht an den schweren, nebligen Dunst eines winterlichen Seattle-Morgens, allerdings getränkt in blasse, fahle Farbe. Sie liebte es, an solchen Morgen joggen zu gehen, wenn der Tau so dick lag, dass er die Baumäste bog und das Gras silbern färbte und der Nebel einer lauten Welt Stille brachte.

»Bereit!« Sein Ruf hallte von der Hauptkabine herab.

Sie winkte zum Panel hinter sich, um die Luftschleuse zu öffnen. Einen Moment später kam Caleb von links unter dem Schiff hervor, die behandschuhte Hand bereits dabei, den Brenner anzuschalten, als er zu ihr hinaufblickte. »Es ist scheiße hier draußen. Das weißt du, oder?«

»Verdammt ja, weiß ich. Ich musste deinen bewusstlosen Körper da durchschleppen, erinnerst du dich?«

»Nun, das musstest du nicht. Du hättest zum Beispiel nicht auf mich schießen können und mich stattdessen höflich fragen, ob ich gerne an Bord kommen möchte, wo es warm und gemütlich war.«

Ihre Augen verengten sich in gespielter Nicht-Belustigung. »Leicht gesagt jetzt. Fang mit diesem langen Stück hier an.«

»Jawohl, Ma'am.« Er zog die Klinge vom Gürtel des Umweltanzugs und hob den Brenner zu dem betreffenden Stück.

»Glätte die zerfetzte Ecke, aber nur ein wenig. Ich will nicht mehr Material verlieren als nötig. Okay, jetzt erhitze es entlang der Biegung. Nicht zu viel, oder es schmilzt!«

»Bring deine Höschen nicht in Aufruhr. Ich schaffe das.« Er hob das Metallblech zu ihr und dem Rumpf hinauf. Sein Ton war gesprächig. »Kohlenstoffbasierte Metamaterialien werden bei etwa 1340°C formbar und beginnen erst bei 1920° ihre Atomstruktur zu verlieren. Der Brenner ist auf 1460° eingestellt, was Formbarkeit erzeugt, ohne die Integrität des Materials zu beschädigen.«

»Haben sie dir das in der Spionenschule beigebracht?«

Das Metall schimmerte, als es am Plasmaschild auf Widerstand traf, und er senkte den Brenner. Er stand weniger als einen Meter unter ihr, nur das Schild und das Gesichtsschild seines Helms trennten sie. »Ingenieurschule.«

Er blickte zu ihr auf, das Kräuseln seiner Lippen deutlich sichtbar durch das Gesichtsschild. »Ja, ich habe einen Ingenieurabschluss. Versuch deine Überraschung zu zügeln. Wo als nächstes?«

Sie bemühte sich, ihren Ausdruck neutral und unberührt zu halten. Also besaß er Fähigkeiten jenseits von Subversion und selektiver Entfernung von Kriminellen aus dem Genpool. Und kulinarischen Unternehmungen. Es änderte nichts.

Sie zeigte auf das schmale Stück am Ende des Risses, das ihr am nächsten war.

»Dieses hier.«

21

KRYSK

KOLONIE DER SENECAN FÖDERATION

Im späten 22nd Jahrhundert behaupteten eine Reihe von Sozial-
philosophen ihren Glauben, dass die Expansion der Menschheit
über die Grenzen des Sol-Systems hinaus eine neue Ära der
Zivilisiertheit und Ordnung einläuten würde. Mit beispiellosem
Wohlstand und einer zu erforschenden Galaxis würden wir endlich
kleinliche Schwächen wie Verbrechen und Gewalt hinter uns lassen
zugunsten höherer, edlerer Bestrebungen.

Aber durch die Renaissance und die Entdeckung Amerikas, die
Industrielle Revolution und die Zähmung der Erde, die Erfindung
von Computern und das Aufkommen der Raumfahrt war die
menschliche Natur grundlegend unverändert geblieben. Es war
töricht zu glauben, dieser jüngste Fortschritt würde irgendeine tief-
greifende Transformation in den Seelen der Menschen bewirken.

In Wirklichkeit gaben diejenigen, die zu Gewalt neigten, sie
nicht auf; sie entwickelten einfach raffiniertere Methoden, sie
auszuüben. Wege zu körperlichem und geistigem Vergnügen
wurden nur raffinierter und mächtiger und somit eine noch größere

Versuchung. Körperliche Sucht konnte nun leicht genug geheilt werden—aber viele wollten nicht geheilt werden.

Durch Gentherapie, Stammzellmanipulation und biosynthetische Behandlungen heilte der Medizinberuf die großen Krankheiten des Körpers: Krebs, Alzheimer, Muskeldystrophie, Lähmung, die Liste war endlos. Krankheiten des Geistes jedoch erwiesen sich als eine völlig andere Angelegenheit. Das Gehirn stellte den komplexesten Organismus dar, der je existiert hatte, und war unmöglich zu zähmen. Moral konnte nicht durch das Anpassen einiger Gene oder das Abschalten einiger Neuronen erzeugt werden. Noch nicht.

So eroberte die Menschheit zwar die Sterne selbst, blieb aber unfähig, die Dunkelheit in sich zu erobern. Diebe, Vergewaltiger und Mörder traten weiterhin in etwa dem gleichen Prozentsatz der Bevölkerung auf, wie sie es immer getan hatten. Die Schwachen wurden weiterhin von den Starken in den fruchtbaren Schatten gejagt, die von keiner Regierung überwacht wurden.

Das Zelones-Kartell war die stärkste kriminelle Organisation im besiedelten Raum, weil seine Führung immer bestimmte Kernwahrheiten verstanden und sie zu maximaler Wirkung genutzt hatte. Manche Menschen wünschten sich nichts mehr, als ihr Leben in einem synthetisch induzierten Rausch zu verbringen und brauchten lediglich die Chimerals dazu. Skrupellose Geschäftsleute brauchten Diebe und Hacker. Diebe und Hacker brauchten Werkzeuge und Finanzierung. Schläger und Raufbolde brauchten Ziele und Ventile für ihre Aggression.

Wer diese Gelegenheiten nicht nur erkennen, sondern die unterschiedlichen Bedürfnisse kanalisieren und ausnutzen konnte, war wie ein Puppenspieler, der die Fäden der Welt zog.

Olivia Montegreu wusste das, weil sie eine der Puppenspielerinnen war. Es war keine Arroganz ihrerseits, sondern einfache Wahrheit. Der Schleier war zerrissen und die Lüge im Herzen der 'zivilisierten' Gesellschaft war ihr vor sehr langer Zeit entblößt worden.

Sie hatte ihre ältere Schwester beobachtet—schwachsinnig, beeinflussbar, hilflos, für sich selbst zu sorgen—wie sie ihr bürgerliches Leben aufgab, um sich einer Bande anzuschließen und süchtig nach einem besonders üblen Chimeral zu werden. Die Droge der Wahl erzeugte eine halbe Stunde lang einen Zustand völliger Glückseligkeit, der sich wie Tage anfühlte, dann schwang sie für doppelt so lange in die entgegengesetzte Richtung. Ihre Schwester verbrachte zwei Jahre als buchstäbliche Sexsklavin der örtlichen Bandenführung, bevor sie tot in einer Gasse in den Slums von Buenos Aires endete, nackt und erdrosselt.

Olivia hatte ihre Eltern jammern und mit den Zähnen knirschen und sich die Haare raufen sehen, dann ihr Leben wieder aufnehmen. Sie hatte die Behörden Aussagen aufnehmen und mit gespieltem Mitgefühl nicken und den Fall als 'bandenbezogen' schließen sehen. Sie hatte die Welt weitermachen sehen, als wäre überhaupt nichts geschehen. Eine Familie, ein Mädchen, ein Tod unter den Massen.

Sechs Monate später trat sie derselben Bande bei. Die 'Montserrat Matónes', nannten sie sich. In Wirklichkeit wurden sie von einem Arm von Zelones finanziert, einer von Tausenden solcher Straßenorganisationen, aber nicht einmal die Anführer erkannten das.

Anfangs spielte sie das unschuldige, beeinflussbare junge Mädchen, das ihre Schwester gewesen war. Sie schlief mit wem sie musste, aber vermied sorgfältig die reichlich vorhandenen Chimerals. Sie machte sich nützlich und zeigte genug Fähigkeiten, um der Führung nahezukommen. Mit der Zeit lernte sie die Details, wie die Bande funktionierte. Obwohl sie den Eindruck einer unorganisierten Gruppe von Nervenkitzel-Suchern und Aussteigern erweckte, hatte sie doch Struktur und Regeln. Sie beschafften

Chimerals von einer größeren, mächtigeren Gruppe; ihnen wurden Ziele für Erpressungen und kleine Diebstähle gegeben.

Als sie zufrieden war, dass sie alles gelernt hatte, was sie konnte, schob sie eine Gamma-Klinge in die Basis des Nackens des Matónes-Anführers, während er sie fickte. Sie tötete seinen Leutnant, als er sie fand—er war schließlich derjenige gewesen, der ihre Schwester erdrosselt hatte. Dann übernahm sie die Führung der Bande.

Das Jahr war 2229, und sie war sechzehn Jahre alt.

* * *

Olivia wies den Piloten an, mit dem Schiff am Krysk-Raumhafen zu warten. Sie erwartete nicht, lange zu brauchen, und benötigte keine Begleitung.

Sie traf den Kopf der Ferre-'Corporation', aller Wahrscheinlichkeit nach zusammen mit einem Gefolge seiner Leutnants, in ihrem Hauptquartier im Zentrum der Innenstadt. Auf New Babel reiste sie mit einem kleinen Gefolge von Leibwächtern und Leutnants; es wurde erwartet und projizierte das richtige Bild. Hier auf seinem Territorium würde Ilario Ferre zweifellos dasselbe tun. Es war kein Problem. Tatsächlich rechnete sie damit.

Die sengende Hitze der Mittagssonne brannte gegen ihre nackten Arme. Sie trug eine ärmellose, leichte weiße Tunika und lockere, atmungsaktive Hosen im Leinenstil, um die Hitze zu mildern.

Die älteste und größte mit Seneca verbündete Kolonie, Krysk bot eine robuste städtische Infrastruktur. Als sie den mäßig belebten Bürgersteig entlangging, sah sie für die Welt aus wie jede andere junge, frischgesichtige Fachkraft; vielleicht eine mittlere Marketing-Managerin oder Entertainment-Direktorin. Denn sie gab einen bemerkenswerten Prozentsatz ihres beträchtlichen Jahreseinkommens für hochmoderne Zellregenerationstherapien aus und würde der Welt—wie sie es seit mehr als achtzig Jahren tat—in ihren späten Zwanzigern erscheinen.

Niemand, an dem sie vorbeiging, hatte die geringste Ahnung, dass eine der mächtigsten Personen der Galaxis unter ihnen wandelte. Ein Gesichtsscan durch ein hochwertiges Okularimplantat hätte es vielleicht enthüllt, aber jeder, der es versuchte, würde sich unerklärlich unfähig finden, einen solchen Scan zu erfassen. Der unsichtbare, nanometerdicke Schildbelag auf ihrer Haut blockierte alle Eindringlinge in ihren Körper und ihre Kybernetik und störte die Signale aller solchen Versuche.

Ihr Ziel befand sich in einem unauffälligen Mittelhaus direkt abseits der Hauptstraße. Es behauptete, ein Unternehmen namens Fotilas Services zu beherbergen, das ihrer Vermutung nach nicht über eine Regierungsakte hinaus existierte, wenn überhaupt. Senecan Föderation-Vorschriften waren schließlich hauptsächlich durch ihre Abwesenheit bemerkenswert.

Sie schenkte der Empfangsdame, einer Frau mit fließenden mahagonifarbenen Locken und Haut in der Farbe von sonnengebleichtem Toffee, ein charmantes Lächeln. »Würden Sie Herrn Ferre sagen, dass sein Zwölf-Uhr-Termin da ist? Ich werde erwartet.« Während die Empfangsdame die Stirn runzelte und einen Protest bereit machte, fügte sie ein höfliches Nicken zur in der Decke versteckten Kamera hinzu.

Eine Sekunde später räusperte sich die Frau und stand auf. »Ich bringe Sie zum Konferenzraum, Ma'am.«

Der Raum lag tief im Komplex. Eine fensterlose Angelegenheit, bestehend aus einem Konferenztisch und wenig anderem, würden in diesem Veranstaltungsort keine inneren Arbeitsabläufe des Geschäfts zur Schau gestellt werden. Als die Empfangsdame hineintrat, um ihre Anwesenheit anzukündigen, führte Olivia nonchalant das Armband um ihr rechtes Handgelenk über das kleine eingebettete Panel in der Wand.

Ilario Ferre begrüßte sie mit einem glatten Lächeln und einem festen Händedruck. »Ms. Montegreu, so freundlich von Ihnen, den ganzen Weg hierher zu kommen...« er blickte hinter sie, ein verwirrter Ausdruck huschte über sein Gesicht »...sind Sie allein? Sie haben keine Begleitung?«

»Brauche ich eine? Bei all diesen bewaffneten Wachen hier—« sie deutete auf das halbe Dutzend Vollstrecker, die die Wände des Raums säumten »—stelle ich mir vor, dass ich ziemlich sicher vor allem außer einer Invasion bin.«

Zu seinem Verdienst erholte er sich schnell und senkte das Kinn in Anerkennung. »Und natürlich sind Sie das. Sie müssen mir vergeben, mein Vater erhob Paranoia zur Kunstform. Alte Gewohnheiten und so. Sollen wir uns setzen?«

Sie folgte ihm zum Tisch und nahm einen Platz ihm gegenüber ein. Sofort öffnete sich eine Tür an einem Ende des Raums und ein junger Mann und eine ältere Frau traten ein. Ilario nickte, als sie sich ihnen am Tisch anschlossen.

»Meine Mutter, Alaina, und mein Cousin und erster Leutnant, Laure.«

Sie war mit beiden aus ihren Akten vertraut. Alaina gab sie ein respektvolles, aber knappes Nicken; Laure ein winziges Lächeln.

»Nun, ich weiß, Sie sind eine sehr beschäftigte Frau, Ms. Montegreu, also lassen Sie uns gleich zur Sache kommen, sollen wir? Ich gestehe, von der Idee einer strategischen Partnerschaft zwischen unseren Interessen fasziniert zu sein. Ich denke, wir beide haben viel, was wir dem anderen anbieten können.«

Eine strategische Partnerschaft—es war der angebliche Zweck ihres Besuchs. Das Zelones-Kartell war die stärkste kriminelle Organisation im besiedelten Raum, aber seine Reichweite war nicht absolut. Tatsächlich war seine Präsenz auf Senecan Föderation-

Planeten am schwächsten, wo eine unternehmerische Kultur den Aufstieg einheimischer, unternehmungslustiger 'Freiberufler' ermutigte und wo der grundlegende Regierungswechsel vor zweiundzwanzig Jahren ihr Netzwerk von Kontakten durcheinan dergebracht hatte.

Ilario wusste das zweifellos, weshalb ihr Vorstoß wahrscheinlich als logisch und natürlich wahrgenommen worden war. Aber was er nicht wusste, war, dass Chaos am Horizont stand, und sie beabsichtigte nicht, die Beute zu teilen.

Ihr Ausdruck wurde räuberisch. »Ja, darüber. Ich denke, die bessere Wahl ist, dass Sie einfach für mich arbeiten.«

Der Mann verschluckte sich fast an dem Wasser, das er schlürfte. »Ms. Montegreu, ich meine keinen Respektlosigkeit, denn Ihre, sagen wir, Geschäftstüchtigkeit ist legendär. Aber meine Familie arbeitet für 'niemanden'. Wir kommen in der Föderation ziemlich gut zurecht, was, wie ich glaube, ein gutes Stück mehr ist, als Sie sagen können. Nun bin ich bereit, Diskussionen über eine gegenseitig vorteilhafte Vereinbarung zu unterhalten, aber nichts anderes.«

Ihre Lippen pressten sich in einer Darstellung von Nachden-klichkeit zusammen. Sie ließ die Stille einen Atemzug länger als angenehm andauern, dann zuckte sie mit den Schultern und stand auf. »Sehr gut.«

Sie hob ihr Handgelenk, um zwei aSTX-getränkte Klingen aus ihrem Armband in die Hälse von Ilario und seiner Mutter zu schleudern. Das Toxin würde ihre Atemmuskulatur lähmen und sie ersticken, noch bevor sie aus ihren aufgeschlitzten Kehlen verbluteten.

Das Laserfeuer der Wachen prallte harmlos von ihrem persön-lichen Schild ab. Ein Gedanke und sie aktivierte den EMP, den sie inszeniert hatte, als sie ihr Armband an das Panel bei der Tür berührte. Die meisten Wachen befanden sich noch innerhalb von drei Metern der Wände, und der EMP briet ihre Kybernetik zusammen mit einem Großteil ihrer Hirnmasse als Nebeneffekt.

Ein Wachmann hatte sich auf sie zubewegt und dem EMP entkommen. Wahrscheinlich richtig schlussfolgend—dass körperliche Zurückhaltung der einzige Weg war, sie zu neutralisieren, senkte er sich und stellte seine Schultern in Vorbereitung darauf ein, sie zu tackeln. Sie schob den Gamma-Klingen-Griff aus ihrer Hosentasche und aktivierte eine zwei Meter lange Klinge, die ihn in der Taille halbierte. Sie trat einen Schritt zurück, um dem aus dem Körper spritzenden Blut auszuweichen, und steckte den Klingengriff zurück in ihre Tasche.

Körperliche Gewalt war über die Jahre eine gelegentliche Notwendigkeit gewesen, als sie die Ränge erklomm. Heutzutage beschäftigte sie Leute, die gerne in ihrem Namen daran teilnahmen, aber es gab Zeiten, in denen eine persönlichere Note erforderlich war. Sie genoss es nicht besonders; noch verabscheute sie es besonders. Gewalt war einfach ein Werkzeug, und in diesem Fall das zweckmäßigste verfügbare Werkzeug.

Ihr Blick fixierte sich auf Laure Ferre. Er saß am Tisch neben seinem toten Cousin und seiner toten Tante, tiefgrüne Augen weit, aber nicht panisch, als er sie anstarrte. Er hatte inzwischen vermutlich geschlussfolgert, erstens, wenn sie ihn tot haben wollte, wäre er es bereits, und zweitens, wenn er versuchte, ihr zu schaden, würde sich sein Status ändern. Seine Akte deutete darauf hin, dass er intelligent und schnell auf den Beinen war, aber nicht so narzisstisch wie Ilario.

»Sie arbeiten jetzt für mich. Die Ferre-Organisation ist jetzt eine hundertprozentige Tochtergesellschaft des Zelones-Kartells. Vorerst wird es Ihnen erlaubt sein, Geschäfte zu machen, wie Sie es bis jetzt getan haben, vorbehaltlich einiger geringfügiger

Anpassungen. Jemand wird sich wegen der Details melden. Sind wir uns einig?«

Ein hartes, raues Lachen sprudelte aus seiner Brust, aber er nickte. »Ja, Ma'am.« Seine Augen wanderten durch den Raum, nahmen das Massaker auf, dann zurück zu ihr. »Ich, äh, freue mich darauf, Teil Ihres Teams zu sein.«

»Schön zu hören.« Sie drehte sich um und ging hinaus.

22

SIYANE

METIS-NEBEL, UNBEKANNTER PLANET

Alex hatte Sandwiches und geschnittenes Obst bereit, als Caleb vom Duschen zurückkehrte. Ein Umgebungsanzug schützte eine Person vor den Elementen außerhalb des Anzugs; er schuf keine komfortable Umgebung innerhalb des Anzugs, und drei Stunden darin hatten ihn zu einem verschwitzten, klebrigen Durcheinander gemacht.

Er ließ sich in einen der Stühle am kleinen Esstisch nieder, während sie die Teller herüberbrachte. »Danke. Also, was denkst du? Ist genug Material übrig, um den Rumpf zu versiegeln?«

»Ich weiß es ehrlich gesagt nicht. Du hast gesehen, da waren definitiv Lücken, aber ich habe ein paar Ersatzmatten, die ich verwenden kann.« Sie blickte über den Tisch zu ihm. »Iss schnell, damit wir es herausfinden können.«

»Richtig.« Sie lächelte, also fügte er ein leichtes Lachen hinzu. Es war allerdings noch ein vorsichtiges, das nur andeutete, ihre Augen zu erreichen. Nach einem Bissen seines Sandwiches beschloss er, nach etwas zu fragen, was ihn auf dem Weg aus dem und zurück in das Schiff gestört hatte: die Stille. »Mir fällt auf, dass du anscheinend keine VI an Bord hast.«

»Nope.«

»Fühlst du dich unwohl bei dem Gedanken, einer VI Zugang zu den Systemen zu geben?«

»Überhaupt nicht. Ich brauche einfach keine, die mir den Status meines Schiffs mitteilt.« Sie hielt inne, und ein Lächeln, das sich irgendwie privat anfühlte, zupfte an ihren Lippen. Ihre linke Hand gestikulierte beiläufig in Richtung des eingebetteten Panels hinter ihr.

Wie in den letzten beiden Nächten, als sie zu Bett ging, dimmen die Lichter; eine Sekunde später kehrten sie zur vollen Stärke zurück. Die Klänge einer Synthwave-Ballade begannen durch die Kabine zu wehen. Ein Stirnrunzeln, und die Lautstärke verringerte sich.

Ihre rechte Hand brachte das Sandwich zu ihrem Mund, während die linke zum Cockpit winkte. Die glyphs entlang ihres Handgelenks pulsierten schwach.

»Es sind knackige -54° draußen, während es hier drinnen gemütliche 23° sind. Die Systemreparaturen sind im Wesentlichen abgeschlossen: der Plasmaschild ist bei 93%, und das selbstheilende Hydrogel an der beschädigten Leitung sollte es bis zum Morgen auf 100% bringen. Der Impulsantrieb meldet alle Systeme voll funktionsfähig.

»Der LEN-Reaktor verbraucht 12% seiner Ausgangskapazität, um uns am Leben und komfortabel zu halten... und er ist ein wenig mürrisch darüber, härter arbeiten zu müssen, weil wir zu zweit sind.« Sie zwinkerte ihm zu—was einen unerwarteten wicked Schauer über seinen Rücken sandte—und biss in ihr Sandwich.

»Höchst beeindruckend. Ich weiß nicht, ob ich jemals eine so umfassende drahtlose Interkonnektivität allein von Kybernetik gesehen habe, ohne Hardware-Zusatz.«

»Planetenseitig gibt es fast immer zu viel Interferenz, als dass es zuverlässig funktionieren würde. Die unsichtbare, aber wimmelnde Wolke elektronischer Signale durchdringt überall und verstopft die Luft mit Lärm. Hier draußen allerdings bin nur ich da.«

»Und, wie der Reaktor bemerkte, ich.«

Sie betrachtete ihn einen Moment, und er konnte Gedanken durch ihre Augen huschen sehen. Er wünschte sich zum Teufel, er wüsste, was sie waren. »Und du.«

Ihr Blick wanderte nach unten, um sich einen Apfelschnitz zu holen. »Hättest nicht gedacht, dass ich eine warenut bin, was?«

»Bin ich immer noch nicht. Ich würde sagen, du hast einfach sowohl dich selbst als auch dein Schiff für maximale Fähigkeit und Leistung optimiert.«

Sie zuckte mit den Schultern, schien aber von der Antwort erfreut. »Mehr oder weniger.«

Er nahm einen weiteren Bissen—trotz ihrer Ermahnung beeilte sich keiner von ihnen durch das Mittagessen—und neigte den Kopf zur Seite. »Diese Musik… Ethan Tollis, richtig?«

»Jep. Du kennst ihn?«

»Natürlich. Musik respektiert keine politischen Grenzen. Aber es ist ein anderer Stil als das, was du normalerweise laufen hattest.«

»Er ist ein Freund.«

Er hob eine Augenbraue in echter Überraschung. »Du bist ,befreundet' mit einem der erfolgreichsten Prog-Synth-Musiker der Galaxis.«

Sie nickte, den Mund voller. »Mmhmm.«

Hmm, in der Tat. Sie wirkte so ernst, so fokussiert und sachlich, er hätte gedacht, sie hätte keine Geduld für Künstlertypen.

Sie erwischte ihn dabei, wie er sie anstarrte. »Was?«

»Nichts.« Er versuchte nicht, die Schelmerei in seinen Augen zu verbergen. »Gute Freunde?«

»Was soll das bedeuten?«

»Es soll nichts bedeuten. Ich frage nur, wie gute Freunde ihr seid.«

»Sehr witzig.« Sie nahm einen Schluck Wasser. »Wenn du mich fragst, ob ich mit ihm geschlafen habe, das geht dich so überhaupt nichts an.«

Er lachte. »Also ja, dann.«

Sie seufzte in deutlichem Ärger und griff nach ihrem Sandwich, nur um es wieder hinzulegen und ihn anzustarren. »Schön. Ich habe ihn nach der Universität kennengelernt, während ich ein Praktikum bei Pacifica Aerodynamics machte. Er war damals ein kämpfender Coffeehouse-Musiker. Wir sind etwa ein Jahr zusammen gewesen. Ich nahm einen Job auf Erisen an, wir trennten uns als Freunde. Ein paar Jahre später wurde er groß. Ich freute mich für ihn. Ende der Geschichte.«

Die Vorstellung, dass sie mit einem Musiker zusammen war, verwirrte ihn noch mehr. Es schien, als hätte er noch einiges mehr über sie zu entdecken—aber er würde später darüber nachdenken. »Interessant. Ihr haltet Kontakt?«

»Wir holen ab und zu auf.«

Er sollte sie wirklich nicht aufziehen; es war nicht förderlich dafür, dass er lebend und in einem Stück von diesem Felsen runterkam. Aber er konnte nicht anders. Wenn sie verärgert oder durcheinander wurde, kräuselte sich ihre Nase nach oben und zur Seite und ihr Mund verzog sich zu den seltsamsten Formen. Es sah so...

»Und mit ‚aufholen' meinst du?«

Sie starrte ihn wieder an und... jep, da war es. Hinreißend.

»Bist du fertig? Du siehst aus, als wärst du fertig.« Sie griff hinüber und schnappte sich seinen Teller weg, stand auf und marschierte zur Spüle.

Er grinste vor sich hin und begann, den Rest des Tisches abzuräumen. »Weißt du, fühl dich frei, mir peinliche, aufdringliche Fragen über mein Leben zu stellen. Ich bin gut mit Wie-du-mir-so-ich-dir.«

Sie blickte über die Schulter zu ihm. »Wozu? Was auch immer du sagen würdest, wäre eine Lüge.«

Autsch. Die unbeschwerte Stimmung verdampfte sofort. »Nein, wäre es nicht.«

»Und ich könnte den Unterschied erkennen... wie?«

Er öffnete den Mund, dann schloss er ihn wieder. Er gab ihr ein zusammengepresstes Lächeln, das keines war. »Könntest du wahrscheinlich nicht.«

Ihre Schultern hoben sich nach oben, um den Punkt zu betonen. Sie wandte sich wieder der Spüle zu, um das Geschirr zu verstauen.

Er glaubte nicht, dass er jemals so gründlich und mit so stechender Wirkung durch ein paar beiläufige Worte beschämt worden war. Er sank gegen den Tisch, überrascht von dem Tadel... und davon, wie sehr er ihre Meinung ändern wollte.

* * *

Sie lagen auf dem Bauch in rechten Winkeln zueinander in der Technikgrube. Sie erhitzte eine Kante des intakten Rumpfes, während er einen zerrissenen Abschnitt erhitzte und ihn zu ihrer Kante brachte; sie richtete sie aus und sie hielten die Stücke an Ort und Stelle, bis sie abkühlten und sich verbanden.

Das Gespräch seit dem Mittagessen war höflich, aber angespannt und ziemlich minimal gewesen. Er kämpfte darum, einen Weg zu finden, zu der komfortablen Interaktion zurückzukehren, die sie den ganzen Morgen über gespielt hatten. Denn es war schön gewesen.

Er nickte anerkennend, als das Metall nahtlos zusammenschmolz. »Das ist ernsthaft hochwertiges Material, nicht dass ich überrascht wäre. Vielleicht war der Trade Summit ein Erfolg, und wir bekommen Zugang zu Material dieser Qualität.«

»Welcher Tra— oh ja, dieser politische Kreis-jerk. Ja, lasst uns entscheiden, Deckchen und Kaminsims-Ornamente aneinander zu verkaufen, das wird alles besser machen.«

Er folgte ihrer Führung und rutschte zum nächsten Abschnitt. »Es sind zweiundzwanzig Jahre vergangen, es ist wohl Zeit, es zumindest zu versuchen.«

Sie antwortete nicht und tat so, als wäre sie darauf fokussiert, das Metall an ihren Fingerspitzen zu erhitzen und das nun geschmeidige Material zu positionieren. Sie hielt ihren Blick darauf gerichtet, als sie schließlich sprach. »Mein Vater wurde im Krieg getötet.«

Nun, dieses Thema wird wahrscheinlich nicht die unbeschwerte Atmosphäre zurückbringen. Gut gemacht. Seine Stimme war vorsichtig sanft. »Ich weiß.«

Sie ließ das Metall los, um ihr Gesicht zu ihm zu verziehen. »Was?«

Er versuchte ein selbstironisches Lächeln. »Hey, sogar wir Hinterwäldler-Senecan-Tölpel studieren Geschichte. Die Kappa Crucis-Schlacht ist berühmt, sie… nun, sie war ein wichtiges Ereignis im Krieg.« Die Schlacht wendete den Krieg zu Senecas Gunsten und führte letztendlich zum Waffenstillstand. Sie wusste das. Es musste nicht gesagt werden.

Er nahm einen amtlichen Ton an, als er aus dem Gedächtnis rezitierte, nachdem er den Eintrag vor nur zwei Nächten beim Studium ihrer Akte überprüft hatte. »Commander David Solovy, kommandierender Offizier des Erdallianz-Kreuzers *EAS Stalwart*, blockierte erfolgreich den Vormarsch der Föderationsflotte für zwölf Minuten und gab einer Reihe von Allianz-Schiffen, dem Personal einer nahegelegenen Überwachungsstation und fast der gesamten Stalwart-Besatzung Zeit, sicher zu entkommen. Es wird geschätzt, dass er über 4.000 Allianz-Männer und -Frauen rettete, bevor die Stalwart zerstört wurde.«

»4.817.« Es war weniger als ein Flüstern.

»Es tut mir leid, Alex.«

»Warum? Du warst nicht schuld.« Ihr Blick hob sich, um seinem in Herausforderung zu begegnen. »Es sei denn, du warst dort—warst du?«

»Nein. Ich war sechzehn und beendete die Grundschule.«

Das straffe Heben ihrer Lippen war irgendwie das Gegenteil eines Lächelns. »Na bitte. Saubere Hände.«

»Es war Krieg. Viele Menschen starben—auf beiden Seiten.«

»Was es für eine Dreizehnjährige so viel einfacher zu verstehen machte.« Sie griff hinüber und versuchte, sein Stück nach oben zu reißen, um den Rumpf zu treffen. Es war nicht ausreichend erhitzt und weigerte sich zu bewegen, was zu einem harschen, frustrierten Ausstoß von Luft aus ihren Lungen führte.

»Ich sage nicht, dass es…« Er kniff die Augen zusammen in gleicher Frustration. Er machte das alles falsch und war in ernsthafter Gefahr, jegliches Wohlwollen, das er möglicherweise aufgebaut hatte, auszulöschen. Nach einer Pause versuchte er eine andere Taktik. »Du warst deinem Dad nahe?«

Sie schoss ihm einen wilden Blick zu; ihre Augen loderten silbernes Eis. Er widerstand dem Drang, sich in die Ecke zurückzuziehen, um weiter weg von dem Blick zu kommen. Er dachte, er würde fast alles tun, um nie wieder der Empfänger eines solchen Ausdrucks zu sein.

»Das geht dich nichts an.«

Also ja, dann. Er gab jeden Versuch eines freundlichen, mitfühlenden Tonfall auf; es machte offensichtlich keinen Unterschied. »Richtig. Natürlich. Mein Fehler.«

Sie arbeiteten danach in Stille, außer der gelegentlichen Anweisung oder Frage. Es war effizient, denn sie hatten sich natürlich in eine produktive Routine eingefunden. Selbst mit dem Gewicht unruhiger Spannung, die ignoriert in der Luft hing, arbeiteten sie unbestreitbar ziemlich gut zusammen. Er wollte die Spannung entschärfen, aber unter den Umständen schien Schweigen die am wenigsten schädliche Wahl.

Da seine Position ihn zwang, sich rückwärts durch den Laderaum zu bewegen, hatte er sich nicht darauf konzentriert, was hinter ihm lag. Daher war er nicht so vorbereitet, wie er wahrscheinlich hätte sein sollen, auf ihr abruptes Zerbrechen der schweren Stille.

»Verdammt!« Sie ließ ihren Brenner auf den Boden fallen und erhob sich auf die Knie, nur um wieder auf ihre Fersen zu sinken und eine Hand über ihr Gesicht zu ziehen. »Es reicht nicht. Wir machen weiter, aber es gibt nicht genügend Material, um sie zu versiegeln. Nicht mal annähernd.« Mit einem viszeralen Knurren schickte sie den Brenner über den Laderaum rutschend.

Während sein eigenes Eigeninteresse ihn dazu brachte, sich eine freundlichere, einvernehmlichere Situation zu wünschen, musste er ihre Intensität und ihren Geist bewundern. Viel zu viele Menschen versteckten sich hinter Holos und Aurals und sensorischen Überlagerungen, um eine Aura kühler Distanziertheit und losgelösten Desinteresses zu projizieren. Diese Frau jedoch… sie hatte Feuer. Und selbst wenn es gegen ihn gerichtet war, war es etwas zu sehen.

Er setzte sich auf und lehnte sich gegen die nahe Wand. Sobald er den gesamten Bereich sah, bestritt er ihre Einschätzung nicht. Eine viel kleinere, aber immer noch beträchtliche Öffnung verlief entlang eines Großteils der Mitte. Das Metall konvergierte nur an zwei Stellen, und sie hatten bereits alle Ersatzmatten verwendet.

Er hob eine zögernde Augenbraue. »Der Schild ist jetzt bei voller Leistung, richtig? Wird er im Weltraum halten?«

»Vielleicht, aber ich bin nicht besonders erpicht darauf, die Theorie draußen in der Leere zu testen. Du etwa?« Es klang wie eine weitere Herausforderung.

Sein Kopf neigte sich, als wäre ihm eine Idee gekommen. In Wahrheit war ihm die Option sofort eingefallen, als er den enormen Riss im Rumpf am Tag zuvor gesehen hatte, aber er hatte nicht gewusst, ob sie gebraucht werden würde, und wenn sie gebraucht würde, ob sie machbar wäre. Jetzt jedoch schwanden ihre Optionen rapide.

»Was ist mit meinem Schiff?«

»Was ist mit deinem Schiff?«

»Der Rumpf war aus einem Amodiamond-Metamaterial. Es ist ähnlich genug zu deinem, um die Lücken zu flicken, oder nicht?«

Sie stieß einen Atemzug aus, der fast ein Lachen war. »Nun, ja— aber ich habe dein Schiff irgendwie in die Luft gesprengt. Oder hast du das vergessen?«

»Oh, das habe ich absolut nicht vergessen. Aber wir können in der Atmosphäre fliegen? Wenn wir einige der Wrackteile lokalisieren können, bin ich sicher, es gibt intakte Stücke, die groß genug sind, um Material daraus zu bergen. Besonders da wir nicht sehr viel brauchen.«

Sie betrachtete ihn überrascht… und vielleicht mit einem Maß an Wertschätzung. »Das ist eine wirklich gute Idee.«

Er lächelte, erleichterter als er zuzugeben bereit war, der Empfänger eines sanfteren, freundlicheren Ausdrucks zu sein. »Großartig. Jetzt müssen wir nur noch die Wrackteile finden.«

Sie kletterte bereits auf die Füße, erneute Energie in jeder Bewegung. »Es sollte nicht allzu schwierig sein. Ich bin den Überresten deines Schiffs den größten Teil des Weges nach unten ausgewichen. Die Navigation sollte in der Lage sein, eine Landezone aus ihrer Flugbahn zu extrapolieren.«

Als sie die erste Stufe der Leiter erreichte, hielt sie inne. »Weißt du was, ich bin sicher, dass sie es kann. Lass uns weitermachen und diese Arbeit beenden, während wir im Groove sind. Wir gehen morgen auf die Jagd.«

Er beobachtete, wie sie ihren Brenner aus der Ecke holte, wo er gelandet war, und zu ihrem vorherigen Platz auf dem Boden zurückkehrte, dann gesellte er sich zu ihr und schaltete seinen Brenner ein.

»Wir haben einen Groove? Ich meine, ich hatte das Gefühl, wir hatten definitiv ein Groove-Ding am Laufen, aber ich wusste nicht sicher, ob du dachtest, wir hätten einen Groove.«

Ihre Augen wanderten zu ihm hinüber, nun tanzend vor Heiterkeit statt Eis. »Wirst du helfen, oder wird trockener Kommentar das Ausmaß deines Beitrags sein?«

Er biss sich auf die Unterlippe und war fasziniert, ein seltsames Aufflackern in ihren Augen zu sehen, bevor sie ihre Aufmerksamkeit auf den Rumpf richtete. »Kann ich nicht beides?«

»Nope. Es ist wissenschaftlich unmöglich.«

Er seufzte für zusätzlichen Effekt. »Ach so. Dann helfe ich wohl.«

»Gott sei Dank.«

Als sie sich wieder in die Routine einfanden, diesmal mit erheblich weniger Spannung in der Luft, überlegte er ihre schnelle und dramatische Stimmungsänderung. Zweifellos wäre die Aussicht, zusätzliche Materialien für den Rumpf zu finden, eine willkommene Entwicklung und sollte sie aufheitern, aber nicht in so großem Maße.

Es dauerte ein paar Minuten, bis er die Antwort herausfand, obwohl sie im Nachhinein blendend offensichtlich schien, angesichts dessen, was er bisher über sie herausgefunden hatte.

Er hatte ihr die Mittel gegeben, ihr Schiff ganz zu machen. Wieder zu fliegen.

23

ERISEN

ERDALLIANZ-KOLONIE

»Es ist dasselbe Prinzip wie das Dämpfungsfeld, nur dass es Signale daran hindert, hineinzugelangen, anstatt sie daran zu hindern, herauszukommen. Wir müssen das Rad nicht neu erfinden, nur die Prinzipien in leicht angepasster Weise neu anwenden.«

Der junge Ingenieur sah sie an, als wäre ihr ein zweiter Kopf gewachsen. Sie überprüfte es – war nicht der Fall. »Na? Vergesse ich irgendeine fundamentale Regel der Chemie? Quantenphysik? Elektronik?«

»Äh, nein, Ma'am, nicht soweit—«

»Kennedy ist in Ordnung.« Sie lächelte ihn im gespenstischen Licht an. Das Prototyplabor war notwendigerweise fensterlos und dunkel, abgesehen vom verstreuten Schein dutzender Bildschirme und Schnittstellen.

»Ja, Ma'am. Kennedy. Ma'am. Es ist nur so, dass das Dämpfungsfeld nicht alles blockiert, selbst bei seiner stärksten Einstellung. Es dämpft nur die Stärke der Wellen. Damit Rückschirmung funktioniert, muss sie undurchlässig sein.«

»Stimmt, aber die Energie, die das Dämpfungsfeld blockiert, liegt in der Größenordnung von Terajoule. Die Energie, die wir hier blockieren wollen, ist viel kleiner.«

»Richtig. Guter Punkt.« Er führte Berechnungen auf dem Bildschirm vor ihnen durch. Die blauen und türkisfarbenen glyphs, die seinen Arm bedeckten, pulsierten hell und warfen Farbe in die Luft. »Es sollte nicht allzu schwierig sein, einen starken Faraday-Käfig mit einem silberbasierten nichtlinearen metamat zu schaffen. Wir könnten—«

»Und das sollten wir tun – aber nicht jetzt. Damit dieses Projekt erfolgreich ist, muss es einfach zu installieren und relativ kostengünstig sein, nicht ein weiteres teures Gitter, das aufgemalt werden muss.«

Er starrte sie an. »Ein billiger virtueller Schild, der das gesamte Spektrum blockiert?«

»Nein, so verrückt bin ich nicht. Er muss gegen gerichtete Signale schützen, nicht gegen Weltraumstrahlung oder ähnliches. Ich denke, er muss überhaupt kein Faraday-Käfig sein. Er muss einfach spezifische Signale stören, schließlich. Wir stören ständig Signale.«

Seine Augen weiteten sich und blickten zur Decke, um Inspiration zu suchen. »Wir können sicherlich einen Schild entwerfen, der eingehende Wellen zerstreut oder stört. Aber er würde auch das exanet stören, einschließlich Nachrichten, und ich, äh…« er kicherte vor sich hin, dann errötete er »…glaube nicht, dass unsere Kunden das mögen würden, oder?«

Sie klopfte ihm ermutigend auf die Schulter. Sie liebte nerdige Ingenieure; sie waren so rein. Tatsächlich war dies der Kern des Problems, für das sie ihn aufgesucht hatte. Aber sie hatte gewollt, dass er die Variablen durcharbeitet und selbst darauf kommt, denn jetzt würde er das Gefühl haben, dass es auch ihm gehört.

»Du hast absolut recht, weshalb ich brauche, dass du einen Weg findest, exanet-Signale hineinzulassen, ohne ein Loch zu schaffen, das groß genug ist, damit die bösen Piraten hindurchschlüpfen können. Was denkst du? Kannst du das schaffen?«

Seine Stirn runzelte sich und sein Blick hüpfte durch das Labor. »Nun, es muss adaptiv und semi-intelligent sein, also schauen wir auf irgendeine Art von active ware in seinem Kern und—«

Sie lachte und begann sich zurückzuziehen. »Lass mich einfach wissen, wenn du etwas hast.«

Er nickte geistesabwesend, sein Verstand bereits verloren in einer magischen mathematischen Welt.

In Wahrheit brauchte sie ziemlich schnell 'etwas'. Die Vorstands präsentation war besser gelaufen als erwartet, und sie hatten so bald wie möglich praktische Designpläne angefordert. Aber der schnellste Weg zu diesen Plänen war, einen Techie für die Herausforderung zu begeistern und ihm dann den Raum zu geben, brillant zu sein.

* * *

Sie trat aus den Glastüren von IS Designs Büros auf den breiten Gehweg hinaus, nur um vor Freude zu grinsen. Leichte, flauschige Schneeflocken tanzten in der Luft und wurden zu einem leuchten-den Gold in den gebrochenen Abendstrahlen.

Sie zog ihre Mütze fest über die Ohren und machte sich auf den Weg, wenn auch nicht zu schnell. Ihr Apartment war acht Blocks entfernt im Herzen der Innenstadt, und sie beschloss, den Spaziergang zu genießen.

Erisen war seit elf Jahren ihr Zuhause, aber nachdem sie in Houston aufgewachsen war und in Pasadena studiert hatte, fand sie sich immer noch ein wenig verzaubert vom Schnee. Er ließ alles... sanfter wirken. Sanfter. Heller. Es war in Ordnung, wieder ein Kind zu sein, wenn man in Gegenwart von Schnee war.

Auf halbem Weg den nächsten Block hinunter verweilte sie am Fenster einer Schuhboutique, vergeblich wie immer. Sie fuhr in zwei Tagen nach Houston zum Hochzeitstag ihrer Eltern und brauchte auffällige Kleidung für die Party. In der Sprache ihrer Eltern bedeutete 'Party' Gala-Extravaganz mit fünfhundert Gästen, einem privaten Orchester und Delikatessen, die von einem halben Dutzend Welten eingeflogen wurden. Und während Erisens Modeangebot bis zu einem gewissen Punkt gereift war, tendierten die Einzelhändler zu praktischer Kleidung, die von einem kalten und schneereichen Klima gefordert wurde.

Ach. Vielleicht sollte sie früh zur Erde fahren und zuerst in Manhattan vorbeischauen. Sie wollte nicht, dass die Freunde ihrer Eltern dachten, Erisen sei irgendeine rückständige Hinterwäldler-Welt, denn mit hundertzweiundsiebzig Jahren war sie das nicht. Größtenteils.

Ihr eVi zeigte eine eingehende Nachricht an, und ein Stirnrunzeln zog an ihren Lippen, als sie sich öffnete. Miles, der Öko-Entwicklungsmanager, würde sie gerne am nächsten Abend zu einer Kunstausstellung mitnehmen. Sie überlegte einen Moment, während sie die Straße überquerte, und streckte abrupt ihre Zunge heraus, um eine fallende Schneeflocke zu fangen.

Nachdem der anfängliche Nervenkitzel einer neuen Romanze abgeklungen war, fand sie ihn zunehmend anspruchsvoll. Er hatte sich als schrecklicher Skifahrer erwiesen, was süß hätte sein können, wenn er nicht so verdammt weinerlich dabei gewesen wäre. Er redete unaufhörlich über seine Arbeit, was interessant hätte sein können, wenn seine Arbeit nicht hauptsächlich aus Lobbyarbeit bestanden hätte. Und obwohl er ziemlich gutaussehend war, machte sein Mund diese seltsame Abwärtsbewegung als Reaktion auf alles, was man sagte; es ließ ihn mürrisch aussehen.

Mit einem Augenrollen schickte sie eine Absage und Entschuldigung zurück. Die Entschuldigung war einfach, da sie legitimerweise nicht verfügbar war, weil sie sich für die Reise nach Hause fertig machen musste. Ob er es als dauerhaftere Absage interpretierte... nun, darüber würde sie sich bei ihrer Rückkehr Sorgen machen.

Wieder einer weniger. Sie lachte vor sich hin, völlig bewusst, dass sie es wieder getan hatte, aber öffnete trotzdem ein neues Nachrichtenfenster.

Alex,

...oder auch nicht. Er ist völlig zu bedürftig und am Rande des Schmollens. Ach ja, morgen ist ein neuer Tag.

— Kennedy

Sie schickte die Nachricht ab, als ein Glitzern zu ihrer Linken ihre Aufmerksamkeit erregte. Der letzte Moment des Sonnenuntergangs über den Bergen warf glitzernde Strahlen in den schneeerfüllten Himmel. Es sah—

Nachricht konnte nicht zugestellt werden. Empfänger ist nicht mit der exanet-Infrastruktur verbunden. Nachricht wird in die Warteschlange eingereiht, bis sie zugestellt werden kann.

Was?

Die Person hinter ihr kollidierte mit ihr, und sie fing gerade noch ihr Gleichgewicht ab, um einen Sturz zu Boden zu verhindern. Sie murmelte ein »Entschuldigung« und ging aus dem Weg.

Abgelenkt von beunruhigenden Gedanken schaffte sie es, sich durch den geschäftigen Fußgängerverkehr zu einem niedrigen Sims zu winden, der die Barriere zwischen dem Gehweg und einem kleinen Skulpturenpark markierte. Sie sank gegen den Sims.

Es gab ein paar Fälle, in denen man von der allgegenwärtigen exanet-Infrastruktur abgeschnitten sein könnte. Höhlenerkundung unter ein paar Kilometern fester Schwermetalle zum Beispiel, oder einen Platz in der ersten Reihe bei einer Supernova-Explosion. Nicht viel anderes... außer tot zu sein, natürlich.

Die *Siyane* war mit der robustesten verfügbaren Strahlenschirmung ausgestattet, aber selbst sie hatte Grenzen.

Oh Alex, was machst du da?

24

SIYANE

METIS-NEBEL, UNBEKANNTER PLANET

Die *Siyane* glitt fünfzehn Meter über dem Boden dahin und kämpfte sich durch einen heftigen Wind zu der einzigen Anzeige in kilometerweiter Entfernung, die irgendwelche Hinweise auf etwas Künstliches zeigte.

Alex deutete auf den Bildschirm im oberen rechten Quadranten der Cockpit-Anzeige. Sie hatte ihm Anzeigerechte für das HUD gegeben, weil es einfach praktisch war. »Behalte diese Anzeige im Auge, während ich versuche, nicht in irgendwelche plötzlich auftauchenden bergigen Objekte zu krachen. Sag mir Bescheid, wenn sie ansteigt.«

Caleb nickte von seiner Position an der Halbwand, die das Cockpit von der Hauptkabine trennte. »Verstanden.«

Sie hatten den vorigen Abend damit verbracht, das Hüllenmaterial so weit wie möglich zu dehnen, und es früh für die Nacht gut sein lassen, müde wie sie waren. An diesem Morgen waren sie in Richtung der Region aufgebrochen, die das Navigationssystem als wahrscheinlichste Absturzzone identifiziert hatte. Sie flogen bereits seit über einer Stunde, um den Rand der Region zu erreichen; aus offensichtlichen Gründen flog sie vorsichtig.

Er hatte Muffins gebacken, nachdem sie abgehoben waren, war dann im Cockpit aufgetaucht und hatte ihr beiläufig zwei davon gereicht.

Muffins. Er hatte sie völlig aus der Fassung gebracht mit Muffins. Bananen-Nuss-Mehrkorn-Muffins, um genau zu sein. Das Arsenal dieses Mannes war wirklich beeindruckend.

Sie ertappte sich dabei, wie ihre Gedanken zu anderen Waffen wanderten, die er vielleicht in seinem— *Herrgott, Alex, reiß dich zusammen. Es ist viel zu früh am Morgen für solche Gedanken.*

»Hey, da ist ein Anstieg.«

Sie blinzelte heftig und warf einen Blick auf die Anzeige. »Stimmt.« Sie schwenkte in Richtung des blinkenden Signals. Als sie in Reichweite waren, verlangsamte sie auf Schneckentempo, bis sie das Wrack zwischen dem wehenden Sand erkennen konnten.

Er stöhnte und sackte scheinbar verzweifelt gegen die Wand. »Mein Baby…«

»Hör zu, ich hab gesagt, es tut mir leid. Es gibt nichts anderes—«

»Es war ein Leihwagen. Ich hatte sie erst eine Woche.«

»Unh!« Sie beugte sich hinüber und boxte ihn in die Schulter. »Sehr witzig.«

»Au.« Er rieb sich vorsichtig die Schulter. »Also, was ist der Plan?«

Sie studierte die verschwommenen Umrisse des Wracks. »Sieht vielversprechend aus. Der Wind ist aber verdammt stark, also werden wir uns an die Hülle festbinden. Ich schlage vor, wir wechseln uns ab beim Abschneiden von Stücken und bringen sie zur Luftschleuse. Ich hätte gern mindestens drei Quadratmeter, so fest und flach wie möglich.« Sie beugte sich näher zum Sichtfenster. »Angesichts des Zustands des Wracks könnte das bedeuten, dass wir viele kleine Stücke brauchen.«

»Passt mir.«

Das Fahrwerk des Schiffs setzte auf dem Boden auf, und sie stellte den Motor ab. »Dann legen wir los.«

* * *

Sie gesellte sich wieder zu ihm, nachdem sie ein Blech in der Luftschleuse abgelegt hatte, ihr vierter solcher Trip. Sie hatten inzwischen einen schönen Stapel Material angesammelt, aber sie wollte nicht zu knapp dran sein und das alles nochmal machen müssen. Der Wind machte jeden Schritt zu einer Herausforderung, und der wirbelnde Staub reduzierte die Sicht auf wenige Meter. »Verdammt, dieser Planet ist zum Kotzen.«

Er lachte über den Nahbereichs-Comm. »Das musst du mir nicht sagen—ich bin mir ziemlich sicher, dass ich es dir schon gesagt habe. Aber das ist nicht mal das, was mich am meisten an ihm stört.«

»Und was stört dich am meisten an ihm?«

»Wie ist er überhaupt hier? Was umkreist er? Wir sind weit weg vom Pulsar, und es gibt keine Anzeichen für einen anderen Stern in der Nähe.«

»Vielleicht liegt die Antwort in dieser ungewöhnlichen Strahlung. Ich weiß es nicht. Wie auch immer—«

Eine mächtige Böe fegte aus dem Nichts über sie hinweg; das abgestürzte Schiff schwankte gefährlich, mehrere lose Teile rissen sich los und verschwanden in den Himmel.

Der strafende Wind riss das Hüllenstück, das er gerade abgetrennt hatte, aus seiner Hand. Seine gezackten Kanten schnitten glatt durch die Leine, die sie an ihr Schiff band, auf dem Weg ins Nichts.

Die Geschwindigkeit des Winds nahm noch mehr zu und begann sie unerbittlich rückwärts zu schieben. Sie griff nach dem Wrack und hatte es geschafft, es zu fassen, als eine frische Böe hereinpeitschte und ihr unsicherer Griff auf der Metalloberfläche abrutschte.

Seine Stimme war tief und ruhig. »Halt durch. Ich werde—«

»Ich kann nicht!« Die Böe änderte die Richtung, und sie spürte, wie sie seitlich vom Wrack weggeblasen wurde—

—seine Arme schlangen sich um ihre Taille und hielten sie fest an sich gedrückt. Sie verstand nicht, wie er es geschafft hatte, sie zu erreichen. Irgendwie hatte er es getan.

»Es ist okay. Ich hab dich.«

Ihr Puls raste und hämmerte in ihren Ohren über dem heulenden Wind. Eine Welle von Schwindel überkam sie mit der schnellen Flut von Adrenalin. Sie schnappte nach Luft. »Lass nicht los.«

Sein Gesichtsschutz senkte sich nach vorn, um auf ihrem zu ruhen. »Tu ich nicht. Ich verspreche es.«

Ihre Augen hoben sich, um die seinen zu treffen. Sie war schockiert darüber, wie verängstigt er aussah. Diese wunderschönen Iris hatten sich zu einem tobenden Mitternachtsblau verdunkelt, das winzige Pupillen umgab. Starre Linien angespannter Muskeln schnitten unter seine Wangenknochen.

Aber der Ton seiner Stimme blieb ruhig und selbstsicher. Das ließ sie sich sicher fühlen… ebenso wie der feste Griff seiner Arme um sie. Es schien, als versteckte sein täuschend schlanker Körperbau eine Menge Kraft. Sie sog mehrere tiefe Atemzüge ein, bis ihr Puls sich zu verlangsamen begann. »Danke.«

Er grinste, wenn auch etwas zittrig. »Konnte doch meinen Piloten nicht verlieren, oder?«

»Wir sollten wahrscheinlich… zum Schiff gehen.«

»Soll ich dich tragen?«

Und die freche Schlagfertigkeit kehrt zurück. Sie funkelte

ihn durch den Gesichtsschutz an, obwohl jeder Ärger bestenfalls gespielt war. »Das ist sehr freundlich. Wie wär's, wenn wir stattdessen einfach meine Leine an deine binden?«

»Okay, aber sag nicht, ich hätte es nicht angeboten.«

»Zur Kenntnis genommen.« Sie hoffte, dass der Helm das Lächeln verbarg, das hartnäckig an ihren Lippen zog, als sie um ihn herumgriff, um das ausgefranste Ende ihrer Leine an seiner zu befestigen. »Lass uns jeder ein Stück holen und reingehen. Ich denke, wir haben genug.« Sie zog den Knoten fest und trat zurück, um ihm ins Gesicht zu sehen.

Eine Sekunde verging, dann zwei. Ihr Puls entschied sich, wieder die Richtung zu wechseln. Sie schluckte. »Du kannst jetzt loslassen.«

Er lachte leise. »Stimmt.« Aber er wartete noch eine volle Sekunde, bevor er seinen Griff lockerte und einen halben Schritt zurücktrat.

Sie wirbelte zum Wrack herum, nur um frustriert zu brummeln. »Und meine Klinge ist weg.«

»Schon okay. Du kannst… diese hier nehmen.« Er beendete das Abschneiden eines kleinen Stücks und reichte es ihr, dann ging er zum letzten. Als er das finale Stück in den Händen hielt, hielt er inne, um die Überreste seines Schiffs anzustarren.

»Was ist? Gibt es etwas anderes, was du zu finden versuchen wolltest?«

Sie sah seine Schultern unmerklich sinken, obwohl der Seufzer nicht hörbar war. Er blickte zu ihr zurück. »Nein. Wir sind fertig.«

* * *

Sie lächelte vor sich hin, als das Metall abkühlte und zu einem nahezu nahtlosen Blech verschmolz. Die Materialien waren nicht identisch; daher durchlief der Farbton an der... nun ja, Naht eine merkliche Veränderung. Trotzdem würde es reichen. Mehr als reichen, ehrlich gesagt. Sie musste zugeben, sie war beeindruckt von dem senecanisch hergestellten Metamat. Es war nicht besser als ihres, nur anders. Aber nicht schlecht anders.

Sie begann, den nächsten Abschnitt zu erhitzen. Nachdem sie das geborgene Material ausgelegt und die Stücke an die verbleibenden Lücken angepasst hatten, hatten sie die Reparaturen aufgeteilt, um Zeit zu sparen. Seine Arbeit am vorigen Nachmittag hatte sie mehr als überzeugt, dass er wusste, was er tat. Sie vertraute darauf, dass er es richtig hinbekommen würde, was schon einiges aussagte.

»Also, ich hab mir überlegt. Sobald die Reparaturen fertig sind, sollten wir diese anomalen Messwerte überprüfen.«

Sein Brenner erstarrte über der Hülle. »Denkst du?«

»Wir sollten es zumindest in Betracht ziehen. An diesem Punkt sind wir praktisch schon da, wir können genauso gut vorbeischauen. Ich meine, deswegen bin ich hier, deswegen bist du hier. Es wird nicht viel Aufwand sein, es zu überprüfen.«

Ihr Brenner erzeugte eine helle Blendung, und jenseits seines Lichtkranzes konnte sie seinen Gesichtsausdruck am anderen Ende des Laderaums nicht sehen. Sie konnte sehen, wie er seine Werkzeuge auf den Boden legte. Eine Antwort ließ jedoch mehrere Sekunden auf sich warten.

»Du hast recht. Deswegen bist du hier, und deswegen bin ich hier. Also was bedeutet das? Falls es sich als wichtig herausstellt, bekomme ich eine Kopie der Daten?«

Sie zögerte nicht einmal. Schließlich bedeutete 'ich hab mir überlegt', dass sie zuvor die Parameter identifiziert und alle verzweigten Überlegungen analysiert hatte. »Ja.«

Seine Antwort kam ebenfalls schnell, obwohl sie vermutete, aus einem anderen Grund. »Meinst du das ernst? Warum?«

Sie kehrte zu dem noch zerfetzten Rand des geborgenen Materials zurück. »Weil ich nichts davon habe, es dir vorzuenthalten. Du wirst wissen, was das Phänomen ist, zumindest in groben Zügen, weil du dabei sein wirst. Ich vermute, im Gegensatz zu meinen typischen Kunden werden deine Bosse keine detaillierten wissenschaftlichen Analysen und Spektrumdiagramme verlangen, bevor sie auf die Informationen reagieren, also wirst du bereits alles haben, was du brauchst. Ich werde keinen Vorteil davon haben, eine Zicke zu sein, und ich werde verlieren…« Ihre Hand hielt zwei Zentimeter von dem Splitter entfernt inne.

»Du wirst was verlieren?«

Arschloch, als ob er die Antwort nicht wüsste. »Comity.«

Er unterdrückte ein Lachen. »Comity?«

Sie funkelte den Brenner an. »Ja, Comity. Wohlwollen. Freundschaftliche Beziehungen. Dass du nicht versuchst, mich umzubringen. Nenn es wie auch immer—« Sie jaulte auf, als die Flamme ihren Fingertipp streifte, und löschte sie schnell, damit sie nicht das Schiff in Brand setzte.

»Alex, du musst inzwischen wissen, dass ich dich nicht umbringen werde.«

Sie lutschte an dem verbrühten Finger, um ein oder zwei Sekunden zu gewinnen. »Natürlich weiß ich das. Ich hab versucht, humorvoll zu sein. Bin kläglich gescheitert, anscheinend. Keine große Überraschung, es war nie eine meiner Stärken.« Er kommentierte nicht weiter, und sie schaltete den Brenner wieder an und wandte sich der Hülle zu—

—dann bemerkte sie, dass er herübergekommen war und auf den Fußballen gegen die Wand neben ihr hockte. Verdammt, er konnte sich leise bewegen.

Sie äugte zu ihm hinüber, ohne ihn wirklich anzusehen; ein Mundwinkel zuckte als Antwort nach oben. Er war viel zu süß für sein—oder ihr—eigenes Wohl, wenn er das tat… Überrascht von ihrer eigenen Reaktion fragte sie sich, wann genau sein Grinsen aufgehört hatte, nervig zu sein, und angefangen hatte, süß zu sein. Gestern Abend? Heute Morgen mit den Muffins? Gerade eben?

»Ich glaube dir nicht.«

Sie blies einen Atemzug aus, schaltete den Brenner wieder aus und rollte sich auf den Rücken. »Du verstehst warum, oder?«

Er nickte. »Weil es mein Job ist, ein Chamäleon zu sein, zu werden, was auch immer ich in einer gegebenen Situation sein muss, um die Mission zu erfüllen—oder zumindest lebend rauszukommen, je nachdem. Und ich bin sehr gut in meinem Job, was du vermutlich erkannt hast. Daher hast du keine Möglichkeit, sicher zu sein, ob ich nicht einfach die Rolle des entspannten, umgänglichen, hilfreichen, witzigen, charmanten blinden Passagiers spiele und dir die Kehle durchschneide, sobald es mir nützt.«

Sie zuckte mit den Schultern und machte sich nicht die Mühe zu leugnen, dass er all diese Dinge war. »Fasst es ziemlich gut zusammen, ja.«

»Und ich sehe nicht, wie ich dich vom Gegenteil überzeugen könnte… besonders wenn ich mir nicht mal selbst sicher bin.«

»Hilfst nicht.«

Er zuckte sichtbar zusammen. »Das kam falsch raus—ich bin sicher, dass ich dir nicht die Kehle durchschneide. Ich meinte… es ist so lange her, seit ich wirklich ich selbst in der Nähe von jemand anderem war, ich bin mir nicht sicher, ob ich überhaupt noch weiß, wie das geht.«

Sie runzelte die Stirn. »Das ist irgendwie tragisch.« Die Stirnfalte vertiefte sich. »Es sei denn, das ist nur eine weitere Schicht der Schauspielerei, entworfen, um mein Vertrauen zu gewinnen, wenn die entspannte, umgängliche, hilfsbereite, witzige, charmante Routine nicht funktioniert hat.«

Er stöhnte und ließ sich ganz auf den Boden sinken. »Völlig berechtigter Punkt. Es ist unmöglich für mich, mich aus dem hier herauszureden.«

»Stimmt. Tut mir leid.« Sie drehte sich auf den Bauch und aktivierte den Brenner. Wieder. »Okay. Gedankenexperiment. Wenn du nicht in einer Notlage wärst, wenn das hier keine 'Situation' wäre, wenn es nichts mit einer Mission zu tun hätte und du stattdessen im Urlaub wärst, was würdest du gerade tun?«

»Dich küssen.«

Scheiße.

Seine Stimme war in Tonhöhe und Lautstärke gesunken, und ihr liliendes Timbre wusch sanft über sie wie die Liebkosung eines Geliebten. Sie biss sich hart genug auf die Unterlippe, um Blut zu ziehen, aber tat ihr Verdammtestes, um keine Reaktion zu zeigen. Ihr Ton blieb beiläufig und nonchalant. »Oh, also ist das wahre Du ein moderner Casanova, der durch die Galaxis reist und in jedem Hafen eine Jungfrau in Not umwirbt?«

Sie warf einen Blick hinüber und fand seine Augen teuflisch funkelnd und seinen Mund wieder mit einem viel zu küssenswerten Grinsen. *Scheiße.*

»Das hab ich nicht gesagt.«

Sie nickte und konzentrierte sich auf die Hülle, der metallische Geschmack von Blut stach auf ihrer Zunge. »Mein Fehler. Und was würde das wahre Du tun, wenn ich 'in deinen Träumen' sagen und ihn auf den Arsch stoßen würde?«

Er seufzte laut, zweifellos für dramatischen Effekt. »Er würde zu seinem Posten zurückkehren und dir helfen, die Reparaturen zu beenden, damit wir diese Anomalie überprüfen können...«

Sie blickte zu ihm zurück, eine Augenbraue hochgezogen, und deutete erwartungsvoll zum anderen Ende des Laderaums.

Er verdrehte die Augen und stieß sich vom Boden ab. »Ich gehe ja, ich gehe ja.«

Scheiße.

* * *

Caleb bereitete das Abendessen zu, während sie die Vorflugchecks durchlief—zweimal zur Sicherheit, wie es aussah—dann verließen sie endlich das, was alles in allem ein ziemlich unfreundlicher Planet gewesen war. Der Atmosphärendurchgang war rau, aber auf so einem kleinen Planeten dauerte er nur Minuten.

Das Schiff hielt zusammen, alles blieb im grünen Bereich, und er sah eine Welle der Anspannung von ihr weichen, sogar im Profil. Ihre Haltung entspannte sich und ihre Kieferlinie wurde merklich weicher, als sie den Stuhl herumdrehte, um der Kabine zugewandt zu sein.

»Ich werde den sLume in ein paar Minuten einschalten, sobald der Impulsmotor etwas negative Masse aufgebaut hat. Wir werden über Nacht superluminal fliegen, und wenn wir morgen früh raus-fallen, sollten wir nah genug am Pulsar sein, um viel eindeutigere Messwerte zu bekommen. Was gibt's zum Abendessen?«

»Gebratener Lachs mit welkem Spinat und Zitronenreis. Du hast wirklich eine feine Auswahl an Lebensmitteln an Bord.«

»So viel Zeit, wie ich hier draußen verbringe, verdammt ja. Ist es fertig?«

»Zwei Sekunden. Ungeduldig, was?«

Sie schmätzte mit den Lippen und ließ ihre Zehen ungeduldig über den Boden tanzen. Aber sie schien entspannter als er sie je gesehen hatte. Und warum nicht? Sie flog wieder, was vermutlich viel bedeutete.

Die offene Flirterei vorhin war ein Wagnis gewesen, wenn auch nicht unbedingt ein gescheitertes. Die Zeit würde es zeigen. Er hatte sich Sorgen gemacht, es könnte nach hinten losgehen und sie wegstoßen, aber anscheinend nicht. Warum hatte er es getan? Weil es sich... richtig angefühlt hatte. Die Situation war jetzt ziemlich anders als seine erste Einschätzung an seinem ersten Tag der Freiheit. Ziemlich anders.

Er positionierte den Lachs auf den Tellern und servierte sie mit großer Förmlichkeit. »Und jetzt ist es fertig. Oh große Raumschiffkapitänin, Ihr Abendessen ist serviert.«

»Klugscheißer.« Aber sie trug ein Lächeln, als sie herüberkam, deutete an, die Lichter zu dimmen, und ließ sich in den Stuhl nieder. Jetzt erreichte das Lächeln auch ihre Augen, und das Ergebnis raubte ihm den Atem.

»Nun, ja.« Er verbarg seine Reaktion in einem Lachen, als er sich zu ihr gesellte. Sie hatte bereits in den Spinat hineingebissen. »Und wie ist es?«

»Ymmmm.« Ihre Augen schlossen sich, ein seliger Ausdruck breitete sich über ihr Gesicht aus, und er ertappte sich dabei, sich zu fragen, ob sie so aussah, wenn sie... *Wow. Heb dir diese Gedanken lieber für auf, wenn du allein hinter dem Sichtschutz bist.*

»Es ist köstlich, was du sicher weißt. Ich nehme an, vielseitig begabt zu sein ist eine Arbeitsanforderung, um Spion zu werden.«

»Ich—« Er hielt inne, die Gabel in der Luft, seine Braue leicht gerunzelt. »Kochfähigkeiten nicht unbedingt, aber ja, ich nehme an, das ist es.«

»Wie bist du? Spion geworden, meine ich.«

Hmm. Testzeit, oder? Sein Instinkt sagte ihm, ein Netz aus Halbwahrheiten um die Wahrheiten und Lügen zu spinnen; es war sein Modus Operandi.

Er erinnerte sich an ihr früheres Gespräch. Er hatte nicht gelogen—nicht viel—als er sagte, er sei sich nicht sicher, wie er er selbst in der Nähe von jemand anderem sein sollte, aber er war sich ziemlich sicher, dass es nicht bedeutete zu lügen, wenn die Wahrheit ausreichen würde. Sie wusste, was er beruflich machte. Solange er davon absah, Staatsgeheimnisse zu verraten, barg es keine Gefahr, darüber zu sprechen.

Er beendete seinen Bissen Lachs und lächelte ganz leicht. »Sie haben mich gefunden. Ich stand kurz vor dem Universitätsa bschluss mit Abschlüssen in Geschichte und Ingenieurphysik. Ich wollte orbitale Kommunikationsarrays bauen. Siehst du, ich hatte diese Idee für eine neue Art adaptiver Array, die intelligent ihre Orbitalentfernung je nach Signallast und vorübergehenden Bedürfnissen verschieben könnte. Es würde Koordination von—ist nicht wichtig. Jedenfalls, eine Woche vor dem Abschluss sprach mich ein—« nicht das, noch nicht »—Mann an, der die Intelligence Division vertrat.«

Er zuckte leicht mit den Schultern. »Etwas, was ich getan hatte, oder vielleicht alles, was ich getan hatte, hatte ihre Aufmerksamkeit erregt. Und ich sagte ja.«

»Warum?« Sie beobachtete ihn ziemlich intensiv, helle graue Augen tanzten im gedämpften Licht. Es hätte sich wie ein Verhör anfühlen können, außer dass er ihr erzählen wollte.

»Ich wollte nicht in einem Firmenjob für die nächsten achtzig oder hundertdreißig Jahre feststecken. Ich mochte Ingenieurwesen gut genug, aber ich liebte auch die Natur und die Arbeit mit meinen Händen. Ich hatte gute Menschenkenntnisse, und der Bau von Orbital-Hardware ist nicht für seine lebendige soziale Szene bekannt. Das hier aber, es bot Abenteuer. Neue Orte, neue Ziele, neue Herausforderungen bei jeder Mission. Mir würde nie langweilig werden.«

Er hielt inne, um einen Bissen Reis zu nehmen. »Und bevor du fragst, ich bereue es nicht. Es gibt Nachteile, die ich damals nicht vorhergesehen habe, aber es tut mir nicht leid, dass ich dieses Leben gewählt habe.«

»Halt den Gedanken fest.« Sie glitt in Richtung Cockpit weg, vermutlich um den sLume-Antrieb zu aktivieren. Es fiel ihm auf, dass er dabei war, seine Lebensgeschichte vor ihr auszuschütten... aber er stellte fest, dass er nicht den Drang aufbringen konnte aufzuhören.

Ein paar Sekunden später spürte er die fast unmerkliche Veränderung im Schnurren des Motors unter ihnen und das Leuchten des Nebels verschwamm außerhalb des Sichtfensters. Sie kehrte nicht sofort zum Tisch zurück, und er spürte, wie sie sich hinter ihm zur Ecke des Küchenbereichs bewegte.

Es kam als angenehme Überraschung, als sie am Tisch auftauchte und eine Flasche Wein und zwei Gläser hielt. »Ich denke, der Flucht von diesem gottverdammten Planeten ist ein kleines Feiern wert. Willst du etwas?«

Es war so leicht, sich in ihren Augen zu verlieren, und für einen Moment ließ er es zu. »Ich würde es lieben.«

Sie brach den Blickkontakt, um die Gläser hinzustellen und den Wein einzuschenken, bevor sie zu ihrem Stuhl zurückkehrte. »Was ist mit deinen Eltern, deiner Schwester? War es nicht schwierig, sie anlügen zu müssen?«

Er nahm sich die Zeit, den ersten Schluck des Weins zu genießen. Ein Chardonnay, auf die perfekte Temperatur gekühlt. Tiefgolden in der Farbe, zog er das Licht an sich, bis ein Leuchten von innen ausstrahlte. Außerdem schmeckte er köstlich. Andererseits würde er das auch.

»Wir waren nicht eng—ich meine, meine Schwester und ich sind jetzt ziemlich eng, aber sie war damals noch ein junger Teenager. Und meine Eltern... nun, sie waren keine Überlegung.« Er seufzte. »Klingt wahrscheinlich kalt und herzlos, oder?«

Sie hatte ihr Abendessen beendet und sich im Stuhl zurückgelehnt, Beine bequem gekreuzt und das Weinglas in der Hand. Ihr Haar, feucht von der Dusche, fiel unordentlich über ihre Schultern. Sie verzog das Gesicht beim Glas; es schien nicht stellvertretend auf ihn gerichtet zu sein.

Sie nahm einen langen Schluck, dann betrachtete sie den Wein, wie er träge im Glas wirbelte. »Vielleicht, aber ich verstehe, wie es passieren kann. Meine Mutter und ich verstehen uns nicht gerade, und das schon seit Jahren nicht.«

Sein Kopf neigte sich einen Bruchteil. Neugierig, aber nicht bedrohlich. »Warum nicht? Falls es dir nichts ausmacht, dass ich frage.«

Sie funkelte die Decke an. »Was spielt es für eine Rolle, warum nicht?«

Er zuckte bei der plötzlichen Schärfe in ihrem Ton zusammen. Verdammt, aber ihre Eltern waren ein heikles Thema.

»Es ist dir wichtig.«

Er runzelte fast die Stirn, überrascht von der Intimität der Worte, die aus seinem Mund kamen, ganz zu schweigen von ihrer Aufrichtigkeit. Er war so weit von seinem Spiel abgekommen, dass es lächerlich war. Außer dass er das Spiel eigentlich gar nicht mehr spielte, oder? Nein, anscheinend nicht.

Sie schien seine mentalen Verrenkungen nicht zu bemerken; ihre Worte tropften vor Bitterkeit, aber wieder schien sie nicht auf ihn gerichtet zu sein. »Ist es wirklich nicht…«

Er nickte langsam und nippte an seinem Wein, ließ die Stille verweilen. Schließlich stellte er das Glas auf den Tisch und fuhr müßig mit einem Fingertip am Rand entlang. *Hast schon viel mehr geteilt, als du wolltest, könntest genauso gut aufs Ganze gehen. Was soll's.* »Meine Mutter ist verrückt.«

»Ich dachte, deine Mutter wäre Industriearchitektin?«

»Die beiden schließen sich gegenseitig aus?«

Sie zuckte nur als Antwort mit den Schultern.

»Sie ist—oder war jedenfalls. Hatte eine anständige Laufbahn und mehrere prominente Gebäude auf ihren Namen. Dann, eines Nachts, aus heiterem Himmel und nach vierundzwanzig Jahren Ehe, verließ mein Vater sie. Sagte, er liebte sie einfach nicht mehr und musste etwas Glück für sich selbst finden.

»Sie hatte schon immer zur emotionalen Seite geneigt, aber solange er da war, blieb sie stabil und voll funktionsfähig. Aber… ich weiß nicht. Ich schätze, sie sah ihn als ihre ganze Welt. Als er ging, ist sie einfach… zerbrochen.«

Er starrte einen Moment auf die Flasche, griff sie, füllte sein Glas nach und nahm einen langen Schluck. »Sie hörte auf zu arbeiten, hörte auf zu skizzieren, hörte auf, überhaupt viel zu tun. Sogar jetzt sitzt sie meistens im Haus und wartet darauf, dass er zurückkommt.«

»Denkst du, er wird es?«

»Nach zwanzig Jahren? Nein.«

»Nun, was sagt er denn?«

»Weiß nicht. Hab nicht mit ihm gesprochen seit der Nacht, als er gegangen ist.«

Ihre Augen kräuselten sich an den Ecken, als sie ihn über den Rand ihres Glases betrachtete. »Es tut mir leid.«

Sie klang, als meinte sie es, aber er vermutete, er trug selbst ein bisschen elterliches Gepäck mit sich herum. »Mir nicht. Er hat seinen Wert gezeigt, als er gegangen ist.«

Als er zum ersten Mal den Rat bekommen hatte, 'niemals etwas zu haben, von dem du nicht weggehen kannst', war er skeptisch gewesen. Schließlich, war es nicht genau das, was er an seinem Vater hasste? Er hatte die Sache gelöst, indem er eine Folgeregel entwickelte: *Lass niemals jemanden nah genug rankommen, dass er von dir abhängt. So werden sie nicht verletzt, wenn du weggehst.*

Er teilte diese Gedanken natürlich nicht laut mit, und sie verfielen wieder in Schweigen. Er beobachtete sie, ohne sie zu beobachten. Es war offensichtlich, dass sie mit etwas kämpfte. Ihr Blick wanderte umher, konnte sich aber auf nichts konzentrieren, während sie abwesend den Stiel ihres Glases zwischen zwei Fingern drehte. Ihre Lippen pressten sich zusammen, als wollten sie verhindern, dass Worte ohne vorherige Genehmigung heraussprudelten.

Er hoffte, sie sah sein Geständnis als das, was es war: ein ehrliches, unüberlegtes Teilen eines weniger als angenehmen Teils seines Lebens—weil er anscheinend vorhatte, ihr seine ganze verdammte Lebensgeschichte zu erzählen—und nicht als manipulatives Vortäuschen von Verletzlichkeit, um sie dazu zu bringen, sich im Gegenzug zu öffnen. Er hatte das schon mehr als einmal getan; das hier war nicht so ein Fall.

Sie füllte ihr Glas nach und schien zu einem Schluss zu kommen. Ihr Blick richtete sich schließlich auf ihn.

»Die Antwort auf deine Frage gestern ist ja. Mein Vater und ich waren uns sehr nah. Er brachte mir das Fliegen bei, er brachte mir bei, die Sterne zu lieben. Die Arbeit nahm ihn viel weg, aber er kam immer mit einem neuen Abenteuer nach Hause, das wir unternehmen konnten. Er war…« Ihre Stimme verlor sich, aber dann blinzelte sie und richtete ihre Haltung auf.

»Nachdem er starb, schloss sich meine Mutter emotional ab. Sie war nie eine besonders liebevolle oder verwöhnende Mutter gewesen, aber sie wurde zu einem Roboter, einem kalten Automaten, der sich achtzehn Stunden am Tag in ihre Arbeit stürzte. Mindestens.«

Sie nahm einen bewussten Schluck Wein. »Rückblickend erkenne ich, dass sie trauerte und es die einzige Art war, wie sie mit dem Schmerz umgehen konnte. Aber ich war dreizehn Jahre alt und ich trauerte auch, und sie war nicht da, um mich zu trösten, um mir zu sagen, dass es okay werden würde. Sie war nicht mal da, um stillschweigend meine Tränen zu trocknen. Sie war überhaupt nicht da.«

Ihre Schultern hoben sich in einem halbherzigen Achselzucken. »Ich rebellierte. Sie reagierte harsch. Ich rebellierte mehr. Sie versuchte, militärische Kontrolle über mein Leben auszuüben, und hatte keinen Erfolg.

»Und das war's. Wir tolerieren einander, aber wir haben uns nie wirklich versöhnt. Wir haben nie darüber geredet. Und wir haben ganz sicher nie über meinen Vater geredet.«

»Vielleicht ist es nicht zu spät.«

Das Lachen, das sie von sich gab, kräuselte sich vor Zynismus. »Ich hab's mal versucht. Bevor ich zum Job auf Erisen aufbrach, hab ich sie eines Tages zum Mittagessen eingeladen. Ich entschuldigte mich für einige meiner extremeren… Verhaltensweisen nach Dads Tod. Ich sagte ihr, ich verstünde jetzt, dass sie auch getrauert hatte. Und obwohl ich nur ein Kind war, war es egoistisch von mir gewesen, mich so zu verhalten, und es tat mir leid, wenn ich ihr Leben in einer bereits schwierigen Zeit schwieriger gemacht hatte.«

Sie starrte in ihr Glas, aber ihr Blick schien auf einen Ort sehr weit weg gerichtet zu sein. »Sie antwortete, indem sie sagte, ich sei immer noch ein Kind—beachte, ich war zu diesem Zeitpunkt fünfundzwanzig—und ich sollte niemals anmaßen zu glauben, ich wäre imstande zu verstehen, was sie durchgemacht hatte oder was sie gefühlt oder nicht gefühlt hatte.« Ein schneller Schluck ihres Weins. »Und was mein Verhalten anging, während es enttäuschend war, da sie Besseres von mir erwartet hatte, belief es sich auf nichts von wirklicher Konsequenz.«

»Nein…« ihr Kopf schüttelte sich mit einem Hauch von Endgültigkeit »…ich fürchte, es ist viel, viel zu spät. Welche Emotionen die Frau auch immer einmal besessen haben mag, sie haben die Räumlichkeiten längst verlassen.«

»Es tut mir leid. Du hast so eine Reaktion nicht verdient.«

»Vielleicht, vielleicht auch nicht. Ich war ein ziemlich widerspenstiger Teenager.« Sie atmete tief ein und schob ihren Stuhl zurück, ließ das fast volle Weinglas auf dem Tisch stehen. »Und mit diesem schönen Downer werde ich es für heute gut sein lassen. Aber…«

Ihre Augen fanden seine. »Danke.«

Er begegnete ihrem Blick mit seiner vollen Aufmerksamkeit. »Wofür?«

Sie schenkte ihm ein fast wehmütiges halbes Lächeln. »Dass du ehrlich warst.«

Er hatte ihr gesagt, sie könne wahrscheinlich nicht den Unterschied erkennen, aber vielleicht konnte sie es wirklich. Er wusste nicht, ob die Möglichkeit ihn tröstete oder erschreckte.

Er beugte sich instinktiv vor, seine Hand bewegte sich zu ihrer. Sie hielt auf halbem Weg zu ihrem Ziel inne.

Sie zögerte auf halbem Weg zum Aufstehen, ihr Ausdruck jetzt völlig unlesbar für ihn. »Was?«

Bleib.

Er zog seine Hand zurück und lehnte sich im Stuhl zurück, obwohl seine Aufmerksamkeit sie nicht verließ. »Nichts. Gute Nacht, Alex.«

25

SENECA

CAVARE, HAUPTQUARTIER DER GEHEIMDIENSTABTEILUNG

Es war halb zwei Uhr morgens, als Michael, frisch geduscht und in gebügelten Khakihosen und einem knitterlosen waldgrünen Hemd, das Einsatzkommandozentrum im Hauptquartier der Abteilung betrat. Seine Frau war ein Engel, und sobald diese Krise vorbei war – falls sie vorbei ging – schuldete er ihr ein schönes Abendessen, wenn nicht sogar ein Wochenende zu zweit.

Er lächelte einen Agenten an, der ihm eine dampfende Tasse Kaffee reichte, und ließ seinen Blick ruhig durch den Raum schweifen. Die meisten Mitglieder der Gipfeldelegation waren bei ihrer Ankunft direkt vom Raumhafen hierher gebracht worden; einigen wenigen Mitarbeitern niedrigerer Ebene, die von jeder Beteiligung oder Kenntnis freigesprochen worden waren, war es erlaubt worden, vorerst nach Hause zu gehen.

Die Agenten, die nach Atlantis entsandt worden waren, hatten ihre Verhörmöglichkeiten während der neunzehnstündigen Reise nach Seneca ausgeschöpft, und seine besten Verhörspezialisten hatten bei der Ankunft der Delegation übernommen. Mehrere der hochrangigen Handelsabteilungsbeamten waren, sagen wir mal, unzufrieden darüber, festgehalten zu werden. Sie hätten keinen Attentäter als Angestellten einstellen sollen.

Karin Pitrone, die Teamleiterin auf Atlantis, entdeckte ihn und kam herüber. Ihr Gang wirkte zielstrebig und ihre Schultern starr, obwohl sie nun schon fast fünfzig Stunden wach gewesen sein musste. Er schenkte ihr ein mitfühlendes Lächeln, das sie nur mit einem knappen Nicken zur Kenntnis nahm.

»Sie wollten mit Assistant Director Nythal sprechen, Sir? Er ist in Verhörraum 3, wann immer Sie bereit sind.«

»Danke, Karin. Es gibt keine Zeit wie die Gegenwart.« Er war über die letzten zwei Tage durch einen konstanten Strom von Updates über die Ereignisse auf dem Laufenden gehalten worden und brauchte keine weitere Einweisung.

Jaron Nythal saß auf der Kante seines Stuhls, seine Hände trommelten einen schnellen Rhythmus auf den Tisch, während seine Augen durch den leeren Raum huschten und dann zu Michael aufblickten, als er eintrat. Eine halbvolle Kaffeetasse stand zu seiner Rechten, ein krümelgefüllter Teller zu seiner Linken. Dunkle Iris maskierten fast die geweiteten Pupillen.

Michael erkannte, dass es für alle eine lange paar Tage gewesen war, und würde verstehen, wenn der Mann auf Koffein und Adrenalin lief, aber er war sich einfach nicht sicher, ob es die beste Idee gewesen war, dass er vor dem Verhör Aufputschmittel genommen hatte. Er erinnerte sich an Delavaisis Warnung bezüglich Nythal; er verstand bereits, worauf Delavasi hinausgezielt hatte.

Er sorgte dafür, dass keiner dieser Gedanken seinen Ausdruck trübte, als er professionell lächelte. »Mr. Nythal, ich bin Director Michael Volosk von der Geheimdienstabteilung. Danke, dass Sie sich bereit erklärt haben, sich mit mir zu treffen. Mir ist klar, dass die Situation für alle Beteiligten alles andere als ideal ist, daher schätze ich es.«

Nythal knackte mit dem Nacken. »Es ist in Ordnung... Volosk, nicht wahr? Ich bin immer noch schockiert über das, was passiert ist. Ich kann es kaum glauben. Wir alle hatten große Hoffnungen für den Gipfel, und es ist schade, dass es so gelaufen ist. Es ist wirklich schade.« Er fuhr sich mit einer Hand durch das glatte schwarze Haar. »Also, was brauchen Sie von mir?«

»Lediglich ein wenig Information.« Michael räusperte sich und setzte sich seinem ‚Gast' gegenüber. »Ich werde nicht mehr von Ihrer Zeit in Anspruch nehmen als nötig. Was können Sie mir über Christopher Candela erzählen?«

Nythal zuckte mit den Schultern. »Ich kannte ihn nicht wirklich.«

»Ich verstehe, wenn Sie ihn nicht gesellschaftlich kannten, aber er diente als Mitarbeiter in Ihrer Abteilung, und Sie überwachten die Verwaltung und Koordination für den Gipfel. Sie haben seine Teilnahme genehmigt, richtig?«

»Nun, ja. Aber Sie müssen verstehen, es waren siebenunddreißig Personen in der Delegation. Ich kann nicht erwarten, jeden von ihnen persönlich zu kennen. Ich kann Ihnen sagen, dass Mr. Candelas Akte sauber war. Er wäre nicht zugelassen worden, wenn sie es nicht gewesen wäre.«

»Da bin ich sicher.« Er wünschte wirklich, der Mann hätte sich nicht gedopt, da es schwierig machte, seine Körpersprache zu beurteilen und zu interpretieren. Er überlegte, den Mann auf Eis zu legen, bis er zu einem Grundzustand zurückgekehrt war... aber es gab viel zu tun und wenig Zeit dafür. »Haben Sie persönliche Eindrücke von ihm, die Sie teilen können?«

Ein weiteres Schulterzucken. »Er war... jung. Eifrig zu gefallen. Schien intelligent genug, aber wir hatten noch nichts von ihm verlangt. Mein Eindruck von ihm ist, dass er nicht viel Eindruck gemacht hat.«

»Was ist mit während des Gipfels? Irgendein ungewöhnliches Verhalten?«

Nythal lehnte sich in den Tisch und verschränkte seine Hände. Seine Daumen tanzten weiterhin unruhig. »Hören Sie, Mr. Volosk. Ich war während des Gipfels auf zwei Arten beschäftigt. Ich bemerkte kaum, was meine persönliche Sekretärin tat, geschweige denn irgendein namenloses Faktotum.«

Michael behielt perfekte Fassung bei und bot keinen Hinweis auf Verärgerung. »Natürlich waren Sie das. Erinnern Sie sich an das letzte Mal, als Sie ihn gesehen haben?«

Nythal stieß einen übertriebenen Atemzug aus und ließ sich in den Stuhl zurückfallen. »Äh, ich glaube, ich habe ihn beim Abendessen am Dienstagabend gesehen. Mittwoch allerdings? Ich war den ganzen Tag in Besprechungen.«

»Und zur Zeit des Vorfalls?«

Sein Blick wanderte durch den kleinen Raum, als ob er tief nachdachte. »Nein, ich glaube nicht. Ich meine, ich war im Ballsaal, also nehme ich an, meine Augen könnten über ihn hinweggeglitten sein, aber…«

Jetzt zeigte Michael Verärgerung, mit bewusster Absicht. Er hatte den Mann seine Routine ausspielen lassen. Jetzt war es Zeit, ihn daran zu erinnern, dass er nicht wirklich die Kontrolle über seine Situation hatte. Nythal war sicherlich ein Regierungsbeamter von mäßigem Rang, aber man kam im Geheimdienstgeschäft nicht weit, ohne zu lernen, politische Höflichkeiten zu missachten. Zugegeben, sobald man zu einer Abteilungsleitung aufstieg, musste man anfangen, sie wieder zu praktizieren, aber nicht unter diesen besonderen Umständen.

»Schön. Hatte er einen Grund, in der Empfangslinie zu sein?

Er klingt nicht wie der Typ Mensch, der Würdenträger hofieren wollte.«

»Vielleicht war es ein geheimer Traum von ihm. Ich weiß nicht einmal, ob er Kouris jemals getroffen hatte—«

»Was war sein Job beim Gipfel? Es scheint nicht so, als hätte er viel von irgendetwas getan.«

»Er war ein Attaché, er… besorgte Scheiß für uns. Erledigte Botengänge. Machte Notizen, was auch immer.«

»Wie viele Attachés hatten Sie, die Ihnen dienten?«

»Äh, vier, fünf? Ich… erinnere mich nicht…« Die Linien hatten begonnen, sich um seine hängenden Augenlider zu vertiefen. Die Aufputschmittel ließen nach.

»Scheint mir ein bisschen zu viel bürokratische Polsterung zu sein – das ist nicht die Allianz. Was ist mit den folgenden Personen: Alice Terre, Gerald Michaels, Treyson Rivers, Brandon Chao?«

»Was… was ist besonders an ihnen?«

»Sie nahmen auch an der Empfangslinie teil und begrüßten Minister Santiagar vor seinem Zusammenbruch. Wir müssen auch ihre Akten und Aktivitäten überprüfen.«

* * *

Michael saß an seinem Schreibtisch, die Tür geschlossen. Ein paar Momente der Ruhe. Seine Hände ruhten nachdenklich am Kinn. Und er war nachdenklich.

Er hatte ein halbes Dutzend Verhöre auf Wunsch seiner Agenten geführt, stundenlang Zusammenfassungen von drei Dutzend weiteren Verhören durchgesehen und die Aufnahmen des Vorfalls aus jedem Winkel und die Kameras der verfolgenden Agenten betrachtet. Er hatte die Protokolle jedes Ausgangs und jeder Patrouille auf Atlantis bestätigt.

Der Mann in der Empfangslinie war Chris Candela. Scans sowohl von Kouris' als auch Santiagars Händen wenige Minuten nach dem Vorfall stellten Spuren-DNA wieder her. Dennoch zeigte der Mann, der in die Wartungskorridore verfolgt wurde, Ausweich- und Verschleierungsfähigkeiten, die nichts in Candelas Lebensgeschichte andeutete, dass er sie besitzen sollte.

Schlimmer noch, er war verschwunden. Trotz einer wasserdichten Abriegelung der Anlage in unter zwei Minuten – so sehr aufgrund schnell handelnder Allianz-Sicherheit wie aufgrund der Aktionen anderer – und einer meterweisen Rastersuche konnte keine Spur des Mannes gefunden werden.

Die Ausgangsprotokolle starrten ihn vom Bildschirm über seinem Schreibtisch an. Schließlich waren sie gezwungen gewesen, den unbeteiligten Gästen und Zuschauern die Abreise zu erlauben. Die offiziellen Gipfelteilnehmer waren alle erfasst, außer Candela. Die neun Teilnehmer, die beim abschließenden Abendessen nicht anwesend waren – ein Allianz-Mitarbeiter, drei Reporter und fünf Unternehmensführungskräfte – wurden vor Ort verhört und lieferten plausible Gründe für ihre Abwesenheit. Nach Nachuntersuchungen waren sie freigesprochen und durften ebenfalls abreisen.

Er atmete leise aus und spürte jedes Gramm des Gewichts, obwohl es sich nicht in seiner Haltung oder der Haltung seiner Schultern zeigte. Die diplomatischen Beziehungen zur Allianz hingen an einem baumelnden Faden. Wenn sie harte Beweise dafür liefern könnten, dass dies die Tat eines einzelnen Verrückten war, standen sie zumindest eine Chance, eine unruhige Entspannung zurückzugewinnen. Andernfalls wirkten ihre Behauptungen der Nichtbeteiligung schwach und machtlos. Aber verdammt, wenn er solche Beweise finden konnte.

Er tauschte die Ausgangsprotokolle gegen die schnell wachsende Akte über das Leben und die Zeiten von Chris Candela.

Er hatte in seinen Jahren in der Abteilung viele Kriminelle gesehen. Gefährliche Männer und noch gefährlichere Frauen. Kleine Gauner und gerissene Verbrecherboss. Spione, Gangster, Attentäter, Aufständische und Möchtegern-Revolutionäre. Wahre Gläubige und seelenlose Söldner, die bereit waren, Kinder für den richtigen Preis zu töten.

Candela war keines dieser Dinge. Während die Möglichkeit weiterhin bestand, dass etwas in der Vergangenheit des Mannes, ein Ereignis, das sie noch nicht aufgedeckt hatten, eine Büchse der Pandora voller Geheimnisse öffnen würde, wurde es mit jeder verstreichenden Stunde unwahrscheinlicher. Selbst wenn—

Sein eVi blinkte rot, und eine Sekunde später blitzte eine kurze Nachricht in sein Sichtfeld.

Wir haben ihn gefunden.

* * *

Die Leiche war mitten am Morgen Atlantis-Zeit an einen Strand gespült worden, der voller herumtollender Kinder war. Nachdem die Kinder zur Beratung zusammengetrieben und der Tatort gesichert worden war, wurde eine gründliche forensische Untersuchung vor Ort durchgeführt, bevor die Leiche in eine medizinische Einrichtung gebracht wurde.

Die Untersuchung deutete auf eine Todeszeit zwischen dem späten Nachmittag am Mittwoch und dem Vormittag am Donnerstag hin; zweieinhalb Tage im Wasser machten eine präzisere Todeszeitbestimmung unmöglich. Die Todesursache wurde als Ertrinken festgestellt. Alle Beweise deuteten darauf hin, dass er nach seiner Flucht aus der Konferenzanlage, wie auch immer er das geschafft hatte, einfach von einem Gehweg gesprungen war und sich ertränken ließ.

Ozeane stellten kein bedeutendes Merkmal der senecanischen Topografie dar. Sie existierten natürlich, waren aber seicht und unspektakulär und im Allgemeinen viel zu kalt zum Herumtollen. Es war denkbar, dass Candela nicht schwimmen konnte. Unwahrscheinlich, aber denkbar.

Es blieb ein Rätsel, wie er der Abriegelung entkommen war. Aber er war es offensichtlich – danach hatte er sich nach allen Anzeichen das Leben genommen.

Die Beweise waren an diesem Punkt nahezu unwiderlegbar. Und trotz herkulischer Anstrengungen und ihrer aufrichtigsten Beteuerungen hatten sie nichts, was sie der Allianz-Regierung zeigen könnten, um zu beweisen, dass das Attentat etwas anderes war als eine vorsätzliche Tat im Namen der Senecan Föderation.

26

PALLUDA

KOLONIE DER SENECAN FÖDERATION

Thad Yue hatte die Jäger in den Raum der Senecan Föderation geführt. Er war etwas nach Süden ausgeschert, sodass sie, falls sie verfolgt würden, so aussehen würden, als näherten sie sich von der nächsten Allianz-Militärbasis auf Arcadia. Es war jedoch unwahrscheinlich, dass sie entdeckt würden, bis sie Palluda erreichten, da die Region südlich des westlichen Föderation-Raums außer einer winzigen Allianz-Kolonie eine trostlose Einöde war, die jeglichen Lebens entbehrte.

Bei 0,2 AU Entfernung von Palluda fielen sie aus der Überlichtg eschwindigkeit. Er signalisierte den anderen Jägern, sich in eine enge Standard-Allianz-Anflugformation zu bewegen, eine, die sie in der letzten Woche mehrmals am Himmel über Cosenti geübt hatten.

Von hier an musste alles nach Drehbuch verlaufen.

»Transponder aktivieren.«

Bestätigt.

»Wechsel zu Allianz-verschlüsseltem Kommunikationsprotokoll.

Bestätigen.«

Bestätigt.

Er fügte bewusst eine scharfe Schroffheit zu seinem Tonfall hinzu. »Hier ist Vengeance Alpha. Operation Vengeance ist freigegeben. Störung der Orbitalsensoren auf mein Zeichen einleiten. Und... Zeichen.«

Palluda wurde Augenblicke später im Sichtfenster sichtbar. Es war ein kleinerer Planet, zwei Drittel der Größe des Mars, und die einzige bewohnbare Welt im System. Dennoch war er mit einer Lage fest in der Goldilocks-Zone und einer stabilen Umlaufbahn eine fruchtbare, wenn auch gewöhnliche Gartenwelt.

Die Kolonie war vor zehn Jahren als landwirtschaftlicher Außenposten gegründet worden. Sie unterstützte eine Bevölkerung von unter dreißigtausend, denn Bots erledigten den größten Teil der Arbeit bei der Pflege der riesigen Kilometer von Ackerland. Eine einzige Stadt lag im Zentrum des kultivierten Landes. Glücklicherweise hatten die ersten Atmosphären-Korridore vor sechs Monaten ihren Betrieb aufgenommen—Korridore, die hilfsweise Transponder-Überwachung beinhalteten, obwohl keine verbundenen Sicherheitsmaßnahmen.

»Bravo, Charlie, Delta, folgt mir. Bereitet euch auf Korridor-Transit vor.«

Der Korridor endete südwestlich von und außerhalb der Stadt. Nur das grundlegendste Verteidigungssystem schützte die Kolonie, bestehend aus zwei Boden-Luft-Geschützlasern und einer einzigen Patrouillendrone. Er plante, die Drone sofort auszuschalten, und maßgeschneiderte Störware würde die STA-Geschütze unterbrechen.

Sein Schiff tauchte aus dem Korridor auf und die entfernte Silhouette der Stadt kam in Sicht. Die anderen drei Jäger folgten ihm heraus, als er nach Osten abdrehte.

»Vengeance, ihr habt eure Ziele. Wir sind schwer bewaffnet.«

* * *

Thomas Harnal war tief damit beschäftigt, Ava Loumas dabei zuzusehen, wie sie über die Straße schlenderte. Als solcher sah er die Patrouillendrone nicht, bis sie drei Meter vor ihm zu Boden krachte.

»Ah, Scheiße!« Seine Arme ruderten in der Luft, als er nach hinten geschleudert wurde und auf seinem Hintern auf dem Gehweg landete. Er blickte auf und entdeckte Ava, die mit weit aufgerissenen Augen die verstreuten Trümmer der Drone und den tiefen Krater anstarrte, den sie geschaffen hatte.

Er lachte tapfer und kletterte auf die Füße. »Na, da ist meine Begegnung mit dem Tod für heute, was?«

Sie warf ihm einen Blick zu, eine verwirrte Stirnfalte belebte ihre hübschen Züge. »Oh... Norm... Tom? Das ist dein Name, oder? Geht es dir gut?«

Sie kannte nicht einmal seinen Namen. Seine Schultern sackten zusammen. »Ja, mir geht's gut.« Er blickte zurück auf den Krater, der das Parkgras verunstaltete. »Ich frage mich, was passiert ist, dass es ausgefallen ist? Vielleicht das—«

Ein Überschallknall hallte wider, so nah, dass der Boden unter ihm bebte. Seine Augen schossen nach oben, um zwei Kampfjets über ihn hinwegzischen zu sehen. Das charakteristische marineblaue Erdallianz-Emblem war deutlich erkennbar—sie flogen so tief.

Er hasste die Allianz. Allianz-Soldaten töteten seinen Großvater im Crux War. Er hatte seinen Großvater nie kennengelernt, aber seine Mutter sagte, er sei ein großartiger Mann gewesen, was für ihn gut genug war.

Ein Feuerball wölbte sich in den Himmel aus der Richtung des Raumhafens. Drei Sekunden später erreichte sie der Klang der Explosion, ein tiefes Grollen, das entlang seiner Haut vibrierte, als es zu einem bösartigen Knurren anschwoll.

In einem Ausbruch adrenalingetriebener Tapferkeit ergriff er Avas Hand und begann in Richtung des Rathauses zu sprinten. Sein Vater arbeitete für das Agriculture Bureau; er sollte dort sein, wenn er nicht gerade Mittagspause machte.

»Komm schon! Wir müssen sie warnen, dass die Allianz angreift!«

* * *

Gerald Harnal saß an seinem Schreibtisch und pickte an einem Sandwich herum, während er die Quartalsproduktionsberichte durchging. Die Vollkorn-Hybrid-Felder liefen wirklich gut, was glücklich war, da die Nahrungsmittelkonzerne auf Krysk eine Erhöhung der Lieferungen für das nächste Quartal anforderten.

Egal wie klug, wie schnell oder wie widerstandsfähig die Menschheit wurde, sie brauchte immer noch Nahrung zum Überleben. Sicher, mit adaptiven kybernetischen Subroutinen konnten die meisten Menschen jetzt länger ohne Nahrung überleben, solange sie Wasser hatten. Aber die Grenze war nur auf vier Monate im Äußersten gestreckt worden, und niemand wollte in einem solchen Zustand für längere Zeit leben, geschweige denn Monate.

Also wurden die Samen, um die Menschheit zu ernähren, weiterhin gepflanzt, genährt, geerntet und quer durch die Galaxis transportiert.

Er wusste, dass er ein kleines Rädchen in einer sehr großen Maschine war, aber er dachte gern, dass er seinen Teil dazu beitrug. Seine Ur-ur-ur-Großeltern waren Farmer in den Oklahoma-

Ebenen gewesen, und auf seine eigene Weise führte er ihre stolze Tradition fort.

Dennoch war es—

—sein eVi blitzte rot auf und schob einen Notfallimpuls in sein Sichtfeld.

Dad Allianz-Schiffe greifen an—

Er sah nie die Rakete, noch das Schiff, das sie abfeuerte.

* * *

Das Rathaus schien von innen zu implodieren, dann eine enorme rot-goldene Feuerwelle auszustoßen, um alles in ihrem Weg zu verzehren. Die Hitze rollte über sie hinweg wie ein Hochofen.

»Dad!« Thomas fiel entsetzt auf die Knie. »Nein, Dad…«

Ava zerrte an seinem Arm und versuchte, ihn wieder hochzuziehen. »Komm schon, wir sollten irgendwo in Sicherheit gehen.«

»Aber mein Dad… er könnte noch am Leben sein und unsere Hilfe brauchen…«

Sie warf einen Blick auf das zusammengebrochene, zerstörte Gebäude am Ende des Platzes. Es bog sich zur Mitte hin ein, wo gezackte Stücke synthetischen Steins sich zwanzig Meter hoch stapelten. Schwarzer Rauch quoll aus jeder Oberfläche hervor, geleckt von hellgelben Flammen.

»Ich glaube nicht, Tom. Es tut mir leid. Wir müssen uns bewegen!«

Er starrte sie an, Augen weit und verzweifelt. Es fühlte sich wie ein Traum an, alles verschwommen und träge. Ava sprach mit ihm… und sein Vater war tot. Langsam nickte er und kämpfte sich hoch.

Sie zerrte ihn um die Trümmer herum. »Komm schon, lass uns zur Schule gehen—sie haben einen Sturmschutzraum!«

Sie stolperten durch riesige Trümmerbrocken und umgeworfene Fahrzeuge und bogen links zur Schule ab. Menschen rannten in alle Richtungen, einige keuchend, andere schreiend. Ein paar kauerten nur auf ihren Knien neben Körpern.

Hinter ihnen waren die Jets wieder zu hören, wie sie sich näherten—oder vielleicht waren es andere Schiffe, mehr Schiffe. Der Strahl eines der Verteidigungsgeschütze verfolgte sie, als sie über ihnen hinwegflogen.

Er sah den Strahl in der Luft nach rechts abweichen. Warum trafen die Laser die Schiffe nicht? Die Regierung hatte versprochen, sie seien auf dem neuesten Stand der Technik.

Jemand krachte von hinten in ihn hinein, und er erinnerte sich daran, wieder zu rennen.

Avas Hand fühlte sich verschwitzt und klamm in seiner an. Ganz und gar nicht, wie er sich vorgestellt hatte, dass sie sich anfühlen würde. Aber sie hatte wahrscheinlich Angst, oder? Deshalb war sie nicht weich und warm und sanft.

Zu ihrer Linken schwelte das Gemeindezentrum in Ruinen. Eine Windböe blies eine Wolke aus Asche und Rauch auf sie; er atmete versehentlich etwas davon ein und krümmte sich in einem Hustenanfall zusammen.

»Tom, bitte, wir müssen weitergehen!«

Ava weinte jetzt. Ihre Tränen schnitten nasse Streifen in die Asche, die ihr Gesicht bedeckte, aber ihre wunderschönen grünen Augen, starr vor Entsetzen, leuchteten durch den Rauch.

Er versuchte aufzustehen, aber ein weiterer Hustenanfall lähmte ihn.

Sie starrte ihn an, Panik sprudelte hervor. »Es tut mir leid, Tom, ich will nicht sterben. Ich muss gehen!« Sie ließ seine Hand los und rannte davon.

»Ava, warte…« Seine Stimme war heiser und brüchig, und es gab keine Möglichkeit, dass sie ihn über die Schreie und Rufe und das Donnern einstürzender Gebäude hörte.

Er krabbelte auf die Füße und stolperte ihr nach. Sie schien weit vor ihm zu sein. Er sah sie sich einer Gruppe von Menschen anschließen, die die Treppen hinaufkletterten und sich drängten, um alle auf einmal durch die Türen zu quetschen—

—die Vorderseite der Schule explodierte in einer Feuersäule.

Seine Schritte verlangsamten sich zu einem Halt. Es war ein Traum. Es musste sein. Nur in einem Traum würde Ava endlich mit ihm sprechen, dann würde ihr das Leben gestohlen werden.

»Ava?«

Eine Säule dicken schwarzen Rauchs floss die Straße hinunter zu der Stelle, wo er stand. Er ließ sie über sich hinwegwaschen und kümmerte sich nicht mehr darum, ob er atmen konnte…

* * *

NEW BABEL

UNABHÄNGIGE KOLONIE

Olivia beobachtete die Feeds von den Jets auf einem großen Bildschirm über ihrem Schreibtisch, als ihr vierter und letzter Lauf begann. Der perfekt manikürte Nagel ihres linken Zeigefingers klopfte einen langsamen, gemessenen Rhythmus auf die Oberfläche des Schreibtisches; es war das einzige Zeichen von Anspannung in einem ansonsten ruhigen und gefassten Auftreten.

Sie wartete, bis die erste der letzten beiden Raketen von jedem Schiff abgefeuert worden war. Achtundzwanzig hochpräzise Allianz-Raketen hatten einem entstehenden Dorf von dreißigtausend durchaus ausreichenden Schaden zugefügt. Sie gab einen Code auf dem Bedienfeld unter ihrer rechten Hand ein. Die maßgeschneiderte Ware, die auf den Jets installiert war, um die Verteidigungsgeschütze zu stören, hörte auf zu funktionieren.

Fünf Sekunden später explodierte Charlie-Jäger. Verwirrtes Geplapper brach in den anderen drei Cockpits hervor.

»Was—? Wie hat dieser Laser getroffen?«

»Störung ist ausgefallen. Ich wiederhole, Störung ist ausgefallen! Ausweichmanöv—« Bravo nahm eine Rakete an einem Flügel und trudelte außer Kontrolle, um beim Aufprall mit dem Boden zu zerfallen.

»Abbruch! Delta, abbruch!«

Aber sie waren zu nah an der Stadt und ihren dürftigen kleinen Verteidigungssystemen.

»Aussteigen!«

Sie überprüfte, einen Moment lang besorgt, dass mindestens ein Teammitglied es irgendwie geschafft hatte auszusteigen. Die Ausstiegsmechanismen sollten deaktiviert sein, aber Fehler passierten—und würden bezahlt werden, wenn sie es täten. Gebietsscans identifizierten jedoch keine Fallschirme.

Sie hörte zu, wie Thad Yue in den letzten Sekunden grummelte, bevor sein Jäger einen Laser von einem der Geschütze abbekam und explodierte, als er wirkungslos am Ausstiegshebel zog. »*Qu si, gāisǐ biǎo zi.*«

Ihr eVi lieferte hilfsweise die Übersetzung: *Geh zur Hölle, du verdammte Hure.*

Ein trockenes Lächeln wuchs auf ihren Lippen, als sie den Bildschirm abschaltete. »Du zuerst.«

Sie hatte Marcus gesagt, dass Rückverfolgbarkeit kein Problem sein würde, und sie hatte es ernst gemeint. Yue war das einzige Teammitglied gewesen, das wusste, dass die Operation unter ihrer

Leitung stand, aber sie alle wussten, dass sie nicht für die Allianz arbeiteten. Moderne Verhörtechniken waren ziemlich effektiv, egal wie stark der Wille des Gefangenen war. Sie konnte einfach nicht das geringste Risiko eingehen, dass irgendwelche Informationen an Allianz- oder Senecan-Agenten preisgegeben würden.

Daher durfte keiner überleben.

Sie sandte einen kurzen Impuls an Marcus, einen, dessen Bedeutung niemals als belastend ausgelegt werden würde.

Wie gewünscht.

27

SIYANE

METIS-NEBEL, ZENTRUM

Die *Siyane* fiel aus dem Überlichtgeschwindigkeitsflug in einen Ozean aus Licht.

Wie die meisten Plerions wurde Metis heller, je näher man dem Zentrum kam, trotz des Fehlens sichtbaren Lichts vom Pulsar selbst. Alex war darauf vorbereitet gewesen, und Spektralfilter waren über den Sichtfenstern angebracht, zusätzlich zur verstärkten Strahlungsabschirmung. Trotzdem musste sie Lichthöfe wegblinzeln, während sich ihre Augen an die erhöhte Helligkeit anpassten und ihr Okularimplantat sich an die neue Bandbreite der Signale adaptierte, die es nun empfing.

Der wisprige, amorphe Nebelstaub von zuvor war verschwunden, ersetzt durch schwungvolle, dramatische Wolkenformationen in lebendigen Schattierungen von knackigem Gold bis zu reichem Kornblumenblau. Sie ragten in dicken Säulen empor, ähnelten der Sturmwand eines galaktischen Hurrikans und ergossen sich wie brechende Wellen an einer Küste.

Es war großartig. Ein atemberaubendes Tableau aus brillanten

Farben und strahlender Leuchtkraft.

»Na, das sieht man auch nicht alle Tage.«

Sie riss ihre Aufmerksamkeit von der Szene los, um über die Schulter zu blicken. Caleb stand hinter ihrem Stuhl, die Hände auf die Kopfstütze gestützt. Seine Aufmerksamkeit war auf das Sichtfenster gerichtet, aber als er ihren Blick spürte, sah er hinunter.

Er trug ein lebhaftes Grinsen, das sich nur noch verbreitete, als er ihren eigenen Ausdruck der Freude sah. Lieber Gott, wenn es echt war, konnte sein Lächeln eine Welt erleuchten.

Die Dinge waren heute Morgen anders zwischen ihnen gewesen... komfortabler, natürlicher entspannt. Es war, als ob das vollständige Aussprechen des unlösbaren Rätsels ihrer Umstände es ihnen ermöglichte, wenn nicht hindurchzubrechen, es zumindest für den Moment beiseite zu legen.

Sie erwiderte sein Lächeln, bevor sie zur Aussicht zurückkehrte. Stumm rahmte und erfasste sie eine Reihe von Bildern mit den externen Kameras ein, einschließlich mehrerer exzellenter Kandidaten für zukünftige Ergänzungen der Wand in ihrem Loft. Zufrieden lehnte sie sich vor und stützte ihr Kinn auf ihre Handflächen, um einfach hinauszustarren und alles in sich aufzunehmen.

Momente wie dieser machten alles andere lohnenswert. Die schwierigen Entscheidungen, die verurteilenden Stirnrunzeln und sogar die Verachtung anderer, das Verschwinden von Freunden und Liebhabern, die Isolation und Einsamkeit und, hin und wieder, vielleicht Einsamkeit...

...natürlich war sie gerade nicht allein, oder? Sie stellte fest – etwas zu ihrer Überraschung –, dass sie damit einverstanden war.

Nach einem sanften Ausatmen setzte sie sich auf und richtete ihre Haltung auf. »Zeit, an die Arbeit zu gehen.« Sie blickte zurück und fand ihn dabei, wie er sie anstatt der Aussicht beobachtete. Hm. »Alle Sensoren sind weit offen. Wir können die Messwerte oben im HUD überwachen, wenn auch nicht mit dem Detailgrad, den wir später im Datenzentrum analysieren können.

»Der Pulsar befindet sich etwa eine halbe AU in diese Richtung.« Sie deutete auf einen Bereich fünfzehn Grad backbord. »Physisch ist er ziemlich winzig, nur wenige Kilometer breit, doch offensichtlich ist der Puls sehr stark.«

Der obere rechte Bildschirm zeigte die schnelle, spitzende Frequenz des Gamma-Aufflackerns. »Wir werden nicht näher als 0,15 AU herankommen können, oder die Strahlungsabschirmung wird überwältigt. Aber das müssen wir auch nicht. Wir können alles sehen, was wir von hier aus brauchen.«

Sie lehnte sich im Stuhl zurück und legte ihre Füße auf die kleine Armaturenbrettlippe, verschränkte ihre Arme vor der Brust und beobachtete, wie die Bildschirme aufleuchteten, um neue Messwerte anzuzeigen. Dreißig Sekunden, eine Minute verging in Stille, ihre Aufmerksamkeit ganz auf die Bildschirme gerichtet.

Schließlich sah sie zu ihm hinüber. Er hatte eine Position neben der Halbwand des Cockpits eingenommen. »Siehst du etwas Interessantes?«

Er schnaubte ein Lachen. »Wenn du nach einer Gelegenheit suchst, mich in meine Schranken zu weisen, wäre jetzt ein ziemlich guter Moment.«

Sie zuckte nur mit den Schultern, und er holte tief Luft. »Nun, größtenteils stimmen die Messwerte mit den früheren überein, die du aufgenommen hast. Die TLF-Strahlung ist definitiv stärker jetzt, aber… sie scheint etwas aus dem Gleichgewicht. Ich kann nicht den Finger darauf legen, warum.«

Ihre Lippen schmatzten zusammen, obwohl sie beeindruckt war, dass er die Merkwürdigkeit aufgegriffen hatte. »Jep. Tut sie sicher.« Sie schwenkte herum, um den linken Bildschirm einen Moment zu betrachten, dann stand sie auf und ging zum Datenzentrum. In wenigen Sekunden hatte sie die Feeds zur Tabelle umgeleitet. Sie rief eine große physische Karte der Region auf und begann, die verschiedenen elektromagnetischen Wellen zu überlagern.

Das Gamma-Aufflackern, nicht überraschend, richtete sich direkt auf die Position des Pulsars aus. Die Synchrotronstrahlung entsprang ebenfalls am Pulsar, um sich in alle Richtungen auszubreiten. Dasselbe für den Pulsarwind. Das sichtbare Licht war diffus über die gesamte Region verteilt und hatte keinen klaren Ursprungspunkt – konsistent mit einem Supernova-Überrest im späten Stadium. Die geringfügigen Infrarot- und Mikrowellenmesswerte waren etwas unregelmäßig, klumpten um den Pulsar herum, erreichten aber auch an mehreren anderen Stellen Spitzenwerte.

Die TLF-Strahlung... »Sie kommt nicht vom Pulsar.«

Er hatte sich ihr am Tisch angeschlossen und stand nahe genug, dass sich ihre Schultern berühren würden, wenn sie ihr Gewicht verlagerte. Doch für den Moment wurde die beunruhigende Wirkung seiner ziemlich nahen körperlichen Nähe von der schieren Größe der Unmöglichkeit vor ihr überwogen.

»Unmöglich. Sie richtet sich perfekt auf das Gamma-Aufflackern aus.«

»Ich weiß. Aber sie kommt nicht vom Pulsar.« Sie zoomte die Karte heran. »Sie schneidet den Pulsar, aber sie kommt von... dort.« 'Dort' war eine Region dichter Nebelwolken 0,2 AU rechts und hinter dem Pulsar. »Und...« ein Gedanke und die gesamte Tabelle aktualisierte sich mit neuen Daten »...ich denke, der Pulsar umkreist diese Position.«

Er fuhr sich konsterniert mit der Hand durch die Haare. In ihrem Kielwasser fielen lose Locken über seine Stirn und ließen ihren Puls *subito accelerando* gehen, um es höflich auszudrücken. Sie blinzelte die Empfindung willentlich weg.

Er schien völlig unbewusst der Wirkung zu sein, die er auf sie hatte. »Was bedeuten würde, dass es ein Doppelsternsystem ist, genau wie du vermutet hast. Kannst du hier irgendwo einen Begleiter entdecken?«

»Nope. Ich meine, es ist möglich, dass er einer dieser Infrarot- oder Mikrowellenmarkierungen ist. Trotzdem richten sie sich nicht wirklich korrekt dafür aus.«

»Nun, wenn der Begleiter ein Weißer Zwerg ist – angesichts des Alters des Nebels würde es Sinn machen –, könnte er schwer zu erfassen sein, richtig?«

Er beeindruckte sie weiterhin mit seinem Wissen über astrophysikalische Konzepte; es war Laienwissen, aber sehr gut informiertes Laienwissen. Er erwies sich sicherlich als erheblich mehr als nur ein Black-Ops-Agent.

»Sicher, aber von dieser Position aus sollte er erkennbar sein. Hmm... der Pulsar ist in einer engen Umlaufbahn. Wenn ich vorhersagen müsste, würde ich erwarten, dass der Begleiter—«

Sie drehte sich um und ging zum Cockpit. Aber anstatt ihren Sitz wieder einzunehmen, stellte sie sich so nah an das Sichtfenster, dass ihre Nase fast daran drückte. Ihre Augen wanderten über die Szene, die Pupillen erweiterten und verengten sich, während sie wiederholt den Fokus ihres Okularimplantats anpasste.

»Komm schon, du kleiner Stern, leuchte für mich...«

Abrupt wirbelte sie wieder herum. »Lass uns da rübergehen.«

Er lehnte am Rand des Datenzentrums, Knöchel und Arme locker verschränkt, während er sie mit einem Blick betrachtete... sie konnte ihn nicht klassifizieren. Aber seine Augen funkelten und ein Mundwinkel war das winzigste Bisschen nach oben gekrümmt, was ein Flattern in ihrer Brust jenseits der Aufregung der Entdeckung verursachte.

Eine seiner Augenbrauen hob sich fragend. »Rüber... wohin,

genau?«

Sie lachte, als sie sich in den Stuhl setzte. »Entschuldigung, schätze, ich habe diesen Satz nicht wirklich beendet. Bin nicht daran gewöhnt, Gesellschaft zu haben.« Sie deutete etwa zehn Grad steuerbord. »Da rüberish.«

* * *

Es dauerte mehr als eine Stunde, den Begleiter zu finden, obwohl er am Ende genau dort war, wo Alex gedacht hatte, dass er sein würde. Es dauerte so lange, teils weil der Begleiter in einer hellen, dichten Masse von Nebelstaub reiste, die alle visuellen Hinweise maskierte, teils weil er kleiner war, als er hätte sein sollen – etwa die Größe von Europa –, und teils weil er unmöglich kühl war.

Die *Siyane* schwebte 1,5 Megameter über dem Weißen Zwerg. Tiefrot gefärbt (trotz des Namens), pulsierte er in einer gemächlichen Periode von sechsunddreißig Sekunden. Sieben verschiedene Messarten sagten ihr, dass er eine Temperatur von 910 K ausstrahlte.

»Das ist nicht möglich.«

»Und das ist das vierte Mal, dass du das sagst.«

Sie warf ihm einen Blick zu. »Es ist das vierte Mal, dass es wahr war. Der kühlste jemals gemessene Weiße Zwerg ist 2440 K, und er ist verdammt viel näher zum Zentrum des verdammten Universums als dieser hier. Eine so niedrige Temperatur bedeutet, dass er fast so alt ist wie der Urknall – und das ist unmöglich.«

»Exzellent.« Er zuckte mit den Schultern. »Also... gehen wir nach Hause und gewinnen den Nobelpreis für Astrophysik?«

Sie brach in Gelächter aus und fühlte, wie die Spannung, die sich in ihr aufgebaut hatte, und damit auch in der Kabine, seit sie den Zwerg lokalisiert hatten, wegschmolz. »Vielleicht, ja.«

Sie zog eine Hand über ihr Gesicht und blies einen langen Atemzug aus. »Okay, scheiß drauf. Ich habe alles gemessen und aufgezeichnet. Hier zu schweben und ihn anzustarren wird keine Geheimnisse lösen. Weiter zu den nächsten Fragen: was umkreisen sie und warum?«

Er runzelte ein wenig die Stirn... in Konzentration, dachte sie. Wenn er die Stirn runzelte, zog sich der Nasenrücken zusammen, bis seine Augenbrauen praktisch horizontal waren. Zwei wilde Streifen der Unzufriedenheit.

Nach einer Sekunde blickte er hinüber und erwischte sie dabei, wie sie ihn beobachtete. Die Stirnrunzeln krümmten sich nach oben zu einem halben Grinsen. »Ja?«

Sie sah so unschuldig aus, wie sie konnte. »Nichts. Du hast Gedanken?«

»Wenn ich mich richtig erinnere, regt sich niemand jemals über das auf, was auch immer Doppelsterne umkreisen. Es ist normalerweise irgendein willkürlicher Massenschwerpunkt, um den sie zufällig gezogen wurden.«

»Alles wahr. Aber du hast eine Sache vergessen – die TLF-Strahlung. Daran ist nichts willkürlich.«

»Betrachte mich als zurechtgewiesen. Also gehen wir es überprüfen?«

»Wir gehen es überprüfen.« Sie schwenkte den Stuhl zum Sichtfenster und begann, sich von dem seltsamen, unmöglichen Zwergstern zu entfernen. »Wir sind wahrscheinlich eine halbe Stunde von allen visuellen Eindrücken entfernt.« Sie sah ihn mit einem hoffnungsvollen, flehenden Ausdruck an. »Machst du mir ein Sandwich?«

* * *

Sie hatte nur zwei Bissen von dem ziemlich leckeren Penzine- und Schweizer-Käse-Sandwich genommen, als es vergessen auf den Teller in ihrem Schoß fiel. »Was zum...?«

Die Nebelwolken hatten sich drastisch verdichtet, als sie sich dem Epizentrum der Doppelsternumlaufbahn näherten, bis es war, als würde man durch Nebel in einem schwülen Sumpf reisen. Das Fliegen nach Instrumenten war eine notwendige Fähigkeit, also war es nicht als solches ein Problem. Es war jedoch beunruhigend gespenstisch geworden.

Die Ursache ihrer Verwirrung war jedoch nicht der Nebel, sondern die Ausgabe des Spektralanalysators. Zwei Minuten in die dichten Wolken hinein hatte er begonnen, neue Frequenzen anzuzeigen, zuerst im Hintergrund, dann sich verstärkend, bis sie das Rauschen des Nebels und sogar des Pulsars dominierten.

Sie spürte ihn an ihrer Schulter und zeigte auf den Bildschirm. »Was zum Teufel?«

»In der Tat.«

Sie hatte den Analysator so breit wie praktikabel eingestellt, um ungewöhnliche Messwerte über das gesamte Spektrum zu erfassen. Jetzt erfasste er genau das.

Die primäre Spektrumanzeige aktualisierte sich alle zwei Sekunden mit einer Messung der Amplitude über Frequenzen von 0,01 Hz bis 10^{30} Hz. Sie zeigte eine tief konkave Form, mit starken Spitzen an beiden Extremen und einem starken Einbruch entlang der Mitte, außer einem schmalen, aber massiven Spike im oberen Terahertz-Bereich. Jede Aktualisierung sah die Spitzen an Kraft zunehmen.

Unter der primären zeigte eine kleinere Anzeige die Messungen über die Zeit. Sie zeigte eine kontinuierliche Serie tiefer roter, hellorangener und violetter Spitzen – präzise, wohldefiniert und in einer perfekten linearen Funktion zunehmend, während sie näher kamen.

Er ließ seine Hände auf die Kopfstütze fallen und lehnte sich in ihren Stuhl. »Okay. Die beiden Extreme sind die Signale, die wir bereits kannten, richtig?«

»Das niedrigste Band ist tatsächlich unser mysteriöses TLF. Aber ich habe das Gamma-Aufflackern und die Synchrotronstrahlung herausgefiltert, weil sie so verrauscht waren. Ich wollte neue Anomalien erkennen können. Und es scheint, ich habe welche.«

»Die Gammawelle kommt wirklich nicht vom Pulsar?«

»Nope. Und sie ist ein harmonischer Teilton der TLF-Welle.«

»Was ist die Quelle des Terahertz?«

»Keine Ahnung.«

Seine Stimme wurde tief und nahm einen sorgfältig gemessenen Tenor an. »Alex, verlangsame.«

»Warum, willst du sehen, ob sich die Zunahmerate verlangsamt?«

»Nein, ich bin sicher, das wird sie. Ich will, dass du verlangsamst, weil ich denke, wir sollten vorsichtiger herangehen.«

»Richtig…« Sie verlangsamte auf halbe Geschwindigkeit. Zu keiner ihrer Überraschungen verlangsamten sich die sequenziellen Graphzunahmen proportional.

»Du denkst, die Signale sind künstlich.«

»Tue ich.«

»Du weißt, dass eine Reihe astronomischer Phänomene sehr exakte, feste Wellen produzieren, einschließlich Pulsare.« Während sie sprach, schickte sie die Terahertz- und Gammabänder auf neue eigene Bildschirme. Bei der größeren Detailgenauigkeit war das Niveau der Wiedergabetreue erstaunlich.

»Uh-huh. Ist das Dämpfungsfeld an?«

»Ist es. Aber ich kann die Leistung wahrscheinlich etwas hochdrehen.«

»Scheint mir eine gute Idee.«

Sie blickte zu ihm auf. Er war wieder dazu übergegangen, sich nonchalant gegen die Halbwand zum Cockpit zu lehnen, ein Knöchel über den anderen geworfen, das Bild lässigen Interesses. Aber das schnelle Zucken der Muskeln in seinem nun starren Kiefer und das stetige Anspannen seiner linken Hand erzählten eine andere Geschichte.

Zum ersten Mal seit Tagen strahlte er Gefahr aus. Sie fühlte sich nicht bedroht, nicht von ihm – was interessant war. Doch er fühlte sich eindeutig von dem bedroht, was vor ihnen lauerte.

Sie verlagerte ihre Aufmerksamkeit zurück zum Sichtfenster. Ihre direkte Sichtlinie war frei von HUD-Bildschirmen, sodass sie eine ungehinderte Sicht auf ihren Kurs haben würde. »Die Wolken scheinen sich zu lichten. Wir könnten bald einen Blick auf etwas Interessantes erhaschen.«

Drei Minuten später lichteten sich die Nebelwolken nicht nur, sie verdampften praktisch weg—

»Heilige Mutter Gottes…«

Sie warf das Schiff in vollen Rückwärtsgang, um rückwärts in etwas Deckung zu gleiten, während sie alle nicht-kritische Energie, die nicht von der Strahlungsabschirmung verwendet wurde, zum Dämpfungsfeld umleitete. Die Lichter in der Kabine dimmen und die Temperaturkontrolle war zu hören, wie sie sich abschaltete.

Dann sank sie in den Stuhl und griff instinktiv nach oben, um Calebs Hand zu ergreifen, als sie auf ihrer Schulter landete. Er ließ nicht los; sie auch nicht.

Ein Halo dicker Wolken – ähnlich in der Farbe dem Gold und Blau des Nebels, aber von einer deutlichen Form und von innen erleuchtet – wogte wie ein Gewitter, das aus… nichts hervorquoll.

Der Halo rahmte einen Ring aus nahtlos glattem Metall in der Farbe von glänzendem Wolframkarbid und vielleicht hundert Meter breit ein. Der Ring selbst spannte mehr als einen Kilometer im Durchmesser. Sein Inneres war von einem leuchtenden, kräuselnden Pool aus blassem goldenen Plasma gefüllt.

Aus dem Pool tauchte ein Schiff auf. Es war etwa zur Hälfte durch – was sie erkennen konnten, weil es deutlich sichtbar war, dass das Fahrzeug identisch mit den anderen siebzig plus Schiffen war, die den Raum jenseits des Rings füllten.

Jedes Schiff war zweimal so groß wie jeder von Menschen gemachte Dreadnought. Aus einem tintenschwarzen Material gefertigt und mit hellen roten Fluoreszierenden durchzogen, ähnelten sie nichts so sehr wie mythologischen Titanen der Unterwelt.

Hinter den Säulen der Dreadnoughts waren ein Dutzend Schiffe eines anderen Stils. Weniger kantig, aber dennoch unverkennbar synthetisch, waren diese Schiffe lang und zylindrisch und mit pulsierenden gelb-zu-roten Filamenten durchwoben. Ein Ende erweiterte sich zu einer klauenartigen Struktur, aus der Hunderte... nein, Tausende kleiner Fahrzeuge strömten.

Die kleinen Schiffe waren fast insektenartig in der Form. Mehrere – mindestens acht oder neun – spindeldürre Arme schienen aus einem Material zu bestehen, das den Dreadnoughts ähnlich war. Doch dieses Material war biegsam, denn die Arme verdrehten und wanden sich um einen glühenden roten Kern. Die Fahrzeuge strömten aus den Gebärschiffen hervor, flogen dann zu den Dreadnoughts und dockten in engen Linien in ihre Rümpfe ein.

Es war eine Karikatur der extremsten 'Weltraummonster'- Horrorfilme, die in den frühen Tagen der Weltraumerforschung populär waren. Vids hatten Millionen gemacht, indem sie Sorgen über das kapitalisierten, was für furchtbare und mächtige Aliens in der Leere des Raums angetroffen werden könnten. Als die Menschheit sich weiter ausdehnte, begegneten sie nie solchen Aliens – oder überhaupt irgendwelchen Aliens –, und mit der Zeit war die Mode vergangen.

Aber jetzt waren sie hier.

Ihre Stimme zitterte in einem Flüstern; sie schien nicht genug Atem für ordentliche Sprache zu haben. »Was ist das?«

Seine war tiefer und dunkler, wenn auch nicht viel stärker. »Es ist eine Invasion.«

Der Dreadnought beendete das Auftauchen aus dem Lichtpool und begann, sich zum Ende der makellosen Säulenformation zu bewegen, als die Nase noch eines anderen Schiffs durch das Plasma brach.

Sie schluckte schwer, um den Kloß in ihrer Kehle zu lösen. »Woher kommen sie? Der Ring ist offensichtlich künstlich, aber das Innere sieht nicht wie ein Schwarzes Loch aus, oder ein weißes. Es sieht… nein, das wäre unmöglich.«

Er drückte ihre Hand; sie war sich nicht sicher, ob er überhaupt merkte, dass er es tat. »Ich denke, wir haben heute bereits 'unmöglich' ziemlich gut neu definiert.«

»Ha. Ja. Okay. Es erinnert mich an konzeptuelle Zeichnungen einer Bran-Kreuzung – einer dimensionalen Grenze.«

»Wow. Und ich dachte, ich hätte gelernt, alles zu erwarten.«

Sie nagte an ihrer Unterlippe. »Unabhängig davon ist es eindeutig ein Portal irgendeiner Art. Ich frage mich, was auf der anderen Seite ist.«

»Wenn ich raten müsste, würde ich sagen, sie sind es. Du zeichnest das alles auf, richtig?«

Sie gönnte ihm ein Grinsen. »Visuell und jedes Band seit wir angekommen sind.«

Er gönnte ihr ein Lächeln. »Natürlich tust du das.«

Sie starrte auf die Mündung eines der Gebärschiffe und beobachtete in fasziniertem Entsetzen, wie die spinnenartigen Schiffe hervorsprudelten. Extrapolierend von der scheinbaren

Anzahl, die an jedem Dreadnought andockte, mussten es mindestens eine halbe Million sein – und ihre Erzeugung zeigte keine Anzeichen einer Verlangsamung. Eine schnelle Maßstabsüberlagerung bestätigte, dass, obwohl sie winzig gegen die Dreadnoughts erschienen, jedes fast so groß wie die *Siyane* war.

Sein Griff an ihrer Schulter verstärkte sich. »Wir müssen gehen, bevor sie bemerken, dass wir hier sind. Wir müssen jemanden warnen.«

»Wir müssen alle warnen.«

TEIL III: REKURSION

"I do not believe in a fate that falls on men however they act;
but I do believe in a fate that falls on them unless *they act.«*

— G. K. Chesterton

(»Ich glaube nicht an ein Schicksal, das über Menschen hereinbricht,
egal wie sie handeln;
aber ich glaube an ein Schicksal, das sie ereilt, wenn sie nicht handeln.«)

28

SENECA

CAVARE, SENECAN FÖDERATION
HAUPTQUARTIER

»Es ist also Krieg.«

Chairman Vranas suchte den Raum nicht nach Bestätigung ab. Oder wenn doch, dann nicht mit genügend Nachdruck, als dass es auffällig gewesen wäre. Von seinem Platz an einem Ende des langen Eichentisches, der den größten Teil des Raumes einnahm, konnte er wahrscheinlich die Neigungen der anderen einschätzen, ohne auch nur seinen Blick zu verschieben.

Die Regierung der Senecan Föderation war stolz darauf, effizient, zweckmäßig, geschmackvoll und bescheiden zu sein – ganz bewusst alles, was die Bürokratie der Erdallianz nicht war. Daher war der Konferenzraum groß genug, um den Konferenztisch aufzunehmen, an dem Konferenzen stattfanden. Nicht mehr, nicht weniger. Seine Wände waren mit ausgeklügelten EM-Schilden und verschiedenen Schnörkeln ausgekleidet, aber da sie verborgen waren, störten sie nicht das Bild minimalistischer Funktionalität.

Vranas hob sein Kinn in einer Geste des Selbstvertrauens. »Wir können nicht zulassen, dass die Allianz uns als schwach darstellt – nicht, wenn wir stärker sind denn je. Vor zweiundzwanzig Jahren haben wir sie auf dem Schlachtfeld besiegt und unsere Freiheit gewonnen. Heute sind wir weitaus fähiger. Heute besitzen wir die Fähigkeit, einen bedingungslosen Sieg zu erringen. Field Marshal Gianno?«

Die Leiterin des Military Council nickte knapp; auch sie war nicht eine, die Kraft für unnötige Bewegungen verschwendete, wenn auch aus anderen Gründen. »Die vermutliche Quelle der Palluda-Angriffstruppe ist die Allianz-Basis auf Arcadia. Wir haben einen Plan finalisiert, die Basis zu zerstören und ihre Kurzstrecken-Einfallsfähigkeiten zu verkrüppeln. Autorisieren Sie die Operation, und wir können innerhalb von zwölf Stunden angreifen.«

»Arcadia ist eine große, etablierte Kolonie. Sie wird stark verteidigt sein, nicht wahr?«

Gianno warf einen herablassenden Blick in Richtung des Parliament Minority Leader, ohne tatsächlich den Kopf zu drehen. Der Senator hatte einen Ruf als Panikmacher, typischerweise mit wenig Berechtigung, um die begleitende Hysterie zu untermauern.

»Natürlich wird sie das sein, weshalb wir den gesamten 3rd Wing der Southern Fleet entsenden. Die Offensive wird schnell, massiv und überwältigend sein. Sie wird sofort ihre Fähigkeit schwächen, Angriffe in Föderation-Territorium zu starten, da ihre nächstgelegene Basis ein weiteres Kiloparsec entfernt ist – und sie grenzt an weitaus stärker befestigten Raum.« Ihr Ton übertrug nicht Verärgerung, sondern eher Enttäuschung darüber, erklären zu müssen, was sie mit ‚Verkrüppelung ihrer Kurzstrecken-Einfallsfähigkeiten' meinte. Der Senator blieb der implizierten Beleidigung gegenüber ahnungslos.

Der Chairman lächelte, die Mundwinkel so nah an seinen Ohren, dass man ihn des Stolzierens beschuldigen könnte. »Eine klare Machtdemonstration wird eine unmissverständliche Botschaft senden, dass mit der Senecan Föderation nicht zu spaßen ist.«

»Sie werden uns mit Sicherheit den Krieg erklären nach einem Angriff solchen Ausmaßes!« Die Stimme des Minority Leader war bereits auf ein jammerndes Niveau angestiegen.

»Gewiss. Aber sie werden diejenigen sein, die das tun. Wir reagieren lediglich auf einen Einfall und Angriff auf eine unserer Kolonien. Es wird die Allianz sein, die den Krieg beginnt – eine Tatsache, die wir niemanden vergessen lassen werden. Marshal, die Operation ist autorisiert.«

Graham Delavasi zuckte zusammen und machte sich nicht die Mühe, es zu verbergen. »Also... was ist unser ultimatives Ziel? Sagen wir, wir treten ihnen in den Arsch bis zurück zur Erde – was dann? Übernehmen wir? Ist das, was wir wollen? Denn ich war unter dem Eindruck, wir wollten minimal eine lockere Vereinigung von Welten regieren, indem wir eine Kernmenge demokratischer Prinzipien und kapitalistischer Standards vorschreiben – oder war das nur ich?«

»Seien Sie nicht lächerlich. Wir haben nicht die Absicht, die Herrschaft über die Allianz zu übernehmen. Wir werden sie einfach überzeugend genug besiegen, um sie einzuschüchtern, damit sie nie wieder Aggressionen gegen uns begehen.«

»Ach, ich verstehe.« Er fuhr sich mit einer Hand durch zu buschiges Haar; er hatte festgestellt, dass es einzigartig für solche Ticks geeignet war. »Nun, nicht als ob es zu diesem Zeitpunkt jemanden interessiert, aber meine Kontakte innerhalb der Allianz berichten von den höchsten Ebenen der Bürokratie in einem Zustand der Verwirrung. Niemand kann herausfinden, wer den Palluda-Angriff autorisiert hat, und niemand übernimmt die Verantwortung. Sie versuchen, die Zwietracht unter Verschluss zu halten, damit die Regierung nicht schwach erscheint – aber es scheint, als sei nicht alles in Ordnung in der Brennon-Administration.«

Der Chairman zuckte mit den Schultern. »Das ist kaum von Bedeutung. Allianz-Streitkräfte kamen auf unseren Boden und griffen eine friedliche Kolonie an, und das kann nicht hingenommen werden. Umso besser, wenn ihre Führung untereinander streitet. Wir könnten diesen Krieg in kurzer Zeit gewinnen.«

Er biss einen verärgerten Seufzer zurück. Vranas war ein Senator mittleren Ranges während des Crux War gewesen und hatte seine Zeit in Handelsausschüssen und dergleichen verbracht. Vor einer Woche hatte er noch die Tugenden des Friedens gepriesen; jetzt rasselte er mit den Säbeln. Obwohl er ein durchsetzungsfähiger, selbstbewusster Anführer war, wusste der Mann fast nichts vom Militär und hatte wie viele Politiker einen Fall von selektiver Amnesie, wenn es um die hässlichen Realitäten des Krieges ging.

Graham hatte im Krieg gekämpft und zwei Jahre lang Stealth-Taktik-Störungseinheiten hinter feindlichen Linien geführt. Es war eine Erfahrung, die ihn dazu gebracht hatte, den Geheimdienstposten anzunehmen, der ihm am Ende des Krieges angeboten wurde. Kampf war chaotisch, gewalttätig, erschreckend, kostspielig und tragisch – Wahrheiten, die wenige Menschen am Tisch zu schätzen wussten.

Heutzutage fand ein Großteil des ‚Kampfes' zwischen Schiffen in einer Entfernung von Megametern von ihren Zielen statt, was es für Nichtkombattanten noch einfacher machte, die zugrundeliegende Realität aus den Augen zu verlieren. Besonders Politiker. Sie betrachteten Krieg als eine sterile und saubere Angelegenheit, eine entfernte, nicht-sensorische Zirkusvorstellung mit wenig wirklichen Konsequenzen.

Dennoch hielt er seine Zunge im Zaum. Sein Posten verschaffte ihm etwas Einfluss und seine direkte Art war allgemein bekannt

– aber er war weit davon entfernt, die mächtigste Person in einem Raum voller mächtiger Menschen zu sein. Stattdessen beobachtete er, wie der Chairman sich in seinem Stuhl aufrichtete und perfunktorisch nickte, ein Signal, dass die Kabinettssitzung sich dem Ende zuneigte.

»Wir werden keine Erklärung abgeben, bis die Operation auf Arcadia abgeschlossen ist, zu welchem Zeitpunkt ich plane, die Medien anzusprechen und die Notwendigkeit zu erklären, diese offensichtliche Bedrohung der Föderation-Sicherheit zu beseitigen. Wenn die Allianz daraufhin wie erwartet eine Kriegserklärung abgibt, dann – und nur dann – werden wir erwidern. Senatoren, ich nehme an, das Parlament wird in der Lage sein, eine Gegenerklärung schnell zu verabschieden, wenn die Zeit gekommen ist?«

Die Majority und Minority Leader zeigten jeweils ihre Zustimmung an.

»Danke allen fürs Kommen. Die Sitzung ist beendet.«

* * *

ERDE

VANCOUVER, EASK-HAUPTQUARTIER

Miriam fand Alamatto ruhig an seinem Schreibtisch sitzend vor, Schultern gerade und Kopf hoch, während er eine hervorragende Imitation der Durchsicht von Materialien auf besagtem Schreibtisch aufführte. Ihr Eintritt war zweifellos ausreichend im Voraus angekündigt worden, damit er sich fassen konnte.

»Admiral, was kann ich—«

»Schließen Sie die Tür.«

Wenn er Anstoß an dem nahm, was eindeutig ein Befehl war, zeigte er keine Anzeichen davon. Es war nicht streng genommen Befehlsverweigerung; er mochte ihr Vorgesetzter sein, aber er war ihr nicht im Rang überlegen. Die Tür glitt mit einem leisen Surren zu.

Sie bedeutete ihm mit einem knappen Schnitt ihrer Hand zu schweigen. »Sie und ich haben unsere Differenzen, aber ich habe Ihr militärisches Urteilsvermögen stets respektiert. Falls überhaupt, fand ich es zu konservativ. Aber das hier geht zu weit. Wie konnten Sie eine solche Aktion autorisieren?«

»Ich ha—«

»Wir haben Kinder getötet, Price! Ich erkenne, warum Sie es für angebracht hielten, mich nicht über Ihre Absichten zu informieren, da ich in den nachdrücklichsten Worten Einspruch erhoben hätte—«

»Miriam, ich habe den Angriff nicht autorisiert.«

»Ich bin nicht leichtgläubig, Price. Ich bin auch kein Narr.«

Alle Luft verließ seine Lungen in einem mühsamen Atemzug; mit ihr sackten seine Schultern zusammen und der sorgfältig fabrizierte Ausdruck brach zusammen. Seiner Haltung beraubt, erschien er als geschlagener Mann, klein in dem übergroßen Stuhl. »Ich schwöre Ihnen – ich habe den Angriff nicht autorisiert.«

Ihr Kopf neigte sich nur um einen Bruchteil. »Es gibt niemand anderen, der eine solche Aktion autorisieren könnte.«

Er stieß ein zittriges Lachen aus und blickte zu ihr auf. Sie hatte sich keinen der Stühle gegenüber seinem Schreibtisch zu Nutze gemacht, und der Höhenvorteil verstärkte den Eindruck, dass sie nun hier das Kommando hatte. Es war kein ungenauer Eindruck.

»Der Prime Minister kann. Wohl. Zumindest behält er eine Stellungnahme seines Attorney General, die besagt, dass er kann.«

Ihr Mund sank zu einem kleinen Stirnrunzeln herab. »Brennon?

Er hat keine militärische Erfahrung – warum würde er Sie aus der Schleife heraushalten?«

»Vielleicht weil er weiß, dass ich, wie Sie, Einspruch erheben würde. Er leugnet die Verantwortung, obwohl er das nicht muss. Aber wer sonst ist da?«

»Verteidigungsminister Mori könnte Brennon zu einer solchen Aktion raten, aber er würde seinen Hals nicht so weit herausstrecken, um es selbst zu versuchen.« Sie ging vor seinem Schreibtisch auf und ab, die Hände hinter dem Rücken verschränkt. »Haben Sie die Möglichkeit in Betracht gezogen, dass wir es mit abtrünnigen Offizieren weiter unten in der Befehlskette zu tun haben?«

Er sank tiefer in den Stuhl. »Oh, Miriam…«

»Sie wissen, dass es Segmente des Offizierskorps gibt, die weiterhin erhebliche Feindseligkeit gegenüber der Föderation hegen.«

»Ich habe Sie immer zu ihnen gezählt.«

Sie machte es sich zur Aufgabe, ihre persönlichen Gefühle von ihrem professionellen Urteil zu trennen, um einen Eindruck von Objektivität zu vermitteln. Sie dachte gerne, dass sie tatsächlich objektiv war. Dennoch erwartete die Welt von ihr, dass sie ein gewisses Maß an Feindseligkeit gegenüber der Föderation hegte, und es war nicht schwer gewesen, ihnen zu gefallen.

»In mancher Hinsicht bin ich das. Aber ich bin auch Realistin. Ich habe die Kosten des Krieges gesehen und wünsche mir nicht, sie zu wiederholen. Und ich würde niemals einen Krieg provozieren, indem ich eine Schule voller Kinder in die Luft sprenge und uns damit von Anfang an als den Bösewicht darstelle.«

»Technisch gesehen haben sie ihn mit dem Attentat provoziert.«

Eine abwinkende Geste landete in seiner allgemeinen Richtung. »Ein Attentat auf einen Diplomaten mittleren Ranges ist kaum

Grund genug, einen galaktischen Krieg zu beginnen. Sanktionen gewiss, vielleicht eine Blockade – aber nicht Krieg. Andere mögen es jedoch als Gelegenheit gesehen haben, alte Ungerechtigkeiten zu berichtigen. Andere, die hitzköpfiger als rational sind.« *Anders als ich* blieb unausgesprochen. »Es ist möglich, dass das Attentat solche Individuen dazu angespornt hat, die Sache selbst in die Hand zu nehmen.«

»Abtrünnige Offiziere – sogar ganze Einheiten – die Offensivoperationen ohne Autorisierung durchführen, weil sie wütend sind? Was für eine Katastrophe…«

Er ging zu seinem Schrank, goss sich ein Glas Wasser ein und schluckte die Hälfte davon hinunter, dann blickte er finster auf das Glas, als hätte er erwartet, dass es etwas weitaus Stärkeres liefern würde. »Es wird aussehen, als könnte ich meine eigenen Offiziere nicht kontrollieren, als wäre ich unfähig, Disziplin und Gehorsam von der Mannschaft zu befehlen. Brennon wird meinen Kopf fordern.«

Und das sollte er auch, denn das können Sie nicht. Price hatte sich durchweg als schwacher Anführer erwiesen, zu begierig darauf, Harmonie und Eintracht zu fördern und unwillig, die schwierigen Entscheidungen zu treffen oder hinter ihnen zu stehen, in den seltenen Fällen, in denen er es tat. Es war ein Führungsstil, der ihm in Friedenszeiten gut genug gedient hatte, aber völlig ungeeignet für die Zwietracht war, die im Gleichschritt mit bewaffneten Konflikten marschierte.

Ob auf Brennons ‚Bitte‘ hin oder aufgrund seiner eigenen Implosion, die Aussicht, dass er das Jahr in seinem derzeitigen Posten überstehen würde, war gering und stündlich abnehmend. Sie begann Pläne zu schmieden, sich von ihm zu distanzieren, leise und ohne Fanfare. Sie würde nicht aktiv daran arbeiten, ihn zu Fall zu bringen, aber sie schuldete ihm keine Pflicht, für ihn auf ihr eigenes

Schwert zu fallen.

»Ich glaube, der Prime Minister hat im Moment dringendere Sorgen als Ihren Kopf. Vor allem die Tatsache, dass wir offenbar am Rande eines weiteren Krieges stehen. Der Senecan Chairman berät sich in diesem Moment mit seinen Seniorberatern – und ich glaube nicht, dass wir ein friedliches Ergebnis erwarten sollten.«

Er starrte sie an, trostlose Verzweiflung in seinen Augen... und sie erkannte, dass jede Selbstsicherheit, die aus seiner Position, seinem Familienerbe oder sogar seiner Erfahrung resultierte, ihn mit dem Aufkommen der Krise verlassen hatte. Er sah so verängstigt aus wie ein FNG bei seinem ersten Orbitalsprung.

»Ich treffe Brennon und das Kabinett in sechs Stunden. Was sage ich ihnen? Was soll ich sagen?«

Sie lächelte dünn. »Nur Sie können Ihren besten Handlungsweg entscheiden. Wenn Sie meinen Rat wollen, schlage ich vor, dass Sie ihnen die Wahrheit sagen.«

29

SIYANE

METIS-NEBEL, INNENBÄNDER

»Würdest du verdammt noch mal zwei Sekunden die Klappe halten und mir zuhören?«

Alex zuckte zusammen bei den ausgefransten Rändern und der schrillen Tonlage ihrer Stimme. Sie klang hysterisch. Verdammt, sie *fühlte* sich hysterisch. Wäre es nicht so gewesen, dass sie in ihrem ganzen Leben noch nie hysterisch gewesen war—außer an dem Tag, als ihr Vater starb—wären die Chancen gut, dass sie tatsächlich hysterisch wäre.

Sie waren gerannt. Sie rannten immer noch.

Zuerst hatte sie den sLume-Antrieb nicht einschalten wollen, aus Sorge, die bemerkenswerte Ausdehnung und Kontraktion des Raumgefüges könnte entdeckt werden, und Gott allein wusste, wie schnell diese Alienschiffe fliegen konnten. Aber sie hatte so viel Energie in das Dämpfungsfeld auf ihrem Rückzug gepumpt, dass das Modul des Feldes überlastet war und durchgebrannt. Zum Glück fing der Silizium-Saphir-Matrix-Filter den Rückfluss ab und verhinderte Schäden am LEN-Reaktor.

Da sie davon ausging, dass ein unmaskierter Impulsantrieb bei voller Leistung wahrscheinlich mindestens genauso viel Aufmerksamkeit erregen würde wie das Initiieren einer Warp-Blase, hatte sie nachgegeben und umgeschaltet, um mit Überlichtgeschwindigkeit zu verschwinden. Bislang waren ihr keine Alienschiffe gefolgt, um sie aus dem All zu pusten.

Jenseits seiner vorgesehenen Anforderungen führte mehr Energie für den sLume-Antrieb nicht zu größerer Geschwindigkeit. Die Grenze, wie schnell er sie und ihr Schiff durch den Raum trieb, war in das Design des Antriebs eingebaut, und keine Energiemenge der Schöpfung konnte ihn schneller machen. Also hatte sie auch die Heizung und die Lichter wieder angeschaltet.

Sie würde die Häufigkeit reduzieren, mit der sie aus der Überlicht geschwindigkeit herausfiel. Zwei Tage zwischen den Partikelabgaben sollten in Ordnung sein, solange sie das weit außerhalb jedes Zivilisationsaußenpostens tat. Sie würde den sLume mit 100% statt der üblichen 95% laufen lassen, um Verschleiß zu minimieren. Zusammen mit dem Abhau aus Metis bei voller Geschwindigkeit von Anfang an, anstatt mit dem Impulsantrieb herumzumäandern, wie sie es beim Hineinkommen getan hatte—und der Tatsache, dass sie sich verdammt noch mal eine Überlichtgeschwindigkeits-Reisegenehmigung für innerhalb des Hauptasteroidengürtels besorgen wollte—sollte sie fast anderthalb Tage von der Heimreise abschneiden können.

Dreieinhalb Tage waren noch nie so lang erschienen.

Aber es waren nicht dreieinhalb Tage. Sobald sie Metis entkommen war, würde die Kommunikation zurückkehren. Sie konnte die Leute warnen. Sie konnte die Informationen zu ihrer Mutter bringen, die sie an die Wichtigen weiterleiten konnte, und sie konnten… damit umgehen.

Die Streitkräfte der Erdallianz waren sehr fähig. Sicherlich waren sie sehr groß. Nicht auf dem neuesten Stand der Technik, aber angemessen fortgeschritten. Waren sie stark genug? Sie stellte sich vor, es hing davon ab, wie viele Schiffe noch durch das Portal kommen sollten. Vielleicht, wenn die Allianz mit den Senecan-Streitkräften kooperierte—sie warf einen Blick hinüber, um den Zustand ihres Seneca-Begleiters zu beurteilen.

Sein Kiefer hatte sich verkrampft, und seine Augen loderten so heiß wie der hellblaue Kern von Messier 32. Aber sein Ausdruck war einer von... von gequälter Geduld, was sie nur noch mehr dazu brachte, ihn erwürgen zu wollen. Wenigstens hatte er in einer Hinsicht nachgegeben—er hielt die Klappe. Sie sollte wahrscheinlich anfangen zu reden, bevor ihre zwei Sekunden um waren.

»Ich versuche nicht, Völkermord an deinem ‚Volk' begehen zu lassen. Ich lasse sie nicht den Wölfen zum Fraß vor, diesen... Dingern, okay? Mir ist klar, dass Seneca und seine Freunde direkt im Weg jedes Pfades zur Erde liegen und erheblich näher zu Metis gelegen sind.«

Sie zwang sich, nicht auf eine Weise auf und ab zu gehen, die als hysterisch interpretiert werden könnte. »In dem Moment, wo die Kommunikation zurückkehrt, kannst du deinen Boss oder deinen Präsidenten oder Vorsitzenden oder wie auch immer du ihn oder sie nennst, anrufen. Ruf an, wen zur Hölle du willst. Schick die Bilder—schick das ganze verdammte Datenset. Rede stundenlang mit ihnen. Was auch immer du glaubst tun zu müssen, um sie vorzubereiten, ist für mich in Ordnung. Ich will, dass du sie warnst.

»Alles was ich sage ist, dass ich zur Erde fliege, und ich mache keinen zweitägigen Umweg nach Seneca auf dem Weg.«

Er sank mit einem scharfen Seufzer gegen die Wand hinter dem Datenzentrum zurück, wo sie die erfassten Informationen zusammengetragen und versucht hatte, sie zu organisieren und zu kategorisieren, während sie mit maximaler Geschwindigkeit vom Zentrum von Metis und seinem außerweltlichen Portal und der Armee von Monsterschiffe davonrasten.

Das war allerdings früher gewesen. Vor dem Streit.

Er hatte angenommen, sie würden unverzüglich nach Seneca aufbrechen, um seine Regierung persönlich vor der Gefahr zu warnen. Eine logische Annahme, wie sie vermutete, da sich der Senecan-Raum praktisch bis zu den Außenbezirken des Metis Nebula erstreckte und seine Bewohner daher in ein klein wenig klarer und gegenwärtiger Gefahr sein mochten.

Sie würde nicht nach Seneca gehen. Sie hatte keine Lust, dorthin zu gehen, wenn die Dinge rosig waren, geschweige denn, wenn Aliens an die Tür klopften. Zum einen wäre sie auf Seneca von ihm abhängig und nicht im Geringsten in Kontrolle ihrer Situation. Zum anderen besaß sie eine direkte Verbindung zu den höchsten Rängen des Allianz-Militärs; sie musste zur Erde und wenn nötig ihre Mutter und die Bosse ihrer Mutter und alle anderen Erforderlichen anschreien und anbrüllen, bis sie das Ausmaß des verdammten Problems verstanden. Und sie hatte keine Zeit zu verschwenden...

Der Schock, Zeuge einer eindringenden Armee unvorstellbar mächtiger Aliens zu werden, die durch ein unergründlich fort-geschrittenes Portal auftauchten, hatte sie beide nervös gemacht und nicht gerade in Bestform gebracht. Als er seine Annahme bezüglich ihres Ziels geäußert hatte, hatte sie protestiert. Er hatte es falsch interpretiert. Worte waren gefolgt.

Nachdem er einen Moment lang ihr Gesicht zu durchsuchen schien, als ob nach Bestätigung der Wahrheit ihrer Aussagen, sank sein Kinn auf seine Brust. Einige Sekunden später folgte ein schwaches Nicken. »Okay. Ich höre dich. Und es... tut mir leid, dass ich dich beschuldigt habe, unsensibel zu sein.«

»Ich glaube, der Begriff, den du verwendet hast, war ‚seelenlos'?«

»Richtig.« Ein verzweifelt klingender Atemzug entwich seinen Lippen. »All diese Ideen klingen vernünftig, und ich werde wahrscheinlich die meisten davon umsetzen. Aber was dann?« Er blickte zu ihr auf unter langen Wimpern, sein Blick weniger hart, aber nicht weniger beunruhigt. »Wo lässt mich das?«

Sie ließ ihre Hände auf den Rand des Tisches fallen und lehnte sich hinein, erlaubte ihren Augen, nach unten zu driften, anstatt seinen zu begegnen. »Hör zu, wenn du willst, kann ich dich auf Gaiae absetzen. Ich weiß, es ist klein und die Bewohner sind irgendwie gruselig, aber es hat einen Raumhafen und regelmäßige Transporte. Du kannst von dort nach Hause kommen. Es wird mich etwa vier Stunden kosten, aber ich werde es irgendwie kompensieren.«

Unfähig, dem Zug seines in sie hineinbohrenden Blicks länger zu widerstehen, hob sie den Kopf, um wieder seinem Blick zu begegnen. »Es tut mir leid, aber wir haben keine Zeit. Es ist das Beste, was ich tun kann.«

»Danke. Ich—Gaiae wird in Ordnung sein.«

Die Mundwinkel zuckten, zeigten aber keine definitive Richtung, zwangen seinen Kiefer, seine Todeskrampf zu lösen. Sein Adamsapfel hüpfte bei einem schweren Schlucken. »Du sagtest ‚wenn ich will.' Gibt es eine Alternative? Fragst du mich, mit dir zur Erde zu kommen?«

Sie öffnete den Mund zum Antworten... und ließ ihn sich schließen. Das war genau das, was sie tat, nicht wahr? Nun ja.

»Ja, das tue ich wohl.«

»Warum?« Ein paar Stunden früher wäre der Klang seiner Stimme verspielt, sogar neckend gewesen, wenn er eine solche Frage gestellt hätte. Jetzt war er düster und dunkel, belastet von Verantwortung und der Furcht, die mit schrecklichem Wissen kam.

Warum, in der Tat. Ihre Augen glitten weg von der Intensität seines Blicks, und sie machte eine Show daraus, das Schachbrettmuster der Datensätze zu inspizieren, die über dem Tisch ausgebreitet waren. »Zwei Stimmen sind besser als eine. Ich habe eine bessere Chance, nicht für verrückt gehalten zu werden, wenn du mich unterstützt. Ja, ich erkenne an, dass ich harte Daten habe, um mich zu unterstützen. Trotzdem wärst du schockiert, wie wenig Bürokraten harte Daten respektieren.«

»Ist das alles?«

Stopp. Bitte. Das war ein Gespräch, für das sie so weit davon entfernt war, bereit zu sein. »Sei kein Arsch.«

»Ich bin kein Arsch. Ich frage einfach, ob es einen anderen Grund gibt, warum du willst, dass ich mit dir komme.«

Sie ignorierte ihn und erweiterte das Set mit den Bildern im sichtbaren Licht. »Ich muss diese Daten in eine halbwegs vernünftige Ordnung bringen, damit wir sie versenden können, sobald wir aus dem Nebula heraus sind. Sie sind immer noch in Rohform und ein wirres Durcheinander.«

Nach einer Pause—sie wusste nicht, was er getan haben mochte oder welche Ausdrücke er während des Moments gezeigt haben mochte, weil sie ihn nicht ansah—gesellte er sich zu ihr an den Tisch.

»Wir müssen viel mehr tun, als sie zu organisieren. Ich verstehe kaum die Hälfte davon, und die meisten Leute werden nichts davon verstehen. Präsentation ist wichtig. Wir müssen die Daten so strukturieren, dass sie eine Geschichte erzählen, eine, die überzeugend und leicht zu verstehen ist in ein paar Minuten.«

Ihre Augen schossen zu ihm hinüber. »Wir?«

Für den kürzesten Moment kehrte das charakteristische Grinsen zurück. »Sei kein Arsch.«

»Touché.«

Er seufzte und drückte den Nasenrücken, dann zog ihren Blick wieder auf sich. »Hör zu. Ich würde... ich würde gerne mit dir zur Erde kommen. Ich weiß nicht, ob ich das tun können werde. Es besteht eine gute Chance, dass meine Vorgesetzten, sobald sie diese Informationen sehen, mich bitten werden, reinzukommen. Und obwohl ich eine beträchtliche Freiheit in meinem Job genieße, werde ich in dieser Situation nicht nein sagen können.«

Sie nickte, möglicherweise zu schnell. Es fühlte sich zu schnell an. »Natürlich. Wir werden es auf uns zukommen lassen. Wenn sie eine Weile brauchen, um zu entscheiden, muss ich dich stattdessen auf New Orient absetzen, aber ich kann es schaffen. Es ist in Ordnung.«

Es war überhaupt nicht in Ordnung, aber sie sagte sich, dass sie gerade viel wichtigere Probleme hatte, um die sie sich Sorgen machen musste. Wie zum Beispiel, wie sie der Welt die Nachricht überbringen sollte—oder zumindest ihren Herrschern—dass die schwer fassbaren Aliens, nach denen jeder gesucht hatte, endlich gefunden worden waren, und sie sahen ganz entschieden nicht freundlich aus.

30

ARCADIA

ERDALLIANZ-KOLONIE

Arcadias orbitale Verteidigungsanordnung entdeckte die sich nähernden Schiffe in einer Entfernung von 0,2 AU jenseits ihrer äußeren Atmosphäre.

Die Entdeckung war erwartet. Der Kommandeur des 3rd Geschwaders unternahm keinen Versuch, die Ankunft der Streitmacht zu verbergen, da es sinnlos gewesen wäre, es zu versuchen. Ein Flug von Stealth-Elektronikkampfschiffen, die in einer vorgeschobenen Position eingesetzt waren, begann die Sensoren der Anordnung zu stören und führte Fehler in ihre Zielmechanik ein. Eine Anzahl von Salven aus den enormen Plasmawaffen erreichte dennoch die Fregatten, die den Großteil des Geschwaders bildeten.

Lang, dunkel und schlank erstreckten sich die Fregatten der Senecan Föderation über einhundertvierzig Meter. Sie waren aus einem glänzenden Amodiamant-Metamaterial konstruiert, das den stahlblauen Schimmer ihrer mächtigen Zwillingsimpul santriebe absorbierte und reflektierte. Plasmaabschirmung und verstärkte geschichtete p-Graphen-Gitter lenkten und zerstreuten den Großteil des hochenergetischen Plasmas ab, obwohl in den ersten Sekunden zwei Fregatten kritische Schäden durch direkte Treffer erlitten und sich zurückziehen mussten. Die verbleibenden Fregatten zielten auf die orbitale Waffeninfrastruktur und zogen ihr Feuer auf sich, während drei Jägerstaffeln vom Trägerschiff des Geschwaders starteten.

Die Arcadia Erdallianz Vorgeschobene Marinebasis ging in höchste Alarmbereitschaft, sobald die Verteidigungsanordnung die sich nähernden Schiffe erfasste. Jäger wurden alarmiert, um die Eingänge der nahegelegenen Atmosphärenkorridore zu bewachen und den umgebenden Luftraum zu patrouillieren. Acht SAL-Geschütztürme, die die Anlage umringten, aktivierten sich und begannen nach Zielen zu suchen.

Die Senecan-Staffeln nahmen jedoch nicht die Korridore, denn das zu tun wäre bedeutet haben, direkt in ein Massaker zu fliegen. Stattdessen kämpften sie gegen die strafende Atmosphäre in neun Flügen zu je vier, wobei jeder Flug sich der Basis aus verschiedenen Richtungen und Höhen näherte.

Arcadias Topographie war gebirgig und üppig, und die Basis lag eingebettet in einem Tal am nördlichen Ende eines langen Tals. Der Taleingang war schwer von automatisierten Systemen bewacht, und vier der acht SAL-Türme waren entlang der Lücke in den Bergen positioniert. Drohnen, die mit dem 2nd Flug entsandt wurden, brachen ab, um die Türme anzugreifen, während die begleitenden Jäger drei Sekunden dahinter folgten, um die automatisierten Verteidigungsanlagen zu eliminieren.

Senecan-Kampfjets besaßen außergewöhnliche Manövrier-fähigkeit, sogar in der Atmosphäre. Aus einem hyperleichten wabenförmigen Metamaterial konstruiert und in scharfe Kanten und spitze Linien geformt, opferten sie nicht-elektronische

Verteidigungen für Geschwindigkeit und Wendigkeit. Die Jets rasten über die Berge, die drei Seiten der Basis umgrenzten, bremsten zu einem nahezu Stillstand an den Gipfeln ab und stürzten sich in das Tal, wobei ihre Pulslaserwaffensysteme in langen Bögen durch die Oberflächenanlagen feuerten.

Die Offensive blieb nicht unangefochten; tatsächlich wurde sie mit beträchtlichem Widerstand empfangen. Allianz-Jäger griffen die Angreifer im Himmel über der Basis an. Schiffe auf beiden Seiten erlitten katastrophale Schäden, wobei die feurigen Wrackteile oft noch mehr Schäden an den Anlagen verursachten, wenn sie auf den Boden aufschlugen.

Allianz-Kampfjets verfügten über beträchtlich robustere Rümpfe als ihre Senecan-Gegenstücke. Das bedeutete, obwohl schwieriger zu zerstören, waren sie auch langsamer und weniger wendig. Mehrere Versuche, die Senecan-Schiffe zu verfolgen, führten zu Berghangunfällen, wenn ein Allianz-Jäger nicht imstande war, das Haarnadelmanöver auszuführen, das sein Ziel durchführte, um das tückische Gelände zu überwinden.

Über 8.300 Soldaten waren in der Vorgeschobenen Marinebasis stationiert. Die meisten von ihnen waren nichtkämpfende Dienstleistende—Schiffs- und Ausrüstungstechniker, Ingenieure, Verwaltungsoffiziere—und der Rest waren Truppen, die in Touren auf den Fregatten und Versorgungs- und Patrouillenschiffen rotierten, die die Basis ihr Zuhause nannten. Somit gab es für volle neunzig Prozent des Basispersonals einfach nichts, was sie tun konnten, um den Angriff abzuwehren.

Viele der anwesenden Personalangehörigen erkannten dies und verschanzten sich im am stärksten befestigten Bereich der Anlage, einem unterirdischen Lagerlager. Am Ende hielt dies die Verluste an Menschenleben unverhältnismäßig niedrig, gemessen an der zugefügten Zerstörung.

Dennoch stürmten einige wenige Soldaten, gefangen im Rausch der Kampfwut, auf das Schlachtfeld und schwangen schultergestützte SALs. Aber selbst okularimplantat-unterstütztes menschliches Sehvermögen konnte nicht hoffen, die Bewegungen eines Senecan-Jets zu verfolgen. Einhundert Prozent der Schulter-SALs verfehlten ihre Ziele; siebzig Prozent der Träger—exponiert und im Freien—kamen um.

Mit den automatisierten Türmen eliminiert, wurden die sechzehn Allianz-Jäger unerbittlich von der überlegenen Senecan-Anzahl dezimiert. Als der letzte fiel, blieben sechsundzwanzig Senecan-Jäger übrig, um ungehindert Verwüstung in den Basisanlagen anzurichten. In dreizehn Minuten deaktivierten oder zerstörten die Angreifer jede Struktur von mehr als vierzig Quadratmetern Größe, außer dem massiven Hauptquartiergebäude. Sie begnügten sich damit, alle seine Fenster herauszusprengen und zwei dreißig Meter große Krater in seinen Kern zu hinterlassen.

Missionsparameter erfolgreich abgeschlossen, machten sich die Senecans aus dem Staub und nahmen die einfacheren Korridor-routen beim Abflug. Die orbitalen Anordnungswaffen waren zu diesem Zeitpunkt von den Fregatten vernichtet worden und sie stießen auf keinen Widerstand, als sie Arcadias Atmosphäre verließen und an ihren Träger andockten.

Alles in allem verlor das 3rd Geschwader der Senecan Föderation Südflotte zwei von zwölf Fregatten und zehn von sechsunddreißig Kampfjets. Obwohl die Arcadia-Basis kein Regionales Komman-dozentrum war, stellte sie als die der Föderation-Raumgebiet näch-stgelegene Militäranlage einen strategisch und politisch wichtigen Standort dar. In siebenundzwanzig Minuten war sie, für alle praktischen Zwecke, ausgelöscht worden.

31

SIYANE

WELTRAUM, NORDOST-QUADRANT

Bis zum Nachmittag hatte die *Siyane* endlich den Nebel hinter sich gelassen und war in die vergleichsweise leere Weite des Weltraums vorgedrungen. Sie hatten bis spät in die vorige Nacht gearbeitet, eine instinktive, schwelende Panik trieb sie beide voran.

Alex hatte die erfassten Daten studieren wollen, um zu verstehen, was diese Außerirdischen—oder zumindest ihre Schiffe—wirklich waren und womit sie es zu tun haben könnten. Caleb, der praktisch veranlagte Typ, hatte sie gedrängt, die Daten zuerst zu katalogisieren, zu organisieren und zusammenzufassen, damit sie die Informationen wenigstens an andere weiterleiten konnten, sobald die Möglichkeit dazu zurückkehrte.

Noch praktischer veranlagt, hatte er sie auch dazu gezwungen, ein paar Stunden zu schlafen—auch wenn 'schlafen' bedeutete, ins Bett zu kriechen und den Großteil dieser Stunden mit Hin- und Herwälzen zu verbringen. Sie konnte nicht sagen, ob er seinen eigenen Rat befolgt und selbst etwas Schlaf bekommen hatte.

Das Frühstück war aus Obst und aufgewärmtem Brot bestanden,

das im Datenzentrum verzehrt wurde; das Mittagessen war vernachlässigt worden. Sie setzten langsam ein kohärentes Paket zusammen, das zusammen mit einer kurzen Zusammenfassung und alptraumauslösenden Bildern geliefert werden konnte, und warteten darauf, dass ihre Verbindung zum Rest der Galaxis wieder erschien.

Sie hob eine etwas unregelmäßige Augenbraue über den Tisch zu ihm. »Also denkst du, wir sollten mit der Panoramaaufnahme der achtundsiebzig Superdreadnoughts anfangen oder mit der enormen Nahaufnahme der synthetischen Tentakelkreatur aus Gehenna?«

Er kicherte als Antwort; es kam halb angespannt, halb müde und halb aufrichtig heraus. »Als ich sechs Jahre alt war, nahm mein Vater mich mit zum Campen in die Berge außerhalb von Cavare. Ich wachte mitten in der Nacht auf und fand diese kartinga—du hast wahrscheinlich noch nie eine gesehen, aber es ist eine Art Kreuzung zwischen einer Tarantel und… einer riesigen Heuschrecke—die ein paar Zentimeter vor meinem Gesicht in der Luft hing. Ich sage, wir fangen mit den Tentakeln an. Das wird einen stärkeren Eindru—« Er brach mitten im Satz ab. »Wir kommen wieder online.«

Eine Sekunde später leuchtete ihr eVi in einer Flut von Nachrichten und Datenlieferungen auf. Weit mehr als üblich kamen mit der Markierung 'dringend' oder 'priorität' oder 'wichtig' an, und sie musste den Zwangsladungsmechanismus übersteuern, bevor sie von Pop-ups geblendet wurde.

Sie suchte eine aktuelle Nachricht von Kennedy heraus, warum auch nicht.

Alex,

Nun, das wird all unseren Spaß zunichte machen, nicht wahr? Was auch immer es ist, was du tust, das dich vom Netz nimmt, halte dich von diesem Durcheinander fern, ja?

— *Kennedy*

Was? Mit einigem Widerwillen wählte sie die neueste Mitteilung von ihrer Mutter aus. Sie war mit 'priorität' markiert, aber ihre waren immer mit 'priorität' markiert.

Alexis,

Wo auch immer du bist, du musst erkennen, dass es am besten ist, wenn du jetzt nach Hause kommst, zu deiner eigenen Sicherheit.

— *Miriam*

»Okay, was zum Teufel passiert hier?«

Er hob einen Finger, um sie zum Schweigen zu bringen, die Iris zuckte über ein unsichtbares Flüstern. Sie ignorierte ihre verbleibenden siebenundvierzig Nachrichten, um ihn zu beobachten.

Schließlich konzentrierten sich seine Augen auf sie. Sie sahen… kompliziert aus. »Ich denke, du solltest besser einen Nachrichten-feed einschalten.«

»Was geht vor?«

»Ich weiß nicht einmal… schalte einfach die Nachrichten ein, okay?«

»Richtig.« Sie gestikulierte zum eingebauten Bildschirm an der gegenüberliegenden Wand und stellte ihn auf einen generischen Allianz-Nachrichtenkanal ein.

»*Nochmals, wir berichten, dass als Antwort auf das, was sie als Bestätigung bezeichnen, dass die Erdallianz für den Angriff auf Palluda verantwortlich war, das Militär der Senecan Föderation vergolten hat, indem es die Allianz Forward Naval Base auf Arcadia zerstörte.*«

»Sie haben was getan?«

»*Ein Sprecher bestreitet weiterhin, dass die Allianz am Palluda-Vorfall beteiligt war oder dass es als Vergeltung für die Ermordung von Handelsminister Mangele Santiagar letzte Woche geschah. Jedoch, sie—warten Sie, wir erhalten die Nachricht, dass der Premierminister*«

gleich sprechen wird. Lassen Sie uns live zur Erdallianz Headquarters schalten.«

Sie sank auf den Rand des Datenzentrums zurück, während sich Furcht in ihrem Bauch sammelte, bereits ahnend, dass das, was folgte, tatsächlich alles durcheinanderbringen würde.

»Meine Damen und Herren, Bürger im gesamten Allianz-Raum. Wie gestern angekündigt, haben wir unwiderlegbare Beweise, dass ein oder mehrere Beamte der Senecan Föderation die tragische Ermordung von Minister Santiagar beim Handelsgipfel auf Atlantis verübt haben.

»Wahrscheinlich unsere Reaktion antizipierend, hat die Föderation heute beschlossen, die Allianz fälschlicherweise zu beschuldigen, eine ihrer Kolonien angegriffen zu haben, und dies als Vorwand zu nutzen, um einen gewalttätigen und zerstörerischen Einfall gegen strategische Allianz-Anlagen zu starten. Ich bin traurig zu berichten, dass über sechshundert Männer und Frauen auf Arcadia ihr Leben verloren, eine Zahl, die wahrscheinlich steigen wird.

»Lassen Sie mich allen versichern, dass die Allianz nicht für den bedauerlichen Vorfall auf Palluda verantwortlich war. Dennoch ist es an diesem Punkt offensichtlich, dass Seneca beabsichtigt, uns mit allen notwendigen Mitteln zu einem erneuten Krieg zu provozieren. Wir müssen und werden alle unsere Bürger vor Aggression verteidigen. Daher hat die Generalversammlung vor wenigen Augenblicken eine formelle Kriegserklärung gegen die Senecan Föderation genehmigt. Wir werden sofort mit der Mobilisierung von Streitkräften beginnen. Ich werde weiter sprechen, wenn die Ereignisse es rechtfertigen. In der Zwischenzeit folgen Sie dem »SFWar-Feed für die neuesten Informationen. Vielen Dank.«

»Du machst Witze. Wir verschwinden für fünf Tage und die Galaxis dreht durch? Jetzt steht eine Armada von außerirdischen Schiffen vor unserer Haustür und wir haben beschlossen, einen Krieg gegeneinander zu beginnen?«

Er lief aufgeregt im Raum umher, antwortete aber nicht. Fairerweise hatte sie ihm noch keine Frage gestellt. »Warum sollte die Föderation unseren Handelsminister ermorden?«

»Haben sie nicht. Warum sollte die Allianz darauf reagieren, indem sie eine ganze Kolonie in die Luft sprengt?«

»Was meinst du, haben sie nicht? Und hast du nicht zugehört? Ich weiß nicht, was auf Palluda passiert ist, aber die Allianz ist nicht schuld.«

Er hörte lange genug auf zu laufen, um sie anzustarren. »Alex, ich bekomme klassifizierte Berichte herein, die besagen, dass es Allianz-Kampfjets mit Allianz-Transponder-Codes waren, die Allianz-K ommunikationsprotokolle verwendeten und Allianz-Raketen auf Palluda abfeuerten. Politiker lügen.«

»Natürlich tun sie das. Aber Erde will keinen Krieg mit Seneca. Ich meine, manche Leute schon, aber die Politiker können kaum die Kolonien im Blick behalten, die sie regieren. Und sie würden niemals so drastische Maßnahmen ergreifen, bevor sie drei Monate darüber debattiert und vier Kommissionen gebildet haben, um es zu studieren. Die wirkliche Frage ist, warum Seneca so sehr einen Krieg mit Erde will.«

»Wollen sie nicht. Wir haben alles bekommen, was wir im Waffenstillstand brauchten: in Ruhe gelassen zu werden, um unseren eigenen Weg zu gehen.«

Sie hob herausfordernd eine Augenbraue und stieß sich vom Tisch ab, um ihm auf Augenhöhe zu begegnen. »Vielleicht seid ihr nicht mehr zufrieden mit eurer kleinen Ecke der Galaxis. Vielleicht wünscht ihr euch mehr Einfluss und Macht.«

Frustration schlich sich in die Falten seiner Augen. Ein Muskel unter seinem linken Wangenknochen zuckte. »Ich wünsche mir nichts. Wenn meine Regierung mehr Einfluss wünschte, würde sie damit beginnen, die nahegelegenen Unabhängigen zu überzeugen, der Föderation beizutreten. Denk logisch darüber nach, bitte.«

»Oh, jetzt wenden wir Logik auf Regierungspraktiken an? Sag mir dann logisch, warum deine Regierung unseren Handelsminister ermorden würde?«

»Würden sie nicht. Haben sie nicht. Es gibt immer irgendeinen Verrückten, der eine Sache vertritt, für die er zu sterben bereit ist, aber alle Informationen, die in meinen Kopf stürzen, zeigen, dass es absolut nicht offiziell sanktioniert war.«

»Nun, es ist nicht so, als würden sie es zugeben, nachdem die Allianz ihren Bluff aufgedeckt hat.«

»Indem sie eine Farmkolonie zerstören? Das ist niedrig, selbst für sie.«

»So sagst du. Unabhängig davon macht der Angriff auf Arcadia ziemlich deutlich, dass Seneca Krieg mit Erde will. Sie schickten die Hälfte ihrer verdammten Flotte, um eine Basis zu zerstören—kaum eine Verteidigungsmaßnahme, würdest du nicht zustimmen?«

»Nicht, wenn es darum geht, die militärische Einrichtung zu deaktivieren, die eine unmittelbare Bedrohung für senecanische Welten darstellt und die mutmaßliche Quelle der Palluda-Offensive ist.« Seine Stirn zog sich zu einem festen Knoten über zusammengekniffenen Augen zusammen. »Mein Gott, dafür, dass du eine der intelligentesten Personen bist, die ich je getroffen habe, kannst du blind dumm sein!«

Ihr Mund fiel vor Schock auf. Oder Empörung. Möglicherweise beides. »Wie wagst du es—«

Beide Hände hoben sich zur Kapitulation. »Du hast recht. Mein Fehler. Es tut mir leid, dass ich es gesagt habe.« Sein Ausdruck sagte, dass es ihm leid tat, es gesagt zu haben, aber wenig anderes.

Er holte tief Luft und schien gewaltsam einen Teil der Anspannung aus seinen Gliedern zu zwingen, die Haltung seiner Schultern und die Stellung seines Kiefers. »Vielleicht sollten wir nicht den Krieg unserer jeweiligen Regierungen hier auf dem Deck deines Schiffes für sie führen, und uns stattdessen an die wirkliche Bedrohung erinnern, der wir gegenüberstehen.«

Für ein paar kurze Momente hatte sie es vergessen. Jetzt senkte sich das erdrückende Gewicht dessen, was sie gesehen hatten, erneut auf sie herab. Sie konnte spüren, wie ihre Haltung darunter nachgab. »Die einfallende Armee riesiger außerirdischer Monsterschiffe.«

»Ja, die.«

»Verdammt, Caleb. Wie sollen wir jemanden dazu bringen zuzuhören, wenn sie damit beschäftigt sind, sich gegenseitig in die Luft zu sprengen?«

Sein Mund öffnete sich, nur um zuzuschnappen, als er das Laufen wieder aufnahm. Er umrundete die Kabine einmal, zweimal, bevor er verlangsamte und mit den Fingerspitzen über die Oberseite des Sofas fuhr.

Sie beobachtete, wie seine Lippen sich bewegten, während seine Augen dunkler wurden, ein Schatten zog über sie und weigerte sich zu gehen. Es fiel ihr auf, dass sie ihn viel beobachtete. Beobachtete, wie er sich bewegte; beobachtete, wie sich seine Lippen bewegten. Sie brauchte—

»Dumm...«

»Oh, du nennst mich nicht ernsthaft—«

Sein Blick schnellte zu ihr hinüber, Lichtfunken tanzten hinter dem Schatten. »Nicht dich. Ich... es tut mir wirklich leid. Du bist nicht dumm—tatsächlich bist du ziemlich brillant. Du hast es gesagt: da ist eine Armada außerirdischer Schiffe vor unserer Haustür, und wir haben beschlossen, einen Krieg gegeneinander zu beginnen? Das ist nicht nur dumm, es ist unwahrscheinlich jenseits aller Vernunft.«

Sie runzelte die Stirn. »Ich stimme zu, es scheint ziemlich lächerlich. Aber ich habe gelernt, die schiere Idiotie von Regierungsbürokraten nicht zu unterschätzen.«

»Genau. Auf Politiker kann man sich verlassen, dass sie voreilige, kurzsichtige Entscheidungen treffen.« Sein Tempo gewann wieder an Geschwindigkeit, Zweck belebte jetzt seine Schritte zwischen dem Küchentisch und dem Sofa.

Neugierig beobachtete sie—wieder—und wartete, bis sein Blick zu ihr zurückkehrte. »Schau, die Informationen, die ich sehe, sind so nah an der rohen, ungeschminkten Wahrheit, wie man sie bekommen kann. Es ist keine Propaganda und es ist nicht schönge- färbt und es sagt, dass meine Regierung den Handelsminister nicht ermordet hat.«

Sie stieß einen harten Atemzug aus. Sie war nicht erpicht darauf, das frühere Argument wieder aufzuwärmen, aber sie beabsichtigte auch nicht nachzugeben. »Nun, einer eurer Regierungsbeamten hat es getan.«

»Ja. Zugegeben. Und vielleicht war er einfach ein einsamer Verrückter und das ist alles, was dahintersteckt. Aber dann sprengt die Allianz eine Farmkolonie in die Luft, außer sie sagen, sie hätten es nicht getan—und du hast recht, es ist untypisch für sie. Und jetzt sind wir in wenigen Tagen—viel zu schnell, als dass kühlere Köpfe die Oberhand gewinnen könnten—von sich verbessernden Beziehungen zu einem totalen Krieg übergegangen. Und ich muss mich fragen, ob jemand lange genug aufgehört hat zu reagieren, um zu fragen, warum.«

Die Welt hatte sich beim Anblick der einfallenden außerirdischen Armee auf den Kopf gestellt und noch einmal bei der Enthüllung dieses entstehenden Krieges. Machte das die Dinge wieder richtig herum? Für einen Moment konnte sie nicht entscheiden, ob er ein Genie oder wahnhaft war—oder ob sie überhaupt noch fähig war, den Unterschied zu erkennen. »Du denkst, jemand manipuliert die Ereignisse, um einen Krieg zu provozieren? Du könntest ein winziges bisschen paranoid sein.«

»Ich weiß. Ich schlage nur vor, dass es von außen betrachtet verdammt verdächtig erscheint. Was uns zur Frage zurückbringt, warum jetzt?«

Sie verspürte plötzlich ein intensives Verlangen, aus dem Verrücktenzug auszusteigen und zur Realität zurückzukehren, wie sie auch war. »Es ist möglich, dass der Handelsgipfel die erste wirkliche Gelegenheit bot. Oder vielleicht ist die Antwort auf 'warum jetzt' der Gipfel. Es gibt viele Leute in der Allianz, und ich stelle mir vor, viele auf eurer Seite auch, die keine besseren Beziehungen zwischen Erde und Seneca wollen.«

Er schien stillzustehen, als ob alle Energie seiner Bewegungen in ihm zur Ruhe kam. »Du bist eine von ihnen, nicht wahr?«

Die Schärfe seines Blicks bohrte sich in sie hinein. Es ließ sie nackt und bloßgestellt fühlen, aber sie weigerte sich, wegzusehen. »Ich habe das nicht gesagt. Ich nur… Caleb, ich will keinen Krieg. Habe ich nie gewollt.« Sie schluckte. »Nun, schon lange nicht mehr jedenfalls.«

Er lächelte mit unerwarteter Sanftheit. Seine Augen wurden weicher, um zu passen, verwandelten seinen Ausdruck in einen der Sanftmut. »Okay.«

Seine Schultern hoben sich in einem schwachen Achselzucken. »Und du hast wahrscheinlich recht. Es macht mehr Sinn, dass der Gipfel der Auslöser ist und nicht etwas mit den Außerirdischen zu tun hat. Es bedeutet trotzdem, dass etwas faul ist. Wir laufen in ein noch größeres Durcheinander hinein, als wir dachten—und wir sind dabei, eine Bombe mitten hineinzuwerfen.«

32

SENECA

CAVARE

Michael zog den Kragen seiner Jacke bis zu den Ohren hoch, als er das Restaurant verließ. Eine Kaltfront war im Laufe des Nachmittags eingezogen, und die Nachtluft trug nun eine stechende Kälte mit sich.

Trotzdem entschied er sich, die zwölf Blocks zurück zum Division-Hauptquartier zu Fuß zu gehen. Er brauchte die kurze Einsamkeit – wenn man das Umgebensein von Hunderten von Fußgängern, die ihren Geschäften nachgingen, als Einsamkeit bezeichnen konnte –, um seinen Kopf in die richtige Richtung zu fokussieren. Das Abendessen war eine kurze, aber notwendige Auszeit von der Arbeit gewesen, wenn auch nur, um sicherzustellen, dass es seinem Vater gut ging. Was der Fall war. Sein Vater bestand beharrlich darauf, dass Michael sich keine Sorgen um ihn machen müsse; es hielt ihn nie davon ab, es trotzdem zu tun.

Mit dem Ausbruch der Feindseligkeiten – einem ausgewachsenen Krieg seit diesem Abend – wurden seine Teams von der Summit-Untersuchung abgezogen und für Allianz-Missionen umgeteilt. So ziemlich alles an dem Attentat kam ihm immer noch falsch vor, aber er versuchte sich einzureden, dass es jetzt kaum noch eine Rolle spielte. Die Ereignisse bewegten sich schnell; bald würde das Attentat nur noch eine Fußnote sein als der Vorfall, der eine Reihe von Vorfällen auslöste, die einen weiteren Krieg auslösten.

Obwohl er einige Leute in der Allianz-Infrastruktur und ihrer Peripherie eingebettet hatte, fielen solche langfristigen Spionagemissionen größtenteils in den Zuständigkeitsbereich anderer Abteilungen der Division. Special Operations neigten dazu, fokussierte, gerichtete Aktionen anstelle von passiver Spionage zu unternehmen. In Zukunft sollten diese Aktionen auf Allianz-Interessen gerichtet sein. Er hegte keine besondere Feindseligkeit gegenüber der Allianz oder ihren Bürgern als Regel, aber Krieg war Krieg – und die Bilder von Palluda waren sicherlich verstörend genug, um einen Fall von gerechter Empörung zu schüren.

Er schlängelte sich durch die Menge, die sich materialisierte, als eine Levtram ankam und ihre Passagiere ausstiegen. Im Moment ging das Leben in Cavare normal weiter, und die Straßen summten vor Bürgern, die arbeiteten, spielten und zwischen beidem wechselten –

Sein eVi signalisierte eine eingehende Livecomm-Anfrage von Caleb Marano. Hm. In dem Chaos der letzten Woche hatte er keine Gelegenheit gehabt, sich über die Metis-Nebel-Mission Gedanken zu machen. Er wollte den Agenten gerade vertrösten... aber sobald er ins Büro kam, erwartete er, wieder für viele Stunden überwältigt zu sein.

»Agent Marano, es ist gut, von Ihnen zu hören. Sobald Sie nach Seneca zurückkehren können, werden Ihre Dienste definitiv gefragt sein.«

»Der Krieg, natürlich. Wir werden gleich darüber sprechen, aber ich fürchte, es gibt ein größeres Problem.«

Sein Tempo verlangsamte sich. »Größer als ein Krieg? Sie haben etwas in Metis gefunden?«

»Das könnte man so sagen. Ich habe eine Armee gefunden.«

»Eine Armee? Ich brauche eine genauere Angabe.«

»Eine beträchtliche Armee außerirdischer Kriegsschiffe, die sich versammelt. Ich sende ein paar Bilder.«

»Jetzt ist nicht die Zeit für –« Ein Bild eines tentakeligen Schiffes aus obsidianem Metall mit einem rot glühenden Kern erschien auf seinem Whisper. Es folgte eines, das eine unzählbare Anzahl identischer Schiffe zeigte, die in Reihen entlang des Rumpfes eines massiven – es gab keinen Maßstab als Referenz, aber er spürte, dass es massiv war – Trägerschiffes angedockt waren. Ein letztes Bild zog sich zurück, um Dutzende solcher Trägerschiffe zu enthüllen.

Er kam abrupt mitten auf dem Gehweg zum Stehen und bemerkte kaum, wie Fußgänger gegen ihn stießen und dann ihren Weg fortsetzten. »Ich hoffe inständig, dass Sie scherzen.«

»Wäre es doch so. Ich –«

»Sagen Sie mir ernsthaft, dass eine außerirdische Zivilisation sich im Metis-Nebel versteckt, und wir haben diese Tatsache bis jetzt irgendwie übersehen?«

»Nicht genau. Es gibt keine Anzeichen einer tatsächlichen Zivilisation. Sie können einen großen Portalring hinter den Schiffen im letzten Bild sehen – sie kommen hindurch.«

»Von wo?«

»Keine Ahnung. Vielleicht aus einer anderen Region der Galaxis oder einer anderen Galaxis. Vielleicht von irgendwo anders. Aus offensichtlichen Gründen war es nicht machbar, nah genug heranzukommen, um viel bezüglich des Portals zu bestimmen.«

Er atmete aus, lang und langsam. Die Dinge waren nie einfach, oder? Sein Job erforderte oft, dass er sich schnell an sich rasch ändernde Umstände anpasste, aber verdammt. »Haben Sie harte

Daten über die Schiffe oder ihre Bewohner? Diese Bilder sind eindrucksvoll, aber wie Sie sich vorstellen können, sind unsere Vorgesetzten derzeit ziemlich beschäftigt. Ich könnte zusätzliche Daten gebrauchen, um ihre Aufmerksamkeit zu erregen.«

»*Habe ich. Ich sende einen vollständigen Bericht mit allen Erkenntnissen an Ihr Konto.*«

»Ausgezeichnet.« Er setzte das Gehen fort, wenn auch in reduziertem Tempo. »Mit welchen Zahlen haben wir es zu tun? Stellt das letzte Bild die gesamte Streitmacht dar?«

»*Die größeren Schiffe kamen immer noch durch das Portal, als ich ging. Ich wollte keine Entdeckung riskieren, bevor ich diese Informationen herausbekam – hm. Der Bericht ist abgeprallt. Er wird blockiert.*«

»Wirklich? Wir haben das Verteidigungsgitter wegen des Konflikts verstärkt, aber Ihr Schiff ist autorisiert, also sollten Übertragungen davon erlaubt sein.«

»*Nun... ich bin nicht auf meinem Schiff.*«

»Wo sind Sie?«

»*Auf einem Zivilschiff.*«

»Agent Marano, haben Sie schon wieder ein Schiff in die Luft gesprengt?«

Eine bemerkenswerte Pause. »*Nicht absichtlich.*«

Er stöhnte. Der Ruf des Mannes war in der Division unübertroffen; er hatte eine über fünfzehnjährige Erfolgsbilanz erfolgreicher Missionen, einschließlich mehrerer, die niemand hätte schaffen sollen. Aber er erwies sich als etwas teuer. »Die Ressourcen der Division sind nicht unbegrenzt. Das ist Ihnen bewusst.«

»*Das ist mir bewusst, Sir. Es war unvermeidlich.*«

»Ich bin sicher, das war es. Sie sagten, Sie sind auf einem Zivilschiff?«

»*Ja. Es ist allerdings unter einer Allianz-Bezeichnung registriert.*«

»Ich stelle mir vor, da gibt es eine ganze Geschichte –« Er runzelte die Stirn, als ihm eine unwillkommene Möglichkeit einfiel. »Sie werden nicht unter irgendeinem Zwang festgehalten, oder?«

»*Nein, es ist nichts dergleichen... nein, Sir.*« Er glaubte, eine Spur von Belustigung in der Antwort zu erkennen.

»Nun, zivil oder nicht, die Chancen stehen gut, dass es trotzdem blockiert wird. Wir können keine elektronischen Fernattacken riskieren, also werfen die Verteidigungen ein weites Netz aus.« Er hielt inne. Obwohl nicht offiziell sanktioniert, war die Verwendung von Comm-Scramblern manchmal eine Notwendigkeit in ihrer Arbeit. »Sie haben keine Möglichkeit, von einer anderen Bezeichnung zu senden?«

Diesmal gab es eine längere Pause, als ob die Angelegenheit diskutiert würde. »*Nein, Sir. Nicht zu diesem Zeitpunkt. Können Sie eine Ausnahmegenehmigung besorgen? Ich kann die Seriennummer des Schiffes liefern, falls nötig.*«

»Kann ich, aber ich muss es als Level IV zertifizieren. Ist es das wert?«

In dieser Antwort gab es kein Zögern. »*Das ist es.*«

»Okay. Senden Sie mir die Schiffs-ID und ich reiche den Antrag sofort ein.«

»*Gesendet. Sir, bezüglich des Krieges? Es scheint, als ob –*«

Er blieb wieder stehen, als die Schiffs-ID eintraf. »Caleb, sind Sie sicher, dass Sie nicht unter irgendeinem Zwang festgehalten werden?«

»*Ganz sicher. Warum fragen Sie?*«

»Weil Sie auf einem Schiff sind, das der Tochter eines sehr mächtigen Allianz-Admirals gehört – waren Sie sich dessen nicht bewusst?«

»*Ah, das. Ja, mir ist das bewusst. Es ist eine lange Geschichte, aber sie handelt nicht im Auftrag des Allianz-Militärs. Sie ist eine Zivilistin.*«

»Ist sie das. Trotzdem bin ich sicher, Sie werden jede Gelegenheit nutzen, die sich aus Ihrer derzeitigen Situation ergeben könnte, ja?«

»*Absolut. Es ist nur... ja, natürlich.*«

»Ich habe den Antrag eingereicht. Es sollte nicht länger als eine Stunde dauern. Wenn dieser Bericht so ernst ist, wie Sie andeuten, werde ich ihn mit aller gebotenen Eile die Kette hinauf weiterleiten.« Er seufzte, seine Schultern sackten kurz unter dem Gewicht noch weiterer existenzieller Last auf sie zusammen. »Außerirdische, wirklich? Als ob nicht schon alles zur clusterfained Hölle und zurück gegangen wäre...«

»*Das hatte ich bemerkt. Soll dieser Krieg irgendeinen Sinn ergeben? Denn von hier aus tut er das einfach nicht.*«

»Soweit ich das beurteilen kann nicht, aber niemand hat meine Meinung zu dem Thema gefragt.«

»*Wir können weiter darüber sprechen, wenn – brauchen Sie mich, Sir? Um Perspektive oder einen Augenzeugenberich zu liefern, der mit dem Bericht einhergeht?*«

»Normalerweise würde ich ja sagen, aber Ihre, äh, ziemlich einzigartige Situation kompliziert die Angelegenheit. Es ist eine Gelegenheit, die ich ungern verlieren möchte. Ich sage Ihnen was – halten Sie durch, bis wir eine Chance hatten, Ihren Bericht zu überprüfen. Diese außerirdische Bedrohung wird wahrscheinlich dem Militär überlassen, um damit umzugehen, in welchem Fall sie möglicherweise wollen, dass Sie konsultieren, oder Sie können Ihre Aufmerksamkeit anderen Angelegenheiten zuwenden. Ich melde mich bei Ihnen, sobald ich etwas weiß.«

»*Verstanden. Ich würde Sie drängen, den Inhalt des Berichts mit äußerster Dringlichkeit zu behandeln, aber ich vermute, der Bericht wird das für sich selbst bewerkstelligen.*«

Die Verbindung endete, und er hielt am Seiteneingang zum Hauptquartier an. Die Bilder, die Marano gesendet hatte, waren erschreckend, fast unbegreiflich. Sie waren jenseitig, wie aus einem Alptraum...

Ein Alptraum, der nun die echten Schrecken des tatsächlichen Krieges, der hinter diesen Türen auf ihn wartete, im Vergleich fast willkommen erscheinen ließ.

* * *

»Graham, der Vorabend des Krieges ist nicht der angemessene Rahmen für Ihren Humor.«

Delavasi lehnte sich in seinem Stuhl zurück und verschränkte die Arme vor der Brust. »Chairman, selbst ich würde heute Abend von allen Abenden keinen solchen Scherz versuchen.«

Vranas starrte ihn an, Skepsis rangierte hoch in seinem Ausdruck. »Außerirdische.«

»Und nicht die flauschigen Häschen-Art. Es ist am besten, wenn ich es Ihnen einfach zeige.« Er sandte den Bericht an den Bildschirm über Vranas' Schreibtisch. »Diese Bilder kamen vor drei Stunden von einem unserer SpecOps-Agenten, aber sie sind über einen Tag alt. Anscheinend sind Kommunikationen in oder aus dem Metis-Nebel schwierig, sprich unmöglich.«

Der Chairman sank in seinen Stuhl, als die meiste Farbe aus seinem Gesicht wich. »Das sind... was ist der Maßstab?«

»Die Dreadnoughts messen etwa 2,4 Kilometer in der Länge und 410 Meter in der Breite. Es gibt achtundsiebzig von ihnen in den Bildern, aber sie kamen anscheinend immer noch durch diese Ringstruktur, als unser Agent den Schauplatz verließ, damit er uns den Bericht bringen konnte. Was die kleineren Schiffe angeht, gibt es leicht Hunderttausende.«

»Und das ist in Metis? Aber es gibt nichts in Metis.«

»Einverstanden. Offensichtlich stammt das Portal von anderswo.

Wo das sein könnte, ist jedermanns Vermutung.«

Vranas gurgelte seine Wasserflasche hinunter und aktivierte ein Holo. »Feldmarschall Gianno. Entschuldigung, aber ich brauche Ihre sofortige Aufmerksamkeit.«

Die Führerin des Militärrats und Oberbefehlshaberin der Streitkräfte kristallisierte sich in Sicht. Sie stand an einer Bank von Bildschirmen, hell vor Daten, aber drehte sich um, um ihnen gegenüberzustehen. »Chairman. Direktor Delavasi. Was kann ich für Sie tun?«

»Ich sende Ihnen eine Datei. Nehmen Sie sich einen Moment, um sie zu überprüfen, dann werden wir die Angelegenheit besprechen.«

Graham stand auf, um entlang des Teppichs vor Vranas' Schreibtisch zu gehen, während sie warteten. Es dauerte nicht lange.

Anders als Vranas oder sogar Graham selbst, als Michael ihm zunächst den Bericht gezeigt hatte, blieb Giannos Ausdruck so neutral wie bei der Annahme des Holos. Die Frau gab dem Wort »unerschütterlich« eine neue Bedeutung.

»Nun, das stellt eine Komplikation dar. Ich schätze es nicht, einen Krieg an zwei Fronten zu führen. Schaue ich auf die aktuellsten Informationen, die wir haben?«

»Das tun Sie.«

»Ist der Allianz diese Entwicklung bewusst?«

Graham nickte. »Falls sie es noch nicht sind, glaube ich, dass sie es bald sein werden.« Vranas' Augen schossen fragend zu ihm hinüber; er zuckte schwach mit den Schultern. »Es ist kompliziert.«

Gianno öffnete einen neuen Bildschirm und scrollte durch Daten, die zu detailliert waren, um über das Holo gelesen zu werden. »Das 2nd GOI-Platoon auf New Riga kann in anderthalb Tagen in Metis sein. Sie sind schwer bewaffnet, schnell und sehr verdeckt – und sollte es nötig sein, sind sie in einem Kampf unübertroffen.«

Der Chairman hob eine ungläubige Augenbraue. »Sie können gegen diese Dreadnoughts bestehen?«

Sie gab das winzigste Lächeln. »Nun, so viel wie jeder kann. Vielleicht relevanter, sie können schneller abhauen als jeder andere kann. Der Bericht besagt, dass Kommunikationen in Metis nicht funktionieren?«

»Richtig. Ich habe eine meiner Tech-Gruppen daran arbeiten lassen, aber es sieht nicht nach einer einfachen Lösung aus.«

Das winzige Lächeln war bereits zu einem winzigen Stirnrunzeln verblasst. »Der Mangel an Echtzeit-Intel wird problematisch sein. Ich werde das Team anweisen, vorerst Drohnen mit Updates zurückzusenden, bis wir eine bessere Lösung entwickeln. Chairman, auf Ihren Befehl hin werde ich die Operation jetzt einleiten.«

Vranas ließ einen langen, schweren Seufzer aus und starrte auf die bedrohlichen Bilder, dann nickte er. »Autorisiert.«

»Sehr gut. Direktor, ist dieser Agent Marano verfügbar, um das Team zu begleiten? Seine Erfahrung in Metis und die Beobachtung der Schiffe aus erster Hand wären wertvoll.«

Graham rieb sich die Stirn, dann fuhr er sich mit der Hand durch die Haare. »Ich glaube nicht, dass er sich derzeit in der Region befindet, aber ich werde anfordern, dass er sich umgehend nach New Riga begibt.«

»Danke. Es wird etwa zwölf Stunden dauern, die Mission vorzubereiten. Wenn er nicht in sechzehn da sein kann, gehen wir ohne ihn.«

33

SIYANE

WELTRAUM, NORDOST-QUADRANT

Caleb lehnte gegen die Rückenlehne der Couch, als sie nach oben kam. Der Ausdruck auf seinem Gesicht war so gewichtig wie damals, als sie das Portal und seine Reisenden entdeckt hatten. Sie hielt am oberen Ende der Treppe inne. »Was ist los?«

»Ich habe Antwort von Volosk bekommen.«

»Und?«

Seine Augen schlossen sich mit einem langsamen Ausatmen, das vor Müdigkeit schrie. Er sah müde aus, wie sie ihn noch nie gesehen hatte. Natürlich tat sie das wahrscheinlich auch.

»Alex, ich muss nach Hause zurück.«

»Warum, damit du dich den Kriegsanstrengungen anschließen kannst?« Verdammt, das klang bissig. Sie hatte es nicht so gemeint. Es sei denn, es stimmte.

»Damit ich meinen Job machen kann. Hör zu, ich will diesen Krieg genauso wenig wie du—fast sicher weniger—aber sie haben mich nicht gefragt.«

»Und die Armee eindringender Aliens?«

»Meine oberste Priorität—meine einzige Priorität. Sie wollen, dass ich mich einem Team anschließe, das nach Metis geht für eine umfassendere Untersuchung. Was eine gute Sache ist—es bedeutet, sie nehmen die Bedrohung ernst.«

Sie zuckte zusammen und wirbelte herum, zur Küche hin. Tee. Sie brauchte Tee. Er hielt ihre Mutter absurd ruhig, kein Grund, warum er nicht dasselbe für sie tun sollte, oder? Ihr Puls hämmerte in ihren Ohren und ließ seine Stimme distanziert klingen, ganz hallend und gedämpft. Warum fühlte sie sich, als würde sie gleich in Panik geraten?

»Nein.« Ihre Stimme war so leise, dass sie sie kaum über das Hämmern hörte.

Stille verweilte äonenlang.

»Nein… was?«

»Nein, du kannst jetzt nicht nach Hause gehen. Wir sind vor Stunden an New Orient vorbeigeflogen und sind tief im Allianz-Raum.« Sie drehte sich halb zu ihm um und ließ sich die Option offen, wieder zu fliehen. »An diesem Punkt kann ich es mir nicht leisten umzukehren. Es tut mir leid, du musst mit mir kommen.«

Er blinzelte sie an. Sein Kiefer erstarrte zu einer gemeißelten Linie. Seine Lippen pressten sich zusammen. Er blinzelte wieder. Sie konnte sehen, wie seine Augen dunkler wurden, bis sie die Farbe des Pazifiks unter einem mondlosen Nachthimmel hatten. »Also bin ich doch noch dein Gefangener.«

»Es gibt keinen Grund, es so zu sehen…«

»Sehe wirklich keine andere Art, es zu betrachten.«

»Ich habe dir schon früher gesagt, ich brauche dich bei mir, wenn wir zur Erde kommen.«

»Du brauchst mich. Sag mir, Alex, wie genau brauchst du mich—und versuch nicht mal die ‚zwei Stimmen sind besser als eine'-Masche, denn das ist Bullshit.«

Sie wünschte sich dann, sie wäre die Empfängerin eines Ausdrucks gequälter Geduld, da es besser war, als die Empfängerin des Ausdrucks zu sein, den er gerade trug, um mehrere Parsec. Aber sie hatte keine Antwort für ihn. Sie konnte keine Antwort für ihn haben.

»Dann bin ich wohl immer noch dein Gefangener.«

»Nun. Das ist... großartig.« Die angespannten Muskeln entlang der Linie seines Kiefers spannten sich an. Abrupt stieß er sich von der Couch ab und begann die Treppe hinunter.

»Wo gehst du hin?«

»Duschen. Eine lange.«

»Aber du hast schon—«

Er hielt mitten im Schritt inne, blickte aber nicht einmal zu ihr auf. »Es. Ist. Mir. Egal.«

Sie sah zu, wie er im Treppenhaus verschwand. *Großartiger Zug, Alex. Erstklassig.*

Sie ging langsam zum Cockpit, den Tee vergessen. Sie setzte sich und stupste den Stuhl in ziellosen Kreisen an und versuchte herauszufinden, warum genau sie es getan hatte und was sie als Ergebnis erwartet hatte. Aber sie hatte kein Ergebnis erwartet, weil sie nicht gedacht hatte. Stattdessen war sie in Panik geraten und hatte instinktiv reagiert.

Was gar nicht wie sie war. Sie fühlte sich... losgelöst, entwurzelt. Als wäre das Firmament der Welt unter ihr weggezogen worden und ließ sie ohne Anker treiben. Es war seltsam, da sie sich normalerweise geerdet fühlte im Weltraum, auf ihrem Schiff, segelnd zwischen den Sternen. Jetzt aber waren ihre geliebten Sterne zum Feind geworden. Und sie war dabei, einen Verbündeten in einen weiteren zu verwandeln.

Aber als er eine halbe Stunde später wieder oben erschien, konnte sie sich nicht dazu bringen, ihre Erklärung zurückzunehmen. Sie sagte sich, sobald er sich beruhigt hätte, würde es in Ordnung sein. »Hör zu—«

»Tu's nicht.«

»Ich wollte nur—«

»Und ich sagte tu's nicht.«

Okay, noch nicht ganz abgekühlt.

Er stapfte praktisch zum Datenzentrum hinüber. »Gib mir Zugang zu den Rohdaten. Ich werde nach allem anderen suchen, was dem Team helfen könnte, das reingeht.«

Als sie nicht antwortete, hob sich sein Blick, um sie zu finden. Ihre Stirn hatte sich unsicher über ihn gerunzelt.

»Alex, gib mir Zugang zu den Rohdaten.«

Der Ton seiner Stimme duldete keinen Widerspruch, erlaubte keinen Widerstand. Sie stellte fest, dass sie aufstand und hinüberging.

Sie gab eine Sequenz in das Holo-Kontrollpanel ein, griff dann hinüber und aktivierte die Schnittstelle vor ihm. Ihre Schultern berührten sich, und sie blickte zu ihm auf; er blickte nicht zu ihr hinunter.

Sie schluckte und wich zurück. »Du kannst von dort aus auf alles zugreifen, was du brauchst. Ich werde hier drüben arbeiten... falls du Fragen hast.«

34

ERDE

HOUSTON

Der Ballsaal glänzte von einer Decke, die mit Tausenden von Glasfaser-Eiszapfen geschmückt war. Das Orchester besetzte ein kreisförmiges erhöhtes Podium in der Mitte des Raumes, sodass ihre sanften Klänge im gesamten Raum zu hören waren, ohne irgendeinen Teil davon zu übertönen. Die Bar und das Buffet säumten die linke Wand, in der Mitte durch die Torte geteilt – eine gewaltige Angelegenheit, die »Herzlichen Glückwunsch zum 50. Hochzeitstag« buchstabierte. Sie sollte ausreichend Stücke für die 640 Gäste liefern. Sie hatte unterschätzt.

Der Krieg mochte am Tag zuvor erklärt worden sein, aber er war noch nicht auf dem Radar dieser gesellschaftlichen Szene angekommen. So viel war sicher.

Kennedy betrat den Raum modisch spät, nachdem sie gerade mit dem Suborbital aus Manhattan angekommen war, wo sie ihr Kleid, ihre Schuhe und ihre Begleitung abgeholt hatte. Das Kleid war aus meerschaumfarbener Spitze, die Schuhe durchsichtige Riemchen-High-Heels und die Begleitung der CEO einer Startup-Firma für

Solarstrom-Satelliten. Er war zufällig auch ein alter Freund von der Universität und mehr als glücklich, sie zu unterhalten, wenn sie in die Stadt kam... oder zur Erde, was das anging. Es war schade, dass sie es nie geschafft hatte, sich in ihn zu verlieben, denn er war wirklich ziemlich unterhaltsam und obendrein ein guter Freund.

Sie lehnte sich eng an seinen Arm. »Oh mein Gott. Ich habe hier zwanzig Jahre nicht gelebt, ich erkenne keinen dieser Menschen – außer den berühmten, offensichtlich. Du bewegst dich in diesen Kreisen, hilf mir, Gabe.«

Er kicherte. »Nun, links ist dein Bruder, zusammen mit seinem charmanten Ehemann. Und dort in der Mitte nahe dem Orchester sind deine Mutter und dein Vater. Wenn ich mich nicht irre, sprechen sie mit dem Allianz-Generalstaatsanwalt und dem Bezirksgouverneur.«

»Sie sind solche Arschkriecher. Und du bist ein Klugscheißer.« Sie seufzte und rollte tapfer die Schultern. »Ich nehme an, wir sollten mit ihnen sprechen. Aber ich sehe Tara Singleton dort drüben, die die Torte beäugt – wir verschwinden bei der nächstbesten Gelegenheit zu ihr. Oh, und erst mal Drinks.«

Er deutete ihr an, den Weg zu führen. »Weißt du, wenn du deine Eltern so sehr nicht magst, warum bist du dann über dreihundert Parsec gereist, um hier zu sein?«

»Weil es erwartet wird. Weil ich es verabscheue, eine Szene zu machen, sogar durch meine Abwesenheit. Und weil ich sie nicht nicht mag – ich langweile mich nur mit ihnen.«

Ihre Eltern waren intelligente Menschen. Fähig und scharfsinnig. In ihren gemeinsamen Jahren hatten sie als ausgezeichnete Verwalter des Familienvermögens gedient und es um über vierzig Prozent vermehrt, während sie großzügig in die wirtschaftliche und ökologische Verbesserung der texanischen Küste und des Louisiana-Deltas investiert hatten.

Aber sie taten nichts. Sie machten nichts. Das Familienvermögen existierte einzig aufgrund des Genies und der schieren Entschlossenheit ihrer Ururgroßmutter, deren Design eines kommerziell tragfähigen Woodward-Mach-Impulsantriebs das Sonnensystem für Kolonisation und Entwicklung öffnete. Sechzig Jahre später öffnete der sLume-Antrieb die Galaxie für dasselbe und machte den Impulsantrieb zu einem Gebrauchsgegenstand, aber das waren sehr lukrative sechzig Jahre.

Obwohl ihre Ururgroßmutter bei einem Bauunfall während der frühen Tage der Jupiter-Orbitalhabitate gestorben war, hatte ihr hingebungsvoller Ehemann dafür gesorgt, dass ihr Vermächtnis fortbestand. Doch jede Generation seitdem war weniger beeindruckend gewesen. Ihr Urgroßvater half bei der Verbesserung der Strahlungsabschirmung, die für interstellare Reisen notwendig war, während ihre Großmutter und ihr Großonkel sich damit zufriedengaben, Tiefkern-Ölbohrungen im Golf zu verwalten – aber nicht zu verbessern. Ihr Onkel war ein Abgeordneter in der Erdallianz Assembly und diente in mehreren Umweltausschüssen. Ihr Vater… er heiratete einfach gut.

»Dad, wie geht es dir?« Sie lächelte breit, als sie ihn umarmte, darauf bedacht, keinen Tropfen ihres Drinks dabei zu verschütten. Als sie sich zurückzog, blieb das Lächeln fest an seinem Platz. »Mom, du siehst hinreißend aus, wie immer.«

»Oh, aber du stellst mich in den Schatten, Kennedy, Liebes. Was für ein atemberaubendes Kleid, wirklich. Und Mr. Hamilton, nicht wahr? Ich glaube, ich habe Sie kürzlich auf dem Cover von Galactic Entrepreneur Weekly gesehen, ja?«

Er verbeugte sich, um ihre Hand zu küssen, immer der Gentleman. »Es war eine Ehre, erwähnt zu werden.«

Als er sich erhob, streckte Kennedy der Reihe nach eine Hand zu den Begleitern ihrer Eltern aus. »Governor Samus, es ist so schön,

Sie wiederzusehen. Wir haben uns einmal getroffen, auf der Party, die meine Eltern für meinen Universitätsabschluss gaben – ich maße mir natürlich nicht an, dass Sie sich erinnern würden.«

»Und natürlich tue ich das.« Die Frau nahm ihre Hand mit raffinierter Eleganz entgegen. Als Politikerin war es vermutlich ihr Job, sich an jeden zu erinnern, den sie traf, falls sie sich später als relevant erweisen sollten. »Sie hatten damals eine strahlende Zukunft, und wie ich verstehe, enttäuschen Sie nicht. Ihr Vater und Ihre Mutter haben beide ununterbrochen mit Ihnen geprahlt.«

Ihr Lächeln wurde zu echter Freude. Gerade wenn ihre Eltern drohten, sie über alle Maßen zu ärgern, gingen sie hin und erinnerten sie daran, dass sie sie liebten. Sie gab ihrer Mutter ein kleines, herzliches Nicken der Dankbarkeit und wandte sich dem distinguiert aussehenden Mann zu, der neben ihnen stand.

»Verzeihen Sie mir, ich verbringe meine Zeit heutzutage damit, über Schiffspläne auf Erisen zu schuften, weit entfernt vom Machtzentrum...«

Der Mann neigte respektvoll den Kopf, dann begegnete er ihrem Blick. Scharfe, durchdringende Augen, die fast zu ihrem Kleid passten, aber viel intensiver funkelten, begegneten ihren. »Ich würde nicht erwarten, dass Sie mich kennen, selbst wenn Sie die Erde-Gesellschaftsszene frequentieren würden, denn ich bin nur ein bescheidener öffentlicher Bediensteter. Marcus Aguirre, Ms. Rossi. Es ist mir ein Vergnügen.«

»Das Vergnügen ist ganz meinerseits, da bin ich sicher.« Sie richtete ihr diplomatischstes Lächeln auf ihn, obwohl sie seinen Blick etwas beunruhigend fand. »Was führt Sie zu der kleinen Feier meiner Eltern? Angesichts der aktuellen Ereignisse muss ich sagen, ich bin überrascht, dass Ihre Anwesenheit nicht in Washington oder London erforderlich ist.«

Sie ignorierte Gabes subtilen Ellbogenstoß in ihre Seite. Sie beleidigte den Mann nicht; sie war neugierig. Nein, das war eine Lüge. Sie war nicht im Geringsten neugierig, sondern führte ein Gespräch, bis sie eine Gelegenheit zur Flucht fand.

Aguirres Mund verzog sich für den kürzesten Moment zu einem dunklen Grinsen; es war verschwunden, bevor sie sicher sein konnte, dass es überhaupt da gewesen war, ersetzt durch ein grimmiges Stirnrunzeln. »Solch unglückliche Umstände, in denen wir uns befinden. Ich hatte gehofft, wir wären endlich über die Notwendigkeit für Krieg hinausgekommen, aber leider. Wenn ich hier weggehe, werde ich zum EAO Orbital hinaufreisen, um mich dem Premierminister anzuschließen und mit den Gouverneuren der Kolonien zu treffen, die dem Föderation-Raum am nächsten sind. Es wird eine späte Nacht werden, fürchte ich – aber ich wollte den Anlass nicht verpassen.«

»Wie kennen Sie die Familie? Sind Sie aus der Gegend?«

»Kennedy, Liebes, ich bin sicher, der Generalstaatsanwalt möchte nicht—«

Er bedeutete ihrer Mutter zu schweigen. »In gewisser Weise. Meine Familie profitierte von den Golf-Rehabilitationsinitiati ven Ihrer Eltern in der zweiten Hälfte des 23rd Jahrhunderts, genug um mir den Weg durch die Universität zu bezahlen, bis ich ein Stipendium erhielt. Ich zeige meine Dankbarkeit auf die kleinstmögliche Weise.«

»Nun…« sie hielt inne, um an ihrem Drink zu nippen »…ich stelle mir vor, das ist eine sehr gute Geschichte. Ich würde sie gerne hören – aber ich muss mich erst einen Moment entschuldigen, um mit meinem Bruder zu sprechen. Es war ein Vergnügen, Sie wiederzusehen, Governor, und Sie kennenzulernen, Mr. Aguirre. Mom, Dad, genießt eure Party.«

Sie ergriff Gabes Hand fest in ihrer und zog ihn behutsam weg. Sobald sie eine sichere Entfernung zwischen sich und ihre Eltern gebracht hatten, lehnte sie sich vor, um ihm ins Ohr zu flüstern. »Während ich mit Ian spreche, besorgst du uns frische Drinks. Und nutze deine Überredungskünste, um sicherzustellen, dass sie stark sind, bitte.«

* * *

PANDORA

UNABHÄNGIGE KOLONIE

The Promenade war nicht der wohlhabendste Bezirk auf Pandora, aber es war knapp dran. Die Unterhaltung, die hier stattfand, umfasste nicht weniger verwerfliche Aktivitäten als das, was auf The Boulevard geschah; sie wurde nur in weit raffinierteren Umgebungen von Gästen in weit raffinierteren Kleidern betrieben.

Glänzende Mitteltürme erhoben sich entlang des Gehwegs, alle aus gebürstetem Chrom konstruiert und alle in einem sanften blau-weißen Schein beleuchtet. Der Gehweg schien zwanzig Meter in der Luft zu schweben, aber in Wirklichkeit erstreckte sich eine unsichtbare Membran über ihn hinaus, bereit, jeden aufzufangen, der aufgrund von Ungeschicklichkeit oder Trunkenheit von der Seite fiel. Ein kleines Zeichen der Männer hinter dem Vorhang.

Noah fühlte sich hier nicht viel wohler als auf The Boulevard, aber sein Vater hatte zumindest dafür gesorgt, dass er wusste, wie man sich an Orten wie diesem verhielt und kleidete. Er richtete sein Sakko und gesellte sich zu den modischen Bewohnern, die zu ihrer abendlichen Unterhaltung spazierten.

Sein Ziel war ein Club nicht weit im Kern von The Promenade. Distraire war ein mittelklassiges Etablissement, das danach strebte, etwas Größeres zu werden. Als solches tendierte es dazu, Klientel anzuziehen, die dasselbe suchten.

Mia Requelme passte perfekt ins Bild: eine temperamentvolle junge Unternehmerin, die nach erhabeneren Höhen strebte. Er gab zu, etwas überrascht zu sein, dass sie zugestimmt hatte, nach Pandora zu kommen... aber er nahm an, alle Geister, die sie hegte, waren inzwischen entweder tot oder längst verschwunden.

Vor über einem Jahrzehnt war sie hier eine Straßengöre gewesen – eine Hackerin und Diebin, die für Eli arbeitete, einen Leutnant im Triene-Kartell. Noah hatte auf sie aufgepasst, wenn er konnte, obwohl seine Ressourcen damals ziemlich dürftig waren. Dann war sie eines Tages einfach verschwunden. Er hatte befürchtet, sie sei tot, besonders da der Großteil von Elis Operation etwa zur gleichen Zeit ausgeschaltet wurde.

Aber zwei Jahre später kontaktierte sie ihn aus heiterem Himmel und suchte nach einigen spezialisierten Gegenständen. Es stellte sich heraus, dass sie weggekommen war, sich von Eli befreit hatte – irgendwie – und ein Heimtechnik-Versorgungsgeschäft auf Romane führte. Sie führte inzwischen ein gutes Stück mehr als das.

Er fand sie an der Bar, schlanke Beine unter einem mitternachtschwarzen Kleid gekreuzt und erheblich durch den Schlitz entblößt, der es hinaufschnitt. Eine Mähne aus noch dunklerem, rasiermesserscharfem Haar fiel über eine toffeefarbene Schulter. Sie nippte an einem Martini und suchte die Menge nach ihm ab. Ihr Mund verzog sich ganz leicht nach oben, als sie ihn entdeckte.

Er glitt neben sie und neigte anerkennend das Kinn. »Du siehst heute Abend umwerfend aus, Mia.«

Ihre Zunge fuhr leicht über subtil glänzende Lippen. »Was soll ich sagen, ich mache mich gut zurecht.« Ihr Blick musterte ihn abschätzend. »Genau wie du. Ich muss zugeben, du machst heutzutage selbst eine ziemlich beeindruckende Figur.«

Sein Grinsen zeigte einen boshaften Zug, als er das Getränk, das der Barkeeper vor ihn stellte, mit einem Nicken entgegennahm. »Ich versuche es. Also, wie läuft das Geschäft auf Romane?«

»Profitabel. Wie läuft das Geschäft auf Pandora?«

»...unterhaltsam.«

Sie lachte, aber ihre Augen waren ernst; dann wieder, erinnerte er sich, waren sie das fast immer gewesen. »Ich schätze, wir haben beide bekommen, was wir wollten.«

»Ich schätze schon.« Er ließ das Interface, gesichert in einem kleinen Etui, aus seiner Jackentasche in ihre Hand gleiten. Sie hatte ihn im Voraus bezahlt, also war kein Austausch von Credits nötig. Es verschwand in einer kleinen schwarzen Tasche aus demselben schimmernden Material wie ihr Kleid. »Darf ich fragen, wofür du das verwenden willst?«

»Ich habe einen Artificial. Ich denke, es ist klar, wofür ich es verwenden will.«

»Hmm. Ist er registriert?«

Sie betrachtete ihn über ihren Martini hinweg auf eine Weise, die andeutete, dass sie entweder seine Intelligenz oder seinen Verstand in Frage stellte.

Er gab ihr ein mildes Kichern. »Richtig. Dumm von mir zu fragen.« Seine eigenen Augen wurden ernst – kurz. »Sei nur vorsichtig, okay?«

Sie signalisierte dem Barkeeper für einen weiteren Drink. »Noah, Liebling, ich bin immer vorsichtig. Ich schätze das Leben, das ich jetzt habe, sehr hoch.« Nachdem der Barkeeper gegangen war, drehte sie sich zu ihm um. »Also, was machen wir jetzt?« Das Funkeln in ihren Augen deutete an, dass sie etwas im Sinn hatte.

Obwohl sie nur ein oder zwei Jahre jünger war als er, hatte er damals, als sie auf Pandora gelebt hatte, an sie wie an eine kleine

Schwester gedacht; jemanden, den es zu beschützen galt. Die Male, die er sie in den Jahren seitdem gesehen hatte, waren freundlich, aber geschäftsmäßig und kurz gewesen. Jetzt aber… sie brauchte offensichtlich keinen Schutz mehr und schien mehr als ebenbürtig zu sein. Und mein Gott, war sie eine Schönheit.

Er lächelte, diesmal mit einem boshaften Zug anderer Art, und lehnte sich an die Bar und näher zu ihr. »Ich sage dir was. Zuerst möchte ich dich zum Essen einladen. Dann vielleicht ein wenig tanzen. Und später, wenn alles gut läuft, zeige ich dir eine Seite von Pandora, die du nie zu sehen bekommen hast, als du auf den Straßen gelebt hast.«

Sie hob eine Augenbraue, aber ihre Lippen schwangen sich anmutig nach oben. »Oh? Und wo könnte das sein?«

»Meine Wohnung, natürlich.«

35

SIYANE

WELTRAUM, NORD-ZENTRAL-QUADRANT

Caleb lag auf der Pritsche und starrte zur Decke hinauf, die im schwachen Licht kaum sichtbar war. Er wollte etwas schlagen. Irgendetwas. Stattdessen starrte er zur Decke.

Zum einen würde das Schlagen von irgendetwas—der Wand zum Beispiel oder einem der Tische—ein lautes Geräusch verursachen, das sie sicher angelaufen kommen lassen würde. Und er wollte nicht, dass sie angelaufen kam. Es war spät am Abend gewesen, als sie, kaum noch fähig, die Augen offen zu halten, endlich nach unten gegangen war und ihm die Einsamkeit, den Raum zum Denken gewährt hatte, nach dem er verzweifelt verlangte. Zum anderen... nun, das war Grund genug.

Ein Teil seines Gehirns formulierte eifrig einen Plan, um nach Seneca zu gelangen. Trotz der dramatischen Natur des Berichts sorgte er sich, dass seine Regierung die Ernsthaftigkeit dessen, womit sie konfrontiert waren, nicht wirklich verstand. Er hatte die Situation mit dem Leiter des Ermittlungsteams besprochen, das nach Metis aufbrach, einem Major Fergusson. Der Typ schien scharf genug, wenn auch ein typischer Spezialeinheiten-Typ. Dennoch musste er dort sein, sonst würden sie wahrscheinlich alle umgebracht werden. Oder schlimmer, ohne jemanden, der sie daran erinnerte, das Ziel im Auge zu behalten, würden sie sich wieder von dem verdammten Krieg ablenken lassen und die wahre Bedrohung aus den Augen verlieren.

Er stöhnte vor sich hin. Er war ein Patriot, soweit es ging, aber es war nicht so, als würde er sich um Politiker, Bürokraten oder Militärführer scheren. Der Krieg war idiotisch, ein Narrenauftrag, der wahrscheinlich in einer Tragödie für viel zu viele Beteiligte enden würde. Oder schlimmer—wieder—eine Falle, in die sie alle gelockt worden waren, eine, die sie sicher zu leichter Beute für die Aliens machen würde, wenn diese auftauchten, um sich an der Menschheit zu laben.

Er fühlte sich wie ein Verräter, hier auf diesem Schiff zu entspannen, während andere auszogen, um einer unvorstellbaren Bedrohung entgegenzutreten. Zugegeben, er war derjenige, der sie darauf aufmerksam gemacht hatte. Aber er sollte mehr tun.

Nach sechs Tagen auf dem Schiff war er mit den Funktionen der überwiegenden Mehrheit der Kontrollen und Bildschirme vertraut. Er benötigte höchstens ihre sehr minimale Eingabe, um zu fliegen, wohin er wollte. Er hatte keinen Zweifel daran, dass er sie dazu zwingen könnte, ihm Zugang zu den Kontrollen zu verschaffen, und das ohne sie zu verletzen—vorausgesetzt, sie würde nicht wie eine besessene Hyäne gegen ihn kämpfen.

Was sie tun würde.

Um also die Kontrolle über das Schiff zu übernehmen und sich nach Seneca oder sogar zu einer unabhängigen Welt zu bringen, müsste er sie wahrscheinlich verletzen.

Und er glaubte nicht, dass er das tun könnte.

Egal, wie wütend er gerade auf sie war—was ziemlich wütend

war—er wollte ihr keinen Schaden zufügen. Er verstand, dass sie legitime Gründe für ihr Handeln hatte. Und obwohl sie eindeutig persönliche Feindseligkeit gegenüber der Senecan-Regierung hegte, wenn nicht speziell gegenüber ihren Bürgern, bezweifelte er, dass sie ihnen aktiv Böses wünschte. Sie tat, was sie für notwendig hielt. Es stand nur ziemlich direkt im Konflikt mit dem, was er für notwendig hielt.

Er wollte sie definitiv nicht verletzen. Aber wichtiger noch, er war sich überhaupt nicht sicher, ob er überhaupt dazu imstande war...

...weil er emotional kompromittiert war. Schwer.

Seine Ausbildung, seine Einsatzregeln, seine Erfahrung und die Lehren seiner Vorgesetzten und seines Mentors sagten ihm alle, dass er die Kontrolle über dieses Schiff übernehmen und es benutzen sollte, um dorthin zu gelangen, wo er hinmusste. Nur würde er es nicht tun.

Eine weitere in einer bereits ziemlich langen Reihe von Regeln, die angesichts von Alex Solovy verworfen wurden.

* * *

Zwei Stunden später lag er immer noch wach. Er grübelte über die unsinnigen, verdächtigen Ereignisse nach, die zu diesem neuen Krieg geführt hatten, und wie sie sich ereignet haben könnten; er erwog seine Optionen für die Zukunft. Aber hauptsächlich brütete er über die Alien-Schiffe an ihrem Portal und das dunkle Gefühl der Furcht, das seit dem Anblick von ihnen dauerhaft in seinem Bauch Wohnsitz genommen hatte.

Er hörte sie die Treppe heraufkommen, ihre Schritte langsam und etwas ungleichmäßig. Sie kam nicht sofort herüber; es dauerte eine Minute, bevor ihr schwacher Umriss auf der anderen Seite des

Sichtschutzes erschien.

»Caleb, bist du wach?«

Er überlegte, ob er seine Muskeln anspannen, sie wieder konfrontieren oder sich hinter vorgetäuschtem Schlaf verstecken sollte. Aber die Situation würde am Morgen nicht besser sein.

»Nein.«

Es kam kein Hauch von Belustigung als Antwort. »Ich werde dich morgen auf Romane absetzen.« Ihre Stimme klang flach und tonlos und widersprach der Bedeutung ihrer Worte. »Es ist die letzte unabhängige Welt, die noch einigermaßen in der Nähe ist. Ich habe unsere Route geändert und das neue Ziel eingegeben.

Ich muss etwas zurückfahren, aber… es ist in Ordnung. Ich konnte den Bericht vor einige 'wichtige' Leute auf der Erde bringen, also können sie einen weiteren Tag auf mich warten. Wir sollten bis zum späten Vormittag auf Romane sein. Natürlich kannst du eine Hardcopy der Daten und des Berichts mitnehmen, wenn du gehst.«

Er zog den Sichtschutz zurück, lehnte sich gegen die Wand jenseits des Randes der Pritsche und versuchte, ihren Blick zu treffen. Ihre Augen waren so schläfrig und unscharf, dass es schwierig war. Ihr Haar war ein verworrenes Durcheinander, das herabfiel, um die Hälfte ihres Gesichts zu bedecken und über nackte Schultern hinab. Sie trug ein weißes Tanktop und marineblaue Shorts; das dunkle Material war zerknittert und hing ungleichmäßig über ihren ehrlich bemerkenswerten Beinen.

Er wollte sie sehr gerne umarmen. Stattdessen milderte er seinen Ausdruck. »Warum hast du deine Meinung geändert?«

Sie schenkte ihm ein müdes, halbherziges Lächeln. »Stellt sich heraus, ich bin nicht sehr gut darin, Gefangene zu halten.« Sie konnte das Lächeln nicht aufrechterhalten, und es verblasste. »Ich verstehe, warum du das Gefühl hast, nach Hause gehen zu müssen—

ich verstehe, dass du helfen musst, dein Volk zu beschützen. Und du schuldest mir nichts, also...«

»Nur mein Leben.«

Sie machte eine tapfere Anstrengung, die Augen zu verdrehen. »Stimmt, aber ich habe versucht, dich zu töten, bevor ich dich gerettet habe, also ist es wahrscheinlich ausgeglichen.« Sie ging in Richtung Treppenhaus, aber nicht bevor ein trauriger, fast verzweifelter Schatten über ihren Ausdruck huschte. »Ich lasse dich etwas schlafen. Ich dachte nur... du würdest es gerne wissen.«

»Alex, warum wolltest du wirklich, dass ich mit dir zur Erde komme?«

Die Worte waren unaufgefordert herausgesprudelt... und die Antwort schien plötzlich die wichtigsten Worte im Universum zu sein.

In ihrer Müdigkeit offenbarte sie eine Reihe von gequälten, frustrierten Emotionen in ihren Augen und dem Zucken ihrer Lippen. Schließlich sanken ihre Schultern, als hätte sie aufgegeben. Womit, konnte er nicht sagen.

»Weil das, was wir gesehen haben, mich erschreckt, und ich wollte nicht allein dem gegenüberstehen, was es bedeuten könnte. Mit dir hier scheint alles irgendwie etwas weniger entmutigend. Du... du lässt mich glauben, dass wir vielleicht eine Chance haben. Intellektuell weiß ich, dass du nicht mehr tun kannst als ich, um das aufzuhalten, was kommt, aber... aber trotzdem lässt du mich mich... sicher fühlen.«

Sie richtete ihre Schultern auf und stand aufrecht. Stolz. Trotzig. »Aber es ist in Ordnung. Ich bin ein großes Mädchen, und ich habe dreiundzwanzig Jahre damit verbracht, Herausforderungen allein zu bewältigen. Ich hab's im Griff.« Sie nickte scharf, um die Aussage zu betonen, und ging die Treppe hinunter.

»Ich komme mit.«

Sie erstarrte, ein Fuß schwebte über der zweiten Stufe, und wirbelte den Kopf zu ihm herum. »Was?«

Was, in der Tat. »Ich komme mit dir zur Erde.«

»Ist das dein Ernst? Wir haben all dieses Drama und diese Angst durchgemacht—genug, um eine *smeshnoy* Seifenoper zu füllen—und jetzt machst du einfach—«

Er hob eine Augenbraue herausfordernd. »Willst du, dass ich mit dir komme oder nicht?«

»Nun ja, aber—«

»Dann hör auf zu meckern.« Er schenkte ihr das Grinsen, von dem er bereits herausgefunden hatte, dass es sie wahnsinnig machte.

Sie starrte ihn eine Sekunde lang an—und brach in Lachen aus. Es war unkontrolliert, müde und wunderschön echt.

Als sie sich minimal gefasst hatte, deutete sie zum Cockpit. »Ich werde schnell unsere Route zurücksetzen...« Auf halbem Weg dorthin hielt sie inne. Das schwache Licht verblasste zur Dunkelheit nahe dem Cockpit, und ihr Profil war ein Schatten gegen verschwommene Sterne.

»Danke.«

Er nickte nur als Antwort. Nach einem Atemzug zog er den Sichtschutz zu, legte sich auf die Pritsche zurück und schloss die Augen.

Was tat er da?

Ihr folgen, anscheinend.

Als er dort gestanden und sie beobachtet hatte, das Haar ganz zerzaust und verworren, den Blick schläfrig und unscharf, die Verteidigung abgetragen, besiegt und dem Zusammenbruch nahe, aber dennoch stolz dastehend... da hatte er erkannt, dass er einfach nicht bereit war, sie aus seinem Leben gehen zu lassen.

Okay. Also zur Erde. Zum Erdallianz Strategisches Kommando, um genau zu sein—

Seine Augen flogen auf.

Er hatte eine Idee.

* * *

»Entschuldigung, wenn ich Sie gestört habe, Sir. Mir ist klar, dass es dort sehr spät ist—oder sehr früh, nehme ich an.«

»*Es ist in Ordnung, Agent Marano. Keiner von uns bekommt im Moment viel Schlaf. Hat sich etwas an Ihren Umständen geändert?*«

»Gewissermaßen. Ich möchte eine neue Option vorschlagen.«

»*Ich höre zu.*«

»Zuerst habe ich eine Frage, und ich würde Ihre Ehrlichkeit bei der Antwort schätzen. Hat unsere Regierung die Ermordung des Allianz-Handelsministers autorisiert?«

»*Meines Wissens nicht. Soweit es mich betrifft, ist alles an der Ermordung falsch... aber die Ereignisse sind jetzt darüber hinausgegangen.*«

»Vielleicht nicht. Noch eine Frage. Wünscht die Regierung einen Krieg mit der Allianz?«

»*Das tun sie nach Palluda. Diese Art von Gemetzel kann nicht unbeantwortet bleiben. Aber vor dem Angriff? Nein.*«

»Dieser Krieg—ich glaube, er ist eine Falle, eine, die uns geschwächt und wehrlos zurücklassen wird, wenn die Aliens angreifen.«

»*Was implizieren Sie?*«

»Ich vermute, wir haben den Handelsminister nicht ermordet, und ich vermute, die Allianz hat Palluda nicht angegriffen. Ich vermute, jeder wurde dazu getrickst, gegeneinander in den Krieg zu ziehen. Und ich hoffe, uns einen Weg aus der Falle zu finden.«

»*Okay, jetzt höre ich wirklich zu.*«

»Danke. Ich möchte als inoffizieller, vertraulicher Gesandter zur Allianz-Militärführung fungieren. Wenn ich ihnen beweisen kann, dass wir diesen Krieg nicht begonnen haben, können wir ihn vielleicht beenden.«

»Nun, das ist ein Problem, denn ich habe keinen Beweis—außer dem Wort von Politikern—dass wir den Krieg nicht begonnen haben. Verstehen Sie mich nicht falsch, ich habe wie verrückt versucht, ihn zu finden. Aber alle Beweise deuten auf Chris Candela als den Attentäter hin, was es verdammt schwer macht, mit ehrlichem Gesicht zu leugnen, dass es unser Werk war.«

»Sie denken, er ist nicht verantwortlich für den Auftrag?«

»Ich denke, ich kann nicht beweisen, dass er nicht verantwortlich ist, weil die Leiche des Ministers etwa zwei Minuten nachdem er aufgehört hatte zu atmen zu einem Allianz-Staatsgeheimnis wurde.«

»Was, wenn Sie es könnten?«

36

DEUCALI

ERDALLIANZ SW-REGIONALKOMMANDO

Der QEC-Raum ließ Liam immer das Gefühl haben, als würde er ersticken. Es lag nicht so sehr an der Größe—obwohl er ihn kaum als geräumig bezeichnen würde, umfasste er einen Schreibtisch, einen vollwertigen Stuhl, eine lange Wand für Holo-Projektionen und reichlich Platz zum Manövrieren. Aber die drei Schichten von jeweils sechs Zentimeter dickem schallabsorbierendem Nano-material zusammen mit den aktiven Phasenauslöschungswellen, die in den Lücken zwischen jeder Schicht widerhallten, erzeugten eine Hyperstille in der Luft, die sowohl beunruhigend als auch erstickend war.

Dennoch war es eine erforderliche Anpassung für EASK-Vorstandssitzungen, und heutzutage könnte es sogar notwendig sein.

Eine große Holo-Projektion füllte die hintere Hälfte des Raums und schuf eine nahezu reale Darstellung der Aussicht von seinem 'Stuhl', wäre er in Vancouver gesessen. Wenn er den Kopf drehte, folgte das Holo seinen Augen, in einem vollständigen 360-Grad-

Kreis, sollte er wünschen zu sehen, ob jemand hinter seiner virtuellen Präsenz stand.

Wie es in den letzten mehreren Sitzungen gewesen war, war die Szene ziemlich chaotisch. Assistenten wuselten umher und Mini-Konferenzen fanden verstreut im Raum statt. Früher hätte es ihn vielleicht wie einen Außenseiter fühlen lassen, abgeschnitten von der wahren Macht. Heute jedoch konnte er sich einfach nicht darüber aufregen; er war zu gut gelaunt.

Schließlich hatte er seinen Krieg.

Er bemühte sich, das Lächeln zu unterdrücken, das er auf seinen Lippen wachsen spürte, als Alamatto die Sitzung eröffnete.

»Guten Morgen. Ich nehme an, dass inzwischen jeder in seinen Organisationen auf Kriegsprotokolle und -verfahren umgestellt hat. Es ist noch früh, aber wir müssen den Entwicklungen voraus bleiben. General Foster, würden Sie uns über die Situation auf Arcadia informieren?«

Der Nordwest-Regionalkommandeur nickte ernst. Liams Meinung nach sollte er seinen Rücktritt einreichen und sich beschämt davonschleichen, nachdem er eine so demütigende Niederlage unter seiner Aufsicht hatte geschehen lassen.

»Ja, Sir. Die Verluste sind auf 763 gestiegen, aber ich erwarte nicht, dass sie wesentlich weiter steigen. Die Schadensbewertung ist abgeschlossen, und sie ist nicht gut. Wir haben alle auf der Basis stationierten Jäger und zwei der vier Fregatten verloren, die am Boden waren—die anderen beiden erlitten erhebliche, aber reparable Schäden. Zweiundsiebzig Prozent der physischen Strukturen sind ein Totalverlust. Temporäre Plasmaschilde wurden um das Hauptquartiergebäude platziert, um ihm zu ermöglichen, eine gewisse Funktionalität zu behalten. Die meisten elektronischen Systeme waren unterirdisch und sind unbeschädigt, glücklicherweise.«

»Wie ist der Status der Orbitalanlagen?«

»Vierundsechzig Prozent der Sensoren erlitten Schäden und funktionieren mit reduzierter Kapazität. Sechs der vierzehn Plasmawaffen—die der Region zugewandt, aus der die Angreifer sich näherten—wurden zerstört.«

»Es wird Monate dauern, die zu ersetzen—und Hunderte von Millionen!«

Liam verdrehte die Augen in Richtung des EASK-Logistikdirektors. Wenn es je eine weinerlichere, verweichlichtere kleine Schlampe gegeben hatte, war er ihr nicht begegnet.

Alamatto würdigte den Direktor, behielt aber seine Aufmerksamkeit auf Foster. »Kurzfristig sind die verminderten planetaren Verteidigungen unser größtes Problem. Soweit ich weiß, ist eine Staffel von Fionava unterwegs, um vorerst aktive Patrouillen im System zu übernehmen.«

»Offensichtlich ist dieser anfängliche Rückschlag bedauerlich. Da jedoch zum Zeitpunkt keine Kriegserklärungen abgegeben worden waren, dürfen wir es nicht als Niederlage betrachten. Aber wir befinden uns jetzt im Krieg, und das Wichtige ist, sich darauf zu konzentrieren, ihn zu gewinnen, so schnell und unblutig wie möglich.«

Liam lehnte sich erwartungsvoll vor. »Was ist unsere erste Front? Wir hätten bereits handeln sollen, meiner Meinung nach. Die 2nd und 3rd Brigade des Südwest-Kommandos sind in voller Stärke und in Alarmbereitschaft, bereit, gegen jedes identifizierte Ziel zu kämpfen.«

Solovy atmete auf diese nervige, selbstgerechte Art aus, die sie hatte. »General, es würde eine Woche dauern, bis Ihre Schiffe den Senecan-Raum erreichen. Wenn Sie eine Staffel nach Fionava schicken, um die nach Arcadia entsandte zu kompensieren, wird das vorerst ausreichen.«

»Nun, was machen wir denn dann? Rumsitzen mit den Daumen

im Arsch?« Verdammt, jetzt, wo sein Krieg da war, musste er mittendrin sein. Er hatte in den letzten Jahren mehrmals um eines der nördlichen Regionalkommandos geworben, war aber erfolglos gewesen. Vielleicht mit Foster in einer geschwächten Position…

Solovy sah geradezu selbstgefällig aus. »Keineswegs. Während Admiral Rychens Streitkräfte sich für Angriffe auf Senecan-Ziele in Position manövrieren—verzeihen Sie mir, General, vielleicht möchten Sie alle informieren?«

Alamatto lächelte schwach. Er wirkte nervös und unsicher, selbst für seine Verhältnisse, und verbeugte sich praktisch ehrerbietig vor Solovy. Liam fragte sich kurz, welche Machtspiele in Vancouver am Werk sein mochten.

»Seit mehreren Jahren unterhält die Senecan-Aufklärung passive Langstrecken-Hyperspektralscanner in der Nähe bedeutender Allianz-Anlagen, einschließlich Scythia, Messium, Erisen, Fionava, August und New Cornwall. Sie haben es nicht geschafft, welche in Reichweite der Erde zu platzieren, aber dennoch ist dies ein Bereich, in dem ihre Technologie der unseren überlegen ist. Wir konnten nichts gegen die Scanner unternehmen, außer Signale zu verschleiern, wo wir konnten, aus Furcht, weitere Feindseligkeiten zu provozieren. Offensichtlich ist das nicht länger ein Problem. Innerhalb der nächsten zwei Stunden werden sie feststellen, dass jeder einzelne ihrer Scanner zerstört und ihre Fähigkeit, strategische Diskussionen zu belauschen oder Truppenbewegungen zu überwachen, effektiv zunichte gemacht wurde.«

Liam seufzte. Er musste zugeben, es war eine kluge Taktik. Ein wenig zu hinterhältig und clever für seinen Geschmack, aber wohl notwendig. »Und danach?«

»Hier sind die Pläne für die nächsten vier Tage.« Ein Bildschirm überlagerte sich über das Holo des Konferenzraums. »Aus offensichtlichen Gründen werden diese Informationen nicht über das exanet übertragen, selbst nicht über sichere Kanäle, also studieren Sie sie bitte jetzt.«

Alamatto gestikulierte zu einem der 'Gäste', EASK-Sonderprojektdirektorin Brigadier Jules Hervé. »Brigadier, danke fürs Kommen. Würden Sie uns über den Status von Projekt ANNIE informieren?«

Gottverdammter Artificial. Sterbliche sollten nicht damit spielen, Leben zu erschaffen.

»Gewiss, General. ANNIE sollte erst in vier Monaten online gehen, aber angesichts der aktuellen Umstände arbeiten wir daran, den Zeitplan zu beschleunigen—« die Frau blickte um den Tisch, um vorzeitigen Einwänden zuvorzukommen »—während wir strenge Sicherheitsprotokolle einhalten.«

»Während unserer Tests haben wir begonnen, es mit unseren vorhandenen Daten über das Senecan-Militär zu füttern— Befestigungen, Anlagen, Führung, Zahlen—sowie historische Daten, und planen, seine Analysen mit unseren bestehenden taktischen Prognosen zu vergleichen. Wir erwarten, dass es eine Reihe von Verfeinerungen und wahrscheinlich wertvolle neue Einsichten produziert. Dies wird es uns ermöglichen, einige seiner Fähigkeiten zu nutzen, bevor wir es formell online bringen.«

Rychen meldete sich zu Wort. »Und was bedeutet 'online bringen' genau? Ich nehme an, wir übergeben nicht die Codes für die Raketen, aber was planen wir zu tun?«

Hervé nahm eine selbstbewusstere Haltung in ihrem Stuhl ein. Sie war eine attraktive Frau, mit durchdringenden, intelligenten blauen Augen und reichem mahagonifarbenem Haar, das in einem konservativen Zopf zurückgebunden war. Schade, dass sie eine warenut war.

»Gewiss werden wir nicht die Codes für irgendetwas mit tödlicher Fähigkeit übergeben. Sobald ANNIE live ist, wird es Echtzeit-Feeds aller militärischen, kriegsbezogenen und

Überwachungsdaten erhalten. Es wird auch Nachrichtenfeeds und exanet-Verkehr überwachen.

»Einfach gesagt, es wird nach Mustern im Chaos suchen. Es wird sehen, was wir nicht können. Wir erwarten, dass es uns auf bevorstehende Angriffe aufmerksam machen, geheime Truppenbewegungen und ausnutzbare Schwächen im Feind erkennen kann. Für den Anfang.«

Rychen nickte. »Das klingt tatsächlich nützlich—und sicher. Übertreiben wir die Sicherheitsvorkehrungen vielleicht ein wenig?«

»Nun, Admiral, die Sache mit synthetischen neuronalen Netzen ist, dass sie die Gewohnheit zeigen, sozusagen einen eigenen Willen zu entwickeln. Es ist am besten, sie sicher innerhalb eines hohen Zauns zu halten, denn selbst wenn die Kernprogrammierung perfekt ist—was ein sehr großes 'wenn' ist—sind Synthetische dafür bekannt, gelegentlich ihren internen Code umzuschreiben.«

Alamatto schenkte ihr ein anerkennendes Lächeln. »Danke, Brigadier. Es versteht sich von selbst, dass wir ANNIEs Fähigkeiten so schnell wie möglich brauchen, aber natürlich können wir Sicherheit und Schutz nicht opfern.«

Nachdem Hervé sich aus dem Raum entschuldigt hatte, wandte sich Alamatto an Solovy. »Admiral, wann wird Ihre Tochter voraussichtlich eintreffen?«

»Sie sollte morgen mittags planetenseitig sein.«

Was?

»Gut. Wir werden vorläufig eine Audienz für übermorgen ansetzen, sagen wir 1500. Unnötig zu sagen, wenn ihre Behauptungen sich als zutreffend erweisen, sind sie ein erhebliches Problem, das wir berücksichtigen müssen.«

»General, meine Tochter ist vieles, aber fantasievoll ist sie nicht. Ich erwarte, dass sie außerordentlich zutreffend sein werden.

Leider.«

Alamatto schien in seinem Stuhl zu welken. »Aliens, zusätzlich zu allem anderen… aber lassen Sie uns vorerst nicht zu voreiligen Schlüssen springen.«

Liam schob den Bildschirm mit den strategischen Plänen beiseite, den er mit halbem Auge durchgesehen hatte—aber bevor er unterbrechen konnte, hatte es der Logistikdirektor getan.

»Entschuldigung, sagten Sie 'Aliens'? Gibt es etwas, worüber wir nicht informiert wurden?«

Alamatto richtete sich hastig auf; der Ausdruck auf seinem Gesicht machte deutlich, dass er nicht beabsichtigt hatte, das herauszulassen. »Unsere Wissenschaftler untersuchen noch die ersten Daten, und ich möchte sie nicht an die größere Gruppe senden, bis sie sie bewertet haben. Es ist kein unmittelbares Problem.«

Liam sprang diesmal ein. »Vielleicht wären wir bessere Richter darüber, wie unmittelbar ein Problem es ist.«

»Sie werden vollständig informiert werden, bevor wir Entscheidungen in der Angelegenheit treffen. Wir werden es diskutieren, wenn die Daten bereit sind, und nicht vorher.«

Er schnaubte, ließ sich aber in seinem Stuhl zurücksinken. Aliens? Zweihundert Jahre extrasolarer Erforschung, und kein außerirdisches Leben mit größerer Intelligenz als die eines Hundes war entdeckt worden. Keine Ruinen, keine Artefakte, keine Spur intelligenten Lebens. Wenn 'Beweise' für Aliens plötzlich jetzt aufgetaucht waren, musste es ein Ablenkungsversuch seitens der Senecaner sein. Das Timing war zu verdächtig für etwas anderes.

Und wer zum Teufel war Solovys Tochter überhaupt?

37

SIYANE

WELTRAUM, ZENTRALER QUADRANT

»Ebanatyi pidaraz, u etogo pridurka poehala krisha!«

Caleb hörte den Ausbruch vom unteren Deck und beendete hastig das Anziehen nach seiner Dusche.

Der Morgen war für sie beide etwas unbeholfen gewesen, als sie herauszufinden suchten, was diese neuen Umstände, diese neue Phase ihrer… Beziehung, nahm er an, für sie bedeuteten. Das und er rang damit, was und wie viel er bezüglich seiner neuen Mission preisgeben sollte.

Er war erleichtert, einen Weg gefunden zu haben, ins Spiel zu kommen, handeln zu können, um eine Katastrophe abzuwenden. Volosk war mit dem Plan einverstanden, der im Wesentlichen beinhaltete, dass er in Feindesland spazierte, direkt in den Sitz ihrer militärischen Macht – und um ihre Hilfe bat. Es war riskant, gewagt, höchst wahrscheinlich zum Scheitern verurteilt und ziemlich wahrscheinlich, dass er verhaftet oder erschossen werden würde.

Aber er machte es sich nicht zur Gewohnheit zu scheitern.

Oder erschossen zu werden. Verhaftet zu werden war ein paar Mal vorgekommen, und ein- oder zweimal war es nicht einmal absichtlich gewesen.

Der Plan hatte eine bessere Erfolgschance mit ihrer Hilfe; in Wahrheit hatte er keinen Grund, es vor ihr zu verbergen. Doch er war nicht länger nur der Gefangene-wurde-Blinder-Passagier-wurde-Reisegefährte, sondern wieder der Geheimdienstler. Das war sein Job, und in seinem Job waren Geheimhaltung und Täuschung an der Tagesordnung.

Enthülle nur, was du musst; lüge, wenn du kannst.

Dennoch stellte die aktuelle Situation eine Ausnahme dar, oder?

Das Argument setzte sich ungehindert in seinem Kopf fort, als er nach oben ging und sie in beträchtlicher Aufregung zwischen dem Datenzentrum und der Couch auf und ab gehen fand. »Was ist los?«

»Das. Das ist los.« Er dachte nicht, dass ein Aural imimstande war, Wut in seiner Erzeugung zu zeigen – aber wenn es könnte, hätte dieses es getan. Er überquerte das Deck zu ihrer Seite, um die Nachricht zu lesen, die sie projiziert hatte.

Ms. Solovy,

Vielen Dank für Ihren Bericht über mögliche anomale Aktivitäten im Metis-Nebel. Wie Sie zweifellos wissen, müssen alle Berichte über physische Datenträger eingereicht werden, um offiziell akzeptiert zu werden. Sobald wir eine physische Kopie von Ihnen erhalten, wird das Astronomical and Space Science Department die wissenschaftlichen Erkenntnisse überprüfen und Sie kontaktieren, sollten wir weitere Informationen benötigen.

Als Höflichkeit gegenüber dem EASK Director of Operations habe ich jedoch kurz über den Bericht geschaut. Obwohl erschreckend und ziemlich beunruhigend, müssen laut Erdallianz Assembly Regulation AAS 41767.239.0655k alle Behauptungen über Alienfunde durch einen offiziellen Gesandten der Erdallianz-Regierung unter Verwendung genehmigter Protokolle validiert werden.

Nach Erhalt einer physischen Kopie des Berichts und Analyse seiner Behauptungen, falls das Astronomical and Space Science Department sie einer Untersuchung für würdig befindet, werden wir eine Autorisierung zur Zusammenstellung eines Vermessungsteams beantragen und es zum Metis-Nebel entsenden. Angesichts der Schwere der Behauptungen freuen wir uns darauf, die Materialien zeitnah zu erhalten.

Mit freundlichen Grüßen,

— Dr. Aaron LaRose

Director, Astronomical and Space Science Department

Science Advisor to the Office of the Prime Minister

»Nun—«

»Deshalb hasse ich Politiker. Deshalb hasse ich Bürokraten. Deshalb weigere ich mich, irgendetwas mit der Regierung oder dem Militär oder irgendetwas zu tun zu haben, was auch nur entfernt so aussieht, als könnte es mit der Regierung verbunden sein. Dumme, aufgeblähte, übertriebene Bürokratie hat die Fähigkeit zu auch nur rudimentärem unabhängigem Denken verloren. Ugh!« Mit einem viszeralen Stöhnen warf sie sich auf die Couch und ließ ihren Kopf in ihre Hände fallen.

Es dauerte eine Minute, bis er über seine eigene verblüffte Reaktion hinwegkam und herumging, um sich neben sie zu setzen. »Vielleicht hat er den Bericht nicht wirklich überprüft – ich muss glauben, wenn er es getan hätte, wäre seine Reaktion etwas alarmierter gewesen.«

»Oh, ich würde glauben, dass er ihn überprüft hat.« Ihre Stimme war gedämpft gegen ihre Hände. »Aber er ist ein Regierungslakai. Was soll er sonst tun? Er hat eine Checkliste voller Verfahren und jede verdammte Sache, die seinen verdammten Schreibtisch überquert, muss durch diese verdammte Checkliste geschleust werden. Es ist das Einzige, was in seiner Welt existiert – ohne sie gäbe es Chaos! Und er hat wahrscheinlich auch eine verdammte Checkliste dafür...«

Sie stöhnte in ihre Hände. »Ich schwöre, ich sollte sie alle einfach sterben lassen.«

»Hey...« Er griff hinüber und zog sanft die nächste Hand von ihrem Gesicht weg, dann hob er ihr Kinn, sodass sie gezwungen war, ihn anzusehen. »Möglicherweise. Aber du wirst es nicht, weil du ein besserer Mensch bist als sie.«

»Bin ich wirklich nicht. Ich kann an einer Hand die Anzahl der Menschen im Universum abzählen, die ich wirklich mag oder um die ich mich überhaupt besonders sorge... nun, vielleicht plus den anderen kleinen Finger, wenn ich dich hinzufügen muss.«

»Tust du das?« Es kam viel ernster im Ton heraus, als er beabsichtigt hatte.

Sie wandte ihre Aufmerksamkeit ab, aber ihr Mund krümmte sich zu etwas, was einem Lächeln sehr ähnelte. »Ich nehme an.« Er vermutete, es könnte viel liebevoller im Ton herausgekommen sein, als sie beabsichtigt hatte.

Dann seufzte sie, und der Moment verging. »Ich kann bereits sehen, wie sich alles abspielen wird. Ich werde schreien und kreischen und mich zum Esel machen, und die Bürokraten werden die Stirn runzeln und hemmen und hawen und ruhige Besonnenheit vorschlagen, und ich werde am Ende den EASK Chairman oder den Defense Minister oder, zur Hölle, den Prime Minister selbst beleidigen. Und aus dem Gebäude rausgeschmissen zu werden wird der Situation nicht helfen, aber es wird zu diesem Zeitpunkt kaum noch eine Rolle spielen...«

Abrupt fielen ihre Hände in ihren Schoß; sie nickte scharf. »Okay. Selbstmitleids-Party vorbei.« Sie sprang auf und schritt zum Datenzentrum hinüber.

»Ich antworte, um Dr. LaRose wissen zu lassen, dass er seine kostbare Hardcopy bis morgen Abend haben wird. Ich überprüfe, ob meine Mutter mir eine Audienz beim EASK Vorstand arrangiert, denn wenn irgendetwas eine Angelegenheit für das Militär ist, dann ist es das verdammt noch mal.«

Sie knabberte an ihrer Unterlippe. »Und ich denke, ich muss die Visualisierungen der gruseligen Tentakelschiffe größer machen.«

* * *

Sie musterte ihn über ihre Gabel hinweg, die hoch mit Pasta beladen war. Er hatte es geschafft, sie lange genug von den Daten wegzuziehen, um sich hinzusetzen und etwas zum Abendessen zu essen, wenn auch nicht, bis er die Engelshaar-Pasta mit Campari-Tomaten und Spinat zubereitet hatte und das verlockende Aroma die Kabine erfüllte.

»Was.«

Er kicherte, etwas beschämt, erwischt worden zu sein. Ihre Fähigkeit, ihn zu lesen, erreichte unheimliche Ausmaße. »Dir ist klar, dass du einen feindlichen Spion ins Allianz-Militärhauptquartier bringst, oder?«

Sie verdrehte die Augen in milder Belustigung. »Du wirst nicht erkannt werden, oder?«

»Ich bezweifle es stark. Nicht mehr als zwei Dutzend Menschen in der Galaxis sind sich bewusst, was ich beruflich mache – und ich bin ziemlich sicher, dass keiner von ihnen auf der Erde ist. Meine offizielle Akte zeigt mich als Montagemanager für Terrestrial Avionics, wie du entdeckt hast, aber sogar das ist ein sehr altes Bild.«

»Du hast falsche Identitäten, oder? Kannst du eine davon verwenden? Samuel vielleicht?«

»Samuel ist keine, aber ja, absolut. Ich kann—«

»Ist sie nicht? Warum hast du sie dann bei mir verwendet?«

»Es ist nur jemand, den ich kannte und der erste Name war, der mir in den Kopf kam.«

»Hmm.« Sie runzelte die Stirn. »Können wir sagen, du bist ein Späher für ein Unternehmen und wir sind uns begegnet, während wir den Nebel untersuchten?«

»Ich habe zufällig eine fertige Identität für solch eine Gelegenheit. Ich kann Cameron Roark sein, Mineralien-Späher für Advent Materials aus Romane.«

»Wie viele falsche Identitäten hast du?«

»Mehr als zwei, weniger als zehn…« Bei ihren sich weitenden Augen zuckte er mit den Schultern. »Was? Ich bin ein vielseitiges Chamäleon.«

Ihr Ausdruck verdunkelte sich, als sie sich damit beschäftigte, mehr Pasta um ihre Gabel zu wickeln. Als sie sprach, hatte ihre Stimme merklich an Ton und Lautstärke verloren. »Also sind wir wieder einmal bei der Tatsache, dass ich nicht wüsste, ob du mich anlügst.«

Er atmete durch gespitzte Lippen aus. »Normalerweise würde ich nein sagen, du würdest es nicht… aber du scheinst meine Nummer zu haben, oder nicht?«

Sie betrachtete ihn mit solcher Intensität, dass er sich entblößt, nackt fühlte. »Tue ich das?«

Dennoch kämpfte er gegen den Instinkt an, sich hinter einer Fassade zu maskieren, und zwang sich, ihren Blick ehrlich zu erwidern. »Vor einer Minute war ich nicht völlig wahrhaftig, was die Herkunft des Namens 'Samuel' angeht – und du wusstest es, oder nicht?« Ihr Mund zuckte nur als Antwort, was Antwort genug war.

»Die Wahrheit ist, er war nicht nur jemand, den ich kannte. Er war die Person, die mich zu SpecOps rekrutierte. Er war siebzehn Jahre lang mein Mentor und mein Freund, und er wurde vor vier Monaten von Anti-Synthetik-Terroristen ermordet. Das Komische ist, er war nicht einmal besonders pro-synthetisch. Er tat einfach nur seinen Job. Ich habe es nicht erwähnt, weil... nun, weil ich nicht bereit bin, darüber zu sprechen.«

»Es tut mir leid, Caleb.«

»Mir auch... aber das ist eine Geschichte für einen anderen Tag. Alex, ich lüge dich nicht an – über nichts. Und wenn ich es versuche, erwischst du mich, also kann ich es genauso gut nicht versuchen. Aber ich kann es nicht beweisen, ich kann es nur sagen. Und du kannst es für... was auch immer du denkst, dass es wert ist, nehmen.«

Es schien, als würden ihre Augen seine Seele nach Spuren von Täuschung durchsuchen, und er fragte sich, warum er jemals gedacht hatte, er könnte sie anlügen. Er richtete sich im Stuhl auf. »Weshalb wir etwas besprechen müssen.«

Ihr Blick wich nicht oder schwankte. »Okay.«

»Du hast recht, ich brauche eine falsche Identität, um in EASK hineinzukommen, weil es keinen Weg gibt, dass sie einen Senecan-Geheimdienstler durch die Vordertür spazieren lassen. Aber ich habe eine Idee, eine, die eine Chance hat, diesem Krieg ein frühes Ende zu bringen und uns gegen die Alienbedrohung zu vereinen. Und ich hätte gerne deine Hilfe.«

* * *

»Gute Nachrichten. Richard ist morgen auch verfügbar, um uns zu treffen.«

Er verstaute das letzte Geschirr und hob eine Augenbraue über die Schulter zu ihr. Sie hatte begeistert auf den Plan reagiert und die Aussicht begrüßt, die 'dumme *khrenovuyu* war' entschärfen zu können. Sie war dazu übergegangen, zu strategisieren und den Plan zu verbessern und hatte nun seine Erfolgschancen erheblich gesteigert, indem sie jemanden ins Spiel brachte, der tatsächlich die Informationen besitzen könnte, die er brauchte.

Sie überraschte ihn weiterhin auf die unerwartetsten Weisen, und er war ein Idiot gewesen zu denken, er sollte – oder könnte – es ohne sie tun.

»Also, Naval Intelligence Liaison to Strategisches Kommando, hm? Sicher, dass er mich nicht auf Sicht erschießt?«

»Es wird in Ordnung sein. Er ist ein Teddybär.«

»Alex, niemand im Geheimdienst ist ein Teddybär.« Der Mann war ein notwendiger und wohl willkommener Spieler – aber er würde ein Gegner sein, zumindest zu Beginn.

»Nun, er ist einer.« Sie wandte sich ihm zu, als er zu ihr am Datenzentrum stieß. »Hör zu. Ich kenne ihn mein ganzes Leben lang, und er ist einer der wenigen wirklich guten Menschen, die ich je getroffen habe.«

»Okay. Mein Leben liegt in deinen Händen, aber okay.«

»Was auch immer. Außerdem wird er keinen Grund haben, an dir zu zweifeln, weil du bei mir bist. Ich werde über Alien-Superdreadnoughts sprechen, und du wirst einfach…«

»Alexs Spielzeug-Junge sein?«

Sie lachte. »Äh…«

»Wie oft hast du Strategisches Kommando besucht und dabei einen zufälligen Mann an deinem Arm getragen?«

Ihre Braue runzelte sich in einer Farce tiefen Nachdenkens. »Fast nie… einmal, vielleicht zweimal… drei Mal höchstens. Definitiv.«

Sein Kiefer klappte auf in gespielter Empörung. »Dann werde ich Alexs Spielzeug-Junge sein. Das werde ich genießen.«

Sie grinste ihn verspielt an, und er fand sich wieder einmal in ihre Augen hineingezogen. Sie reflektierten das Licht von den Visualisierungen über dem Tisch und verwandelten ihre Iris zu einem unglaublichen leuchtenden Platin. Fröhlichkeit tanzte in ihnen wie Feuerwerk gegen einen sternengetränkten Himmel.

Sekunden vergingen, bevor sie ihren Blick losriss und sich wieder auf die Daten konzentrierte. Nach einem Moment vertauschte sie die Position zweier Bilder, runzelte die Stirn und vertauschte sie wieder.

»Der zweite Weg war besser.«

Sie hinterfragte seine Meinung nicht und vertauschte sie sofort zurück, während sie auf ihrer Unterlippe kaute. »Es ist nicht so, als würde das Schicksal der Galaxis von der Reihenfolge ein paar Visualisierungen abhängen. Ich hoffe nur, es ist genug. Vielleicht wenn es von etwas hoher Theatralik meinerseits geschmückt wird...«

Er fasste ihre Schulter und drehte sie zu sich. »Ich habe keinen Zweifel, dass du sie zum Zuhören bringen wirst. Du hast eine Art, dich zu weigern, eine Alternative zum Bekommen dessen, was du willst, zu akzeptieren, und alle anderen werden feststellen, dass sie keine Wahl haben, als sich einzureihen.«

Ein Mundwinkel krümmte sich nach oben. »Ich meine, du hast mich hierher gebracht.«

Ihre Stimme sank zu einem Murmeln. »Habe ich, nicht wahr?«

Sie standen bereits so nah. Seine Hand, die noch auf ihrer Schulter ruhte, glitt nach oben und steckte langsam, vorsichtig ihr Haar hinter ihr Ohr... dann verweilte entlang der Kurve ihres Kiefers. Sie wich nicht zurück, und das Verstreichen endloser Sekunden verblasste zur Bedeutungslosigkeit.

Der Ballen seines Daumens strich sanft über die Vertiefung unter ihrem außergewöhnlichen Wangenknochen. Mit einem Atemzug begann sie sich in seine Hand zu drehen, als würde sie einen Kuss auf sein Handgelenk platzieren wollen—

—als ein Glockenspiel durch die Kabine hallte.

Ihre Augen waren etwas weit, als sie zurücktrat, aber er konnte nicht sicher sein, ob er Bedauern oder Erleichterung in ihrer Stimme hörte. »Und das wäre das Gould Belt-Überwachungssystem... mit der verschärften Sicherheit nehme ich an, ich muss mich melden.«

Er schaffte es irgendwie zu warten, bis sie sich zum Cockpit bewegte, bevor er eine Hand rau über seinen Mund zog, um ein Stöhnen zu ersticken, gefolgt von einem Fluch oder zwei. Er sog einen tiefen Atemzug in seine seltsam eingeengte Brust. Jesus.

Sie verbrachte mehrere Minuten im Cockpit. Er lehnte sich gegen die Wand, Knöchel und Arme locker verschränkt in einer stellaren Nachahmung entspannter Gelassenheit, und wartete.

Als sie schließlich zum Tisch zurückkehrte, verzog sie etwas das Gesicht und schaffte es, seinen Blick zu vermeiden, ohne so auszusehen, als würde sie ihn vermeiden. »Die Sicherheit ist noch straffer als erwartet – wir müssen uns ein halbes Dutzend Mal melden, bevor wir zur Erde kommen, aber ich habe die nächsten paar auf automatisch gestellt, damit ich etwas Schlaf bekommen kann. Was...«

Sie warf einen letzten Blick auf den Metis-Bericht, schaltete ihn dann und die anderen Daten auf dem Tisch ab. »Ich sollte tun. Anstrengender Tag morgen, also werde ich Feierabend machen.«

Er bemühte sich nicht, etwas in seinen Augen oder seinem Ausdruck zu verbergen. Seine Stimme war sanft, aber ihr Ton unmissverständlich. »Bist du sicher?«

Sie stieß einen Atemzug aus, der als zerklüftetes Lachen herauskam und traf endlich seinen Blick, Iris wirbelndes flüssiges Silber voller unerkennbarer Gedanken. Sie lächelte fast.

»Nicht im Geringsten...« ein Rückzug in Richtung Treppenhaus

»…weshalb ich wirklich sollte.«

Er biss auf seine Unterlippe, blinzelte und zwang ein Lächeln. »Verstanden. Gute Nacht, Alex.«

Ihre Augen schlossen sich für einen Moment. Sie nickte, scheinbar zu sich selbst, und begann die Treppe hinunter. »Gute Nacht, Caleb.«

* * *

Alex lag auf dem Bett, noch angezogen, das Bett noch gemacht, und starrte an die Decke.

Was tat sie?

Sie sehnte sich danach, vom Bett zu springen, die Treppe hinaufzustürmen und den Kuss zu beanspruchen, der ihr durch den Alarm gestohlen worden war. Und was auch immer folgte.

Sie hätte ihn nicht aufgehalten; sie war sich ihm entgegenbewegt, hatte die Umarmung und ihre Konsequenzen willkommen geheißen.

Sie hatte kein besonderes Problem mit ungezwungenem Sex. Obwohl sie Kennedy niemals Konkurrenz machen würde, hatte sie sich von Zeit zu Zeit darauf eingelassen. Und angesichts all des Stresses und Tumults der letzten Woche, Gott weiß, sie könnte jetzt etwas davon gebrauchen…

Also warum nicht jetzt durchziehen? Warum nicht vom Bett springen, die Treppe hinaufstürmen und der unbestreitbaren Anziehung und sexuellen Spannung nachgeben, die sich seit Tagen aufgebaut hatte – zur Hölle, seit etwa fünf Sekunden nachdem sie sich getroffen hatten?

Weil sie Angst hatte.

Es war nicht einfach für jemanden wie sie, sich selbst einzugestehen, dass sie Angst hatte. Es sei denn, es war vor einer Armee massiver Alienschiffe – und das war nicht einfach zuzugeben gewesen.

Aber sie hatte Angst.

Sie hatte Angst, dass es überhaupt nicht ungezwungen sein würde. Sie hatte Angst, wenn sie in den Ozean dieser verheerenden blauen Augen fiel, könnte sie ertrinken. Seine gelassene Art verbarg eine Intensität, die knapp unter der Oberfläche brodelte, eine, die ständig drohte, sie sogar aus der Ferne zu überwältigen.

Sie hatte Angst, wenn sie ihn hereinließ, wenn sie sich öffnete, wenn sie die mehreren Schichten emotionaler Rüstung ablegte, in die sie sich hüllte, riskierte sie, genau die Kontrolle über sich selbst und ihr Leben zu verlieren, die sie so schätzte. Kontrolle, die sie Jahre, Jahrzehnte kultiviert hatte.

Und wenn er unvermeidlich ging, hatte sie Angst, dass sie ihren Weg verloren haben würde.

38

METIS-NEBEL

INNERE BÄNDER

Major Donel Fergusson stand am breiten Sichtfenster der *SFS Aegea*
und blickte hinaus ins Nichts.

Es war natürlich nicht wirklich nichts. Es war Nebelgas und
Staub und Partikel. Es leuchtete in der Farbe von Limonade mit
Spritzern von Kornblumenblau.

Es war ein taktischer Albtraum. Es gab keine unterscheidbaren
Merkmale, keine Bezugspunkte und keine schattigen Nischen, in
denen man sich verstecken konnte.

Zusätzlich zur *Aegea* bestand das 2nd GOI-Platoon aus vier
elektronischen Kriegsführungs- und zwei Aufklärungsschiffen.
Alle Schiffe waren sowohl offensiv als auch defensiv gut ausgerüstet,
aber der Großteil der Feuerkraft war in der *Aegea* konzentriert.
Sie verfügte auch über eine Suite von VI-gesteuerten Sonden und
breitbandigen passiven Sensoren.

Und obwohl jedes Schiff die feinsten mehrschichtigen Dämpfer
besaß, bot die *Aegea* zusätzlichen Schutz in Form eines adaptiven
Feldes. Dynamisch erzeugt und von einem dedizierten LEN-

Reaktor angetrieben, erstreckte es sich in einem Radius von fünf Kilometern vom Rumpf aus und verschmolz alle Emissionen darin mit der umgebenden kosmischen Strahlung. "Die Blase«, wie das Team es nannte, umfasste das gesamte Platoon während normaler Impulsreisen. In Ermangelung schattiger Nischen, in denen man sich verstecken konnte, musste es genügen.

»Ziemlich schön, würden Sie nicht sagen?«

Er blickte zu Lieutenant Udine hinüber, der sich zu ihm am Sichtfenster gesellt hatte. »Sieht für mich nur nach Gas und Staub aus.«

Der junge Mann lachte. »Meine Mutter ist Kosmologin. Sie würde auf der Stelle ohnmächtig werden, wenn sie Sie das sagen hörte. Ich schätze, etwas von ihrer Perspektive ist auf mich abgefärbt.«

»Ich wusste nicht, dass wir heutzutage Träumer in die Spezialeinheiten lassen.«

»Nur heimlich.«

»Nun, ich werde Ihr Geheimnis nicht verraten, aber Sie sollten es vielleicht für sich behalten. Einige dieser Soldaten könnten geneigt sein, Ihnen das Rückgrat zu brechen, wenn sie Sie beim poetischen Schwärmen erwischen.«

»Ich lade sie herzlich dazu ein, es zu versuchen, Sir.«

»Ha! Gut zu hören.« Sein Blick wanderte über die Brücke. Die *Aegea* war dünn besetzt, und jeder an Bord fungierte zusätzlich zum Betrieb der Fregatte als Kommando, Scharfschütze, Sanitäter oder ein halbes Dutzend anderer Rollen. »Scans?«

»Erwartete EM-Signaturen setzen sich stetig aus der Kernregion des Nebels fort, Sir. Keine Abweichungen und keine zusätzlichen Messwerte.«

Er aktivierte die platoonweite Kommunikation. »sLume-Antriebe auf mein Zeichen wieder einschalten, Ziel 0,4 AU vom Portal entfernt, Kurs 22,4° NO. Dies wird unser letzter überlichtschneller Durchgang vor Erreichen der Zielzone sein. Bereitschaftszustand bei Ankunft. Zwei… eins… Zeichen.«

Die Gaswolken verschwammen und verblassten, obwohl es für ihn kaum anders aussah. Da sie bereits tief im Metis-Inneren gewesen waren, dauerte die Reise nur Minuten.

Die »Szenerie«, die wieder scharf ins Blickfeld sprang, leuchtete erheblich heller als zuvor und hatte sich in Säulen aus dicken, nahezu festen Wolkenformationen organisiert.

»Statusbericht.«

»EM-Signaturen stimmen mit den bereitgestellten überein, Sir. TLF-Signal mit Ursprung N 297,41° W, Entfernung 0,39 AU. Keine Anomalien entdeckt.«

»Recon 1, Recon 2: Fächert euch auf und nähert euch dem TLF-Ursprung, volle Tarnung. Langsam und vorsichtig, Jungs.«

Verstanden.

Er wartete. Zivilisten stellten sich vor, dass Spezialeinheiten-Missionen nur aus Schießereien und Explosionen bestanden – aber ob bei einer städtischen Invasion oder im tiefen Weltraum, achtzig Prozent jeder Mission bestand aus Warten.

Irgendwo jenseits der aufragenden goldenen Wolken saß eine Armee fremder Schiffe. Einmal lokalisiert, würde das Team Messungen und Aufnahmen aus maximaler sicherer Entfernung machen. Sie würden eine Drohne zurück aus dem Nebel schicken, um Kontakt zu melden. Dann würden sie hier bleiben, versteckt in der Blase, bereit, die fremde Streitmacht zu verfolgen, falls oder wenn sie aufbrach.

Es sei denn, die Fremden waren bereits weg, ein weitaus schlimmeres Szenario. Wenn sie das Portal verlassen hatten, könnten sie jetzt buchstäblich überall sein – in diesem Fall müsste das Team, um sie zu verfolgen, sie zuerst finden. Hoffentlich bevor die Fremden eine Welt massakrierten oder was auch immer sie zu tun planten.

Er verstand vollkommen die Größe und den Umfang der feindlichen Streitmacht, die wartete. Die Macht der Streitmacht konnte er nicht sagen, da Art oder Größe ihrer Bewaffnung unbekannt blieb. Aber eines hatte er über die Jahre gelernt: Jeder Gegner hatte eine Schwäche. Befestigte Schiffe waren langsam und unhandlich; kleine waren zerbrechlich. Bomben konnten entschärft, EM-Angriffe abgeschirmt werden. In diesem Fall machten riesige Schiffe einfach riesige Ziele – nicht dass er vorhatte, auf sie zu schießen. Nicht bei dieser Mission jedenfalls.

»Recon 1, Recon 2, meldet euch. Seht ihr schon etwas?«

Er wurde mit Schweigen begrüßt. Manchmal war ihre Abschirmung etwas zu gut. »Kommunikation, könnt ihr eine Verbindung zu einer der Aufklärungseinheiten oder ihren Piloten herstellen?«

»Negativ, Major. Aufklärungseinheiten antworten nicht, noch zeigen sie sich auf den Scans.«

Nun, das würden sie nicht. »Versucht es weiter. Alle Schiffe, bereitet euch vor, mit 0,5 Impuls vorzurücken. Bleibt innerhalb der Blase. Ich wiederhole, bleibt innerhalb der Blase.«

Verstanden.

Die *Aegea* und ihre Begleitung elektronischer Kriegsführung sschiffe flogen schweigend in die Säule aus Nebelwolken. Das Sichtfenster offenbarte nur einen hellen gelben Dunst, dick wie der Nebel, der durch Cove Bay rollte, als er als Kind seine Großeltern an der schottischen Küste besuchte. Er war seit dem Ersten Crux War nicht mehr auf der Erde gewesen. Wenn die galaktischen Ereignisse ihren derzeitigen Pfad fortsetzten, würde er Cove Bay vielleicht nie wieder sehen... was schade schien.

Eine Bank von Bildschirmen voller breitspektraler Sensormessungen erzeugte die Illusion des Sehens, während sie vorrückten. Die Bildschirme zeigten die Positionen der anderen Schiffe (minus der Aufklärungseinheiten), die Standorte des Pulsars, seines Begleiter-Weißen Zwergs und die Lage des Portals sowie eine Fülle wissenschaftlicher Daten jenseits seiner Expertise.

»Major, wir sollten die dichtesten Wolken in etwa dreißig Sekunden durchqueren.«

»Alle Schiffe, verlangsamt auf 0,2 Impuls. Nochmals, bleibt innerhalb der Blase.«

Verstan—

»Sir, ich empfange ein—«

Der letzte Gedanke, den Major Fergusson hatte, als der gleißende weiße Puls die *Aegea* und den Rest des 2nd GOI-Platoons verglühte, war, dass die Spektralfilter des Sichtfensters wirklich aufgerüstet werden mussten, denn das war einfach zu verdammt hell.

39

SIYANE

WELTRAUM, SOL-SYSTEM

Alex drehte den Cockpitstuhl herum, als sie ihn die Treppe heraufkommen hörte. Er trug ein Lächeln; sie erwiderte es vollständig.
Falls er ihren Rückzug am Abend zuvor als Brüskierung aufgefasst
hatte, zeigte er es nicht. Sie waren an diesem Morgen schnell in
eine bequeme, entspannte, leicht flirtende Routine zurückgefallen.
Sie war froh darüber.

Es war nicht der einzige Grund, warum sie sich ziemlich
entspannt fühlte, alles in allem betrachtet. Während sie
normalerweise höchstens eine vage, milde Verbindung zur Erde als
'Heimat' bewahrte, war sie unter den gegenwärtigen Umständen
erleichtert gewesen, das Sol-System zu erreichen. Ja, es war Heimat,
aber es war auch das bestverteidigte Sternensystem, das existierte.
Wenn die Verteidigung der Erde nicht ausreichte, um sie sicher zu
halten, wäre nirgendwo sicher.

»Endgültige Freigabe erteilt. Sieht so aus, als hätte deine Alter-
Ego-ID standgehalten. Bereit, die Heimat zu sehen?«

»Ich habe die Erde gesehen, Alex.«

»In Vids.«

»In vollsensorischer Überlagerung.«

»Trotzdem nicht dasselbe.« Sie zuckte neckend mit den Schultern. »Du wirst sehen.«

Als sie den Northeast 1 Pacific Corridor verließen, befanden sie sich über dem Golf von Alaska. Sie schwenkte nach Südsüdost und verlangsamte den Abstiegswinkel, um leicht vor der Küste zu fliegen.

Die Gewässer begannen in einem tiefen Ceruleanblau, wechselten aber zu einem blasseren Cyan, als sie sich dem Land näherten. Da es Spätherbst war, hatten die massiven Gletscher bereits begonnen, von den Berggipfeln zur Küste hinabzusteigen. Zwei Eisberge kalbten gerade von einem Gletscher, und das Wasser war mit frei schwimmenden Eisbrocken übersät.

Sie beobachtete ihn aus dem Augenwinkel, so diskret sie es schaffen konnte. Er hatte zweifellos viele Welten gesehen und mehr als ein paar Wunder. Er würde nicht leicht zu beeindrucken sein… aber es schadete nicht zu versuchen.

Sein Blick war auf das Sichtfenster geheftet, aber sein Gesichtsausdruck im Profil wirkte peinlich neutral, bis auf den schwächsten Hauch eines Lächelns, das an seinen Lippen zupfte—

—er sog scharf die Luft ein, und der zuvor neutrale Ausdruck leuchtete vor Entzücken auf. Sie folgte seinem Blick. Eine Schule von fünf Orcas war auf dramatische Weise an die Oberfläche gebrochen, als sie sich durch den Eismatsch und in die offenen Gewässer drängten. Sie tanzten und tauchten—dann sprang der größte aus dem Wasser, wirbelte durch die Luft, um auf seiner Rückenflosse zu landen und eine Kaskade schäumenden Wassers über seine Gefährten zu senden.

Sie gab das diskrete Beobachten auf und grinste. »Sie waren einst fast ausgestorben. Es brauchte viel Arbeit, sie wieder in die Wildnis zurückzubringen.« Sie hielt inne und genoss einfach sein Entzücken für einen Moment. »Seneca hat keine ozeanische Tierwelt?«

Er schüttelte den Kopf. »Was wir Ozeane nennen, sind... nun, nicht wie das hier. Nur etwa vierzig Prozent von Seneca sind mit Wasser bedeckt. Es ist ein junger Planet, reich an Metallen aufgrund des aktiven Sternhaufens, aber einheimische Arten sind begrenzt und neigen dazu, klein zu sein. Das hier ist erstaunlich.«

Ihre Aufmerksamkeit wanderte wieder zur Aussicht. »Das habe ich immer gedacht.«

Das Terrain wich bald Tundra, gefolgt von den Küstenwäldern der zahlreichen Inseln, die die Küstenlinie sprenkeln. In Minuten kam der nördliche Rand von Vancouver Island in Sicht; dahinter reflektierte die Mittagssonne brillant von den ersten Wolkenkratzern, die sich von North Vancouver bis Portland erstreckten. Es war ein schöner Herbsttag im nordamerikanischen pazifischen Nordwesten.

Sie schwenkte nach Osten, sank in eine Luftspur und steuerte die Meerenge hinunter zum Raumhafen. Er lehnte sich gegen die halbe Wand und verschränkte die Arme vor der Brust. »Schöne Stadt, die ihr hier habt.«

»Das hier?« Sie schnaubte mit gespielter Nonchalance. »Das ist nichts. Die Northeastern Seaboard Metropolis erstreckt sich über mehr als 1.000 Kilometer entlang der Ostküste. Aber es ist das größte Ballungsgebiet im besiedelten Raum, also würde es das.«

»Aha. Bist du jetzt fertig mit Angeben?«

»Du musst einfach dranbleiben und es herausfinden.« *Hoppla, das könnte etwas anders herausgekommen sein, als sie beabsichtigt hatte...*

Seine Stimme wurde sowohl weicher als auch tiefer im Tonfall. »Okay.« *Jep, ganz sicher.*

Sie entschied sich, es zu ignorieren, während sie verlangsamte und zur Dachlandeplattform schwenkte.

EACV-7A492X an ORSC: Ankunftssequenz-Initiierung angefordert Bucht L-19

ORSC an EACV-7A492X: Ankunftssequenz initiiert Bucht L-19

ORSC an EACV-7A492X: Ankunftsfreigabe-Fenster 14 Sekunden Andockspur 27

Sie glitt hinein und senkte das Schiff auf das Dach. Die Klemmen erfassten das Schiff mit einem sanften Klang.

Der Prozess war für die nächsten Momente vollautomatisch, als der Lift zur L-Ebene hinabfuhr und zu ihrer privaten Hangarbucht rotierte. Das Kraftfeld schimmerte, als sie hindurchfuhren, und verfestigte sich wieder, sobald sie auf der anderen Seite waren. Ein kleiner Ruck und die Klemmen rasteten im Hangarboden ein.

Sie schaltete den Motor ab und drehte sich zu ihm um. »Sollen wir—« Ein blinkendes rotes Licht blitzte in der Ecke ihres eVi auf; sie runzelte die Stirn, nahm aber den livecomm an.

»*Alexis, Liebes, ich fürchte, der Verteidigungsminister ist eingetroffen und hat ein persönliches Briefing angefordert. Wir müssen dein Treffen auf 1430 verschieben.*«

»Oh, verdammt noch mal, Mom.«

»*Nun, ich—*«

»Gab es etwas an 'dringend' und 'von vitaler Wichtigkeit' und 'ernste Bedrohung' und 'außerirdische yebanyy Superdreadnoughts', was du nicht verstanden hast?«

»*Natürlich nicht. Aber ich habe viele Verantwortlichkeiten, die die Sicherheit der gesamten Allianz betreffen, und wir befinden uns im Krieg, und manche—*«

»Du meinst, du hast einen Sehr Wichtigen Job? Das war mir nicht aufgefallen.«

»*Es gibt keinen Grund für dich, einen solchen Ton mit mir anzuschlagen. Ich kann den Verteidigungsminister nicht gerade warten lassen.*«

»Ich würde den Verteidigungsminister warten lassen, wenn es wichtig genug wäre. Wahrscheinlich sogar wenn es das nicht wäre.«

»*Alexis.*«

»Schön. 1430. Verschieb es nicht weiter.« Sie unterbrach die Verbindung und presste die Lippen zusammen, grimassierte bei der Anstrengung, nicht die Wand zu schlagen oder eine Tirade von Kraftausdrücken von sich zu geben. Sie bemerkte, dass Caleb sie erwartungsvoll ansah, eine Augenbraue fragend hochgezogen. Nicht überraschend, da er nur eine Seite des Gesprächs gehört haben würde.

Sie starrte ihn an, wenn auch nicht ihn. »Es gab eine kleine Verzögerung. Lass uns etwas zu Mittag essen.«

40

NEW BABEL

UNABHÄNGIGE KOLONIE

»Ja, ich verstehe, dass wir eine größere Produktionsanlage brauchen. Aber solche Dinge brauchen Zeit zum Aufbau. Außerdem bin ich nicht zufrieden mit dem gewählten Standort. Mir gefällt der Gedanke nicht, halb um den Planeten zu fliegen, sollte ich beschließen, einen Besuch abzustatten.«

Olivia betrachtete die Holos über ihrem Schreibtisch. »Es wird billiger und schneller sein, einfach eine bestehende Anlage für uns zu beschlagnahmen.«

Der Mann im linken Holo runzelte die Stirn. »Das würde Blutvergießen bedeuten...«

»Natürlich würde es Blutvergießen bedeuten – unweigerlich bedeutet alles immer Blutvergießen, es ist lediglich eine Frage des Timings. Wenn dieser Krieg das Ausmaß an Chaos erzeugt, das ich erwarte, müssen wir uns schnell positionieren. Daher Blutvergießen jetzt statt Blutvergießen später.«

Ihr Nicken schloss jede weitere Diskussion aus. »Es ist entschieden. John, ich brauche eine Liste der vier besten

Kandidaten in zwei Stunden. Ich werde ein Team und die zusätzliche Sicherheit nach der Operation organisieren. Das ist alles für jetzt.«

Ohne auf ihre Abmeldung zu warten, wischte sie die Holos weg, stand auf und streckte sich. Sie brauchte—

Ihr eVi zeigte eine eingehende Prioritätsnachricht an. Sie war verschlüsselt und codiert, aber Marcus wollte sprechen, jetzt wenn möglich.

Sie verzog das Gesicht über nichts Bestimmtes. Sie wollte nicht den Eindruck bei ihm erwecken, dass sie auf Abruf für ihn da war, damit es keinen gefährlichen Präzedenzfall schuf. Andererseits bewegten sich die Ereignisse schnell und beträchtlicher Reichtum stand auf dem Spiel. Mit einem Augenrollen ging sie hinüber zum QEC-Raum.

Sie hatte Marcus fast fünfzig Jahre früher kennengelernt – obwohl das damals nicht sein Name gewesen war –, als sie Zelones-Operationen in Südamerika leitete. Er war an die Spitze einer aufstrebenden Gang auf den Straßen von Rio aufgestiegen, einer, die begonnen hatte, klar abgegrenzte Zelones-Interessen zu beeinträchtigen. Nachdem eine Reihe eskalierender Drohungen nichts getan hatte, um die Übergriffe zu stoppen, hatte sie einen Trupp ihrer besten Vollstrecker geschickt, um sie auszulöschen.

Marcus und seine Leutnants töteten den gesamten Trupp. Er schickte ihr eine Nachricht, um sie darüber zu informieren – obwohl er ihre Kontaktinformationen nicht hätte besitzen sollen. Dann fuhr er fort, zu ihrem Hauptquartier zu kommen, das gesamte Sicherheitspersonal des Gebäudes und ihre persönlichen Wachen zu töten, kampfunfähig zu machen oder zu umgehen, und in ihr Büro zu spazieren.

Zum einen der wenigen Male in ihrem Leben war sie wirklich überrascht gewesen, als er hereinkam. Er konnte nicht mehr als fünfzehn Jahre alt gewesen sein, dürr und schlaksig in Secondhand-Klamotten. Aber die scharfen, dynamischen meergrünen Iris, die sie betrachteten, strahlten hell vor Intelligenz, Gerissenheit und vor allem Selbstvertrauen.

Ihre persönliche Bewaffnung war damals nicht so fortschrittlich gewesen wie jetzt, aber sie richtete eine durchaus tödliche, maßgeschneiderte Daemon auf ihn, während sie ruhig fragte, was sie für ihn tun könne.

»Ich will raus.«

»Erledigt. Du hast deinen Punkt bewiesen. Geh zur Tür hinaus, und niemand wird dich aufhalten. Geh weiter, und niemand wird dir nachkommen. Du hast mein Wort.«

»Sie verstehen mich falsch, Ms. Montegreu. Ich will ein neues Leben – eine neue Identität und einen neuen Hintergrund, einen, der goldplattiert und narrensicher ist. Ich will fünfzigtausend Credits und ein Ticket nach Miami und Ihren Schwur, dass Sie niemals ein Wort dieses Gesprächs zu einer anderen Seele sprechen werden.«

Sie hob eine Augenbraue und lehnte sich gegen die Vorderseite ihres Schreibtisches, obwohl die Waffe in ihrer Hand blieb. »Und warum um alles in der Welt sollte ich zustimmen, solche Gefälligkeiten für dich zu tun?«

Ein Lächeln schlich sich über sein Gesicht, erschreckender als jedes, das sie bei den grausamsten, bösartigsten Killern gesehen hatte. Ein Schauer lief ihr den Rücken hinunter… aber wenigstens wusste sie jetzt, womit sie verhandelte.

»Weil ich dann in Ihrer Schuld stehen werde. Und irgendwann in der Zukunft erwarte ich, dass das sehr viel wert sein wird.«

Sie hatte der Transaktion zugestimmt, alles arrangiert, worum er gebeten hatte, und mehr als dreißig Jahre lang keine Spur von ihm gesehen. Dann tauchte eines Tages sein Gesicht in den Nachrichten auf. Es schien, er wurde zum jüngsten stellvertretenden Minister des Justizministeriums für die nordamerikanische Region ernannt.

Sie hätte ihn nicht erkannt, so verwandelt war sein Aussehen, wären da nicht die unvergesslichen meergrünen Augen gewesen – und der Name, den sie ihm gegeben hatte.

Es waren weitere fünfzehn Jahre, bevor er sich bei ihr meldete und ihr schließlich die Gelegenheit bot, eine alte Schuld einzutreiben.

* * *

Er drehte sich um, als er auf dem QEC-Holo in die Existenz schimmerte, ein charmantes Lächeln fest an seinem Platz, als er ihr zugewandt war. »Olivia. Meine Entschuldigung für die kurze Vorankündigung. Sind die Materialien schon auf dem Weg zur Erde?«

Sie sah wahrscheinlich weit weniger charmant aus und kümmerte sich nicht besonders darum. »Versuchst du, mein Ende der Operation zu mikromanagen, Marcus?«

»Ganz und gar nicht, liebe Olivia. Ich habe einen guten Grund zu fragen.«

»Das hoffe ich sehr. Die Antwort ist nein. Die ,Materialien' sind nicht gerade die Art von Gegenständen, die man zu lange auf der Erde herumliegen lässt.«

»Gut. Eine Gelegenheit hat sich ergeben – zwei Fliegen mit einer Klappe zu schlagen, wie das alte Sprichwort sagt.«

»Eine Gelegenheit?«

»Ein glücklicher Zufall. Ich brauche, dass du wenigstens einen Teil der Materialien über eine bestimmte Person leitest, wenn möglich. Idealerweise soll er derjenige sein, der sie der notwendigen Partei auf der Erde liefert. Er ist ein Schmuggler und Tech-Händler auf Pandora.«

Sie warf einen Blick auf die Informationen, die er schickte. »Er arbeitet nicht für mich, nicht einmal indirekt. Das wird einiges an Arbeit erfordern. Das ist kurzfristig, Marcus, und ich mag keine Überraschungen. Noch einmal frage ich – versuchst du, mein Ende der Operation zu mikromanagen?«

»Wieder nein. Das ist eine einzigartige Gelegenheit, die sich gerade erst ergeben hat.«

»Schön. Darf ich es wagen zu fragen, warum?«

»Die Details sind aus deiner Sicht nicht wichtig und würden viel zu lange dauern, sie zu erklären – aber es wird helfen sicherzustellen, dass die Schuld angemessen platziert wird und der Krieg ungebremst weitergeht. Das ist es, was du willst, Olivia, nicht wahr?«

Natürlich war es das, was sie wollte. Die größte Bedrohung für ihr Geschäft war und war schon immer Ordnung gewesen. Verbrechen gedieh in der Reibung, die durch Konflikte erzeugt wurde, und der erste Crux War hatte eine Landschaft voller Brüche geschaffen. Während die Allianz- und Senecan-Regierungen um Einfluss kämpften, konnten unabhängige Welten in den Zwischenräumen wachsen und gedeihen wie Unkraut in Gehwegrissen.

Vor einer Woche waren die Beziehungen zwischen Erde und Seneca stetig dabei gewesen aufzutauen. Unverändert gelassen, würde bloße Trägheit schließlich zu wahrem Frieden führen. Die unabhängigen Welten würden »überredet« werden, unter den Schirm einer wohlwollenden Regierung zurückzukehren. Die Zwischenräume würden verschwinden.

Es würde Jahrzehnte dauern, vielleicht sogar ein halbes Jahrhundert. Aber sie würde weitere hundertfünfzig Jahre leben; Jahrzehnte waren ihr sehr wichtig. Also ja, sie wollte das Spielfeld verändern.

Sie gab ihm ein winziges Nicken. »Sehr gut. Ich werde sehen, was ich möglich machen kann, aber die Zeit ist knapp. Keine Versprechen.«

»Ich verstehe. Tu, was du kannst.«

41

ERDE

VANCOUVER, EASK-HAUPTQUARTIER

Das Erdallianz Strategisches Kommando war bei weitem nicht so pompös und dekadent, wie es die senecanische Propaganda darstellte. Oh, es war sicherlich glänzend und poliert und selbstgefällig, doch es gab keine Scheinwerfer, die über den Himmel fegten, oder grelle Farben, die die Wände schmückten, oder Wasserfälle, die Champagner vergossen. Im Kern blieb es eine militärische Einrichtung. Die Wände und Böden glänzten heller und die Kunstwerke wirkten protziger als das, was man in senecanischen Regierungseinrichtungen fand; er stellte sich vor, dass die Cafeteria und Pausenräume auch vornehmere Annehmlichkeiten boten. Dennoch war der Unterschied nur graduell... und nicht so viele Grade.

Es war nicht so, als wäre Caleb schockiert oder auch nur besonders überrascht gewesen. Keine Kindheitsillusion wurde zerschmettert, als sie am Sicherheitsscanner anhielten und Alex ihn autorisierte – was ihn dazu brachte, ein Kichern zu unterdrücken.

Technisch gesehen hatte sie gerade Hochverrat gegen die

Regierung der Erdallianz begangen. Aber sie betrachtete die Welt nicht auf diese Weise. Für sie gab es gute Menschen und schlechte Menschen, und die meisten anderen waren es nicht wert, klassifiziert zu werden. Er hatte – hoffte er – sich für die Seite der »guten Menschen« qualifiziert, und das war das Ende davon. Regierungsintrigen und Spionagespiele beeindruckten sie einfach nicht, etwas, das er sowohl erstaunlich als auch entzückend fand.

Und während seine Ausbildung, Einsatzregeln, Erfahrung und die Lehren seiner Vorgesetzten und seines Mentors ihm alle sagten, er solle diese Gelegenheit voll ausnutzen und jeden Gegenstand aufzeichnen, abbilden und hacken, den er finden oder sehen konnte... beabsichtigte er nicht, ihr Vertrauen zu missbrauchen. Er blieb aufmerksam, aber Beobachtung würde das Ausmaß seiner Spionage sein. Außerdem hatte er eine Mission.

»Capt—Ms—Solovy. Ma'am. Der Admiral erwartet Sie. Ich werde Colonel Navick informieren, dass Sie angekommen sind.«

»Danke, Lieutenant.«

Alex entfernte sich vom Empfangstresen, um ihm die Augen zu verdrehen, dann ergriff sie seine Hand und zog ihn zu einem Aquarium an einer Wand der Lobby. Er sog instinktiv den Atem ein bei der Empfindung ihrer Hand in seiner. Sie hatten sich noch immer nur wenige Male Haut an Haut berührt, das letzte Mal war der intime Moment am Abend zuvor gewesen. Ihre Handfläche war kühler als seine, aber nicht kalt. Sie fühlte sich natürlich und selbstbewusst an – ganz wie sie hier.

Sie glaubte, sie gehöre nicht in diese Umgebung, sah sich als Außenseiterin. Doch sie schritt durch die Flure, als würde ihr der Ort gehören, und so unaffektiert, dass er keinen Zweifel daran hatte, dass sie es nicht wusste. Es spiegelte nur ihre angeborene Selbstsicherheit und ihr Selbstwertgefühl wider, die aus jeder ihrer Poren sickerten. Es war beeindruckend zu beobachten.

»Richard...« Ihre Hand verließ seine, und er spürte sofort den Stich ihrer Abwesenheit. Er drehte sich um und sah sie einen Mann in BDUs umarmen, bis auf ein Offiziersabzeichen an seiner Schulter. Die Umarmung war warm und freundlich in einem Grad, wie er sie noch nie hatte sein sehen. Bis jetzt hatte er nicht bemerkt, dass sie zu einem gewissen Grad immer noch angespannt um ihn herum war. Sie so entspannt und gelassen zu sehen, erschütterte ihn.

Der Mann schien etwa in den Sechzigern zu sein und war auf eine durchschnittliche, bescheidene Weise gutaussehend. Er hatte freundliche Augen.

»Das ist Cameron Roark, ein beruflicher Kollege. Er arbeitet für Advent Materials.« Die Lüge rollte mit beeindruckender Leichtigkeit von ihrer Zunge, aber ihre Augen funkelten, als sie ihn ansah. Und schon war er wieder drinnen. Es machte ihn viel glücklicher, als es sollte.

Der Plan, wie sie ihn auf dem Weg hierher finalisiert hatten, war, dass er zunächst die fiktive Identität aufrechterhalten sollte. Die außerirdische Bedrohung stellte eine noch höhere Priorität dar als die Entschärfung des Krieges, und sie stimmten überein, dass sie sich zuerst und vor allem auf den Metis-Bericht konzentrieren musste. Sobald sie versichert worden waren, dass die Allianz mit einem klaren Aktionsplan voranging – und ihre Mutter und Navick in seiner Gegenwart einigermaßen entspannt geworden waren – würde sie behutsam in eine Diskussion über den Krieg und seine wahre Identität und seinen Zweck einsteigen. Und wenn die Dinge nicht nach Plan liefen... würde er improvisieren.

Er ergriff die ausgestreckte Hand von Colonel Navick mit der leicht unbeholfenen Förmlichkeit, die ein mittlerer Unternehmens kundschafter gegenüber einem relativ hochrangigen Militäroffizier zeigen könnte. »Schön, Sie kennenzulernen, Sir.«

Navick betrachtete ihn abschätzend, sein Blick nicht hart, aber definitiv scharf. Ein winziges Zucken seines Mundes war das einzige Zeichen einer Reaktion, das er überhaupt gab. *Teddybär, mein Arsch.*

»Und Sie, Mr. Roark. Kennen Sie Alex schon lange?«

»Nicht lange, Sir. Wir sind beim Erkunden des Metis-Nebels aufeinander gestoßen und, nun ja, haben mehr gefunden, als wir erwartet hatten, fürchte ich.«

»So verstehe ich es.« Ein Lächeln sprang in seinen Zügen auf, als er Alex ansah. Es war offensichtlich, dass er große Zuneigung für sie hegte, ungeachtet seiner Position oder seines Berufs. »Es muss wirklich ernst sein, damit Alex uns hier bei EASK freiwillig mit ihrer Anwesenheit beehrt.«

Sie begann zurückzulächeln, aber es schwand. »Du hast recht, und das ist es.« Sie blickte über ihre Schulter. »Lieutenant? Dürfen wir jetzt eintreten?«

»Äh…« Der Mann hinter dem Schreibtisch blickte hinunter, dann wieder hoch. »Ja, Capt—Ms—Ma'am. Und Colonel. Und, äh, Sir.«

Caleb schluckte ein Lachen hinunter und fragte sich, in was zum Teufel er sich hineinmanövriert hatte, als er zwei Schritte hinter ihnen herfiel.

Das Büro war gut ausgestattet, aber spartanisch und ziemlich steril. Die Frau, die um den Schreibtisch herumkam, um sie zu begrüßen, trug eine Dress-Admiral-Uniform und ähnelte Alex bis auf die Haarfarbe fast gar nicht. Sie hielt sich mit der steifen, starren Haltung, die unter hochrangigen Militäroffizieren üblich war. Ihr Ausdruck wich nur kurz von der Haltung ab, als sie Alex gegenüberstand, aber sich ihr nicht näherte.

»Es tut mir leid wegen der Verzögerung. Sie war unvermeidlich, aber ich weiß, dass Sie Anstrengungen unternommen haben, um mit gebührender Geschwindigkeit hier anzukommen, und ich schätze das.« Ihr Blick wanderte zu ihm, und tiefe, dunkle haselnussbraune Augen drangen direkt in ihn hinein. Er entschied – obwohl aus Gründen, die er nicht verstand – Alex unterschätzte ihre Mutter ernsthaft.

»Mr. Roark, nicht wahr?«

»Ja, Ma'am. Es ist mir ein Vergnügen, Sie kennenzulernen, obwohl ich wünschte, es wäre unter besseren Umständen.« Er schüttelte ihre Hand herzlich, konnte aber das Gefühl nicht abschütteln, dass sie sofort alles über ihn, sie und die letzte Woche deduziert hatte.

»Okay, Höflichkeiten erledigt.« Mit einem Wort dominierte Alex irgendwie den Raum. »Nun zu den Außerirdischen, die sich auf eine Invasion vorbereiten. Sie haben den Bericht seit drei Tagen – was unternehmen Sie dagegen?«

Navick hatte sich zum hinteren Teil des Büros zurückgezogen; der kurze Blick, den er erhaschen konnte, sagte ihm, dass der Mann in eine private Interaktion irgendeiner Art verwickelt war. Es machte ihn nervös, den Mann in seinem Rücken zu haben, aber er wagte es nicht, es als einfacher Unternehmens-Weltraumkundschafter zu zeigen. Hier in diesem Raum war er unterwürfig und ehrfürchtig und völlig fehl am Platz. *Jawohl.*

»General Alamatto hat seine Berater damit beauftragt, die Daten zu überprüfen, um ihre Glaubwürdigkeit und Plausibilität zu verifizieren und—«

»Oh, das kann doch nicht—«

»Alexis, fang nicht damit an. Du weißt, dass ich absolutes Vertrauen in deine Fähigkeiten und Kompetenz habe. Aber—«

»Meine Kompetenz? Ich verstehe nicht—«

»Ja. Das war ein Kompliment, falls du es nicht bemerkt hast. Ich habe keinen Zweifel an der Genauigkeit deines Berichts, wirklich nicht. Aber meine ist nicht die einzige Meinung, die zählt.«

Verdammt, das war faszinierend. Er hatte vermutet, dass Alex' Beziehung zu ihrer Mutter bestenfalls kompliziert war und wusste, dass sie von jahrzehntelangen Konflikten geprägt war, aber... *verdammt.*

Er war so fasziniert von dem Austausch, dass er für eine halbe Sekunde die starre Anspannung verpasste, die sich abrupt in Navicks Haltung hinter und etwas links von ihm manifestierte. Als er es doch spürte, erkannte er, was es bedeutete, auch wenn er nicht genau wusste, was es bedeutete.

Er versuchte, Alex' Aufmerksamkeit zu bekommen, aber sie war völlig damit beschäftigt, ihre Mutter zu antagonisieren, die er bereits erkannt hatte, liebte ihre Tochter ganz klar und hatte genauso klar keine Ahnung, wie sie mit ihr sprechen sollte. Er machte sich eine mentale Notiz, zu versuchen, einen Weg zu finden, es Alex zu einem günstigeren Zeitpunkt diplomatisch zu erklären.

Navick trat vor ihn und zog eine militärische Daemon. Er zeigte keine Reaktion auf die Waffe, die auf seine Brust gerichtet war, und blieb ruhig, als seine Handgelenke von hinten ergriffen wurden. »Sir, wenn Sie mir erlauben zu erklären, werden Sie feststellen, dass ich nicht Ihr Feind bin.«

Alex drehte sich endlich um. Ihr Kiefer klappte vor beträchtlicher Überraschung herunter, als sie zwei MPs sah, die ihm Handschellen anlegten, und ihren ältesten Freund, der eine Waffe auf ihn richtete. Ihre Stirn runzelte sich, ihre Augen suchten seine nach Führung. Er gab ihr ein kleines Achselzucken... Pläne überlebten selten den Kontakt mit dem Feind.

»Was zum Teufel geht hier vor?«

»Es tut mir leid, Alex, aber Mr. Roark ist nicht der, als den er sich ausgegeben hat. Sein Name ist eigentlich Caleb Marano und er ist ein Geheimdienstoperativ für die Regierung der Senecan Föderation.«

Ihr Gesicht verzog sich zu Navick hin. »Ich weiß das. Wir wollten es euch erzählen. Warum zum Teufel legt ihr ihm Handschellen an?«

»Du weißt es? Alexis, du hast einen senecanischen Operativ ins Hauptquartier gebracht? Wie konntest du nur!«

Sie wirbelte zu ihrer Mutter herum. »Weil er keine Bedrohung für—«

»Keine Bedrohung? Wie leichtgläubig musst du—«

Er ignorierte ihr Geschrei, um Navicks Starren direkt zu begegnen. »Ich entschuldige mich für die Täuschung, aber ich bin nicht hier, um der Allianz in irgendeiner Weise zu schaden. Ich bitte Sie, geben Sie mir zwei Minuten Ihrer Zeit. Ich bin—«

»Leichtgläubig? Du bist diejenige, die auf diese dumme Farce von einem Krieg hereingefallen ist. Wir versuchen, eure Ärsche zu retten und die von allen anderen dabei—«

»Du weißt nichts über die militärische Situat—«

»—hier, um um Ihre Hilfe zu bitten.«

Der Blick des Mannes schwankte und Unsicherheit blitzte in seinen Augen auf, so schnell, dass sie fast verschwunden war, bevor sie erschienen war.

»Richard, schaff ihn jetzt aus meinem Büro.«

Navick blickte zu Alex' Mutter, bevor er zu ihm zurückkehrte. »Dann werden Sie den Richter um Hilfe bitten müssen. Hier werden Sie sie nicht finden.« Er bedeutete den Wachen. »Bringt ihn zur Haftanstalt.«

Er leistete keinen Widerstand, als sie ihn zur Tür hinausmanövrierten. Er hätte kämpfen können und sehr wahrscheinlich gewonnen – diesen Kampf zumindest –, aber es schien kein gutes langfristiges Spiel zu sein.

»Richard, was machst du? Würdest du mir für eine gottverdammte Sekunde zuhören? Er ist nicht—«

Die Tür schloss sich hinter ihm und dämpfte den Rest von Alex'
Bitte. Einen Moment später blitzte ein Impuls in sein Sichtfeld.

Ich komme so schnell wie möglich zu dir

Obwohl er wusste, wohin er vermutlich gebracht wurde, sollte
es für sie unmöglich sein, das zu tun, aber er hatte gelernt, sie nicht
zu unterschätzen.

Stattdessen entschied er sich, ihr zu glauben.

* * *

»Warum hast du das getan! Ich habe ihn gebeten, mit mir hierher
zu kommen. Wir wollen diesem dummen khrenovuyu Krieg ein
Ende setzen und—«

Ihre Mutter starrte sie mit einer kalten Feindseligkeit an, die sie
seit… oh, zwanzig Jahren oder so nicht gesehen hatte. »Hast du eine
Ahnung, was du getan hast? Von Rechts wegen solltest du verhaftet
und als Komplizin angeklagt werden – als Verräterin. Wenn du
jemand anderes als meine Tochter wärst, würdest du es werden.«

Sie weigerte sich, eingeschüchtert zu werden; sie war zu verdammt wütend, um es trotzdem zu sein. »Ich bin keine Verräterin
und er auch nicht. Wir versuchen zu verhindern, dass ihr unsere
beste Chance ruiniert, diese Außerirdischen zu besiegen.«

Richard räusperte sich. »Miriam, vielleicht sollten wir—«

Ihrer Mutter Hand krachte auf ihren Schreibtisch. »Wir befinden
uns im Krieg. Mir ist klar, dass dir ein angemessenes Konzept
davon fehlt, was das bedeutet, aber es bedeutet ganz sicher, dass
man keinen Spion für den Feind in mein Büro bringt!«

Die Frau mochte schwer zu provozieren sein, aber es schien,
Alex hatte ihren Bruchpunkt gefunden. Sie suchte nach einem
sympathischeren Publikum. »Richard, woher wusstest du es?«

Ein verwirrter Ausdruck kam über sein Gesicht. »Eine Kopie

seiner internen Personalakte der Senecan Intelligence Division kam vor ein paar Minuten in meinen Comms an. Anonyme Quelle.«

»Ernsthaft? Ist das nicht etwas seltsam?« Wer wusste, dass Caleb hier war? Sein Boss Volosk vielleicht? Sie war sich nicht sicher, wie viel Caleb ihm offenbart hatte. Und woher wusste jemand, die Informationen an Richard zu senden? Außerdem, warum?

Er zuckte mit den Schultern. »Sicher, aber spielt es eine Rolle, woher sie kamen?«

»Ja, es spielt eine Rolle, weil es viele verdächtige Dinge um diesen ‚Krieg' gibt.« Sie kniff die Nasenwurzel in einem vergeblichen Versuch, die nahenden Kopfschmerzen abzuwehren. »Hört zu, wir hatten vor, es euch zu erzählen. Ich wollte nur zuerst ein paar Punkte bezüglich der Außerirdischen abdecken.« Ihr Blick huschte zwischen den beiden hin und her. »Es tut mir leid, dass wir euch getäuscht haben, aber es war notwendig, um durch die Tür zu kommen.«

Richard gab ihr ein kleines Lächeln. Miriam nicht, aber ihr Starren milderte sich von irgendwo um den absoluten Nullpunkt zu einer bloßen eisigen Kälte. »Ich glaube, du dachtest, du würdest das Richtige tun. Du bist keine Fachfrau. Du wurdest von einem gutaussehenden, manipulativen Mann hereingelegt – du hattest schon immer eine Schwäche für die verwegenen – und hast einen Fehler—«

»Wage es nicht.«

»Ich wollte nur—«

»Wenn du noch einmal diesen herablassenden Ton mit mir anschlägst, schwöre ich, ich gehe jetzt sofort hier raus und du wirst mich nie wieder sehen.«

Der gusseiserne Zicken-Modus schwankte. Miriams Augen huschten zu Richard, dann zum Fenster. Schließlich nickte sie fast unmerklich. Fast.

Alex lächelte dünn, ihre Stimme angespannt unter der Anstrengung, sie gleichmäßig zu halten. »Calebs Status beiseite gelassen, kehren wir zur Außerirdischen-Armee zurück. Wir können wenigstens etwas dagegen tun, hoffe ich. Muss ich meinen Bericht dem Vorstand vorstellen? Jemand anderem?«

»Die wissenschaftlichen Berater des Boards studieren den Bericht noch« – ihre Mutter hob eine Hand, um den Einwand abzuwehren – »aber sie sollten heute Abend fertig sein. Ich bin sicher, sie werden seine Wahrhaftigkeit bestätigen, woraufhin er an die Board-Mitglieder weitergeleitet wird. General Alamatto möchte, dass du deine Erkenntnisse morgen Nachmittag präsentierst.«

»Morgen. Nachmittag.«

»Ja. Ein Meeting ist für 1500 angesetzt. Sein Hauptgeschäft wird natürlich der Krieg sein, aber du bist vorläufig auch für eine Präsentation eingeplant.«

»Du verstehst, dass ich mit praktisch rücksichtsloser Geschwindigkeit hierher gerast bin, ohne Schlaf zu bekommen, während ich an dem verdammten Bericht gearbeitet habe, alles damit ich diese Informationen sofort vor Leute bringen konnte, die wichtig sind?«

»Ja, ich verstehe es. Wenn es nach mir ginge, würden wir uns jetzt treffen. Schwierige Entscheidungen liegen vor uns und je früher wir mit ihnen anfangen, desto besser.«

»Gut. Morgen. Was kann ich jetzt tun? Kann ich mit diesen ‚Beratern' sprechen? Ich stelle mir vor, sie sind ziemlich gebildet und so weiter, aber verzeih mir, wenn ich skeptisch bezüglich ihres Verstands bin. Wer ist—«

»Es gibt nichts, was du tun musst. Die Angelegenheit ist gut in der Hand.«

Sie dachte an Caleb, über Nacht eingesperrt in... sie musste herausfinden, wohin die MPs ihn gebracht hatten. »Dann, wenn das Vorstand ‚wissenschaftliche Berater' hat und alle den

Bericht bekommen, muss ich überhaupt präsentieren? Ich habe sichergestellt, dass die Zusammenfassung von Laien verstanden werden kann und, verdammt, sogar von Bürokraten. Ich bin mir nicht sicher, was meine Anwesenheit wirklich hinzufügt.«

»Es verwandelt eine sterile Datendatei in etwas Reales. Deine Leidenschaft kann sie überzeugen, wenn Visuals es nicht können – aber nicht zu viel Leidenschaft, bitte? Es wird kontraproduktiv sein, wenn du eine Szene verursachst. Und denk nicht mal daran, deine wilden Ideen bezüglich des Krieges zu erwähnen, oder du wirst dich wahrscheinlich gewaltsam aus dem Meeting entfernt wiederfinden.«

»Ich werde es in Betracht ziehen.« Sie versuchte, Caleb zu pulsen, um ihn zu warnen, dass sie eine Weile brauchen könnte, aber es prallte ab. Sie schickte eine Nachricht… die prallte ab. Großartig.

»Nun, wenn es nichts für mich zu tun gibt, sollte ich aus eurem Weg gehen. Ich stelle mir vor, ihr habt einen unsinnigen, schwachsinnigen Krieg zu führen oder so etwas. Richard, begleitest du mich hinaus?«

Er nickte, obwohl er abgelenkt schien. »Sicher.«

»Alexis?«

Sie blickte zu ihrer Mutter zurück, eine Augenbraue fragend erhoben.

»Ich bin froh, dass du sicher zurückgekommen bist.«

Du hast keine Ahnung. Sie ging ohne zu antworten und wartete auf Richard auf der anderen Seite der Tür.

Er verzog das Gesicht, als die Tür sich hinter ihm schloss. »Alex, es tut mir—«

»Lass uns warten, bis wir draußen sind.« Er runzelte die Stirn, aber folgte. Er hatte wahrscheinlich nicht vor gehabt, sie den ganzen Weg zu ihrem Fahrzeug zu begleiten, aber sie bedeutete ihm, vor ihr in den Lift zu steigen. Sobald er in Bewegung war, trat sie näher zu ihm, ihre Stimme leise.

»Du bist ein intelligenter, rationaler, vernünftiger Mann. Ich brauche dich, um mir mit offenem Geist zuzuhören, okay?« Er protestierte nicht, also fuhr sie fort. »Du weißt, dass ich keine besondere Liebe für Seneca empfinde, und warum. Aber wir – ich – glaube, sie hatten nicht vor, den Handelsminister zu ermorden, und sie hatten absolut nicht vor, einen Krieg zu beginnen. Nun—« sie bedeutete seinem Einwand zu schweigen, als der Lift am Parkplatz anhielt »—wir haben den Angriff auf Palluda nicht angeordnet, oder?«

Das Flackern in seinen Augen war die ganze Antwort, die sie brauchte. »Das dachte ich mir nicht. Richard, dieser Krieg ist eine Falle. Nun, vielleicht ist es, weil jemand beenden will, was vor über zwei Jahrzehnten begonnen wurde, oder vielleicht ist es... vielleicht ist es etwas Schlimmeres. Ungeachtet des Grundes dafür wird das Ergebnis sein, alle unsere Kräfte zu teilen und zu schwächen, uns exponiert und verwundbar zu lassen, wenn diese Außerirdischen angreifen. Wir müssen über die Täuschung hinaussehen und zusammenarbeiten.«

Sie erreichten ihren Skycar und er drehte sich zu ihr um. Er trug einen beunruhigten Ausdruck, einen, den sie selten von ihm gesehen hatte. »Verstehst du, was du verlangst? Das ist nicht irgendein kleiner Seitenkonflikt. Das ist die echte Sache. Wir können nicht einfach Händchen halten und uns küssen und uns versöhnen. Und wie würden wir überhaupt anfangen, irgendeine Art von Täuschung oder Betrug zu beweisen?«

»Das ist es, was wir euch erzählen wollten. Calebs Vorgesetzte denken, wenn sie die Details der Ermordung des Handelsministers untersuchen könnten, könnten sie möglicherweise beweisen, dass sie nicht von dem Mann begangen wurde, der angeklagt ist.«

»Senecan Intelligence weiß genauso viel über die Ermordung

wie wir. Wenn sie bis jetzt keinen Weg gefunden haben, es zu beweisen...«

»Sie haben nicht seine Leiche. Sie haben nicht die medizinischen Details darüber, wie er gestorben ist.«

Er rollte die Augen zum Himmel und ging in einem engen Kreis. »Alex, du kannst nicht erwarten, dass wir den Senecanern Santiagars Leiche geben.«

»Und das tue ich nicht. Aber eure medizinischen Leute haben eine Autopsie durchgeführt und den Cybernetics-Dump analysiert, nicht wahr? Es ist möglich, dass es Informationen in diesen Befunden gibt, die ihr nicht als wichtig erkennen würdet, aber die für sie ein Hinweis sein könnten, richtig?«

Er zog eine Hand über sein Gesicht. Ein schwerer Seufzer entwich darunter... dann blickte er wieder zu ihr, und sie wusste, dass sie verloren hatte. »Es tut mir leid, aber ich kann nicht. Ich besitze vielleicht eine moderate Menge an Macht, aber nichts nahe der Macht, die nötig wäre, um zu tun, was du vorschlägst.«

Verdammt. »Nun, kannst du wenigstens Caleb freilassen? Er hat nichts Falsches getan.«

»Er hat sich Zutritt zum Strategisches Kommando Headquarters unter falschem Namen und falschen Vorwänden verschafft. Er ist ein feindlicher Kombattant nach jeder Definition.«

»Er tat es nur auf meine Bitte hin – mein Bestehen.«

»Was ihm nicht hilft und dir schadet. Ich versuche, dieses Argument zu vertreten, und du wirst verhaftet, egal wer deine Mutter ist.«

Verdammt. Sie kontrollierte schnell ihren Ausdruck. Wenn er nicht helfen würde, sollte sie ihm nichts Weiteres offenbaren. Sie lächelte mit so viel Wärme, wie sie aufbringen konnte, und umfasste seine Hände mit ihren. »Okay. Danke fürs Zuhören. Was werden sie mit ihm machen?«

»Er ist vorerst in einer Zelle im Sicherheitsgebäude. Ein Richter wird seinen Status in ein paar Tagen bestimmen, aber ich stelle mir vor, er wird als Kriegsgefangener eingestuft und in das Militärgefängnis in San Francisco verlegt.«

»Ich verstehe. Nun fürchte ich, ich muss nach Hause gehen und mich auf diese Präsentation morgen vorbereiten. Pass auf dich auf, ja?«

»Hör zu, ich bin nicht unsympathisch gegenüber deiner Position. Ich wünschte, ich könnte helfen.«

»Ich weiß. Nur... nun, es spielt keine Rolle.« Sie kletterte ins Auto, bevor sie noch mehr preisgab.

Sie spürte seinen Blick, der ihr folgte, als das Auto aufstieg und vom Parkplatz wegbankte, aber ihr Fokus hatte sich bereits nach innen gewandt.

Sie hatte viel Arbeit zu tun.

42

ERDE

SEATTLE

»Es ist gut, dass du mir Bescheid gegeben hast, dass du auf der Erde warst, als du es getan hast. Ich war eine halbe Stunde davon entfernt, den Transport zurück nach Erisen zu nehmen.«

Alex umarmte Kennedy herzlich und ließ sich dann in den Stuhl ihr gegenüber gleiten. Der Tisch am Fenster, hoch über der Innenstadt von Seattle, offenbarte ein Meer glitzernder Lichter vor dem Nachthimmel, aber ausnahmsweise war sie fast zu abgelenkt, um es zu bemerken. »Du hättest nicht den ganzen Weg hierher kommen müssen nur für ein schnelles Abendessen. Ich wünschte, ich hätte mehr Zeit.«

Kennedy schnaubte und schenkte ein Glas aus der bereits geöffneten Weinflasche ein. »Sei nicht lächerlich. Ich sehe dich ja kaum, wie es ist.« Sie musterte Alex und runzelte die Stirn. »Und du siehst gestresst aus, also fang an zu trinken.«

Alex nahm einen langen Schluck des Weins. »Ich hatte eine Höllenwoche.«

»Erzähl.«

Sie seufzte und entspannte sich etwas in dem Stuhl. »Mal sehen. Ich geriet in eine Raumschlacht, sprengte das andere Schiff in die Luft, stürzte halb auf einen unbewohnbaren Planeten mitten im Nirgendwo ab, rettete den Piloten, hielt ihn gefangen—«

»Ooh, *ihn*? Das klingt aufregend.«

»Ja, nun. Also reparierten wir mein Schiff und—«

»Warte, ,wir'? Ich dachte, er war dein Gefangener?«

»War er. Dann war er es nicht. Dann war er irgendwie…«

Ihre Augen leuchteten vor Vergnügen auf. »Wie war er?«

»Ken, ich habe nicht mit ihm geschlafen.«

»Warum nicht?«

»Weil ich nicht mit jedem gutaussehenden Fremden schlafe, der meinen Weg kreuzt.«

»Also ist er gutaussehend?«

Sie biss sich auf die Unterlippe und nahm einen weiteren Schluck, um das Ausmaß ihres Grinsens zu verbergen. »Oh ja. Würdest du mich jetzt meine Geschichte zu Ende erzählen lassen? Es ist wichtig.«

Kennedy winkte in ihre Richtung und lehnte sich zurück, als der Kellner ihre Vorspeise brachte.

Sie wartete, bis der Kellner gegangen war, bevor sie fortfuhr. »Also reparierten wir mein Schiff und gingen, um einige seltsame Messwerte zu untersuchen, die aus dem Zentrum des Metis-Nebels kamen—und fanden eine Alienarmee, die sich für eine Invasion sammelte.«

Ihre beste Freundin starrte sie mit ausdruckslosem Gesicht an. »Das ist nicht lustig. Du warst nie gut darin, Witze zu erzählen, das weißt du.«

»Es ist kein Witz.«

Vielleicht den todernsten Ausdruck in Alex' Gesicht erkennend, wuchs ein Stirnrunzeln auf ihren Lippen. »Aliens? Wirklich?«

»Wirklich.«

»Nun, bist du sicher, dass sie einmarschieren? Ich meine, vielleicht schauen sie einfach vorbei, um ‚Hallo' zu sagen?«

Sie wagte es nicht, ein Aural zu zeigen, wo andere es sehen könnten; sie schickte stattdessen eines der Visuals. »Was denkst du?«

Auf der anderen Seite des Tisches weiteten sich Kennedys Augen beträchtlich vor wachsendem Entsetzen. Das Blut wich aus ihrem Gesicht und ließ ihre gebräunte Haut blass werden. »Mein Gott… Alex, das…« Sie schluckte schwer. »Was unternehmen wir dagegen?«

»Das bleibt abzuwarten. Der Wissenschaftsberater des Premierministers ‚überprüft' das Material. Der EASK-Vorstand ‚überprüft' das Material. Ich schreie sie morgen an.«

»Scheiße, wenn sie keine Maßnahmen ergreifen, solltest du das an die Medien durchsickern lassen.«

»Und eine galaktische Panik auslösen? Ich bin nicht sicher, ob das eine großartige Idee ist. Der Durchschnittsbürger kann nichts gegen diese Art von Bedrohung tun. Das Militär ist das einzige, das handeln kann.«

Sie runzelte wieder die Stirn, tiefer als zuvor. »Du sagtest, sie sind im Metis-Nebel? Die Senecaner sind uns viel näher als wir. Sollten sie vielleicht gewarnt werden? Mir ist klar, dass wir anscheinend wieder aus irgendeinem Grund im Krieg mit ihnen sind, aber…«

»Es ist okay. Sie wissen es bereits.«

»Du hast es geschafft, diese Information an die senecanische Regierung zu bringen? Beeindruckend, sogar für dich.«

»Nicht genau. Mein, äh… der Typ… ist Senecaner… » ihre Stimme verlor sich »…Intelligence.«

Kennedys Mund fiel auf. »Oh mein Gott, das ist besser als einer dieser Intrigen-Liebesromane.«

»Ken, es ist kein Liebesroman.«

»Mmhmm. Also wo ist er jetzt? Ist er hier? Kann ich ihn treffen?«

Sie verzog das Gesicht und stopfte sich einen Bissen Escargot in den Mund. »Er ist im Gefängnis drüben bei EASK Security Detention...«

»Du hast ihn verraten?«

»Nein, ich habe ihn nicht verraten. Seine Tarnung ist aufgeflogen.«

»Verdammt. Was wirst du tun? Wirst du ihn dort lassen?«

»Nein—nun, im Moment ja, weil sicherzustellen, dass das Militär seinen Arsch hochbekommt und sich für diese Aliens bereit macht, wichtiger ist. Aber das bringt mich zum eigentlichen Punkt der Geschichte. Ich meine, abgesehen davon, dich zu warnen, dass es eine bevorstehende Alieninvasion gibt, von der niemand weiß.«

»Was wäre das?«

»Ist Claire noch in San Francisco?«

Kennedy lehnte sich in ihrem Stuhl zurück und verschränkte die Arme vor der Brust. »Was lässt dich denken, dass ich weiß, wo sie ist?«

Alex verdrehte die Augen und warf einen Blick über den Tisch. »Ist Claire noch in San Francisco?«

Sie stieß einen Atemzug durch zusammengepresste Lippen aus. »Ist sie.«

»Weißt du, wie man mit ihr in Kontakt kommt?«

»Ich... weiß es. Aber nicht, um sie zu benutzen oder zu beschaffen... was auch immer sie anbieten könnte. Ich nur, nun, es schadet nie, mit ehemaligen Bekannten und potenziellen zukünftigen Ressourcen in Kontakt zu bleiben. Darf ich fragen, warum du sie kontaktieren musst?«

»Weil ich eine verdammt gute Spoofing-Routine brauche und keine Zeit habe, selbst eine zu schreiben.«

Kennedys Stirn runzelte sich einen Moment—dann dämmerte die Erkenntnis. »Oh... ich verstehe. Er muss wirklich etwas Besonderes sein.«

»Das ist es nicht. Es ist meine Schuld, dass er verhaftet wurde. Ich war diejenige, die ihn gebeten hat, mit mir hierher zu kommen, und ich habe ihn direkt ins EASK-Hauptquartier geschleppt. Er mag für was auch immer sie sind arbeiten—es klingt absurd, die Senecaner den ‚Feind' zu nennen, wenn ein echter Feind in den Kulissen lauert—aber er hat nichts Falsches getan. Ich kann ihn nicht in einer Gefängniszelle verrotten lassen.«

»Weil du ein anständiger Mensch bist, auch wenn du es nicht gerne zugibst. Trotzdem... er muss wirklich etwas Besonderes sein.«

Alex lächelte nur.

43

WELTRAUM, NORD-ZENTRAL-QUADRANT

GRENZE DES SENECAN FÖDERATION-RAUMS

Die erste wahre Schlacht des Zweiten Crux War wurde, vielleicht nicht überraschend, im Weltraum über Desna ausgetragen.

Eine kleine Allianz-Kolonie in Rufweite des Senecan Föderation-Territoriums, hatte sie keine echte Wirtschaft jenseits dessen, was notwendig war, um ihre Bevölkerung im täglichen Leben zu erhalten. Vor siebenundzwanzig Jahren gegründet, existierte sie weiterhin hauptsächlich als stille Linie im Sand, die zukünftige Expansion der Föderation in Richtung Erde und der First Wave-Welten blockierte.

Die 2nd Brigade des Erdallianz NE Regional Command fing den 3rd Wing der Senecan Föderation Southern Fleet ab, als er die offiziell bezeichnete Pufferzone am Rand des Föderation-Raums durchquerte. Allianz NE Regional Commander Admiral Christopher Rychen bewertete ihre Position als zu nah an Desnas System – aber es war zweifellos eine orchestrierte Begegnung.

Commander Morgan Lekkas' Staffel von zehn Senecan-Jägern war die erste, die den Träger *SFS Catania* des 3rd Wing verließ, nachdem sie über die sich nähernde Streitmacht alarmiert worden war. Ihre anfänglichen Direktiven waren, alle Angreifer, Drohnen und Raketen anzugreifen und/oder abzulenken, während die Fregatten in Kampfformation manövrierten und die anderen beiden Jägerstaffeln ihre Positionen einnahmen.

Die Koordinaten, Geschwindigkeit, Peilung, Waffenstatus und körperliche Verfassung jedes der neun Jäger unter Morgans Kommando wurden alle achtzig Millisekunden auf einem von vier Whispers angezeigt und aktualisiert, die in ihr Sichtfeld projiziert wurden. Ihr Team war um zwei Schiffe reduziert, die in der Arcadia-Offensive verloren gegangen waren. Sie würden erst in einer weiteren Woche ersetzt werden... aber die Schlacht war jetzt.

»Schwarm auf mein Zeichen. Zwei... eins... Zeichen.«

Für das ungeübte Auge könnte ein Schwarmmanöver weit mehr Chaos als jede organisierte Strategie ähneln. Tatsächlich stellte es ein höchst präzises und effizientes Muster über jedes Raumgitter dar. Die Bewegungen jedes einzelnen Schiffs erschienen zufällig und nahezu unmöglich vorherzusagen; zusammen boten sie totale Abdeckung des bezeichneten Gebiets.

Der zweite ihrer Whispers zeigte alle feindlichen Schiffe innerhalb von fünfhundert Megametern. Da ihr die tiefe Integration fehlte, die sie mit ihrer Staffel genoss, aktualisierte sich diese Anzeige nur alle 0,8 Sekunden.

Drei winzige Punkte blitzten auf. »Drohnenstart, N 38.04°z-10.15 E. Flight 3 angreifen.«

Angriff läuft.

Vier Sekunden später – *Runter. Runter.* Eine Pause. *Runter.*

Sie konnte die kleinen Explosionen auf dem Whisper natürlich sehen, aber es baute Stolz und Vertrauen für Piloten auf, ihre Erfolge zu verkünden, und sie ermutigte es.

Zwei größere Punkte erschienen. Allianz-Fregatten; sie würden die vordere Flanke darstellen.

Ein Meer roter Lichtpunkte fächerte sich von den Fregatten aus. »Sechzehn Raketen unterwegs. Angreifen.«

Schneller, als sie zu sprechen imstande war, wies sie jedem Jäger eine Rakete basierend auf Nähe und Flugbahn zu. Das ließ sechs freie Raketen übrig – aber eins nach dem anderen.

Der Schwarm löste sich in präzise, gerichtete Bewegungen auf. Ihre primäre Aufmerksamkeit wandte sich ihrer eigenen Rakete zu, die über den durchscheinenden Bildschirm verfolgte, der ihr Sichtfenster überlagerte. Sie neigte sich in einem kontrollierten Gleiten nach rechts, bis ihre gesamte Länge im Fadenkreuz zentriert war.

Zielerfassung. Feuer.

»Runter.«

Fünf Raketen waren nun zerstört worden. Sie bewegte sich zur nächstgelegenen freien.

Verfolgen. Fallen lassen. Umkehren. Zielerfassung. Feuer.

»Runter.«

Epsilon erledigte eine zweite Rakete. Zwölf runter – und vier waren durch ihr Netz gelangt.

»Command, vier Raketen frei.«

Verstanden.

Der dritte Whisper zeigte strategisch relevante Informationen von den anderen beiden Staffelführern, den Kapitänen der zehn Fregatten (ebenfalls um zwei nach Arcadia reduziert) und dem Kommandeur der Catania, Commodore Pachis.

2nd Staffel (Verteidigung) greift an.

Sieben Sekunden später – *Alle Raketen zerstört.*

Die Angreifer erwarteten wahrscheinlich nicht, dass irgendeine der Raketen bis zum Einschlag überleben würde. Es war lediglich eine Eröffnungssalve, entworfen um zu beschäftigen und abzulenken. Und zu einem gewissen Grad funktionierte es. Drei Stealth-

elektronische Störschiffe hatten sich durch die äußere Vertei-
digungslinie geschlichen und begannen, die Zielware mehrerer
Senecan-Schiffe zu stören.

Kampfformation aktiv. Primäres Gefecht beginnen.

»Belästigung auf mein Zeichen. Zwei... eins... Zeichen.«

Es war die Aufgabe der 1st Staffel, die frontale Streitmacht der
Allianz-Jäger anzugreifen, und der 2nd Staffel, Verteidigungspatrou
ille um den Träger und die hinteren Fregatten zu fliegen. Es war die
Aufgabe von Lekkas' Staffel, Chaos hinter den Linien und an den
Rändern zu schaffen, Außenseiter zu jagen und Gelegenheiten zu
nutzen, während sich die Schlacht über Megameter des Weltraums
ausbreitete.

Obwohl sie weiterhin den Status jedes der Schiffe unter ihrem
Kommando überwachte, gewannen die einzelnen Piloten nun
zu einem großen Teil Bewegungs- und Entscheidungsfreiheit,
vorbehaltlich der Führung durch die Flight-Primärs.

Sie diente auch als Primär von Flight 1. »Unser Ziel ist Allianz-
Fregatte Peilung N 24.51°z18.06 E. Waffen und Triebwerke.«

Hinter die feindlichen Linien zu schlüpfen war keine einfache
Angelegenheit. Sie besaßen robuste Dämpfungsfelder, aber die
Felder störten die Zielerfassung und stellten ein Hindernis beim
Feuern dar. Daher war ihre bevorzugte Taktik, das Feld zu
aktivieren und weit außen und tief zu schwenken, um durch
die äußeren Allianz-Verteidigungen zu gelangen, das Feld zu
deaktivieren und die Wendigkeit ihres Schiffs zu nutzen, um
Zerstörung zu vermeiden, während sie mehrere schnelle Treffer
landete, dann wieder zu verschwinden.

Ihre Geschwindigkeit, Flugbahn und Schiffsvitalwerte leuchteten
hell im vierten Whisper. Für einen Moment, jenseits davon,
existierte nur die Schwärze des Weltraums, erleuchtet von den
Sternen außerhalb ihres Cockpits und dem schwachen Schimmer

einer Sonne hinter ihr, als sie sich im nahen freien Fall fallen ließ.

* * *

Die Wendigkeit und Manövrierfähigkeit, die Commander Lekkas' Staffel zu ihrem Vorteil inmitten der Allianz-Flotte nutzen würde, war weit weniger ein Vorteil im direkten Weltraumkampf. Ohne Hindernisse zum Ausweichen oder Atmosphäre zum Bekämpfen war die leichte Konstruktion der Senecan-Jäger von marginalem Wert gegen die zäheren, robusteren Allianz-Jäger. Selbst schnelle Manövrierfähigkeit konnte Plasmawaffen nicht entkommen, die einmal erfasst Bewegungen bis zu 0,6 Lichtgeschwindigkeit verfolgen konnten. Die 1st Staffel kämpfte hart, erlitt aber schnell schwere Verluste an den Frontlinien.

Das Feuer massiver Plasmakanonen auf beiden Seiten erleuchtete das Schlachtfeld, traf sich zeitweise mitten im Bogen in gewaltigen Lichtexplosionen. Obwohl besser geschützt als die Jäger, waren Senecan-Fregatten immer noch leichter und wendiger als ihre Allianz-Gegenstücke. Aber die Allianz-Schiffe waren Arbeitstiere und außerordentlich schwer zu zerstören.

Schlimmer noch, die Allianz war vorbereitet gekommen. Nachdem sie die Größe des nach Arcadia gesandten Kontingents zur Kenntnis genommen hatte, waren Admiral Rychens Streitkräfte in voller Stärke angekommen. In der Zeit, die Senecan-Schiffe brauchten, um eine Allianz-Fregatte zu zerstören, wurden zwei Senecan kampfunfähig gemacht oder zerstört – und die Allianz hatte von vornherein mehr.

Für diese Schlacht, in diesem Raum und unter diesen Umständen war das Ergebnis fast unvermeidlich, bevor es überhaupt begonnen hatte.

Lekkas tat mehr als die meisten, um zu versuchen, die Chancen auszugleichen. So nah unter dem Rumpf einer Fregatte hinweggleitend, dass sie das Schimmern ihres Plasmaschilds deutlich sehen konnte, beschleunigte sie an der Heckwaffenanlage vorbei und drehte sich um 180°.

Ziel. Zielerfassung. Feuer.

Die Anlage zerbrach in einem Ausbruch von Flammen und freiem Plasma. Sie war bereits weg, ein Anflug eines Lächelns zupfte an ihren Lippen. Das Impulstriebwerk war ihr nächstes Ziel.

Das Impulstriebwerk einer Fregatte war zu stabil gebaut, um leicht durch kleine Pulslaser-Waffen zerstört zu werden – aber mit konzentriertem Feuer konnte es kampfunfähig gemacht werden. Sie traf ihre Flight-Mitglieder unter dem Heck des Schiffs für einen kurzen, gerichteten, koordinierten Angriff. Sie hatten 3,4 Sekunden, bevor Allianz-Reservejäger ankommen würden, um sie zu vernichten. In 3,3 Sekunden wechselte das Leuchten des Impulstriebwerks von blassblau zu feurigem Orange in einer unaufhaltsamen Kettenreaktion, die bald zu einer kritischen Überladung führen würde – und sie verschwanden.

Lekkas und ihr Team machten die Waffen kampfunfähig und beschädigten teilweise oder vollständig die Triebwerke von zusätzlichen drei Fregatten sowie vier elektronischen Kriegsführungsschiffen, bevor Commodore Pachis den Rückzug signalisierte. Während sie wahrscheinlich durch ihre Aktionen eine Anzahl von Soldatenleben retteten, änderten sie letztendlich nicht das Ergebnis der Schlacht.

Der 3rd Wing der Senecan Föderation Southern Fleet kam mit zehn Fregatten an und verließ den Ort mit dreien. Sechzehn von sechsundzwanzig Jägern überlebten, aber die relativ hohe Überlebensrate war allein der Tatsache geschuldet, dass Commander Morgan Lekkas' Staffel kein einziges Schiff verlor.

44

ERDE

SAN FRANCISCO

Ein schwerer, feuchter Nebel hüllte die Straßen ein, so weit das Auge reichte. Was, da es 01:00 Uhr war und der bereits erwähnte Nebel herrschte, nicht besonders weit war.

Die Straßenlaternen verliehen dem Nebel einen verwaschen champagnerfarbenen Schimmer und schufen eine Aura unheimlicher Jenseitigkeit. Um diese Jahreszeit hüllte der Nebel das Outer Sunset District und Ocean Beach Tag und Nacht ein, nur gelegentlich kurz aufklarend, nachdem eine Sturmfront durchgezogen war.

Alex spürte, wie sich die Feuchtigkeit auf den feinen Härchen ihrer Arme niederschlug. Die Nachtluft war kalt wie die Hölle, aber sie hatte sich entsprechend kleiden müssen. Ein tiefroter Camisole aus Gossamer-Glasfasern, der bis zu ihrem Nabel reichte; schwarze Lederhosen klebten tief an ihren Hüften, während sie die Taraval hinuntereilte. Es war jetzt noch später, und sie hatte noch viel zu tun.

Der Club lag fast am Strand, und sie konnte die Brandung gegen das Ufer krachen hören. Das weckte Erinnerungen... Erinnerungen, für die sie keine Zeit hatte. Sie schob sie beiseite und fand die unmarkierte Tür unter einem der renovierten viktorianischen Reihenhäuser.

Die Musik überfiel ihre Ohren, als sie die Treppe hinabstieg. Reiner Synth – kein Beat und keine Lyrics, nur eine konstante Welle komplexer Tonalitäten, die darauf ausgelegt waren, Geist und Körper in einen Zustand offener Entspannung zu versetzen. Drinnen war es wenigstens wärmer, obwohl sie vermutete, dass es bald zu feucht werden würde.

Der Lagerraum erschien pechschwarz bis auf vage Schatten sich bewegender Körper und die neongemalte sensorische Adresse, die nahe der Decke schwebte. Mit einem Seufzer griff sie darauf zu. Sie würde ihren Weg im Dunkeln nie finden.

Das Overlay schimmerte zum Leben. Sterne materialisierten unter ihren Füßen und der kühle Schein eines blassgrünen Nebels im Raum um sie herum. Ein Dreifachsternsystem drehte sich in der Luft über ihr, Kometen tanzten fröhlich zwischen ihnen in konzentrischen Umlaufbahnen.

Sie würde niemandem den Spaß verderben, aber selbst ein vollsensorisches Overlay kam nicht annähernd an das Echte heran.

Männer und Frauen tanzten in der Mitte des Raums in langsamen, schwermütigen, sinnlichen Bewegungen zur Synth-Musik oder gelegentlich zu ihrem eigenen Rhythmus. Andere lehnten an der Wand, verloren in Kopfreisen. Kleine Gruppen bildeten Kreise, jeder lehnte sich an den anderen, um stehen zu bleiben, während sie sich in Gruppen-illusoires engagierten, die zweifellos in fantastischen Welten spielten. Ein paar Paare betasteten sich in den schattigen Ecken. Ein paar machten mehr.

Alex. Die verlorene Tochter kehrt zurück. Du findest mich auf dem Balkon.

Ihre Augen suchten den Raum ab, bis sie den Umriss eines Überhangs hoch über dem hinteren Teil der Tanzfläche ausmachte. Sie schlängelte sich durch die Menge, von denen die meisten sie nicht bemerkten. Bei der Empfindung einer Hand, die über ihren unteren Rücken fuhr und in ihre Hose tauchte, hielt sie jedoch inne, um einem stämmigen jungen Mann beiläufig das Knie in die Eier zu rammen, dann weiterzugehen.

Der Balkon war fast so überfüllt wie der Boden darunter – aber Claire Zabroi war schwer zu übersehen.

Nicht wegen des kurz geschnittenen, pechschwarzen stacheligen Haars oder der hauteng anliegenden weißen Lederhosen und Tunika. Nein, Claire war schwer zu übersehen, hauptsächlich wegen des ganzkörperlichen Netzwerks safranfarbener glyphs. Sie wirbelten oder verschlangen sich nicht sanft wie die meisten glyphs, um gleichzeitig als Tattoo-Kunst zu dienen. Stattdessen imitierten sie die komplizierten Muster einer Platine, alle geraden Linien und harten Winkel. Sie wanden sich ihren Hals hinauf, um entlang ihres Kiefers zu verlaufen und hinter ihren Ohren zu verschwinden, wodurch ihr Gesicht der einzige sichtbare Teil ihres Körpers blieb, der nicht tätowiert war.

Sie hatte eine Frau an einem Arm und einen Drink in der anderen Hand, aber beim Anblick von Alex zog ein Lächeln an ihren Lippen. Sie stieß die Frau weg und deutete auf einen Tisch in der Ecke. Alex schnappte sich einen Cocktail vom Tablett eines Kellners auf dem Weg hinüber.

Claire begrüßte sie mit einer geschmeidigen Umarmung. »Alex, Babe. Es ist viel zu lange her. Womit unterhältst du dich denn heutzutage?«

»Oh, ich komme schon klar.« Sie glitt in den Stuhl ihr gegenüber. Claire war aus einer ganz anderen Zeit ihres Lebens. Eine Zeit nach der Universität, als sie, befreit von den Strapazen des Studiums und einem Praktikum, das interessant genug war, aber kaum die Stunden füllte, sie und Kennedy sich in The City by the Bay wiederfanden, jung und ledig, mit Geld, Freiheit und wenigen Verantwortlichkeiten.

Sie hatten bald Ethan kennengelernt, dann Drake und Alice, und durch Alice, Claire. Claire war eine Hedonistin, Adrenalinjunkie und gelegentliche chimeral-Dealerin. Aber vor allem war Claire eine Hackerin – und nicht deine durchschnittliche Hackerin.

Obwohl es nicht viele Leute wussten – das heißt, sie war bisher nicht erwischt worden – war sie für das Hacken der TransBank und die »Umverteilung« von mehr als sechs Milliarden Credits an siebzehntausend zufällige Personen verantwortlich. Sie steckte auch hinter dem Hacken und Durchsickern von Regierungsdo kumenten, die 2309 den Gouverneur des nordamerikanischen Ostdistrikts zu Fall brachten, sowie einem halben Dutzend weniger berüchtigter Exploits.

Alex mochte oder mochte nicht in irgendeiner kleinen oder großen Weise bei allen, einigen oder keinem dieser Exploits geholfen haben. Es war, wie sie bemerkt hatte, eine andere Zeit in ihrem Leben.

»Also was bringt dich zurück in die Unterwelt? Deine Nachricht sagte, es sei dringend.« Claire grinste; es war ein harter, räuberischer Blick bei ihr. »Oder hast du Entzug? Ich kann dir etwas Surf besorgen, wenn du willst – aufs Haus, der alten Zeiten wegen.«

Alex gab ein trockenes Kichern von sich. »Nein danke, ich gönne mir nicht mehr. Nicht oft jedenfalls...«

Ethans Penthouse auf der Rue de Rivoli nahm die gesamte oberste Etage des Eigentumswohnungsturms ein. Der Aufzug führte zu einem sterilen Fliesen- und Marmorfoyer und einer einzigen Tür. Es gab keine sichtbare Sicherheit, keine Betreuer, keine Lakaien oder Groupies. Sie nahm an, seine Adresse musste extrem vertraulich gehalten werden. Aber obwohl sie noch nie in dieser Residenz gewesen war, hatte sie immer gewusst, wo sie ihn finden konnte.

Sie drückte die Klingel und lehnte sich nonchalant an die Wand, um zu warten. Erst dann fiel ihr ein, dass die Tür von... nun, praktisch jedem beantwortet werden könnte. Sie hatte nicht vorher eine Nachricht geschickt. Sie hatte nichts von alledem geplant oder durchdacht. Sie war einfach hier.

Aber es war nicht irgendwer, der antwortete. Er war es.

Er hätte natürlich eine Kamera des Foyers aufgerufen und die Tür bereits geöffnet, wissend, wer wartete. Er lehnte sich an den Türrahmen und imitierte ihre Pose. Sein kaffeefarbenes Haar war kürzer geschnitten als beim letzten Mal, als sie ihn gesehen hatte, und berührte kaum seine Schultern. Schokoladenfarbene Iris funkelten vor Schelmerei; das hatte sich nicht geändert.

»Alex, Liebling. Mein Geburtstag ist erst nächsten Monat, und doch bist du hier.«

»Und doch bin ich hier.« Sie merkte, dass sie auf ihre Unterlippe biss, als eine seiner Augenbrauen sich hob und das Funkeln in seinen Augen aufflammte. Sie hörte nicht auf.

»Wem verdanke ich diese umwerfende Überraschung?«

Ihr Ausdruck verdüsterte sich, als sie ihn anstarrte und einen Weg zu finden suchte, schlagfertig zu antworten. ‚Mein Liebhaber von zwei Jahren ist bei mir ausgezogen und ich will nicht darüber reden, daran denken oder mich überhaupt daran erinnern, ich will nur fühlen' schien irgendwie keine passende Antwort zu sein, aber ihr Gehirn funktionierte derzeit nicht mit genügend Funktionalität, um eine Lüge zu basteln.

Er musste ihre Stimmung gelesen haben, denn er lächelte und überquerte das Foyer, um ihre Hände in seine zu nehmen. »Macht nichts. Was zählt, ist, dass du hier bist.« Er begann rückwärts zu gehen und zog sie mit sich zur Tür und in das Penthouse.

Sie grinste in dem, was sie für spielerische Verführung hielt. »Hast du Pläne für das Wochenende?«

Immer noch ihre Hände haltend, schlang er ihre Arme um seine Taille, als die Tür sich hinter ihnen schloss. »Jetzt schon...« Sein Blick streichelte ihr Gesicht, hinab zu ihrem Hals zur Mulde ihrer Kehle, dann zurück zu ihren Augen. »Miss Solovy, ich glaube, du bist high.«

Ja, das war sie ganz sicher. »Ist das ein Problem?«

»Bien au contraire, ma chérie.«

Er war kaum Franzose, aber sie nahm an, ‚wenn in Paris‘... und getreu dem Stereotyp sandte die Worte einen köstlichen Schauer ihren Rücken hinauf.

Er manövrierte sie so, dass ihr Rücken gegen die Wand drückte und schloss den verbleibenden Raum, bis seine Lippen einen Atemzug über ihren schwebten. »Bleib so. Bleib bei mir. Für das Wochenende, für wie lange auch immer du hast.«

Sie antwortete, indem sie ihn herumdrehte, ihn gegen die Wand drückte und ihren Mund gegen seinen presste...

Alex blinzelte gewaltsam die Erinnerung weg... verdammt, aber es war eine Höllenart gewesen, über ein gebrochenes Herz hinwegzukommen.

Ihre Stimme senkte sich unter den Lärm der Menge. »Ich brauche eine Spoofing-Routine – militärische Qualität, das Beste, was du hast. Kosten sind kein Problem, aber ich brauche es jetzt.«

Claire nippte an ihrem Drink. »Wenn es jemand anderes wäre, wäre ich versucht, deine offensichtliche Verzweiflung auszunutzen und dir das Doppelte für halbherzige ware zu berechnen. Aber einst hattest du meinen Rücken frei, und du hast mich nie im Stich gelassen. Außerdem kennst du mehrere meiner Geheimnisse.«

Sie stellte das Glas auf den Tisch und musterte Alex einen Moment. »Ich habe etwas, das deinen Anforderungen entspricht.

Einzigartig und bisher nur für mich. Es ist nicht auf dem Markt.«

»Es wird nur einmal verwendet, danach lösche ich es. Mein Wort.«

Claires Blick wanderte über den Balkon, bevor er wieder auf Alex ruhte. »Ich bewahre es hier auf –« sie tippte mit einem rasiermesserscharfen quadratischen Fingernagel an ihre Schläfe, was eine Welle entlang der glyphs an ihrem Unterarm verursachte »– zu wertvoll, um es anderswo zu lagern. Ich kann dir eine Kopie brennen. Einundzwanzigtausend. Und es ist das Doppelte wert.«

Alex schnalzte mit den Lippen und nahm einen Schluck von ihrem Drink. Es stellte eine gute Menge Geld dar, aber nichts, was sie nicht bezahlen konnte. Sie nickte. »Mach es.«

»Kriegst du.« Sie griff in eine Tasche des Utility-Gürtels, der über ihre Hüften geschlungen war, und entfernte ein schlankes Brenner-Interface. Sie griff hinter ihren Kopf, platzierte das winzige Oval im Nacken und befestigte das Geschirr über ihren Ohren. »Passt du auf meinen Drink auf?« Ihre Augen glasierten über.

Alex scannte die Gegend mit vorsichtiger Nonchalance, während sie wartete. Unten mochte es um gedankenlose Trips, Partys und Hookups gehen, aber oben wurde ernsthaftes Geschäft abgewickelt.

Der Balkon war viel größer, als er zunächst erschien, und verfügte über eine Reihe von Sofas, Tischen und privaten Nischen. Sicherlich wurde viel in Sachen Alkohol und Freizeit-chimerals konsumiert – aber harte Technik wechselte auch die Hände. Nach den Andeutungen von Hauptleitungen, die sich entlang der Wände wanden, zu urteilen, erwartete sie, dass aktive Hacks derzeit im Gange waren – wahrscheinlich einige zum Sport, andere für freundschaftliche Konkurrenz, andere für Tausende von Credits… und noch andere für echte Einsätze.

Sie bemerkte in ihrer peripheren Sicht, als Claires Vision sich schärfte. Die Frau entfernte das Interface von ihrem Nacken, warf eine winzige reflektierende Kristallscheibe aus und steckte die Ausrüstung ein. Unter dem Tisch streckte sie ihre Hand aus, Handfläche offen. Alex tat dasselbe, legte ihre Hand über Claires und hielt sie dort, während sie die Mittel übertrug. Sie nahm die Scheibe und steckte sie in die winzige Tasche vorne an ihrer Hose.

»Danke, Claire. Ich schätze das wirklich.«

Claire lachte und sank in den Stuhl zurück. »Faires Geschäft. Du hast mir gerade etwas schicke neue Hardware für mein Versteck gekauft. Viel Glück bei welchem Abenteuer auch immer du dich stürzt. Ich bin froh zu wissen, dass du noch im Spiel bist.«

Sie wollte protestieren, dass sie es nicht war, nicht wirklich… stattdessen lächelte sie nur. »Danke.«

»Sicher, dass du nicht eine Weile bleiben willst? Sandi, Markos und ich dachten daran, später die Brücke zu fliegen. Ich scheine mich zu erinnern, dass du es genießt?«

Alex hob eine Augenbraue. »Ich scheine mich zu erinnern, dass ich diejenige war, die dir beigebracht hat, wie man es macht.« Von der Spitze der Golden Gate Bridge zu springen, mit nichts als einem Tensil-Doppelfaser-Strang, als sie sechzehn war, hatte sie verhaftet; mit vierundzwanzig war sie viel klüger geworden.

»Das stimmt…«

Sie kicherte leicht und stand auf. »So verlockend es ist, ich fürchte, ich muss gehen. Dringende Angelegenheiten und so.« Sie beugte sich vor und gab Claire eine schnelle einarmige Umarmung. »Bleib cool. Lass dich nicht erwischen.«

»Niemals.«

Sie nahm die Treppe zwei Stufen auf einmal und eilte durch die Menge zum Ausgang. Die feuchte Kälte draußen war für den kürzesten Moment eine willkommene Abwechslung von der stickigen unterirdischen Atmosphäre. Dann war es einfach kalt und nass.

Sie rieb ihre Hände über ihre Arme und eilte den Hügel hinauf zur levtram-Station. Sie konnte eine halbe Stunde Schlaf im Transport nach Seattle bekommen. Vielleicht eine Stunde Nickerchen im Loft, aber nicht mehr. Sie würde die restlichen dazwischen-liegenden Stunden brauchen, um sich fertig zu machen – für die Vorstandssitzung, gefolgt von einem kleinen Gefängnisausbruch.

45

ERDE

VANCOUVER, EASK-HAUPTQUARTIER

Alex beendete ihre Erklärung, was die Daten im Bericht in so einfachen Begriffen bedeuteten, dass sogar ein nicht-kybernetisiertes fünfjähriges Kind sie verstehen könnte, dann blickte sie erwartungsvoll den grauenhaft protzigen Konferenztisch entlang zu den versammelten Führungskräften des Erdallianz Strategisches Kommando.

Das Meeting hatte verspätet begonnen, aus Gründen, die sie nicht kannte. Dann hatte man sie eine Stunde warten lassen, während sie klassifizierte Kriegsangelegenheiten diskutierten. Ihre Geduld hing nur noch an einem brüchigen Faden, als man sie endlich hereingebeten hatte... aber da die Angelegenheit von äußerster Wichtigkeit war, hütete sie sich davor, es zu zeigen.

Jetzt, da es vorbei war, dachte sie, dass sie alles in allem gar nicht so schlecht gemacht hatte. Ihre Mutter hatte ihr am Ende ein winziges zustimmendes Nicken gegeben, was von ihr wahrhaft hohes Lob bedeutete.

General Alamatto tat so, als würde er die Visualisierungen

studieren, die noch über dem Tisch angezeigt wurden—nun, es war möglich, dass er sie tatsächlich studierte, aber unwahrscheinlich—während sie kleinliche Fragen der anderen beantwortete.

Nein, sie glaubte nicht, dass die Schiffe in den Visualisierungen die gesamte Streitmacht darstellten. Nein, sie hatte keine Ahnung, wie viele weitere es geben könnte. Nein, sie wusste nicht, wo das Portal seinen Ursprung hatte. Nein, sie besaß keine handfesten Beweise, dass die Außerirdischen das Terahertz-Signal als Kommunikationsform nutzten; deshalb hatte sie es ja 'Spekulation' genannt. Nein, sie hatte ihre Waffen nicht in Aktion gesehen, denn schockierenderweise hatte sie die Armada nicht dazu provoziert, auf sie zu schießen.

Vielleicht müde vom Warten darauf, dass Alamatto die Führung übernahm, lehnte sich einer der Regionalkommandeure im Holo vor—der mit den feurig orangenen Haaren, O'Connell?—. Die Haltung seines stämmigen Körpers war so bestimmt, dass er aussah, als würde er gleich den Tisch rammen. »Basierend auf Metis' Lage werden diese 'Außerirdischen' Föderation-Raum lange vor unserem Territorium durchqueren. Das können wir zu unserem Vorteil nutzen. Eine Seneca, die von zwei Fronten angegriffen wird, wird weitaus schwächer und leichter zu besiegen sein.«

»Verarschst du mich?«

O'Connell machte einen lächerlichen Versuch, sie virtuell anzustarren. »Ich lasse nicht zu, dass man so mit mir spricht. Ich bin—«

Ihre Mutter starrte sie an, aber sie ignorierte sie, um O'Connells Blick eisig zu begegnen. »Natürlich. Entschuldigen Sie meine Manieren. Verarschst du mich, *Sir*?«

Der Mann kam praktisch aus seinem Stuhl und durch das Holo, aber Alamatto räusperte sich laut über O'Connells Proteste hinweg.

»Ms. Solovy, bitte. Sicherlich verstehen Sie—das Ziel des Krieges ist es, den Feind zu besiegen. Der General mag die Sache etwas unzart ausgedrückt haben, aber er bringt eine berechtigte Überlegung vor. Wenn diese Außerirdischen die Föderation angreifen, wird das mit ziemlicher Sicherheit einen schnelleren Abschluss des Krieges herbeiführen und den Verlust sehr vieler Allianz-Soldaten- und Bürgerleben verhindern.«

»Mit ziemlicher Sicherheit—bis sie hier ankommen.«

»Wir werden auf der Hut sein und sie studieren, wenn sie Senecan-Welten angreifen—falls sie Senecan-Welten angreifen. Bis sie hier ankommen, können wir bereit für sie sein.«

»Sie werden sie studieren, während sie Millionen—Milliarden— unschuldiger Menschen abschlachten?« Sie deutete auf die Bilder, die über dem Konferenztisch schwebten. »Sehen Sie die Größe dieser Schiffe? Sie können ganze Kolonien mit diesen Monstren zerstören!«

Alamatto hob eine übertrieben gestutzte Augenbraue. »Ich muss zugeben, ich bin überrascht von Ihrer Reaktion, Ms. Solovy. Ich hätte erwartet, dass Sie keine Liebe für Seneca hegen, angesichts dessen, was Ihrem Vater widerfahren ist.«

»Bringen Sie meinen Vater nicht in diese Sache.«

Er schrumpfte unter der Kraft ihres Blicks zusammen und sank in seinen Stuhl. »Ich sage nur—«

Sie lachte dunkel. »Wissen Sie, ich mag Krieg persönlich nicht besonders—er hat, wie Sie so zartfühlend bemerkten, meinen Vater getötet—aber größtenteils ist es mir scheißegal, was Sie in Ihrer Freizeit machen. Aber das… diese Außerirdischen werden nicht zwischen Allianz, Senecan und Unabhängig unterscheiden. Warum sollte es sie kümmern? Ich bin ziemlich sicher, wir sehen alle gleich aus vom Weltraum—und sogar aus der Nähe. Admiräle, Generäle, wer auch immer hier ist, Sie ignorieren diese Bedrohung und Sie unterschreiben unser aller Todesurteil.«

Alamatto schien ein Stück seines Rückgrats zu finden und

richtete sich auf. »Das werden wir beurteilen. Danke, Ms. Solovy, dass Sie die Angelegenheit zu unserer Aufmerksamkeit gebracht haben. Wir können es von hier übernehmen.«

»Richtig.« Sie stand auf, das Bild der Ruhe, und warf dem Tisch einen letzten Blick zu. »Danke Ihnen allen für das Privileg, meine Zeit zu verschwenden.« Sie wartete nicht auf die beleidigten Gesichtsausdrücke und Ausrufe, bevor sie hinausging.

Sie war tatsächlich überrascht, als ihre Mutter sie am Lift einholte; sie hätte gedacht, es wäre zu unschicklich für sie, sich so schnell aus dem Meeting zu entschuldigen.

» Alexis, halt. Versteh doch—«

Sie wirbelte herum und kam so nah daran, einen spitzen Finger in das Gesicht ihrer Mutter zu stoßen. »Nein. Ich verstehe gut genug. Du arbeitest mit einem Haufen machttrunkener, narzisstischer *pizdy* mit der kollektiven Intelligenz einer deiner Teetassen.«

»Alexis!«

»Was? Dad wäre angewidert davon. Warum bist du es nicht?«

»Dein Vater starb im Kampf gegen Seneca—«

»Mein Vater starb im Dienst seiner Regierung und seiner Vorgesetzten—die, wie ich zu denken beginne, wahrscheinlich nicht besser waren als diese Neandertaler da drin. Er starb in einem dummen, sinnlosen Krieg, der niemals hätte geführt werden sollen. Wag es nicht, seinen Tod als Totem zu schwenken, um das Abschlachten von Milliarden zu rechtfertigen.«

»Das ist nicht fair. Ich würde sein Andenken niemals auf solche Weise entweihen.« Miriam blinzelte und holte tief Luft. »Ich fürchte, dein trotziger kleiner Wutanfall hat weitaus mehr geschadet als geholfen—aber es mag dich überraschen zu erfahren, dass ich zufällig mit dir übereinstimme, zumindest was die Ernsthaftigkeit der Bedrohung angeht. Ich werde alles in meiner Macht Stehende tun, um weiterhin Aufmerksamkeit darauf zu lenken und zu beraten—«

Alex schnaubte verächtlich. »Du willst etwas tun, Mom? Dann tu verdammt noch mal etwas.«

Sie drehte sich um und sprang in den Lift, als er an der Etage vorbeifuhr. Nachdem sie den Drang unterdrückt hatte, die nächste verfügbare harte Oberfläche zu schlagen, überprüfte sie die Zeit.

Ausgezeichnet. Das Vorstand hatte ihren Nachmittag verschwendet und jetzt hatte sie kostbare wenige Stunden zur Vorbereitung.

* * *

Dreißig Stunden später entschied sich Caleb immer noch dafür, ihr zu glauben… aber die Möglichkeit kam ihm durchaus in den Sinn, dass sie es vielleicht nicht schaffen könnte.

Elektronische Abschirmung blockierte alle Kommunikation innerhalb der Einrichtung. Er konnte weder Nachrichten noch Impulse senden oder empfangen, geschweige denn livecomms. Das Gefühl der Isolation war weitaus größer als es in Metis gewesen war. Dort hatten Ablenkungen im Überfluss existiert, sozusagen. Eine Ablenkung im Besonderen. Hier aber…

Die Reise hierher war kurz gewesen; er hatte allen Grund zu glauben, dass er sich noch auf EASK-Gelände befand. Er saß in einer 5x4-Zelle, die auf drei Seiten von Wänden begrenzt war, die dick mit schalldämmenden Materialien gefüllt waren. Die vierte Wand bestand aus durchscheinendem Glas und einer kleinen Tür, die es jedem, der vorbeiging, ermöglichte, hineinzusehen, während sie ihn daran hinderte, hinauszusehen. Nicht dass sie auf der anderen Seite des Glases stehen mussten, um ihn zu beobachten, denn jede Ecke der Decke enthielt eine Überwachungskamera.

Die Zelle enthielt eine Pritsche—weitaus weniger bequem als die auf Alex' Schiff—eine Toilette, ein winziges Waschbecken und sonst nichts. Soweit er feststellen konnte, als sie ihn hereingebracht hatten, befand er sich etwa ein Drittel des Weges einen langen Gang identischer Zellen hinunter. Er vermutete, dass einige der anderen Zellen Gefangene enthielten, aber dank der schallabsorbierenden Wände hörte er kein Grummeln in der Nähe.

Abgesehen von der Essenslieferung durch einen Schlitz in der Glaswand hatte er seit seinem unsanften Einwurf in die Zelle am Vortag keinen Kontakt zu einer anderen Person gehabt. Kein Verhör—weder pharmazeutisch noch kybernetisch unterstützt oder anderweitig—und keine Nachfragen bezüglich seiner Mission oder Absichten. Da sie seine Identität kannten, nahmen sie vermutlich an, wann er auf Erde angekommen war, und vermuteten, dass er, was auch immer seine Mission gewesen sein mochte, wenig Gelegenheit gefunden hatte, sie zu verfolgen.

Das eine, was er nicht herausfinden konnte, war, wie zum Teufel sie wussten, wer er war.

Er hatte in siebzehn Jahren zweimal eine ID auffliegen lassen, und in keinem Fall hatten die Schuldigen seine wahre Identität aufgedeckt, nur dass er eine falsche benutzt hatte. Und die Roark-ID war stark; sie beinhaltete Fingerabdruck- und Iris-Überlagerungen dank seiner Kybernetik sowie eine gut dokumentierte und verifizierbare persönliche Geschichte, komplett mit Gesichtsscan. Zugegeben, die Sicherheitsmaßnahmen wären angesichts des Krieges verschärft, aber er hatte keinen Hinweis auf einen DNA-Scan beim Betreten der Räumlichkeiten gesehen. Und er hatte darauf geachtet, keine Oberflächen zu berühren, sobald sie drinnen waren.

Die einzige Möglichkeit, die er sich vorstellen konnte, war, dass die ID sowohl als falsch als auch mit ihm verbunden von Allianz Intelligence markiert worden war. Er hatte sie seit… zwei Jahren nicht benutzt? Denkbar war, dass sie irgendwann in diesem

Zeitraum kompromittiert worden war. Unwahrscheinlich, aber denkbar.

Er nahm an, sie beabsichtigten, schließlich etwas mit ihm zu machen. Wenn er raten müsste, würden sie ihn dorthin verlegen, wo sie die unvermeidlichen Kriegsgefangenen halten würden. Er war sich sicher, dass die Allianz über Internierungslager des 20th Jahrhunderts hinausgegangen war zu einer raffinierteren Form der Gefangenschaft. Nichtsdestotrotz hoffte er wie die Hölle, dass Alex hier ankam, bevor das geschah.

Als seine Gedanken wieder zu ihr wanderten, schlug er den Hinterkopf langsam, bewusst gegen die Wand. Er hasste es, von jemand anderem abhängig zu sein. Für sein Leben, seine Sicherheit, seine Finanzen, seine Freiheit—aber vor allem für sein Glück.

Es überraschte ihn angenehm und störte ihn unangenehm, dass er sie ziemlich vermisste. Ein Teil davon war die Isolation, die echte und virtuelle Stille. Aber ein Teil davon war, dass er sie wirklich vermisste. Er kannte sie jetzt seit ganzen acht, neun Tagen? Und für mindestens die Hälfte der Stunden dieser Tage hatte sie ihn abwechselnd genervt, zur Verzweiflung gebracht und zur Weißglut getrieben. Die andere Hälfte jedoch…

Bereits jetzt konnte er sich nicht vorstellen, sie nicht zu kennen.

Aber er war nicht von ihr abhängig. Nicht technisch gesehen. Wenn nötig, konnte er sich selbst hier rausbrechen. Die Flucht wäre nicht einfach—er würde wahrscheinlich mindestens mehrere Leute verletzen oder sogar töten müssen, die es nicht verdienten, was er wirklich zu vermeiden suchte, wann immer möglich. Aber wenn es auf sie oder das Verrotten in einer Zelle ankam… es mochte eine unangenehme Wahl sein, aber es war keine schwierige.

Er verstand sehr gut, wie militärische Sicherheitseinrichtungen funktionierten. Verdammt, er war sogar vor ein paar Jahren in eine eingebrochen. Er kicherte ein wenig vor sich hin… das war eine gute Zeit gewesen. Er war eingebrochen, um einen Aufständischen-Anführer auf Andromeda rauszubrechen, damit der Mann ihn dann zum Rädelsführer einer Gruppe führen würde, die kommerzielle Lieferungen von Elathan störte. Natürlich war alles fünf Minuten nach Beginn schiefgegangen, wie es immer zu sein schien. Aber es hatte am Ende funktioniert.

Er hätte jetzt lieber ein paar aufmüpfige Aufständische, die Transportrouten störten. Sicherlich besser als ein Krieg mit der Allianz—aus Gründen, denen gegenüber er weiterhin höchst misstrauisch war—, in einer sicheren Einrichtung im buchstäblichen Herzen des Nervenzentrums des Feindes gefangen gehalten zu werden, und vor allem der Aussicht auf erschreckend mächtige Außerirdische gegenüberzustehen, die sich versammelten, um Zerstörung über sie alle zu bringen.

Nun, zumindest hatte er auch den Vorteil einer brillanten, einfallsreichen, wunderschönen, klugen, entschlossenen Frau auf seiner Seite. Das hatte er definitiv noch nie zuvor gehabt.

Nein, beruhigte er sich, er war nicht von ihr abhängig. Technisch gesehen. Aber er spielte einen langen Einsatz. Und selbst jetzt, über dreißig Stunden in seiner Gefangenschaft, blieb er ziemlich zuversichtlich in der Richtigkeit seines Einsatzes.

Also entschied er sich, weiterhin an sie zu glauben.

PANDORA

UNABHÄNGIGE KOLONIE

Piep

 Piep

 Piiiiiiep

 Piiii—

»Verdammt noch mal...« Noah stöhnte und rollte sich um, kniff ein Auge auf. Es war noch nicht einmal 0700. Er setzte Nanocyanobots in Gang, um sein Blut vom Alkohol zu reinigen und den Kater zu lindern, dann taumelte er aus dem Bett und in die Küche, um etwas Wasser zu holen.

Erst nachdem er ein halbes Glas hinuntergestürzt hatte, fuhr er sich mit einer Hand durch das ungekämmte Haar und aktivierte den Holocomm. »Was brauchst du, Brian?«

»Der Boss hat einen Job für dich.«

Er lehnte sich gegen die Theke und versuchte, die Benommenheit wegzublinzeln. Es war eine lange Nacht gewesen... natürlich, das war sie meistens. »Ich habe keinen Boss.«

»Mein Boss. Entschuldigung. Enger Zeitplan, aber es ist ein

einfacher Flug und Abwurf, und die Credits sind süß.«

Er verzog das Gesicht. Brian arbeitete für Nguyen, der für Kigin arbeitete, der, obwohl es nicht allgemein bekannt war, für das Zelones-Kartell arbeitete. Er machte es sich zur Regel, den Kartellen wann immer möglich aus dem Weg zu gehen; er kannte mehr als einen Kollegen, der sich einem Kartell nicht nur für seinen Lebensunterhalt, sondern für sein Leben verpflichtet gefunden hatte, bevor er merkte, was passiert war.

Andererseits war es eine ziemlich schwache Verbindung. »Was ist der Job?«

»Paketabwurf zur Erde, Vancouver. Muss bis Samstagabend Galaktisch dort sein.«

»Das ist schnell. Wo ist das Paket?«

»Schließfach am Raumhafen. Du sagst ja und ich habe einen Code für dich.«

»Ach, verdammt, Brian. Ich versuche, von den Schmuggelaufträgen wegzukommen. Zu viel Risiko für zu wenig Belohnung.«

»Nun, diese Belohnung ist gut.«

Er machte einen Doppeltake bei der Zahl, die Brian schickte. Die Belohnung war gut. Verdammt gut. Er blies einen Atemzug aus und nahm noch einen Schluck Wasser. Sein Terminplan sah für die nächsten Tage locker aus… er könnte es reinquetschen.

»Okay. Aber nur dieses eine Mal. Lass Nguyen nicht anfangen zu denken, ich arbeite für ihn.«

»Würde nicht im Traum daran denken. Schicke jetzt den Code. Ach, und noch eine Sache—der Boss sagte, das Paket nicht zu inspizieren.«

»Richtig…«

* * *

Noah schlenderte mit geübter Lässigkeit durch den Raumhafen. Der übliche Überschuss an Touristen, reich an Credits und arm an Verstand, wanderte auf der Suche nach Orientierung umher. Händler und Holo-Babes priesen alle möglichen Karten, temporäre Cyber-Verbesserungen, Pharmazeutika—meist Amps und Booster, die die Party verlängern würden—und Freizeit-Chimerals an.

Er bog um die Ecke und trat in den langen Lagerraum. Er wurde hauptsächlich von Besuchern genutzt, die nicht einmal vorhatten, sich für ihren Aufenthalt ein Hotelzimmer zu besorgen, und für Transaktionen wie diese. So umfangreich war die Auswahl illegaler Waren hier drin, dass sie überall außer auf Pandora jeden zweiten Tag von den Cops durchsucht worden wäre.

Das fragliche Schließfach befand sich in der zweiten Reihe etwa auf halber Strecke. Er drückte seine Fingerspitzen auf das Panel und gab den Code ein. Drinnen fand er ein großes Paket; es war schwerer, als er erwartet hatte, aber nicht so schwer, dass er es nicht tragen konnte.

Er hievte das Paket über die Schulter und ging zu den Toiletten. Einmal in einer Kabine eingeschlossen, stellte er es auf den Boden und öffnete es.

Drinnen lagen mindestens vierzig Kilo HHNC-Blöcke.

Scheiße. Er ließ die Ellbogen auf die Knie fallen und stöhnte in seine Hände. Er wusste, der Job zahlte zu gut. Grund Nummer siebenundvierzig, warum er von Schmuggelaufträgen wegzukommen suchte? Ab und zu wollte jemand, dass man genug verdammte Sprengstoffe schmuggelte, um ein mittelgroßes Hochhaus zum Einsturz zu bringen.

Mit einem schweren Seufzer schloss er das Paket wieder und trug es zurück zum Schließfach. Er stopfte das Paket hinein, wischte seine Fingerabdrücke von der Tür und ging hinaus.

Er wartete, bis er auf der Straße und in angemessener Entfernung vom Raumhafen war, bevor er Brian livecommte.

Es dauerte volle zwanzig Sekunden, bis die Antwort kam. *»Yo, Kumpel. Problem?«*

»Deal ist geplatzt. Hol dir jemand anderen für deine Drecksarbeit. Und tu mir einen Gefallen? Komm eine Weile nicht mit mehr Jobs zu mir.«

»Was zum Teufel, Mann?«

»Das Paket sind verdammte Sprengstoffe. Du weißt, ich handle nicht mit Sprengstoffen. Daraus kommt nichts als Ärger.«

»Du solltest nicht in das Paket schauen, Mann! Das habe ich dir gesagt!«

»Du denkst ernsthaft, ich werde eine Ladung durch die Erden-zölle mitten in einem verdammten Krieg schmuggeln, ohne zu wissen, was es ist? Für wie dumm hältst du mich?«

»Scheiße, Mann. Der Boss wird nicht glücklich sein.«

»Gut, dass er nicht mein Boss ist. Adios.«

Er beendete die Verbindung und sank gegen die Fassade von was auch immer für einem Gebäude den Bürgersteig säumte. Was zum Teufel plante jemand mit so viel HHNC zu machen?

Vermutlich etwas in die Luft sprengen, Dummkopf.

Für den kürzesten Moment erwog er tatsächlich, die Behörden zu benachrichtigen… aber es würde bedeuten, um die Art von Ärger zu bitten, die er so gar nicht brauchte.

Nicht dein Problem. Lass es hinter dir. Geh weiter.

Er ging zum nächsten Pub. Das Mittagessen war noch Stunden entfernt, aber er stellte fest, dass er verdammt gerne einen Drink wollte.

47

ERDE

VANCOUVER, EASK HAUPTQUARTIER HAFTANSTALT

Caleb saß auf der Kante einer schlichten Pritsche, die Beine lässig in der Luft baumelnd, als sich die Tür öffnete und sie hereintrat. Bei ihrem Anblick hellte sich sein Gesicht auf, sein Mund verzog sich zu einem höchst zufriedenen Grinsen, das ihren Magen geradewegs in Saltos schickte.

Sie wirbelte herum und legte ihre Handfläche auf das Panel in der Wand neben der Tür; es leuchtete auf und pulsierte, als sie ihm neue Anweisungen eingab. »Ich weiß, es ist anderthalb Tage her. Entschuldige, aber ich hatte eine Menge zu tun—du hast keine Ahnung—und sie haben ein Feld über dem Gebäude, das alle Kommunikation blockiert, also konnte ich dir keine Nachricht schicken.«

Sie spürte, wie er sich näherte, und hob einen Finger. »Eine Sekunde.« Das Panel wechselte zu Grün, und sie drehte sich um. »Okay, wir—«

—seine Lippen pressten sich gegen ihre, bevor sie blinzeln konnte.

Seine linke Hand streichelte die Kurve ihres Halses, während die rechte ihre Taille fest umfasste. Wie von selbst reagierten ihre Lippen—zur Hölle, ihr ganzer Körper—enthusiastisch. Für drei Komma zwei Sekunden fand sie sich überwältigt von körperlicher Empfindung und glühender Begierde, während ihr Gehirn verzweifelt zu folgen suchte. Lieber Gott, er schmeckte gut. Fühlte sich gut an. Perfekt, sogar. Richtig.

Sie zog sich abrupt zurück, eine Hand gegen seine Brust gepresst für zusätzlichen Effekt. Ihre Augen waren weit aufgerissen in halbgespielter Empörung. »Was war das denn?«

Er zuckte mit den Schultern, verschmitzt grinsend mit dem Heben seiner Schultern. »Ein Hallo…?«

Sie gab ihr Bestes, ihn verärgert anzustarren, obwohl sie ziemlich sicher war, dass ihre Augen eine andere Geschichte erzählten. Sie war absolut sicher, dass ihr Puls es tat, aber sie glaubte nicht, dass er ihn sehen konnte.

»Aha. Halt dein linkes Handgelenk hin.« Er gehorchte, und ihr Daumen schwebte über seinem Pulspunkt, um den Gefangenencode-Holo zu deaktivieren, der ihn umkreiste. »So sagt man ‚Hallo' auf Seneca?«

»Nein.«

Sie schaffte es nicht, das Kichern vollständig zu unterdrücken, das hervorsprudelte, als sie mit einem schnellen Augenrollen zu ihm aufblickte. Dann holte sie eine dunkelgraue Mütze aus ihrem Rucksack und stieß sie ihm entgegen. »Setz das auf. Sollte keine Rolle spielen, aber nur für den Fall.«

Er nahm sie ohne Fragen an. »Passt fast zu deiner.«

»Was soll ich sagen, Mode ist nicht meine Spezialität.« Sie trug eine bordeauxrote Mütze über offenem Haar, um Gesichtszüge bei zufälligen Kameraaufnahmen besser zu verbergen. Sie trug auch einen schwarzen Mantel, weil es hier noch kälter war als in San

Francisco und sie hier verdammt noch mal einen Mantel tragen würde.

Er hatte natürlich keinen Mantel. Er trug immer noch dieselben Kleider, die einzigen Kleider, die er getragen hatte, solange sie ihn kannte. Wenigstens hatte sein Hemd lange Ärmel.

Er setzte die Mütze über seinen wieder wild abstehenden Lockenschopf. »Was ist der Plan?«

»Wir gehen raus. Komm, lass uns gehen.«

»Wir gehen einfach raus.«

»Jep.«

Er atmete aus und lächelte tapfer. »Okay.«

Es freute sie mehr, als es sollte, zu sehen, dass er ihr vertraute und nicht widersprach. Sie griff wieder in ihren Rucksack und entfernte einen kleinen rechteckigen Gegenstand. Sie reichte ihn ihm. »Betäuber. Nur für den Fall. Jetzt lass uns gehen.«

Er nickte und folgte ihr aus der Tür und den Flur hinunter. Ihre Stimme war leise, fast unter ihrem Atem. »Alle Überwachungsmonitore laufen für die nächste Stunde in einer Schleife. Ich habe die Daten der vorherigen Stunde eingespielt, und sie denken, sie nehmen neue Bilder auf. Es wird keine Aufzeichnung von meiner Ankunft oder unserem Verlassen geben.«

»Du hast die Militärsicherheit von Strategisches Kommando gehackt.« Es kam nicht so sehr als Frage heraus, sondern als Aussage des Unglaubens.

Sie zuckte mit den Schultern, als sie einen Flur nach rechts nahmen. »Hab ich.«

»Im Ernst.«

»Ja.« Sie stöhnte in gespielter Verärgerung. »Ich habe ein paar Insider-Informationen zu dem Thema. Und es war trotzdem nicht gerade einfach, falls es wichtig ist. Hast du erwartet, dass ich mit einem Kommandotrupp auftauche und Blut der Wachen in meinem

Gesicht?«

»Ich... ich hatte ehrlich gesagt keine Ahnung, wie du es schaffen könntest—nur dass du es würdest.« Er griff hinüber und drückte ihre Hand, was einen leidenschaftlichen Schauer ihren Rücken hinaufschickte. »Was passiert, wenn sie meine Abwesenheit bemerken?«

»Du wurdest um 0100 Uhr auf Anweisung von Staff Commander Willoughby aus der Haft entlassen. Bis jemand auftaucht, um dich zu verhören—morgen frühestens, vielleicht nie—werden die Leute, die sich dafür interessieren, nicht einmal wissen, dass du weg bist.«

»Schön. Und dieser Willoughby-Typ?«

»Er ist ein komplettes Arschloch. Mach dir keine Sorgen über—« Er drückte sie gegen die Wand, in die Schatten, und legte einen Finger an ihre Lippen. Jesus, er roch gut. Wie konnte er möglicherweise so gut riechen, nachdem er fast zwei Tage nicht geduscht hatte? Sie hatte einige kleine Schwierigkeiten beim Atmen, und es lag nicht daran, dass er zu fest gegen sie gepresst war. Seine Augen flackerten auf eine Weise, die andeutete, dass er das Flüstern ihres Atems an seinem Finger genoss, obwohl sie sich nicht sicher sein konnte... Drei Sekunden später schritt ein Wachmann den Quergang entlang. Er zählte mit seinen Fingern herunter; als der letzte fiel, traten sie heraus und eilten hinüber.

Es war der letzte Flur. Sie berührte das bereits gehackte Ausgangspanel, um die Tür zu öffnen, und sie waren schnell im Aufzug zur Parkebene.

Er rollte seine Schultern und sog einen tiefen Atemzug der kühlen Nachtluft ein. »Also... was ist der Plan? Ich merke, ich frage immer wieder. Ich fürchte, ich bin es gewohnt, derjenige zu sein, der bei solchen Streichen das Kommando hat.«

Der Aufzug setzte auf dem Boden auf, und sie gingen zu ihrem Skycar. »Wir fahren kurz zu meinem Loft. Ich muss ein paar

Sachen holen, die ich vorhin nicht mitnehmen konnte, und wir haben ein paar Stunden. Ich möchte während der Morgenschicht am Raumhafen aufbrechen. Ich kenne alle dort, und sie werden keine Fragen stellen. Wir können herausfinden, wohin wir gehen, sobald wir den Planeten verlassen haben.«

Ein seltsamer Ausdruck kam über sein Gesicht, als er in den Beifahrersitz stieg. Sie blickte neugierig hinüber. »Was?«

»Ich weiß nicht. Ich dachte, du würdest mich vielleicht in einen Transport setzen und auf Wiedersehen winken. Was völlig verständlich wäre, und ich würde es dir nicht übelnehmen.«

Er hatte nach Zimt geschmeckt. Wieder, wie war das überhaupt möglich? »Hör zu, ich sage nicht, dass ich dich nicht in einen Transport auf irgendeiner unabhängigen Welt setzen und auf Wiedersehen winken werde, aber ich werde sicherstellen, dass du sicher aus Allianz-Raum herauskommst. Das ist das Mindeste, was ich tun kann, nachdem ich dich verhaften und einsperren und alles ließ.«

»Danke.« Er klang, nun ja, aufrichtig dankbar. Sie hoben ab, und sie bog nach Süden ab, als er die Nasenwurzel mit einem Stöhnen zusammenkniff.

»Stimmt etwas nicht?«

»Neue Nachrichten strömen herein. Anscheinend hat die Allianz alle unsere Überwachungssatelliten gesprengt, und jetzt rennen alle im Kreis herum, fuchteln mit den Armen und jammern vor Verzweiflung. Außerdem bisher kein Wort über die Aliens von dem Team, das sie nach Metis geschickt haben.«

»Wenigstens gab es noch kein Anzeichen eines Angriffs.«

»Tatsächlich macht mir die Tatsache, dass es keinen Angriff gab, Sorgen. Es bedeutet, dass wahrscheinlich verdammt viele Schiffe noch durch das Portal kommen sollten.«

Ihre Augen schossen zu ihm hinüber. »Nun, Scheiße.«

»Ja.« Er rieb sich das Kinn. »Also was hat der Vorstand gesagt?«

»Sie sagten, sie würden ,die Situation beobachten'.« Ihr Mund arbeitete in Aufregung; sie machte sich nicht einmal die Mühe, es zu verbergen.

»Und?«

»Und nichts. Sie erkannten die potenzielle Bedrohung an, sagten aber, sie sei zu schwach belegt, um vorerst darauf zu reagieren.« Ihre Hand krachte in einem Ausbruch der Frustration auf das Armaturenbrett. »Idiotische Geistesschwache. Sie sitzen in ihren schalldichten Räumen und erlassen taubstumme Edikte und nennen sich die Welt kontrollierend, und eines Tages bitten sie dich, für sie zu sterben, und dann machen sie genau so weiter wie vorher...«

Ihr Blick hob sich zum durchsichtigen Dach. Der Mond war heute Nacht riesig, ein leuchtend weißer Schimmer, der die Sterne übertönte. »Ich wollte nur in Ruhe gelassen werden, um mein Leben zu leben. Ich brauche diesen Scheiß nicht.«

In ihrem peripheren Sichtfeld sah sie ihn sanft lächeln. »Wir können nicht wählen, was uns passiert—aber wir können immer wählen, wie wir darauf reagieren.«

Auch Honig. Die anhaltende Erinnerung an Zucker auf der Zunge. Verdammt. »Du kannst jederzeit aufhören, einsichtsvoll zu sein, weißt du.«

»Was, hab ich dich überrascht?«

»Du überraschst mich immer.«

Ein sanfter Atemzug entfiel seinen Lippen. Sie versuchte, ihn aus dem Augenwinkel zu betrachten. Er schien... sprachlos. Hm.

Die Sekunden verstrichen, während sie schweigend über die Meerenge zur Innenstadt flogen. Abgelenkt von konkurrierenden Gedanken, dauerte es einen Moment, bis sie bemerkte, dass er sie ziemlich scharf betrachtete. »Ja?«

»Was hat der Vorstand noch gesagt?«

Sie runzelte die Stirn und blickte weg. »Sie sagten… Gut. Sie sagten, die Aliens würden zuerst durch Senecan-Raum gehen, und die Ablenkung würde den Kriegsanstrengungen helfen.«

»Und du wolltest es mir nicht sagen?«

»Warum dir sagen? Du kannst nichts dagegen tun, und es ist nicht so, als könnten sie hilfreich die Aliens in Senecas Richtung zeigen oder so etwas. Es ist impotentes politisches Getöse.«

»Ich verstehe, du hast keine besondere Liebe für meine Heimat oder ihre Bürger, aber sicherlich willst du nicht, dass sie ausgelöscht werden.«

»Natürlich will ich das nicht—das ist nicht, warum ich— verdammt, Caleb.« Sie blies einen Seufzer durch zusammengebissene Zähne aus. »Also schäme ich mich für die, die sich meine Anführer nennen. Als ob ich vorher stolz auf sie gewesen wäre. Ich dachte… ich dachte, ich kannte die Dunkelheit, die in Menschen wohnen kann, das tat ich wirklich, aber ich hatte keine Ahnung, dass sie die Fähigkeit hatten, so entsetzlich rücksichtslos zu sein.«

»Viele Menschen sind es. Besonders die an der Macht, und besonders die an der Macht im Militär. Ich kann nicht sagen, dass ich überrascht bin.« Er hielt inne. »Andererseits bin ich vielleicht etwas abgebrüht.«

Sie hob eine Augenbraue, als sie zu ihrem Gebäude hinabstieg. »Apropos… Richard wusste, wer du warst, weil deine Akte an ihn durchgesickert wurde. Direkt.«

»Welche Akte?«

»Deine Senecan Intelligence Division-Akte.«

»An einen Allianz Naval Intelligence-Agenten? Unmöglich.«

»Ich würde dir zustimmen, außer dass es genau das ist, was passiert ist. Entschuldige, aber es scheint, du hast ein Leck oder einen Maulwurf oder so etwas. Wer wusste, dass du hierher kommst?«

»Nur Volosk. Er stufte diese kleine ‚Operation' als Level V ein, als er sie genehmigte, was bedeutet, niemand wusste es.«

»Ist es möglich, dass er schmutzig ist?«

Er lachte. Es war das erste Mal, dass sie sein Lachen seit mehreren Tagen gehört hatte; sie hatte nicht bemerkt, wie sehr sie es vermisst hatte. »Michael Volosk lässt deinen Freund Richard wie einen extravaganten Rebellen aussehen. Keine Chance.«

Sie kreiste zur Rückseite ihres Gebäudes und glitt in die Parkebene ein Drittel des Weges nach oben. »Nun, wir können das Rätsel im Moment nicht lösen. Lass uns nach oben gehen, und du kannst duschen.«

Er folgte ihr zum Aufzug. »Brauche ich eine?«

Nicht im Geringsten. »Du warst fast zwei Tage in Militärhaft, was denkst du?«

Er lehnte sich gegen die Aufzugwand. »Es ist nicht so, als hätte ich anstrengende Aktivitäten unternommen, oder überhaupt irgendwelche Aktivitäten. Es war alles furchtbar langweilig.«

Als sie ihre Tür erreichten, bedeutete sie ihm, vor ihr hineinzugehen. »Im Ernst, du kannst duschen, wenn du willst, es ist oben links. Ich werde—«

»Alex, die sind fantastisch. Hast du sie aufgenommen?« Er stand mitten im Wohnbereich, die Aufmerksamkeit nicht auf die Aussicht aus den Fenstern gerichtet, sondern auf die Wand voller Weltrauml andschaften.

Sie nickte nur.

Sein Ausdruck war unlesbar, als er kurz zu ihr blickte, bevor er zu den Bildern zurückkehrte. »Sie sind… wirklich etwas Besonderes. Du hast ein großes Talent.«

»Ich… danke.« Sie riss ihren Blick davon los, ihn zu beobachten, und ging in die Küche, ließ ihre Mütze und Jacke auf dem Esstisch fallen. »Der Wäscheschacht ist auch oben. Wenn du deine Kleider hineinwirfst, sind sie fertig, bis wir gehen müssen. Es sollte etwas hinten im Schrank sein, was du anziehen kannst.«

»Ex-Freund?«

Sie blickte amüsiert zu ihm auf. »Ja.«

Seine Antwort war ein volles Lachen, als er die Treppe hinaufging.

Sobald er verschwunden war, bereitete sie eine kurze Nachricht an Richard vor.

Entschuldigung.

Er kam auf meine Bitte hierher, und ich konnte ihn nicht in der Haft verrotten lassen. Ich wäre es nicht wert, dein Patenkind zu sein, wenn ich das getan hätte.

Okay, das war ein billiger Versuch, dein Mitgefühl zu gewinnen. Ich bezweifle, dass es funktioniert hat, du bist zu klug dafür. Obwohl du einen weichen Kern hast, also vielleicht hat es wenigstens ein bisschen an deinen Herzensaiten gezupft.

Er ist keine Bedrohung für uns. Du musst mir dabei vertrauen. Und so sehr es mich schmerzt, das zu sagen, die wahre Bedrohung ist auch nicht die Senecan Föderation. Dieser Krieg ist eine Lüge. Ich weiß, du hast nicht die Macht, ihn zu beenden, aber ich flehe dich an, alles zu tun, was du kannst, um ihn als das zu entlarven, was er ist.

Wir brauchen alle, die zusammenarbeiten, um dem zu begegnen, was die wahre Bedrohung IST: die Aliens an der Schwelle. BITTE. Du weißt, dass es mir scheißegal ist, es sei denn, etwas ist real. Das hier ist so real, wie es nur geht.

Ich melde mich, wenn ich kann.

—Alex

Sie markierte sie für zeitverzögerte Zustellung und stellte sie so ein, dass sie am nächsten Nachmittag zugestellt wurde, lange nachdem sie den Planeten verlassen hatte und wahrscheinlich nachdem er sich um einen Gefangenen weniger wiederfand.

48

ERDE

SEATTLE

Alex blickte auf, als er die Treppe herunterkam, wandte ihre Aufmerksamkeit wieder dem Aural zu, das über der Theke schwebte – dann schaute sie erneut auf.

Es war für einen Moment seltsam, ihn in Malcolms Kleidung zu sehen. Er hatte eine schlankere Statur, sodass sie etwas locker an ihm hing. Sie hatte den völlig irrationalen Gedanken, dass sie so sitzen sollten, wie sie es taten.

Er fing ihren Blick auf und zuckte mit den Schultern, deutete auf die Leinenhose mit Kordelzug und das leichte, aufgeknöpfte Hemd. »Das war alles, was ich finden konnte.«

»Ich habe nie gesagt, dass es 'bürotaugliche' Kleidung sein würde.« Sie kommentierte nicht die Tatsache, dass das Hemd durchaus Knöpfe hatte. Erstens war sie sich ziemlich sicher, dass er das wusste und sich einfach daran ergötzte, sie zu quälen; zweitens stellte sie fest, dass sie es vorzog, gequält zu werden von... sie blinzelte. »Komm runter und ich gehe durch, was ich bisher habe. Du kannst mir sagen, ob du denkst, dass wir noch etwas anderes brauchen. Als Flüchtige vor dem Gesetz und so.«

Er kam zur Bar und stützte seine Unterarme darauf. »Nochmals, danke. Ich hatte nie vor, dich zu einer Flüchtigen zu machen.«

»Nochmals, nicht deine Schuld. Und es wird schon werden. Wahrscheinlich.«

»Trotzdem, danke.« Seine Hand reichte zur Hälfte über die Bar, dann hielt sie inne. Es erinnerte sie an die Nacht, bevor sie die Alienarmee entdeckten. Damals war sie froh gewesen, dass er zögerte. Jetzt sehnte sie sich danach, dass er den verbleibenden Raum überbrückte.

»Ich vergebe dir. Jetzt zu den Vorräten.«

Sie verbrachten die nächsten Minuten damit, ihre Anforderungen und die Vorratsliste durchzugehen, die sie zusammengestellt hatte. Er lehnte sich an die lange Seite der Bar nahe dem Ende, sie an die kurze Kante nahe dem Esstisch; ihr Aural schwebte in der Luft zwischen ihnen. Es war bequem und einfach und nah, und sie verwendete neunzig Prozent ihrer Energie darauf, sich nicht von seinem sauberen, seifigen Duft ablenken zu lassen, von den lockeren Locken feuchten Haars, die über seine Stirn fielen, von der Art, wie seine Stimme so viel rauer und melodischer als normal klang. Sie klang fast musikalisch.

Er hätte sie niemals küssen sollen, verdammt. Und jetzt war sie königlich gefickt. Außer, nicht wirklich... Nun ja.

Glücklicherweise schafften es zehn Prozent, durch die Liste zu kommen. Sie bestand hauptsächlich aus Lebensmitteln und neuen Ersatzteilen, da sie ihre vorherigen Ersatzteile für die Reparatur ihres Schiffes verwendet hatte, nachdem er ein Loch hineingeblasen hatte und so.

Sie löschte das Aural und richtete sich auf. »Okay, ich glaube, wir haben alles abgedeckt. Entschuldige, dass ich keine Gelegenheit hatte, dir Kleidung zu besorgen. Ich stelle mir vor, du hast dein eines Outfit inzwischen satt. Aber du kannst die da nehmen und was auch immer sonst da oben ist.«

Sein Kopf neigte sich. »Bist du sicher?«

»Ja.« Sie lächelte. »Wir halten unterwegs für die zusätzlichen Lebensmittel an, und wir sollten die Ersatzteile am Raumhafen abholen können.« Sie begann, um die Bar und ihn herum zu gehen, in Richtung des kleinen Raums, der unter der Treppe versteckt war. »Ich gehe zum Lager und hole ein paar—«

»Alex.« Ihr Name in seiner Stimme überspülte sie und sandte Schauer, die auf ihrer Haut tanzten. Er hatte sich umgedreht, ihrem Weg mit seinem Körper gefolgt.

Seine Hand ruhte auf ihrem Oberarm. Sanft. Eine Bitte.

Die Umgebung verschwamm zu einem Schleier, während sie, er und der Raum, den sie bewohnten, in Hyperfokus zoomten, wie bei einem Bild mit geringer Schärfentiefe. Und in einem Blinzeln löste sich der letzte verbleibende Funke ihres Widerstands, winzig wie er gewesen war, in Nichts auf.

In einer fließenden Bewegung drehte sie sich, schloss die Distanz zwischen ihnen und brachte ihre Hand hoch, um sich in sein Haar zu winden. Es war noch weicher, als es aussah.

Für eine unendliche Sekunde trafen seine Augen ihre. Sie waren offen und ehrlich und schwelten vor kaum zurückgehaltenem Verlangen und so sehr, sehr blau. Seine Fingerspitzen glitten über ihre Schulter und die Kurve ihres Halses hinauf, bis seine Knöchel an ihrer Wange entlangstrichen.

»Verdamm dich.«

Seine Stirn runzelte sich zu einer rührend geraden Linie. »Wofür?«

»Alles. Küss mich, bevor ich den Verstand verliere—«

—sein Mund war auf ihrem—oder ihrer auf seinem—und es fühlte sich an, als ob ein Damm in ihr brach, und vielleicht auch in ihm. Seine Lippen stahlen den Atem aus ihren Lungen; sie keuchte seinen Atem, um ihn zu ersetzen. Die Hand, die ihren Arm gepackt hatte, was jetzt Stunden her zu sein schien, war in ihr Haar verflochten, dann über ihre Schulter laufend, dann zärtlich ihr Kinn streichelnd.

Ihre Hand, die nicht gewaltsam in sein Haar geballt war, schlüpfte in das geliehene Hemd. Als ihre Fingerspitzen über seine Rippen strichen, zitterte er unter ihrer Berührung. Als er vor Vergnügen in ihre Unterlippe biss, grinste sie und machte weiter, kitzelte seine Haut auf dem Weg zum unteren Rücken.

Dann war alles Zungen und Zähne und gestohlene Atemzüge und Arme, die Körper näher zogen. Ihr Kopf drehte sich wild von der Überladung purer physischer Empfindung. Seine Haut war ein Wunder unter ihrer Handfläche, aber sie konnte sich nicht darauf konzentrieren wegen des spektakulären Gefühls seiner Lippen auf ihren, dem Geschmack seiner Zunge—... Er schmeckte immer noch nach Zimt und Honig, sogar nach der Dusche. Köstlich.

—seine Hand an ihrer Taille zog das Hemd aus ihrer Hose und tauchte sofort darunter und lief ihren Rücken hinauf. Sie antwortete, indem sie ihren Mund in seinen presste, als ob rohe Gewalt ihn näher bringen könnte.

Schließlich zog er sich einen Bruchteil zurück, um Luft zu holen, und verschob sie, sodass ihr Rücken zur Bar war. Sein Körper drückte sie dagegen, wieder mit größerer Kraft, als sie sich vorgestellt hätte. Und lieber Gott, aber es war nicht genug. Ihre Hand glitt zu seinem Hintern hinunter und griff ihn fester gegen sich; seine Härte drückte in sie, gerade links von dort, wo sie es dringend haben wollte.

Er stöhnte in ihren Mund, ein tiefes, raues Zittern fleischlichen Verlangens.

Sie riss ihre Lippen von seinen und über seinen Kiefer zu seinem

Ohr. »Nach oben…« Es war kaum mehr als ein Hauch.

In einem Augenblick hatte er sie von der Bar weggezogen, beide Hände auf ihre Hüften gelegt und sie in seine Arme gehoben.

»Dein Wunsch ist mein sehr enthusiastischer Befehl.« Seine Stimme klang tiefer und rauer, aber irgendwie noch musikalischer, aber definitiv nicht annähernd so kontrolliert jetzt.

Sie keuchte vor Entzücken und schlang ihre Beine um seine Taille mit einem leicht wilden Lachen. Ihre Arme umschlangen seine Schultern, als er begann, sie nicht gerade vorsichtig zur Treppe zu tragen. Sie beschäftigte sich mit seinem Ohrläppchen, seinem Hals, seinem exquisit definierten Kiefer, allem, was sie erreichen konnte.

Er manövrierte die ersten Stufen, als wären sie zweite Natur – überraschend, da er sie insgesamt zweimal durchquert hatte und ihr Haar über sein Gesicht fiel – aber sie musste ihn zu sehr abgelenkt haben, denn auf dem Zwischenpodest knallte er sie gegen die Wand und seinen Mund gegen ihren. Ein Bein glitt zu Boden; er behielt einen festen Griff auf das andere.

Sie war an der Reihe zu stöhnen, als er in sie krachte. Gott, er trug keine Unterwäsche… er würde sie natürlich waschen. Befreit von der Notwendigkeit, sich an ihm festzuhalten, schob sie das Hemd von seinen Schultern. Ihre Stimme entwich in die freie Luft, als seine Lippen ihren Hals hinunter zur Mulde ihrer Kehle wanderten. »Das ist nicht oben…«

Er ließ sie lange genug los, um den Ärmel abzuschütteln. Das ließ das Hemd an nichts als seinem anderen Handgelenk hängen, das noch immer ihr Bein fest an seiner Hüfte hielt. Seine Hand kehrte zurück, um ihren Bauch hinaufzuschlängeln, ihr eigenes Hemd in seinem Kielwasser bauschend.

»Es ist ein paar Stufen hoch…« Die Worte vibrierten auf ihrem Schlüsselbein, als seine Zunge daran entlangscherzte.

Sie gab ein raues Lachen von sich und zog ihr anderes Bein frei, um ihn zu den verbleibenden Stufen zu locken durch nichts als die Drohung körperlicher Trennung. Sein Hemd fiel unbemerkt auf das Podest, als ihres über ihren Kopf verschwand.

Unterstützung war in ihr Oberteil eingewebt, und ihre Brüste waren jetzt Haut an Haut. Die Empfindung seiner Brust an ihrer war... war... 'angenehm' war eindeutig ein zu schwaches Wort. Ein Almosen, um einen Schatz zu beschreiben.

Sie fluchte, dass sie einen winzigen Teil ihrer Aufmerksamkeit darauf verwenden musste, sich rückwärts die Treppe hinaufzutasten. Nur noch ein paar Stufen. Nur noch ein paar Mo— ihre Beine schwächelten, als sein Daumen über eine Brustwarze lief und dann darauf verweilte, und sie sank kurz vor dem Schlafzimmerpodest hinunter.

Der winzige Winkel ihres Gehirns, der es schaffte, auf einem minimalen Niveau der Rationalität zu funktionieren, bemerkte, dass seine Hand hinter ihren Kopf glitt, bevor er die oberste Stufe traf, um den erschütternden Schlag für sie aufzunehmen. Später sollte sie darüber nachdenken, was für ein schockierender Akt der Freundlichkeit und des Opfers es war. Ja, spä—

—sein Mund war auf ihrer linken Brust und seine Zunge wirbelte um die Brustwarze, saugte sie bis an den Rand des Schmerzes, während ein Daumen die andere neckte, und sie dachte, ihre Augen rollten wahrscheinlich nach hinten.

»*Yebat'sya mne...*«

Seine Lippen geisterten ihren Brustkorb hinunter zu ihrem Nabel mit einem kehligen Kichern. »Es wäre mir ein echtes Vergnügen.«

Die Worte flatterten über ihre Haut und sandten einen heftigen Schauer durch sie, obwohl sein Akzent jetzt so verführerisch dick rollte, dass sie ihn kaum verstehen konnte. Es war ihr egal, und oh, wie sie wollte, dass er weitermachte... Ihre Wirbelsäule bog sich und bettelte darum, dass er weitermachte, aber ihre Fingernägel kratzten seinen Rücken hinauf und zogen ihn zu sich, bis sein Mund wieder ihren zerdrückte.

Er verhielt sich, als wäre er derjenige, der die Kontrolle hatte, aber glücklich, jeder ihrer Bitten nachzugeben. Sie überlegte, sich eine mentale Notiz für mögliche zukünftige Referenz zu machen, aber wurde auf halbem Weg von seiner Zunge schrecklich abgelenkt.

In einem supremen Willensakt glitt sie die letzten beiden Stufen hinauf und stand zitternd mit ihm auf... Sofort fielen ihre Hände zu seiner Taille und rissen die Kordel los; die Hose fiel ununterstützt zu Boden. Sie versuchte, seine nackte Gestalt zu sich zu ziehen, aber seine Hände waren im Weg, beschäftigt damit, ihre eigene Hose über ihre Hüften zu schieben. Ihre war enger und klebrig, und sie verschwendete zwei kostbare Sekunden damit, sie und ihre Unterwäsche zusammen zu Boden zu winden.

Endlich existierte nichts zwischen ihnen. Für einen perfekten Moment hielt er sie neben sich. Sie konnte jeden langen, straffen Muskel spüren, seinen rasenden Herzschlag, der unter seiner Haut widerhallte. Sie hatte nie gewusst, dass sein Puls raste. Er war so warm. Es fühlte sich erhaben und üppig und durchzogen von einem unerwarteten Pochen in ihrer Brust an.

Sie blickte auf – es war nicht weit, er war nicht schrecklich viel größer als sie – und fiel bereitwillig in den Ozean seiner Augen.

Die Rückseite ihrer Knie traf das Bett. Sie kringelte ein Bein hoch und sank darauf, brachte ihn mit sich, als wären sie eins.

Mit erstaunlicher Sanftheit glitt er in sie hinein, und sie waren es.

Sie fragte sich, ob ihre Augen sich so weit öffneten wie seine, die Lippen nur einen Zentimeter voneinander entfernt, ihre Hände sein Gesicht umklammernd und seine ihre.

»Jesus, du—«

Ihr Mund erstickte seinen, als sie eine Hand seinen Rücken

hinunterkratzte und ihn ganz in sich hineinzog. Die momentane Zärtlichkeit schmolz, weggebrannt von der sengenden Leidenschaft, die aufflammte.

Sie dachte, sie müsse schon einmal mit jemandem zusammen gewesen sein, der schöner leidenschaftlich war, natürlicher im Einklang mit jeder ihrer Bewegungen und jedem Verlangen, der perfekter in und um und gegen sie passte, und später würde sie sich zweifellos daran erinnern, wer das gewesen sein könnte. Aber verdammt, wenn sie jetzt an jemanden denken konnte.

Sie bog sich in seinen Griff, um seinen Bewegungen zu begegnen... bei näherer Betrachtung schien es plötzlich unmöglich, dass es jemals jemanden gegeben haben könnte.

Irgendwann schlangen sich seine Arme um sie und er erhob sich, um auf seinen Fersen zu ruhen, als ihr volles Gewicht über ihn hinunterglitt. Oh mein Gott...

Ihre Finger wanden sich heftig in sein Haar, während die andere Hand über seinen Rücken lief, als ihre Beine sich schlangen, um ihn zu umhüllen. Seine Hände spiegelten ihre wider, bis eine sich auf ihrer Hüfte niederließ. Sie begann, sie sanft zu führen, aber er ließ sie das Tempo bestimmen... und die letzten Reste der Außenwelt, der Zeit, die überhaupt verging, verschwammen aus der Existenz.

Ihre Lippen schwebten einen Hauch voneinander entfernt, verbanden sich hin und wieder für einen inbrünstigen, aber irgendwie sanften Kuss, während sie die Luft austauschten, die nötig war, um weiter zu leben und zu fühlen und dies zu erleben. Allmählich begann sich der Druck in ihr zu intensivieren, bis sie fürchtete, sie würde sicherlich zerbrechen—

—sie vergrub ihr Gesicht in seinem Hals und schrie, jedes Maß von ihr spannte sich um ihn in einer Flutwelle der Ekstase.

Dann fiel sie zurück aufs Bett und er verschlang sie mit einer Inbrunst und Leidenschaft, die absolut wie nichts war, was sie je gefühlt hatte. Sein Körper war Feuer auf ihrer Haut, sein Atem verzweifelt in ihrem Ohr, seine Hände überall und—

—sie keuchte in seine Schulter, als er sie mit sich auf seinen eigenen Strom der Ekstase trug. Sein Gesicht war in ihr Haar verwickelt und seine Arme hatten sie umschlungen, um sie gegen sich zu halten, als wäre sie die einzige Rettungsleine, die er besaß, aber es war okay, weil seine Umarmung warm und wunderbar war und…

Als sie sich wieder daran erinnerte, wie man atmet, pflanzte er federleichte Küsse entlang ihrer Wange, über ihren Kiefer und ihren Hals hinunter. Ihre Augen fokussierten sich langsam und fanden ihn, wie er sie anblickte, mit einem Ausdruck von… ungezügeltem, fast unschuldigem Vergnügen. Es war so auffallend, dass ihr neu gefundener Atem in ihrer Kehle stockte.

Nach unzähligen Momenten – Stunden, Tagen – rollte er sie beide auf die Seite. Sie lagen einander gegenüber, leicht keuchend, aber grinsend wie Narren.

Sie kicherte teuflisch. »Du hättest mich nicht in der Arrestzelle küssen sollen.«

»Ja, das hätte ich ganz klar tun sollen.«

Ihr Kopf schüttelte sich minimal; es war alles, was sie in seiner Umarmung schaffen konnte. »Nein, hättest du nicht. Du hättest mich vorgestern Nacht auf dem Schiff küssen sollen.«

Er antwortete mit einem atemlosen Lachen. »Das sagst du jetzt, aber wenn ich das damals getan hätte, wäre ich vielleicht immer noch auf dem Schiff gefesselt.«

Sein Akzent war wieder verblasst, bemerkte sie mit einiger Enttäuschung. »Du sagtest, ich wäre nicht imstande gewesen, dich wieder in die Fesseln zu bekommen.«

»Das tat ich, aber das war, bevor ich dich kannte. Jetzt bin ich mir nicht so sicher.« Er küsste sie, lang und langsam, dann seufzte zufrieden und rollte sich ganz auf den Rücken. »Das wird kompliziert werden, weißt du.«

Sie stützte sich auf einen Ellbogen und betrachtete ihn neugierig. »Was ist? Ich nahm an, das war nur ein einmaliger Stressabbau oder vielleicht ein 'Danke' dafür, dass du mich aus der Haft geholt hast.«

Die Mundwinkel zuckten, als wären sie unsicher, in welche Richtung sie sich krümmen sollten. Ein Schatten zog durch seine Augen, als sie zu ihr dann weg huschten und sie zur Farbe der Meerestiefen verdunkelten, wo kein Licht hinreichte... Sie lächelte schnell, breit genug, um seine Aufmerksamkeit zu bekommen. »Und der Blick in deinen Augen sagt mir, dass es das nicht ist.«

Sein Gesicht verzog sich ungläubig, als die Erkenntnis dämmerte. »Ich dachte, ich sollte der Hinterhältige sein.«

»Oh, das bist du, das bist du.« Sie platzierte einen sanften Kuss auf seine Lippen; er antwortete nicht. Sie zog sich zurück, um seinem Blick zu begegnen. »Vergib mir, dass ich misstrauisch bin.«

Ein Kichern entwich seiner Kehle, aber es hatte eine scharfe, schmerzhafte Kante, verstärkt durch den Schatten, der in seinem Ausdruck verweilte. »Du vertraust mir immer noch nicht.«

Sie lockte seine Augen dazu, ihre zu treffen. »Ich vertraue dir mein Leben an.« Und das tat sie. Sie küsste ihn tiefer, und nach einer Pause antwortete er diesmal.

Ich weiß nur nicht, ob ich dir mein Herz anvertraue.

Es waren mehrere relativ glückselige Minuten später, als er ins Bett sank und sie sich auf ihren Bauch neben ihn legte. »Also zu diesem 'komplizierten' Teil...«

»Ich bin von Seneca, du bist von der Erde. Wir sind praktisch Romeo und Juliette.«

»Nah, soweit ich mich erinnere, gaben Romeo und Juliette einen Dreck darauf, was alle anderen dachten. Verdammt, wir haben sowieso dringendere Sorgen. Die Galaxis hat sich in einen idiotischen, sinnlosen Krieg verstrickt, und jeden Tag wird eine massive Alienmacht auftauchen und die Party crashen.«

Sie stöhnte und rollte sich um, um die Decke anzustarren. »Und selbst wenn wir jemanden dazu bringen zu lauschen, wer sagt, dass wir ihnen entgegenwirken können? Ich habe den schleichenden Verdacht, dass ihre Waffen ein bisschen mächtiger sein werden als unsere.«

Seine Finger zeichneten müßige Kreise entlang ihres Bauches, kitzelten die feuchte Haut und zogen sie momentan in die ziemlich angenehme Gegenwart... aber nur momentan. »Vielleicht, wenn wir eine vereinte Front präsentierten – aber nein, stattdessen sind wir damit beschäftigt, die Schiffe und Waffen und Verteidigungen aufzublasen, die wir brauchen werden, um die Aliens aneinander zu bekämpfen.«

Bei der ernüchternden Realität verstummten sie beide für eine Weile. Schließlich holte sie tief Luft und atmete hörbar aus, um die Stille zu brechen. »Also dachte ich. Wir sollten nach Pyxis gehen. Ich weiß, es ist etwas weit, aber es ist die nächste unabhängige Welt zu Seneca außer Pandora, die ich wirklich lieber vermeiden möchte. Du kannst von dort abreisen und hoffentlich einen Weg finden, dass deine Regierung diesen Krieg beendet, da wir hier so beeindruckend versagt haben.«

Er erhob sich auf einen Arm, um sie anzustarren. »Komm mit mir nach Seneca. Du kannst die Metis-Daten besser erklären als ich und helfen, sie von der Schwere des Problems zu überzeugen. Wie du sagtest, zwei Stimmen sind besser als eine.«

»Oh, du wirst dieses Argument jetzt ernsthaft bei mir verwenden?«

»Was? Andere Überlegungen beiseite, es ist kein schlechter Punkt, und wir brauchen jeden Vorteil, den wir bekommen können.«

Sie zuckte zusammen und rollte sich weg. »Ich denke nicht... ich denke nicht, dass es eine gute Idee ist.«

»Es wird schon werden. Ich verspreche dir, dass du nicht verhaftet wirst.«

»Ja, weil deine Regierung eine Säule des Rechts und der Gerechtigkeit und des Guten ist.«

»Natürlich nicht. Es ist nur so, dass du zufällig kein feindlicher Kämpfer bist.«

Warum konnte er es nicht für den Moment ruhen lassen? Ihr etwas Zeit geben, um mit der Idee zurechtzukommen? Ein paar Stunden früher hatte sie die Senecaner vor ihrer Mutter und dem Vorstand verteidigt. Jetzt schreckte sie vor der Vorstellung zurück, ihren verdammten Planeten zu besuchen, als wäre er irgendwie ein körperliches Übel an sich. Was er natürlich nicht war, aber…

»Ich sagte, ich dachte nicht, dass es eine gute Idee wäre.«

Er atmete in offensichtlicher Frustration aus. »Komm schon. Hilf mir, sie zum Zuhören zu bringen.«

Sie weigerte sich diesmal, seinem Blick zu begegnen. Verdammt. »Ich muss duschen.« Sie begann aufzustehen, aber er griff nach ihr und packte ihren Arm.

»Hör zu, ich weiß, du hegst keine besondere Liebe für Seneca oder seine Regierung. Ich weiß, du gibst ihnen die Schuld am Tod deines Vaters. Ich verstehe das, wirklich. Aber ich weiß auch, dass du willst—«

Hör auf! Hör auf, so zu tun, als könntest du so leicht in meine Seele starren! Das losgelöste, ungebundene Gefühl überspülte sie erneut. Sie hatte gedacht, vielleicht könnte sie sich an ihn als Anker klammern, aber jetzt drängte und stocherte er und verhielt sich, als wäre alles so einfach… sie riss ihren Arm aus seinem Griff.

»Du denkst, eine Woche zusammen und eine schnelle Nummer bedeutet, dass du mich kennst? Ich weiß, du bist eingebildet, aber bitte. Du weißt nicht das Geringste über mich.«

Sie warf ihm einen vernichtenden Blick zu und stolzierte zum Bad, benommen bis zum Schwindel von peitschenden Emotionen. *Nein, es war überhaupt nicht einfach.*

* * *

Caleb knallte seinen Kopf gegen die Bettdecken. In einem Ansturm von Frustration griff er nach einem Kissen und warf es wütend durch den Raum; es prallte wirkungslos von der Wand ab und purzelte sanft zu Boden.

Mit einem harten, bitteren Atemzug drückte er seine Augen zu… dann kletterte er vom Bett und sammelte seine Kleidung vom Wäscheport. Er würde einen Skycar von einem der Bewohner stehlen und zum Raumhafen gelangen. Er würde eine andere Identität verwenden, um einen Transport nach Pandora oder Romane zu erwischen.

Zwei Stunden und er wäre weg.

Schließlich war seine Mission abgeschlossen, wenn auch ein Versagen im reinsten Sinne des Begriffs. Der Krieg ließ alle im Kreis drehen und ihre Schwänze jagen, aber er war entschlossen, Division, die Regierung, das Militär und wer auch immer sonst wichtig war, verstehen zu lassen, dass sie getäuscht worden waren. Sie verschwendeten kostbare Zeit und Ressourcen auf das falsche Ziel, während die wahre Bedrohung verborgen am Horizont lauerte.

Er zog seine Schuhe an und ging die Treppe hinunter. Es gab Dinge, die er tun musste, und sie beinhalteten nicht, sich mit der Tochter eines Allianz-Admirals mitten in einem Krieg und einer bevorstehenden Alieninvasion zu verstricken… auch wenn die eigenartige Enge in seiner Brust etwas anderes verkündete.

Er hatte alles in seiner Macht Stehende getan, um sie dazu zu bringen, ihm zu vertrauen; alles auf ihre Art gemacht, auch wenn es gegen seine besseren Instinkte ging. Dieser Weg hatte ihn von dort weggeführt, wo er sein musste, senecaner Bürger einem größeren Risiko ausgesetzt und ihn verhaftet und eingesperrt. Zugegeben, es hatte ihn auch außergewöhnlich gut gelegt – nur um in einem Anfall spöttischen Zorns angegriffen zu werden, den er nicht verdiente.

Verdammt, sie war frustrierend! Und dickköpfig stur. Schnell aufbrausend. Lächerlich privat und emotional verschlossen—

Er fühlte seine Aufmerksamkeit erneut zu der Wand der Weltraumlandschaften gezogen, fand sich vor dem Panorama pausierend.

Sie hatte es irgendwie geschafft, in eingefrorenen Bildern das Gefühl von Staunen und Ehrfurcht einzufangen, das man im tiefen Weltraum erlebte. Die Weite und die Schönheit. Es war, als blickte er durch ihre Augen in den Weltraum, sah ihn, wie sie ihn sehen musste… und erblickte so einen Spiegel in ihre Seele.

—auch faszinierend, sogar fesselnd. Außergewöhnlich talentiert, fähig und unabhängig. Heftig entschlossen und furchtlos. Verletzlich und stark in gleichem Maße. Eine verdammte Offenbarung im Bett. Alles in allem, ziemlich bemerkenswert.

Sein Blick erhob sich zum Balkon darüber. *Hab niemals etwas, von dem du nicht weggehen kannst. Besonders eine Frau.*

»Scheiße.«

Er verzog das Gesicht und zog eine Hand über sein Gesicht… und ging zurück nach oben, ließ seine Kleidung in einer Spur über den Boden zur Badtür fallen.

Sie stand in der Dusche, Augen geschlossen und Kopf gesenkt, als das Wasser über sie kaskadierte. Bevor sie bemerkte, dass er da war, war er hineingeschlüpft.

Ihre Iris flammten in Empörung auf, funkelten in einem reinen hellen Silber. Er dachte, es könnte ein Schimmer von Tränen in ihnen gewesen sein… aber es könnte auch nur das fallende Wasser gewesen sein.

»Was machst du?«

»Deine Privatsphäre verletzen. Entschuldige, ich wollte nicht, dass du mehr Zeit hast, noch wütender auf mich zu werden.«

Sie stieß ihn ins Glas. »Wie wagst du es! Geh raus—«

Er lächelte und ignorierte ihre Versuche, ihn aus der Dusche zu befreien. »Hör zu, du hast recht – ich kenne dich nicht, nicht wirklich. Aber ich würde dich sehr gerne kennenlernen, wenn du es erlaubst.«

Sie starrte ihn wütend an, aber wenigstens hörte sie auf zu versuchen, ihn hinauszuschieben. Ihre Züge konnten so ausdrucksvoll sein, wenn die Maske wegfiel. Er sah Wut, dann Misstrauen, Verwirrung, Zweifel und vielleicht sogar Furcht in den Schatten, die über ihr Gesicht zogen, im Zucken ihres lieblichen Mundes. Er fragte sich, was seine eigenen Augen ihr zeigten und ob es mehr war, als er preisgeben wollte. Ach nun, jetzt zu spät.

Er erkannte die Erweichung in ihrem Ausdruck, bevor sie sich im Entspannen ihrer Schultern und dem Senken ihres Kinns manifestierte. Es dauerte weitere Sekunden, bis sie die Augen in Verärgerung rollte und nach vorn trat, um ihre Stirn an seine zu legen.

»Du bist frustrierend – und viel zu clever für dein eigenes Wohl. Du weißt das, oder?«

Er kicherte leicht und griff nach oben, um Finger durch ihr tropfnasses Haar zu fahren. »Zurück an dich.«

Ihr Gesicht neigte sich nach oben und geschmeidige, feuchte Lippen trafen seine. Zögernd, zärtlich, sanft. Sie schmeckte nach warmen Gewürzen, wie Muskatnuss in Glühwein. Ihre Haut hatte sich früher erstaunlich glatt angefühlt; hier, erweicht vom Dampf der Dusche, war sie Seide unter seinen Händen.

Ein Arm schlang sich um sie, bis seine Handfläche am unteren

Rücken zur Ruhe kam. Ihr Körper war ziemlich schlank; er hätte ihn zart genannt, wären da nicht die langen, geschmeidigen Muskeln gewesen, die ihren Rahmen zierten. Es erinnerte ihn an den Körper einer Tänzerin, obwohl er nach drei Tagen, in denen er sie ihr Schiff reparieren sah, die Arbeit kannte, die ihn tatsächlich geformt hatte.

Ihre Hand in seinem Haar verstärkte sich, die andere griff seine Hüfte und in einem Blitz verschwand jede Zögerlichkeit in ihrem Kuss. Dringlichkeit blutete aus ihr heraus und in ihn hinein, und er sammelte sie vollständig in seine Arme, als Verlangen mit Gefühl kämpfte und es schnell überwand.

Das Wasser strömte über sie, als er sie an die gegenüberliegende Wand drückte. Seine Hand glitt entlang nasser, seifiger Haut und suchte verzweifelt ihren straffen Oberschenkel. Er griff ihr Bein und lockte es zu seiner Hüfte hoch... dann war er in ihr versunken.

Sie keuchte als Antwort, zog ihn aber noch näher und tiefer. Fordernd, alles brauchend, was er zu geben hatte. Wie zuvor war sie eine Naturgewalt, ein Wirbelsturm, an dem er sich nur festhalten konnte, um sein Leben zu retten. Der Geist, das Feuer, das er zuerst im Laderaum ihres Schiffes erlebt hatte, loderte in seinen Armen zum Leben.

Trotzdem versuchte er, es hinauszuzögern, sie zu necken und ihr Vergnügen und seines zu verlängern. Aber sie war so verdammt berauschend und alles war so überwältigend – die Sintflut von Wasser, die sie umhüllte, der Dampf, der die Luft füllte, die Seide ihrer Haut an seiner und die unglaubliche, perfekte Hitze in ihr. Der Blick wilder Hingabe in ihren Augen war wie der Blick in eine Nova im Moment ihrer Explosion.

Sie spannte sich um ihn, ihre Augen fest geschlossen – und er ließ sich gehen, folgte ihr über den Rand in den verzückten Abgrund.

Sie wären beinahe auf den Duschboden gestürzt, als sie die

Kontrolle über alles verloren… Körper, Gedanken, Atem, Zeit und Raum. Er fiel tiefer in sie, als seine Beine unter ihm zu kollabieren drohten.

Ein Äon verging, bevor die Welt wieder Detail und schließlich Klarheit zu gewinnen begann. Seine Lippen hatten ihre gefunden, und sie grinste in sie hinein. »Weniger als eine Stunde und wir hatten bereits unseren ersten Versöhnungssex.«

Er lachte stockend, kämpfte noch immer darum, zu Atem zu kommen. Einigermaßen zuversichtlich in die Fähigkeit seiner Beine, ihn jetzt marginal zu stützen, lehnte er sich weit genug zurück, um sie anzublicken.

»Es wird nicht langweilig werden, oder?«

* * *

Er lehnte gegen die Fenster und betrachtete die Wand der Weltraumlandschaften – wieder – als sie die Treppe herunterkam.

Alex runzelte für sich die Stirn. Entweder spielte er damit, sie auf einer so tiefen und bedeutungsvollen Ebene zu manipulieren, dass es verwerflich war… oder er war ihr auf eine so tiefe und bedeutungsvolle Weise ähnlich, dass es außergewöhnlich war. Sie war etwas schockiert zu erkennen, wie sehr sie glauben wollte, dass es Letzteres war, und wie verängstigt sie war, dass es Ersteres sein könnte.

Er wandte seine Aufmerksamkeit ihr zu, als sie das Podest erreichte, grinsend auf diese rührende, nervige, gefährliche, jungenhaft Art, die so immens küssbar war. Also, als er sie am Fuß der Treppe traf, tat sie es.

Ihre Arme drapierte sie über seine Schultern; seine umkreisten ihre Taille. »Ich habe eine Frage.«

»Mmhmm?«

»Früher, dein Akzent…«

Er verzog das Gesicht und zog sich leicht zurück. »Ja, ich schätze, ich war nicht ganz, äh, unter Kontrolle für eine Weile.«

»Ist das, wie du wirklich klingst? Wenn du nicht im Dienst bist?«

»Du bist kein Job für mich.«

Vielleicht. »Du weißt, was ich—«

Seine Hände erhoben sich, um ihr Gesicht zu fassen, als er sie in eine leidenschaftliche Umarmung zog. Die schiere Heftigkeit des Kusses ließ sie taumeln. Die Welt drehte sich in eine Richtung, ihr Kopf in eine andere, ihr Herz in eine dritte, als seine Hände, sein Mund, seine Zunge und der Druck seines Körpers alles von ihr verlangten und alles im Gegenzug anboten.

Sie war völlig atemlos, als er sich einen Hauch zurückzog.

»Sag mir, dass du mir glaubst.« Es war ein kehliges, verzweifeltes Flüstern gegen ihre Lippen.

»*Ya veruyu…*«

Er lächelte sanft und gab ihr endlich Raum zum Atmen. »Dann, um deine Frage zu beantworten, wenn ich zu Hause bin, um meine Familie? Ja. Das ist es.«

»Du musst nicht für mich vortäuschen.«

»Ich war besorgt, du könntest negative Assoziationen mit einem senecaner Akzent haben.«

Sie schüttelte kaum merklich den Kopf. »Ich mag ihn. Und jetzt werde ich ihn mit—« ihr Blick driftete bedeutungsvoll die Treppe hinauf »—spektakulärem Sex assoziieren, also…«

Er lachte, aber seine Augen waren ernst, als sie ihr Gesicht zu durchsuchen schienen. »Okay.« Und mit einem Wort gewann seine Stimme ihre volle melodische Klangfarbe zurück… und sein Lächeln verschob sich undefinierbarer Weise. »'Spektakulär', hm?«

»Werd nicht eingebildet—« Ihr Grummeln wurde abgeschnitten, als seine Lippen wieder ihre trafen. Sanfter, weniger dringend als zuvor. Dennoch wurde der Kuss schnell mehr, als sie tief Luft holte und sich widerstrebend wegschritt. »Wir müssen bald gehen.«

»Richtig. Okay.«

Sie ging, um ihren Rucksack zu überprüfen, dann erinnerte sie sich, dass sie es nie zum Lagerraum geschafft hatte. Sie schlüpfte hinein, angeblich um ein paar Dinge zu holen. Allein in den schattigen Tiefen des Raums atmete sie langsam aus, schloss die Augen und traf eine Entscheidung.

»Ich gehe mit dir nach Seneca – unter einer Bedingung.«

Sie tauchte auf und fand ihn ziemlich intensiv betrachtend. »Leg los.«

»Dass du absolut und vollständig die Sicherheit und Geborgenheit meines Schiffes garantieren kannst, während wir dort angedockt sind.«

Sein Mund öffnete sich zum Antworten, dann schloss er sich. Seine Augen fielen von ihr weg. Sie konnte nur raten, was in seinem Geist vorging, als er auf den Boden starrte, Hände auf den Hüften ruhend. Als er aufblickte, war sein Ausdruck beunruhigend ernst. »Ehrlich? Ich bin mir nicht sicher, ob ich das kann. Ich meine, ich denke, es wäre sicher, aber es herrscht Krieg und das wird die Leute verrückt machen.«

Sie fuhr sich frustriert mit einer Hand durch die Haare. »Verdammt, Caleb. Ich versuche es, aber du machst es mir nicht leicht.«

Er begann hinter der Couch zu wandeln. »Aber ich kann seine Sicherheit und Geborgenheit auf Romane garantieren.«

Eine Augenbraue hob sich fragend.

»Ich weiß, es ist nicht ganz perfekt. Aber es ist bequem genug, nicht zu weit von hier und eine schnelle Reise nach Seneca. Wir nehmen von dort einen Transport, oder wir können ein Schiff mieten, wenn du mehr Kontrolle willst. Wie lange wir auch auf Seneca sein müssen, die *Siyane* wird auf Romane sicher sein. Und wenn unser—« er pausierte, und seine Stimme fiel im Tonfall »—oder dein Geschäft auf Seneca abgeschlossen ist, wird es auf dich warten. Ich verspreche es dir.« Er runzelte ein wenig die Stirn. »Es sei denn, Romane wird von den eindringenden Aliens in die Luft gesprengt. Dagegen kann ich nichts tun, und ich hoffe wie die Hölle, dass du das nicht von mir erwartest.«

Ihr Blick wanderte über das Loft... aus den Fenstern, wo der Nachthimmel kaum begonnen hatte sich zu erhellen, und zurück zur Wand vor ihr, kam schließlich auf dem visuellen zur Ruhe, das auf Augenhöhe hing: sie und ihr Vater standen auf dem Gipfel des Mammoth Mountain. Sie hatten ihn zu ihrem dreizehnten Geburtstag erwandert. Er wurde zwei Monate später im Einsatz getötet.

Caleb hatte recht, es war nicht perfekt. Aber es war eine überraschend anständige Alternative. Weg von der Erde, auf einer unabhängigen Welt – was wohl besser war als Seneca und der sicherste Ort angesichts des Krieges. Romane genoss den solidesten Ruf aller unabhängigen Kolonien, und die Lage würde ihnen zumindest einen gewissen Grad an Flexibilität geben.

Er hatte sich gegen die Couch gelehnt, um ihre Entscheidung abzuwarten. Sie nickte. »Okay... okay. Du kannst mir auf dem Weg zum Raumhafen erzählen, warum du seine Sicherheit auf Romane garantieren kannst.«

Sein Ausdruck blühte zu einem erleichterten Lächeln auf. »Abgemacht.«

Sie konnte nicht anders, als das Lächeln zu erwidern, als sie ihren Rucksack aufhob und über die Schulter warf.

»Lass uns gehen.«

TEIL IV: ACCELERANDO

"Things fall apart; the centre cannot hold;
Mere anarchy is loosed upon the world,
The blood-dimmed tide is loosed, and everywhere
The ceremony of innocence is drowned.«

— William Butler Yeats

(»Die Dinge zerfallen; das Zentrum hält nicht mehr;
bloße Anarchie wird über die Welt entfesselt,
die blutgetrübte Flut bricht los, und überall
wird die Zeremonie der Unschuld ertränkt.«)

49

ROMANE

UNABHÄNGIGE KOLONIE

Weißgold wirbelte um gehämmerten Chrom, webte immer wieder, bis es einen komplizierten Knoten bildete. Rote Kleckse von Plasma schienen aus dem Chrom hervorzutreten und durch die Lücken im Knoten zu gleiten, um ihn zu umkreisen, obwohl es eine Illusion war. In Wirklichkeit schwebte das Plasma lediglich in einem täuschenden Schimmer, um Bewegung zu suggerieren.

»Meiner Meinung nach ist dies eines der kraftvollsten Werke des Künstlers. Es spricht auf mehreren Ebenen: wie wir Gefangene unserer eigenen Schwächen sind, wie wir uns selbst weitaus größeren Schaden und Schmerz zufügen, als jeder andere imstande ist, wie wir nicht entkommen können, wer wir sind oder einem Gefängnis unserer eigenen Schöpfung. Manche glauben, es behauptet auch, dass Emotionen selbst – unser metaphorisches Herz – ein Fehler sind, der uns zu Versagen und Verzweiflung verdammt. Ich selbst neige dazu, es mit etwas mehr Optimismus zu betrachten.«

Die Frau legte eine zarte Hand an ihren Mund. »Es ist großartig. Ich muss es einfach haben.«

Mia Requelme lächelte mit geübter Leichtigkeit. »Gewiss. Wir möchten es für den Rest der Ausstellung behalten, aber ich werde gerne alle Vorkehrungen für Sie treffen. Wenn Sie mir folgen würden?«

Sie glitt anmutig zwischen den Gästen hindurch, die sich im Ausstellungsraum der Galerie tummelten, während die Frau hinter ihr hertrottete. Es war eine gute Menge. Bisher war die Präsentation ein durchschlagender Erfolg. Ein Drittel der Stücke hatte in den ersten beiden Tagen verkauft, und sie würde noch eine weitere Woche laufen. Antonio Castile Lesenna schuf Kunst, die gleichzeitig grell und elegant war, die alles oder nichts darstellte, je nachdem, was der Betrachter zu sehen wünschte. Es würde ihn bald lächerlich wohlhabend machen, dessen war Mia sich ziemlich sicher.

Sie erreichte die kleine Nische, die in die hintere Ecke des Raums eingefügt war, aktivierte den Bildschirm und wandte sich ihrer Kundin zu. »Sie können Ihre Informationen hier eingeben—«

Der Prioritätspuls drängte sich in ihr Sichtfeld.

Mia, ich brauche deine Hilfe.

»Warum sollte ich dir helfen?« fauchte sie.

»Weil ich dich rausholen kann. Ich bringe dich sogar vom Planeten weg, an einen Ort, wo du ein neues Leben beginnen kannst.«

»Ich habe bereits einmal ein neues Leben begonnen. Hat nicht geholfen.«

Der Mann lächelte im schwachen Licht der Gasse; es ließ sie sich sicher fühlen, was etwas war, das sie sich nicht leisten konnte zu fühlen. »Aber ich wette, du hast eine kilometerlange Liste der Fehler, die du gemacht hast, und wie du es beim nächsten Mal richtig machen würdest. Hilf mir, und lass mich dir helfen, dein nächstes Mal zu finden.«

Mias Augen verengten sich misstrauisch. Er hatte sie bei einem Lauf durch The Boulevard abgefangen und ihr Handgelenk von hinten gepackt, als sie sich darauf vorbereitete, ein Set Disks vom Abenteuer-illusoire-Händlerstand zu klauen. Sie hatte gedacht, er sei ein Cop – obwohl es nicht viele Cops auf Pandora gab – bis sie sich umdrehte und das verblasste Flanellhemd und den struppigen Bart sah. Dann hatte sie gedacht, er sei ein verdeckter Ermittler. Seine Augen waren die Augen eines Cops – scharf, aufmerksam, berechnend.

Und sie hatte größtenteils recht gehabt. Er war ein Cop, gewissermaßen. Jetzt wollte er, dass sie ihm die Zugangscodes zu Elis innerem Komplex gab.

Er beobachtete sie weiterhin und sie ihn... aber bei ihrem anhaltenden Schweigen wurde sein Blick weicher. »Ich sage dir was. Warum lässt du mich dir nicht etwas zu essen kaufen, und du kannst darüber nachdenken, während wir essen.«

Das war gemein. Woher wusste er, dass sie kurz vor dem Verhungern war? Elis Leutnant Paul hatte sie vor Wochen beim Abschöpfen erwischt und gedroht, sie zu verpfeifen, es sei denn, sie gäbe ihm die Hälfte von allem, was sie verdiente. Sie hatte schon vorher kaum über die Runden gekommen; jetzt überlebte sie mit einer Mahlzeit am Tag und dem, was sie zu stehlen schaffte. Es war demütigend.

Sie runzelte die Stirn und fuhr sich mit der Hand durch verfilztes, schmutziges Haar. »Schön. Es ist dein Geld.«

Ein paar Minuten später musterte sie ihn über ihren Burrito hinweg. »Was hast du mit Elis Operation vor?«

Der Typ – er hatte gesagt, sein Name sei Josh, nicht dass sie ihm glaubte – zuckte mit den Schultern. »Ich werde seine Chimeral-Produktionslinie explosiv demontieren und die Cops auf die Überreste hetzen.«

»Hier gibt es keine Cops.«

Er lachte. Es trug einen Hauch von Geheimnis, als wolle es andeuten, dass er mehr über Pandora wusste als sie. »Doch, gibt es.«

»Na, hätte mich täuschen können.« Sie nahm einen weiteren Bissen

und stopfte ihren Mund voller Reis und Bohnen und Oliven. Sie liebte Oliven.

Sie betrachtete ihn einen Moment. Er war ziemlich gutaussehend, mit verblüffend blauen Augen und schwarzem Haar, das in weichen, trägen Locken über seine Stirn fiel. Und er schien nur ein paar Jahre älter als sie zu sein. Sie würde ihn vielleicht ohne den Bart bevorzugen, aber sie vermutete, er war sowieso nur vorübergehend. »Warum würdest du mir helfen?«

»Weil du ein besserer Mensch bist als sie. Du bist intelligent und schnell und hast offensichtlich Fähigkeiten. Ich kann das Potenzial unter dem Schmutz sehen. Außerdem magst du nicht, was du tust. Du magst es nicht, eine Kriminelle zu sein, und du magst es definitiv nicht, einem Drecksack wie Eli verpflichtet zu sein.«

»Wie könntest du das alles über mich erkennen? Du hast mich gerade erst kennengelernt.«

Eine Ecke seines Mundes kräuselte sich zu einem Grinsen. »Ich habe dich ein paar Tage beobachtet und—«

»Unmöglich. Ich passe sehr genau auf – ich würde merken, wenn ich verfolgt würde.«

»Ja, das tust du. Aber ich bin besser als du.«

Sie schnaubte und beendete den Burrito.

»Wie ich sagte. Ich habe dich beobachtet, zusammen mit mehreren anderen von Elis Lakaien. Ich brauche jemanden von innen, und es war einfach eine Frage der Entscheidung, wen. Ich habe dich gewählt. Habe ich die falsche Wahl getroffen?«

Sie beendete als nächstes die Chips und lehnte sich in ihren Stuhl zurück. Er hatte natürlich recht. Schockierend, ärgerlich so. Sie war vor vier Jahren von ihrem Vater und Bruder weggelaufen auf der Suche nach einem besseren Leben. Aber ohne Credits, Kontakte oder Referenzen war sie bald wieder gefangen. Sie wusste, es musste einen anderen Weg geben, einen besseren Weg zu leben. Einblicke davon neckten sie im Raumhafen und im exanet. *Sie hatte sich über die letzten Jahre selbst gebildet, weit über das hinaus, was eine offizielle Grundausbildung ihr beigebracht hätte. Jetzt, als Erwachsene, konnte sie legal für sich selbst sprechen und handeln. Sie brauchte nur eine Chance. Eine echte Chance.*

»Woher weiß ich, dass du mich nicht hintergehen wirst?«

Er griff in seine Tasche und zog einen kleinen durchsichtigen Film heraus. Er legte ihn auf den Tisch, behielt aber zwei Finger sicher darauf. »Hier ist ein Ticket nach Romane. Gib mir die Zugangscodes, ich gebe dir das Ticket und überweise dir zweitausend Credits. Du kannst sofort gehen.«

Zweitausend Credits war mehr, als sie in sechs Monaten verdient hatte. Ihr Puls begann sich zu beschleunigen. »Woher weißt du, dass ich dich nicht hintergehe und dir die falschen Codes gebe?«

Seine Schultern hoben sich einen Bruchteil. »Ich schätze, ich muss dir vertrauen. Bist du meines Vertrauens würdig, Mia?«

Sie starrte ihn einen Moment an... und nickte.

Mia winkte Jonathan zu sich herüber. »Maam, wenn Sie mich einen Moment entschuldigen würden. Mein Assistent kann Sie durch den Kaufprozess führen. Sie sind in guten Händen, und nochmals vielen Dank.«

Sie zwang sich, nicht den Flur hinunter zu ihrem Privatbüro in der Galerie zu eilen, hielt sogar an, um sich eine gin-marinierte Olive vom Tablett eines vorbeigehenden Kellners zu nehmen. Das Büro war eines von mehreren, die in der Stadt verteilt waren, und so makellos und raffiniert wie jedes der anderen. Wie alles in ihrem Leben jetzt.

Der Typ war vier Monate, nachdem sie von Pandora geflohen war, auf Romane aufgetaucht, um nach ihr zu sehen. Sie zahlte die zweitausend Credits zurück, plus Zinsen – sie hatte die Zeit ausgezeichnet genutzt – dann lud sie ihn zum Abendessen ein. Das war vor zwölf Jahren gewesen.

Sobald sich die Tür hinter ihr schloss, sendete sie eine Livecomm-Anfrage. »Caleb. Was brauchst du?«

Es gab eine kurze Pause, bevor die Antwort kam. »*Mia, wie geht es dir?*«

»Mir geht es prächtig, aber du musst nicht mit mir Smalltalk machen. Geht es dir gut? Es klang dringend.«

»*Mir geht es gut. Aber ich brauche einen Gefallen. Besteht die Möglichkeit, dass ich mir einen Klasse-I-Hangar an deinem Raumhafen leihen kann?*«

»Natürlich, das ist kein Problem.«

»*Ich werde auch brauchen, dass die Aufzeichnungen seiner Anmietung und des Schiffs, das er beherbergt, gefälscht werden. Und sobald wir ankommen, brauche ich die höchstgradige Sicherheit, die du für den Hangar bereitstellen kannst.*«

»Wir?«

»*Ich erkläre es, wenn wir dort sind – was morgen Vormittag Ortszeit sein sollte. Ich fürchte, ich bin mir nicht sicher, wie lange wir ihn nutzen werden.*«

»Es ist kein Problem, Caleb. Du weißt das. Gibt es noch etwas anderes?«

»*Ja, aber wir können darüber reden, wenn ich dich sehe. Danke, Mia. Ich stehe in deiner Schuld.*«

Sie lächelte vor sich hin. »Nein, tust du nicht.«

50

SENECA

CAVARE, HAUPTQUARTIER DER GEHEIMDIENSTABTEILUNG

Michael betrachtete die Reihe von Finanztransaktionen auf dem Bildschirm mit schmerzhaft zusammengekniffenen Augen.

Nachdem die anfängliche Panik beim Kriegsausbruch etwas nachgelassen hatte, gelang es ihm, hier und da eine Stunde zu finden, um zur Atlantis-Untersuchung zurückzukehren. Oh, die Politiker gerieten immer noch in Panik, das war sicher, zumindest wenn sie nicht vorzeitig über Senecas unvermeidlichen und sicher schnellen Sieg frohlockten.

Es gab weniger Panik wegen der möglichen Alieninvasion, aber nur weil sehr wenige Menschen davon wussten und die meisten von ihnen nicht der Typ waren, der in Panik geriet. Das anhaltende Schweigen des Spezialeinheitenteams, das zur Untersuchung nach Metis geschickt worden war, beunruhigte ihn, aber angesichts der Kommunikationsschwierigkeiten war er vielleicht ungeduldig.

Agent Marano war endlich auf dem Heimweg, und mit seinem Preis einer Begleiterin nicht weniger; wenn sie ankamen, würde er seine Aufmerksamkeit direkter auf die Angelegenheit richten. Bis dahin...

Er runzelte die Stirn über den Bildschirm. Fairerweise hatte er wahrscheinlich schon eine Weile darüber die Stirn gerunzelt, in welchem Fall sich das Stirnrunzeln vertiefte. Als stellvertretender Handelsdirektor und Freund vieler Unternehmen unterhielt Jaron Nythal ein gesundes Bankkonto, das fast seinen gesunden Ausgaben entsprach. Aber wenn man die Muster in seinen Transaktionen über einen ausreichend langen Zeitraum kartierte – und es hatte erheblicher Überredungskunst bedurft, um einen Haftbefehl zur Überprüfung der Konten des Mannes für besagten ausreichend langen Zeitraum zu erhalten – konnte man kaum ungewöhnliche Aktivitäten in letzter Zeit erkennen. Kaum.

Fünf Einzahlungen, drei in den zwei Wochen vor dem Gipfel und zwei in den vier Tagen nach dem Attentat, summierten sich auf fast dreihundert Prozent mehr als jede vorherige Einzahlung in den letzten fünf Jahren. Zugegeben, sie waren alle für unterschiedliche Beträge und von verschiedenen Zahlern. Aber es fühlte sich an, als gehörten sie zusammen.

Zwei Tage nachdem er aus der Befragung entlassen worden war, hatte Nythal ein schickes Stadthaus in Pinciana gekauft. Bevor sie abgezogen wurde, hatte die Überwachung berichtet, dass er vier Innenstadtwohnungen auf dem Markt besichtigt hatte, nachdem er das Stadthaus gekauft hatte.

Was Beweise anging, war es bei weitem nicht ausreichend, um etwas zu beweisen, aber sein Bauchgefühl und jahrelange Erfahrung sagten ihm, dass der Mann bestochen worden war. Die Frage war: wofür?

Er hatte Nythals Geschichte studiert, und eine Sache, in der der Mann brillierte, war Zugang. Den Weg ebnen, die Räder schmieren. Aber Candela brauchte keine Hilfe, um Zugang zu

Minister Santiagar zu bekommen.

Also wer brauchte sie?

* * *

Michael lehnte lässig an der Wand neben Nythals Büro, als der Mann zur Arbeit kam.

Sein Schritt stockte. »Mr… Volosk, nicht wahr? Ich kann mich nicht erinnern, dass wir heute Morgen ein Meeting hatten?«

»Oh, hatten wir nicht. Ein paar abschließende Fragen kamen auf. Eigentlich nur Aufräumarbeiten. Ich dachte, ich schaue vorbei und wir können es schnell erledigen.«

»Nun, ich—« Jaron blickte hinunter, als er seine Tür öffnete.

»Ausgezeichnet, es wird nur ein paar Minuten dauern.« Michael glitt vor Jaron durch die Tür und ließ sich in einem der Stühle gegenüber dem Schreibtisch nieder. Er blickte erwartungsvoll über die Schulter, bis der Mann herumging und sich unbehaglich ihm gegenüber setzte.

»Also, äh, was kann ich für Sie tun?«

»Gefällt Ihnen Ihr neues Stadthaus?«

»Was? Ich verstehe nicht—«

»Schon gut. Ich war neugierig auf die verschiedenen Zugangsebenen beim Gipfel und insbesondere auf die umgebenden Sicherheitsvorkehrungen. Es scheint, als wäre der Ballsaalbereich, wo die Abendessen stattfanden, ziemlich offen und uneingeschränkt geblieben. Also erzählen Sie mir von den Anforderungen für den Zutritt.«

»Ihre Männer haben das Sicherheitsteam gestellt. Wissen Sie das nicht?«

»Tun Sie mir den Gefallen.«

Jaron schnaubte und lehnte sich in seinem Stuhl zurück. »Nun,

Mitglieder der Delegation erhielten Zutritt zu dem für den Gipfel reservierten Bereich. Einige Konferenzräume erforderten zusätzliche Sondergenehmigungen, und die privaten Allianz-Besprechungsräume waren tabu.«

»Mal sehen...« er rieb sich das Kinn »...wir stellten den vorab genehmigten Gästen, hauptsächlich Unternehmensführern und Medien, spezielle Zugangscodes zur Verfügung. Sie mussten auch die Sicherheitskontrolle passieren und jedes Mal mit der Liste übereinstimmen. Sie wurden natürlich gründlich untersucht, bevor sie eingeladen wurden – von Ihrer Geheimdienstabteilung, glaube ich.«

»Richtig. Natürlich.« Michael rutschte im Stuhl herum und schien etwas Verlegenheit zu zeigen. »Obwohl diese 'Gäste' von Ihrer Handelsabteilung empfohlen und zur Genehmigung eingereicht wurden, ja?«

»Ich glaube schon, aber es war nicht meine Verantwortung, also kann ich nicht—«

»Sie sind der stellvertretende Handelsdirektor. Wenn nicht Ihre Verantwortung, wessen dann? Die des Direktors?«

»Tatsächlich, ja, er machte mehrere spezifische Anfragen und Empfehlungen—«

»Also waren Sie an der Vorbereitung der Gästeliste beteiligt, da Sie die Details kennen.«

»Äh... teilweise, da ich eine Reihe von Kontakten in der Gemeinde habe, aber... Mr. Volosk, ich bin mir nicht sicher, ob ich den Sinn von all dem verstehe. Chris Candela beging das Attentat. Das ist zu diesem Zeitpunkt unbestritten, nicht wahr?«

Volosk neigte den Kopf ganz leicht. »So scheint es.«

»Es gibt keine andere Möglichkeit, oder?«

Er begegnete Nythals Blick. »Nein, sicherlich nicht. Und mit dem Krieg spielt es jetzt sowieso kaum eine Rolle, oder?« Er stand auf. »Wie gesagt, nur einige Aufräumfragen. Falls ich weitere habe – Aufräumfragen, versteht sich – schaue ich einfach für einen weiteren kurzen Besuch vorbei.«

»Ich habe einen äußerst vollen Terminkalender, also wäre es vielleicht besser, wenn Sie das nächste Mal einen Termin vereinbaren.«

»Klar, klar, ich werde versuchen, das zu tun, wenn ich kann. Ich habe auch einen äußerst vollen Terminkalender – der Krieg und so – also kann ich keine Garantien geben.«

Michael lächelte kalt. »Ich finde selbst hinaus. Haben Sie einen schönen Tag, Mr. Nythal.«

* * *

Jaron wartete, bis die Tür geschlossen war, bevor er frustriert auf den Stuhl einschlug. Das weiche, aus Leder gewonnene Material gab unter seiner Faust nach, aber es tat trotzdem höllisch weh. Er schüttelte seine Hand aus, während er aufgeregt in einem Büro auf und ab ging, dessen Wände nun drohten, sich um ihn zu schließen.

Er zwang sich, fünf Minuten zu warten, dann weitere fünf, bevor er das Büro verließ. Einmal draußen begann er die Straße hinunterzueilen, verlangsamte aber, als ihm klar wurde, dass er möglicherweise überwacht wurde. Es schien unmöglich – oder hätte bis heute Morgen unmöglich geschienen. Nun lauerte in den Augen jedes Fußgängers ein Polizist.

Aber er musste nur außerhalb jeder möglichen elektronischen Überwachung gelangen; dann konnten sich alle Überwacher, die er hatte, zum Teufel scheren, so viel Gutes würde es ihnen bringen.

Als er das Flussufer erreichte, hielt er an, um ein Frühstücks-Gyros zu kaufen. Ein netter Zug, dachte er. Er wanderte hinüber und lehnte sich gegen das Geländer, allem Anschein nach das blau getönte Morgenlicht genießend, das sich auf dem kräuselnden Wasser spiegelte.

Stattdessen öffnete er eine sehr private Adresse und schickte eine sehr einfache Nachricht.

Wir haben ein Problem.

51

ERDE

VANCOUVER, EASK-HAUPTQUARTIER

»Sie hat was getan?«

»Sie hat ihn aus dem Haftzentrum rausgeholt. Ich wusste es nicht einmal, bis ich eine Nachricht von ihr erhielt. Ich habe nachgeforscht, und die Akten zeigen, dass er letzte Nacht aufgrund einer Formalie entlassen wurde. Die Überwachungsaufzeichnunge n wurden manipuliert, nehme ich an von ihr.« Richard schüttelte den Kopf. »Mir war nicht klar, dass sie zu einem so ausgeklügelten Hack fähig war.«

Miriam lachte, obwohl es einen fast wehmütigen Unterton hatte. Sie sank tiefer in ihren Stuhl und gab jede Vortäuschung von Förmlichkeit auf. Die Tür war geschlossen, und er war ihr ältester Freund.

»Glaub mir, das ist sie. Ich muss wahrscheinlich nicht fragen, aber was war ihre Rechtfertigung?«

»Sie sagte wieder, er wäre nicht hier, um uns auszuspionieren, sondern um uns zu helfen und im Gegenzug um Hilfe zu bitten. Außerdem, dass wir über diesen Krieg hinwegkommen und uns auf die echte Bedrohung konzentrieren müssten.«

»Sie ist also weg? Ich war keine Nachricht wert.«

»Ja, sie sind weg—zumindest gibt es einen Transponder-Eintrag der *Siyane*, die früh heute Morgen einen Ausfahrtskorridor benutzt hat. Ich nehme an, sie könnte das auch gehackt haben, aber es scheint wahrscheinlicher, dass sie tatsächlich weg sind.«

»Na, das ist fantastisch.« Sie hielt inne, um einen langen Schluck Tee zu nehmen. »Wenn sie mitten in diesen Krieg hineinfliegt und sich umbringen lässt, glaube ich nicht, dass ich... David würde mir das nie verzeihen, wäre er hier.«

»Es wäre nicht deine Schuld, Miriam. Das würde er erkennen, besser als du.«

»Vielleicht.« Sie hielt die Teetasse an ihre Lippen und atmete den Dampf ein, bis der bittere Stich des Verlusts, der nach dreiundzwanzig Jahren immer noch biss, wieder in die Tiefen zurückwich.

»Ich weiß nicht. Vielleicht habe ich bezüglich ihres Begleiters vorschnell geurteilt.«

Richard betrachtete sie mit einem Blick des Unglaubens. »Meinst du?«

Sie verdrehte die Augen zur Decke. »Schön. Es ist möglich, dass ich ein wenig überreagiert habe. Sie schafft es nur irgendwie... alle meine Knöpfe zu drücken, jedes verdammte Mal. Ich werde so wütend auf sie und habe keine Ahnung, wie ich sie dazu bringen kann, nicht wütend auf mich zu sein. Manchmal wünschte ich...« ihre Augen schlossen sich »...ich wünschte, ich könnte von vorn anfangen. Aber es ist sechsunddreißig Jahre zu spät, nicht wahr?«

»Du kannst vielleicht nicht zurückgehen, aber das bedeutet nicht, dass du nicht von vorn anfangen kannst.«

»Ich bin mir nicht so sicher... und außerdem ist jetzt kaum der ideale Zeitpunkt für solche Angelegenheiten.« Sie fuhr mit einer

Hand über ihren Kiefer und richtete sich im Stuhl auf, schockiert über die Sentimentalität, die sie sich zu zeigen erlaubt hatte.

Sie beschäftigte sich damit, ihre Teetasse nachzufüllen. »Jedenfalls habe ich sie noch nie Sex ihre bessere Urteilskraft beeinträchtigen lassen, also ist sie vielleicht richtig bezüglich seiner Absichten. Was eine ganz neue Reihe von Sorgen einführt.«

»Du denkst, sie schläft mit ihm?«

Ein kleines, wohl hinterhältiges Lächeln huschte über ihr Gesicht. »Ich sehe nicht, warum sie es nicht tun sollte. Du etwa?«

Richards Mund öffnete sich, schloss sich, dann öffnete er sich wieder. »Nun, er ist Senecan…«

»Diese Ausrede funktioniert nur, bis du entdeckst, dass die Person lediglich ein Individuum wie jeder andere ist.«

Seine Lippen pressten sich in einer Demonstration von Skepsis zusammen, aber schließlich gab er auf und kicherte in milder Belustigung. »Dann nein, nehme ich an, tue ich nicht.«

»Dachte ich mir.« Sie seufzte, und die momentane Heiterkeit verdampfte. »Hör zu, gibt es irgendeinen Weg, wie du sie aus Schwierigkeiten heraushalten kannst? Sie davon abhalten, verwickelt zu werden?«

Es war nicht das erste Mal, dass sie einen solchen Gefallen von einem Kollegen erbat, obwohl es das erste Mal war, dass sie es von jemandem so hochrangigen erbat, und von jemandem, der ein persönlicher Freund war. Aber er war auch ein persönlicher Freund von Alexis und würde sie aus seinen eigenen Gründen schützen wollen.

Er zuckte mit den Schultern. »Ich muss eigentlich nicht. Es gibt keine Beweise für ihre Beteiligung—oder überhaupt ein Verbrechen—außer ihrer Nachricht an mich. Ehrlich gesagt bin ich geneigt, einfach über die Situation zu schweigen und die Akten so stehen zu lassen. Er wurde aufgrund eines administrativen Patzer entlassen und das war's. In Abwesenheit eines Auslösers ist es unwahrscheinlich, dass die gefälschten Aufzeichnungen aufgedeckt werden, und technisch gesehen hatte er kein Verbrechen begangen außer der Angabe einer falschen Identität, also...«

Sie nickte. »Macht Sinn. Es ist ein vernünftiger Plan.« Sie verzog das Gesicht, als eine Livecomm-Anfrage in ihrem Sichtfeld erschien. Nach einer Pause nahm sie sie an, aber stellte sie auf Übertragung.

»Admiral Solovy, Entschuldigung für die Störung.«

Sie hob eine genervte Augenbraue zu Richard. »Dr. LaRose, was kann ich für Sie tun?«

»Ja. Ich fragte mich, ob Sie vielleicht eine weitere Hardcopy der Daten Ihrer Tochter besitzen könnten, die ich mir ausleihen könnte.«

Sie und Richard runzelten beide leicht bestürzt die Stirn. Sie wusste, dass Alexis ihren Metis-Bericht an den Wissenschaftsberater geschickt hatte; sie hatte sogar ein wenig die Räder geölt, wenn auch mit begrenztem Erfolg. Da das EASK-Board eine direkte Verbindung zum Premierminister hatte, hatte sie es als leicht redundant betrachtet, aber die meisten Dinge in der Regierung waren das. »Ich bin mir nicht sicher, ob ich das Problem verstehe.«

Seine Kehle war über die Verbindung zu hören, wie sie sich räusperte. »Einer meiner Forscher nahm die Disk gestern Abend mit nach Hause zum Studieren, und er ist heute nicht zur Arbeit erschienen. Es... nun, es scheint, er ist verschwunden, und die Daten Ihrer Tochter mit ihm.«

»Sie hat einen Namen, Dr. LaRose, und auch eine ganze Reihe von Master-Abschlüssen.«

»Entschuldigung. Ms. Solovys Daten. Admiral, ich brauche eine weitere Kopie, wenn möglich.«

Miriam runzelte wieder die Stirn. »Sie müssen klarer werden, Doktor. Haben Sie nicht ihren Bericht?«

»Nein… ich meine, ich habe ihn, aber ich benötige eine physische Disk, um damit voranzukommen.«

»Warum?«

»Warum? Weil ich es tue. Vorschrift AAS 41767.239.0512c verlangt, dass alle Berichte in physischer Form überprüft werden, um ihre Authentizität zu verifizieren und—«

»Haben Sie nicht die Authentizität der physischen Disk verifiziert, als sie ankam?«

»Sofort nach Erhalt. Aber ich muss sie auch behalten, um ihren Inhalt zur nächsten Ebene weiterzuleiten, um meine Empfehlung zu begleiten.«

Miriam schwieg einen Moment. Sie blickte aus dem Fenster, dann zu Richard. Sie stellte die Verbindung stumm und lachte; es klang müde. »Ich muss sagen, manchmal kann ich fast verstehen, woher Alexis kommt.«

Er neigte den Kopf zustimmend, und sie runzelte die Stirn, als sie die Verbindung wieder aktivierte. »Doktor, sind Sie sicher, dass Sie angesichts all des Materials, das Sie überprüft haben, und der Anforderungen, die Sie befolgt haben, immer noch eine physische Disk der Daten benötigen, um fortzufahren?«

»Ja, das fürchte ich. Sie sehen, die Verfahren sind ganz spezifisch und—«

»Schön. Sehr gut. Ich werde eine Anfrage an das Archiv senden, dass unsere Hardcopy ausgeliehen wird. Natürlich haben wir unsere eigenen Verfahren auf dieser Seite, also kann es mehrere Tage dauern, bis Sie sie erhalten. In der Zwischenzeit würde ich Sie sehr ermutigen, auf die Informationen zu reagieren, die Alexis Ihnen zur Verfügung gestellt hat, in dem größten Ausmaß, zu dem Sie sich fähig finden.«

52

SIYANE

WELTRAUM, NORD-ZENTRAL-QUADRANT

Alex winkte mit der Handfläche in Richtung Cockpit, um ihre Position zu überprüfen. »Wir sollten in etwas mehr als einer Stunde bei Romane sein.«

Caleb kam hinter sie, ein Arm umschlang ihre Taille und drückte sie fest an sich, während er mit dem anderen um sie herumgriff und ihren Teller auf den Tisch stellte. »Ausgezeichnet, genug Zeit fürs Frühstück.«

Sie lachte und drückte seine Hand, die auf ihrem Bauch ruhte, bevor sie sich befreite und sich hinsetzte. Er war nach oben geschlichen, während sie duschte, und hatte Panbrioche gebacken und geröstete Kartoffelecken zubereitet und frische Grapefruit aufgeschnitten. Sie sagte ihm immer wieder, dass er nicht das ganze Kochen übernehmen müsse, aber bisher zeigte er keinerlei Anzeichen zuzuhören.

Er holte seinen eigenen Teller von der Anrichte und gesellte sich zu ihr an den Tisch. Sie grub bereits enthusiastisch in das köstliche Frühstück hinein; die Panbrioche war so fluffig und zart, dass sie hätte schwören können, er hätte die letzten zwei Stunden damit verbracht, sie zu backen, wenn sie nicht einen Großteil der letzten zwei Stunden in seinen Armen gekuschelt hätte.

Er setzte sich hin, nur um sein Essen anzustarren. Nach ein paar Sekunden hob er seine Gabel auf—dann legte er sie zurück auf seine Serviette und blickte zu ihr auf. »Hör zu... bevor wir ankommen, muss ich dir etwas über Mia erzählen.«

»Sie ist deine Geliebte. Ich weiß.« Sie lächelte über ihre Gabel hinweg und schob sich eine Kartoffelecke in den Mund.

»Was? Nein—ich meine, nicht seit mehreren Jahren und—« Sein Gesicht verzog sich zu ihr hin. »Woher wusstest du das?«

Sie zuckte mit den Schultern, ein Hauch von Schalk in ihren Augen. Sie genoss es, ihn zu verwirren, auch wenn das Thema zwangsläufig etwas unangenehm sein würde. »Etwas im Tonfall deiner Stimme, als du mir von ihr erzählt hast. Es deutete auf eine... Vertrautheit jenseits der eines bloßen Freundes hin. Du, äh... nun ja, du hast geklungen wie Männer klingen, wenn sie über Frauen sprechen, mit denen sie geschlafen haben.«

»Hab ich das? Verdammt, tut mir leid.« Er zuckte zusammen und fuhr sich mit einer Hand über den Mund, um am Kinn zu verweilen. »Wie ich gerade sagen wollte, es ist vor mehreren Jahren passiert, und es war nie ernst. Wir haben uns vor über einem Jahrzehnt bei einer Mission kennengelernt. Sie hat mir geholfen, ich habe ihr geholfen, und schließlich wurden wir Freunde. Dann etwas mehr. Aber es war ein... ich schaue vorbei, wenn ich in der Stadt bin-Ding. Und nach einer Weile merkten wir, dass wir bessere Freunde als Liebhaber abgaben.«

»Okay.«

»Ich meine es ernst. Ich wollte, dass du es weißt, falls die Vergangenheit zur Sprache kommt—und weil ich dir nichts verheimlichen wollte.«

»Wird sie versuchen, mir die Augen auszukratzen?«

»Nein. Sie ist weder jetzt noch war sie jemals in mich verliebt. Sie ist viel zu clever für so etwas.«

Alex nickte anerkennend.

Er griff über den Tisch und ergriff ihre Hand. »Das Wichtige ist, wir können ihr vollkommen vertrauen. Sie mag etwas kalt rüberkommen, aber das ist ein Abwehrmechanismus. Mia ist ein guter Mensch.«

Sie nickte erneut. »Wenn du das sagst.«

Seine Augen verengten sich misstrauisch. »Weil du mir vertraust.«

»Wenn du vorgehabt hättest, mich zu täuschen, hättest du einfach versprochen, das Schiff wäre auf Seneca sicher. Es gibt keinen Grund, den ich mir vorstellen kann, warum du dir all diese Mühe machen würdest, außer um meines Seelenfriedens willen.«

Er seufzte, ließ ihre Hand los und richtete seinen Blick wieder auf seinen Teller. »Richtig. Solange es logisch ist.«

»Was willst du, dass ich sage?«

»Dass du mir vertraust.«

Ihr Blick senkte sich auf ihren eigenen Teller. »Ich habe dir gesagt, ich vertraue—«

»Dachtest du, ich schlafe mit allen Frauen und der Hälfte der Männer bei jeder Mission?«

Sie unterdrückte ein Stöhnen. Würden sie das wirklich durchziehen? »Die Möglichkeit war mir in den Sinn gekommen.«

»Nun, das tue ich nicht.«

»Sagst du, du hast nie…?«

»Nein, das sage ich nicht. Aber ich mache es mir nicht zur Gewohnheit, und… ehrlich gesagt, ich war selten genug in einer Beziehung, als dass es jemandem wichtig gewesen wäre.«

Sie sprang aus dem Stuhl und schnappte sich ihren Teller, um ihn zur Spüle zu tragen. »Nun, ich möchte nicht anfangen, deinen Stil zu beeinträchtigen—« Sie brach ab und zuckte zusammen bei dem beißenden Klang.

Er erschien einen Augenblick später an ihrer Seite. »Nein. Das darfst du nicht machen.«

Sie sah ihn nicht an. »Was machen?«

»Deine schlimmsten Befürchtungen darüber, was ich sein könnte, auf mich projizieren, als wären sie irgendwie real.«

Hatte er recht? War das, was sie tat? Der Tag zuvor—und die Nacht—waren nahezu magisch gewesen. Bequem und romantisch und liebevoll und ganz entschieden heiß. Trotz der außerirdischen Bedrohung, die über ihnen hing, hatte sie ruhiger und friedlicher in seinen Armen verschlungen geschlafen als seit Monaten. Jetzt benahm sie sich wie eine Drama-Queen, ganz zickig und besitzergreifend?

Sie hielt inne, ihren Teller auf halbem Weg zum Geschirrständer; sie stellte ihn in die Spüle und wandte sich ihm zu. »Du hast recht. Und es ist mir egal, mit wem du geschlafen hast, wirklich nicht. Ich bin froh, dass du es getan hast—ich komme in den Genuss der beträchtlichen Vorteile, dass du deine Fähigkeiten verfeinert hast.« Sie versuchte ein kleines halbes Grinsen, aber sein Ausdruck weigerte sich aufzuhellen.

»Es tut mir leid, dass ich geschnappt habe. Du hast es nicht verdient. Ich bin nur nervös wegen allem, was vor sich geht und, nun ja, weil ich nicht völlig die Kontrolle über meine Situation habe. Ich mag es nicht, von dir abhängig zu sein—von irgendjemandem. Aber ich bin nicht... du musst dich mir nicht erklären. Wirklich.«

Er streckte die Hand aus, um mit den Fingerspitzen über die Kurve ihres Gesichts zu fahren. Verdammt, aber seine Berührung sandte immer noch Schauer über ihren Rücken. »Was, wenn ich mich erklären muss? Ich stelle fest, dass ich nicht will, dass du schlecht von mir denkst.«

Sie drehte ihren Kopf und platzierte einen sanften Kuss auf sein Handgelenk. »Tu ich nicht. Versprochen. Jetzt geh duschen. Wir werden bald da sein.«

Er betrachtete sie noch einen Moment, sein Ausdruck unlesbar, dann nickte er und ging die Treppe hinunter.

Sie sank gegen die Anrichte und ließ ihren Kopf auf die Brust fallen. Was tat sie da? Eifersucht und Besitzgier waren überhaupt nicht ihre Art. Sie waren beide erwachsen, und keiner von ihnen kam ohne Gepäck in diese Sache hinein.

Ja, sie war nervös, weil sie nicht absolut und unzweifelhaft die totale Kontrolle über ihre Situation hatte. Aber das war ihr Problem, nicht seins. Wenn sie sich nicht zusammenriss, würde sie ihn wahrscheinlich vertreiben, bevor das, was auch immer das zwischen ihnen sein mochte, überhaupt richtig in Gang gekommen war.

Sie holte tief Luft und ließ sie lang und langsam wieder aus. Dann stieß sie sich von der Anrichte ab und ging nach unten, ließ ihre Kleider auf den Boden fallen, gesellte sich zu ihm unter die Dusche und machte sehr deutlich, wie wenig sie schlecht von ihm dachte.

53

ERDE

VANCOUVER

»Ein Golddublone für deine Gedanken.«

Richard lächelte als Antwort auf die Stimme an seinem Ohr und entspannte sich einen Moment gegen die Arme an seinen Schultern. »Ich sag dir was. Lad mich zum Mittagessen ein und ich leg dir meine Seele bloß.«

»Abgemacht.«

Er lachte leise, als er sich vom Fenster abwandte. »Ich sollte dich warnen, ich bin ein verheirateter Mann.«

William blickte über die Schulter, während sie dem Maître d' zum Tisch folgten. »Das werd ich im Hinterkopf behalten.«

Nachdem sie Platz genommen hatten und ihre Gläser gefüllt worden waren, atmete Richard aus und lehnte sich im Stuhl zurück. »Danke, dass du dich mit mir zum Mittagessen getroffen hast. Das ist eine willkommene Erholung.«

William zuckte mit den Schultern, während er die Speisekarte studierte. »Na ja, da das Demeter-Projekt wegen des Krieges auf Eis liegt, hab ich im Moment etwas freie Zeit.«

»Hast du unser Haus schon umgebaut?«

»Noch nicht, aber wenn ich bis nächste Woche keinen bezahlten Auftrag hab, mach ich keine Versprechungen. Ich hab überlegt, dass die Wand zwischen Küche und Essbereich völlig überflüssig ist.«

»In Ordnung.« Er hielt inne. »Weißt du, sie werden die Basis auf Arcadia wieder aufbauen müssen. Nicht dass ich scharf darauf wäre, dich so weit weg zu haben, aber falls du interessiert bist, könnte ich—«

»Nein.« Williams Kopf schüttelte nachdrücklich. »Erstens will ich niemals auf deinen Namen oder deine Position setzen. Zweitens würde ich innerhalb einer Woche wahnsinnig werden von den lächerlichen bürokratischen Verstrickungen und Vorschriften und Verfahren der Arbeit für das Militär. Ich schätze den Gedanken, aber nein.«

»Geld ist kein Problem. Du könntest es einfach ruhig angehen lassen und dich mal entspannen. Radikale Idee, ich weiß.«

Der Kellner unterbrach sie, um Brot auf den Tisch zu stellen und ihre Bestellungen aufzunehmen. Das Restaurant war vornehm genug, um automatisierte Bestellung zugunsten altmodischen persönlichen Service zu verschmähen. Es war die Art von Sache, die man nicht vermisste, bis man sie wieder antraf.

Als der Kellner gegangen war, hob William eine Augenbraue. »Bei einem Krieg, Soldaten sterben, du sechzehn Stunden am Tag arbeitest und Aliens am Horizont? Die Schuldgefühle wären erdrückend.«

»Gut, ich erkenne, wann ich einen aussichtslosen Kampf führe.« Seine Stimme verlor sich, als er seinen Salat betrachtete. Er hatte William von Alexs beunruhigender Entdeckung erzählt, obwohl es klassifizierte Information war, weil das war, was Eheleute taten— Dinge teilen, die wirklich wichtig waren.

»Also was beschäftigt dich? Abgesehen vom Offensichtlichen.«

Richard stieß einen Atemzug durch gespitzte Lippen aus. »Das verdammte Attentat. Der Palluda-Angriff. Der Krieg. Ich weiß, alle anderen sind darüber hinweggegangen, aber ich bin jetzt fast vierzig Jahre in diesem Geschäft und nichts davon ergibt auch nur einen Funken Sinn.«

»Okay. Warum?«

»Warum? Lass mich die Gründe aufzählen...«

»Sicher. Trotzdem würde ich wetten, da ist eine Sache, die dir immer wieder in den Kopf springt. Eine nagende Unstimmigkeit, die alle anderen auslöst.«

Er kicherte. Der Verstand eines Ingenieurs bei der Arbeit, der strukturierte Fehleranalyse auf jedes Problem anwendete. Das Kichern verblasste, als ihm klar wurde, dass William wie üblich recht hatte. »Okay. Zunächst einmal, Candela. Der Attentäter. Abgesehen davon, dass er auf das Profil von exakt null Attentätern in der Geschichte passt, was ein ganz anderes Problem ist, machte er keine Anstrengung, seine Identität während des Angriffs zu verbergen. Man könnte sogar sagen, er prahlte damit, ließ seine Fingerabdrücke und DNA auf einem halben Dutzend Händen zurück und posierte praktisch für die Kamera. Also dann—« er brach ab, als der Kellner mit ihrem Mittagessen erschien.

Nachdem er einen Bissen vom gebratenen Heilbutt genommen hatte, fuhr er fort. »Also warum arbeitete er dann so hart daran, unbemerkt zu verschwinden und der Verfolgung zu entgehen, nur um sich unmittelbar danach umzubringen?«

William hielt den mit Chili gefüllten Löffel knapp vor seinem Mund an. »Weil er nicht die nächsten Jahre in einer Allianz-Gefängniszelle verbringen wollte, gelegentlich in Ketten für die Medien vorgeführt und ansonsten auf seine Hinrichtung wartend?«

»Zugegebenermaßen ein guter Grund. Aber er hätte dasselbe Ziel erreichen können, indem er stehen blieb und eine Waffe auf einen der ihn verfolgenden Agenten richtete oder einen angriff. Wenn er sowieso zu sterben beabsichtigte, warum war es so wichtig, dass er zuerst wegkam?«

William nickte aufmerksam; die Angelegenheit hatte jetzt seine Aufmerksamkeit gewonnen. »Und wenn er sowieso zu sterben beabsichtigte, warum war es so wichtig, dass die Welt wusste, dass er den Mord begangen hatte?«

»Genau.« Richard fuhr sich mit der Hand über den Kiefer. »Da ist noch etwas anderes. Alex tauchte neulich im Hauptquartier mit einem senecanischen Geheimdienstagenten auf.«

Williams Augen schossen hoch. Ein seltsamer Schatten zog durch sie hindurch; er war nach einem Blinzeln verschwunden, obwohl sich seine Stirn überrascht gerunzelt hatte. »Ist das dein Ernst?«

»Durchaus. Wir verhafteten ihn, sie befreite ihn aus der Haft, sie sind vom Planeten verschwunden... es ist eine lange Geschichte. Aber der beunruhigendste Teil ist, er behauptete, hier zu sein, um unsere Hilfe zu erbitten. Er und Alex glauben, das Attentat sei von keiner senecanischen Behörde sanktioniert worden, noch der Palluda-Angriff von irgendeiner Allianz-Behörde—etwas, was Miriam auch zu vermuten beginnt. Sie bestehen darauf, der ganze Krieg sei ein Aufbau, der von jemand anderem inszeniert wurde, obwohl Gott weiß, wer das sein könnte.«

»Verdammt.« William sank tiefer in seinen Stuhl. »Gibt es eine Chance, dass sie recht haben?«

»Ich... muss zugeben, es liegt nicht außerhalb des Bereichs des Möglichen. Bei all den Fragen, die diese Ereignisse umgeben, vielleicht mehr als möglich.«

William warf ihm einen Blick über den Tisch zu. Bestimmt, fast herausfordernd. »Was wirst du deswegen unternehmen?«

»Ha.« Er schluckte. »Alex bat mich um die Autopsiebericht über Santiagar. Sie schien zu denken, wenn die Senecaner in der Lage wären, die Details zu untersuchen, könnten sie vielleicht beweisen, dass Candela nicht der Attentäter war.«

»Ich schätze, du hast sie ihr nicht gegeben.«

»Ich konnte nicht. Es wäre ein Verstoß gegen den Militärkodex und meine berufliche Verantwortung und wohl Verrat. Ein hochrangiger Allianz-Militäroffizier, der klassifizierte Akten an einen senecanischen Spion weitergibt? Ich würde unehrenhaft entlassen werden, ganz zu schweigen davon, wahrscheinlich den Rest meines Lebens im Gefängnis verbringen.«

»Aber Richard… was, wenn sie recht haben? Millionen von Menschen werden in diesem Krieg sterben, das ist unvermeidlich. Was, wenn du das verhindern könntest?«

Er begegnete Williams Blick und fand ihn von einer verblüffenden Intensität belebt. »Was schlägst du vor, dass ich tue? Einfach die Akten übergeben und auf das Beste hoffen?«

»Lass mich das machen.«

»Was?«

»Gib mir die Akten. Ich schick Alex eine Nachricht—sogar von der Firma, etwas Offiziell-Klingendes bezüglich ihres Lofts—und verschlüssele die Akten darin. Sie ist ein kluges Mädchen, sie wird es herausfinden. Oder ihr Spionfreund wird es.«

Er griff hinüber und ergriff Richards Hand in seiner. »Hör zu. Mir ist klar, wenn alles schiefgeht, könntest du trotzdem verwickelt werden. Aber zumindest würde es dir etwas Schutz bieten, indem es eine Schicht zwischen dich und die Senecaner legt.«

»William, warum würdest du das tun? Warum dich einmischen?«

»Weil ich glauben will, dass Alex recht hat. Ich will glauben, dass dieser Krieg ein Fehler ist, den keine Seite beabsichtigt hat. Nenn mich verrückt, aber ich will Frieden. Ich glaube nicht, dass die Senecaner die Bösen sind—nicht en masse. Und wenn es eine Gelegenheit für uns gibt, all diese Leben zu retten, will ich dabei helfen, dass es geschieht.«

Ein schwerer Atemzug entwich Richards Lippen, bis es sich anfühlte, als wären seine Lungen, sein ganzer Körper, zu einer leeren Leere geworden. Er war ein niedriger Major im Ersten Crux War gewesen, verantwortlich für nur eine Handvoll Soldaten und abgeschirmt von den schwerwiegenden Entscheidungen, die mit Macht kamen. Jetzt gab es eine Chance, wenn auch eine geringe, dass das Schicksal von Millionen in seinen Händen lag.

Seine Augen hoben sich, um die seines Ehemanns zu finden, die ihn mit Zuneigung anstarrten, aber auch mit Überzeugung. Er nickte. »Gib mir zwei Stunden.«

54

ROMANE

UNABHÄNGIGE KOLONIE

Sie hatten es gerade noch rechtzeitig nach oben geschafft für die Annäherung und Landung auf Romane, aufgrund der unerwartet ausgedehnten und erstaunlichen Dusche.

Mia trat durch die Hangartür, Sekunden nachdem Alex die Luke geöffnet hatte und sie ausstiegen. Er war sich sicher, dass sie draußen gewartet und ihren Eintritt entsprechend getimed hatte. Sie trug einen schmeichelhaften, aber konservativen schwarzen Hosenanzug, ergänzt durch ein silbernes Oberteil, ihr langes schwarzes Haar glatt und gerade über eine Schulter.

Es verblüffte ihn immer noch manchmal, wie gründlich sie sich von einer schmuddligen Straßengöre, Hackerin und Diebin zu einer wohlhabenden, respektierten Geschäftsfrau verwandelt hatte. Er hatte es vor zwölf Jahren ernst gemeint, als er ihr sagte, sie zeige Potenzial jenseits ihrer Umstände, aber das Ausmaß, in dem es sich als wahr herausgestellt hatte, überraschte sogar ihn.

Sie traf sie auf halbem Weg und drückte ihm einen schnellen Kuss auf die Wange. »Caleb, es ist viel zu lange her.« Sie war zurückgewichen, bevor er antworten konnte, und begrüßte Alex mit einem beeindruckend aufrichtigen Lächeln und ausgestreckter Hand. »Mia Requelme. Es ist mir ein Vergnügen, Sie kennenzulernen.«

Alex nahm die dargebotene Hand etwas kühl an, obwohl er vermutete, dass es nicht anders war, als wie sie die meisten Fremden begrüßte. »Alex Solovy. Danke, dass Sie uns entgegenkommen, und das so kurzfristig.«

Mia seufzte in gespieltem Drama. »Ich habe inzwischen bei Caleb gelernt—es ist immer kurzfristig. Aber es ist kein Problem. Sehr schönes Schiff haben Sie da. Einzigartig, würde ich wagen.«

»Das möchte ich meinen.«

»Ich habe viele teure Schiffe hier durchkommen sehen. Ich vermute, Sie haben recht.« Sie deutete auf mehrere Kontrollpanels entlang der Wand. »Wenn Sie mir folgen möchten, können Sie unsere Standardverfahren und die besonderen Dienstleistungen, die wir anbieten, durchgehen. Ich verstehe, Sicherheit ist von äußerster Wichtigkeit.«

»Das ist sie.«

Mia hatte offensichtlich bereits erkannt, dass das Schiff Alex' Baby war, die zusätzlichen Maßnahmen, die er angefordert hatte, waren ihretwegen, und wenn es um das Schiff ging, war sie diejenige, die das Sagen hatte. Die Fähigkeit, einen Kunden und seine Neigungen in Sekundenschnelle einzuschätzen, war zweifellos einer der Gründe, warum sie es so weit gebracht hatte.

Zufrieden, dass die Dinge auf Kurs waren, um relativ reibungslos zu verlaufen, blickte er zu Mia, während sie gemeinsam die geräumige Bucht durchquerten. Die Klasse-I-Buchten waren die größten und bestausgestatteten, die angeboten wurden, nicht nur von ihr, sondern von jedem auf Romane, und jeder Aspekt davon glänzte. »Ich nehme nicht an, dass du zufällig meinen Rucksack mitgebracht hast, den ich hier gelassen habe?«

»Bitte schön. Er ist in meinem Büro.«

Alex hatte sich intensiv in die Informationen am Kontrollzentrum vertieft, ziemlich konzentriert. Er trat an ihre Seite und lehnte sich nah heran. »Der Rucksack enthält einige persönliche Waffen und Werkzeuge—ich habe leider Extras über die ganze Galaxis verstreut. Sobald ich ihn geholt habe, werde ich Kleidung kaufen gehen, weil ich sicher bin, dass du es mehr als satt hast, mich in etwas anderem als diesem Hemd zu sehen. Es war ein anständiges Hemd, aber ich denke daran, es zu verbrennen.«

Sie gab ihm eine vage Nicken als Antwort, ihre Aufmerksamkeit immer noch auf die Details der Hangarbucht gerichtet. Er blickte über seine Schulter. »Mia, nachdem wir bei deinem Büro vorbeigeschaut haben, kannst du zurückkommen und Alex mit dem einrichten, was sie braucht?«

Ihr Ausdruck näherte sich gefährlich einem Grinsen. »Das würde ich gerne tun.«

Er lehnte sich noch näher heran, drückte Alex' Hand und platzierte einen zarten Kuss an der Basis ihres Ohrs. Es war ihm wichtig, dass sie sich in der Situation wohl fühlte und wusste, dass er für sie da war und nur für sie. »Ich bin bald zurück.«

Ihre Augen schossen zu ihm hoch mit einem abgelenkten Blick. »Okay. Viel Spaß.«

* * *

Mia wirbelte herum, sobald sich die Tür zu ihrem Büro schloss, um ihn ungläubig und vielleicht bestürzt anzustarren. »Caleb, Liebling, worauf hast du dich eingelassen?«

Er hockte sich neben den Rucksack auf dem Boden und öffnete den Reißverschluss. Er hatte keine Angst, dass sie etwas entfernt hatte, aber er musste sich an seinen Inhalt erinnern. »Ich habe nicht die leiseste Ahnung, worauf du dich beziehst, Mia, Liebling.«

»Miriam Solovys Tochter? Machst du Witze? Ich schätze, dass du abenteuerlustig bist, aber ich dachte nicht, dass du verrückt bist.«

Er lachte dunkel, während er im Rucksack wühlte. »Woher zum Teufel weißt du, wer ihre Mutter ist?«

Sie starrte ihn an, als wäre sie beleidigt. »Ich werde sehr gut dafür bezahlt, über viele Details bezüglich der Machthaber in unserer kleinen Galaxis auf dem Laufenden zu bleiben. Und die Mutter deiner Freundin ist eine von ihnen. Dir ist klar, dass du jetzt im Krieg gegen die Allianz stehst, oder?«

Er zuckte mit den Schultern, zippte den Rucksack zu und stand auf. »Und dein Punkt ist?«

Sie trat vor und ergriff seine Hände in ihren. »Ich habe eine Schwäche für dich, Caleb. Hatte ich schon immer. Ich möchte nicht sehen, dass dir wehgetan wird.«

Er lächelte. »Sie haben mich bereits verhaftet. Was können sie noch tun?«

Sie tat es nicht. »Sie können dich töten, zum Beispiel.«

»Ich bin viel zu gut, um das zuzulassen. Mach dir keine Sorgen. Uns wird es gut gehen.«

»Uns?« Sie ließ seine Hände los und trat einen Schritt zurück. »Oh mein Gott, du bist in sie verliebt.«

Er atmete scharf aus—schärfer, als er beabsichtigt hatte. »Sei nicht absurd. Ich—«

»Du bist es, du bist völlig in sie verliebt. Ich kann nicht glauben, dass ich es nicht sofort erkannt habe.« Sie lachte. »Ich dachte nie, ich würde den Tag erleben, Caleb Marano verliebt. Sie muss wirklich etwas Besonderes sein.«

»Hör einfach auf, okay? Du weißt nicht, wovon du redest.« Sie wusste definitiv nicht, wovon sie redete. Wie könnte sie?

Sie nickte dramatisch, die Augen weit aufgerissen in Spott. »Natürlich, mein Fehler. Was du auch sagst.«

»Mia…«

»Nein, ich gebe den Punkt zu. Du bist nicht verliebt. Dumm von mir, es überhaupt zu suggerieren. Jetzt sollte ich besser zur Bucht raus, damit deine Freundin nicht anfängt zu vermuten, dass wir hier drin böse sind.«

Er streckte die Hand aus und packte ihren Arm, als sie sich zum Gehen wandte. »Warte. Wir mieten ein Schiff, um nach Seneca zu fliegen, und die Chancen stehen gut, dass wir ein paar Tage dort sein werden. Es gibt noch etwas anderes, was ich brauche, dass du für mich tust, während wir weg sind. Ich zahle dir, was immer du dafür brauchst.«

»Caleb, du weißt, ich berechne dir nie etwas.«

»Du hast noch nicht gehört, was es ist.«

* * *

Mia kehrte nach mehreren Minuten zurück, sans Caleb.

Sie war ziemlich schön, dachte Alex. Objektiv gesprochen. Von durchschnittlicher Größe, aber mit exquisiter Knochenstruktur, ihre olivfarbene Haut ergänzte vage asiatische Gesichtszüge. Sie trug sich mit studierter Selbstsicherheit, doch ihre Augen trugen einen Hauch von… Alex war sich nicht sicher. Rauheit? Körnigkeit? Obwohl sie einen tadellosen Eindruck davon gab, war die Frau nicht in Wohlstand hineingeboren worden. Dessen war Alex sich sicher.

»Wie sieht alles aus?«

»Ausgezeichnet. Sie haben hier eine sehr ausgeklügelte Einrichtung. Ich muss zugeben, ich bin beeindruckt. Aber können wir die zusätzlichen Sicherheitsmaßnahmen durchgehen?«

»Absolut.« Mia öffnete ein neues Display in einem der Panels.

»Eine Kamera überwacht die Tür von außen, auf die nur ich—und jetzt Sie und Caleb—zugreifen können. Wie Sie sehen, ist dies der einzige Eingang zur Bucht außer dem Luftzugang, aber während die Bucht besetzt ist, ist das Kraftfeld einseitig. Ihr Handabdruck hier und diese Tür wird nur noch von Ihnen und mir bedienbar.«

»Und Caleb?«

»Nicht, bis er mit seinem Handabdruck zurückkommt.«

»Richtig. Kann es auch DNA-kodiert werden?«

Mia hob eine Augenbraue, aber zuckte ansonsten nicht bei der Anfrage zurück. »Das kann es.« Ihre Fingerspitzen manipulierten die Informationen auf dem Bildschirm, und eine kleine Schublade glitt unter dem Regal hervor. Sie enthielt einen gebürsteten Magnesium-Encoder.

Alex erkannte seinen Zweck und drückte ihre Handfläche darauf. Ein schwaches Kribbeln gegen ihren Zeigefinger zeigte die Extraktion ihrer DNA-Signatur an.

Sie blickte zu Mia hinüber, die bereits die Signatur einzog und die Türsicherheit konfigurierte. »Also, wie haben Sie Caleb kennengelernt?«

Der Kopf der Frau neigte sich weg, als ein gehüteter Ausdruck über ihr Gesicht huschte.

»Ich will nicht neugierig sein. Wenn es persönlich ist—«

»Entschuldigung, Bauchreaktion. Meine Vergangenheit ist kein Thema, über das ich gewöhnlich spreche. Aber zur Hölle, warum nicht. Es ist sicherlich lange genug her.« Sie fügte ein kleines Lächeln hinzu. »Kurz gesagt, er hat mich gerettet. Ich war in der Zwangsanstellung des Triene-Kartells auf Pandora, wohin ich gelaufen war, nachdem ich es satt hatte, dass mein Vater und mein Bruder mich als Maultier benutzten, um gestohlene Waren zu verhökern—besonders als der letzte 'Kunde' auf die Idee kam, mich sowohl der Waren als auch meines Lebens zu berauben.«

»Es tut mir leid.«

»Ist schon in Ordnung. Ich habe ihn erstochen. Ich nehme an, er ist gestorben, aber wer weiß. Unglücklicherweise landete ich in einer Situation, die kaum besser war. Eines Tages kam Caleb auf mich zu und suchte Hilfe, um in das Triene-Gelände zu gelangen. Ich stimmte zu, und er gab mir ein Ticket vom Planeten weg und einige Credits, um auf die Beine zu kommen. Er nahm die ganze Operation hoch, dann schaute er eine Weile später nach mir. Wir wurden so etwas wie Freunde.«

»Dann mehr als Freunde.«

»Ha... hat er dir das erzählt?« Sie rollte mit den Augen und murmelte etwas, was Alex nicht verstehen konnte, unter ihrem Atem. »Mach dir keine Sorgen, das ist alles weit in der Vergangenheit. Aber er ist mein Freund, und ich schulde ihm mein Leben. Also... sei sanft mit ihm.«

»Ich denke kaum, dass Caleb jemanden braucht, der sanft mit ihm ist.«

»Du könntest überrascht sein.« Sie wechselte das Display zu einem neuen Menü. »Hier können wir auch einen Plasmakäfig um den Andockbereich hinzufügen.« Ein Tippen und ein Feld schimmerte in einer Box zwei Meter jenseits des Schiffsrahmens zum Leben. »Und jetzt verknüpfe ich es auch mit dir. Du kannst es von hier aus aktivieren und deaktivieren.«

Mia hielt inne, die Mundwinkel zuckten. »Was ist mit dir? Wie hast du ihn kennengelernt?«

Alex räusperte sich unbeholfen. »Ich, äh, habe sein Schiff abgeschossen und ihn auf einem feindlichen Planeten gestrandet... dann ihn davon gerettet.«

»Schön!« Mia lachte; es war überraschend reich und sinnlich. »Das erklärt es.«

»Erklärt was?«

»Warum er so angetan von dir ist. Abgesehen vom Offensichtlichen natürlich.«

Sie fühlte sich etwas durcheinander. Wie Teenager über einen Typen zu quatschen war keine Aktivität, die sie gewöhnlich betrieb, oder ehrlich gesagt jemals getan hatte—zumindest nicht mit jemandem außer Kennedy und selbst dann nur nach mehreren Gläsern Wein. »Was meinst du?«

Mia lehnte sich gegen das Regal, verschränkte die Arme vor der Brust und entspannte ihre Haltung. »Es gibt etwas, was du über Caleb verstehen musst. Er verbringt viel seiner Zeit—beruflich—damit, Menschen zu manipulieren. Ihre Schwächen zu finden und sie auszunutzen. Er ist ziemlich geschickt darin, und es hat irgendwie seine Meinung über Menschen im Allgemeinen beeinflusst. Es ist nicht so, dass er sie nicht schätzt—ich vermute, er ist ziemlich angetan von der Menschheit als Regel—aber es setzt ihn notwendigerweise etwas abseits und über die meisten von ihnen.«

Sie kicherte, scheinbar zu sich selbst. »Sehr wenige Individuen beeindrucken ihn wirklich, und diejenigen, die es tun, sind ausnahmslos stark, unabhängig und einfallsreich. Und sollte jemand tatsächlich ihn übertreffen, nun, er wäre sicher hingerissen.«

»Hingerissen?«

Ein geheimnisvolles Grinsen wuchs auf Mias Lippen, als ob sie ein Geheimnis kannte und es behalten wollte. Okay, das war nervig. »Hingerissen.« Sie stieß sich vom Regal ab und konzentrierte sich wieder auf das Display. »Einen bestimmten Namen, unter dem du die Miete haben möchtest?«

»Wie bitte?«

»Caleb sagte, ihr würdet wollen, dass die Aufzeichnungen gefälscht werden. Ich kann einen Namen zufällig wählen oder eine der vielen Firmen, aber ich dachte, ich gebe dir die Wahl.«

Immer der Spion… aber er hatte recht. Ein falscher Name würde das Schiff sicherer machen, besonders sollten ihre Eskapaden im Gefängnis Aufmerksamkeit erregen. »Es ist eine ausgezeichnete Idee, aber ich lasse dich wählen. Ich bin nicht so gut mit den Spionagespielen.«

»Bleib bei ihm, und du wirst es sein.«

* * *

»Ist alles okay mit Mia gelaufen?«

»Hmm? Ja, es lief gut.« Sie war abgelenkt, als sie zu ihm aufblickte, aber sie musste bei den neuen Kleidern lächeln. Er trug anthrazitfarbene Freizeithosen und ein tiefblaues Hemd, das über einem T-Shirt in passender Farbe aufgeknöpft war. Die Tasche in seiner Hand zeigte an, dass es mehr gab, wo diese herkamen.

Sie hätte nicht gedacht, dass es möglich war, aber die Farbwahl ließ seine Augen noch reicher blau erscheinen. »Gefällt mir.«

Er ließ die Tasche auf den Boden fallen und gesellte sich zu ihr auf die Couch. »Gut. Ist etwas los?«

»Ich bin mir nicht sicher.« Sie schickte die Nachricht, die sie angestarrt hatte, an ein Aural. »Das kam vor ein paar Minuten an.«

Ms. Solovy,

Bezüglich der vorgeschlagenen Renovierungen Ihrer Residenz haben wir Entwurfspläne basierend auf Ihren Spezifikationen beigefügt. Bitte überprüfen Sie die Änderungen und Ergänzungen. Wir hoffen, sie treffen auf Ihre Zustimmung.

Mit freundlichen Grüßen,

— W. C. Sutton Construction, Inc.

»W. C. Sutton ist Williams Firma… aber ich mache keine Renovierungen am Loft.«

»Wer ist William?«

»Richards Ehemann. Könnte genauso gut einen Blick auf

die Pläne werfen.« Der Anhang öffnete sich und zeigte, wie angekündigt, einen Bauplan des Grundrisses ihres Lofts. Eine Reihe von Änderungen waren grün markiert. Sie umfassten das Hinzufügen von Marmorboden zum Eingangs- und Essbereich, eine Erweiterung der Küche um weitere anderthalb Meter, neue Fenster und einen zusätzlichen Schrank an der Rückwand des erhöhten Schlafbereichs.

»Das ist seltsam. Ich habe nie die Möglichkeit diskutiert, am Loft zu arbeiten. Seine Expertise liegt sowieso in großen kommerziellen Projekten.«

»Was ist mit den Fenstern? Sie sehen seltsam aus.«

Sie zoomte in die Spezifikationen entlang der Seite des Aurals. »Es steht, sie sind abgeschrägt... was absurd ist. Wer würde abgeschrägte Fenster einbauen? Sie würden die Aussicht völlig verdecken—und die Aussicht ist der ganze Sinn der Fenster.«

»Nun, entweder ist dein Freund William kein großer Architekt, oder... warte eine Sekunde. Wähle das mittlere Fenster aus.«

Der Rest des Bauplans verschwamm in den Hintergrund, als das mittlere Fenster in den Fokus kam. Es bestand aus einem Muster von mehreren Dutzend kleinen abgeschrägten Quadraten.

»Da.« Er zeigte auf eines der Quadrate im unteren linken Quadranten des Fensters. Jetzt, da sie es untersuchte, schien es ein komplizierteres Muster zu enthalten als die anderen. Sie wählte es aus, und das Quadrat vergrößerte sich, um das Aural zu dominieren.

Das Muster darin bestand aus einem ornamentalen Großbuchstaben 'A'.

»Das dachte ich mir. Es ist eine versteckte Nachricht für dich.« Sie blickte fragend hinüber; er zuckte als Antwort mit den Schultern. »Spion-Trick. Du solltest es öffnen.«

»Richtig...« Sie hob eine Augenbraue bei dem Bild und tippte auf das 'A'. Ein Dialog öffnete sich darüber:

Wie lauteten Titel und Komponist von David Solovys Lieblings-Musikstück?

Ein wehmütiges Lächeln zog an ihren Lippen, als sie die Antwort eingab:

Capriccio Italien, Op. 45 von Pyotr Ilyich Tchaikovsky

Eine Datei sprang aus dem Bauplan hervor und schwebte in der Luft.

Autopsiebericht: Mangele Santiagar. 15. September 2322

Sie lachte vor Freude und sank gegen das Kissen. »Raffinierter Bastard. Ich wusste, dass ich auf ihn zählen konnte.«

Caleb fasste ihr Gesicht in seine Hände und zog sie für einen langen, schwermütigen Kuss heran. Er schmeckte nach Butter und Karamell-Kaffee. Köstlich.

»Du. Bist. Wunderbar.«

»Ein bisschen, ja.« Sie küsste ihn wieder, bevor sie sich zurückzog. »Ich habe mit ihm gesprochen, nachdem du verhaftet wurdest. Ich erzählte ihm von unseren Vermutungen und den Informationen, die du hofftest zu bekommen, aber er sagte, es gäbe nichts, was er tun könnte, um zu helfen.«

»Sieht aus, als hätte er seine Meinung geändert—es sei denn, dieser William-Typ hat von eurem Gespräch gehört und selbst auf die Datei zugegriffen.«

»Nein. Er ist ein Bauprojektmanager, kein Spion. Außerdem sind sie sehr eng. Das ist Richards Werk. Hier, lass mich dir die Datei schicken.«

Er stützte seine Ellbogen auf die Knie und nahm sich einen Moment, um sie zu studieren. »Die Informationen sind ziemlich detailliert, also hoffentlich enthält sie einen Schlüssel, um dieses ganze Durcheinander aufzubrechen. Aber sie hat Allianz-Sicherheit überall draufgeschrieben—auf keinen Fall wird sie durch das Verteidigungsnetz kommen. Wir müssen sie persönlich überbringen. Was in Ordnung ist, weil wir heute Abend in Cavare sein können.«

Er grinste sie an, offensichtlich erfreut über die Wendung der Ereignisse. »Lass uns ein Schiff mieten.«

55

NEW BABEL

UNABHÄNGIGE KOLONIE

Olivia lächelte in sich hinein, während sie die neu eroberte Anlage besichtigte, obwohl sie es nie bis zu ihren Lippen gelangen ließ. Äußerlich wirkte sie stoisch kritisch und anspruchsvoll, inspizierte jede Oberfläche und Ecke nach Fehlern, Mängeln oder lediglich einem Mangel an Optimierung.

Sie deutete auf eine Reihe schmaler Schlitze, die entlang der Oberkante der rechten Wand verliefen. »Ersetzen Sie diese Kühlungsschlitze. Wir haben Zugang zu neuerem Material zum halben Preis. Und stellen Sie sicher, dass Sie die richtige Qualität für diese Art der Produktion bekommen.«

Die Fertigungsanlage war vor zwei Tagen vom Shào-Kartell »befreit« worden, über Nacht gesäubert worden, und die notwendigen Renovierungen waren nun fast abgeschlossen. Dieser spezielle Standort würde ihren Versorgungsfluss illegaler kybernetischer Verbesserungen erhöhen—Seh- und Reflexverstärker, Körperzustandsinterpreter, Schlafentzugsmodulatoren und Kybernetisierungs-Übertaktungen, um nur einige zu nennen—alle hyperkonzentriert und weit über sichere Grenzen hinaus verstärkt und alle mit einem anständigen Risiko für Blindheit, Muskelablösung oder sogar katastrophalen Nervenschlag behaftet.

Es war eine gute Entscheidung ihrerseits gewesen, zu nehmen, was sie brauchte, anstatt Zeit und Mühe aufzuwenden, um eine neue Anlage zu bauen. Der Krieg heizte sich ernsthaft auf, und sie sahen bereits einen merklichen Anstieg der Nachfrage nach der Art von Verbesserungen, die die Anlage herstellen würde. Jeder wollte sich einen Vorteil im aufkommenden Chaos verschaffen, das der Krieg erzeugte; sie war glücklich, ihnen die notwendigen Werkzeuge dafür zu liefern, auf welche Weise sie es auch für richtig hielten.

Sie warf einen letzten Blick um die lange rechteckige Kammer. Arbeiter installierten geschäftig Ausrüstung auf der Hauptprodukti onsetage. Kisten voller Komponenten säumten die Wände, in vielen Fällen fast bis zur Decke gestapelt. Vollstrecker bewachten jede Tür, innen und außen; weitere standen Wache in einem hundert Meter Umkreis. Shào war keine Straßengang, und sie erwartete nicht, dass sie die Beschlagnahme ihres Eigentums besonders gut aufnehmen würden. Es würde Vergeltungsmaßnahmen geben, aber nichts, was ihre Leute nicht bewältigen könnten.

»Ich habe genug gesehen. Machen Sie weiter. Kontaktieren Sie mich, falls Sie auf Last-Minute-Schwierigkeiten stoßen.« Sie nickte Gesson zu und ging zum Aufzug zum Dach, Gefolge im Schlepptau.

Der schwüle blaue Dunst eines New Babel-Morgens begrüßte sie, als sie über das Dach zu ihrem Transport schritt. Sie hatte ein Dinner-Date mit dem CEO einer Pharmafirma, einem, der einen gewissen Grad moralischer Flexibilität gezeigt hatte, wenn es um seine Geschäftsunternehmungen ging.

Für den richtigen Preis war sie zuversichtlich, dass er davon überzeugt werden könnte, ihr die Zutaten zu liefern, die sie benötigte. Einmal kombiniert mit anderen Zutaten von anderen Pharmaunternehmen, legitimen und anderen, würde das Ergebnis eine neue Sorte hochwirksamer Chimerals für den Markt sein, exklusiv durch das Zelones-Kartell erhältlich.

Inmitten des Krieges, wenn Tod und Zerstörung im Überfluss vorhanden waren, suchten die Menschen unweigerlich nach einem Weg, dem allem zu entkommen. Noch ein weiterer Weg der Gelegenheit, der sich dank der vorhersagbaren Inkompetenz und reaktionären Verhaltensweise von Politikern eröffnete.

Das und ein paar wohlplatzierte Raketen.

Die kolonisierten Welten, die sich selbst Zivilisation nannten, stellten ein Pulverfass dar, das viel zu lange ruhend gelegen hatte. Wende den richtigen Druck an, und es würde in Chaos ausbrechen. Sie konnte spüren, wie die Galaxis zu krampfen begann.

Der Transport stieg über das Industriegebiet auf und schwenkte zum Raumhafen. Der Pharmachef wagte es natürlich nicht, sich auf New Babel blicken zu lassen, also tat sie ihm den enormen Gefallen, nach Atlantis zum Dinner zu reisen. Ein einmaliges Zugeständnis— aber einmal war im Allgemeinen alles, was erforderlich war.

Eine eingehende Nachricht erregte ihre Aufmerksamkeit, als sie gerade dabei war, neue Kostenanalysen zu überprüfen. Beim Öffnen verdunkelte sich ihr Gesichtsausdruck zu einem finsteren Blick.

Ms. Montegreu,

Ziel lehnte den Vancouver-Job ab. Er entdeckte auch den Inhalt des Pakets.

— Kigin

Sie kontaktierte Kigin sofort.

Ist er schon tot?

Äh, nein, Ma'am. Ich dachte, ich sollte bei Ihnen nach Anweisungen fragen.

Meine Anweisungen sind, dass er tot sein soll. Jetzt.

Ja, Ma'am. Ich kümmere mich darum.

Sie seufzte und kniff sich genervt in die Nase. Deshalb existierten Pläne, und deshalb sollten sie nicht davon abgewichen werden, es sei denn, es gab keine andere praktikable Option. Sie hatte in diesem Geschäft teilweise Erfolg, weil sie Pläne für ihre Pläne aufrechterhielt, kurz- und langfristige Strategien für zahlreiche Szenarien und vielschichtige Pläne, die über Jahre, sogar Jahrzehnte ausgeführt werden sollten. Sich ad-hoc-Modifikationen an sorgfältig ausgearbeiteten Plänen hinzugeben war ein Rezept für eine Katastrophe, die mehr als einen ansonsten brillanten Anführer zu Fall gebracht hatte.

Sie hätte es nicht tun sollen.

Der Gedanke, Marcus zu informieren, dass seine kleine »Gelegenheit« ein Reinfall war, kreuzte ihren Geist für weniger als eine Millisekunde, bevor er verworfen wurde. Er bestand nur auf QEC, paranoid über alle Maßen bezüglich Geheimhaltung, und sie hatte nicht im Entferntesten die Zeit, jetzt ins Büro zurückzukehren.

Und außerdem hatte sie ihm keine Versprechungen gemacht. Sie hatte gesagt, sie würde sich bemühen, seiner Last-Minute-Sonderbitte nachzukommen, und das hatte sie getan. Vielleicht würde sie es ihm mitteilen, wenn sie das nächste Mal sprachen. Aber er hatte die Grenzen ihrer Geschäftsvereinbarung überschritten, indem er die Bitte stellte, und sie war nicht geneigt, schlechtes Verhalten zu belohnen.

Sie würde jedoch das Durcheinander aufräumen, das daraus resultiert war, obwohl es eine Unannehmlichkeit war—weil sie, mindestens so sehr wie er, ein begründetes Interesse daran hatte, dass ihre Vereinbarung mit großem Erfolg fortgesetzt wurde.

56

WELTRAUM, NORD-ZENTRAL-QUADRANT

SENECA-STERNENSYSTEM

Caleb ging hinüber zur kleinen Treppe des Mietschiffs, um Alex zu sagen, sie solle sich warm anziehen, da Cavare nachts ziemlich kühl war—dann erstarrte er, als sie die Stufen hinaufstieg.

Sie trug einen tiefvioletten Rollkragenpullover aus einem seidigen, schimmernden Material; wenn das Licht darauf fiel, kräuselten sich Andeutungen von Indigo und Karmesin über den Stoff. Dazu trug sie elegante, eng anliegende schwarze Hosen und schwarze Stiefel mit Keilabsatz. Ihr Haar war locker zurückgenommen und fiel in Wellen über und hinter ihre Schultern. Sie hatte ein paar Strähnen entkommen lassen, die ihre Wangenknochen umrahmten. Es war einfache, funktionale und gewöhnliche Kleidung. Es war spektakulär.

Sie hielt am oberen Ende der Treppe inne. Eine Hand verweilte am Geländer. »Was? Habe ich etwas vergessen?«

»Du bist wunderschön.« Seine Stimme kam leise und fast ehrfürchtig heraus. Er hatte es ihr schon am Abend zuvor gesagt, während sie rittlings auf ihm gesessen hatte, nackt im Sternenlicht, das durch das Sichtfenster über ihrem Bett schien. Es war jetzt nicht weniger wahr.

Sie blinzelte. »Ich... danke. Ich habe nicht viele Nicht-Arbeitskleidung mitgebracht. Vielleicht hätte ich mit dir auf Romane ein paar Sachen kaufen sollen...«

Er lächelte und überquerte den Raum zu ihr, legte einen Arm um ihre Taille, während die andere Hand entlang ihres Kiefers strich. »Du siehst übrigens auch in denen wunderschön aus. Falls ich es dir noch nicht gesagt habe.«

Sie wirkte völlig verblüfft, was er nicht verstand. Er war sich sicher, dass er nicht der erste Mann war, der ihr sagte, dass sie schön war. Kein Computeralgorithmus würde ihre Züge als ideales Beispiel für Schönheit hervorbringen—sie waren zu dramatisch, zu einzigartig—aber man täusche sich nicht. Sie war schön.

Schließlich entspannte sie sich in seine Arme, ihre Lippen trafen seine mit einem Flüstern. »Denkst du, Schmeichelei bringt dich in meine Hose?«

»Das ist der Plan.«

Ein Piepen im Cockpit signalisierte ihren ersten Anflug auf Seneca, und er löste sich widerstrebend von ihr und ging zum Cockpit. Es war etwas seltsam, dass er das Fliegen übernahm, und er wusste, dass sie es desorientierend fand. Aber im Moment war das zumindest seine Show.

»Warte—« er blickte über die Schulter zu ihr, erschrocken über den Ausbruch »—werden sie mich durchlassen? Hätte ich mir, ich weiß nicht, einen falschen Ausweis besorgen sollen oder so?«

»Du bist freigegeben.«

»Was meinst du?«

»Ich meine, du bist freigegeben. Es ist erledigt.«

»Unter meinem eigenen Namen.«

»Unter deinem eigenen Namen.« Er ergriff ihre Hand, als sie ihre

Arme über die Kopfstütze des Cockpitsitzes legte. »Es wird schon gut gehen. Versprochen.«

* * *

SENECA

CAVARE, HAUPTQUARTIER DER GEHEIMDIENSTABTEILUNG

Sie trafen sich in einem Konferenzraum im ersten Stock des Division-Hauptquartiers, aus mehreren Gründen. So würde Caleb nicht auf eine Reihe von Leuten treffen, die neugierig sein könnten, wo er gewesen war und womit er sich beschäftigt haben mochte. Außerdem war Volosk nicht gerade wohl dabei, Alex eine rote Teppich-Tour durch das innere Heiligtum der Division zu geben. Aus einer Außenperspektive konnte Caleb die Sorge verstehen, also argumentierte er nicht.

Er gab den Sicherheitscode ein, der sich alle zwanzig Stunden änderte, und seinen eigenen persönlichen ID-Scan an der äußeren Tür und bedeutete ihr, vor ihm einzutreten. Zwei Flure und eine weitere Tür, dann eine letzte Tür und sie erreichten den kleinen Konferenzraum.

Volosk war über ihre Ankunft benachrichtigt worden und wartete auf sie. Er stand auf und schüttelte Calebs Hand. »Agent Marano, schön zu sehen, dass Sie es in einem Stück zurückgeschafft haben.«

»Das bin ich auch, Sir.«

Volosks Blick wanderte nach links. »Ms. Solovy, nehme ich an.« Er streckte förmlicher eine Hand aus. »Michael Volosk, Direktor für Spezialoperationen.«

514

Sie nahm die angebotene Begrüßung gnädig an. »Es ist mir ein Vergnügen, Sie kennenzulernen.«

Er deutete auf den Tisch und sie nahmen Plätze ihm gegenüber ein. Caleb faltete seine Hände auf dem Tisch und lehnte sich vor. »Ich schicke Ihnen eine Datei, die Sie, denke ich, sehr nützlich finden werden.«

Volosk hob eine Augenbraue, aber sein Ausdruck verwandelte sich, sobald er die Datei erhielt. Seine Augen verloren für solide zehn Sekunden den Fokus, bevor seine Aufmerksamkeit zu ihnen zurückkehrte. Er lächelte in etwas, das wie Erleichterung aussah, aber definitiv Wertschätzung war.

»Sie haben meine aufrichtige Dankbarkeit—Sie beide. Sobald wir hier fertig sind, werde ich anfangen, diese Informationen zu analysieren. Vielleicht... nun, lassen wir unsere Hoffnungen nicht zu hoch steigen, aber vielleicht können wir etwas gegen den aktuellen Zustand der Dinge unternehmen. Für jetzt sollten wir aber über Metis sprechen.«

Alex fing Calebs Blick kurz auf, dann griff sie in ihre Tasche und holte eine kleine Kristallscheibe heraus. Die Pause war fast unmerklich, bevor sie die Scheibe über den Tisch schob. »Eine Hardcopy aller Rohdaten, die wir gesammelt haben.«

Er nahm sie mit der Ehrerbietung entgegen, die sie verdiente. »Danke.« Sein Kopf neigte sich nachdenklich. »Die Allianz-Führung hat diese Informationen auch, nehme ich an?«

»Haben sie.«

»Wenn ich fragen darf, gibt es etwas, was Sie mir bezüglich ihrer Reaktion zu sagen bereit sind?«

»Chush' sobach'ya...« Sie räusperte sich. »Entschuldigung. Sie sagten, sie würden die Situation beobachten.«

Er lächelte, obwohl es etwas kalt wirkte. »Sie hoffen, dass die Aliens uns zuerst angreifen, damit sie die Gelegenheit nutzen können.«

Diese Pause war bemerkbar. »Etwas in der Art.«

»Und wie fühlen Sie sich bezüglich ihrer Reaktion, Ms. Solovy?«

Sie begegnete seinem Starren gleichmäßig, ohne zu zucken. »Ich bin hier, nicht wahr?«

Er senkte das Kinn, um den Punkt zu konzedieren. »Stimmt. Ich meinte keine Beleidigung.«

Caleb drückte ihre Hand unter dem Tisch. »Was ist das Wort von dem GOI-Zug, den wir zur Untersuchung geschickt haben? Haben sie die Alienschiffe gefunden?«

Volosks Lippen spitzten sich. »Wir haben seit ihrem Eintritt in Metis vor vier Tagen nichts von ihnen gehört. Da Kommunikation innerhalb des Nebels nicht möglich ist, ist es zu früh, um Schlüsse zu ziehen. Sie könnten einfach noch untersuchen.«

»Ich stelle mir vor, sie hatten Anweisungen, Drohnen mit Updates zurückzuschicken?«

Der Ausdruck des Mannes war bewundernswert neutral. »Hatten sie.«

Scheiße. Er hatte ihnen gesagt, es sei zu riskant, einen ganzen Zug hineinzuschicken, egal ob es Stealth-Spezialeinheiten waren. »Verstehe. Hoffentlich hören Sie bald von ihnen.«

»Das hoffe ich auch.« Das unbehagliche Schweigen verweilte nur einen Atemzug länger als angenehm. »Also habe ich Ihren Bericht durchgesehen, aber wenn es Ihnen nichts ausmacht, würde ich gerne ein paar Details durchgehen.« Seine Augen wanderten über jeden von ihnen; sie zuckten beide akzeptierend mit den Schultern.

»Ihre Spektralanalyse der Schiffszusammensetzung—sie ergab keine Übereinstimmungen, richtig?«

»Richtig.« Sie nickte und rutschte instinktiv in den Experten-modus. »Chemisch ist das nächste Äquivalent Lonsdaleite-Diamant, aber dieses Metall ist viel dunkler in der Farbe als

Lonsdaleite und kommt nicht annähernd an eine Übereinstimmung heran. Was auch immer das Metall ist, es schien ziemlich dicht und stark. Leider ist die einzige andere Tatsache, die wir mit einiger Sicherheit bestimmt haben, dass der Ring aus einem ähnlichen, aber nicht identischen Material konstruiert ist.«

»Okay. Also schauen wir auf bisher unentdeckte Elemente. Und bezüglich der elektromagnetischen Wellen, Sie deuteten an, die Terahertz-Signale könnten eine Form der Kommunikation sein. Darf ich fragen, was Ihr Gedankengang ist?«

»Wieder ist es nur Spekulation, aber ein paar Dinge. Zum einen war das Signal hyperpräzise—fokussiert und komprimiert, ohne erkennbare Streuung. Das bedeutet, es war kein Emissionsne benprodukt ihrer Technologie und wurde eindeutig für einen Zweck verwendet. Außerdem hat Metis keine signifikante Terahertz-Hintergrundstrahlung—aber in der Portalregion waren die Terahertz-Wellen allgegenwärtig. Und schließlich, weil wir es nicht für Kommunikation verwenden. Es würde uns vielleicht nicht einfallen, das Band abzuhören.«

»Hmm.« Er nickte bedächtig. »Nicht schlecht als Gründe.« Er war einen Moment still, bevor er seine Aufmerksamkeit auf Caleb richtete. »Wo denken Sie, hat das Portal seinen Ursprung?«

Es würde die Frage für ihn sein. Es gab keine harten, objektiven Fakten oder Daten, auf die er sich verlassen konnte—praktisch keine Informationen überhaupt. Nichts als Instinkt und Beobachtu ngsfähigkeiten, geboren aus Erfahrung, und einen Schuss ange-borenes Talent.

»Eine andere Dimension.«

»Ist das Ihr Ernst?« Die Augenbraue verwandelte sich von Wertschätzung zu Skepsis.

»Es könnte sehr wohl zur anderen Seite der Milchstraße führen oder genauso wahrscheinlich zu einer anderen Galaxie. Aber hier ist die Sache—und ich hätte nie daran gedacht, wenn Alex nicht die Idee eines dimensionalen Portals als denkbare Möglichkeit aufgebracht hätte—das Portal musste gebaut werden. Und so beeindruckend diese Superdreadnoughts sind, sie sind winzig im Vergleich zum Portal. Es zu bauen muss ein gewaltiges Unterfangen selbst für hochentwickelte Aliens gewesen sein.«

Er richtete seine Haltung auf, gefangen in dem Argument. »Also warum die Arbeiter und Maschinen und Materialien schicken, um das Portal über die Galaxie oder das Universum mit konventionellen Mitteln zu bauen—warum all die Zeit und Anstrengung aufwenden—um eine Abkürzung zu bauen? Wie viel mehr Zeit hätte es gedauert, einfach die Schiffe zu schicken?«

Er spürte, wie Alex ihn neugierig betrachtete. Er hatte tatsächlich noch nicht die Gelegenheit gehabt, seine Theorie mit ihr zu teilen. Es hatte Fluchten zu vollziehen gegeben und Sex und Planung und Organisation und Sex und Mahlzeiten zu kochen und… nun. Er grinste sie mit einem Mundwinkel an.

Volosk jedoch runzelte die Stirn. »Ich kann mir viele Erklärungen vorstellen. Das Personal und der Treibstoff, um einen zu nennen.«

»Absolut. Ich räume den Punkt ein. Aber ich denke, es ist sicher anzunehmen, dass diese Aliens die Fähigkeit besitzen, mindestens so schnell zu reisen wie wir. Also sagen wir, sie sind von der anderen Seite der Galaxie. Höchstens sind es vierzig oder so Galaktische Tage Reise, keineswegs eine Reise, die es wert wäre, stattdessen ein teures magisches Portal zu bauen. Wenn wir andererseits von einer anderen Galaxie sprechen, ist die Reise mindestens fast ein halbes Jahr und aller Wahrscheinlichkeit nach viel länger, in welchem Fall warum die Zeit und Arbeitskraft aufwenden, die Erbauer zu schicken, aber nicht die Kämpfer?«

Er lehnte sich vor und ließ seine Ellbogen auf den Tisch fallen. »Und welche Kämpfer? Zugegeben, es könnten Soldaten, organische Wesen irgendeiner Art, in den Dreadnoughts oder den Tentakelschiffen sein—zur Hölle, es gibt wahrscheinlich welche. Aber wir sahen null Beweise für sie.« Er hob eine Hand in präventivem Protest. »Bevor Sie es sagen, ich stimme zu, Sie würden uns auch nicht von außerhalb unserer Flotte sehen. Trotzdem gab es ein Gefühl, einen Eindruck, den die Schiffe hervorriefen... als ob nichts anwesend wäre, das lebte und atmete.«

Er zuckte mit den Schultern und dämpfte bewusst den Eifer. »Entweder sie reisen sehr langsam und brauchen daher das Portal, was ihrer ansonsten offensichtlich fortgeschrittenen Technologie widerspricht, oder sie reisen sehr schnell, was die Notwendigkeit für das Portal überhaupt überflüssig macht. Es sei denn, es war der einzige Weg.«

Volosk schwieg lange. Schließlich nickte er. »Anständige Behauptungen—außer einem Punkt. Wenn das Portal der einzige Weg ist, wie sind seine Erbauer hierher gekommen?«

Caleb biss sich auf die Unterlippe. »Ich bin kein Experte für verborgene Dimensionen, aber... ich bin nicht sicher, ob sie das müssten.«

Ein nachdenkliches Schweigen verweilte wieder einen Moment, bis Volosk trocken kicherte. »Nun, vorerst sollten wir uns darauf konzentrieren, wie wir uns gegen sie verteidigen. Esoterischere Überlegungen können bis zur Siegesfeier warten.«

Er richtete sich in seinem Stuhl auf, als hätte er sich von der Richtigkeit seiner Schlussfolgerung überzeugt. »Ich versuche, ein Treffen mit Delavasi und dem Verteidigungsdirektor für heute Abend zu arrangieren, obwohl ihre Terminkalender verständlicherweise ziemlich voll sind. Wenn Sie beide für die nächsten Stunden verfügbar bleiben können, würde ich das schätzen. Ich lasse Sie wissen, sobald ich etwas Definitives höre.«

Er stand auf und richtete einen scharfen Blick auf Caleb. »Bis dahin muss ich zu den Details der Führung eines…« er schaffte es, nicht zu Alex zu blicken »…bedauerlichen Krieges zurückkehren. Agent Marano, bis auf weiteres ist Ihre einzige Mission die Untersuchung dieser Aliens und damit zusammenhängender Angelegenheiten.«

»Natürlich. Irgendwelche besonderen Anweisungen?«

»In der kurzen Zeit, in der ich mit Ihnen gearbeitet habe, ist mir eine Sache klar geworden. Von all unseren Agenten sind Sie die letzte Person, die Mikromanagement braucht. Handeln Sie, wie Sie es für richtig halten—aber versuchen Sie, wenn möglich zu vermeiden, weitere Division-Raumschiffe in die Luft zu sprengen.«

»Ich werde mein Bestes geben, Sir. Obwohl, um fair zu sein, das letzte war ihre Schuld.«

57

ERDE

WASHINGTON, ERDALLIANZ HAUPTQUARTIER

Das Kommandozentrum im Keller des Erdallianz Headquarters blieb auch an diesem sechsten Tag des Zweiten Crux War ein Zentrum hektischer Aktivität.

Assistenten sorgten dafür, dass die sicheren Dateien geladen und alle notwendigen Informationen verfügbar waren, der Erfrischungstisch vollständig bestückt und das EM-Abschirmfeld aktiviert war. Der Lärm verstärkte sich an den verstärkten Wänden zu einem Getöse, über dem es schwierig war, ein normales Gespräch zu führen.

Die Ankunft des Stabschefs im Bunker diente den Assistenten als Zeichen, den unmittelbaren Bereich um den Sitzungsraum zu verlassen. Sie gingen an der Frau vorbei und zerstreuten sich – einige nach oben in ihre Büros, andere zu Stationen anderswo im Kommandozentrum, um die Kriegsentwicklungen zu überwachen.

Marcus Aguirre verließ den Aufzug neben Premierminister Brennon. Sie setzten ihr Gespräch fort, während sie den langen Flur entlanggingen. »Ja, Sir, ich glaube, unter den Bestimmungen haben Sie definitiv die Befugnis, die notwendigen Mittel zu beschlagnahmen—« Als er den Sitzungsraum erreichte, brach er ab. »Aber wir können das in der Besprechung diskutieren.« Er trat zur Seite und ließ Brennon vor sich den Raum betreten.

Der Versammlungssprecher und Vorsitzende des Ausschusses für Streitkräfte waren bereits eingetroffen, zusammen mit dem Verteidigungsminister. Marcus ging zu der Anrichte im hinteren Teil des Raumes und goss sich ein Glas Wasser ein, bevor er seinen Platz ein Drittel des Weges den Konferenztisch hinunter einnahm. Er gab vor, Materialien für die Besprechung zu durchgehen, während er diskret die anderen durch den durchscheinenden Bildschirm beobachtete.

Sprecher Barrera war ein langjähriger Bekannter und politischer Verbündeter. Sie hatten sich vor zwei Nächten zum Abendessen getroffen; es war eine rechtzeitige Bekräftigung ihrer Allianz und eine subtile Erinnerung an den Sprecher bezüglich der Gefälligkeiten, die Marcus ihm in der Vergangenheit gewährt hatte. Man könnte argumentieren, dass der Sprecher Marcus seine Position verdankte, aber er sprach nie laut darüber. Das musste er auch nicht. So war das Spiel der Politik. Außerdem würde die Schuld bald genug fällig werden.

Der Vorsitzende der Streitkräfte war ein scharfsinniger Mann. Pensionierter Militär, hatte er mehrere Tapferkeitsmedaillen für seinen Dienst während des Ersten Crux War erhalten. Er hielt seine derzeitige Position aufgrund dieser Errungenschaften inne, nicht wegen irgendwelcher politischen Fähigkeiten. Obwohl er es verdiente, im Auge behalten zu werden, sollte er realistisch betrachtet bei den kommenden Manövern überfordert sein.

Verteidigungsminister Mori sprach leise mit dem Stabschef am anderen Ende des Tisches. Mori war schwach, ein Bürokrat, als er beim Militär war, und noch mehr einer in der Regierung.

Jeder militärische Einfluss, den er hatte, wurde bei weitem von EASK überschattet. Aber er war ein unverhohlener Senecan-Gegner; als solcher könnte sich seine intensive Abneigung gegen den Feind als nützlich erweisen. Der Stabschef hingegen war klug und hochintelligent und Brennon gegenüber bis zum Fehler loyal. Sie war über zwanzig Jahre an der Seite des Mannes gewesen, seit seinen frühen politischen Kampagnen.

Er blickte auf, als der Außenminister hereinkam, gefolgt von—

Nun, das war eine Komplikation.

Mori schob seinen Stuhl zurück und erhob sich zum Salutieren. »Admiral Solovy, es ist ein Vergnügen, Sie wiederzusehen. Ich nehme an, General Alamatto ist heute anderweitig beschäftigt?«

Miriam Solovy nickte höflich. »Ja, er verbrachte den Nachmittag auf dem Orbital bei einem Treffen mit den Regionalkommandeuren. Er kehrt jetzt zurück, aber würde nicht rechtzeitig hier ankommen können. Er lässt sein Bedauern ausrichten.«

Alamatto sollte hier sein und somit außer Gefahr. Er konnte Alamatto kontrollieren. Solovy sollte in Vancouver sein, in ihrem Büro im EASK Headquarters sitzen wie ein braves Mädchen.

Sein Gesicht behielt eine perfekte Maske bei, während er seinen Ärger unterdrückte und seine Optionen bedachte. Es dauerte nicht lange, denn im Moment hatte er keine. Er konnte die Operation jetzt nicht mehr abbrechen, selbst wenn er wollte – und er wollte nicht, da dies weitaus mehr Komplikationen verursachen würde, als es löste. Er überlegte, zu versuchen, Alamatto aufzuhalten und seine Ankunft in Vancouver zu verzögern... aber er persönlich hatte keine praktikable Möglichkeit, das zu bewerkstelligen, und diejenigen, die es könnten, waren derzeit nicht verfügbar.

Es wäre ein Rückschlag, aber ein geringfügiger. Das Hauptziel und mehrere Nebenziele würden trotzdem erreicht werden. Und Solovy würde sich bald ohnehin ihren eigenen Schwierigkeiten gegenübersehen. Er musste ihre anhaltende Anwesenheit in die Angelegenheiten einbeziehen und Gegenmaßnahmen formulieren, aber das musste warten.

Brennon signalisierte mit einem Blick um den Tisch den Beginn der Besprechung. »Danke, dass Sie alle gekommen sind. Der Zweck dieser Besprechung ist es, den Stand der Dinge eine Woche nach Beginn der Feindseligkeiten zu überprüfen und unsere Strategie für die Zukunft zu diskutieren.«

Sein Lächeln strahlte über den Tisch, als wäre der Raum voller Wähler. »Zuerst die guten Nachrichten. Admiral Solovy?«

Solovy nickte Brennon kurz zu. »Danke, Herr Premierminister. Wie Sie alle wahrscheinlich wissen, haben wir vor vier Tagen fünfzehn große Senecan-Hyperspektralscanner zerstört und damit ihre Fähigkeit, unsere militärischen Bewegungen und Aufstellungen zu verfolgen, erheblich beeinträchtigt. Mit den nun eingerichteten verstärkten Verteidigungsmaßnahmen erwarten wir nicht, dass sie die verlorenen Überwachungskapazitäten in absehbarer Zeit ersetzen können.

»Außerdem freue ich mich berichten zu können, dass Admiral Rychens Streitkräfte die Senecan-Abteilung, die für den Angriff auf Arcadia verantwortlich war, angegriffen und einen entscheidenden Sieg nahe Desna errungen haben. Es war die erste direkte Schlacht dieses Konflikts und stellt einen klaren Sieg für die Allianz dar.«

»Ausgezeichnete Nachrichten, Admiral. Verteidigungsminister Mori?«

Der Verteidigungsminister runzelte die Stirn; es war ein unangenehmer Ausdruck auf seinen dünnen Lippen und dem spitzen Kinn. »Leider sind es nicht nur gute Nachrichten. Vor fünf Stunden zerstörte eine Senecan-Angriffseinheit die Produktionsanlagen von Surno Materials auf Aquila. Surno war unser größter Lieferant der Metamaterialien, die beim Bau von Allianz-Raumschiffen verwendet werden.

»Nun, obwohl dies kein unmittelbarer Notfall ist, ist es unvermeidlich, dass wir im Krieg Verluste erleiden und Schiffe ersetzen müssen. Ich habe empfohlen, dass wir Verordnung ERS 26608.577.2034g anwenden und fünfzig Prozent der Produktionsleistung der fünf nächstgrößten Hersteller der relevanten Metamaterialien beschlagnahmen.«

Marcus räusperte sich. »Ich habe den Premierminister beraten, dass er unter besagter Verordnung die Befugnis dazu hat. Es ist jedoch auch die öffentliche Wahrnehmung zu berücksichtigen. Wir wollen nicht, dass die Regierung so früh im Konflikt zu schwerfällig erscheint.«

Mori zuckte mit den Schultern. »Was sind unsere anderen Optionen?«

Solovy veränderte ihre Haltung auf eine undefinierbare Weise, die irgendwie ihre Präsenz am Tisch verstärkte. »Wir können die Lieferanten als Kunden ansprechen und neue Verträge aushandeln.«

»Ha!« Mori schnaubte. »Kriegszeit ist nicht der Ort für Kapitalismus. Wir benötigen die Materialien. Das sollte das Ende der Diskussion sein. Sicherlich erkennen Sie das, Admiral?«

»Sicherlich.«

»Ja, nun.« Brennon nickte. »Ich werde später heute eine Entscheidung treffen. Admiral, haben unsere Streitkräfte weitere dringende Anforderungen?«

»Viele, Sir, aber wir kümmern uns darum.«

Brennon lächelte ein wenig. »Natürlich tun Sie das. Nun sollten wir wahrscheinlich weitermachen—«

»Sir, wenn ich darf, gibt es eine zusätzliche Angelegenheit, die wir diskutieren sollten.«

Falls Brennon von der Unterbrechung überrascht war, zeigte er es nicht. »Gewiss, Admiral.«

Solovy blickte zu den anderen. »Verzeihen Sie mir, falls ich das Offensichtliche sage, da ich nicht oft die Gelegenheit habe, an diesen Besprechungen teilzunehmen, aber die Informationen, die ich gleich teilen werde, dürfen diesen Raum nicht verlassen.«

Marcus hatte einen tiefen Verdacht bezüglich der Natur der Informationen und bemühte sich schnell, sie abzulenken. »Admiral, wenn diese Informationen so sensibel sind, wäre es vielleicht besser, wenn sie offline behandelt würden, mit einer kleineren Gruppe?«

Ihr Blick schnappte zu ihm, und er spürte einen schwachen Schauer seinen Rücken hinauflaufen. »Herr Generalstaatsanwalt, ist dies nicht der Ausgewählte Militärische Beratungsrat? Ist dies nicht der sicherste Ort im Allianz-Raum? Ich war unter dem Eindruck, es gäbe keine ,kleinere Gruppe', mit der man sich beraten könnte.«

»Es ist all das. Dennoch könnte es angemessener sein—«

Brennons Hand streckte sich auf dem Tisch aus. »Sie hat recht, Marcus. Wir sind alle vertrauenswürdig hier. Lass sie sprechen.«

Verdammt.

»Danke, Sir. Die Aufnahmen, die ich Ihnen zeigen werde, wurden vor etwas über einer Woche im Metis Nebula gemacht.«

58

SENECA

CAVARE

»Wir haben ein paar Stunden, bevor Volosk ein Treffen arrangieren kann.« Caleb ergriff Alex' Hand und zog sie auf den Parkplatz. »Du hast mich auf der Erde richtig beeindruckt. Gib mir eine Chance, dich zu beeindrucken.«

Ihre Augen glitten grinsend zur Seite. »Okay. Wo gehen wir hin?«

»Das ist eine Überraschung.«

Sie folgte ihm zum Bike, kicherte leise vor sich hin, während sie das Tuch um ihren Hals drapierte und den Helm aktivierte, schwang ein Bein über das Bike und umfasste ihn fest um die Taille. Es war die wilde, rebellische Fantasie jedes Teenagers: auf einem schlanken, sexy Bike davonzurasen und dabei ihren sexy Rebellen festzuhalten. Sie würde niemals zugeben, dass es eine ihrer Fantasien war, aber… es war nicht schlecht.

Die Luft war ziemlich kühl, als sie durch eine recht beeindruckende Innenstadt rasten. Sie kuschelte sich enger an ihn.

Alles sah aus, als wäre es in den letzten zwei Jahren erbaut worden;

alles strahlte noch den Glanz der Neuheit aus. Und die Stadt war groß, weit größer, als man ihr weisgemacht hatte. Die Straßen wimmelten von Fußgängern, Fahrzeugen und Luftverkehr und all den Kennzeichen einer lebendigen, pulsierenden Kultur. Es kam nicht annähernd an die Atlantic Met heran, noch an ein halbes Dutzend anderer Metropolregionen auf der Erde. Aber es hatte eine Frische und Lebendigkeit, die sie nicht erwartet hatte.

Es dauerte nur wenige kurze Minuten, bis er langsamer wurde und in einen anderen Parkplatz einbog, zu ihrer milden Enttäuschung. Dann sah sie die Spiegelung von Senecas enormem Mond im Fluss auf der anderen Straßenseite und grinste wieder. Sie stieg vom Bike und wanderte zum Wasserrand, während er es sicherte.

Er schlich sich von hinten an sie heran, seine Arme umschlossen ihre Taille, während sein Kinn auf ihrer Schulter ruhte. »Hübsch, nicht wahr?«

Sie atmete tief ein und genoss das Gefühl, wie er sich gegen sie presste, wie seine Arme sie umschlangen. Daran könnte sie sich gewöhnen, und zwar schnell. »Sehr.«

»Komm schon.« Er ergriff ihre Hand und zog sie wieder mit sich.

»Das war nicht das, was du mir zeigen wolltest?«

»Äh, nein.«

Sie betraten einen Freiluftmarkt und Unterhaltungsbereich. Sanfte Synth-Klänge, das Summen der Menge und angenehme Aromen von mehreren Restaurants und Grillständen erfüllten die Luft, aber er führte sie weiter an all den verlockenden Ablenkungen vorbei.

Die Menge begann sich zu lichten und sie bogen wieder zum Fluss ab. In der Ferne sah sie mehrere hohe, glitzernde Bögen. Unter den Bögen gewann das Wasser einen schwachen Schimmer.

Sie näherten sich einem einfachen Kiosk. Er manipulierte einen

Moment lang das Display und deutete zum Wasser.

Ein kleines persönliches Fahrzeug war aus dem Nichts neben dem Rand aufgetaucht. Es hatte eine sehr minimale Struktur, flach bis auf die Seiten, die sich vielleicht einen Meter hoch wölbten und nur zwei gepolsterte couchähnliche Sitze enthielten.

»Nach dir.«

Sie hob eine Augenbraue, stieg aber ein und setzte sich. Er gesellte sich zu ihr, und das Fahrzeug glitt vorwärts.

»Fährst du?«

»Könnte ich, aber nein, es ist im Moment automatisiert.«

»Wo fährt es hin?«

»Zum See.«

Sie wartete, aber weitere Informationen blieben aus, also drehte sie sich um, um die Aussicht auf die Innenstadt zu betrachten. Die Lichter der vielen Wolkenkratzer spiegelten sich in verzerrten Mustern entlang des Flusses, obwohl die Spiegelung des Mondes weiterhin dominierte. »Es ist wirklich eine schöne Stadt, Caleb.«

»Das ist sie. Du solltest dich jetzt wahrscheinlich umdrehen.«

»Hmm?« Sie drehte sich wieder im Sitz. Sie fuhren nun unter dem ersten Bogen hindurch. Es war eine gigantische Skulptur aus Bronze, Kupfer und gebürstetem Graphit, durchzogen von goldenen Glasfasern. Sie ragte fast einen Viertelkilometer über ihnen auf ihrem Höhepunkt empor. Bereits war der nächste Bogen in Sicht, und jenseits von drei weiteren Bögen erhob sich eine hell erleuchtete Struktur aus dem Wasser.

Sie bemerkte, dass der Fluss sich nun schnell weitete und auch begonnen hatte zu… leuchten. Zunächst schwach, doch heller mit jedem Meter. Sie blickte Caleb neugierig an. »Biolumineszenz?«

Er hatte sich in seinem Sitz zurückgelehnt, seine Beine ausgestreckt entlang des Bodens und die Knöchel lässig gekreuzt. Seine Hände waren hinter seinem Kopf verschränkt. »So ähnlich. Bist du bereit?«

Sie lachte ungläubig. »Wofür?«

Seine Augen funkelten vor Belustigung und offenbarten eine unendliche Rekursion von Facetten, die in ihren Saphirton geschnitten waren. Sie riss sich nur von ihnen los, als ein Feld ins Dasein schimmerte, das sich von den Rändern des Fahrzeugs hoch genug erstreckte, sodass sie darin stehen konnten.

Dann begann das Fahrzeug zu tauchen.

»Was…?« Ihre Stimme verstummte, sprachlos vor Staunen.

Vollständig unter der Oberfläche getaucht und immer noch vorwärts bewegend, wurden sie von einer unglaublichen weiß-blauen Lumineszenz umhüllt. Der nächste Vergleich waren phosphoreszierende Algen, aber sie konnte keine Spur von auch nur winzigen Partikeln erkennen. Das Wasser leuchtete einfach, intensiver als jeder Nebel.

Das Material, aus dem das Fahrzeug bestand, erwies sich als transparentes Glasmaterial. Sie stand auf und war in jede Richtung von der strahlenden Pracht umgeben. Das Feld war fast unsichtbar und vermittelte den Eindruck, sie könnte die Hand ausstrecken und Fingerspitzen ins Wasser tauchen. Bunte Fische mit metallischen Schuppen und winzigen Augen schwammen gelegentlich an ihnen vorbei. Einer versuchte ins Fahrzeug zu schwimmen und kollidierte mit dem Feld, was eine leichte Kräuselung darüber verursachte, als der Fisch überrascht zurückzuckte.

»Caleb…« Sie drehte sich um und fand ihn dabei, wie er sie beobachtete, ein entzücktes Lächeln auf seinem Gesicht und einen Blick in seinen Augen, der ein böses Flattern durch ihre Brust sandte.

Sie plumpste auf seinen Schoß und schlang ihre Arme um seinen Hals. »Okay. Gratulation, du hast mich beeindruckt.«

»Gut«, flüsterte er gegen ihre Lippen. »Und wir sind noch nicht mal fertig.«

»Nein?«

»Nope.« Er deutete in die Richtung vor ihnen und sie löste sich etwas widerstrebend, um zu sehen.

Was sie für die große Struktur gehalten hatte, die sie von der Oberfläche gesehen hatte, erstreckte sich auch tief unter den See. Als sie sich näherten, wurde offensichtlich, dass sie mindestens dreißig Ebenen nach unten weiterging. Hunderte, wenn nicht Tausende von Menschen tummelten sich auf der anderen Seite des Glases. Restaurants, mehrere Tanzclubs und zahlreiche Geschäfte waren zu erkennen, als ihr Fahrzeug kreiste und andockte.

Das Feld um das Fahrzeug verschwand, und sie waren drinnen. Sie stieg hinter ihm aus.

Das war eindeutig ein hochklassiges Unterhaltungszentrum . Die Gäste neigten dazu, gut gekleidet in teurer Kleidung zu sein, obwohl es gelegentlich einen Haufen von Slacker-Teenagern unter der Menge gab. Der Geräuschpegel war aufgrund der geschlossenen Umgebung beträchtlich, aber nicht so laut, dass sie ihn neben sich nicht hören konnte. Als sie den geschwungenen Pfad entlangspazierten, enthüllte das bodentiefe Glas die ungetrübten leuchtenden Gewässer. Es war tatsächlich so hell, dass es fast keine Beleuchtung drinnen gab.

»Möchtest du zu Abend essen?«

Ihre Augen huschten zu ihm hinüber. »Warum, ja, das möchte ich.«

Er lachte und führte sie zur Außenseite des breiten Gehwegs. Einen Moment später betraten sie einen Aufzug, der in die Glaswand eingelassen war. Er schoss nach oben und rauschte an Wasser vorbei, das in die entgegengesetzte Richtung strömte. Der Aufzug durchbrach die Oberfläche und fuhr weitere vierzig Ebenen oder so weiter nach oben.

Dann waren sie in der freien Luft. Eine kühle Brise vom weit unten liegenden See wehte über sie, doch der Raum fühlte sich auf irgendeine künstliche Weise erwärmt an.

Das Dach bestand vollständig aus einem Restaurant, komplett mit weißen Tischdecken und optischen Kerzen. Obwohl es bis zur Kapazitätsgrenze gefüllt schien, wurden sie dennoch zu einem Tisch am äußeren Rand geführt. Nichts versperrte ihre Sicht auf den leuchtenden See unten oder die Stadtlandschaft in der Ferne. Der Mond über ihnen schien nah genug, um hinaufzugreifen und ihn zu berühren.

Sie verbrachte gute dreißig Sekunden damit, die Sehenswürdigkeiten zu betrachten, über die schiere Glaswand hinunterzuspähen und sich so sehr in ihrem Stuhl zu drehen, dass sie überrascht war, als eine Weinflasche am Tisch ankam.

Sie lehnte sich in den Stuhl zurück und beäugte ihn misstrauisch, aber verspielt, während er ihr ein Glas einschenkte. »Okay, wie hast du diesen Tisch bekommen?«

Seine Lippen kräuselten sich zu einem verschlagenen Grinsen. »Es ist möglich, dass ich mit dem Restaurantmanager zur Grundschule gegangen bin.«

»Nun.« Sie betrachtete ihn über den Rand ihres Glases. Als sie sprach, kam ihre Stimme uncharakteristisch sanft heraus. »Es tut mir leid, dass wir versucht haben, diesen Ort zu zerstören.«

»Alex, darum geht es nicht – ich meine, ja, ich hoffte, du würdest vielleicht erkennen, dass wir nicht der Feind sind, aber –«

»Ich weiß. Und es… es tut mir leid, dass ich wollte, dass wir diesen Ort zerstören.«

Sein Lächeln war außergewöhnlich sanft. »Entschuldigung angenommen.«

Sie blickte kurz wieder umher, bevor sie zu seinem Blick zurückkehrte, nur um festzustellen, dass er sie nie verlassen hatte. »Also worum geht es dann? Ich habe das Gefühl, umworben zu werden, aber ich denke, wir sind über diese Phase hinaus.«

»Beschwerst du dich?«

»Nein.«

»Das freut mich.« Er streckte die Hand über den Tisch aus und nahm ihre in seine. »Ich weiß, du bist außerhalb deiner Komfortzone. Ich erkenne, dass es für dich nicht einfach ist, jemand anderem zu folgen. Und ich möchte nur, dass du weißt, dass ich das schätze, und dich vielleicht davon überzeugen, dass es nicht immer so schlimm sein muss.«

Sie drückte seine Hand. »Es gibt sicherlich nichts Schlechtes an all dem… tatsächlich würde ich sagen, es ist verdammt wunderbar.«

59

ERDE

VANCOUVER, EASK-HAUPTQUARTIER

Richard schritt zügig auf das Archivgebäude zu. Die spätnachmittägliche Sonne in seinem Rücken deutete fast Wärme an in den Momenten, bevor sie unter dem Horizont verschwinden würde.

Genauso wie Miriam am Vortag zum Ausdruck gebracht hatte, bedauerte er die… Weitläufigkeit… der Allianz-Vorschriften. Da die Mordermittlung wegen des Krieges und des für-alle-offensichtlichen Täters geschlossen worden war, waren alle dazugehörigen Akten—glücklicherweise mit Ausnahme der medizinischen Akten aufgrund einiger noch ausstehender Testergebnisse—ins Archiv verlegt und persönliche Kopien zur Löschung angeordnet worden. Weil so die Dinge gemacht wurden.

Daher sein Marsch über den EASK-Campus hinüber zum Archiv, um dort die Akten einzusehen. Es würde ihm nicht erlaubt sein, sie auszuleihen und in sein Büro mitzunehmen. Weil so die Dinge gemacht wurden.

Alex' Beharren darauf, dass das Attentat, der ganze Krieg, eine Inszenierung war, hatte ihn schon vor seinem Mittagessen mit Will beunruhigt. Da er nun wohl Verrat an der Allianz begangen hatte, weil er darauf setzte, dass sie recht haben könnte, schien es eine gute Idee, die Angelegenheit auch von seiner Seite aus genauer zu untersuchen. Falls er—

Die Hitzewelle traf seinen Rücken, bevor der Himmel sich aufhellte, was seltsam war—fast so seltsam wie die Tatsache, dass sein Gehirn darauf bestand, solche Details über weit dramatischere zu bemerken.

Vielleicht war er einfach zu nah dran, als dass der Geschwindigk eitsunterschied bemerkbar gewesen wäre.

Ja, das musste es sein.

Er wirbelte herum in demselben Augenblick, als er von einer unsichtbaren Kraft durch die Luft geschleudert wurde.

Er erhaschte den flüchtigsten Blick auf den aufragenden, weißglühenden Feuerball, der in den Himmel emporquoll, gerade als die Sonne unter dem Wasser zu versinken begann und er—

Als er das Bewusstsein wiedererlangte—langsam, benommen— krallten sich die Flammen in den Himmel, aber sie wurden zunehmend von dem dichten Rauch verdeckt, der nun über den breiten Innenhof auf ihn zurollte.

Er krabbelte rückwärts auf Händen und Fersen, um dem heran- nahenden Rauch zu entkommen, was natürlich eine lächerliche Sache war. Der Rauch brandete in einer gewaltigen Welle über ihn hinweg und würgte seine Lungen und raubte ihnen den Atem.

Rufe und Schreie schnitten durch den Dunst in der Luft und in seinem Kopf, näher als das Brüllen der Flammen und das kreischende Metall, das von überall und nirgendwo widerhallte.

Füße hämmerten gegen den Stein des Innenhofs. Menschen rannten. Panisch.

Ihm fiel ein, dass er fast beim Archiv gewesen war.

Wenn er hineingelangen könnte, dann könnte er vielleicht atmen.

Vielleicht könnte er überleben.

Er rappelte sich auf die Füße… und erkannte, dass der Rauch viel zu dicht war, um zu bestimmen, in welcher Richtung das Archiv lag.

Der Sauerstoffmangel breitete neblige Ranken in seinem Gehirn aus, verklebte die Mechanismen und kollidierte mit Flecken gähnender Schwärze von dem, was eine Gehirnerschütterung sein musste…

Irgendwie schaffte er es, eine Kartenüberlagerung auf ein Flüstern hin aufzurufen.

Da lang.

Er rannte halb, stolperte halb zwanzig Meter und fiel durch eine Tür in die gnädige Dunkelheit.

* * *

Hände griffen nach unten und halfen ihm hoch.

Er hustete Rauch aus seinen Lungen. Seine Sicht begann sich zu klären. Atemzug für Atemzug schärfte sein Verstand den Nebel weg.

Sein Kopf tat höllisch weh und er vermutete, dass er sich die rechte Schulter gebrochen hatte. Aber er konnte wieder denken und damit dem Soldaten in ihm erlauben, den Terror beiseitezuschieben und die Kontrolle zu übernehmen.

Rauch verdeckte alles jenseits der Glastüren. Ein schneller Blick umher zeigte, dass die in der Lobby größtenteils unverletzt zu sein schienen, also eilte er zum Aufzug und fuhr in die oberste Etage.

Das Archivgebäude war nur fünfunddreißig Stockwerke hoch, aber es sollte hoch genug sein, um über das Schlimmste des Rauchs hinauszugelangen. Als der Aufzug langsamer wurde und anhielt, eilte er zu den Fenstern und ignorierte die scharfen Schmerzstöße, die entlang seiner Schulter und seines Nackens schossen.

Das einst aufragende Hauptquartiergebäude war vollständig von Flammen verzehrt und stürzte in sich zusammen. Eine Ecke des Fundaments war komplett weggesprengt, wodurch die Struktur sich neigte und allmählich in die Lücke sank. Auf halber Höhe und wieder nahe der Zwei-Drittel-Marke, wo die Flammen am stärksten brannten, fehlten ganze Abschnitte des Gerüsts, wodurch die höheren Stockwerke in die andere Richtung kippten.

Das zerstörte Gebäude hatte ein zerfetztes, zickzackförmiges Aussehen angenommen. Es erinnerte ihn an einen hastig konstruierten Klotzturm eines Kindes kurz bevor er einstürzte.

Er benutzte sein Augenimplantat, um mehrere Bilder aufzunehmen, weil der Turm vor ihm ebenfalls bald einstürzen würde, und er mochte einer der wenigen Menschen sein, die diesen besonderen Blickwinkel sahen.

Als das Adrenalin weiter abbaute, studierte er die Szene mit kritischerem Auge. Basierend auf seiner Erfahrung sah es so aus, als wären hochexplosive Sprengladungen an der Basis in der vorderen linken Ecke sowie an strategischen Punkten im ganzen Gebäude detoniert.

Auf keinen Fall kamen Sprengstoff an der Sicherheit vorbei ins Gebäude—was bedeutete, dass die Bomben drinnen zusammengebaut worden sein mussten.

Sie hatten Verräter in ihren Reihen.

Ein erneuter Krieg. Aliens im Anmarsch. Nun Aufstand von innen. Hatten Alex und ihr senecanischer Begleiter noch entsetzlicher recht gehabt, als selbst sie sich vorgestellt hatten?

Die Sirenen der Rettungsfahrzeuge erhoben sich über das Grollen, als Fluggeräte begannen, über ihnen zu kreisen. Es gab sicherlich reichlich Wasser, um das Feuer zu löschen… aber es gab auch eine Menge Feuer.

Gott, wie viele Menschen waren in dem Gebäude gewesen? Fünftausend? Sechs? Viele würden noch am Leben und gefangen sein. Rettungspersonal ließ sich bereits unter Flugzeugen herab und befestigte sich an den brennenden, gefährlich bröckelnden Wänden.

Der Puls sprang in sein Sichtfeld und riss ihn aus seiner Träumerei.

Richard! Bist du da? Geht es dir gut?

Miriam. Ja, mir geht es gut. Ich war drüben beim Archiv. Bist du noch in Washington?

Auf dem Rückweg. Wie ist die Lage? Gab es einen Angriff auf das HQ?

Oh, Miriam... ich fürchte, es ist weit schlimmer als ein einfacher Angriff.

Was meinst du damit?

Das Hauptquartier ist weg.

Es gab eine gewichtige Pause.

Ich bin bald da.

Als die Verbindung endete, fuhr er sich mit einer Hand über das Gesicht; sie kam bedeckt mit Ruß und Blut zurück.

Miriam besaß Insiderinformationen, aber die Nachrichten würden jeden Moment das exanet erreichen, falls sie es nicht schon getan hatten. Er holte tief Luft und kontaktierte William per Puls.

60

SENECA

CAVARE

Sie schlenderten die Promenade entlang, Alex' Hand fest in seiner verschlungen. Das Abendessen war köstlich und romantisch gewesen, und die Rückfahrt unter der Seeoberfläche doppelt so schön. Caleb wollte nichts lieber, als sie in seine Wohnung zu entführen und mehrere Stunden damit zu verbringen, jeden einzelnen Zentimeter ihres wunderschönen Körpers zu verwüsten. Aber leider gab es noch Arbeit zu erledigen. Später jedoch...

»Glaubst du, wir—« Er brach mitten im Satz ab und runzelte die Stirn über die abrupte, unnatürliche Bewegung der Menschen zu einem der nahegelegenen exanet-Nachrichtenbildschirme. Sie schlossen sich instinktiv der Menge an, obwohl er auch seinen eigenen personalisierten Nachrichtenfeed aufrief.

Der große Bildschirm zeigte eine Luftaufnahme einer Insel im späten Abendlicht. Ein unruhiges Gefühl durchlief seine Haut; der Ort sah unangenehm vertraut aus, obwohl es schwer zu sagen war aufgrund des Rests der Szene.

Eine sich türmende Säule aus kupfernen und karmesinroten

Flammen wälzte sich empor, um ein Hochhaus zu verschlingen und am Himmel zu lecken. Dichte Rauchwolken quollen aus dem Gebäude hervor und flossen über die Insel. Verstreute Trümmer und riesige Brocken, die von dem Bauwerk gefallen waren, schmückten Lücken im Rauch. Mindestens ein Dutzend Notfallfahrzeuge kreiste in der Luft darüber, viele hingen Rettungskräfte darunter.

»Diese Aufnahmen stammen von Erdallianz Strategisches Kommando in Vancouver, wo vor vierzehn Minuten eine Serie massiver Explosionen das Gebäude erschütterte, das beherbergt—«

»Alex, du—« Sie stieß eine Handfläche gegen seine Brust und hielt ihn auf Abstand. Ihr Blick war unscharf, ihre Haltung starr. Er beobachtete sie anstatt der Aufnahmen.

Es dauerte volle zehn Sekunden, bevor sie ausatmete und sich auf ihn konzentrierte, ihre Züge verloren nur einen Bruchteil ihrer Anspannung. »Sie ist in Sicherheit. Sie war auf dem Weg von Washington. Richard ist auch in Sicherheit, obwohl er einen viel knapperen Ruf hatte.«

Sie fuhr sich mit einer Hand über das Gesicht, während ihre Aufmerksamkeit unwiderstehlich zum Bildschirm gezogen wurde. »Caleb…«

»Ich weiß.« Hatte seine Regierung das getan? Im Krieg war alles erlaubt, aber es kam ihm dennoch wie unglaublich schmutzige Taktiken vor. Verdammt viele Nichtkombattanten arbeiteten in diesem Gebäude. Andererseits würde es, einen guten Teil der Allianz-Militärführung in einem Schlag auszulöschen, sie definitiv aus dem Gleichgewicht bringen und Verwirrung und vielleicht Chaos säen. Wohl eine brillante Taktik… aber trotzdem schmutzig.

Er fasste ihre Schulter. »Lass uns irgendwo hingehen, wo es ruhiger ist und wir herausfinden können, was vor sich geht.«

Sie nickte zustimmend, aber ihre Augen waren getrübt und

beunruhigt. Er konnte es ihr ehrlich gesagt nicht verübeln.

Die Menge lichtete sich und verschwand dann, als sie sich zum Ende des Riverwalk schlängelten, die Treppe hinauf und über die Straße zum Parkplatz. Es war dunkel und vielleicht zu einem Drittel gefüllt.

Die Haare in seinem Nacken stellten sich auf. Es war zu dunkel. Einige der Beleuchtung war ausgefallen—was unmöglich war, es sei denn, sie war absichtlich eliminiert worden.

Ein Schatten bewegte sich in seinem Augenwinkel.

Ein anderer tief in den Nischen des Platzes.

All seine Sinne schärften sich zu Hyperfokus, als Nanobot-unterstütztes Adrenalin seine Adern flutete und seine Gliedmaßen zu erhöhten Geschwindigkeiten antrieb.

»Runter!« Er stieß sie hinter eines der Skycars, im selben Moment, als ein Laser zwischen ihnen von links hindurchzischte.

Sie landete auf Händen und Knien neben der Autotür. Er hockte sich neben sie, behielt aber seinen Fokus nach außen gerichtet, während sich Infrarotverbesserung in seinem Augenimplantat aktivierte. Da er kein Geräusch riskieren wollte, pulste er sie an. *Bleib hier.*

Er zog seine kinetische Klinge aus der Scheide und schaltete sie ein, als eine Wärmesignatur am vorderen Rand des Fahrzeugs wuchs. Er kroch vorwärts, blieb niedrig und gegen den Rahmen.

Als ein Fuß am Rand erschien, packte er ihn und zerrte, um den Angreifer zu Boden zu schicken. In einer fließenden Bewegung landete er auf dem Mann, schlug den Daemon aus seiner Hand und schob die Klinge unter seinen Brustkorb und hinauf in sein Herz.

Sobald er spürte, wie sie das Herz durchbohrte, zog er sie heraus, hob den Daemon auf und sprintete zum nächstgelegenen Fahrzeug.

Der Schatten, den er im hinteren Teil des Platzes gesehen hatte, bewegte sich näher. Dieser war getarnt, aber im Infrarot sah er den schwächsten Schimmer, der die Umrisse einer Person andeutete. Er erhob sich und zielte über die Oberseite des Dachs.

Ein Schuss, Körpermitte. Die Umrisse brachen zusammen.

Er scannte sofort die Umgebung nach weiteren Zielen. Nichts... nichts... da. Eine Wärmesignatur schlich an der Wand auf der anderen Seite des Platzes entlang.

Auf Alex zu.

Er schleuderte den Daemon gegen ein Fahrzeug drei Reihen weiter und duckte sich, um zurückzusprinten. Der Lärm gelang es, den Angreifer momentan abzulenken, der innehielt, um in Richtung des Geräuschs zu blicken.

Als der Mann seine Annäherung wieder aufnahm, hatte Caleb ihn erreicht. Er packte ihn von hinten und brach ihm mit einem heftigen Ruck das Genick.

Er ließ den Körper fallen und kniete sich neben sie. »Bist du okay?«

Sie nickte schwach und starrte ihn in der Dunkelheit mit weit aufgerissenen Augen und geweiteten Pupillen an. Ein Knoten der Angst begann sich in seiner Brust zu sammeln. Er wollte nicht—

»Hinter dir!« Es kam als gebrochener Flüsterschrei heraus.

Er wirbelte herum, während er aufstand, das rechte Bein schwang mit der Bewegung hoch.

Seine Ferse krachte in ein Handgelenk und riss einen Daemon aus dem Griff des Angreifers, als er feuerte. Der Laserstrahl rutschte von der Motorhaube des Skycars ab, schnitt die Front in zwei und brannte über die Wand des benachbarten Gebäudes.

Sein Gegner verpasste ihm einen linken Haken am Kinn. Sein Kopf ruckte, aber die Adrenalinüberladung bedeutete, dass er den Schmerzstoß nicht bemerkte. Er rammte dem Angreifer das Knie in den Magen, während er seinen Griff an der Klinge veränderte, dann stieß er sie in den Bauch des Mannes.

Der Angreifer stotterte überrascht, aber der Winkel war zu niedrig gewesen und er würde noch eine Weile nicht tot sein. Auf seinem eigenen Adrenalin laufend, krallte der Mann nach Calebs Gesicht auf der Suche nach einer Augenhöhle, in die er einen Daumen rammen konnte.

Er zog den Mann in eine Bärenumarmung, stieß die Klinge tiefer hinein und zwang sie nach oben, schnitt ihn Zentimeter für Zentimeter auf.

Als der Mann schließlich leblos in seinem Griff zusammensackte, warf er den Körper zur Seite.

»Wir müssen jetzt gehen. Lass uns zum Bike.«

Da er keine Antwort bekam, drehte er sich zu Alex um. Selbst im schwachen Licht konnte er sehen, dass alle Farbe aus ihrem Gesicht gewichen war. Sie klammerte sich an den Rahmen des Fahrzeugs, während sie stockend auf die Füße kletterte. Ihr Blick wanderte wild umher und sah alles an, außer ihn.

In einem adrenalingeladenen Kampfzustand war alles aus dem Gleichgewicht geraten. Die Zeit bewegte sich schnell und langsam zugleich. Licht und Schatten gewannen Kontrast, und die Welt erschien wie ein überbearbeitetes Bild, voller scharfer Kanten und zu knackiger Farben. Bewegung sprang als gezackte Risse gegen einen eingefrorenen Rahmen hervor.

Er kämpfte sich durch all das hindurch, um zu sehen, was sie sah.

Drei tote Körper lagen innerhalb von vier Metern. Blut, das aus zwei der Körper strömte, sammelte sich, um sich zu vereinen und unaufhaltsam auf sie zuzukriechen.

Gedärme quollen aus einem hervor; die flackernde Beleuchtung vom Riverwalk erzeugte die Illusion schleimiger Tentakel, die in den verräterischen Schatten vorwärts schlängelten.

Der Kopf der dritten Leiche war in einem unmöglichen Winkel auf dem Boden verdreht, die Augen offen, um sie und in die Leere anzustarren.

Er stand vor ihr, bedeckt mit widerlichen Körperflüssigkeiten. Er spürte die warme Klebrigkeit von Blut, das eine Wange hinunterlief, über sein Kinn, seinen Hals hinuntertropfte.

Ohne Zweifel war es ein völlig schreckliches Panorama von Gewalt und Tod. Ein Tableau von Albträumen.

Und als er sie vor der grausamen Szene—und ihm—zurückweichen sah, stürzte sein Herz ab und verließ ihn dann ganz. Der Moment, den er immer gefürchtet hatte, dafür gearbeitet hatte, dass er niemals eintreten würde, während er sein Bestes gab, so zu tun, als würde er es nie, begegnete ihm voll in ihren schockierten Augen und blassen Gesicht.

Es fiel ihm ein, dass Mia vielleicht doch recht gehabt hatte. Was es nur so, so viel schlimmer machte.

Er schluckte den Kloß in seinem Hals hinunter. »Wir müssen von hier weg, und zwar schnell. Es ist nicht sicher. Kommst du mit mir?«

Nachdem sie eine stehende Position erreicht hatte, gab sie ein Anzeichen eines Nickens.

Es als Zustimmung nehmend, ging er zum Bike mehrere Reihen weiter hinein… und bemerkte, dass es keinen gezackten Riss in seiner peripheren Sicht gegeben hatte. Sie hatte keine Anstalten gemacht, ihm zu folgen. Sein Kinn sank und seine Augen schlossen sich so fest, dass Halos in der Schwärze aufflammten.

Er zwang sie auf, um sie anzusehen.

»Bitte.«

»Richtig…« Sie schüttelte heftig den Kopf und stieß sich vorsichtig vom Fahrzeug ab, huschte zur Seite der herankriechenden Blutlachen, um in einiger Entfernung hinter ihm herzutrotten.

Als sie das Bike erreichten, musste er sie daran erinnern, den Helmaufsatz anzuziehen. Ihre Hände ruhten vorsichtig auf halbem

Weg um seine Taille; er spürte sie durch den Stoff seines Overshirts zittern.

Er wollte schreien und toben. Er wollte etwas schlagen und noch ein paar Leute töten. Er wollte sie packen und schütteln und sie mit jeder Unze seiner Seele anflehen, nicht so zu reagieren...

...aber er wusste, es war bereits viel zu spät. Und der Rest seines Körpers und Gehirns war immer noch im Kampfmodus und er musste sie in Sicherheit bringen.

»Alex, du musst dich fester festhalten, okay?« Seine Stimme klang hohl und angespannt, wie eine zu straff gespannte Saite auf einer antiken Geige.

Aber sie befolgte es. Er fuhr aus dem Parkplatz und auf die Straße... Sie würden zurück zur Division gehen, wo die Sicherheit hoch war, dann... nun, er wusste nicht, was dann. Er wusste nicht, ob sie einwilligen würde, irgendwo mit ihm hinzugehen nach diesem. Falls nicht, könnte er... er könnte eine Eskorte schicken, um sie zum Raumhafen zu begleiten, und sie würde gehen können. Nach Romane gehen, und von dort zur Erde.

Er versuchte, sich auf die Straße zu konzentrieren. Die künstliche Beleuchtung war zur Normalität zurückgekehrt; in seiner verzerrten Sicht gab das zusätzliche Licht der Umgebung einen ausgewaschenen, achromatischen Schimmer.

Es war, was es war. Es war getan und es gab nichts im Universum, was es ändern konnte. Er akzeptierte das Absterben seines Herzens und begann, die stoische Maske vorzubereiten, die er in den kommenden Stunden verzweifelt brauchen würde.

Er schickte Volosk eine Nachricht, um ihn wissen zu lassen, dass sie unterwegs waren und unter Beschuss.

Nachricht konnte nicht zugestellt werden. Empfänger ist nicht mit der exanet-Infrastruktur verbunden. Nachricht wird in die Warteschlange gestellt, bis sie zugestellt werden kann.

Verdammt noch mal.

Und genau so wurde alles erheblich komplizierter. Wenn sie nicht die einzigen waren, die ins Visier genommen wurden...

Aber für den Moment zählte nur eine einzige Sache: am Leben zu bleiben. Dass sie am Leben blieb.

Er sendete einen lokalen Division-Alarm und verlangsamte, als sie sich dem Hauptquartier näherten. Die ihm übermittelten Informationen zeigten, dass Volosks letzte aufgezeichnete Handlung war, das Büro zu verlassen, um eine Besorgung zu machen.

Er schwenkte nach hinten und kam neben dem Gebäude gegenüber dem Eingang zum Stehen.

Alex stolperte vom Bike und sandte einen weiteren Dolch in seine Seele.

Es spielte keine Rolle.

Er hielt seine Stimme niedrig. »Bleib hier eine Minute. Ich muss sicherstellen, dass der Weg frei ist.« Sie nickte stumm und wich zur Wand zurück. Die Leere in seiner Brust schwoll zu einem gähnenden Abgrund an beim Anblick, wie sie ihn auf diese Weise ansah, vor ihm zurückwich.

Es spielte keine Rolle.

Er spähte um die Ecke, die Klinge bereit. Er sah keine Bewegung noch etwas Ungewöhnliches—außer dem Klumpen auf dem Boden nahe dem reservierten Bereich, wo die Abteilungsleiter parkten.

Er wusste, was ihn erwartete, als er sich aus den Schatten näherte.

Michael Volosk lag auf dem Rücken in einer Blutlache, ein Arm am Ellbogen gebrochen und der andere hinter seinen Kopf gerissen. Er hatte gegen seinen Angreifer gekämpft, wenn auch vergeblich.

Seine Kehle war sauber von Ohr zu Ohr mit einem Gamma-Messer durchgeschnitten. Seine Augen starrten leer in die Leere, im Tod nicht anders als die des Angreifers im Park.

Caleb stieß einen harschen Atemzug aus, seine Hand kam hoch, um sein Kinn zu malträtieren. Volosk war ein ehrenwerter, anständiger Mann. Er hatte eine Frau und zwei kleine Kinder und eine makellose Akte. Welchen Grund hatten sie, ihn zu töten?

Er wirbelte bei dem Echo von Schritten herum, den Arm gespannt und die Klinge erhoben. Aber sie war es. Sein Arm fiel an seine Seite.

Sie näherte sich vorsichtig, ihr Fokus auf den Körper des Mannes gerichtet, den sie nur Stunden zuvor getroffen hatte—bis er ruckartig zu ihm hochschnellte.

Gott, sie sah so verängstigt aus.

Er würde den Reichtum der Nationen geben, um sie davon überzeugen zu können, dass sie niemals Angst vor ihm haben müsste. Aber er hatte keinen solchen Reichtum zu geben.

»Er kann nicht lange tot gewesen sein, oder jemand hätte ihn gefunden. Die Angreifer könnten noch in der Nähe sein.« Er blickte zum Division-Gebäude, zur Tür fünfzehn Meter über den Platz. »Ich denke, wir sollten von hier weg, zum Schiff. Es ist nicht sicher, selbst hier. Wenn sie ihn so nah am Hauptquartier erwischt haben, könnten sie ins Innere gelangt sein.«

Er sah sie flehend an. »Wirst du das tun? Wirst du wenigstens mit mir zum Raumhafen gehen? Von dort kannst du… was auch immer du willst. Aber ich muss dich in Sicherheit bringen.«

Sie blinzelte. »Natürlich…« Sie machte einen Schritt, stolperte und sank gegen die Wand, griff ungeschickt nach ihrer rechten Seite.

»Was ist los? Bist du verletzt?«

»Ja… ich… ich wurde da hinten im Park getroffen… es ist aber in Ordnung… die Kybernetik wird sich darum kümmern…«

Dann knickten ihre Beine unter ihr ein.

Er war bereits in Bewegung und erreichte sie einen Sekundenbruchteil bevor sie den Boden berührte. Eine Hand glitt unter ihren

Kopf, ganz wie in einem anderen, weit, weit besseren Umstand.

Er ließ sie vorsichtig hinunter. »Alex? Alex, sprich mit mir.«

Nichts. Sie hatte das Bewusstsein verloren.

Er verschob vorsichtig ihren Arm aus dem Weg. Ihr Pullover war blutdurchtränkt. Es vermischte sich mit dem tiefen Lila des Materials, weshalb er es bis jetzt nicht gesehen hatte.

Ein panischer Atemzug entwich seinen Lippen. »Oh, Baby, nein...«

Die Zeit kreischte zum Stillstand, während er sie oh-so-sanft auf die Seite rollte. Die Rückseite des Pullovers war ebenfalls blutdurchtränkt.

Er hob den Pullover an, um Ein- und Austrittswunden zu enthüllen. Sie lagen in einer direkten Flugbahn, über ihrer Hüfte. Der Laser war geradewegs hindurchgegangen und an einer Stelle, die aller Wahrscheinlichkeit nach alle lebenswichtigen Organe verfehlte.

Okay.

Er zwang das, was vom Kampfmodus noch übrig war, in den Vordergrund. Die Zeit nahm ihren verzerrten schnell-langsamen Fortschritt nach vorn wieder auf.

Es gab ein Medkit drinnen, aber es mochten auch Attentäter drinnen sein—oder schlimmer, Verräter von innen. Wenn sie gejagt wurden, stellte ein Krankenhaus eine Todesfalle dar, und seine Wohnung wurde zweifellos beobachtet.

Das Mietschiff hatte ein Grad-III-Medkit an Bord. Wenn ihre Kybernetik und genetischen Verbesserungen so fortgeschritten waren, wie er sicher war, dass sie es sein mussten, würde es genügen.

Wenn er sie bald dorthin brachte.

Das Bike kam eindeutig nicht in Frage. Etwas, von dem er weggehen konnte.

Er stand auf, ging sechs Meter und brach in das nächste Fahrzeug

ein. Er durchwühlte das Abteil; wie erwartet gab es eine Sport-
tasche. Division-Angestellte liebten ihre Workouts, wenn auch nur
für die Stresslinderung, die sie boten.

Er riss sie auf und entfernte ein T-Shirt, stieg aus und eilte zu
ihr zurück. Mit einem Riss der Naht wurde das Shirt zu einem
langen Stoffstreifen, den er um ihren Bauch wickelte und über
beide Wunden sicherte, um die Blutung zu stillen.

Er sammelte sie in seine Arme.

Obwohl er sich bemüht hatte, alle Emotionen unter einer eis-
ernen Fassade zu ersticken, fand ein Schrei seinen Weg an die
Oberfläche, als sie knochenlos gegen ihn sackte.

Er würgte ihn in seiner Kehle ab, während er sie im Beifahrersitz
positionierte und das Geschirr über sie sicherte. Dann rannte er
zur Fahrerseite, kletterte hinein und hackte die Kontrollen.

In dem Moment, als der Motor ansprang, hob er in die Luft und
beschleunigte in rücksichtsloser Geschwindigkeit zum Raumhafen.

61

ERISEN

ERDALLIANZ-KOLONIE

Kennedy verließ den Aufzug im obersten Stockwerk der Büros von IS Design, ihre Absätze klackerten auf dem Marmorboden, während sie durch das weite Foyer schritt. Der dunkelgrüne Geschäftsanzug, den sie trug, war ziemlich konservativ geschnitten, obwohl er wenigstens ihre Augen betonte, und ihr Haar war uncharakteristisch zu einem eleganten Knoten hochgesteckt— ein paar kleine Zugeständnisse an die steifen Formalitäten einer Vorstandssitzung.

Die Sekretärin lächelte, als sie sich näherte. »Sie werden erwartet, Ms. Rossi. Sie können direkt hineingehen.«

»Danke, Nance. Oh, bevor ich es vergesse, herzlichen Glückwunsch dazu, dass Ihre Tochter am MIT angenommen wurde. Ich weiß, Sie müssen stolz sein.«

Die Frau strahlte. »Sehr sogar, obwohl ich sie vermissen werde. Nochmals vielen Dank für die persönliche Empfehlung. Ich bin sicher, sie hat sehr geholfen.«

Ihr Grinsen hatte einen Hauch von Neckerei. »Ich bin sicher, es hatte viel mehr mit ihren Leistungen zu tun, aber ich bin froh, wenn ich ein kleines bisschen helfen konnte.«

Sie zwinkerte Nance zu und ging weiter in den Vorstandsraum. Die vier Männer und drei Frauen waren in eine hitzige Diskussion über neue Effizienzmaßnahmen vertieft, also nahm sie leise einen Platz an der Wand ein.

Es dauerte mehrere Minuten, bis das Gespräch verstummte und der Vorsitzende ihr zunickte. »Ms. Rossi, danke, dass Sie gekommen sind.«

Sie stand auf und näherte sich dem leeren Ende des Tisches. »Gern geschehen. Ich bin froh, die Gelegenheit zu haben—«

»Es ist eine Situation bezüglich eines Materiallieferanten entstanden, der wir Ihre Aufmerksamkeit zuwenden möchten.«

Was? Sie war hier, um die finalen Spezifikationen für den EM-Rückschild zu präsentieren. »Entschuldigung, Sir, mir ist nicht klar—«

»Sie sind sich bewusst, dass die Surno Materials-Anlage auf Aquila gestern von den Senecanern zerstört wurde?«

»Ja, Sir. Sehr bedauerlich. Ich weiß, sie waren ein wichtiger Lieferant von uns.«

»Nicht nur von uns. Sie waren auch ein bedeutender Lieferant von Metamaterialien für das Allianz-Militär. Jetzt saugt die Allianz eifrig die verbleibenden verfügbaren Vorräte von anderen Herstellern auf.«

Er blickte etwas nervös um den Tisch. »Natürlich hat dieses Unternehmen eine lange Geschichte und Tradition der Unterstützung der Allianz, und wir stehen voll hinter den Kriegsanstrengungen. Aber Tatsache bleibt, dass wir auch Vorräte brauchen werden, wenn wir erwarten, bestehende Aufträge zu erfüllen, ganz zu schweigen von zukünftigen.«

Sie konnte nicht anders, als die Stirn zu runzeln. »Ohne

Zweifel. Aber während Surno ein zuverlässiger Lieferant war, gibt es zahlreiche Metamaterial-Hersteller auf Allianz-Welten und befreundeten unabhängigen.«

»Ja, und sie werden alle jetzt stark von unseren Konkurrenten und jedem anderen Anbieter weltraumtauglicher Endprodukte umworben.«

»Ah, nun, ich kann die Schwierigkeit sehen. Jedoch, als Direktorin der Design- und Prototyping-Abteilung bin ich mir nicht sicher, wie ich helfen könnte.«

Eine der Direktorinnen, Amanda Vashi, faltete ihre Hände auf dem Tisch. »Wir erkennen an, dass es nicht Ihr normaler Fokusbereich ist. Aber Ihre, sagen wir, 'sozialen' Talente und Netzwerkverbindungen sind wohlbekannt und respektiert, von diesem Vorstand und der Gemeinschaft im Allgemeinen. Kombiniert mit dem Ansehen Ihrer Familie glauben wir, Sie würden eine ausgezeichnete Botschafterin für das Unternehmen und eine kluge Verhandlungsführerin abgeben.«

Sie unterdrückte ein Lachen; das musste die höflichste Art sein zu sagen 'Sie sind sehr attraktiv, können eine Cocktailparty wie niemand sonst bearbeiten und sind exzellent darin, mächtige Männer glauben zu lassen, Sie flirten mit ihnen', die sie je gehört hatte. »Ich bin geschmeichelt, Ms. Vashi, aber es gibt eine Reihe wichtiger Projekte, die gerade in der DPD laufen, die ich ungern vernachlässigen würde.«

Der Vorsitzende lächelte in seiner üblichen ärgerlichen, herablassenden Weise. »Sicherlich gibt es die, aber ich bin sicher, sie werden ein paar Tage ohne Ihre direkte Führung überleben. Wir möchten, dass Sie nach Messium gehen und den Präsidenten von Palaimo Metallurgy davon überzeugen, uns mindestens sechzig Prozent unserer Metamaterial-Anforderungen für das nächste Jahr zu liefern—für angemessene und faire Vergütung, natürlich.«

Ihr Gewicht verlagerte sich auf ihren hinteren Fuß und sie verschränkte die Arme vor dem Bauch, entschied, dass sie es sich leisten konnte, etwas Ehrerbietung zu verlieren. »Können diese Verhandlungen nicht über Holo geführt werden? Ich sehe wirklich nicht die Notwendigkeit für einen persönlichen Besuch.«

»Palaimos Präsident ist etwas eine Primadonna, fürchte ich. Und er wird, wie ich früher bemerkte, auch von anderen Unternehmen umworben. Wir glauben, eine persönliche Note und ein Hauch extra Aufmerksamkeit werden erforderlich sein, um den Deal zu machen.«

Sie presste ihre Lippen zusammen, um Ärger hinunterzuschlucken. Sie wollte nicht besonders den ganzen Weg nach Messium trekken, um irgendeinem selbstwichtigen Unternehmensgeschäftsführer den Hintern zu küssen. Aber sie sah auch nicht, wie es besonders an ihr lag. Mit einem stillen Seufzer nickte sie und schenkte dem Vorsitzenden ein brillantes, wenn auch etwas künstliches Lächeln.

»Dann bin ich glücklich, dem Unternehmen in jeder Weise zu helfen, die ich kann. Ich werde heute die Arrangements treffen.« Sie blickte zu den Direktoren. »Wenn es nichts anderes gibt, würde ich gerne jetzt meine Präsentation geben.«

»Absolut, Ms. Rossi. Bitte, fahren Sie fort.«

»Danke.« Sie schickte die Präsentation an den großen Bildschirm über dem Tisch. »Wie Sie sich vielleicht von meinem früheren Besuch erinnern, ist der vorgeschlagene EM-Rückschild dazu gedacht—«

Nance platzte in den Raum. Die Augen der Frau waren weit aufgerissen, und sie schien außer Atem zu sein, obwohl sie nicht mehr als ein paar Meter gerannt sein konnte.

»Schalten Sie den Nachrichtenfeed ein! Allianz Strategisches Kommando wurde zerstört!«

62

WELTRAUM, NORDWEST-QUADRANT

ORELLAN-SYSTEM

Das 2nd Regiment der 4th Brigade des Erdallianz NW Regional Command patrouillierte den Fionava-Balta-Orellan-Korridor, wie es seit mehr als einem Jahrzehnt seine Pflicht gewesen war. Periodische Überlichtgeschwindigkeits-Durchquerungen endeten zufällig, um vorhersagbare Muster zu vermeiden, und wurden mit längeren Perioden des Impulsantriebs durchsetzt. Natürlich bedeutete »zufällig« in der Erdallianz-Militärorganisation tatsächlich eine von sieben vorbestimmten Sequenzen.

Oberstleutnant Malcolm Jenner schritt vor dem CO-Stuhl auf und ab, während die Sekunden bis zum Wechsel von Überlichtgeschwindigkeit zu normalem Impulsantrieb herunterzählten. Sie würden bei der Transition in voller Bereitschaft sein, wie immer, aber besonders nach dem EASK-Bombenanschlag vor Stunden, der die gesamte Flotte in Alarmstufe IV versetzt hatte.

Er war seit ganzen dreiundzwanzig Tagen der Kommandant der *EAS Juno* gewesen, und der Bereitschaftszustand machte ihn immer noch nervös. Es war nicht wie das Kommandieren von

Bodentruppen, wo man die Situation hören und riechen und spüren konnte, auf die man zusteuerte – wo man sogar als Kommandant eine Waffe in der Hand hatte und wenigstens die Illusion von Kontrolle über das eigene Schicksal.

Hier, stehend auf dem Deck eines Raumschiffs in der Leere des Weltraums, konnte er Informationen anfordern und Befehle erteilen, aber wenig anderes tun, um sein Schicksal oder das seiner Männer zu beeinflussen. Es war ein Grund, warum er den Weltraum nicht mochte, aber nur der neueste.

Er hatte versucht, die Faszination zu verstehen, das Staunen und die Verwunderung zu begreifen, die andere gegenüber den Sternen empfanden. Für Alex hatte er es versucht. Aber er war gescheitert.

Es war nicht so, als wäre er ein Maschinenstürmer; er begrüßte die fortgesetzte Entwicklung der Menschheit so sehr wie jeder andere. Er bevorzugte einfach das Gefühl von Erde unter seinen Füßen und Wind in seinem Haar, von frischer, nicht recycelter Luft, die den Duft und Geschmack des Lebens mit sich trug. Er bevorzugte das, was fest und real war, wo man es berühren konnte, wenn man es sehen konnte, seine Textur zwischen den Fingerspitzen spüren. Soweit er wusste, hatte noch niemand jemals einen Stern berührt.

Nicht einmal sie.

Dennoch war er hier, Kommandant eines Raumschiffs seit dreiundzwanzig Tagen und flog mitten in einen Krieg hinein.

Er war glücklich gewesen, als Operationsoffizier für die 3rd BC Brigade in Vancouver zu dienen. Es war eine gute Stellung mit viel Verantwortung und soliden Offizieren unter ihm. Aber wenn er im nächsten Jahrzehnt – oder möglicherweise überhaupt – Vollkolonel werden wollte, war eine Flugkommando-Tour so gut wie eine Notwendigkeit. Und er wollte Oberst werden, fast so sehr wie Veronica es wollte.

Nur weil sie an ihn glaubte und dachte, er sei zu größeren Dingen fähig, drängte sie ihn so. Das wusste er in seinem Herzen.

Also hatte er seine wunderschöne neue Frau von zwei Monaten, seinen ehrenhaften, wenn auch etwas langweiligen Job und sein charmantes Haus in den North Vancouver-Ausläufern für eine halbjährige Weltraum-Tour zurückgelassen. Siebzehn Tage später hatte er sich in einem Krieg wiedergefunden. Alex würde sich totlachen, wenn sie ihn jetzt sehen könnte...

»Flugoffizier Billoughy, bereiten Sie vor, den sLume-Antrieb um 14:35:00 auf Leerlauf zu setzen. Steuermann Xao, ist die Orellan-Asteroidengürtel-Vermessung in das Navigationssystem geladen?«

»Ja, Sir.«

»Sehr gut. Impuls in zwei... eins... Markierung.«

Im großen Sichtfenster, das den Bug der Brücke dominierte, kristallisierten sich Sterne in den Fokus. Obwohl fast 3,4 AU entfernt, warf das blutrote Licht der roten Riesensonne des Systems einen unheimlichen Schimmer über die Szene. Zwei der anderen vier Fregatten in der Formation materialisierten sich in den Hafen- und Steuerbord-Peripherien sowie auf der taktischen Karte zu seiner Linken.

»Alle Systeme—«

Eine Explosion vor ihrem Backbord-Sichtfenster riss ein Loch in die Seite der *EAS Somerset* 2,3 Sekunden nachdem sie aus der Überlichtgeschwindigkeit auftauchte. Die Schockwelle erschütterte die Brücke, wodurch er nach dem Arm seines Stuhls greifen musste, während er Alarmstufe V implementierte. Alarme läuteten durch das Deck, aber er filterte das erhöhte Geräusch in den Hintergrund.

Er setzte sich schnell hin, um nicht wie ein Bodenkämpfer über die Brücke zu stolpern. Miniaturversionen der taktischen und Sektorkarten sprangen auf kleine Bildschirme neben ihm. Er beobachtete bestürzt, wie die *EAS Caroline* zu ihrer Steuerbordseite vorrückte, ohne jemals den »Asteroiden« unter ihr zu sehen, der detonierte und ihren Impulsmotor ausblies.

Oberstleutnant Jenner: Kommando, das Asteroidenfeld ist vermint. Ich wiederhole, das Asteroidenfeld ist vermint.

Das Feld war auf eine Drei-Meter-Genauigkeit kartiert worden, damit Schiffe Kollisionen vermeiden konnten. Nun schien es, als wären Minen als Asteroiden für den beiläufigen Beobachter getarnt worden – »Asteroiden«, die nicht auf der Karte stehen würden.

»Wissenschaft, ich brauche aktive visuelle Scans. Aktualisieren Sie die Navigation über neue Hindernisse, sobald sie gefunden werden. Taktik, setzen Sie Drohnen in Vierergruppen mit hundertfünfzig Meter Abstand ein. Billoughy, halten Sie unseren Kurs mindestens zweihundert Meter hinter den Drohnen. Systeme, leiten Sie nicht-kritische Energie zum Plasmaschild um—«

Die taktische Karte leuchtete rot auf, als ein Dutzend Senecan-Jäger aus der Überlichtgeschwindigkeit mitten in das Asteroidenfeld fielen und sich ausbreiteten, um anzugreifen. Basierend auf der Geschwindigkeit, mit der sie sich näherten, besaßen sie detaillierte Kartierungen der Minenstandorte sowie der Asteroiden selbst.

Die *Caroline* war mit ihrem deaktivierten Impulsmotor ein leichtes Ziel. Es dauerte weniger als acht Sekunden, bis die kleinen Schiffe ihren sLume-Antrieb zerstörten und ein Loch durch ihre Schilde und in den Backbord-Achtern-Rumpf bliesen.

Der Kommunikationsbildschirm zu seiner Rechten schrie in fetten Buchstaben, als ihre eigenen Jäger vom begleitenden Träger, der *EAS Sao Paulo*, starteten. Der umgebende Raum leuchtete in bogenförmigen Laserströmen und kleinen Explosionen auf, als zahlreiche Asteroiden dem Kreuzfeuer zum Opfer fielen.

Für einen Atemzug hielt er inne, um die im Sichtfenster dargestellte Szene zu würdigen. Also so sah Weltraum-

Kriegsführung wirklich aus. Zugegebenermaßen war es schön.

»Waffen, wenn Sie einen klaren Schuss auf einen dieser Jäger bekommen, nehmen Sie ihn. Billoughy, erhöhen Sie die Mindestentfernung zu den Drohnen auf vierhundert Meter und bereiten Sie Ausweichmanöver vor.« Eine helle Flamme loderte voraus; er dachte, es könnte eine Drohne sein, die eine Mine erwischt, aber ein Blick auf die Taktik bestätigte, dass es ein Jäger war. Einer von unseren.

Er starrte auf den Bildschirm, kurz gebannt, als ein Senecan-Jäger seinen Gegner in eine Mine lockte, im letzten Moment auswich und das Allianz-Schiff sich auflösen ließ.

»Jesus... Wissenschaft, bringen Sie die aktualisierten Scans zu den anderen Schiffen raus.«

Oberstleutnant Jenner: Empfehle allen einsatzfähigen Schiffen, aktive visuelle Scans zu initiieren, um Navigationskarten zu aktualisieren. Unser optimaler Bereich umfasst nicht den gesamten Kampfsektor.

Konteradmiral Tarone (Sao Paulo): Michigan, Hirami, *nehmen Sie Verteidigungspositionen an den* Sao Paulo-*Flanken ein.* Juno, *kommen Sie sofort hierher zurück und übernehmen Sie die Spitze.*

Der Träger, der das Glück gehabt hatte, an einem Ort ohne Minen anzukommen, hatte im Moment wenig andere Wahl, als seine Position zu halten. Angesichts seiner Größe und relativen Manövrierunfähigkeit sah er sich sicherem Schaden und wahrscheinlicher Lähmung gegenüber, wenn er versuchen würde, das Asteroidenfeld zu navigieren. Schutz zu erbitten war verständlich.

Dennoch ärgerte sich Malcolm über den Befehl. Er ließ ihre Jäger praktisch ohne Unterstützung und schuf ein riesiges stationäres Ziel für den Feind.

»Billoughy, kehren Sie den Kurs um und nehmen Sie eine Position 0,8 Kilometer N 5,00° E der *Sao Paulo* ein.«

»Sir?«

»Sie haben mich gehört. Das sind unsere Befehle.«

»Ja, Sir.«

»Taktik, setzen Sie weiterhin Drohnen ein, um die zerstörten zu ersetzen.« Zu diesem Zeitpunkt machten die Drohnen einen ordentlichen Job dabei, einen Weg vorwärts in etwa einem 60°-Bogen zu räumen. Vielleicht würden die Jäger ihn zu ihrem Vorteil nutzen können... er blickte zurück auf die Bildschirme. Scheiße, sie hatten nur noch vier im Flug gegen die neun der Senecans?

Das war ein Blutbad.

Selbst ohne die Minen begünstigte das Schlachtfeld die überlegene Manövrierfähigkeit der Gegner – zweifellos ein Grund, warum es gewählt worden war. Die Senecans hatten eindeutig ihre angeblich »zufälligen« Routen identifiziert und wussten, dass sie schließlich das Asteroidenfeld durchqueren würden.

Er sandte einen privaten Impuls an Tarone.

Admiral, wir haben zwei Drittel unserer Jäger und ein Drittel unserer Fregatten verloren. Vielleicht sollten wir einen Rückzug in Betracht ziehen.

Vor ein paar winzigen Jägern davonlaufen? Lächerlich.

...Ja, Sir.

Mit der schwindenden Anzahl von Allianz-Jägern, die Widerstand leisteten, begannen mehrere der feindlichen Schiffe, auf ihre Position vorzurücken.

»Waffen, seien Sie bereit, das erste Schiff zu erfassen, das in Reichweite kommt.«

»Ja, Sir.« Sieben Sekunden später sprang ein Pulsstrahl aus dem Schacht der *Juno*.

Es war praktisch unmöglich, einem Pulsstrahl zu entkommen, sobald er erfasst hatte, und das Schiff tat es nicht. Aber es führte eine Haarnadelkurve aus, um hinter einen echten Asteroiden zu fallen, einen Augenblick bevor der Strahl es erreichte. Der Asteroid explodierte in Hunderte von Splittern, von denen einige sicherlich dem Jäger Schaden zufügten – dennoch tauchte er aus den Trümmern auf, um das Vorrücken fortzusetzen.

Verdammt.

Aber vielleicht hatte der Admiral recht. Es gab keine Möglichkeit, dass neun Senecan-Jäger gegen die Bewaffnung von drei Allianz-Fregatten und einem Träger lange genug überleben konnten, um wirklichen Schaden anzurichten.

Der Fehler in seinem Denken wurde offensichtlich, als fünf Jäger zur *Hirami* vor der Backbord-Flanke der *Sao Paulo* konvergierten, tanzend und webend, fast zu schnell für das Auge. Fregatten führten nur zwei Plasmawaffen.

Der Kommunikationsbildschirm leuchtete wieder auf.

Oberstleutnant T'soki (Hirami): *Erbitte Waffenunterstützung von* Sao Paulo.

Konteradmiral Tarone (Sao Paulo): *Negativ, kann von dieser Position nicht feuern, ohne* Hirami *zu treffen.*

»Waffen, irgendeine Chance, dass wir einen der Jäger anvisieren können, ohne die *Hirami* zu erwischen?«

»Möglicherweise, Sir. Suche nach einem Ziel im rechten Quadranten... erfasst.«

Oberstleutnant Jenner: Hirami, *wir haben einen für Sie.*

Oberstleutnant T'soki (Hirami): *Sehr geschätzt.*

»Waffen, wenn Sie weitere ausschalten können, tun Sie es.«

Aber es war nicht genug. Drei der Jäger wurden zerstört, aber bis die *Hirami* neu zielen konnte, waren die verbleibenden zwei über ihnen. Sie fielen in einem tiefen Bogen unter die *Hirami* und zielten auf den Impulsmotor. Es würde viel Feuerkraft für so wenige Jäger erfordern, den Motor auszuschalten; vielleicht konnte er sie ausschalten, bevor sie Erfolg hatten.

»Waffen...«

»Versuche, Sir.«

Dann taten die Senecan-Schiffe das Undenkbare. Sie beschleunigten und stürzten sich selbstmörderisch in den Impulsantrieb.

Die Explosion prallte durch den Rumpf der *Hirami* und zerriss ihn in Sekunden in Fetzen.

Er konnte das Metall nicht hören, das auseinandergerissen wurde, noch die Schreie der Besatzung. Dennoch war es ein schrecklicher Anblick, die Zerstörung von 74.000 Tonnen Raumschiff und bis zu hundert Leben zu erleben. Er bemerkte vage, dass die Senecan-Piloten kurz vor dem Aufprall ausgestiegen waren; doch nicht ganz so selbstmörderisch.

Dennoch musste er sich daran erinnern, dass der Feind auf nur noch drei Schiffe reduziert war. Selbst wenn diese Schiffe zwei weitere Allianz-Jäger eliminiert hatten, während die anderen die *Hirami* angegriffen hatten.

»Waffen, zielen Sie auf die verbleibenden Jäg—«

Die taktische Karte blitzte wütend rot auf, als zwei Senecan-Kreuzer und sechs Fregatten auf der Karte materialisierten.

Oberstleutnant Jenner: Admiral, wir müssen uns zurückziehen.

Oberstleutnant Pniewski (Michigan): *Was ist mit der Rettung von Überlebenden?*

Ein weiterer Allianz-Jäger verschwand von der Karte.

Oberstleutnant Jenner: Die Senecans werden sie aufsammeln. Sie werden Kriegsgefangene sein, aber sie werden leben. Admiral? Haben wir einen Rückzugsbefehl?

Eine lange Pause.

Konteradmiral Tarone (Sao Paulo): *Rückzug. Rendezvous Fionava.*

»Billoughy, aktivieren Sie den sLume-Antrieb sofort. Fionava-Kurs.«

Es dauerte etwa 7,2 Sekunden, bis ein Fregatten-großer sLume-

Antrieb hochfuhr und aktivierte. Der einzige intakte Allianz-Jäger raste mit fünf Sekunden Vorsprung in die Bucht der *Sao Paulo*.

Malcolm behielt die Taktik im Auge, während der Antrieb hochfuhr. Er—

Oberstleutnant Jenner: Michigan, *passen Sie auf Ihre Steuerbordseite auf!*

Die verbleibenden Senecan-Jäger hatten sich getarnt herangeschlichen und enthüllten sich weniger als eine Sekunde bevor ihre Waffen in den sLume-Antrieb feuerten. Die sich entwickelnde Warp-Blase tanzte wild, dann detonierte in einer massiven Sphäre exotischer Partikel, die die *Michigan* verdampfte, während sie sich mit alarmierender Geschwindigkeit ausdehnte—

»Flug?«

»Antrieb aktiv… jetzt!«

Das Leuchten der Explosion verschwamm ins Nichts, als sie mit Hunderten von Malen der Lichtgeschwindigkeit davonbeschleunigten. Er sank in den Stuhl, betäubt, als das Adrenalin ihn in Wellen verließ.

Die Formation war so gut wie ausgelöscht worden, nur die *Sao Paulo*, die *Juno* und ein einzelner Jäger überlebten den Rückzug.

Es würde fast sechs Stunden dauern, bis sie das Northwestern Regional Command auf Fionava erreichten. Aber wenn sie ankamen, würde Malcolm verdammt sicher das Schiff verlassen und sich etwas frische Luft zum Atmen suchen.

63

WELTRAUM, NORDER-ZENTRAL-QUADRANT

SENECAN FÖDERATION-RAUMS

Das erste, was Alex wahrnahm, war die Kälte der Gel-Medwraps, die an ihrem Bauch und Rücken hafteten. Als nächstes kam der dumpfe, aber nicht unerhebliche Schmerz.

Ihre Augenlider flatterten auf.

Eine Welle der Desorientierung überspülte sie—die Polster unter ihr fühlten sich falsch an, die Wände sahen falsch aus, die Lichter… dann erinnerte sie sich. Nicht ihr Schiff. Ein Mietschiff.

Caleb saß im Schneidersitz auf dem Boden, den Rücken zur Wand, die Hände zu Fäusten an seinem Kinn geballt, die Augen gesenkt. Er musste die verräterischen Anzeichen von Bewegung in seinem peripheren Sichtfeld bemerkt haben, denn seine Augen schossen zu ihr hoch. Sie leuchteten hell, aber ihre Farbe war zu der himmlischer blauer Prunkwinden verblasst, die mit der Morgendämmerung erblühten.

»Hey, du bist wach.«

Sie blinzelte und runzelte die Stirn. Ihr Gehirn fühlte sich wie verwirrter Brei an. Waren sie vor dem Intelligence Division-

Gebäude gewesen? Alles seit sie die Flusspromenade verlassen hatten, war verschwommen. »Wie sind wir hierhergekommen? Wir waren... ich weiß nicht.«

»Du bist ohnmächtig geworden—du warst angeschossen worden. Ich nahm einen Skycar, um uns zum Schiff zu bringen, dann behandelte ich deine Wunden. Wie fühlst du dich? Kann ich dir... etwas... bringen?«

Er stand schnell auf, aber näherte sich ihr nicht. Er schien nicht zu wissen, was er mit sich anfangen sollte, und selbst in ihrem verwirrten Zustand bemerkte sie, wie das Licht aus seinen Augen schwand. Es war, als würde er von ihr weg in einen langen Tunnel verschwinden—was lächerlich war, denn er stand immer noch genau da.

»Wasser, vielleicht?« Sie stützte beide Handflächen auf das Sofakissen und setzte sich vorsichtig auf, ließ ihre Beine zum Boden baumeln. Autsch. Ja, sie war ganz gewiss angeschossen worden. Vage Erinnerungen begannen aufzubrodeln, alle durcheinander und fragmentiert. Es war die erste Salve gewesen, als sie sich eine Millisekunde zu spät hinter das Fahrzeug warfen. Sie versuchte, die Erinnerungen in eine sequenzielle Reihenfolge zu bringen, aber nachdem der Laser in sie hineingeschnitten hatte, war der Rest Chaos durch eine verschmierte Linse.

Ihre Hände klammerten sich in einem Todesgriff an das Kissen, um sie aufrecht zu halten, bis er an ihrer Seite auftauchte, den ausgestreckten Arm mit einem Glas Wasser. Sie ließ zögernd eine Hand los und griff nach oben. Immer noch aufrecht. Ausgezeichnet.

Sobald sie das Glas genommen hatte, begann er zu laufen. Die Kabine im gemieteten Schiff war klein, und es machte sie etwas schwindelig, ihm beim ständigen Wenden zuzusehen. »Sind wir auf dem Weg nach Romane?«

»Ja. Ich dachte nicht, dass irgendwo auf Seneca unter den Umständen sicher wäre.«

Sie nippte an dem Wasser und kämpfte darum, ihre Orientierung zu finden und ihr Gehirn zu einer Art ordentlicher Funktion zu zwingen. Nach ein paar weiteren Schlucken fiel ihr auf, dass er sie nicht ansah… und sie noch nicht berührt hatte. Ein beunruhigendes Gefühl regte sich in ihrem Bauch, direkt neben der Schusswunde.

Er lief weiter. Und wendete. »Wir werden am späten Vormittag dort sein. Du kannst zu deinem Schiff zurückkehren und nach Hause fahren. Sie können dich dort beschützen. Ich werde versuchen herauszufinden, was zum Teufel los ist. Vielleicht kann ich entdecken, wer hinter diesen Angriffen steckt, wer den Auftrag auf uns und Volosk gegeben hat und warum…«

Sie schluckte, ihre Kehle unerklärlicherweise trocken, obwohl sie mit Wasser getränkt war. »Du gehst weg?«

Seine Stimme hatte eine seltsame flache, distanzierte Qualität, die sie noch nie zuvor gehört hatte; sie passte zu seinem flachen, leeren Ausdruck, als er nickte. »Ich bin sicher, du wirst zur Erde zurückkehren wollen, und ich sollte diesen Typen nachgehen. Es ist in Ordnung.«

Sie starrte ihn an, wie er sie nicht ansah. »Was ist in Ordnung?«

»Dass ich gehe. Es tut mir leid, dass du verletzt wurdest. Ich… ich wollte das nicht. Und ich verstehe es, also—«

»Wenigstens einer von uns tut das.« Sie hörte die scharfe Bitterkeit in ihrem Ton, obwohl er es anscheinend nicht tat. »Es sei denn…«

Das Durcheinander der Ereignisse des Abends raste in schiefen Kreisen in ihrem Kopf—seine nun seltsame, leidenschaftslose Art, was Mia über das gesagt hatte, was ihn beeindruckte, sein eigenes Eingeständnis, warum er seine Berufslaufbahn gewählt hatte—und der Schmerz in ihrem Bauch sprang in ihre Brust und flammte auf, um jeden Schmerz von ihren Wunden zu ertränken.

»Sicher. Okay. Ich verstehe es.« Ein ungläubiger Atemzug zwängte sich an ihren Lippen vorbei. Sie war so wütend auf sich selbst. Sie hatte sich tatsächlich erlaubt anzufangen zu... glauben. Wie dumm musste sie sein!

Seine Braue verzog sich, als wäre er unsicher, welche Richtung er einschlagen sollte. »Hör zu, ich weiß, du bist wahrscheinlich angewidert von mir gerade. Ich meine, da ist immer noch Blut an meinen Kleidern, auch wenn etwas davon deins ist. Aber—«

Sie lachte hart. Auuuu. »Ich erwäge ernsthaft, angewidert zu sein—warum ist da immer noch Blut an deinen Kleidern?«

Für den kürzesten Moment schwankte die leere Maske, die er trug, und Emotion überflutete seine Züge. Er sah getroffen aus—als hätte er erfahren, dass das Universum in der nächsten Stunde vernichtet werden würde, oder seine Mutter oder vielleicht sein Lieblings-Haustier wäre gestorben. Da keines davon besonders wahrscheinlich war, verdammt noch mal, konnte sie nicht herausfinden, warum er so aussehen könnte... Sie wies ihre eVi an, ihre Kybernetik für die Zeit being etwas bei der Wundheilung nachlassen zu lassen und etwas mehr Sauerstoff und, falls nötig, Adrenalin zu ihrem Gehirn zu schicken. Es schien plötzlich ziemlich wichtig, dass sie klar denken konnte.

»Ich wollte dich nicht allein lassen, während du bewusstlos warst. Aber dir geht es gut, also...« er bewegte sich zum kleinen Treppenhaus, das zum Schlafbereich führte »...also werde ich mich jetzt umziehen. Ich bringe dir ein Hemd hoch.«

Sie hatte sich nicht die Mühe gemacht zu bemerken, dass ihr Pullover weg war und sie nur einen BH trug. Egal. Reine Wut und Ungläubigkeit waren nun aufgestiegen, um sowohl den Schmerz in ihrer Brust als auch den Schmerz von ihren Wunden zu ertränken. Sie würde keine Schwäche zeigen.

»Wir sind hier noch nicht fertig.«

Es dauerte zwei Sekunden, bis er sich umdrehte. Sekunden, die sich in eine Ewigkeit dehnten. Die Maske war wieder an ihrem Platz, während der Tenor seiner Stimme weniger Betonung trug als eine rudimentäre VI. »Okay. Sag, was du sagen musst.«

»Gerne. Ja, ich bin angewidert von dir, weil du mich loswerden willst, sobald ich die kleinste Belastung für dich bin. Ich wusste, du hattest einen starken Überlebensinstinkt und so, aber ich dachte nicht, du wärst—«

Seine Augenbrauen zogen sich zu wilden Strichen der Unzufriedenheit zusammen. »Ich bin nicht—ich meinte nicht—«

»Nein, es ist, wie du sagst, ʼin Ordnung.ʼ Du machst weiter und tust, was zum Teufel du tun willst. Denk nicht zweimal darüber nach.« Sie vergaß, dass sie eine kleine Verletzung hatte, wirbelte herum, um aufzustehen und zum Cockpit zu stürmen—weil es das war, was sie auf ihrem Schiff getan hätte—und krümmte sich zusammen, als ein scharfer Schmerzstoß in ihre Seite fuhr.

Als sie auf die Couch zurücksank, materialisierte er an ihrer Seite. »Geht es dir gut? Du solltest—«

»Fass mich nicht an,« knurrte sie durch zusammengebissene Zähne.

Er wich zurück, die Augen weit vor etwas, das Qual sehr ähnlich sah. »Es tut mir leid… ich wollte nur… ich lasse dich in Ruhe.«

Er bewegte sich wieder zu den Treppen, sein Murmeln kaum mehr als ein Flüstern. »Du glaubst mir vielleicht nicht, aber ich würde dir niemals wehtun.«

»Du gehst weg, nicht wahr,« brummelte sie unter ihrem Atem und zuckte sofort zusammen. Sie hätte das nicht laut sagen sollen. Verdammt. Der Schmerz richtete Verwüstung an ihrem Gehirn-zu-Mund-Regulator an.

»Das ist es, was du willst, nicht wahr?«

Scheiße, er hatte sie gehört. Sie schloss die Augen und ließ ihren Kopf gegen das Kissen fallen. »Jetzt schon.«

Es gab keine Antwort; sie nahm an, er war gelangweilt vom verbalen Schlagabtausch geworden und nach unten gegangen. Sie sank tiefer in die Kissen, all die Energie sickerte aus ihr heraus. Sie war müde, sie hatte Schmerzen und sie war—

»Ich bin nicht sicher, ob ich verstehe.«

Sie zuckte zusammen bei der Erkenntnis, dass er doch nicht gegangen war, und kniff ein Auge in Richtung des Treppenhauses zusammen. Er stand mit einem Fuß auf dem Absatz, der andere schwebte über der ersten Stufe. »Du verstehst was nicht?«

»Du sagtest 'jetzt schon', als wäre es vorher nicht so gewesen. Und früher schienst du anzudeuten, dass Weggehen irgendwie meine Wahl war.«

Sie stöhnte und setzte sich genug auf, um ihn anzustarren. »Versuche nicht, Gedankenspiele mit mir zu spielen, Caleb. Ich bin nicht in der Stimmung, und ich werde nicht zulassen, dass du das mir anhängst, *vrubilsya*? Du willst gehen, ich verstehe es—also geh einfach, aber versuche nicht, es in etwas anderes zu verwandeln, um dein schlechtes Gewissen zu beruhigen.«

Der Ausdruck gequälter Geduld huschte über sein Gesicht, aber es war, als hätte er nicht die Kraft, ihn aufrechtzuerhalten. Sein Blick wanderte durch die Kabine, und als er sie wieder fand, waren seine Augen hart geworden. Saphir, zu spröden Kanten gemeißelt. Sein Kiefer hätte aus Stein gehauen sein können, und seine früher abgetötete Stimme blutete nun Bitterkeit.

»Nein. Ich werde nicht zulassen, dass du das in etwas anderes verwandelst. Wenn du nicht ertragen kannst, was ich bin, dann sei es so, aber die einfache Wahrheit ist, dass meine Handlungen dein Leben gerettet haben. Ich bin nicht der Feind und ich werde nicht zulassen, dass du mich als einen darstellst.«

Gott, sie wünschte, er würde diese Folter beenden und sie allein lassen, damit sie sich zu einem Ball zusammenrollen konnte… Nun nutzte er absichtlich ihren weniger als optimalen Zustand aus, um sie zu verwirren und sie unfähig zu machen, sich zu wehren. Es war schmutziges Kämpfen und es war nicht fair.

»Mir ist vollkommen bewusst, dass du mein Leben gerettet hast, also danke, dass du das wenigstens getan hast, bevor du mich weggeworfen hast, um zu deinem nächsten Abenteuer aufzubrechen. Es tut mir so leid, dass es ein paar Stunden dauern wird, bis du mich loswerden kannst. Aber ich beabsichtige nicht, diese Stunden damit zu verbringen, dein Ego zu stützen, also du—«

Sein Mund zuckte wütend. »Mein Ego? Wovon zum Teufel redest du? Alex, was denkst du, was hier passiert?«

»Was ich denke? Ich denke, du bist ein selbstsüchtiger Narzisst, der nur mitfährt, bis es anfängt, mit seinem Vergnügen zu interferieren. Ich denke, du bist ein noch besserer Lügner, als ich dir zugetraut habe, und ich bin darauf hereingefallen, obwohl ich es verdammt noch mal besser wusste! Ich denke, du solltest—«

»Stopp, bitte, für eine Sekunde.« Er fuhr sich zerzaust mit einer Hand durch die Haare. »Nein. Nach dem Angriff warst du distanziert und misstrauisch und schockiert. Ich tötete diese Männer und ich weiß, es war brutal und gewalttätig und rücksichtslos—«

»Ist das Töten von Menschen jemals nicht diese Dinge?«

»Nun, es ist nicht immer so blutig, aber…« Seine Stimme verlor sich, als er sie zum ersten Mal seit gleich nachdem sie erwacht war anstarrte, und sie schwor, unter der oberflächlichen Wut sah sie rohen Schmerz, der seine schönen Augen trübte. *Verdammt, er ist gut darin. Selbst jetzt bringt er mich dazu, ihm glauben zu wollen.*

Er runzelte die Stirn… nein, es war kein Stirnrunzeln. Es war etwas anderes. »Sagst du mir…« Er hielt inne, holte tief Luft, ließ sie aus und begann wieder. »Sagst du mir, dass du nicht entsetzt bist von dem, was ich dort getan habe? Von der Gewalt davon, der Brutalität? Du hast nicht... du hast keine Angst, ich könnte dir wehtun, oder bist einfach entsetzt, dass ich ein Killer bin?«

»Was? Warum sollte ich das sein?«

»Weil es schon einmal passiert ist. Weil gute Menschen es oft sind. Weil ich ein Killer bin. Und die Art, wie du mich angesehen hast, die Art, wie du—«

»Ich war angeschossen worden. Ich war etwas abgelenkt. Dann etwas schwach, dann etwas schwindelig, dann, nun...«

Er blinzelte und schüttelte den Kopf, als würde er versuchen, Spinnweben daraus zu klären. »Was du mir zu sagen versäumt hast.«

In den Tiefen ihres Geistes hatten sich ihre Erinnerungen allmählich verfestigt und sich in eine ordentliche Reihenfolge zusammengefügt. Sie versuchte, sich auf sie zu konzentrieren. »Ich gebe zu, ich dachte nicht übermäßig klar, aber... ich dachte, mir würde es gut gehen. Ich wollte dich nicht verlangsamen.«

»Oh, Alex, ich würde alles tun...« Er schluckte und begegnete wieder ihrem Blick, ein seltsamer Glanz in seinem Gesicht. Wie ein sterbender Mann, der eine Oase erblickt, aber fürchtet, sie sei eine Fata Morgana. Er sprach langsam. Absichtlich. »Du hattest nicht vor, mich aus deinem Leben zu werfen, sobald wir gelandet sind?«

»Geplant wann? Als ich nach dem Angeschossenwerden aufwachte, natürlich nicht. Vor ein paar Minuten? Zur Hölle, ja.«

Er sah verwirrt, hoffnungsvoll, verängstigt aus, alles auf einmal; das tat er wirklich. An diesem Punkt fühlte sie sich selbst ziemlich verwirrt... sie überprüfte, ob ihre eVi ihre Anweisungen ausgeführt hatte, obwohl sie erkannte, dass sie über verminderte Ressourcen verfügte.

Er begann wieder zu laufen, diesmal in beträchtlicher Aufregung. Seine Bewegungen waren unkontrolliert auf eine Art, die sie nie gesehen hatte.

Dann begannen Worte übereinander zu stolpern, als sie hervorsprudelten. »Ich dachte—ich dachte, du wolltest das. Ich dachte, du wolltest nichts mehr mit mir zu tun haben, nachdem du die blutige Realität dessen gesehen hattest, was ich sein kann, und tue, wenn ich es muss. Ich dachte, du wärst in entsetztem Schock—und das warst du, nur vielleicht war es davon, angeschossen zu werden, und nicht wegen dem, was du gesehen hast, und—«

Das Durcheinander der Ereignisse des Abends raste wieder in ihrem Kopf herum, diesmal mit größerer Klarheit und gefärbt von seiner Perspektive. Sie erinnerte sich an Dinge, die er in den vergangenen Tagen angedeutet hatte, Themen, über die er ungern gesprochen hatte. Was Mia sonst noch über ihn gesagt hatte—

—und in einem Ansturm ergab alles Sinn, auf eine verrückte Art, die es nicht war.

Dummer, abgehärteter, sensibler Mann. Ihr Kopf schwamm von einer Flut der Erleichterung und peitschenden Emotionen. Verdammt, er tat ihr das immer an. Aber sie verspürte das seltsamste Verlangen zu… ihn zu beschützen.

»Du bist so ein Dummkopf.«

Sein Gesicht verzog sich zu größerer Verwirrung, aber das Laufen kam kreischend zum Stillstand. »Entschuldigung?«

»Du bist ein Dummkopf. Du glaubst ehrlich, dass so eine unglaubliche Darstellung von badass Heldentum jemanden wie mich abschrecken würde? Ehrlich gesagt, ich bin beleidigt. Hast du mich für eine zarte Blume gehalten, die beim Anblick eines Blutstropfens in Ohnmacht fällt?«

Er lachte; es hatte einen wilden, rücksichtslosen Klang. »Nein, ich würde niemals—«

»Komm her.« Sie vertraute ihrem Körper noch nicht ganz zu, aufzustehen. Er würde zu ihr kommen müssen. Vielleicht in mehr als einer Hinsicht.

Er blinzelte. Sie beobachtete, wie seine Kehle arbeitete. Schließlich durchquerte er die Kabine zu dem Raum vor der Couch und hockte sich auf die Fußballen. Er schien ihr Gesicht zu durchsuchen, aber hielt nicht an, um ihrem Blick direkt zu begegnen. Zögernd. Vorsichtig. Auf der Hut.

Sie griff mit ihrem guten Arm nach oben und wand ihre Hand zärtlich in sein Haar, ließ es sich sanft um ihre Finger kräuseln. Er sog scharf die Luft ein, als seine Augen sich schlossen und seine Lippen darum kämpften, sich nach oben zu ziehen.

»Caleb.« Seine Augen öffneten sich wieder beim Klang ihrer Stimme. Der Ozean in ihnen wogte wie ein Hurrikan, und ihr Herz entschied sich, von den Wänden abzuprallen, die es an seinem Platz hielten.

»Ich habe immer gewusst, was du bist. Wer du bist, das war vielleicht fraglich...« Sie kämpfte darum, die richtigen Worte zu finden. »Ich komme aus einer Familie von Soldaten. Ich verstehe die Notwendigkeit für Gewalt. Wenn du nicht so gehandelt hättest, wie du es getan hast, wären wir wahrscheinlich beide tot. Und ich, für meinen Teil, ziehe es vor, am Leben zu sein.«

Sie lächelte schwach. »Ich werde nicht leugnen, dass es für ein oder zwei Sekunden etwas erschütternd war, dich so zu sehen. Aber...«

Ihre Hand glitt an seinem Kiefer entlang zu seinem Kinn, und sie drängte es nach oben, sodass er nicht zur Seite wenden konnte. »Ich wusste, worauf ich mich einließ. Und ich habe keine Angst vor dir.« *Zumindest nicht auf diese Weise.* »Nun, wenn diese Routine etwas ist, was du als Deckmantel dafür erfunden hast, dass du gehen willst—«

»Nein.« Er fiel vor ihr auf die Knie; seine Hände ergriffen ihre Schultern und seine Stirn senkte sich, um gegen ihre zu ruhen. »Ich will nicht gehen.«

Ihr Atem stockte in ihrer Kehle. Die Emotion, die aus seinen Worten blutete, krachte mit mehr Intensität durch sie hindurch, als sie möglicherweise absorbieren konnte. Ihre Brust brannte heiß, als sie es dennoch darauf anlegte zu versuchen.

Ihre Kehle brachte ein zitterndes Flüstern hervor. »Dann bleib.«

Er nickte stumm gegen sie. Sie bewegten sich unzählige Sekunden lang nicht, kämpften darum, die Stücke aufzuheben und sich wieder zusammenzusetzen, etwas Kontrolle über den inneren Tumult zurückzugewinnen.

Schließlich zog er sich einen Splitter zurück. Seine Augen hoben sich, um die ihren zu treffen, als eine Hand sich hob, um ihre Wange zu umfassen.

»Du bist eine höchst bemerkenswerte Frau, Alex Solovy.«

64

ROMANE

UNABHÄNGIGE KOLONIE

»Bist du bereit, an die Arbeit zu gehen, Meno?«

Ich freue mich auf dieses Unterfangen, Mia. Ich erwarte, neue Dinge zu lernen.

»Ich bin mir nicht sicher, ob wir etwas Wertvolleres lernen werden als den Namen von Miss Solovys erstem Haustier oder ihren Lieblingsautoren.«

Dennoch wird das etwas Neues sein.

»Ha. Stimmt schon.«

Mia stand oben an der Rampe in der Hangarbucht, die Fingerspitzen ihrer rechten Hand gegen das eingelassene Panel der äußeren Luke der *Siyane* gedrückt. Das Kontaktpad der Fernschnittstelle lag bequem am Ansatz ihres Nackens. Ihre Augen waren geschlossen—aber sie war nicht blind.

Stattdessen sah sie, was Meno ‚sah': ein scheinbar unendliches dreidimensionales Gitter aus pulsierenden, rotierenden durchscheinenden Kugeln. Die Kugeln gruppierten sich in Formationen, die von winzig bis massiv und komplex reichten. Fadenartige

Filamente verbanden die Gruppierungen, und immer existierten Struktur und Ordnung, scharfe Linien und harte rechte Winkel.

Das Gitter überquoll vor Farbe. Das gesamte Spektrum war in den rotierenden Kugeln vertreten, jede einzelne Farbe auf einmal. Wenn sie aus dem Augenwinkel betrachtet wurde, erschien eine Kugel als prismatischer Wirbel. Wenn sie jedoch ihren Fokus auf eine richtete, verwandelte sie sich in reines weißes Licht.

Die Kugeln bedeuteten natürlich die Qubits, die das Sicherheitsk ontrollsystem der *Siyane* bildeten. Genau wie Schrödingers Katze hielt ein Qubit, bis es beobachtet wurde, alle möglichen Quantensu perpositionen von 0 und 1. Wenn sie eines beobachtete, löste sich das Prisma zu Weiß auf; wenn Meno eines ‚beobachtete‘, maß er seinen wahren Zustand.

Als solche war ihre Anwesenheit hier größtenteils überflüssig, außer um Meno zu den entsprechenden Zugangspunkten zu führen—und sicherzustellen, dass er nicht die Waffen-, Antriebs- und Lebenserhaltungssysteme der *Siyane* umschrieb, um sie effizienter zu machen, während er da drin war.

Außerdem mochte sie die Aussicht.

»Beginne mit der Aufzeichnung.« Sie musste die Sicherheits kontrollen abbilden, denn wenn sie fertig war, musste alles so zurückgesetzt werden, wie sie es vorgefunden hatte, ohne eine Spur zu hinterlassen, dass sie dort gewesen war. Sie wollte Caleb keine Schwierigkeiten bereiten, auch wenn sie sich ein wenig Sorgen um ihn machte. Die Chancen, dass diese neue Beziehung von ihm am Ende gut ausgehen würde, lagen nur geringfügig über null... aber er war noch nie der vorsichtige Typ gewesen.

Aufzeichnung gestartet.

»Ausgezeichnet. Überlagere Alexis Solovys Fingerabdrücke.«

Überlagerung erfolgreich. Sicherheit verlangt sekundären Verschlüsse lungsschlüssel. Analysiere.

Meno hatte sich auf ihren Vorschlag hin ,selbst' benannt. Damals verschlang er antike philosophische Texte und hatte den Namen aus Platos sokratischem Dialog über Tugend, Wissen und Glauben genommen. Er verbrauchte weiterhin freie Zyklen damit, über die Vorstellung von angeborenem Wissen nachzudenken und ob er, obwohl er keine Seele besaß, dennoch solches Wissen besaß.

Sekundärer Verschlüsselungsschlüssel: Д085401H129914C. Möchtest du meine Hypothese über die Bedeutung dieses Schlüssels hören?

Sie lächelte in sich hinein. Artificials waren streng reguliert, überwacht, eingeschränkt, gefürchtet und oft verachtet, und das aus gutem Grund. Vielleicht mit Ausnahme des letzten Punktes. Sie besaßen unglaubliche Verarbeitungsfähigkeiten—aber Computer liefen in vielen Bereichen der Gesellschaft. Diese CUs waren ebenfalls mächtig, fähig zu zettaFLOP-Berechnungen und Zeptosekunden-Genauigkeit. Doch niemand fürchtete sie, weil sie dumm waren. Sie dachten nicht; sie berechneten einfach. Oh, eine gut gestaltete VI konnte einen überzeugenden Eindruck von Denken und sogar Persönlichkeit erzeugen, aber sie führte immer noch definierte Programmierung aus.

Synthetische neuronale Netze hingegen waren genau für diesen Zweck entworfen: zu denken. Zu lernen. Sich anzupassen. Sich zu verbessern.

Ihr größtes Merkmal war auch ihr gefährlichstes: Neugier. Mia erfreute sich an Menos kindlicher Wissbegierde und Wissensdurst. Aber obwohl er nicht registriert war, befolgte sie ansonsten alle vorgeschriebenen Sicherheitsvorkehrungen. Denn er war wie ein Kind—ein Hypersavant-Kind, das unergründliche Macht schwang und keine Perspektive besaß, keine Weisheit, die aus harten Lektionen und Erfahrung geboren war, und kein Gefühl für Grenzen, die ihn im Zaum halten könnten.

Also während sie Meno mit endlosen Zettabytes an Informationen versorgte—Geschichte, Kunst, Literatur, Wissenschaft, Daten über das Universum selbst—stellte sie ihm keine Verbindungen zum exanet oder dem lokalen Romane-Infrastrukturnetzwerk zur Verfügung. Tatsächlich enthielt seine Hardware keine externe Netzwerkfähigkeit, außer dem einzelnen Punkt-zu-Punkt-Knoten, der es ihr ermöglichte, sich aus der Ferne mit ihm zu verbinden. Während der Verbindung waren die einzigen Außeninformationen, die er erhielt, die, die durch ihre persönliche Kybernetik kamen. Daher die Fingerspitzen am Panel.

»Vielleicht später. Gibt es andere autorisierte Eintreter?«

Kennedy Rossi und Charles Blalock.

»Ist der sekundäre Verschlüsselungsschlüssel für sie ebenfalls derselbe?«

Das ist er.

»Großartig. Registriere Caleb Marano als autorisierten Eintreter und gib seine Fingerabdrücke ein. Ich werde ihm den Schlüssel mitteilen, wenn er zurückkommt. Dann maskiere die Autorisierung.«

Caleb hatte nicht genau spezifiziert, warum er Zugang zu Alex' Schiff brauchte. Höchstwahrscheinlich gab es überhaupt keinen genauen Grund; er würde sich lediglich auf mehrere Möglichkeiten vorbereiten. Sie hatte eine gute Vorstellung davon, warum er nicht einfach um Zugang gebeten hatte. Die Besitzgier—und Beschützerinstinkt—die Alex bezüglich ihres Schiffes zeigte, war innerhalb von dreißig Sekunden nach dem Kennenlernen blendend offensichtlich gewesen…

Mr. Marano genießt nun autorisierten Zugang, sollte er dem Schiff seine Fingerabdrücke und den Schlüssel zur Verfügung stellen.

»Danke, Meno. Öffne die Luke, würdest du? Wir werden ihm auch Zugang zu den Flugsystemen verschaffen müssen.«

* * *

PANDORA

UNABHÄNGIGE KOLONIE

»Was? Mann, ich kann dich nicht hören.«

Noah lehnte sich näher zu Dylan, vergeblich. Zwischen den stroboskopischen Prismenstrahlen, die über den Himmel tanzten, und der synchronen musikalischen und visuellen Darbietung konnte er kaum seine eigenen Gedanken hören, geschweige denn jemand anderen sprechen hören. Andererseits war der Sinn des Zirkus nicht zu denken, sondern zu erleben. Zu fühlen. Sich zu berauschen.

Ich sagte, willst du noch einen Drink? Ich gehe zur Bar.

Ein Bier, Mann—aber ein gutes.

Er lehnte sich gegen das Geländer und atmete tief ein, genoss die warme Nachtluft und die Geschmeidigkeit der sensorischen Flut.

Doch seine Gedanken wanderten unweigerlich ab. Er hatte die Nachrichten über die Zerstörung der Surno-Anlage auf Aquila mitbekommen. Sein Vater musste so sauer sein. Es war bei weitem nicht sein einziges Interesse; Surno machte höchstens zehn Prozent seiner Beteiligungen aus. Aber es würde definitiv wehtun.

Als er merkte, was er tat, stöhnte er und ließ den Kopf nach hinten fallen, um die Kunst zu betrachten, die den Nachthimmel bemalte. *Denk nicht mal daran, dich einzumischen, Noah. Nicht dein Problem—nicht das Geschäft, nicht der Krieg. Lass die Party einfach weiterlaufen.*

Er nahm das Bier von Dylan mit einem schiefen Lächeln entgegen und stürzte es gierig hinunter.

In diesem Moment taumelte Ella aus der Menge und fiel in ihn hinein. Er hielt die Flasche mit einer Hand zur Seite, um zu vermeiden, dass er sich alles über sich schüttete, und hielt sie mit der anderen fest. »Hey Baby, vorsichtig.«

Sie blickte zu ihm auf, die Augen unscharf und verschwommen. »Noah, hi… Was machst du denn?«

Er kicherte. »Nicht das, was du machst, offensichtlich.« Er stabilisierte sie und versuchte, sie neben sich am Geländer zu positionieren, aber sie legte ihre Arme ungeschickt um seine Schultern. »Du bist heiß, weißt du das…?«

Ella war hübsch genug. Aber sie war instabil, wenn sie nüchtern war, was zunehmend selten vorkam, und verrückt, wenn sie high war. Und wenn es eine Regel gab, nach der er auf diesem verrückten Planeten lebte, dann war es: Steck niemals deinen Schwanz in Verrückte.

Er löste sie sanft von sich. »Ja, Baby, das weiß ich.«

»Willst du—« Sie griff wieder nach ihm, verfehlte ihn und stürzte zu Boden.

Er kniff die Augen zusammen, murmelte einen Fluch unter seinem Atem und hockte sich hin, um sie aufzuheben. Manchmal war es verdammt scheiße, ein Gewissen zu haben. »Komm schon, Ella, ich bringe dich nach Hause.«

»Will nicht—«

»Doch, willst du.« Er verdrehte die Augen zu Dylan und begann, sie durch die feiernde Menge zum Lift zu führen. Es war nicht besonders spät; wenn er sie einigermaßen schnell ins Bett brachte, würde er vielleicht zurückkommen.

Der Lift umkreiste das Gebäude, während er hinabfuhr, und sie schwankte unstetig gegen ihn. Er zwang sich zur Geduld. Sie ‚lebte' nicht… war ein starkes Wort. Sie wohnte nicht weit vom Club entfernt.

Der Lift setzte auf Straßenniveau auf und er manövrierte sie in die richtige Richtung. Sie gingen langsam die Straße entlang, dann bogen sie auf eine schmalere Durchgangsstraße ab. Der Eingang zu den Wohnungen, wo sie wohnte, befand sich etwa hundert Meter weiter links.

»Hoppla!« Ella stolperte und taumelte nach vorn.

Noah beugte sich vor, um zu versuchen, sie davor zu bewahren, auf den Boden zu stürzen—

—der brillante weiße Strahl eines Laserpulses schnitt Zentimeter über seinem Kopf hindurch.

»Ella, runter!«

»Was—?«

Er packte ihren Arm und zog sie die Durchgangsstraße entlang, versuchte niedrig zu bleiben und nahe der Wand. Sie kamen zu einer Tür, und er schob sie in die Nische. Er hämmerte an die Tür, aber sie schien hart verriegelt zu sein. »Verdammt! Okay, du musst hier bleiben, dich verstecken. Ich werde—«

»Aber ich will—« Sie zog sich von ihm weg und taumelte auf die Durchgangsstraße.

»Ella, komm zurück!« Er griff nach ihr in demselben Augenblick, als der Laser durch ihren Hals schnitt und sie leblos zu Boden fiel.

»Scheißer—« Der Schuss war aus nächster Nähe gekommen. Er riss die kleine kinetische Klinge, die er trug, aus der schmalen Tasche seiner Hose und stürzte sich auf den Schatten, den er sich gegen dunklere Schatten bewegen sah… Er rammte in einen Körper und sie stürzten beide zu Boden, jeder rang um einen Vorteil. Er schlug blind in der Dunkelheit und traf Knochen, zumindest wenn das laute Krachen ein Hinweis war. Bevor er weiteren Schaden anrichten konnte, kam ein Knie hoch und rammte ihn in die Eier, sandte eine Welle von Übelkeit seine Brust hinauf in seinen Hals. Er kämpfte sie zurück und stach wild, während er darum kämpfte, die zappelnde Waffe von seinem Körper fernzuhalten.

Plötzlich traf sein Messer auf nachgiebigen, trägen Widerstand. Als der Griff des Mannes an ihm nachließ, entschied er, dass das

Messer den Bauch des Mannes gefunden hatte. Er riss die Waffe aus der Hand des Angreifers, kletterte auf die Füße und richtete sie auf den Kopf des Angreifers.

»Für wen arbeitest du?«

Der Mann wand sich am Boden und klammerte sich in der Dunkelheit an seinen Bauch. »Fick dich. Sie werden mehr schicken. Du wirst den Tag nicht überleben.«

»Darauf setze ich.« Er drückte den Abzug.

* * *

Es dauerte zwanzig Sekunden Hämmern an der Tür, bis Brian öffnete. Musik wehte aus dem Wohnzimmer, unterbrochen von hochfrequentem Gelächter.

»Brauchst du etwas—?«

Noah packte sein Hemd am Kragen. »Warum versucht jemand, mich zu töten?«

»Was? Hey, lass los! Ich weiß es nicht!«

»Liegt es an dem Sprengstoffjob? Sie waren für die Vancouver-Bombardierung, die gerade passiert ist, nicht wahr?«

»Ich hab dir gesagt, ich weiß es nicht! Gib mir eine Pause, Mann…«

Er verstärkte seinen Griff stattdessen. »Warum hast du mir den Job angeboten? Hat Nguyen dir gesagt, du sollst?«

»Nein, Mann. Beruhig dich, okay?«

»Ich werde mich nicht beruhigen. Ich wurde beschossen und ein unschuldiges Mädchen ist tot!«

Brians Augen weiteten sich zu Untertassen. »Scheiße. Hör zu, die Anfrage kam von oben. Sie haben mir nicht gesagt, wie weit oben.«

»Warum?«

»Ich weiß es nicht.«

Sein Griff verkrampfte sich bis zu dem Punkt, an dem er begann, Brians Luft abzuschnüren.

»Okay, okay…« Noah lockerte seinen Griff um einen winzigen Betrag, und Brian schnappte nach Luft. »Ich habe eine Sache mitbekommen—ich hab aber keine Ahnung, was es bedeutet.«

»Was.«

»Etwas darüber, dass du den Job machen musst, weil du mit einem Typen namens Marano gearbeitet hattest.«

»Caleb? Was zum Teufel hat Caleb damit zu tun?«

»Keine Ahnung! Das ist alles, was ich gehört habe, ich schwöre. Ich wusste nicht, dass sie versuchen würden, dich auszuschalten, Mann, ich schwöre.«

»Scheiße.« Er ließ das Hemd los und schob Brian in die Wohnung. »Komm nicht und such mich, verstehst du?«

Er drehte sich um und stürmte den Flur hinunter, hielt einmal an, um frustriert gegen die Wand zu schlagen. Er hatte keine Wahl. Er würde abhauen müssen, und zwar jetzt.

* * *

Noah überflog den Reiseplan aus der relativen Sicherheit einer Touristengruppe. Es war mitten in der Nacht, aber es gab immer Touristen am Raumhafen. Er trug eine Kappe, die er unterwegs gekauft hatte, tief über sein Gesicht gezogen.

Er hatte Caleb ein paar Minuten zuvor eine kurze Nachricht geschickt. *Pass auf dich auf. Irgendwas Seltsames ist im Gange.* Er würde später darauf eingehen, falls er noch am Leben war.

Er konnte nicht dorthin gehen, wo sie ihn erwarten würden. Aquila war ausgeschlossen, ebenso wie New Babel und Atlantis. Verdammt, wenn es Zelones war, der hinter ihm her war, waren alle unabhängigen Welten ausgeschlossen. Sogar Romane, so verlockend es auch war.

Nein, er musste irgendwo Zufälliges hingehen. Irgendwo, das ihm auch etwas Deckung und die Gelegenheit bot, ein paar Credits zu verdienen, bis sich die Dinge beruhigt hatten.

Er überflog die Liste wieder.

Messium. Langweilig wie Scheiße und Heimat von mehr Militär, als ihm lieb war, aber es rühmte sich einer gesunden Bevölkerung zum Verstecken und einer robusten Technologieindustrie zum Bedienen. Und er war technisch gesehen ein Allianz-Bürger.

Mit einem Seufzer glitt er von der Menge weg und ging zur Boarding-Plattform. So viel zur Party...

65

WELTRAUM, NORDER-ZENTRAL-QUADRANT

SENECAN FÖDERATION-RAUMS

Alex beobachtete ihn beim Schlafen.

Sie lag an ihn gelehnt, ihre verletzte Seite nach oben gewandt und ungehindert. Seine Arme waren sanft um sie geschlungen im Schlummer. Trotz seiner besten Bemühungen, es zu vermeiden, war er eingedöst, allerdings erst nachdem er außerordentliche Anstrengungen unternommen hatte, um sicherzustellen, dass sie bequem im Bett lag und keine Schmerzen hatte und alles besaß, was sie brauchte. Es war überfürsorglich und unnötig gewesen und ziemlich bezaubernd.

Sie hatte darauf bestanden, aus eigener Kraft nach unten zu gehen, sehr zu seiner Frustration. 'Dickköpfig stur', hatte er sie genannt; sie hatte den Punkt nicht bestritten. Ihre Wunden schmerzten noch immer, aber sie fühlte sich, als hätte sie ihre Orientierung wiedergefunden. Bis zum Morgen sollte sie funktionsfähig sein. Bei weitem nicht hundertprozentig... aber funktionsfähig.

Er musste über alle Maßen erschöpft sein. Sie wusste genug über kybernetische Verbesserungen militärischer Qualität, um sowohl zu erkennen, was sie dem Körper zu tun ermöglichten, als auch welchen Tribut sie hinterher forderten. Die menschliche Physiologie wurde bis an ihre äußersten Grenzen gedrängt. Bisher hielt sie mit, aber nur knapp.

Sie sollte wahrscheinlich ebenfalls schlafen... auch wenn drei Stunden Bewusstlosigkeit wirklich zählen sollten.

Stattdessen beobachtete sie ihn beim Schlafen. Sie ließ ihren Blick die Linie seines Kiefers nachzeichnen, die Kurven seiner exquisiten und talentierten Lippen und den kantigen Pfad seiner Nase.

Ihre Stirn runzelte sich ein wenig. Etwas an der Haltung seines Mundes, den entspannten Muskeln in seinen Wangen und seinem Hals, die Art wie...

...dann erkannte sie es. So sah er aus, wenn sie beide zusammen waren—wenn sie redeten oder arbeiteten oder nicht viel taten und die Stimmung entspannt und behaglich war. Er wirkte im Schlummer natürlich gelassener und friedlicher, aber es war unzweifelhaft derselbe Ausdruck.

Er manipulierte sie wirklich nicht.

Endorphine durchfluteten ihren Körper; sie konnte sich kaum davon abhalten, laut zu lachen.

Obwohl sie ihn in ihr Bett gelassen hatte, Geheimnisse mit ihm geteilt hatte, Verhaftung und sogar ihr Schiff für ihn riskiert hatte... ein Teil von ihr hatte noch immer angenommen, dass er sie täuschte. Ob zu irgendeinem Zweck oder weil es seine Natur war und er keinen anderen Weg kannte zu sein, wenn sie nicht mehr brauchte, würde ein Schalter in seinen Augen umgelegt werden und er wäre verschwunden.

Seine Worte und besonders seine Taten sagten ihr immer und immer wieder, dass er aufrichtig war, dennoch konnte sie sich nicht dazu bringen, die Möglichkeit auszuschließen, dass die Persönlichkeit, die er ihr zeigte, nur ein weiteres Gesicht des

Chamäleons darstellte—eines Chamäleons, dessen Existenz er bereitwillig zugab.

Vor nur einer Stunde hatte sie ihre Befürchtungen bestätigt geglaubt, gedacht, der Tag, von dem ein Teil von ihr angenommen hatte, dass er kommen würde, sei früher als erwartet eingetreten. Dann, als er vor ihr auf die Knie gefallen war, nackt und bloßgestellt, hatte jeder Sinn, den sie besaß, sie angeschrien, nachzugeben und die Wahrheit über ihn zu glauben.

Aber jetzt… warum jetzt? War es einfach so, dass sie jetzt bereit war zu vertrauen und nach einem Grund suchte, es zu tun?

Am Ende spielte es keine Rolle, denn es war bereits geschehen.

Sie beugte sich vor und küsste ihn leicht, dann ließ sie sich auf das Kissen nieder, um ihn beim Aufwachen zu beobachten. Sie hätte es nicht tun sollen; er brauchte die Ruhe… aber sie brauchte ihn.

Er regte sich und bewegte sich. Nach ein paar Sekunden blinzelte er ein paar Mal, um verschwommene, unfokussierte Iris zu enthüllen; Wärme durchflutete sie, noch bevor sie klarer wurden. »Hi…«

Ihre Wahrnehmung hatte sie nicht getäuscht: die Haltung seines Mundes, die Linie seines Kiefers, der Eindruck, den sein Antlitz vermittelte, blieben unverändert, nur durch die Hinzufügung strahlender Iris verstärkt. Sie erwiderte sein Lächeln. »Hi.«

»Ich bin eingeschlafen?«

»Nur für eine kleine Weile.«

Er streckte die Hand aus, um ihre Wange zu streicheln. »Du solltest schlafen.«

»Hab ich doch, erinnerst du dich? Den größten Teil des Abends, glaube ich.«

»Ich bin nicht sicher, ob das zählt.«

»Nun…« Ihr Lächeln wurde breiter. »Ich werde gleich schlafen.«

Seine Augen verengten sich. »Was?«

Sie versuchte ihr Bestes, unschuldig auszusehen. »Nichts.«

Er zog sie näher an sich heran. »Es ist nicht nichts... aber da du lächelst, lass ich es einfach so stehen.«

Sie antwortete, indem sie den Mundwinkel küsste und sich in die Beuge seines Arms schmiegte.

Sie lagen mehrere Minuten schweigend da, und in Wahrheit hätte sie vielleicht zu dösen begonnen, als er sich unter ihr bewegte. Sie blinzelte wach und überspielte jede Schläfrigkeit, indem sie mit den Fingerspitzen über die lockigen Haare tanzte, die von seinem Bauch zu seinem Nabel hinabführten.

Er hob eine Augenbraue zu ihr. »Da wir hier abhängen und nicht schlafen, stört es dich, wenn ich dir etwas Zufälliges frage?«

»Hmm? Sicher.« Sie stützte ihr Kinn auf seine Brust, um seinen Blick einfangen zu können.

»Der Name deines Schiffes. Ich habe ihn durch jeden russischen Dialekt und ein halbes Dutzend anderer Sprachen und Enzyklopädie-Kompendien laufen lassen, aber keine Treffer. Und ich war... neugierig.«

Sie lachte und rutschte auf einen Ellbogen hoch. »Er würde zu nichts passen.«

Eine Seite ihres Mundes kräuselte sich von selbst nach oben. »Also geht die Geschichte so—ich war drei Jahre alt, viel zu jung, um mich mit irgendeiner Klarheit daran zu erinnern—mein Dad und ich betrachteten eines Nachts im Hinterhof die Sterne. Ich plapperte drauflos und stellte Dutzende verrückter Fragen, die nur ein Kind über die Sterne und Schiffe und wie der Weltraum war denken konnte. Er ging darauf ein, wie er es immer tat... Und ich äußerte irgendeine unsinnige Proklamation wie: 'Eines Tages werde ich ein Stern sein.' Und er... er umarmte mich und sagte: *'Na den' vy siyat' s snova siyaniye chem vse svetilo v nebesnyy nebesa'*, was ungefähr bedeutet: 'Eines Tages wirst du mit mehr Strahlkraft leuchten als jeder Stern in den himmlischen Himmeln.'

Er kicherte. »Ganz schön ein Mundvoll für ein kleines Mädchen.«

»Ich weiß, oder? Er hatte definitiv ein Flair für das Dramatische. Ich verstand *'na den' vy'*, gewöhnliche Wörter und so, aber ich hatte den Rest noch nie zuvor gehört und hatte noch kein vollständiges eVi mit einem Übersetzer. Ich blickte zu ihm auf, mein Gesicht in kindlicher Verwirrung zusammengezogen, und versuchte es zu wiederholen. Aber ich stolperte über die 'vs' und 'sv' Phonetik, da das Englische sie nicht oft verwendet. Ich stammelte *'siya... ssn... niye... v nebe... ne...'*, hörte auf, ging zurück und versuchte es noch einmal und verstümmelte es trotzdem völlig.

»Schließlich starrte ich ihn verzweifelt an und flüsterte: *'siya-... ne-...?'* dann wartete ich darauf, dass er den Rest ausfüllte. Er lachte, umarmte mich fester und sagte: *'Siyane* ist perfekt, Schätzchen. Mein kleiner Stern, der hell leuchtet.' «

Sie schluckte den Kloß in ihrer Kehle hinunter. »Und es wurde sozusagen sein Kosename für mich. Er benutzte ihn nicht oft, aber wann immer er besonders liebevoll oder melodramatisch war, holte er ihn für zusätzliche Wirkung hervor.«

Sie zuckte in seinen Armen mit den Schultern. »Also denke ich, der beste Weg, es auszudrücken, ist... der Name repräsentiert eine Bestätigung, dass ich versuche, seinem Glauben daran gerecht zu werden, was ich sein könnte.«

Er zog sie noch näher heran, vorsichtig, nicht auf ihre Wunden zu drücken, und küsste ihren Scheitel. Sie wünschte, sie könnte seinen Gesichtsausdruck sehen, aber er hielt sie sicher an sich gedrückt.

»Ich würde wetten, wenn er hier wäre, würde er sagen, du tust verdammt viel mehr als nur versuchen.«

»Tatsächlich...« seine Umarmung lockerte sich »...das ist es, nicht wahr?«

»Was ist was?«

»Was du tust.«

Sie betrachtete ihn neugierig. »Ich habe keine Ahnung, wovon du redest.«

»Wie du Dinge findest, die andere nicht können. Wie du irgendwie wusstest, dass die TLF-Welle nicht vom Pulsar kam, und ihren Ursprungspunkt entdecktest. Wie du in den Weltraum starrtest und sahst, wo man einen winzigen, kalten, stillen Stern tief in Nebelwolken vergraben finden konnte.«

Sie biss sich auf die Unterlippe, ihr Blick wanderte von ihm weg. Nach einem Moment ruhte sie ihren Kopf auf seiner Brust. »Es ist nicht Magie oder so. Es ist einfach… das Universum hat Regeln. Sogar die Ausnahmen gehorchen den Regeln. Obwohl so immens komplex, dass es den meisten wie Chaos erscheint, ist das Universum in Wahrheit geordnet und strukturiert und perfekt.

»Mehr als das, ich verstehe die Struktur. Sie ergibt für mich Sinn. Ich blicke hinaus in die Leere und ich sehe die Verbindungen und Beziehungen—die Gravitationsanziehung eines Überriesen, der subtil an einem Sternensystem Kiloparsecs entfernt zerrt, das überschüssige Glühen entlang der Ränder von ionisiertem Gas, wenn es mit einer H I-Region kollidiert, die Abwesenheit, die einen dunklen Stern oder ein graues Loch markiert.«

Seine Hand wand sich gemächlich durch ihr Haar, versicherte ihr, dass sie nicht verrückt war, ermutigte sie fortzufahren. »Und da ich die Art verstehe, wie die Dinge sein müssen, wenn etwas fehl am Platz, falsch oder nur seltsam scheint… kann ich die Realität davon erkennen. Das verborgene Objekt oder Ereignis oder die Kraft, die den Weltraum wieder in Einklang mit den Regeln des Universums bringt.«

Sie hob ihren Kopf, um ihre Nase zu ihm zu kräuseln. »Aber ich verstehe nicht, was das alles mit dem Namen meines Schiffes zu tun hat.«

Er strich eine Haarsträhne aus ihren Augen. »Als wir im Zentrum von Metis waren und du nach dem Begleiter des Pulsars suchtest, starrtest du aus dem Sichtfenster und flüstertest: 'Komm schon, du kleiner Stern, leuchte für mich.' «

»Nein, hab ich nicht.«

»Doch, hast du.«

»Ich… Nun, ich nehme an, es fühlt sich irgendwie so an, als würde das passieren, aber… Selbst wenn es wahr ist, die Sterne sind es, die leuchten. Nicht ich.«

Er zog sie seinen Körper hinauf, bis seine Lippen die ihren trafen. Sie waren weich und sanft, wie die Meeresbrise an einem seltenen warmen Pacifica-Sommernachmittag. Sie hatte sich nie vorgestellt, dass ein Mann, der zu solcher Gewalt, zu solcher Intensität fähig war, auch zu der außergewöhnlichen Zärtlichkeit fähig sein könnte, die er ihr gegenüber zeigte… Er zog sich einen Bruchteil zurück, um ihre Augen zu treffen und in ihre Seele zu blicken. »Bist du sicher?«

66

ERDE

VANCOUVER, EASK-HAUPTQUARTIER

Miriam starrte während des gesamten Fluges aus dem Transportschiff ungläubig und entsetzt auf die unvorstellbare Landschaft der Zerstörung, während es zweimal über dem Gelände kreiste.

Sie hatte schon einmal Zerstörung gesehen. Während des First Crux War hatte sie aus erster Hand die Nachwirkungen von mehr als einer Schlacht miterlebt. Aber dieser Krieg war niemals auch nur in die Nähe der Erde gekommen. In die Nähe der Heimat. Das hier jedoch… sie hatte die letzten vierzehn Jahre ihres Lebens damit verbracht, in dem Gebäude zu arbeiten, das nun in schwelenden Ruinen zertrümmert dalag.

Als sie aus dem Transportschiff stieg, wies sie bereits das vor Ort befindliche EASK-Personal, das noch gehfähig war, an, sich in zwanzig Minuten im Hauptkonferenzraum der Verwaltung zu versammeln, und erstellte eine Warteschlange für die dazwischenliegenden Minuten.

Sie nutzte die wenigen Augenblicke, um die aktualisierte Liste der Toten und Vermissten durchzugehen und eine Routine einzurichten, um die Beileidsbekundungen zu personalisieren. Als nächstes spürte sie den Leiter der Notfallhilfe auf und erhielt einen persönlichen Statusbericht, implementierte zusätzliche Sicherheitsmaßnahmen über die hastig errichteten Kontrollpunkte hinaus und suchte schließlich Richard auf, um ihm eine kurze und private Umarmung zu geben.

Nun stand sie vor dem Konferenzraum und betrachtete die versammelten Mitarbeiter. Viele waren mit Staub und Trümmern bedeckt und mehrere trugen noch immer Blutspuren.

Sie schenkte dem Raum ein aufrichtig mitfühlsames Lächeln, einen Ausdruck, den die meisten noch nie von ihr gesehen hatten. »Ich werde nicht viel von Ihrer Zeit in Anspruch nehmen. Ich erkenne, dass Sie sehr viele Dinge haben, die Sie tun wollen und müssen. Ich stelle mir vor, dass für einige von Ihnen dazu gehört, bei den Rettungsmaßnahmen zu helfen – aber wir haben Notfallkräfte aus der gesamten Cascades-Region vor Ort, also bitte ich Sie, sie ihre Arbeit machen zu lassen und sich stattdessen darauf zu konzentrieren, dabei zu helfen, die Ordnung wiederherzustellen.

»Für diejenigen von Ihnen, die Büros im Hauptquartiergebäude hatten, werden wir für die unmittelbare Zukunft die 14th bis 20th Etage des Logistikgebäudes übernehmen. Das bedeutet, dass die meisten von Ihnen sich einen Raum teilen müssen. Es ist eine notwendige und hoffentlich vorübergehende Situation. Senden Sie Ihre Anfrage an diese Adresse –« sie schickte das neue Konto an die Mitarbeiter »– und Sie erhalten eine Raumzuteilung.«

Sie hielt inne und presste für einen Atemzug die Lippen zusammen. »Nehmen Sie sich die Zeit, die Sie brauchen, um Ihre Dateien und alles andere zu bergen, was Sie retten können, aber leider herrscht immer noch Krieg – und machen Sie sich nichts vor, unser Gegner wird nur zu gerne die Gelegenheit nutzen, unsere Ablenkung nach dem Angriff auszunutzen. Daher muss ich Sie bitten, so bald wie möglich zu Ihren regulären Pflichten zurückzukehren. Wir haben heute zweifellos eine Reihe guter Menschen und guter Freunde verloren, aber wir können nicht zulassen, dass uns das schwach macht. Das ist es, was der Feind will. Lassen Sie es uns stattdessen stärker machen.

»Die Dinge werden in den nächsten Tagen sicherlich etwas chaotisch sein. Leiten Sie alle Probleme oder besonderen Anfragen an die ,Issues'-Warteschlange unter derselben Adresse weiter. Bitte verfolgen Sie auch die Nachrichten-Updates unter dieser Adresse. Wichtige Informationen, Änderungen und neue Verfahren werden dort veröffentlicht.«

Sie nickte scharf. »Das ist alles für jetzt. Lassen Sie uns an die Arbeit gehen.«

Als sie sich zu zerstreuen begannen, griff sie nach ihrer Wasserflasche und verließ schnell den Raum. Sie hatte nicht die Zeit, Fragen zu beantworten oder verzweifelte Nachfragen bezüglich geliebter Menschen zu unterhalten. Die Todesliste stand allen zur Einsicht zur Verfügung und sie besaß keine weiteren Informationen. Viele von ihnen würden Trost brauchen, und das war vor allem etwas, was sie nicht bieten konnte.

Vor einem Publikum gelang es ihr, gut genug zu agieren; von Angesicht zu Angesicht jedoch, in gebrochene Augen blickend… Langfristig war Trost eine hohle, oberflächliche Lüge, und sie konnte einfach nicht den Willen aufbringen, etwas anderes vorzutäuschen.

Sie ging den Flur hinunter zu ihrem nächsten Termin mit dem Kommandeur der Militärpolizei. Darauf würden Besprechungen mit dem Verwaltungsmanagement, den Transportsupervisoren, vorläufige Planungen mit dem Wartungs- und Bauchef, ein weiteres Update vom Leiter der Notfallhilfe und die erste von sicherlich zahlreichen Pressekonferenzen folgen.

Sie würde für eine ganze Weile kein Bett zu Gesicht bekommen.

* * *

Etwa fünf Stunden später stahl sie sich für einen Moment der Erholung in die kleinen Gärten zwischen Verwaltung und Logistik davon. Die Thermoskanne mit Kaffee wärmte ihre Hände und die in das Pflaster eingebetteten Glasfasern beleuchteten den Weg unter ihren Füßen gegen die spätnächtliche Dunkelheit, obwohl der Schein der enormen Flutlichter, die von den Rettungsmannschaften aufgestellt worden waren, einen fahlen Schimmer an den Himmel warf.

Die Zahl der Todesopfer lag bereits bei über zweitausend und würde sich bis zum Morgen wahrscheinlich verdoppeln. Während die Rettungsmaßnahmen weitergingen, war die einfache Tatsache, dass die Detonationen sengend und gewalttätig gewesen waren. Die wenigen, die die ersten Explosionen überlebt hatten, hatten sich ohne Weg nach unten oder hinaus wiedergefunden, bevor das Feuer oder der durchdringende Rauch sie erreichte.

Selbst fünftausend Tote stellten nur einen winzigen Punkt auf der Skala historischer Katastrophen dar. Aber das waren die Besten, die Engagiertesten und Patriotischsten der Menschheit. Sie waren auch die Menschen, die für die Bewältigung der bürokratischen Feinheiten der Kriegsführung unerlässlich waren. Eine unzarte und unglückliche Realität.

Tausende und Abertausende von Truppen mussten bewegt, auf strategische, aber geordnete Weise zugewiesen und mit Millionen von Munition und Nahrungsmitteln und Unterkünften versorgt werden. Wichtige Güter mussten geschützt werden, während tote Winkel minimiert wurden. Jede Person und jede Ressource musste auf effiziente und optimierte Weise genutzt werden.

Krieg war eine komplizierte Angelegenheit, wenn er sich über die Galaxie erstreckte; das war er schon immer gewesen. Das wusste sie nur zu gut.

»Direktorin für Logistik für die gesamte nordamerikanische Region? Miri, das ist wunderbar.«

Das Mondlicht schien durch das Fenster und verwandelte seine schönen Augen in flüssiges Silber, als er sie angrinste. Sie lag ihm im Bett gegenüber, so nah an ihn gekuschelt, dass sich ihre Nasen fast berührten. *»Vielleicht.«*

»Mit einem Krieg wird es eine enorme Verantwortung und noch mehr Arbeit sein...«

Sie runzelte die Stirn. »Du denkst nicht, dass ich es schaffen kann?«

»Naoborot dushen'ka, ich denke, du wirst spektakulär darin sein. Wenn ich deinen brillanten Verstand besäße, könnte ich vielleicht auch auf der Erde in einem prestigeträchtigen Job bleiben.«

»Fang gar nicht erst damit an, David. Sie geben dir nicht das Kommando über einen Kreuzer wegen deines Aussehens –« sein Mund verzog sich zu einem spielerischen Schmollen *»– sie könnten es natürlich, aber es wäre eine schlechte Kriegsstrategie.«*

Sie küsste das Schmollen weg und rollte sich dann auf den Rücken, um zur Decke zu starren. »Ich bin mir nicht sicher, ob ich annehmen werde. Ich will dich nicht mitten in den Krieg hinausschicken, während ich bequem und gemütlich in unserem Zuhause bleiben darf. Ich sollte auch kämpfen.«

Er stützte sich auf einen Ellbogen, um ihren Blick zu fangen und zu halten. »Das wirst du. Wenn du diesen Job nicht richtig machst, fällt die ganze verdammte Operation auseinander. Und außerdem... es würde mir so viel Seelenfrieden geben, während ich da draußen bin, zu wissen, dass du sicher bist.«

»Aber David –«

»Psst. Mir ist klar, dass ich überfürsorglich bin – es ist mir egal. Und du wirst für Alex da sein, was mich sehr, sehr glücklich machen wird. Sie braucht dich.«

»Vielleicht, aber sie will dich.«

»Miri...«

»Ich weiß, ich weiß... ich bin ehrlich froh, dass du ihr Favorit bist. Du bist auch mein Favorit, also zeigt es gutes Urteilsvermögen von ihrer Seite.«

Sie atmete leise aus. »Okay. Wenn du so sicher bist, dass es die richtige Entscheidung ist, nehme ich die Stelle an.« Sie drehte sich wieder zu ihm um und fuhr mit einer Hand durch sein Haar. »Aber du kommst besser zu mir zurück, verstehst du?«

Er lächelte gegen ihre Lippen. »Das werde ich. Ich verspreche es.«

Er hatte sein Versprechen nicht gehalten. Aber David hatte in mindestens einer Hinsicht recht gehabt – sie hatte in dem Job brilliert. Nun überwachte sie die Logistik für das gesamte Allianz-Militär, und es war nicht ihre einzige Verantwortung.

Aber sie hatte gerade einen erheblichen Prozentsatz der Menschen verloren, die es möglich machten. Sie würde es noch einen vollen Tag geben, dann eine Rekrutierungssuche starten und die Einstellungsstandards so streng wie möglich halten, aber –

Erschrocken wirbelte sie bei dem Geräusch sich nähernder Schritte herum. Richard eilte den Weg zu ihr entlang. Natürlich... er wäre der Einzige, der wüsste, wo er sie finden könnte.

»Richard, du siehst schrecklich aus. Du solltest wirklich etwas Schlaf bekommen oder wenigstens duschen. Ich nehme an, du hast einen Sanitäter einen Blick auf dich werfen lassen.«

»Später.« Er erreichte sie und blieb stehen, und da sah sie den Ausdruck auf seinem Gesicht.

»Stimmt etwas nicht? Was ist passiert?«

»Wir haben möglicherweise ein Problem. Ich denke, du musst dir das ansehen.«

67

ERDE

LONDON, ERDALLIANZ ASSEMBLY

Jeder Allianz-Nachrichtenfeed und die meisten der Senecan- und unabhängigen Feeds übertrugen die offene Sitzung der Erdallianz Assembly live. Etwa vierzehn Milliarden Menschen unterbrachen ihre Tätigkeiten, um zuzuschauen, wahrscheinlich spürend, dass ein bedeutsames Ereignis bevorstand.

Die Assembly tagte im historischen Palace of Westminster. Er war fast zwei Jahrhunderte zuvor entkernt worden, sein Fundament umstrukturiert, um zu verhindern, dass er in die Themse absank, dann von Grund auf neu gestaltet, um eine einzige Kongressversammlung zu beherbergen und die Grundlagen der modernen Welt zu unterstützen.

Was einst die Central Hall gewesen war, bildete nun den Kern der Assembly Chamber, ein enormes fächerförmiges Auditorium, das dem alten US-Kongress nachempfunden war – die Rechtfertigung war, dass halbkreisförmige Sitzplätze nähere Aussichtspunkte für eine größere Anzahl von Menschen boten als die rechteckige Anordnung des ehemaligen britischen Parlaments. Dem ursprünglichen

Stil war jedoch in vielerlei Hinsicht Tribut gezollt worden, von dunklen Eichenbalken, die die Decke schmückten, bis hin zu Messingakzenten, die die Türrahmen vergoldeten, und klassischen Freskenmalereien, die die Wände zierten.

Der Majority Leader der Assembly, Charles Gagnon, trat ans Podium, als der Secretary die Sitzung mit dem Hammer eröffnete. Unter anderen Umständen hätte es der Speaker am Podium sein können, aber in der gegenwärtigen Situation hätte ein solcher Akt unschicklich und durchsichtig eigennützig gewirkt.

Gagnons Blick wanderte mit bedachter Aufmerksamkeit über die höhlenartige Kammer. »Meine Damen und Herren, Senatoren und verehrte Gäste. Ich trete nun in diesem dunklen Moment für die Allianz vor Sie, um eine Angelegenheit zur Sprache zu bringen, von der ich nie gewünscht hätte, dass sie erforderlich wäre.

»Vor wenigen Stunden erlebten wir einen schrecklichen Verlust durch die terroristische Bombardierung des Strategisches Kommando Headquarters. Der Feind schlug ins Herz unserer Führungsstruktur und tötete nicht nur den Chairman von Strategisches Kommando und drei seiner Vorstandsmitglieder, sondern über 4.500 unserer tapferen Kämpfer und Kämpferinnen. Männer und Frauen, die ihr Leben dem Schutz und der Sicherheit der Allianz und ihrer Bürger gewidmet hatten.

»Während die Rettungskräfte noch die Toten und Verletzten aus den Trümmern zogen, wurden Schiffe des Northwestern Regional Command während einer Patrouille von Senecan-Streitkräften überfallen, Opfer der feigen Verminung eines Asteroidenfelds. Sie erlitten verheerende Verluste, die hätten vermieden werden können – vermieden werden müssen.«

Er hielt inne, um mit dramatischem Flair zu seufzen. »Die düstere, aber unbestreitbare Tatsache ist, dass die Allianz-Regierung nun im Chaos liegt – innerhalb des Militärs und innerhalb der Verwaltung. Diese jüngsten Ereignisse bestätigen etwas, was viele von uns bereits zu erkennen begonnen hatten. Prime Minister Brennon ist nicht darauf vorbereitet, uns in Kriegszeiten zu führen.«

Ein leises Grummeln durchlief die Kammer; er wartete, bis es abklang, bevor er fortfuhr.

»Ein schlecht beratener Trade Summit führte zur tragischen Ermordung von Mangele Santiagar. Schwächliche Verteidigungen auf einer unserer wichtigsten Allianz-Welten führten zur Vernichtung der Forward Naval Base auf Arcadia. Ein unverzeihliches Sicherheitsversagen ermöglichte es, hochexplosive Sprengstoffe in das EASK Headquarters zu schmuggeln, was zum Tod von Tausenden und zur Zerstörung von Strategisches Kommando führte.

»Heute Morgen erließ der Prime Minister eine Exekutivverordnung, die erhebliche Produktionsaufwendungen von einer Reihe großer Allianz-freundlicher Unternehmen beschlagnahmte. Obwohl es im Vergleich zu so viel Verlust an Menschenleben verblasst, deutet dieser Schritt darauf hin, dass er diesen Krieg grundsätzlich als Gelegenheit für einen Machtgriff und nicht als die ernste Bedrohung betrachtet, die er ist.

»In diesen und weiteren Ereignissen hat sich der Prime Minister als völlig unfähig erwiesen, auf die Realitäten des Krieges zu reagieren. Noch kann er die notwendige Führung bieten, um uns zum Sieg über die Rebellen zu treiben, die sich selbst eine 'Föderation' nennen.«

Er nickte, als hätte er sich erst jetzt von der Notwendigkeit seines Handelns überzeugt. »Daher sehe ich mich gezwungen, eine Abstimmung über das Misstrauen gegen Prime Minister Brennon und seine Regierung zu fordern. Lasst uns eine neue Führung annehmen, solange noch Zeit ist, um sicherzustellen, dass die Allianz stark und unbeugsam bleibt. Mr. Secretary, ich reiche Special Assembly Resolution SGR 2322-3174 zur offiziellen Abstimmung ein.«

Der dünne junge Mann in schwarzer formeller Kleidung nickte und lud die Resolution in das Assembly-Abstimmungssystem.

Vielleicht im Bewusstsein, dass die Galaxis zuschaute, ging die Abstimmung für 510 Politiker schnell vonstatten. Vier Minuten später leuchtete das Abstimmungsergebnis auf dem übergroßen Bildschirm auf, der hoch über der Kammer schwebte. Ein leiser Jubel brach in der Kammer aus, der dissonante Kontrast von Buhrufen hallte darunter wider.

SGR 2322-3174:

Dafür: 267

Dagegen: 243

Binnen Sekunden war der Majority Leader zum Podium zurückgekehrt. »Ich danke Ihnen allen dafür, dass Sie Vernunft und Logik gefolgt sind, als Sie Ihre feierlichen Pflichten erfüllten. Gemäß Verfassungsmandat soll das Prime Ministership bis zur nächsten Wahl an Speaker of the Assembly Luis Barrera übergehen, einen Mann, den ich seit vielen Jahren kenne und dem ich die Sicherheit der Allianz vertrauensvoll anvertrauen kann. Speaker?«

Barrera erschien wie aus dem Nichts neben Gagnon am Podium. Sie tauschten einen festen, aber kollegialen Händedruck aus; dann stand Barrera allein da.

»Bürger der Erdallianz, des gesamten freien Weltraums, im Dienste der Zukunft dieser großen Allianz nehme ich demütig die Position des Prime Minister an. Unter meiner Führung und der Leitung einer neuen Regierung werden wir nicht zulassen, dass Terroristen und Aufständische und Rebellen unsere Lebensweise, unsere Freiheiten oder unsere Sicherheit bedrohen. Wir werden den Kampf zu ihnen tragen, wir werden ihnen keine Gnade zeigen, und wir werden siegreich hervorgehen.«

In einem Torbogen entlang der linken Wand der Kammer, abseits der Bühne und außerhalb der Kamera, lächelte Marcus Aguirre.

68

WELTRAUM, NORD-ZENTRAL-QUADRANT

GRENZE DES SENECA FÖDERATION WELTRAUMS

Alex stützte ihre Ellbogen auf ihre Knie und eine Handfläche an ihr Kinn. Sie fühlte sich heute Morgen weit, weit besser. Besser als sie erwartet hatte. Natürlich war sie noch nie zuvor angeschossen worden, also hatte sie nicht gerade etwas zum Vergleichen. Sie bezweifelte, dass sie heute einen Marathon laufen oder Berge wandern würde, aber nur eine sehr aufmerksame Person würde überhaupt bemerken, dass sie verletzt war.

»Also was werden wir tun, sobald wir nach Romane kommen? Ich meine, wenn wir wirklich gejagt werden, will ich verdammt noch mal herausfinden, warum.«

Sie spürte seine Hände von hinten auf ihren Schultern ruhen. Er begann, die Muskeln bis zur Krümmung ihres Nackens zu kneten. »An diesem Punkt müssen wir davon ausgehen, dass wir gejagt werden. Ich kann aber nicht begreifen, warum. Eine Reihe von Leuten ist sich der Alienbedrohung jetzt bewusst und—«

Sie runzelte die Stirn und drehte sich um, das dumpfe Stechen in ihrer Seite ignorierend. »Du denkst, das hat mit den Aliens zu tun und nicht mit dem Krieg? Warum—«

In einem Augenblick verwandelte sich sein Ausdruck von Nachdenklichkeit und Zuneigung zu… Entsetzen? Kalte Härte und vielleicht sogar Wut.

Er wich in einer explosiven Bewegung von der Couch zurück. »Was zum Teufel ist—Jesus!«

»Was ist los?«

Seine Hand fuhr heftig über sein Gesicht. »Schalte den Nachrichtenfeed ein…«

»Was ist—« Ihr Nachrichtenindikator begann wütend zu blinken, zusammen mit einer unbekannten gelben Warnung. Sie winkte den Nachrichtenfeed an, während sie ihn öffnete.

Erdallianz Military Police Anordnung:Sie werden gebeten, sich bei der Militärzentrale in San Francisco zur Befragung zu melden bezüglich—

Auf dem eingebetteten Bildschirm, vorne und in der Mitte, schwebte ein Bild von Caleb.

»*Caleb Andreas Marano, ein Agent der Senecan Föderation Division of Intelligence, wurde als Hauptverdächtiger in der schrecklichen Bombardierung des EASK Headquarters in Vancouver, Erde gestern benannt. Er sollte als bewaffnet und extrem gefährlich betrachtet werden, also nähern Sie sich mit Vorsicht.*«

Ihr Fokus begann sich zu ihm zu verschieben, aber erstarrte mitten in der Bewegung, als das Bild auf dem Bildschirm wechselte—zu einem von ihr.

»*Mr. Marano wurde zuletzt in Begleitung von Alexis Mallory Solovy gesehen. Ms. Solovy ist die entfremdete Tochter von EASK Director of Operations Admiral Miriam Solovy und dem verstorbenen Commander David Solovy, einem bekannten Helden des First Crux War. Ms. Solovy wird zur Befragung gesucht, wird aber derzeit nicht als Verdächtige in der Bombardierung selbst betrachtet.«*

»'Entfremdet'? Danke, Mom...«

Ihr eVi blinkte und piepte weiter, als eine Lawine von Nachrichten hereinrollte; sie schaltete die gesamte Benutzeroberfläche stumm, um sich auf ihn zu konzentrieren.

Er ging in noch größerer Aufregung auf und ab als in der vorherigen Nacht, seine Augen dunkel und bedrohlich. Sie fühlte sich an ihren allerersten Eindruck von ihm erinnert: gefährlich.

»Caleb, was zum Teufel passiert hier?«

Sein Kiefer hatte sich zu einer rasiermesserscharfen Kante verkrampft. »Anscheinend, da sie mich nicht töten konnten, haben sie beschlossen, mich stattdessen für Massenmord anzuklagen.«

Er sank gegen die Wand und brachte seine Hände hoch, um seinen Kiefer in einem Todesgriff zu packen. »Verdammt! Das ist jenseits aller Vernunft verkorkst.«

»Es tut mir leid. Das ist meine Schuld. Ich hätte dich nicht zwingen sollen, zur Erde zu gehen.« Sie stand auf, um zu ihm hinüberzugehen.

Seine Hände fielen von seinem Kiefer weg. »Nein.« Er kam ihr auf halbem Weg entgegen und ergriff beide Seiten ihres Gesichts. »Es war es wert, egal was passiert. Und du hast mich nicht gezwungen—ich habe mich entschieden zu gehen.«

Ein Lächeln zog an ihren Lippen, weigerte sich aber zu materialisieren. »Ist es möglich, dass EASK dir nur die Schuld gibt, weil sie Beweise haben, dass du dort warst? Um dem Feind ein Gesicht zu geben?«

»Vielleicht...« Er nahm das Auf-und-ab-Gehen wieder auf, obwohl es eine methodischere, bewusstere Qualität gewonnen hatte. »Die Sache ist, die Informationen, die ich sah—bevor ich aus Divisions Netzwerk ausgesperrt wurde, wie es jetzt scheint—deuteten darauf hin, dass wir keine Ahnung hatten, wer die

Bombardierung angeordnet hat. Ich bin überhaupt nicht überzeugt, dass Seneca verantwortlich ist.«

»Wer sonst würde es tun? Terroristen, die den Krieg als Gelegenheit nutzen, Chaos zu säen?«

»Denkbar. Trotzdem passt dieses Szenario nicht zu dem Anschlag auf uns oder Volosk.«

»Du denkst, sie stehen in Verbindung mit der Bombardierung?«

Er kam abrupt zum Stehen. »Das sind sie jetzt.«

Mit einem tiefen Atemzug zwang er sich sichtbar unter Kontrolle. Mehr von der kaum zurückgehaltenen Wut sickerte weg. »Okay. Wir haben bereits vermutet, dass jemand oder eine Gruppe Ereignisse manipuliert, um den Krieg auszulösen. Die Bombardierung könnte leicht Teil davon sein. Jeder Widerstand seitens der Allianz wird verdampfen, wenn sie glauben, dass Seneca ihre militärische Führung angegriffen hat. Und mich zu töten würde offensichtlich verhindern, dass ich beweise, dass ich es nicht getan habe. In diesem Fall bin ich nur ein Bauer, ein bequemer Sündenbock.«

»Warum mich aber töten?«

»Aus demselben Grund.« Er schenkte ihr ein Lächeln, doch sein Ausdruck war so beunruhigt. »Du weißt, dass ich es nicht getan habe.« Das Lächeln verblasste in Konzentration. »Aber warum Volosk töten? Es ist unmöglich, dass sein Mord nicht in Verbindung steht.«

Sie stellte fest, dass sie sich ihm beim Auf-und-ab-Gehen angeschlossen hatte und an ihrer Unterlippe kaute, während sie die Kabine kreuz und quer durchschritten. Da war etwas, das im Hinterkopf tickte…

Sie packte seine Schulter, als sie aneinander vorbeigingen, ihre Augen leuchteten auf. »Weißt du, was du und ich, Volosk und EASK Headquarters gemeinsam haben? Den Metis-Bericht—«

und verdunkelten sich wieder »—aber andere haben ihn auch. Dr. LaRose, zum Beispiel.«

»Nun, wie ist sein Status?«

Sie fragte das exanet ab und scannte die Ergebnisse. »Keine Erwähnung eines Angriffs... warte mal.« Der Scan hatte auch eine ungelesene Nachricht in ihrem eVi aufgegriffen... also war sie etwas im Rückstand beim Lesen ihrer Nachrichten. Sie war angeschossen worden.

»Ich habe eine Anfrage von ihm für eine weitere Hardcopy der Daten. Es scheint, einer seiner Forscher hat die Disk mit nach Hause genommen—und ist nie zurückgekehrt.«

»Zur Arbeit?«

»Irgendwohin.«

Eine Falte wuchs über sein Gesicht und zog seinen Mund nach unten. »Okay, das ist... verdächtig.«

Die Falte vertiefte sich zu einer vollständigen Grimasse. »Aber trotzdem, du hattest vorhin recht—viele Leute haben die Informationen gesehen. Director Delavasi, Analysten und Wissenschaftler auf beiden Seiten, der Rest des EASK Board, wahrscheinlich unser Director of Defense und Field Marshal. Das Geheimnis ist raus. Und sie haben nicht versucht, LaRose zu töten—der Bericht ist einfach verschwunden.«

Er schüttelte den Kopf. »Ich bin nicht überzeugt, dass es nicht um den Krieg geht. Wenn es eine Verschwörung gibt, würden die Verschwörer uns absolut eliminieren wollen, bevor wir sie aufdecken. Und Volosk hatte die Autopsiebericht der Attentate... ist das, was ihn getötet hat?« Er kniff die Nasenwurzel vor Frustration zusammen. »Ist er tot, weil ich ihn in dieses Durcheinander hineingezogen habe?«

»Er ist tot, weil sie die Bösen sind. Und während sie nicht versucht haben, LaRose zu töten, was ist, wenn sie seinen Forscher getötet haben?«

Er nickte. »Richtig, der Bericht. Ich frage mich—«

Sie ging jetzt schnell auf und ab, jeder Schmerz von ihren Wunden vergessen und Feuer belebte nun ihre Iris. »Nicht der Bericht. Die Hardcopy der Rohdaten. Andere sahen den Bericht, aber ich machte nur vier Kopien der Rohdaten: für uns, EASK, LaRose und Volosk.«

Ihr Blick schoss hoch, um seinen zu treffen. »Wir haben etwas übersehen.«

»Was meinst du?«

»Da ist etwas anderes in den Daten, die ich erfasst habe. Etwas Wichtiges.«

Er starrte sie an und ließ langsam einen schweren Atemzug aus. »Ist dir klar, was du sagst?«

»Dass die Aliens bereits unter uns sind, oder zumindest Agenten haben, die in ihrem Auftrag arbeiten? Ja, das tue ich.«

»Wollte nur sichergehen.«

»Bist du anderer Meinung?«

Er zuckte mutig mit den Schultern. »Nein... ich glaube nicht. Denn weißt du was? Letzte Nacht war nicht das erste Mal bei dieser Mission, dass jemand versucht hat, mich zu töten. Bei allem, was passiert ist, hatte ich es fast vergessen, aber drei Söldnerschiffe griffen mich auf dem Weg nach Metis an. Deshalb habe ich überhaupt auf dich geschossen—ich dachte, du wärst einer von ihnen.«

Sie stöhnte. »Und darum ging es bei dem Job...«

»Welcher Job?«

»Kurz bevor ich nach Metis aufbrach, wurde mir eine absurde Menge Geld angeboten, um für die Regierung zu arbeiten und das Deep-Space-Erkundungsprogramm der Allianz zu überwachen. Der Minister für Extra-Solar Development fiel praktisch auf die Knie und flehte mich an, den Posten anzunehmen, und ihn sofort anzunehmen. Ich sehe nicht, wie jemand wissen konnte, wohin ich unterwegs war, aber es muss verwandt sein. Verdammt, ich wusste, dass etwas mit dem nicht stimmte.« Mit einem Seufzer ließ sie sich auf die Couch fallen und öffnete ein Aural.

Er nahm ein gemächlicheres Auf-und-ab-Gehen wieder auf, und nach einem Moment gab er ein trockenes Lachen von sich. »Sagen wir tatsächlich, dass es sowohl eine Verschwörung gibt, um Krieg zu schüren, als auch eine Verschwörung, um die Natur der Aliens zu verbergen? Strapaziert die Grenzen der Glaubwürdigkeit ein wenig zu weit.«

Seine Augen rollten zur Decke. »Es sei denn, es ist alles eine Verschwörung—sie stiften einen Krieg an, um uns vor der Invasion zu schwächen und sicherzustellen, dass wir so beschäftigt sind, uns gegenseitig zu töten, dass wir unfähig sein werden, eine effektive Antwort zu geben. Nein, das ist verrückt. Oder?«

Sie blickte zerstreut auf. »Zur Hölle, wenn ich das weiß. Du bist der Spion.« Sie hatte begonnen, durch die Datendateien zu scrollen, auf der Suche nach der Antwort. Dem Grund.

Und mit einem Blinzeln sprang es sie an. Im Nachhinein war es blendend offensichtlich und sie war eine svoloch dafür, es zu übersehen. »Ich habe es gefunden.«

»Im Ernst?«

»Vielleicht nicht alles davon, aber ich habe ein ziemlich wichtiges Detail gefunden, das wir übersehen haben. Es ist die TLF-Welle. Ich stufte die Terahertz teilweise als Kommunikation ein aufgrund der Art, wie sie durchdrang und sich über das Gebiet ausbreitete, als ob sie die Schiffe überdecken wollte. Die TLF jedoch...«

Sie traf seinen Blick. »Sie kommt vom Portal. Genauer gesagt, von der Innenseite des Portals. Siehst du, hier? Das Weiteste, wohin die Welle zurückverfolgt werden kann, ist das Zentrum des Portals, an welchem Punkt sie mitten in der Wellenform ist.«

»Verdammt. Aber ist es genug, um dafür zu töten?«

»Zum einen bin ich mir nicht sicher, ob es unbedingt eine hohe Schwelle ist—siehe Beweisstück A, die Flotte von Superdreadnoughts. Zum anderen, wenn es Aufmerksamkeit auf das Portal selbst lenkt—und auf was auch immer auf der anderen Seite davon ist—dann könnte es für sie sehr wohl sein. Denk daran, nichts im Universum emittiert Wellen bei so niedriger Frequenz. Also wird die Frage, was tut es?«

Sie fixierte das Aural, während ihre Fingerspitzen ein Staccato-Etüde auf ihrem Oberschenkel trommelten. »Es gibt einen Weg, es herauszufinden.«

»Du willst zurück nach Metis? Es wird riskant sein.«

»Nicht so riskant. Ich brauche aber ein neues Dämpferfeldmodul. Ken kann wahrscheinlich eins nach Romane bringen und—«

»Ken? Ein weiterer 'guter Freund' von dir?«

Sie erwiderte sein Grinsen vollständig. »Ken ist eine Sie und ja, wenn auch nicht in der Art, wie du andeutest.«

Er kicherte, aber sie sah die Anspannung immer noch an den Ecken seiner Augen und den Rändern seines Mundes ziehen. »Okay. Das ist ein guter Plan. Ich bin dabei.«

Ihre Stimme sank zu einem zögernden Flüstern. »Ich bin froh… aber ich bin mir nicht sicher, ob du das volle Ausmaß des 'Plans' begreifst.«

Eine Augenbraue hob sich. »Und der wäre?«

»Wir werden sehen, was wir finden, wenn wir nach Metis kommen, aber… ich erwarte zu finden, dass Antworten wir durch das Portal gehen müssen.«

»Durch das Portal. Alex, ich mag verrückt sein, aber du bist wahnsinnig.«

Sie grinste hoffnungsvoll. »Ist das ein Problem?«

Er überbrückte die Distanz zwischen ihnen und drapierte seine

Arme über ihre Schultern. »Nein. Tatsächlich könnte es einer der Gründe sein, warum ich—« ein seltsames Licht flackerte über seine Augen »—denke, dass du irgendwie erstaunlich bist.«

Ein Kribbeln schwindelerregender Freude raste ihre Wirbelsäule hinunter zu ihren Zehen. Sie küsste ihn sanft. Schwermütig. Für einen Moment spielte es keine so große Rolle, dass Leute versuchten, sie zu töten und sie jetzt gesuchte Flüchtlinge waren.

Sie sank tiefer in seine Arme und ließ ihn sie umhüllen. »Vielleicht ist der Schlüssel, deinen Namen reinzuwaschen, auf der anderen Seite des Portals.«

Er nickte gegen ihre Lippen. »Vielleicht ist der Schlüssel, diese Aliens zu besiegen, auf der anderen Seite des Portals.«

»Ja, das auch.«

* * *

Richard. Mom.

Ihr müsst verstehen, dass Caleb das nicht getan hat. Ungeachtet aller moralischen, philosophischen oder politischen Überlegungen war er jede Sekunde bei mir, die er nicht unter militärischer Bewachung stand. Es ist eine physische Unmöglichkeit für ihn, irgendeine Rolle gespielt zu haben.

Etwas anderes geht hier vor. Etwas weit Finstereres als ein bloßer Bürgerkrieg oder sogar eine bloße Alieninvasion. Ich plane herauszufinden, was es ist.

In der Zwischenzeit, Richard, wäre es großartig, wenn du seinen Namen (und meinen) reinwaschen könntest. Jemand hat ihn absichtlich reingelegt. Wenn ich dich kenne, sollte es dich wirklich ärgern. Es bedeutet auch, dass dieser Krieg wirklich EINE Lüge ist.

Mom, versuche bitte zu verhindern, dass die Aliens Erde zerstören, und so viele andere Welten wie machbar, bis wir mit Antworten zurückkehren können.

— *Alex*

Sie saß mit gekreuzten Beinen auf dem Boden mit dem Rücken gegen die Couch. Während Caleb sich an wen auch immer er konnte wandte auf der Suche nach irgendwelchen Informationen—Antworten waren zu viel zu hoffen—räumte sie die Flut von Nachrichten auf. Die meisten von ihnen löschte sie ohne Antwort; viele ohne zu lesen. Nicht alle von ihnen jedoch.

Alex,

Liebes, hast du dich in diesen verdammten Krieg hineinmanövriert? Blöde Idee, wenn du mich fragst—was du natürlich nie getan hast. Beschütze diesen hübschen Hintern von dir und versuche bitte nicht zu sterben? Die Welt wäre ein dunklerer Ort ohne dich darin.

— *Ethan*

Sie lächelte vor sich hin—so sehr bei Erinnerungen an eine einfachere Zeit wie bei der Nachricht selbst—und sandte eine schnelle Antwort.

Ich werde tun, was ich kann, um nicht zu sterben. Ich mache keine Versprechungen bezüglich des Zustands meines Hinterns jedoch.

Und... danke.

— *Alex*

Als der Rückstau endlich vernichtet worden war, sandte sie eine Livecomm-Anfrage.

»Ken, hast du eine Sekunde?«

»*Ich werde einfach davon ausgehen, dass diese kleine Unannehm-lichkeit ein kleines Missverständnis ist, oder ein Reinlegejob, oder einfach der Nebel des Krieges. Geht es dir gut?*«

»Ja, aber es ist schlimmer, als du weißt. Ich brauche einen Gefallen.«

»*Immer.*«

»Ich brauche, dass du ein neues Dämpferfeldmodul nach Romane bringst.«

»*Was ist falsch mit deinem aktuellen?*«

»Ich habe es beim Weglaufen vor den Aliens durchgebrannt. Habe ich dir das beim Abendessen neulich Abend nicht erzählt?«

»*Nein, das hast du zu erwähnen versäumt. Ich sagte dir, du sollst auf die Leistungsspitzen achten.*«

»Ich weiß, ich weiß. Ich bin in Panik geraten. Fairerweise hatte ich guten Grund.«

»*Stimmt. Wann brauchst du es?*«

»So schnell du es dorthin bekommen kannst. Gestern sollte in Ordnung sein.«

»*Richtig. Ich sollte morgen früh nach Messium aufbrechen, aber ich kann heute Nacht aufbrechen und zuerst bei Romane vorbeischwingen.*«

»Wir werden am Exia Spaceport sein, Bay D-24. Du bist die Beste.«

»*Das bin ich wirklich. Ich werde ihn jetzt treffen, oder?*«

»Ja...«

69

ROMANE

UNABHÄNGIGE KOLONIE

Mia wanderte durch den offenen Raum des Galeriebüros und bereitete sich auf den bevorstehenden Tag vor. Ihre Bewegungen waren gemächlich; in Wahrheit war es eher ein Spaziergang als ein Wandern.

Sie kam gerne früh, wenn die Galerie und die Nachbarschaft draußen ruhig und friedlich waren. Hier, ungehetzt von der täglichen Hektik, die unweigerlich mit der Morgendämmerung kam, konnte sie überlegen, was sie tun musste, was sie tun wollte und was sie zu tun hoffte, und entsprechend planen. An guten Tagen blieb reichlich Zeit für die letzte Kategorie. An schlechten, unerwarteten und überraschenden… nun ja, sie ließ es einfach auf sich zukommen.

Dieser Tag beinhaltete eine Führung für eine Gruppe einer örtlichen Grundschule am Morgen, Galerieöffnungszeiten unterbrochen von einem Geschäftsessen bei einem Branchenverband der Geschäftsinhaber, und die Fortsetzung von Ledesmas Ausstellung vom späten Nachmittag bis spät in den Abend. Ein arbeitsreicher

Tag, das war sicher. Aber sie genoss die Ausstellung, also kein schlechter.

Sie ging gerade das Diskussionsthema für das Geschäftsessen durch, als ihr eVi eine benutzerdefinierte Warnung aufblitzen ließ. Sie hatte eine Reihe markierter Punkte, für die ihr eVi einen konstanten passiven Filter aufrechterhielt; wenn einer davon in einem größeren Nachrichtenfeed auftauchte, wurde sie benachrichtigt.

Sieben Warnungen kaskadierten herein, bevor sie die erste zu Ende gelesen hatte. Sie sank mit einem langen Seufzer gegen ihren Schreibtisch. »Ach, Caleb Liebling, du hast dich diesmal wirklich in ein Schlamassel gebracht...«

Eine Hand hob sich zu ihrem Kinn. Ihr Blick wanderte zu den Fenstern an der gegenüberliegenden Wand, wo die ersten Lichtstrahlen einer der beiden Sonnen von Romane über den Horizont zu lugen begannen. Nach einem Moment drehte sie sich um und verließ das Büro, während sie Jonathan anpulste, als sie durch den leeren Ausstellungsraum schritt.

Kannst du heute Morgen die Führung für mich übernehmen?

Äh, klar... wie viel Ärger können zwanzig Neunjährige schon machen?

Ich werde auf diese Frage nicht antworten, außer zu sagen ‚danke schön'.

Sobald sich die Türen der Galerie hinter ihr geschlossen hatten, schickte sie Caleb eine Nachricht, in der Annahme, dass er im Moment viel zu beschäftigt war, um einen Puls zu beantworten.

Caleb,

Ich werde die Sachen, die du – ihr beide – brauchen werdet, bereit haben, bis ihr ankommt.

— Mia

Sie verweilte kurz auf dem Gehweg, um ihre Optionen zu überdenken, dann ging sie zum Parkplatz. Sie würde zuerst nach Hause gehen, in ihr sehr privates und sehr sicheres Büro. Von dort aus konnte sie die Eingangsaufzeichnungen hacken und eine ID erstellen, was die wichtigsten Komponenten waren. Dann, wenn Zeit blieb, würde sie einkaufen gehen.

Das würde also ein unerwarteter Tag werden.

* * *

Diesmal stand Mia an der Luftschleuse, als sie sich öffnete. Im deutlichen Kontrast zu ihrer vorherigen Ankunft trug sie Jeans, Stiefel und einen roten Kapuzenpullover. Schließlich ging es nicht mehr um Förmlichkeit und ordentliche Eindrücke; es ging ums Überleben.

Sie winkte sie zurück zum Mietschiff und folgte ihnen hinein. »Wir müssen uns um ein paar Dinge kümmern, bevor ihr zu eurem Schiff zurückkehrt.«

Sie ließ eine große Tasche auf den Tisch fallen und begann, Ausrüstung zu verteilen. »Modischer – aber nicht zu modischer – Hut, Sonnenbrille und Jacke für jeden von euch.« Caleb nahm die Gegenstände mit einem Nicken entgegen. Alex sah etwas verwirrt und vage misstrauisch aus, aber nach einem zögernden Innehalten nahm sie die Ausrüstung.

Als nächstes kamen mehrere kleine Behälter aus der Tasche. »Tropfen, um die Augenfarbe zu ändern. Sie halten etwa zwei Tage. Haarfärbemittel ebenfalls.« Sie blickte zu Alex. »Ich würde trotzdem empfehlen, deine Haare hochzustecken und sie vielleicht zu locken oder so, wenn du rausgehst.«

Alex runzelte sie an – runzelte mehr, jedenfalls. »Bist du sicher? Ich dachte, es wäre besser, sie offen zu tragen und mein Gesicht zu verdecken.«

Mia betrachtete sie neugierig, dann verlagerte sie ihre Aufmerksamkeit auf Caleb. Er lehnte sich gegen die Wand in einem Versuch, entspannt zu wirken. Es war ein guter Versuch; sie ließ sich nicht täuschen. »Sie hat wirklich keine Ahnung, oder?«

Ein Mundwinkel zuckte nach oben, während sein Kopf schüttelte. »Nein, hat sie nicht.« Sein Fokus wanderte zu Alex hinüber und... *oh Gott, er ist wirklich in sie verliebt.*

»Ähm, hallo? Stehe direkt hier?«

Sie gab ein trockenes Lachen von sich. »Alex, wie du das in deinen wievielen Lebensjahren nie bemerkt hast, ist mir ein Rätsel, aber du bist eine ziemlich ungewöhnlich aussehende Frau – besonders mit diesem Haar von dir. Nicht im schlechten Sinne, wohlgemerkt. Aber dein Bild wird gerade quer durch die Galaxis gespammt, und die Leute werden sich definitiv daran erinnern. Also versuche das im Hinterkopf zu behalten, wenn du dein Gesicht in der Öffentlichkeit zeigst, okay?«

Sie gab Alex keine Chance zu antworten. »Nun habe ich mir die Freiheit genommen, eine umfassende falsche Identität für dich einzurichten. Lade sie in deine Kybernetik und sie wird einen mittleren Scan bestehen, deine Fingerabdrücke ändern, das ganze Programm. Der Name ist Zoe Galanis. Ich hoffe, er funktioniert für dich. Caleb, du hast viele davon. Such dir eine aus.«

»Schon erledigt. Riley Knight, Maschinenbauingenieur für Atmospheric Solutions.«

Alex studierte die Details auf der ID. »Wie hast du es geschafft, so schnell an das hier heranzukommen?«

Mia zuckte mit den Schultern. »Ich habe sie selbst eingerichtet.«

Alex' Augen schossen zu ihr hinüber. Es war möglich, dass sie diesmal einen Schimmer von Anerkennung zeigten. »Beeindruckend.«

»Nun, ich habe während meiner Zwangsarbeit ein paar nützliche Fähigkeiten aufgeschnappt. Die Seriennummer und Registrierung für die *Siyane* wurden manipuliert, als ihr angekommen seid, und sobald die Nachrichten durchsickerten, habe ich die Korridoraufz eichnungen rückmaskiert. Ihr werdet die manipulierten Informationen in das Schiff laden wollen, bevor ihr abreist.«

Sie überprüfte die Tasche, um zu bestätigen, dass sie nun leer war, dann wandte sie sich ihnen zu, ein Seufzer auf ihren Lippen. »Hört zu, Leute, selbst bei all dem solltet ihr versuchen, euch bedeckt zu halten. Eure Gesichter sind überall, und mit dem sich verschärfenden Krieg bekommt die Regierung von Romane Zustände und versucht sicherzustellen, dass sie keine der beiden Seiten verärgert. Unabhängig oder nicht, sie werden euch im Handumdrehen ausliefern, wenn ihr erwischt werdet.«

Alex nickte abwesend, während sie weiterhin die ID studierte. Caleb lächelte. »Du bist ein Lebensretter, Mia. Wir stehen in deiner Schuld.«

Konntest du dich um die andere Angelegenheit kümmern?

Deine Freundin hat eine lächerlich strenge Sicherheit auf ihrem Schiff – aber ja, es ist erledigt. Sekundärer Verschlüsselungsschlüssel ist Д085401H129914C.

Macht Sinn... ein Anagramm der Daten von ihres Vaters Geburt und Tod mit seinen Initialen.

Ja, Meno sagte dasselbe.

Meno?

Mein Artificial.

Mia...

Halt mir keine Vorträge.

Schön, ich vertraue darauf, dass du vorsichtig bist. Hör zu, danke. Ich meine es ernst. Und wisse – es ist nur für den Fall, dass ich es brauche, um uns beide zu retten.

Du musst dich mir gegenüber nie rechtfertigen, Caleb. Geht es dir gut?

Nein. Ich bin sauer.

Dann sollten sie sich besser in Acht nehmen.

Sie schüttelte den Kopf. »Nein, ich stehe immer noch in deiner Schuld – aber ich denke, ich könnte ‚quitt' am Horizont sehen.«

Er kicherte… und sie realisierte plötzlich, wie müde er aussah. »Schön genug. Wir werden noch einen Tag hier sein, anderthalb Tage. Wir müssen ein paar Verbesserungen vornehmen und uns mit Vorräten eindecken.«

Mias Augen verengten sich. »Euch eindecken für… was genau?«

70

ERDE

WASHINGTON, ERDALLIANZ HAUPTQUARTIER

Marcus durchging die Kolonieberichte, während die Arbeiter seine Möbel in das neue Büro trugen. Er trug eine perfekte Maske ernster Besorgnis, wie es der Situation angemessen war, aber darunter fühlte er sich ziemlich zufrieden.

Der Außenminister verdiente sowohl ein größeres, besser ausgestattetes Büro als auch eine Suite voller Assistenten dazu. Die Aussicht war anders; anstatt auf die Gärten blickte sein Büro nun auf den Potomac. Es bot ein angenehmes Bild, aber er hatte nicht vor, sich daran zu gewöhnen.

Barrera war am Abend vor der Misstrauensabstimmung der Versammlung zu ihm gekommen, um ihn über die Entwicklungen zu informieren und ihm vorläufig den Posten des Außenministers anzubieten.

Barrera hatte die Schwere und den Ernst der Umstände betont und wiederholt, was jeder im besiedelten Raum bereits wusste: Der Posten war praktisch der mächtigste außerhalb des Premierministeramts selbst. Er hatte sein Vertrauen ausgedrückt, dass Marcus der Aufgabe gewachsen war, als Botschafter der Allianz für die Galaxie zu dienen.

Er hatte Marcus daran erinnert, dass zwar in Fällen der Absetzung eines Premierministers durch die Versammlung aus wichtigem Grund die Position an den Sprecher überging, dies jedoch nicht der Fall war, wenn ein Premierminister starb oder unvorhergesehen unfähig wurde, seine Pflichten zu erfüllen. In solchen Fällen blieb die Regierung ansonsten unverändert, und die Nachfolgelinie führte durch das Büro des Außenministers, bevor sie zu anderen überging.

Er hatte gefragt, ob Marcus bereit sei, eine so feierliche Verantwortung zu tragen.

Marcus hatte die Frage sorgfältig und nachdenklich erwogen, dann bejahend geantwortet.

Barrera glaubte tatsächlich, es sei alles seine Idee gewesen.

Marcus wechselte von den Kolonieberichten zu Personalangeleg enheiten und ging zu einem der Fenster, um den Umzugshelfern mehr Platz zu geben. Der Großteil der bestehenden Bürokratie würde bleiben, da sie aus Berufsbeamten bestand, die ihrer Arbeit durchaus gewachsen waren und im Allgemeinen keiner Partei oder Fraktion verpflichtet waren.

Dennoch gab es eine Reihe von Ernennungen, die er vornehmen musste—eine Gelegenheit, sympathische und loyale Mitarbeiter zu platzieren. Dann gab es zusätzliche Posten, für deren Besetzung er nicht verantwortlich war, zu denen aber seine Meinung erbeten worden war.

Er überflog die Liste… und ein Lächeln breitete sich auf seinen Lippen aus, als er für einen Moment vergaß, öffentlich eine beunruhigte Miene aufrechtzuerhalten.

Siehst du, Marcus? Wenn du geduldig bist, werden sich Lösungen für Schwierigkeiten oft von selbst zeigen—fast als würden die Winde des

Schicksals zu deinen Gunsten wirken.

Es schien, als hätte sich eine Vakanz in der Position des EASK-Vorsitzenden ergeben, aufgrund von General Alamattos tragischem Tod bei dem Bombenanschlag. Es war die Ernennung des Premierministers, aber seine Empfehlung—zusammen mit der des Verteidigungsministers, so wenig sie auch wert war—trug erhebliches Gewicht.

Er konnte Miriam Solovy vielleicht nicht sofort eliminieren, aber vielleicht konnte er sie irrelevant machen, bis der Skandal um die Beteiligung ihrer Tochter an dem Bombenanschlag sie letztendlich zum Rücktritt zwang. Und das Beste daran war, dass er nichts weiter tun musste, als einen Namen zu nennen. Er war sicher, dass der Mann, den er nannte, den Rest aus eigenem Antrieb erledigen würde.

Er rief den Entwurf des Berichts mit seinen Empfehlungen wieder auf und fügte einen Eintrag am Ende der Liste hinzu.

Erdallianz Strategisches Kommando Vorsitzender: Südwestlicher Regionalkommandeur General Liam O'Connell

* * *

Als die Umzugshelfer endlich gegangen waren, sank er in den luxuriösen Sessel aus echtem Leder. Hinter der Privatsphäre einer geschlossenen Tür hoben sich seine Lippen zu einem Lächeln, das seine Augen in hellem Funkeln erreichte und seine Haltung im Heben beider Schultern.

Wie bei allen Plänen war nicht alles so verlaufen, wie vorgesehen. Solovys Tochter und der Senecan-Spion waren im Moment noch auf freiem Fuß. Obwohl sie als Flüchtige tatsächlich leichter für den Bombenanschlag zu belasten waren als sein ursprünglicher Plan, existierte aufgrund von Olivias Versagen, das letzte Element eines hieb- und stichfesten Komplotts zu liefern, eine winzige, aber nicht gleich null Chance, dass die beiden schließlich freigesprochen werden könnten. Nicht dass er erwartete, dass einer von ihnen lange genug leben würde, damit es eine Rolle spielte. Miriam Solovy lebte und Alamatto nicht. Ein hochrangiger Senecan-Geheimdienstoffizier war getötet worden—notwendigerweise, aber als es in derselben Nacht geschah, in der eine Reihe von Leichen die Innenstadt von Cavare übersäte, riskierte es, unerwünschte Aufmerksamkeit zu erregen.

Eine Reihe loser Fäden lag in ihrer Ecke der Galaxie verstreut, von denen jeder einzelne, wenn er hart genug gezogen würde, die gesamte Operation aufdecken würde. Aber solange die Ereignisse auf ihrer aktuellen Bahn weiterliefen, würden sie bald über den Punkt hinausgehen, an dem jemand ihren Weg ändern könnte. Die Trägheitskraft eines galaxienweiten Plans in Bewegung würde bald viel zu mächtig werden, um abgelenkt zu werden.

Er hatte nur eine Minute zum Entspannen, also mussten die Kartons, die das Büro überfüllten, vorerst gepackt bleiben. Nach einem kurzen Treffen mit Barrera, um Anweisungen und Orientierung über die offizielle Haltung der neuen Regierung zu zahlreichen Themen zu erhalten, war er auf dem Weg zum Orbital, um die Gouverneure der Ersten-Welle-Welten zu treffen. Dem Treffen würden Besuche auf Romane, Sagan und mehreren anderen bemerkenswerten unabhängigen Welten folgen, in der Hoffnung, sie zu überzeugen, öffentliche Unterstützung für die Allianz im Krieg zu äußern.

Eine solche Unterstützung wäre der erste Schritt, sie unter den politischen und militärischen Schirm der Allianz zu locken, aber ein Schritt nach dem anderen. Er sollte—

Wir benötigen deine Aufmerksamkeit.

Jesús Cristo! Er bemühte sich hastig sicherzustellen, dass die

Sicherheitsabschirmung vom vorherigen Büroinhaber noch aktiv war, dann holte er tief Luft und richtete sich in seinem Stuhl auf. Der Außerirdische konnte ihn nicht sehen—zumindest glaubte er das nicht—aber es half, die richtige Geisteshaltung und Haltung einzunehmen.

»Gewiss. Ich habe ebenfalls Neuigkeiten. Die Angelegenheiten verlaufen planmäßig, und ich habe eine Position erreicht, von der aus ich weitaus größere Kontrolle über die Ereignisse ausüben kann.«

Dein Plan ist nun irrelevant. Wir haben dich gewarnt, dass eine Eskalation unvermeidlich werden könnte, und so ist es geschehen.

»Ich bitte Sie, noch eine kurze Weile Zurückhaltung zu üben. Der Krieg nähert sich der Kritikalität und wird bald alle anderen Sorgen überwältigen. Ich verspreche Ihnen, jeder wird vergessen, dass der Metis-Nebel überhaupt existiert, geschweige denn die fantastischen Hirngespinste zweier gesuchter Flüchtlinge.«

Das Wissen um unsere Existenz hat sich über unsere oder deine Fähigkeit zur Eindämmung hinaus ausgebreitet. Bereits jetzt haben sich andere genähert und suchen Antworten. Uns bleibt nur eine Option.

Für einen kurzen Moment brach seine höfliche, respektvolle Fassung vor Frustration. Er versuchte, die menschliche Rasse zu retten, verdammt noch mal—er brauchte nur etwas mehr Zeit. »Darf ich fragen, welche Option das sein könnte?«

Vernichtung.

71

ROMANE

UNABHÄNGIGE KOLONIE

Alex gab Kennedy eine schnelle Umarmung an der Hangartür.

»Vielen, vielen Dank, dass du gekommen bist.«

»Natürlich. Aber was ist denn los?«

»Darüber reden wir gleich. Komm rein. Caleb geht gerade, aber er möchte dich kennenlernen.«

»Ach, will er das? Und was hast du ihm über mich erzählt?«

»Dass du ein verwöhntes, anspruchsvolles Papas Prinzesschen bist.«

»Du hast nicht—«

»Ich mache nur Spaß. Nicht viel, fürchte ich. Wir waren etwas beschäftigt.«

»Mit dem, was ihr macht, was ihr mir nicht erzählt.«

»Richtig.« Sie winkte Kennedy vor sich ins Schiff.

Caleb lehnte lässig am Datenzentrum, ein entspanntes Lächeln erhellte seine Züge. Er stieß sich vom Tisch ab und kam ihnen auf halbem Weg entgegen, die Hand ausgestreckt. »Caleb Marano. Es ist mir ein echtes Vergnügen, Ms. Rossi.«

Sie war wie immer das Bild der Anmut und nahm seine Hand mit Stil entgegen. »Das Vergnügen ist ganz meinerseits—und bitte, nennen Sie mich Kennedy. Ich verstehe, Sie und Alex hatten ziemlich ereignisreiche zwei Wochen.«

»Es war... nun, ich bin sehr froh, dass wir uns begegnet sind.«

Ein schelmisches Grinsen kämpfte tapfer darum, ihre Lippen noch weiter nach oben zu ziehen. »In der Tat.«

»Und nun werde ich euch beide arbeiten lassen.«

Alex hatte am Rand der Couch pausiert, um ihre Vorstellung zu genießen. Caleb kam herüber, um seine Hände sanft an ihren Armen entlanggleiten zu lassen, während er seinen Mund ebenso sanft auf ihren presste. Sie legte ihre Hände auf seine Hüften und flüsterte, als der Kuss endlich endete, gegen seine Lippen. »Pass auf dich auf, ja?«

»Immer. Ich bin nur ein paar Stunden weg. Versprochen.«

Sobald er gegangen war, wirbelte Kennedy herum, die Augen weit aufgerissen. »Oh, Mädchen—«

»Lass uns nach unten gehen. Du kannst mir beim Installieren des Moduls helfen.«

»Und du kannst mir erzählen, wie du es geschafft hast, den Romantik-Jackpot zu knacken, während ihr in unbewohntem Tiefraum herumgetollt seid... Alex, ist alles in Ordnung mit dir?«

Sie blickte über die Schulter von der zweiten Stufe. »Sicher, warum?«

»Du... hinkst. Gehst vorsichtig. Ich weiß nicht, rast nicht wie gewöhnlich durch das Schiff.«

»Ach, ja.« Sie verdrehte die Augen zur Decke. »Ich wurde angeschossen.«

»Das ist dein Ernst.«

»Ich sagte dir, es war schlimmer, als du wusstest.«

Sie erreichten die Luke zum Technikschacht, und sie kletterte vorsichtig die Leiter hinunter. »Deshalb fahren wir zurück.«

Kennedy übersprang die letzten beiden Sprossen und landete auf dem Boden. »Zurück wohin? Nicht nach Metis—nicht zu den Alien-Schiffen?«

»Doch. Obwohl es keinen Grund gibt anzunehmen, dass die Schiffe noch da sind. Trotzdem brauchen wir Antworten, und Metis ist der Ort, wo sie sind.«

»Du bist verrückt.«

Sie lachte ein wenig und entfernte eines der Panele, die die Kern-Techniksysteme schützten. »Das hat Caleb auch gesagt. Aber niemand sonst wird es tun. Ich vertraue auch niemandem sonst, es zu tun. Jemand, vielleicht die Aliens selbst—sieh mich nicht so an—will nicht, dass das Portal untersucht wird. Also ist es genau das, was wir vorhaben zu tun.«

»Warte. Ihr plant doch nicht, durch das Portal zu gehen, oder?«

»Ähm...« ihre Nase kräuselte sich »...wahrscheinlich.«

»Lieber Gott, du bist wirklich verrückt.« Alex deutete auf das Modul, und sie reichte es ihr. »Weißt du, du solltest darüber nachdenken...« Ihre Stimme verstummte, als sie auf den Boden blickte. »Was ist mit deinem Rumpf passiert?«

Kennedys Aufmerksamkeit war auf die breiten Streifen aus fast leuchtendem Silber gerichtet worden, die sich entlang der Mitte des Laderaums wanden. Es passte weder zum Onyx ihres Rumpfmaterials noch zur gedämpften Bronze des geborgenen Materials von seinem Schiff.

»Caleb hat ihn mit einem Pulslaser aufgerissen—um das klarzustellen, das war bevor wir miteinander geschlafen haben—und wir mussten ihn mit Schrott von seinem Schiff flicken.«

»Das du in die Luft gesprengt hast«, murmelte sie und beugte sich so nah zum Boden, dass sie fast darauf lag.

»Richtig.«

»Woraus war sein Schiff gemacht?«

»Amodiamond. Die Verfärbung ist an den Nähten, wo wir die beiden Materialien miteinander verschmolzen haben. Es begann, die Farbe zu ändern, sobald es abkühlte. Irgendeine Art chemische Reaktion, nehme ich an. Denkst du, es schwächt die strukturelle Integrität?«

»Nein, ganz im Gegenteil.« Sie griff hinter sich und zog einen kleinen Scanner aus ihrer Tasche, dann führte sie ihn über ein Segment der Verfärbung. »Die Integrität ist definitiv solide. Stärker sogar. Die Materialien haben sich vollständig miteinander verbunden und…« Sie blickte zu Alex auf. »Ist es okay, wenn ich ein Stück mitnehme, um es zu analysieren? Nur einen Splitter.«

»Sicher, aber warum?«

»Weil ich glaube, ihr habt etwas Neues erschaffen.« Eine Metamat-Klinge materialisierte aus Kennedys Tasche; sie schabte vorsichtig einen dünnen, drei Zentimeter langen Streifen ab. Sie legte ihn in eine Gel-Hülle und ließ alles zurück in ihre Tasche fallen. Bei Alex' hochgezogener Augenbraue kicherte sie und umarmte ihre Knie. »Schiffsdesignerin, erinnerst du dich? Exotische Metalle machen mich an.«

»Alles macht dich an.«

»Hey, das ist gemein. Wahr, aber gemein—besonders wenn dein Sexleben im Moment weitaus interessanter ist als meins.« Ihre Stimme verlor den größten Teil ihres neckenden Tons. »Mir fällt auf, dass du viel ‚wir' und ‚uns' verwendest.«

»Ich weiß.« Alex zuckte mit den Schultern. »Was soll ich sagen? Ich mag ihn.«

»Offensichtlich. Und ich bin die Letzte, die dich davon abhalten würde, auf ein verrücktes romantisches Abenteuer zu gehen, aber das ist eine ernste Angelegenheit. Er wird des Terrorismus und Mordes beschuldigt, und du wirst bereits zur Befragung gesucht.«

»Er wird reingelegt. Jemand hat versucht, uns zu töten, und hat seinen Boss getötet. Außerdem ist mir politisches Getue scheißegal.«

»Glaub mir, ich weiß—obwohl ich nicht sicher bin, ob ich die Militärpolizei als ‚politisches Getue' bezeichnen würde. Trotzdem wäre ich nicht deine beste und wunderbarste Freundin in der Galaxis, wenn ich nicht darauf hinweisen würde, dass es ein paar negative Konsequenzen von all...« sie blickte nach oben und wirbelte ihre Hand in der Luft »...dem geben könnte.«

»Nun, was die Falle angeht, Richard kümmert sich darum. Es wird sich klären.«

»Und deine Mutter?«

Alex schloss die Augen und ließ ihren Kopf gegen die Wand fallen. »Was ist mit meiner Mutter?«

»Dass du in die Bombardierung verwickelt wirst, wird ihren Job komplizieren, besonders da sie—Gott sei Dank—nicht da war, als die Bomben hochgingen.«

»Ich kann mich im Moment nicht darum kümmern, ich habe nicht die Kapazität. Meine Mutter kann auf sich selbst aufpassen. Sie ist darin hervorragend. Und wenn sie mich enterben muss, um ihre Macht zu behalten, soll es so sein.«

»Alex—«

»Nicht, Ken. Wir hatten dieses Gespräch dutzende Male. Nichts hat sich geändert.«

»Es gibt einen weiteren Krieg. Eine bevorstehende Alien-Invasion. Dein Leben ist in Gefahr.«

»Zugegeben. Hör zu, ich meine es wirklich. Sie muss sich auf diesen Krieg konzentrieren—nicht den Senecan-Krieg, sondern den kommenden Krieg. Wenn sie Verstand hat—und den hat sie, so sehr ich es auch hasse zuzugeben—wird sie nicht zulassen, dass ich störe. Es ist zu wichtig.«

»Hast du ihr etwas davon erzählt?«

»Nun, ich denke schon. Ich meine, ich sagte ihr, sie solle etwas tun. Ich dachte, ich war ziemlich klar.«

»Oh, Alex, deine Kommunikationsfähigkeiten sind aus gutem Grund legendär...«

»Was auch immer. Okay, wir sind fertig. Die Leitungen und Infrastruktur waren noch vorhanden, also musste ich nur die Hauptbox ersetzen. Ich werde einige Diagnosen durchführen, aber ich will dich nicht aufhalten.« Sie grinste. »Danke. Danke, danke, danke. Jetzt fährst du nach... Messium, war es? Darf ich fragen warum?«

Kennedy stöhnte und starrte die niedrige Decke an. »Der Vorstand prostituiert mich für Materialien.«

»Machst du Witze?«

»Nun, nicht buchstäblich. Oh, ich hoffe, niemand erwartet, dass es zu etwas so Extremem kommt. Nein, wir brauchen Metamats, um Schiffe zu bauen—große Überraschung—und unser Hauptlieferant wurde von deinem Pleasure Model's Militär in die Luft gesprengt.«

»Ken!«

»Schon gut, schon gut... deinem dunklen, gefährlichen, subversiv sexy Geheimagenten-Militär. Jedenfalls wurde ich entsandt, um einen potenziellen neuen Lieferanten zu umwerben.«

»Umwerben wie?«

»Mit meinem Namen und meinem strahlenden Lächeln, anscheinend.«

* * *

Caleb kehrte zum Raumhafen zurück und fühlte sich belebt. Er wusste, es zeigte sich wahrscheinlich, aber er konnte nicht anders.

Während er draußen war, hatte er eine Nachricht von seiner Schwester erhalten... er las sie erneut, als er die Hangarhalle betrat.

Hey großer Bruder,

Ich bin sicher, du hast viel zu tun und viel im Kopf gerade, also werde ich dich nicht mit einem livecomm belästigen. Ich wollte nur sagen, dass ich sicher bin, du hattest nichts mit der Bombardierung zu tun. Ich weiß, was du tust—was du wirklich tust. Ich habe es immer gewusst. Ich verstehe, dass du versucht hast, mich zu schützen, indem du es geheim gehalten hast, aber ich werde immer für dich da sein.

Ich kenne deine Seele. Und ich glaube an dich.

— Isabela

Im Laufe von zwei Tagen hatten die beiden Menschen, die ihm am meisten auf der Welt bedeuteten—wow, die unerwartete Erkenntnis dieser Wahrheit erschütterte ihn für eine Sekunde—ihn beide bereitwillig akzeptiert, Dunkelheit und alles. Er hatte so viel Zeit und Mühe über die Jahre darauf verwendet, sich emotional von anderen abzuschotten, Mauern um sein Herz zu errichten, die stark genug waren, um jede neugierige Seele abzuwehren... wenn er vielleicht einfach ein wenig Vertrauen hätte haben sollen.

Andererseits war Isabela nicht irgendwer. Sie war seine Schwester—intelligent, stark, liebevoll und verständnisvoll, aber nicht töricht. Und Alex... nun, sie war auch nicht irgendwer. Gelinde gesagt.

Er hatte ihr gesagt, sie sei verrückt, durch das Portal gehen zu wollen—und das war sie. Aber wenn sie es nicht vorgeschlagen hätte, hätte er es wahrscheinlich getan, denn in Wahrheit sah er es als die einzige Strategie an, die einen Dreck wert war.

Es war eine der grundlegendsten Lektionen in seinem Arbeitsbereich, wenn auch eine, die viele nie zu lernen schafften: Wenn du dich belagert findest, in der Unterzahl und ohne Optionen—greife an. Spiele nicht auf Verteidigung; die überlegenen Zahlen oder Position des Feindes werden dich zermürben, bis du nichts mehr hast. Lauf nicht weg; der Feind wird dir nur in den Rücken schießen. Sobald du in eine Ecke gedrängt bist, hast du bereits verloren.

Solange du noch stark bist, noch Waffen und Willen und Zeit hast, tu das, was der Feind am wenigsten erwartet—greife an. Wende dich dem Schlag zu, greife nach der Waffe, springe in die Arena. Übernimm die Kontrolle über dein eigenes Schicksal. Wenn du schnell, gut und glücklich bist, könntest du einfach überleben und auf der anderen Seite herauskommen, bevor der Feind bemerkt hat, was passiert ist.

Bisher in seinem Leben war er, wenn es wirklich darauf ankam, alle drei gewesen. Jetzt allerdings…

Jetzt war der Feind quälend schwer fassbar. Versteckt in den Schatten und vermutlich über zahlreiche Welten verteilt. Es gab kein Ziel, das er im besiedelten Raum lokalisieren konnte, um es anzugreifen—und ein sehr klares am Rand davon. Jeder Instinkt, auf den er sich fast zwanzig Jahre lang verlassen hatte, um scheinbar unmögliche Situationen zu überleben, sagte ihm, dass der wahre Feind, der ultimative Feind, auf der anderen Seite dieses Portals lag.

Alex beabsichtigte, durch das Portal zu gehen, um nach Antworten zu suchen. Er beabsichtigte, durch das Portal zu gehen, um zu gewinnen.

Er betrat die *Siyane* und fand sie am Datenzentrum, die Metis-Daten wieder vor sich ausgebreitet. Er stellte seine Tasche auf die Couch. »Kennedy schon weg?«

»Ja. Das neue Modul wurde problemlos installiert, und sie musste los. Ich habe Diagnosetests laufen lassen, aber bisher sieht alles gut aus.«

»Nun, wenigstens konntest du—« In seinem peripheren Sichtfeld nahm er eine... Unstimmigkeit wahr. Etwas war anders. Sein Blick wanderte zum Cockpit.

Rechts vom Pilotensitz stand ein weiterer Stuhl. Etwas minimalistischer im Design als ihrer, passte er eng, aber vollständig in die Grenzen des Cockpit-Raums.

Er näherte sich dem Cockpit neugierig. »Alex, was ist das?«

Sie wandte ihre Aufmerksamkeit kurz von den Daten ab, um hinüberzublicken, ein unsicheres Lächeln zupfte an ihren Lippen. »Ich habe dir einen Stuhl besorgt.«

»Du... du hast mir einen Stuhl besorgt.« Es war weniger eine Frage als eine Aussage der Ungläubigkeit.

»Es ist nur, damit ich nicht immer über die Schulter schauen muss, um mit dir zu reden. Es ist nicht sicher, ehrlich gesagt. Und ich bin sicher, du wirst müde, an der Wand zu lehnen.«

Seine Hand glitt über die Oberseite der Kopfstütze; der Stuhl glitt geschmeidig darunter. Sein Blick kehrte zu ihr zurück, ein vage verblüffter Ausdruck auf seinem Gesicht. »Alex...«

Ihre Augen glitten von ihm weg und ihre Stimme wurde förmlich mit einem Hauch von Unbeholfenheit. »Er ist magnetisch verankert, also ist es nicht so, als hätte ich den Boden aufgerissen oder so, und wir können ihn bewegen, wenn wir müssen. Es ist nur praktisch.«

Aber es war nicht nur praktisch. Es war rührend und freundlich und eine außergewöhnliche Geste ihrerseits. Ihm einen Platz auf ihrem Schiff zu geben, auch wenn es nur ein einfacher Stuhl war— verdammt, gerade weil es ein einfacher Stuhl war—kam dem gleich, ihm einen Platz in ihrem Leben zu geben. Einen echten Platz, in Form eines Stuhls.

Er durchquerte die Kabine und schlang seine Arme um sie, zog sie von den Daten weg und zu sich. »Natürlich ist er das...« Seine Lippen trafen ihre. »Danke.«

Nein, sie war überhaupt nicht ‚irgendwer'.

72

ERDE

VANCOUVER, EASK-HAUPTQUARTIER

Miriam wanderte in eng gewundener Aufregung durch den provisorischen Büroraum. Mit einem Stirnrunzeln schob sie die provisorische Kommode bündig an die Wand.

Nichts war aus ihrem Büro zu retten gewesen. Nicht das antike Bücherregal und schon gar nicht die antiken Bücher, von denen keine mehr existierten, um sie zu ersetzen. Nicht die bleiverglasten Tumbler, die ein Hochzeitsgeschenk für sie und David gewesen waren, und nicht das erbliche Porzellan-Teeservice, das seiner Großmutter gehört hatte.

Sie hob die Teetasse – Teil des Services, das sie von zu Hause mitgebracht hatte – vom provisorischen Schreibtisch und nahm einen langen Schluck, dann stellte sie sie wieder ab. Zu hart; sie wackelte unstetig. Es sei denn, der Schreibtisch war uneben...

Sie blickte zu Richard hinüber. Er lehnte an der Wand und beobachtete ruhig, wie sie herumflatterte. »Es ist mir egal, wie wütend Alexis nach der Vorstandssitzung gewesen sein mag. Es gibt keine Möglichkeit, dass sie an der Bombardierung beteiligt war.«

»Absolut nicht. Es ist eine absurde Idee. Sie ist keine Mörderin.«

»Nein, ist sie nicht. Aber dieser Marano-Charakter?«

»Oh, er ist definitiv ein Mörder. Seine Akte besagt, dass er vor zwei Monaten zwei Dutzend kriminelle Aufständische ausgeschaltet und eine ganze Hangarhalle in die Luft gesprengt hat, und das ist nur sein neuester Coup. Praktischerweise hat er eine gewisse Geschichte im Umgang mit Sprengstoff, um eine Arbeit zu erledigen. Aber er ist kein Terrorist. Er infiltriert und eliminiert gefährliche kriminelle Gruppen im Dienst seiner Regierung. Seine Akte zeigt keine Abweichung in fragwürdigere Aktivitäten.«

Sie hockte sich hin und justierte den Teppich unter dem Schreibtisch. Vielleicht war er die Quelle der Unebenheit. »Wir befinden uns im Krieg. Vielleicht betrachtete er es nicht als Terrorismus?«

»Aus Senecan-Sicht war es das wohl nicht. Aber unabhängig davon schwor Alex, dass er nie außer Sichtweite war, außer während er in Gewahrsam war. Miriam…«

Als sie den Ton in seiner Stimme erkannte, stand sie auf und begegnete seinem Blick.

»Am Ende läuft es auf eine sehr einfache Angelegenheit hinaus: Entweder glaubst du ihr oder nicht.«

Sie seufzte und ließ ihre Augen zum Fenster wandern. Logistics war ganze zwanzig Stockwerke hoch; draußen waren nur andere Gebäude. »Ich glaube ihr.«

Ein Lächeln erwachte auf seinem Gesicht, möglicherweise vor Erleichterung. »Ich auch.« Das Lächeln verweilte nicht, als seine Hand an sein Kinn kam. »Was bedeutet, dass wir ein anderes Problem haben. Sie sagte, er wurde reingelegt, und sie hat recht. Die Beweise wurden manipuliert, um ihn und damit sie zu belasten. Von wem? Und noch wichtiger, warum?«

»Zwischen dem unsinnigen Summit-Attentat, dem Palluda-Angriff, den niemand angeordnet hat, und jetzt das? Etwas stimmt schwerwiegend nicht mit dieser ganzen Situation. Der Sprengstoff, der in den oberen Stockwerken verwendet wurde, musste innerhalb des Headquarters zusammengebaut werden. Marano mag es nicht getan haben, aber jemand hat es. Sie behaupten beide, der Krieg wurde von jemandem fabriziert, und ich beginne zu vermuten, dass sie damit recht haben.«

Sie durchquerte den provisorischen Raum und legte eine Hand auf seine Schulter. »Glücklicherweise sind Verschwörungen und Intrigen zufällig dein Fachgebiet. Richard, geh dem auf den Grund. Und vor allem, tu alles, was nötig ist, um ihren Namen reinzuwaschen. Bitte.« Sie klopfte ihm auf die Schulter und kehrte zum provisorischen Schreibtisch zurück, ihre Stimme sank in der Lautstärke und vielleicht im Vertrauen. »Ich wünschte, ich wüsste, wohin sie gegangen ist.«

»Du weißt nie, wohin sie geht.«

»Das hier ist anders.« Ihr Blick wanderte wieder zu den Fenstern, aber die Aussicht hatte sich nicht verbessert. Sie atmete tief ein und straffte ihre Schultern. »Dennoch kann ich im Moment nichts dagegen tun. Und jetzt scheint es, als müsste ich einen Weg finden, einen Krieg zu gewinnen.«

»Es gibt keine Möglichkeit, dass Seneca unserer militärischen Stärke auf lange Sicht standhalten kann.«

»Es ist nicht dieser Krieg, der mich beunruhigt… zumindest nicht nur dieser Krieg.«

»Nun, eins nach dem—«

Der Prioritätspuls drängte sich in ihr Blickfeld.

Acting Chairman O'Connell bittet um Ihre Anwesenheit in seinem Büro in fünf Minuten.

Ihre Lippen schmatzten vor Verärgerung. »Es scheint, ich werde vorgeladen, um die Füße des neuen Chairman zu küssen.«

»Er verschwendet keine Zeit, oder? Er ist hier seit ganzen, was, einer halben Stunde?«

»Weniger als das.« Ein weiterer Seufzer fand seinen Weg über ihre Lippen. »Weißt du, Alamatto war ein schwacher Anführer, aber ich fürchte, O'Connell wird alle umbringen lassen. Du hast recht – Seneca kann nicht gegen unsere militärische Stärke bestehen. Aber wenn er das Kommando hat, könnten sie uns einfach überlisten.«

* * *

Sie stand förmlich in der Türöffnung, während O'Connell etwas mit einem Adjutanten besprach. Nach zwanzig Sekunden entschied sie, dass er es absichtlich in die Länge zog, um sie unbehaglich zu machen. Alberner, kleinlicher Mann.

Nach weiteren dreißig Sekunden entließ er endlich den Adjutanten und warf ihr einen Blick zu. »Ah, Miriam.«

»Ja, Liam? Du wolltest mit mir sprechen?«

Er runzelte die Stirn und bäumte sich in seiner Haltung auf, offenbar in einem Versuch, sie mit seinem überragenden, stämmigen Körperbau einzuschüchtern. Auch langsam lernend. »Du bist genauso widerspenstig wie deine Tochter. Ich glaube, du meintest 'General'.«

»Und ich glaube, du meintest 'Admiral'. Du magst vorerst Vorstandsvorsitzender sein, aber du bist nicht mein Vorgesetzter. In der Öffentlichkeit werde ich dir den Respekt deiner Position gewähren. Privat werde ich dir den Respekt gewähren, den du verdient hast. Bisher hast du keinen verdient.«

Seine Augen verengten sich in unverhohlenem Hass. »Du arrogante Schlampe. Deine nachlässige Sicherheit ermöglichte es, dass dieser Sprengstoff platziert wurde. Deine Tochter gab diesem verdammten Senecan-Arschloch Zugang von innen und verursachte den Tod von Tausenden. Du bist weder deiner Position noch deines Ranges würdig.« Er hielt inne, als wollte er die Wirkung seiner Einschüchterung sehen. Sie weigerte sich zu zucken.

Mit einem Blinzeln fuhr er fort. »Ich besitze vielleicht nicht die Autorität, dich zu feuern, aber ich plane, alles in meiner Macht Stehende zu tun, um sicherzustellen, dass du dich bald auf deinem Arsch wiederfindest. Kein Rang, kein Titel, keine Macht.«

Die Mundwinkel kräuselten sich zu einem kalten, bösartigen Lächeln. »Wir werden sehen, nicht wahr?« Sie drehte sich um zu gehen, ohne zu warten oder entlassen werden zu wollen. Als sie die Tür erreichte, hielt sie inne, um zu ihm zurückzublicken.

»Oh, und Liam? Danke für die Warnung.«

GAIAE

UNABHÄNGIGE KOLONIE

Seraphina atmete die kühle Morgenluft ein und zog sie tief in ihre Lungen, während sich ihr Zwerchfell ausdehnte. Und halten... halten. Mit einem langsamen, gleichmäßigen Ausatmen öffnete sie die Augen.

Sie schwebte einen Meter über dem Wasser, getragen vom Widerstand des Magnetfelds, das Gaiaes Gewässer gegen die in ihre Strümpfe eingewobenen Fasern erzeugten. Einheimische Fische tanzten in den Gewässern unter ihr, ihre schillernden Schuppen reflektierten brillant im Morgenlicht. Sie waren für Menschen giftig, aber das spielte keine Rolle; weder sie noch irgendeiner der anderen Bewohner hätte sich so weit erniedrigt, Gaiaes kostbares Ökosystem zu beeinträchtigen.

Die leuchtenden Pastelltöne der nahegelegenen Flora verweilten in ihrer Sicht, als sie die Augen schloss und erneut einatmete. Ihr Okularimplantat war verstärkt, um das Spektrum ihres Sehvermögens über das sichtbare Licht hinaus in den ultravioletten Bereich zu erweitern. Der Effekt war spirituell in seiner Schönheit, aber die seltsamen Farbtöne neigten dazu, Lichthöfe in ihrem Gefolge zu hinterlassen.

Und halten... halten.

Sie öffnete die Augen zu einem Schatten.

Er unterbrach ihre Meditation, und sie unterdrückte ein Stirnrunzeln, als sie sich umdrehte – darauf bedacht, ihre Körpermitte anzuspannen – und nach oben blickte.

Der Schatten schlängelte sich über die Landschaft, bis er den Wasserrand erreichte. Ihr Stirnrunzeln vertiefte sich. Gaiae hatte keine Monde; es konnte keine Sonnenfinsternis geben.

Was als nächstes erschien, war einem Alptraum entsprungen. Eine Unmöglichkeit. Eine böse Schwärze – hartes, trostloses, kaltes Metall, sicherlich aus der Leere selbst gemacht.

Es wuchs weiter am Himmel, und bald durchschnitten Adern aus Blut die Schwärze wie die Kriegsbemalung alter Primitiver.

Selbst als die Breite und Länge der blutigen Dunkelheit immer größer wurde, materialisierte sich eine weitere daneben. Dann noch eine. Bald bedeckten ein Dutzend Phantasmen – Teufel des Hades, zum Leben erwacht – den Himmel, verdeckten die Sonne und verwandelten den Morgen in Dämmerung.

Seraphina stand auf, um unsicher auf dem magnetischen Widerstand zu balancieren. Was für ein Schrecken mochte das sein? Sie griff nur selten auf das sogenannte 'exanet' zu, aber sie glaubte nicht, dass selbst die mächtigsten Regierungen Schiffe wie diese besaßen.

Gaiae war ein friedlicher Planet. Seine Bewohner strebten stets danach, in Harmonie mit allen Lebewesen zu sein, mit dem Land und der Luft und den Sternen. Welche Sünde gegen die Natur konnte möglicherweise solche Teufel auf sie herabgebracht haben?

Dann rissen die Bäuche der Bestien auf, und alle Legionen ergossen sich heraus. Kreaturen, geboren aus den Eingeweiden des Tartarus, ihre Arme zählten mehr als die der Mahākālī und wanden sich wahnsinnig um lodernde purpurrote Augen – ein zyklopisches blutgetränktes Auge für jede Kreatur in der Legionsarmee.

Ihre Scharen stiegen vom Himmel herab, und endlich schrie sie.

SIYANE

METIS-NEBEL

Sie näherten sich Metis so leise und verstohlen, wie die *Siyane* es zuließ. Ihre Route war verschlungen und wand sich um den Nebel herum, bis ihre Flugbahn fast das Gegenteil von vorher war.

Alle ihre Instinkte schrien sie an, sich zu beeilen, schneller dorthin zu gelangen und generell voranzukommen. Doch etwa zu der Zeit, als ihre Finger sich ausstreckten, um über den Kontrollen zu schweben, fand Calebs Hand ihren Weg zu ihrer Schulter oder der Rundung ihres Kiefers. Sie hätte nicht erwartet, dass er derjenige wäre, der ruhig blieb… obwohl sie, wenn sie darüber nachdachte, zugeben musste, dass er oft derjenige mit Geduld gewesen war.

Als die golden-blauen Schleier von Metis' äußeren Bändern sie endlich umgaben, aktivierte sie den sLume-Antrieb ein letztes Mal. Ein letzter Lauf zum Kern bei maximaler Geschwindigkeit, so schnell wie jeder Mensch durch die Sterne reisen konnte.

Sie würden 0,1 AU von der Position des Portals aus dem Überlichtbereich austreten, aber immer noch innerhalb der dichtesten der aufragenden Säulen aus Gas und Staub. In dem Moment, in dem der sLume-Antrieb im Leerlauf lief, würde das Dämpfungsfeld einsetzen. Sie hatte eine fürstliche Summe für einen kaum legalen Energieverteilungsoptimierer bezahlt, und nun konnte das Dämpfungsfeld mit voller Stärke arbeiten, ohne dass sie gezwungen waren zu frieren.

Dennoch dauerte die Reise Stunden um Stunden. So viele Stunden, wie es gedauert hatte, als sie zuvor die Reise gemacht hatten, tatsächlich. Im Gegensatz zur vorherigen Reise verbrachten sie diese Nacht jedoch zusammen.

Sie verbrachten die Stunden, wie es Paare tun, die dem Unbekannten gegenüberstehen, aber vorübergehend machtlos sind, ihr Schicksal zu beeinflussen: Sie liebten sich, als wäre es das erste Mal, flüsterten sich Geheimnisse in der Dunkelheit zu, schliefen ein wenig und liebten sich, als wäre es das letzte Mal.

Dann war kein Raum mehr zu bereisen und ihr Schicksal kehrte in ihre Hände zurück.

Sie kehrten ins Cockpit zurück, als der sLume-Antrieb im Leerlauf lief und die Szene jenseits des Sichtfensters sich zu Klarheit schärfte. Das Schiff schwebte in leuchtend dichtem Nebel; da es nicht tatsächlich vorwärts unter separatem Antrieb reiste, während es sich innerhalb der Überlichtblase befand, war das Schiff beim Austritt bereits in Ruhe.

Sofort war sie ein Wirbel der Aktivität, bestätigte, dass das Dämpfungsfeld eingegriffen hatte, begann Scans nach Bedrohungen oder jeglicher Bewegung in der Gegend und stimmte den Spektrumanalysator über alle Bänder ab.

Das Aufflackern des Pulsars sprang auf der Spektrumanzeige zum Leben. Der Gammastrahl pulsierte in einem regelmäßigen, schnellen Spin. Sie filterte ihn heraus – und runzelte sofort die Stirn. »Es ist weg.«

»Alles?«

Ihr Kopf schüttelte sich minimal. »Die Gammastrahlung, die lokale, deren Quelle wir nicht lokalisieren konnten. Die Terahertz-Strahlung auch.«

Er lehnte sich näher, um mit ihr auf die Spektrumanzeige zu starren. »Aber nicht das TLF.«

»Aber nicht das TLF.« Sie stieß einen langen, langsamen Atemzug aus. »Okay. Nichts zu tun, außer herauszufinden, warum.« Sie startete den Impulsantrieb.

Die Nebelwolken begannen bald dünner zu werden, dann verdampften sie abrupt wie zuvor. Doch in starkem und ziemlich beunruhigendem Kontrast zu vorher verdampften die Wolken, um nur die Leere zu enthüllen.

Die Schiffe waren verschwunden. Und das Portal auch.

Keiner von ihnen sprach. Sie betrachteten einfach die leere Schwärze in betäubtem Unglauben. Sie hatte sich auf eine Reihe von Szenarien vorbereitet. Keines dieser Szenarien beinhaltete, dass das Portal verschwunden war.

Weil das unmöglich war.

Er ließ seine Ellbogen mit einem schweren Seufzer auf seine Knie fallen. »Also, neuer Plan dann.«

»Nein. Das Portal ist da.«

Seine Aufmerksamkeit verlagerte sich vom Sichtfenster zu ihr. Seine Stimme hielt ruhige Überzeugung – und Vertrauen, dachte sie. »Okay. Warum?«

»Aus demselben Grund, warum wir hier sind.«

»Das TLF-Signal wird immer noch von irgendwo generiert.«

»Richtig. Nun ist die Frage...« Mit ihrer linken Hand steuerte sie, bis das Schiff genau senkrecht zur Richtung positioniert war, in die sich die Welle ausbreitete. Sie fokussierte die Spektrumanalysator-Sensoren auf einen Punkt im Raum und machte zwei Schnappschüsse. Dann warf sie beide Messungen auf einen Wellenform-Bildschirm.

Ein wundersamer Atemzug entfiel ihren Lippen, als sie in den Stuhl sank. Sie blickte auf eine Phasenverschiebung über das Portal hinweg.

Gemessen mit dem präzisen Punkt, wo das Portal geschwebt hatte, als Ursprung, zeigte die TLF-Welle eine 4,65°-Phasendifferenz in jede Richtung. Für sich allein sagte es ihr nichts über die Natur oder Breite des Reichs innerhalb des Portals, da eine beliebige Anzahl von Zyklen innen aufgetreten sein konnten – aber es sagte ihr, dass ein Reich innerhalb des Portals existierte.

Calebs Augen verengten sich einen Moment lang auf den Bild-schirm, bevor er den Kopf schüttelte und trocken lachte. »Und der Raum fällt zurück in die Übereinstimmung mit den Regeln des Universums. Das Portal ist da.«

»Hab ich dir gesagt.« Sie gab ihm ein neckisches, wenn auch gewichtiges Grinsen. »Jetzt müssen wir es nur noch auslösen.«

»Was du bereits herausgefunden hast, wie man es macht.«

Das Grinsen wurde weicher zu einem Lächeln. »Harmonien.«

Er blickte auf die Reihe von Bildschirmen und zurück zu ihr. »Die Gammastrahlung war eine Harmonie des TLF, nicht wahr?«

»Das war sie, obwohl die Frequenzdisparität gewaltig war. Ich denke, die Gammafrequenz war ein Aktivierungscode. Sie hielt das Portal offen, während unsere außerirdischen Freunde es durchquerten und schaltete sich ab, sobald sie es nicht mehr brauchten. Aber ich kann sie nachahmen.«

Sein Blick traf ihren, und der Ausdruck in seinen Augen ließ ihren Magen Purzelbäume schlagen und ein entzückendes Kribbeln über ihre Haut eilen. Sie wollte nichts mehr auf der Welt, als ihre Finger in sein Haar zu winden und ihn nah zu ziehen und ihn zu fragen, ob er ihr vielleicht sagen könnte, was der Ausdruck in seinen Augen bedeutete.

Stattdessen schluckte sie und konzentrierte sich auf das HUD. Ihre Fingerspitzen tanzten auf einem holographischen Panel zu ihrer Linken, während sie die Gammawelle aufbaute. Sobald sie vorbereitet war, manövrierte sie das Schiff, so dass es sich direkt auf den unsichtbaren Punkt ausrichtete, der das Zentrum des ehemaligen Portals darstellte.

»Hier geht nichts...« Sie sog einen tiefen Atemzug ein und schaltete das Signal ein.

Aus dem Nichts brach ein perfekter Kreis aus obsidianfarbenem Metall hervor. Lumineszentes blasses Gold-Plasma füllte den Ring, als er sich im Durchmesser ausdehnte. In zwei Sekunden hatte er seine vorherige Größe erreicht und ein Heiligenschein aus wogenden Wolken war über seine Ränder gewallt.

»Nun, das ist nicht etwas, was man jeden Tag sieht.« Sie nickte stumm zustimmend.

Nachdem die Explosion von Energie, die den Ring nach außen getrieben hatte, verschwunden war, schien eine stille Ruhe die Landschaft zu umhüllen. Der vertikale Pool aus Plasma wogte so friedlich wie die Oberfläche eines Teichs an einem ruhigen Frühlingsmorgen. Sogar die wirbelnden Wolken schienen sich in einen beruhigenden Rhythmus zu setzen. Außer dem Portal selbst gab es keine Beweise für Technologie, für eine außerirdische Kraft oder überhaupt irgendeine Kraft.

Die TLF-Welle pulsierte weiter – stetig, bewusst und stark, als wäre sie der Herzschlag des Universums selbst – aus dem exakten Zentrum des Rings.

Wie die süßen Töne einer Sirene rief sie zu ihr, sang ein Versprechen von Antworten unter den ruhigen Wassern. Wassern, die zufällig aus einer unbekannten Art von Plasma bestanden und vertikal 'leckten', während sie innerhalb eines Rings aus unbekanntem Material und Ursprung in der Leere des Raums schwebten.

Calebs Anwesenheit neben ihr während der Reise war ein Trost und ein wunderbarer Luxus gewesen. Aber jetzt war es nicht nah genug, für ihn oder sie. Er schob sich aus seinem Stuhl, um vor ihr zu knien und sie in einen langsamen, schwermütigen Kuss zu ziehen.

Er zog sich nur einen Zentimeter zurück, seine Stimme ein Flüstern auf ihren Lippen. »Dir ist klar, dass wir sterben könnten, einfach indem wir hindurchgehen.«

Sie schloss den Zentimeter, um einen weiteren Kuss zu beanspruchen, verweilte eine ewige Sekunde über das hinaus, wann er hätte enden können. Sie atmete ein… atmete ihn ein. »Das tue ich. Aber wenn wir nicht gehen, sterben vielleicht alle. Und auch wenn ich die meisten von allen nicht besonders mag, finde ich, dass ich das nicht auf meinem Gewissen haben will.«

Er nickte gegen sie. »Ich auch nicht. Also gehen wir zusammen – aber nur, wenn du sicher bist.«

Sie lächelte – ein winziges kleines Lächeln – und rollte mutig die Augen, als sie sich aufrichtete und in den Stuhl setzte. »Ich bin sicher. Es wird ein Abenteuer. Neue Anblicke, neue Wunder, neue Entdeckungen. Dafür lebe ich. Du auch, richtig?«

»Absolut.« Er kehrte zu seinem Stuhl zurück, legte die Füße auf das Armaturenbrett und kreuzte die Knöchel. »Führe an. Zeig mir dieses angebliche ‘Abenteuer’.«

»Kriegst du.«

Seine Hand griff hinüber und umschloss ihre, als sie den Impulsantrieb auf volle Kraft gab und in das Portal hinein beschleunigte.

* * *

JENSEITS DES PORTALS

Ich beobachtete die ersten Züge unserer Invasion vom Beobachtungsgewölbe aus, dann zog ich mich in mein Zuhause zurück, um über die jüngsten Ereignisse zu grübeln. Die Invasion lag nicht in meiner Verantwortung, weder zu leiten noch zu billigen, aber ich erkannte, dass sie allzu notwendig war. Ein Auslöser und ein Wendepunkt, wenn auch ein furchtbares Risiko. Die Zeit des Beobachtens war zu Ende gegangen, und folgenreiche Entscheidungen türmten sich am Horizont auf.

Eine Warnung, die das Öffnen des Portals von der anderen Seite anzeigte, überraschte mich, obwohl sie es nicht hätte tun sollen. Meine Gedanken flatterten voller Erwartung, durchzogen von gesunder Besorgnis. War ich bereit für die kommenden Prüfungen?

Ich musste es sein, denn meine Gäste würden bald vor meiner Türschwelle stehen. Endlich war es Zeit zu beginnen.

SCHWINDEL

AURORA ERWACHT BAND 2

JETZT VERFÜGBAR: gsjennsen.com/translations

LESEN SIE WEITER FÜR EINE VORSCHAU AUF:

***

SIYANE

JENSEITS DES PORTALS

Sie stürzten in ein schwarzes Loch.

Menschen bezeichneten Regionen des Weltraums, in denen sich die Entfernung zwischen Sternen auf Kiloparsecs ausdehnte, als 'die Leere.' Aber selbst die Leere behielt ein Murmeln von Licht, den blassen Schimmer ferner Sterne und unendlicher Galaxien.

Diese Dunkelheit war grenzenlos und ungebrochen.

Schwindel krallte sich an die Ecken von Alex' Sichtfeld, hervorgerufen durch das Fehlen eines festen Punktes, irgendeines räumlichen Bezugspunkts überhaupt, an dem sie sich als Leitstern festhalten konnte.

In einem Anfall von dem, was man für Panik halten könnte, schaltete sie den Antrieb ab und suchte das Heckkamera-Bild— goldenes Plasma kräuselte sich friedlich innerhalb des massiven Rings, der es aufrechterhielt. Sie ließ den Atem aus, von dem sie nicht gewusst hatte, dass sie ihn angehalten hatte, und der Schwindel wich zurück bei dem Wissen, dass sie doch nicht in einem schwarzen Loch waren.

Die Hand, die über ihrer lag, drückte mit beruhigender Kraft. Sie blickte hinüber und sah Caleb mit einer Aura müheloser Zuversicht, komplett mit funkelnden saphirblauen Augen.

»Nicht tot.«

Sie wusste, dass die Ausstrahlung, die er projizierte, zu ihrem Nutzen war, um ihr Trost zu geben. Und es funktionierte. Ihr Puls begann sich zu verlangsamen und das Hämmern wich aus ihren Ohren zurück. Ein Lachen sprudelte hervor, nur um auf halbem Weg zu einem milden Protest zu werden. »Nicht tot. Ausgezeichneter Punkt. Aber was ist dieser Ort?«

Sie erwiderte den Druck, ließ dann seine Hand los und richtete ihre Aufmerksamkeit auf das HUD, als Messwerte einzutreffen begannen. Sensorsweeps erfassten keine Übertragungen außer der TLF-Welle, die unverändert so weit fortbestand, wie ihre Instrumente reichten. Die Analyse der Umgebung maß…absolut normal.

»Die unmittelbare Umgebung hat dieselben fundamentalen Eigenschaften wie unsere Galaxie. Basierend auf diesen Messwerten behaupten die Gesetze der Physik, lebendig und gesund und korrekt zu funktionieren. Der Impulsantrieb ist in der Lage, innerhalb der Parameter zu operieren. Wenn das Portal eine Brane-Schnittstelle ist…« sie blickte mit einem Stirnrunzeln hinüber »…sind die Dimensionen dieses Ortes identisch mit unseren. Also warum ein Portal?«

Sie überprüfte das visuelle Overlay. »Wir sind definitiv nicht irgendwo in der Milchstraße. Es wird das System Zeit kosten, alle Möglichkeiten zu analysieren, vorausgesetzt es kann das ohne Bezugspunkt…aber ich glaube nicht, dass wir irgendwo im kartierten Raum sind.«

»Vielleicht hat das Portal uns nur weit weggeschickt.« Er zuckte mit den Schultern. »Vielleicht sogar 'die andere Seite des Universums' weit weg?«

»Nun, die andere Seite des Universums ist ein verdammt langweiliger Ort. Hier ist nichts.«

»Aber hier war etwas. Hier waren Schiffe, viele davon, und sie hatten einen Ursprungsort.«

Sie kniff die Nasenwurzel zusammen in einem vergeblichen Versuch, das dumpfe Pochen hinter ihrer Stirn zu lindern und stützte ihre Ellbogen auf ihre Knie.

Das war nicht das, was sie erwartet hatte.

Sie hatte nicht gewusst, was sie erwarten sollte. Vielleicht eine frische Armada außerirdischer Superdreadnoughts, die darauf erpicht waren, sie zu dem Sternenstaub zurückzubringen, von dem sie gekommen waren? Oder vorzugsweise eine blendende Zivilisation exotischer Raumstationen, Dyson-Ringe und Planeten, die unter Städten verschwunden waren? Sie hatte müßig mit der Vorstellung gespielt, eine bewusstseinserweiternde dimensionale Verschiebung zu einer Gestalt der Realität zu erleben, die sie nicht den Scharfsinn hatte zu begreifen.

Aber das hatte sie nicht erwartet.

Sie starrte auf die verschiedenen Bildschirme, die dazu bestimmt waren, eine Fülle von Informationen anzuzeigen. Einer nach dem anderen wurde aktualisiert. Nichts. Nichts außer dem Portal und der *Siyane*. Doch irgendwo jenseits dieser kargen Weite lagen die Außerirdischen, die eine Armada durch den Metis-Nebel geschickt hatten.

»Ich denke…ich denke, wir folgen der TLF-Welle vorerst. Sie wird immer noch von etwas weiter drinnen erzeugt. Wir können das Portal als Kursreferenz verwenden, damit wir nicht im Kreis fliegen. Ich werde weiterhin auf Breitband scannen, und schließlich wird dieses 'Etwas' auftauchen. Es muss.«

Als sie keine Zustimmung hörte, oder überhaupt keine Antwort, drehte sie den Stuhl um, um Caleb gegenüberzustehen. Er starrte aus dem Sichtfenster, Schultern angespannt und Augen zu einem Anflug von Unbehagen verengt. »Was ist los?«

Er blinzelte und richtete sich in seinem Stuhl auf. »Entschuldigung. Das klingt gut.« Ein Mundwinkel zuckte in einem Anflug eines Grinsens nach oben. »Ich würde nicht daran denken, mit dir über den besten Weg zu streiten, unkartierten Raum zu navigieren. Das ist deine Show.   Aber ich fragte mich...das Portal war verschwunden, bis wir es reaktivierten, was bedeutet, dass sie nie erwarteten, dass jemand hindurchkommen würde. Also warum verstecken sie sich?«

»Vielleicht verstecken sie sich nicht. Vielleicht sind sie einfach... weiter weg. Lass es uns herausfinden.« Sie schaltete den Antrieb wieder ein und beschleunigte, bis sie eine stetige fünfundachtzig Prozent Reisegeschwindigkeit erreichten. Kein Grund, den Impulsantrieb zu überlasten für den Fall, dass die Gesetze der Physik hier nicht genau dieselben waren.

In der allgegenwärtigen Dunkelheit gab es keine visuelle Wahrnehmung von Bewegung, und nur das subtile Schnurren des Antriebs sprach dagegen. Es war ziemlich beunruhigend, also suchte sie Trost darin, das Portal in der Heckkamera zu beobachten. Vorerst vermittelte der Anblick, wie es in der Entfernung schrumpfte, wenigstens ein Gefühl von Bewegung... Dann verschwand es, und die Leere war wahrhaft absolut.

»Scheiße!« Sie schaltete die Triebwerke vollständig ab, bevor sie bestätigte, dass die Gammawelle immer noch übertrug. Es kostete beträchtliche Anstrengung, dem mächtigen Drang zu widerstehen, das Schiff herumzuwirbeln und zu dem Ort zu rasen, wo das Portal gewesen war—aus dieser erstickenden Leere zu fliehen.

Stattdessen sank sie in ihren Stuhl, Arme schlaff über die Armlehnen hängend. Ihre Instrumente wären in der Lage gewesen, eine Verbindung zum Portal lange aufrechtzuerhalten, nachdem es aus dem Sichtfeld verschwunden war. Aber jetzt...

»Muss eine Entfernungsgrenze für das Signal geben, um es offen zu halten. Verdammt.«

Caleb war aufgestanden, um hinter dem Cockpit auf und ab zu gehen. Nach ihrer Entdeckung der außerirdischen Armada hatte sie schnell geschlussfolgert, dass er sein bestes Denken beim Wandern tat. War es erst Wochen her gewesen? Es fühlte sich an, als wäre ein ganzes Leben vergangen, seit sie das erschreckende Geheimnis im Herzen von Metis aufgedeckt hatten und das Universum sich auf den Kopf gestellt hatte.

»Können wir die TLF als Führungsmechanismus verwenden? Eine Art Leuchtfeuer?«

»Solange wir nicht den Überblick darüber verlieren, welcher Weg vorwärts und welcher zurück ist. Der Schlüssel wird sein...« sie schwenkte zum Armaturenbrett, vergrößerte einen der HUD-Bildschirme und begann Befehle einzugeben »...ich stelle das Navigationssystem darauf ein, unsere relativen Bewegungen aufzuzeichnen. Es wird im Wesentlichen eine Kartierung unseres Pfades erstellen. Wenn alles andere fehlschlägt, können wir unsere Schritte zurückverfolgen.«

»Wird es funktionieren?«

»Es wird funktionieren.« Anweisungen vervollständigt, sank sie zurück, um wieder in den gähnenden Abgrund zu starren.

Es war ein trostloses Panorama. Abweisend. Bedrückend. Sie sehnte sich nach Sternen, die den Weg erhellen, sie führen und inspirieren würden—aber da waren keine.

Anstelle von Sternen griff sie hinter sich, irgendwie wissend, dass seine Hand sofort in ihrer sein würde, warm und tröstend. Fest. Real.

Als sie fand, was sie suchte, holte sie tief Luft und setzte den Weg fort.

* * *

Sie waren fast zwei Stunden geflogen, als die ersten Signale auf dem Langstreckenscanner auftauchten.

Zu Tränen gelangweilt und nach Bestätigung verlangend, dass Leben in dieser trostlosen Einöde möglich blieb, war sie in Calebs Schoß zusammengerollt, als die Warnung ertönte. In ihrem Stuhl in seinem Schoß, weil er größer und bequemer war und so.

Sie sprang auf und vergrößerte die USAR-Daten, während sie ihn ungeduldig aus dem Stuhl winkte.

»Was haben wir?«

»Sieht aus wie—« Mehr Signale materialisierten sich auf dem Scanner. Dann mehr...und ihr wurde klar, dass sie technisch gesehen keinen Plan für dieses spezielle Szenario hatte. »Wir haben sie gefunden.«

Sie riss das Schiff sechzig Grad nach Steuerbord und drückte den Impulsantrieb an seine Grenzen. Die Trägheitsdämpfer verhinderten, dass sie zu Boden geschleudert wurden, aber sie schnallte sich schnell im Sicherheitsgurt ihres Stuhls an, ebenso wie er.

»Mal sehen, ob...« was jetzt ein wahrhaftiges Meer von zunehmend größeren roten Punkten war, verschob sich auf dem Bildschirm »...zur Hölle. Sie können uns verfolgen. Schlimmer, sie verfolgen uns.«

Er stieß ein trockenes Stöhnen aus. »Ihre Dimension, ihre Regeln. Kannst du ihnen entkommen?«

Sie überprüfte die Zahlen unter der Anzeige, die die Schiffe verfolgte, um zu sehen, wie schnell sie sich näherten. »Nein.«

»Kannst du sie zurück zum Portal schlagen?«

Sie schwenkte noch einmal, um sicherzugehen, und beobachtete bestürzt, wie sie ihre Bewegung wieder verfolgten. »Nicht die geringste Chance. Sie werden in Minuten über uns sein.«

»Was kann ich tun, um zu helfen?«

»Du kannst die Klappe halten und mich denken lassen.« Sie vergrößerte die Langstreckenscans der Region. Sie wollte FTL. Bei Überlichtgeschwindigkeiten würde sie ihnen entkommen, oder zumindest würden sie nicht—konnten sicherlich nicht—in der Lage sein, sie zu verfolgen. Aber sie hatte kein Gefühl dafür, wie groß oder klein dieser Raum sein mochte oder was überhaupt passieren könnte, wenn sie eine Warp-Blase initiierte.

»Richtig.«

Die Anspannung in seiner Stimme und das harte Klatschen seiner Lippen erschütterten sie. Sie milderte ihren eigenen Ton. »Entschuldigung. Halt dich einfach…fest.«

Aus dem Augenwinkel bemerkte sie, wie die Muskeln in seinem Kiefer zuckten. »Okay.«

Das letzte Mal, als sie in einem Feuergefecht gewesen war, hatte sie auf ihn geschossen. Unter weniger stressigen Umständen hätte sie über die Ironie gekichert, aber es war keine Zeit. Das erste der Signale kam in Reichweite des visuellen Scanners.

Es war eines der insektenartigen, tentakeligen Schiffe aus der außerirdischen Armada.

»Wir werden von einer Armee von Tintenfischen verfolgt. Und verdammt, sind das schnelle Tintenfische.«

Ihr Blick raste über jede Anzeige, jeden Sensor, jeden Messwert… aber da sie keine Antworten wahrnahm, fiel er auf das Vergessen außerhalb des Sichtfensters. Sie konnten nicht rennen; die Schiffe waren fast über ihnen. Sie konnten sicherlich nicht einhundert Verfolger abwehren… Sie dachte, Caleb könnte ihren Namen gesagt haben, aber es war Hintergrundrauschen, das das Summen in ihren Ohren und die Symphonie in ihrem Kopf begleitete—ein Lied der Quantenmechanik und Flugbahnberechnungen und Astrophysik und wohin gehen, wohin gehen, wohin...

Mit einer langen Handbewegung verschwand das gesamte HUD. Am Ende der Geste schnippte ihr Handgelenk und die Lichter in der Kabine schalteten sich aus. Das Innere des Schiffes war nun so merkmallos wie die Landschaft außerhalb.

Sie schaltete den Autopiloten ein, löste ihr Geschirr, stand auf und trat an das Sichtfenster. Ihre Augen schlossen sich.

Moya milaya, hab keine Angst vor der Dunkelheit, denn da ist immer Licht darin, das darum kämpft, hindurchzuscheinen. Sei furchtlos, und du wirst es sehen.

Sie öffnete ihre Augen wieder, und die Welt draußen war nicht länger in verkohltes Ebenholz getaucht. Eher ein stumpfes Anthrazit jetzt wirklich, außer...da. Eine Abwesenheit innerhalb der Leere. Hohl. Ein Echo des Raums um sie herum.

Sie fiel zurück in den Stuhl, schnallte das Geschirr mit einer Hand fest, während sie den Autopiloten mit der anderen ausschaltete und das Schiff in einem langen Bogen nach oben zog, bevor sie weitere zwölf Grad nach Steuerbord schwenkte. Sobald das Geschirr eingerastet war, reaktivierte sie das HUD und die Lichter.

»Was siehst du?«

Jeder andere als er hätte sie befragt, als sie alles ausschaltete...oder ihre geistige Gesundheit in Frage gestellt. Aber er hatte erkannt, dass sie die Stille brauchte.

»Irgendwo dunkler als schwarz.«

Ein paar Anpassungen und sie lockte weitere zwei Prozent aus dem Impulsantrieb heraus, aber ihre Verfolger holten immer noch auf. Es würde knapp werden.

Was würde knapp werden? Sie flog geradewegs in ein weiteres

schwarzes Loch, und sie konnte nicht ergründen, was darin wartete.

Es spielte jetzt kaum eine Rolle. Sie hatte keine andere Wahl.

Die führende Reihe von Schiffen feuerte, scharlachrote Laser brachen aus flammenden karmesinroten Kernen hervor. Die sich windenden Arme entzündeten sich, verlängerten sich, um die Strahlen zu verstärken und sie auf ihr Ziel zu richten.

In dem Moment, bevor die Strahlen einschlugen, schleuderte sie die *Siyane* in eine volle Drehung und betete, dass die schnellen Umdrehungen die Strahlen dazu bringen könnten, die Verfolgung zu verlieren, oder sie einfach dazu bringen könnten, zu verfehlen.

Ihr Magen schloss sich den Drehungen der *Siyane* an, als die Trägheitsdämpfer kläglich dabei versagten, die Geschwindigkeit der Umdrehungen zu kompensieren. In der Kabine verloren 'oben' und 'unten' ihre Bedeutung.

»Jesus, Alex…«

Ein Knurren entwich durch zusammengebissene Zähne. »Halt dich einfach…fest…«

Es kostete jedes Jota ihrer Konzentration, die Nase des Schiffes auf das gerichtet zu halten, was eine perfekte Eklipse unendlicher Schwärze war, eine Leere im reinsten Sinne des Wortes. Die Wände verschwammen, zusammen mit allem anderen in ihrem peripheren Sichtfeld. Sie hielt ihren Fokus direkt voraus, denn wenn ihre Aufmerksamkeit einen Millimeter vom Zentrum abdriftete, wäre sie verloren.

Das Schiff erzitterte in ihrem Griff, als ein Laserstrahl vom unteren Rumpf abprallte. Sie ignorierte es, um auf den Abgrund fixiert zu bleiben, der auf sie zuraste; doch als er das Sichtfenster verschlang, sprudelte Schrecken in ihre Kehle hoch. *Dad, ich glaube nicht—*

—sie durchbrachen den Rand und stürzten hinein—

—und rasten unerklärlicherweise durch eine Atmosphäre. Schatten wurde zu brillantem Schwefel, als Licht um sie herum zum Leben erwachte.

Völlig unvorbereitet auf Licht, von allem, war sie vorübergehend geblendet. Sie kämpfte darum, aus der Rolle herauszukommen, die sie geschaffen hatte, während sie heftig blinzelte und ihr Okularimplantat anflehte, ihr etwas zu geben, bevor die atmosphärischen Kräfte ihr geliebtes Schiff in Stücke rissen und sie mit ihm. »Ich kann nicht sehen.«

»Ich kann—zumindest im Infrarot. Lass mich dir helfen.«

Dann war er neben ihr. Einer seiner Arme wand sich fest um die Armlehne; der andere legte sich über ihren an den Kontrollen. Sie zwang ihren Griff zu entspannen und ließ ihre Hand auf seine führende Berührung reagieren.

Es dauerte ein paar Sekunden, aber das Drehen verminderte sich zu wilden Kreiselbewegungen, dann zu bloßer Turbulenz. Unten und oben kehrten zu ihren richtigen Positionen zurück, und die hellen Halos, die ihre Sicht überwältigten, begannen zu verblassen.

»Ich…ich bin okay. Größtenteils. Genug.«

Er brach neben ihrem Stuhl zu Boden zusammen. »Gut gemacht, Baby.«

Seine Stimme klang schrecklich schwach, zitternd vor der Anstrengung des Sprechens. Sie verstand nicht, wie er es geschafft hatte, an ihre Seite zu gelangen, geschweige denn dort ohne Geschirr zu bleiben, geschweige denn fokussiert nach vorn zu bleiben und ihre Augen zu sein. Sie wollte ihre Arme um ihn schlingen und ihn an sich drücken, aber sie brauchte immer noch beide Hände.

Die Atmosphäre zeigte jedoch Anzeichen einer Verdünnung. Mit einem tiefen, beruhigenden Atemzug wechselte sie zum Pulsdetonationsantrieb für Planetenflug und ließ ihre Finger in sein Haar sinken.

Einen Moment später verdampfte der Dunst, der den Himmel bedeckte.

»Wenn du kannst, wirst du nach oben schauen wollen...«

Er stabilisierte sich, indem er eine Handfläche auf ihren Oberschenkel und die andere auf die Armlehne legte, und erhob sich auf die Knie. »Ich werd verdammt sein.«

»Möglicherweise. Aber nicht heute, denke ich.«

Sie flogen hoch über Savannen-Grasland. Der Himmel war das tiefe Kornblumenblau eines sonnigen späten Nachmittags auf der Erde...genau die Farbe eines sonnigen späten Nachmittags auf der Erde.

Nur gab es keine Sonne. Was auch immer diesen Planeten beleuchtete, es war kein Stern.

SCHWINDEL

AURORA ERWACHT BAND 2

JETZT VERFÜGBAR: gsjennsen.com/translations

Melden Sie sich an, um benachrichtigt zu werden, wenn die deutschsprachige Ausgabe von G. S. Jennsen erscheint: gsjennsen. com/subscribe-german

ANMERKUNG DER AUTORIN

Vielen Dank, dass Sie die deutsche Ausgabe von ***STERNENGLANZ*** gelesen haben! Ich bin so aufgeregt, Ihnen diese Geschichte auf Deutsch bringen zu können. Dies ist mein erster Ausflug in fremdsprachige Übersetzungen, also hoffe ich, Sie verzeihen mir kleine Fehler unterwegs.

Falls Sie auch Romane auf Englisch lesen, sollten Sie wissen, dass das Amaranthe-Universum über 20 Romane und zahlreiche Kurzgeschichten umfasst! Sie finden alle hier: gsjennsen.com/amaranthe-overview.

Falls nicht, wissen Sie, dass ich daran arbeite, Ihnen die restlichen Bücher so schnell wie möglich auf Deutsch zu bringen. Sie können sich hier anmelden, um benachrichtigt zu werden, wenn neue deutsche Ausgaben veröffentlicht werden.

Falls Ihnen Sternenglanz gefallen hat, würden Sie in Erwägung ziehen, anderen davon zu erzählen? Rezensionen sind das Lebenselixier eines Autors. Sie helfen dabei, potenzielle Leser zu beeinflussen und den Ruf eines Buches zu prägen, und schon ein paar Worte bewirken viel. Teilen Sie die Bücher in sozialen Medien oder in Ihren Lieblingsforen, oder erzählen Sie einfach Ihren Freunden davon. Sie haben meinen aufrichtigen Dank.

Sie können mir jederzeit eine E-Mail an mailto:gs@gsjennse n.com mit Fragen oder Kommentaren schicken, oder mich auf verschiedenen Social-Media-Plattformen finden:

Wiki: gsj.space/wiki

Twitter: @GSJennsen

Facebook: facebook.com/gsjennsen.author

Goodreads: goodreads.com/gs_jennsen

Instagram: instagram.com/gsjennsen

AMARANTHE UNIVERSE

AURORA RHAPSODY

AURORA RISING
STARSHINE
VERTIGO
TRANSCENDENCE

AURORA RENEGADES
SIDESPACE
DISSONANCE
ABYSM

AURORA RESONANT
RELATIVITY
RUBICON
REQUIEM

ASTERION NOIR

EXIN EX MACHINA
OF A DARKER VOID
THE STARS LIKE GODS

RIVEN WORLDS

CONTINUUM
INVERSION
ECHO RIFT

ALL OUR TOMORROWS
CHAOTICA
DUALITY

COSMIC SHORES

MEDUSA FALLING
THE THIEF
THE UNIVERSE WITHIN

SHORT STORIES

Restless, Vol. I • *Restless, Vol. II* • *Apogee* • *Solatium* • *Venatoris*

Re/Genesis • *Meridian* • *Fractals* • *Chrysalis* • *Starlight Express* • *Extinguishing the Stars*

About the Author

G. S. JENNSEN lebt irgendwo in den USA, an einem Ort, der möglicherweise nicht derselbe ist, wo sie lebte, als sie ihr letztes Buch veröffentlichte (sie ist im Herzen eine Nomadin), mit ihrem Mann und einem oder mehreren Hunden. Sie wurde zu einer international erfolgreichen Bestseller-Autorin, nachdem ihr erster Roman Starshine 2014 veröffentlicht wurde. Sie hat sich entschieden, weiterhin unter einem unabhängigen Verlagsmodell zu schreiben, um die Integrität ihrer Geschichten und ihre Fähigkeit zu gewährleisten, ihre Vision für deren Erzählung umzusetzen.

Obwohl sie Anwältin, Software-Ingenieurin und Redakteurin war, hat sie das Leben einer hauptberuflichen Autorin um mehrere Größenordnungen bevorzugt gefunden. Wenn sie nicht schreibt, spielt sie Computerspiele oder trainiert oder verirrt sich in den Bergen, die groß vor den Fenstern ihres Zuhauses aufragen. Oder sie beschäftigt sich mit einem überfluteten Keller, oder steht in einer Schlange bei Walmart, liest die Schlagzeilen der Boulevardpresse und fragt sich, wer all diese Menschen sind. Oder sie sitzt auf ihrer Veranda mit einem Glas Wein, blickt zu den Sternen auf und versucht herauszufinden, was da oben sein könnte.